王安忆
长篇小说

流水三十章

人民文学出版社

图书在版编目（CIP）数据

流水三十章/王安忆著.—北京：人民文学出版社，2018（2020.4重印）
（王安忆长篇小说）
ISBN 978-7-02-014429-7

Ⅰ.①流… Ⅱ.①王… Ⅲ.①长篇小说—中国—当代 Ⅳ.①I247.5

中国版本图书馆CIP数据核字（2018）第164274号

策划编辑	杨　柳
责任编辑	刘　稚
装帧设计	刘　远
责任印制	王重艺

出版发行	人民文学出版社
社　　址	北京市朝内大街166号
邮政编码	100705
网　　址	http://www.rw-cn.com
印　　刷	三河市宏盛印务有限公司
经　　销	全国新华书店等
字　　数	340千字
开　　本	850毫米×1168毫米　1/32
印　　张	14.625　插页2
印　　数	5001—8000
版　　次	2014年6月北京第1版
印　　次	2020年4月第2次印刷
书　　号	978-7-02-014429-7
定　　价	49.00元

如有印装质量问题，请与本社图书销售中心调换。电话：010-65233595

目　录

第一卷　童年　　　　　　　　　　1

第二卷　少年　　　　　　　　　157

第三卷　金刚嘴　　　　　　　　217

第四卷　成年　　　　　　　　　379

第一卷 童年

第 一 章

她不知怎么就来到了一个乡下,也不知怎么就在了一个箩筐,由一圈又厚又硬的棉被拥着。棉被从四面八方将她拥得很紧,她无法倒下,也无法动弹,甚至连颈子都无法动弹,她只得朝定了一个方向,永远地瞭望着。那是绿茫茫的一片,连接着蓝茫茫的一片,绿和蓝接壤的无尽的狭缝间,飞出了一群黑色的斑点,然后再飞了进去,那狭缝便合拢了。那合拢了的绿与蓝的狭缝,有时极亮,亮得刺眼,极其辉煌;有时却暗了,一径地暗下去,那暗朝绿与蓝扩张过去,她开始做梦了。一道透明而又朦胧的帷幕从天而降,隔断了她的瞭望,将她永远的、固定的前方笼罩。她很久很久以后,方才明白这并不是梦,而是——下雨。水帘从她头顶的屋檐绵绵不断地坠落,后面有绰绰的人影,神奇地穿过那张透明却厚密的帘幕,直向她走来,那帘幕仅只在一瞬里突破,张开了人形的缺口,而在下一瞬间便完好的弥合了,没有留下一丝痕迹,依然永远地降落:她的梦不知在什么时候渐渐地醒了,那水幕稀疏了,显露出绿色和蓝色相连的前方,却是格外的新鲜,新鲜得目眩。她听见有隆隆的声响,紧紧压着她的头顶,遥远地滚去。那隆隆的声响遥远地滚去,去迎接那一群自由飞翔的黑色的斑点。

她却也不知为什么,她就被一双粗糙的手从裹紧的棉被里拔了出来,她全身陷进了一个温软的肉体里,那肉体好像是潮湿的沙漠,她几乎要窒息。她奋力扭着她细小的身体,两只干瘦的脚丫在空中蹬着,好像在蹬着一口陷阱的陡直的阱壁,妄图攀出陷阱。而那温软的肉体将她裹得更深,几乎将她吞没。她窒息了,呼吸被阻塞,回进胸腔,胸腔里回流着一团气体,气体膨胀,没有出路。她小小的身体撑直了。她的身体无法撑得更直,向后仰了过去,她大睁了两眼,她又开始做梦。梦境是一片漆黑的笼罩,那是与黑夜的漆黑完全两样的漆黑,再没有一点光影的泄漏,她恐惧到了极点,便安心下来,如同回了家一般。那黑极了黑尽了的黑暗竟成了一片黑暗的光明,她几乎要快乐起来。就在她几乎要快乐起来的关头,那团气体百折千回,终于爆炸,直冲而出。她陡然地尖叫了一声,竟将自己唤醒了。绰绰的人脸在她眼前晃动,一盘一盘,渐渐地旋动,忽近又忽远,吞吐着怪诞的气味,那气味慢慢地流动,穿行交叉,围绕着她,她受到了威胁,她是四面危机,于是,她拼命地哭叫,她长久地哭叫,哭叫得失了眼泪,又失了声音,剩下营营的呻吟。她永远营营地呻吟。

谁也不明白,她是为什么要到这世界上来的。她分明是讨厌这世界,她生而俱来的一脸的皱纹再没有平复舒展,永远地皱着,簇拥着渺小的五官。她永远营营地哭,睡下的时候哭,睡起的时候也哭;肚饥的时候哭,进食的时候也哭。她既不愿睡着,又不愿醒着,既不愿饿着,又不愿饱着。她一脸的愁容,一脸不如意的样子,像是对这世界没有兴趣。她还没来这世界,便早已没了兴趣。她是被迫到这世上来的,她是被放逐到这世上来似

4

的。她在她上面那一个兄弟还不足一岁的时候,被逐来了。她于是便愤愤地营营哭着,决意要和她周围的人们为难。尔后,在她不足一岁的时候,她的姐妹则又急急赶来,为了来逐赶她似的。她那精力旺盛,生育力极强的父母,将她交托给了一个乡下女人。乡下女人夜晚到她家,过了一宿,天不亮便带了她走了。麻绳纳的鞋底,沙哑又清晰地叩着布了裂纹的水门汀地面,在幽暗的弄堂里激着回声。

这是一个冬日,有着苍白的阳光。女人的一个亲戚与她们同行,为她们挑了一副担子,前边是行李,后边是放了她的箩筐,她不知道,她以后也不知道,她永远不知道,那箩筐自此便成为她的摇篮。为了节省公共汽车的票钱,那乡下人挑着扁担,与那个他称作表嫂的乡下女人一起,走过了大半个上海,从早晨走到傍晚,到了码头,乘上一条内河里的船。他们挤在底舱,河水在舱外,齐了他们的耳朵,混沌地流着。他们每人发了一领旧席,却只能蜷腿坐着。地上挤满了人和包裹,还有住了鸡鸭的竹筐。她的竹筐与它们的竹筐挨在一起,他们彼此懵懂地对视,互相没有一点了解,于是便都了解了。

她再不会记着这一幕了,这一幕在她的人生里永远地消匿,如一张曝了光的底片。无人可作旁证。假如她将遇见一个人,对她讲述,很久很久以前,在一条内河船的底舱里,有一个坐在箩筐里的婴儿,她不会明白那就是她,那人也决不会认出那就是她,他们像说一个别人的故事那样说了,听了,然后忘了。这一段分明是她的故事竟会从她生命里永远地消遁。这是一个无人作证的夜晚,女人与她的表叔将头夹在两只高耸的膝盖间,深深地睡着了。黑暗而微明的河水在舱外,齐了他们的后颈,浑沌地流着。舱里几盏昏黄的灯,悬在每一根立柱后面,随着船身晃动。公鸡啼了,先是一只,然后便有第二只,第三只,此起彼落,太阳则在极远极远的地方运行,还有长长的旅程。母鸡骚动了,脚爪刨着筐底的稻草,肮脏的稻草里埋了一颗晶莹的鸡蛋。一艘船迎面驶来,灯光掠过水面的舷窗,天亮了一瞬。随后,渐渐地静了。昏黄的灯在她头顶晃来晃去,她的眼睛明暗着。马达在水底深处"突突"地轰隆,天像是永不再亮了,永恒般地黑暗着。

　　一个黑暗的永恒过去之后,一个光明的永恒来临了。他们背着身后鱼肚白色的天幕,颠颠地踩上了甲板,踩过颤动的跳板,上了岸。岸是极荒凉的一大块,灰蒙蒙地迎接着白蒙蒙的天空。然后,太阳一点一点升起,天空一点一点明亮,最后亮成了蔚蓝。蔚蓝的天下是淡褐色的土地,枝条稀疏的树木立在廓落的天地间,枝条划在蓝天,几乎什么也没落下,只有一些极细的影子。还有一个新起的坟堆,插了一举雪白的幡,在风中舒慢地飘舞,很久很久不退出视线。扁担在表叔肩上"吱吱"地扭动,鞋底擦着土路,刻下花样,随即又被浮土薄薄地遮没。表叔与表嫂说着一些要过许久以后才能为她了解的事情。

　　"好乖好乖的一头小牛牛吧!"表叔说。

　　表嫂便撩起衣襟擦泪,泪是粘在眼角上,落不下来。

　　"海达牵它走,它不动。我表哥说话了,我表哥说道:'走吧,小牛牛,乖乖的,好好的,'它才动了,随海达去了。"

　　表嫂撩起衣襟擦个不停。

　　"表哥对海达说,小牛其实不是他的,是表嫂你的,是表嫂你每日价吃人饭,看人眼色,一分一厘攒下的,不能不归公?"

"海达对表哥说,归公也还是归你,公家是你,你是公家,公私合营嘛!再莫提你的我的了。"

表嫂放下了衣襟,好些了,眼圈却还红红的,看了看周围远处,悄声说:"今年稻还好?"

表叔则答道:"大家共一处做活倒快活得很,种豆种瓜,养鳖养虾,也少操心了。"

表嫂又说:"风凉了,该套棉裤了。"

表叔又回答:"伢儿们全读书了,每日价拿了书本和笔,去学堂,做了读书郎。"

她听见扁担吱呀呀地在耳边歌唱。这歌唱颠着她,一上一下,一上一下。蓝色的天,褐色的地,疏疏阔阔的树枝,也都整齐地一上一下跳跃。跳跃着越来越远,极远极远了,还不消失,滞留在无尽的尽头上。烟似的尘土飞扬起来,淹没了她的视线。她开始呻吟,她的呻吟微弱而飘渺,在尘土弥漫的道路上,犹犹疑疑地飘移,扁担的歌唱却越发地清脆悦耳。她不知道怎么会到了这里,她不知道为什么要这样永远地颠簸。她以为一切时间都是永远。她因她生命尚还短促,无意间将瞬息放大为永恒,有如经历过漫长生命的老人,会将永恒缩小为瞬息。她被这永恒所围困,她被攫住,她觉着非常的绝望,而哀哀不绝地营营地痛哭。一条苍白的道路,从她安身的竹筐底下,不断地伸延,扁担清脆的歌唱绵绵不绝,那女人与那男人的说话如窃窃的虫鸣,从离她极远的地方飘忽而来,叫她觉得十分丧气,她只有这样营营地哭了。这一时间,她的一颗尚未获得知觉的心里,经历了多么丰富的苦难,是谁也无法了解的,她尤其无法了解。待到她会了解的时候,这一切是早早地永远地退出了她的记忆。这又是一段没有见证的经历,穿过她的身体和灵魂,永无人知的消遁。

她只是营营地、日日夜夜地哭,她不了解她使人们感到惊惧:

"这女伢儿日日夜夜地闹,莫不是看见鬼了,伢儿的眼净,看得见鬼。"

"伢儿的眼净,看得见鬼。待到她大了,能说会道了,才看不见鬼,才得安稳哩。"

"待到她大了,能说会道了,才看不见鬼,才得安稳哩。鬼的模样忘了,见鬼的事也忘了,这就安稳了。"

人们撺掇喂她吃奶的每月从她家挣三十元钱的乡下女人,撺掇乡下女人去东边二十里地外的张庄,张庄上还有一座小庙,供的是张天师,张天师跟前烧一炷香,请得他来捉鬼,捉得鬼去,伢儿就清静了。

这一天,女人换了干净衣服,抱了她在怀里,朝东边去了。太阳很好,风却凛冽,割着耳朵,刮着脸,手麻了,不再刺心的痛,倒像没了手似的。她没得手了,也没得脚了,她没手没脚地抱在了女人的怀里,身体是暖和的。她尚是暖和的身体感受到了女人身体的温暖。女人温暖的喘息挟带了一股怪异的气味,抚着她木木的脸颊。太阳终于热了,她觉出了手与脚,手与脚在她觉出的那一瞬间剧烈地疼痛起来。女人热了,解开棉袄的衣襟,那一大片衣襟像一片孤零零的翅膀,在她身侧扇动。她拥在女人只穿了单衫的胸前,那一片潮湿的沙漠,那一口温软的陷阱,开始威胁她了。她隔了自己厚而硬的棉衣,竟还觉到了这威胁。她害怕得要命,她失却了安全,她唯有营营地哭。没有谁能够从这细弱畏缩的哭声里了解她的惶恐与求助。女人以为她要吃,女人也有些疲乏,便在路边一棵树底坐下,撩起贴身的白竹布的布衫,将那一堆绵软如水的肉体,推到她脸前。她来不及哭出更大的声响,便彻底地陷落。汹涌而寡淡的水柱,噎住了她的咽喉,她来不及咽下,她激动地连连地吞咽,她咽得胸痛,她要窒息了。可她毕竟学习了调节呼吸与吞咽的节奏,她终于没有窒息。

女人坐在树下,脸上流了汗,汗顺了鬓角,挟了一股头油的气味缓缓地流到脖颈。太阳已经当头,前边地里有人做活,做的是抬粪的活计。顺风传来笑声和说话声。女人木木地坐着,什么也没去想,过去的事情却慢慢地涌回到眼前。那一日里,一个同乡与她介绍,静安寺路有份人家要找个乡下人做奶妈,好让奶妈把伢儿带去乡下养。她刚刚奶完了一个伢儿,奶完了一个伢儿刚刚断奶一周,刚刚断奶一周奶水还滴滴答答流个不停,奶水还滴滴答答流个不停,乡下男人就催命一般催她回乡。她跟了那同乡去了静安寺路。去静安寺路之前,她向隔壁人家借了个三个月的毛毛,三个月的毛毛揣在怀里一同去了。她向静安寺路那家的师母说,她的伢儿才生三个月,她的伢儿正挨在她怀里睡觉,她在睡在她怀里的伢儿脸上横一下竖一下地亲,亲得啪啪的响。她说她的伢儿才三个月,所以她的奶水又新鲜又茁壮。她没料想那伢儿会醒转来,哭哭闹闹很不服她,她把她松弛的奶头塞进他的嘴,她挣扎的手脚便像是在快乐地舞蹈。然而,两天之后,她便带了这好哭的女伢儿回乡了,她带了这好哭的女伢在那一个天不亮的早晨。走出了狭狭的弄堂,弄堂里静静的,只有她麻绳纳的鞋底清脆地响。她带了这好哭的女伢儿回了家,她在家奶了伢儿,又挣了工分,还帮男人洗衣做饭,和男人睡觉。她挣了工分,帮男人洗衣做饭睡了觉,还能奶伢儿。她每月从乡里邮局领三十元钱,她一拿到三十元钱,就揣在贴身褂子口袋里,她揣了回家就压在箱底。她当这钱是白捡来的,一分也不花。一分不花,攒个五年,大鬼就要定亲了。大鬼娶了亲,她就能做婆婆,她做了婆婆了,就能做奶奶,她做了奶奶了,她就有了后代,她男人就有了后代,有了后代,他们才是完成了任务。她的眼光很远,不像她男人,有了钱要去买牛,结果却归了公,后代是不会归公的,后代总是归自己的,后代归自己是很牢靠的。只是乡下日子苦了,没自来水,要到塘里洗衣;没电灯,要点煤油灯;没油,菜就放了水煮。她很怀念上海的生活。上海的生活,是乡下人想也想不出,吹牛也吹不出的。告诉他们,他们会当说梦话,她干脆不说了,缄默了。她也孤苦得很哩。这伢儿偏偏又闹,闹鬼似的。

她这才想起了她,就低头看她。她木木地瞪着眼,瘦得只剩一层皮的腮紧急匆匆地一鼓一鼓地吸吮。"这一阵吃得可以。"女人想着,松开了她去。不料,她"哇"的一声,口里喷出一泓乳色的水柱,喷了她一身,又酸又腥的气味弥漫开去。女人恼了,咬牙道:"要是我生的,揿在塘里溺死她。"

她听不懂女人的话,只觉着她忽然地凶恶起来,而她终于获得了解放,心里轻松了,便安静了一刻。女人将她横在膝上,兀自打扫肮脏的衣襟。她朝天仰着脸,正对着光芒四射的一轮金圈。金光刺着她的眼睛,像一柄尖锐的矛。她不得不闭上眼睛,金色的矛头便紧紧地压住了她的眼皮。她的眼皮火辣辣的,这火辣辣慢慢地蔓延开去,她一整张干枯的脸,她一整个干枯的身体便如燃烧了一般。她闭不紧她的眼睛,她的眼皮不由自主不停地扇动,她不得已又睁开了眼睛,一轮金碧辉煌的光圈兜头将她罩住,一整个儿地将她罩住,她被罩进了光焰夺目的金圈里,她无法动弹,她只有听凭摆布。她心里怀了一股热烈的惊惧听候摆布。那金光热焰的圈套旋转起来,以她为轴心地飞转。光与热飞快地与她身体摩擦,她立刻就要融化了。她立刻就要融化了,可是她骤然地凉了。她脸前飞来一片暗影,隔离了她与那金圈,金圈骤然退远,嗞嗞地响着迅速向高处与远处退去,她听见那"嗞嗞"的歌声。她脸前俯了一张脸,一张女人的脸,却不是她的女人。这另一位女人仔细地看她,考察着什么。考察了一会儿,脸上呈现出一个意味深长的表情,悄然离去。然而又有一张脸俯了过来,无数张不同的脸轮流俯了过来,再做出不同的意味深长的表情轮流地离去。无数张交替的脸合成一片极厚极浓的幻动的阴影。光焰百丈的金圈在阴影背后。她忽然想起了哭,她几乎永远地忘记了哭,却忽然想起了。

田里做活的女人歇歇了,围拢了一周,向女人问长问短,问这伢儿是男还是女,这样的黄瘦,又这样的会闹,女人一一作了回答。便有人说:

"可不作兴这种哭法,要招晦气的哩。"

"要招晦气的。前边冯井有户人家,生个伢儿,日夜地哼唧,黑白地哼唧,哼唧到割稻的时分,他娘死了。"

"他娘死了。死得很奇,不过是镰刀割了脚梗,滴了不多二滴血。"

"滴了不多二滴血,就结了疤。过了七天,脚梗才肿。"

"脚梗才肿,就肿上了腿肚,肿到心口,死了。"女人打着冷战,问道:"果真死了吗?"

"果真死了。死得可凄惨,丢下三个伢儿,小小的。"

"小小的,黄盆都摔不烂,大人把了手摔,摔了两回。"

"摔了两回,也是不吉祥。"

她听不见这个故事,只听到一片营营的声音,喊喊嚓嚓,像有无数只奇怪的蚊蝇围绕着她作奇怪的飞翔。蓝天渐渐呈现了,阴影疏淡了,而那辉煌的金圈亦已转移,以它那金光灿灿的弧形的边缘对准了她。那边缘如锋利的薄刃,朝她身体慢慢地切割,将她切割成并不对称的两边,她却没有一点痛处,只感到热情的蛊惑。她的不对称的两半渐渐分离,彻底地分离。于是,她看什么都成了两个,一棵树变成了两棵,一只鸟变成了两只,一片云,变成了两片,她的那一个女人,变成了两个女人。两个女人,一样地活动着,煞是奇怪,好像经过了周密的预谋,分毫不错。两棵树,两只鸟,两片云与两个女人,在她眼前整齐地活动,有时叠在一起,合成一个,然而再分开。她缭乱了,竟忘了哭。她被这怪异的情景压迫住了,竟哭不出声。她好似被一只无形却巨大的手掌握住了,她只能苟延残喘。没有人来解救她,没有人来帮助她,她一无援助地,孤独地抵抗,她马上就要沦陷了。可是,没有一个人知道。耳畔仍是一片喊喊嚓嚓的蚊蝇声,喊喊嚓嚓的蚊蝇声紧紧将她裹住,合伙对她施加压力,她几乎失了知觉。最后,犹如度过了一整个冰川期,犹如经历了九死而一生,她被女人抱了起来。在这抱起的一霎,她劈分开的不对称的两半弥合了,她犹如再生了一般,犹如初出娘胎一般,不禁啊的一声叫将出来,然后,便是绵绵不止的啼哭。

她重又在女人柔软如陷的胸怀里颠簸起来。灰白色的、尘土飞扬的大路永远地被女人一脚一脚踩过去,却永无尽头。女人犹如原地踏步,她勤勉地原地踏着她有力的步伐,气喘吁吁,汗粘住了鬓发,再缓缓地爬下。她执拗地,不屈不挠地踏步,道路是永远的灰白而尘土飞扬,浮土将女人麻绳纳底的鞋印慢慢地淹没。她无法知道,女人为什么要在这弥漫的尘土里无穷地踏步。太阳除了将眼睛刺痛以外,不能给她一点暖意,两边是荒漠漠的过冬的土地。

"大哥,请问一声,您!"女人收住了脚步,站立着,浮土迅速地在她鞋边堆起肉眼看不见的沙丘。女人与一个男人面对面站着,那男人犹如是从地里新长出来的,男人在女人跟前的布了浮土的地里,一分钟内生了出来,脸上挂着虔诚的微笑:

"妹子,问吧!"

"张庄不很远了吗?"女人问道。

"远是不很远了。"男人答道。

"张庄有个张天师的庙?"女人又问。

"庙是有个庙,现在却平了。"男人又说。

女人几乎要落下泪来,她却营营地啼哭。

"一把火烧平了。"男人告诉她。

"为什么烧的?"

"什么不为,就烧了。"

"那么说来,我们是白跑了这一趟。"女人很丧气。

"跑是不白跑的。"男人却说。

"跑怎么是不白跑的呢?"女人眼睛亮着,脚杆也立直了。

"庙平了,却还有一棵树。"

"有棵树?"

"有一棵树。"

"灵不灵?"

"蛮灵！百里地外的人都跑来烧香。"

"大哥,谢您啦！"

"不谢,大妹子。"

"耽误您赶路啦！"

"不碍,大妹子。"

"延误您买卖啦！"

"没得事哎,大妹子！"

女人走了过去,男人在她肩膀后边消失了,无影无踪。女人的麻绳纳底的鞋底,将那浮土积成的沙丘踩平了。

她不知道什么时候才能从这荒漠漠,无休无止的一块中走出去,她早是看倦了这荒漠漠,无休止的一块。她的还未苏醒知觉的心也早已是倦倦的一颗。而她又垂不下眼睛,她很难有睡眠的欲望。她的吃与睡的两套系统尚未成熟,或已衰退了似的,总不振作地活动。风刺激着她永远睁开的眼睛,眼睛里渐渐流出眼泪,极细极细,细细流下面颊,遗下一道干涸的泪痕,细细地巴紧了脸颊。这荒漠漠,无休止的一块的无边的边缘上,慢慢升起几座小小的草房,冉冉地升腾起极淡极淡的炊烟。贴地而起古怪的歌唱,像是从女人踏步的脚下,地的极深处里漫漫而起的古怪的歌唱:鸡鸣,狗吠,水桶撞击井壁,豆秸在灶里炸响,渐渐地汹涌起来,迎接着她们又簇拥着她们。

道路被两行疏朗的树木夹紧了,疏朗的树木在苍白的地上投下萧条的影子。她们从那影子里走了过去,身后跟上了一只骄傲的鸡,鸡的身后则跟上了一条沉默的狗,狗的身后是浩浩荡荡的风卷着尘土。鸡从容地踱步,狗却走得局促,尾巴紧张地挺立起来。大人在吆喝,孩子在啼哭,此一声,彼一声。女人站住了,站住在一条泥土松动的干沟边,对着沟对面,沟对面有一扇启开的门,启开的门口站立了另一个女人。女人与女人无声地活动着嘴,并且活动着手。女人离开了泥土松动的沟边,泥土松动的沟边留下她一双很深的脚印,犹如两口陷阱。女人携着她走过一口枯井,井圈上立了另一只鸡,深沉地望着干枯的井底。女人携着她走到一棵巨大的树下,这一棵树颇像一个怪物,张开着粗壮稠密的枝干,围成一顶苍劲的华盖。树干粗壮而又扭曲,伤痕累累,有着成千上万个疤节。成千上万个疤节上插了成千上万炷香,成千上万炷香有的燃着,有的燃到了中途,有的到了尽头,明灭着一星残火。香烟层层叠叠,包裹起了大树,在那干枯苍劲的枝干上,缭绕而又缭绕,犹如披挂了成千上万撕碎的旗帜,成千上万面褴褛的旗帜呼啦啦地飘扬。

她被女人放在了树下,放在了旗下,她躺在盘根错节的树根上,盘根错节的树根如同一张野蛮而高贵的床托起她的身体,千丝万缕旗帜的碎片从树顶垂挂下来,抚在她身上,她躲不开去,被它们满脸满身地飘拂,最后被厚厚地埋了起来。她营营地催眠似的啼哭,啼声在旗帜的遮盖下,混沌而遥远,如同是另一个孩子的啼声,她觉着在她很远的近处,一个孩子在营营地啼哭。透过一个孩子的啼哭,她听见了她的女人的呢喃,她看见女人手里新燃的一炷香,升起细细直直的轻烟,轻烟升到高处略略翻卷起来,它总不散开,而是凝聚成紧紧的一炷,穿透了层层密密的香烟的旗帜,永不被遮掩,永不被冲散。它像一泓流水一样在香烟的旗帜里穿行,它永不被混淆,永不被解体。它升到高处,也变成一面旗帜,在成千上万飘舞的旗帜之间,它永远独立!多么神妙的情景啊。她不觉静了下来,不再出声。可是,她却将永远

15

地将这神妙的情景遗失,遗失在记忆之外。她那没有苏醒知觉的心攫不住它,只被它而攫住。而她也永远不能知道在这刹那里女人心中所升起的几乎到了恐惧的惊异。她望着那凝视香烟停止啼哭的伢儿,惊异得惧怕起来:

"伢儿真不闹了。"她暗自说道。

"伢儿真不闹了!"她暗自说道,打了个寒噤。

是正午时刻,四下里没一个人影,不远处有一堆残砖破瓦,隐隐的有一圈墙基。太阳暖烘烘地晒着,远处有一只猪无比惬意地哼了一声。

"这伢儿可不是真不闹了。"她又暗自说道。

"这伢儿可不是真不闹了。"她又暗自说道,打了个寒噤。

一阵风嘶嘶地响着平地刮过,成千成万缕香烟摇晃了一下,那一炷烟也摇动了一下,大树随着它的摇动看不见地摇动了一下,犹如一声无声地叹息。她连连打着寒噤,朝后望去,身后是墙基,圈着一堆废墟。她眼前好似现出了那一场无名的大火,无名的火焰舔着土墙舔着木梁,无名的火焰舔着了庙后的谷草堆,舔着了庙前的杂树林,将那大树包围了。无名的火焰包围了神圣的大树,可是火焰无法接近树身,只能团团围起一堵无名的火墙,树在墙内直立着,树叶是葱绿葱绿,火光映绿了树叶,那是一个万物欣荣的春天。无名的火焰渐渐地伏下,平伏在大树的周围,将地燃得无比的火红,火红的地上,直立着大树。一阵风嘶嘶地贴地而起,浸透了女人汗湿的白竹布的布衫。她发疟疾似的浑身哆嗦,她浑身哆嗦手撑了地站起来,她站起来磕磕绊绊扑到树下,抱起伢儿,转身就走。

她被打扰,不安地扭动身子,扭歪了一张皱巴巴的瘦脸,作出哭的模样,却没有啼声。她被女人从树根上抱起,终于啼出声来。女人喃喃道:"伢儿不闹,伢儿不闹。"惊惶地走了。她三步一磕,五步一绊,不回头地,逃跑般地走,转过了一户人家的土墙,不见了那树,才立定脚回过头,喘喘地立着,半勾着腰。那香烟却已染了她俩一身,犹如披了一身无形无色的碎片。她俩披了一身无形无色的碎片,匆匆走过村子,狗不叫,鸡不啼,大路漠漠地伸出疏朗的树影。

她的梦醒了。她梦醒的时候,女人揣了她正在淡淡的原野中起落着脚步。脚步踢起了一层一层的尘土,尘土洗着她们,尘土将她们身上缠绕的烟雾的碎片渐渐地洗去。金圈已成昏昏的一轮,斜在了天边。风依然是寒冷,却息了不少,风低低地唱着息了下去,像是回家去了,像是周游了一天累了要回家去了。尘土却还漠漠地扬着,滞在了半空,不再降落,天地都遮灰了,暮色升起了。暮色从四面八方升起,咝咝地升腾着汇合,汇合尚有不短的道路。她疲倦地伏在女人的肩头,嘴里哼哼着。她永远地哼哼着,如她不这么哼哼,她便没了依傍似的,她没了依傍便会空落落、茫茫然,她是傍了自己虫鸣似的哼哼才得平安的。

女人也平静了。女人平静地听着伢儿的啼哭,伢儿的啼哭完全地改变了,完全地改变了先前那股不祥的气息。她放心地随她哭去,专心地往回赶路。回家的路似乎要短,每起落一次脚步都离家近了一步。她先认出了向那货郎大哥问路的地点,再认出了和那抬粪的女人们搭话的地点。天已暗沉沉的了,暮色从四面八方升起,在她们的身体上最终会合,连接起来。

她却是什么也认不出来。她眼前是一条永远走不出去的漠漠的大路,她是在这路上迷失了,沦陷了。她徒然"呜呜"地挣扎着。暮色在她身上合拢,密不透风的暮色挤压着她,挟持着她,她反觉着了安心,甚至觉着了暖和,渐渐地有了些困乏,不知不觉合上了眼,她合上了眼,黑暗地,温暖地将漠漠的道路隔断了。她终于隔断了漠漠的道路。

女人影影绰绰听见她们村庄熟悉的狗吠时,惊异地发现,伢儿趴在她肩上熟睡了,不由得又惊又喜又惴惴地不安。她鼓起劲头,三步并两,走进庄子。走进庄子,庄前庄后所有狗便一齐朗声吠叫起来,犹如一个欢迎的仪式。然后又一齐静了下去。有人问道:

"伢儿睡了?"

"伢儿睡了。"她欣慰而又骄傲,暗暗克服着不安的心情。

"果真是睡了?"

"睡得很安稳。"她虔诚地回答。

她将她从肩上扒下,捧在手上,她放平了手臂捧在手上,如捧着一件神物,慢慢走过半个庄子,走进家门。她睡在女人的手臂上,睡得很深。女人很虔诚地捧着她,缓缓地坐下在男人递来的板凳上,将她平平稳稳地放在膝头,肃穆地喃喃道:

"睡着了。"

婆婆,男人,一个挨着一个脑袋的五个伢儿轻轻地围拢过来,敬畏地凝视着熟睡的她,然后,慢慢地散开,庄严地,郑重地,互相耳语地说道:

"睡着了。"

油灯点着了,一家人围了方桌,窸窸窣窣地开始吃晚饭,漆黑而稠密的夜色涌来,堵住了木板的门扇,门里那如豆的一盏灯光,骤然地光辉灿烂起来。

第 二 章

　　该是会走的时候了,她却只学会了坐。她坐在她的箩筐里,那一围坚挺的棉被已经撤去,她没了依傍,只凭了自己的腰椎,独立而坐。前方那绿茫茫的一片,渐渐的清晰可辨,一束一束的稻秧立在碧清的水面,与此接壤的蓝天也显出了细细的波纹,白色的云彩织成一千一万种花样一望无际的铺排开去。黑色的斑点逆着云彩飞翔过来,细小的翅膀柔软的伸曲,犹如美丽的舞蹈。有一日,她的箩筐被一头精瘦的小猪拱翻,将她反扣在箩筐底下。天地一下子黑暗了,她躺在黑暗中,恐惧得失了声音。可就在这时,有无数道细细的光线穿透了黑暗,穿透了她小小的身体,在她小小的体内交织起来,交织起一团光明,她"刷"的安静下来,安静地凝望着她那黑暗的苍穹,黑暗的苍穹缀着无数光明的小孔,光与热,便从这六角形的小孔里潺潺地流入,这是一个世界奇观,一个唯她所见的世界奇观。这奇观是被她一个小小的无意的遭遇而创造,因为有这奇观,她的这一个小小的无意的几乎是不幸的遭遇便成了奇遇。这一次奇遇,将会永远地消失,却会留下一颗种子,深埋在她知觉即将唤醒的心灵。很远很远的将来,也许她会无比无比地留恋一个夏季或者冬季的星空,也许在一个夏季繁华的星空或者一个冬季肃杀的星空里,她将会遇到什么,她将会去做些什么。她在美丽的苍穹下伸展开手脚,手脚舒服地贴着了温暖的泥地。泥地是柔软而有弹性,柔软而有弹性地托着她小小的孱弱的身体。她小小的孱弱的身体觉出了地底深处的激流,深处的激流使地面微微的震颤她。震颤了,点缀了无数光明小孔流泻着无数条光热之源的黑色苍穹微微震颤了。她以她那还不会思想的小心,隐隐的起了反应。这震颤隐隐的合上了她那一次早已遗失的航行的经历,那一次早已遗失的航行的经历在她身体深处悄悄地起了反应。她听见了地底深处暗流的喧嚣,幽深而幽远,恍如隔世。她的身体在缓慢却一无阻挡地下沉,苍穹则在升高。她沉得极速,离那暗流越来越近。可那地底是无底的深,那喧声成为轰响,犹如山洪暴发,一泻千里。光明小孔在越来越远的苍穹上,神秘地观望她沉入。她几乎昏厥,她已经昏厥。

女人从地里回来,慌慌忙忙揭开了倒扣着的箩筐,看见她安安静静地躺在泥地上,两只眼睛出奇的明亮。就在她揭开箩筐的那一瞬息,眼睛陡地暗淡了。女人觉着,那眼睛犹如闪电般抽搐着钻进了密云深处。女人的心扑扑地跳,想着:

这伢儿很奇。

这伢儿很奇,几乎是什么都不吃,每日里只需吸吮几下女人早已稀薄如水的奶汁。由于她永远地吸吮,女人的奶汁便永远地不干,永远地流淌。那一片沙地般柔软的胸脯更稀软了许多,犹如两只硕大而干瘪的旧口袋,于她已不再有陷落的威胁。她凭了这贫瘠的乳汁竟也长不大似的长大了。她脸上身上从来很少有肉,总瘪瘪着,有一些细细的皱纹,脸色是一种青黄色,一双眼睛恹恹的,又厌厌的,对这人世怀了成见似的。因此,人们没了招惹她的兴趣,她无法像所有孩子那样,给予大人们天真和轻松的心情,她甚至还会加剧大人们的世故与沉重似的。女人有时木木地对准了她看,看久了便暗自说道:"是个讨债的。"她想起她祖母的祖母的祖母一代一代一代传下来的那个讨债鬼托生的故事,然后又欣慰地想:"不是我养的。"可她却是女人抱大的。女人抱她毕竟很自然,天生该女人抱似的,要抱自己的伢儿反倒不自如了,别手别脚的。于是女人便将母爱换了一种表达的方式,女人打她的伢儿。女人将她那一排五个伢儿打得杀猪似的叫唤,打过之后,等到伢儿一个一个睡熟了,女人抱着她坐在他们边上,望着他们身体上下的累累伤痕,落下一串一串滚烫的热泪,心里便舒坦了,踏实了,觉着对得起他们了,也觉着对得起自己了。

而她却被那杀猪般尖利的叫声摧残了。那叫声刺激着她的所有的感官,好像在催促她所有的感官立刻苏醒,为她感官麻木的昏睡而焦躁不安地吹奏着凄厉的号角。她的视、听、味、嗅,甚至她久久,久久才可认识的性,都被嗞嗞地震动了。关闭着的感觉,如同一间一间紧锁的房间,门被敲响了,连墙都摇动了,她再得不到安宁了。各种知觉被催促,被追赶,被逼迫,却寻不到一扇可以启开的门。她找不到门,她没有门,她再无安宁了。于是,她在她仅有的几百天的时间里已经生成一副焦灼不安的性格,她远没有负起任何责任的时候却已经生成一副焦灼不安的性格,她远没有经过任何幸与不幸倒已经生成一副焦灼不安的性格了。她心里总是莫名的慌乱,她坐在她那个永远的箩筐里,手脚总是不停,注意力很难集中,她很难长久地关心一件事情,她的眼睛或者一动不动,或者永远地游移,看了叫人心慌。而她又极易发怒,谁都没惹着她,她却已经恼了,紧紧地蹙着瘦脸,收缩起上唇,眼光猝然灼亮。人们赶紧地哄她,却又不懂该如何下手,唤几声"好伢儿"显然十分不妥,这称呼用于她会显得奇怪的轻佻。人们一无所措,乖乖地败下阵了,只得在心里连连地讨饶。她小小的单薄的胸脯一无劝阻地急剧地抽搐,眼看着那脆弱的胸腔就要崩溃,那是一具令人想到拔尽羽毛的鸟类的胸腔,眼看着那胸腔要裂成碎片,而她的胸腔其实却坚韧无比,能够承受任何强烈的震颤而安然无恙。这一点,将会在她以后的生活里无数次地得到验证。

那凄厉的长啸于她是一件无形的实体,直向着她头顶中心那块闭合不久的柔软的穴位,对准那弥合不久的生而俱来的缝隙,慢慢地刺了下去。她如同受着古代的极刑。她赤裸裸,孤零零,没有一只手掌大的遮蔽,她真正是吓坏了。她即便要回击,也无从下手。她不知道这声音是由哪里创造,她不知道这其实非常简单,只需吸足了气,顶到高处,慢慢的,紧紧的,凝聚成一点,冲击着声带。她不会充分地使用声带,她尚不会说话。她无法表达她从这叫声中汲取的痛楚,无法宣泄这痛楚。这痛楚被她关闭在体内,日夜折磨她,使她日夜不得安宁。而她决不会了解那殴打与被殴打的双方都已在甜蜜的睡眠与苦涩的眼泪里得到安慰与缓解。因这双方的体内互流着血源,几乎无需行为与语言,便可安抚一切。而她是孤苦伶仃的一个。然而,谁会想到她也是受了伤的?谁会想到她也需要慰解。何况,谁又能慰解她?什么才可慰解她?什么都无法使她轻松和快活,她才几百天的年纪,已经是郁郁寡欢的了。她的不会说话倒像是有意地缄默。女人开始担心了。

"这伢儿怎么不说话?"女人奇怪地打量她。

她也略略注意地打量女人,她注意到女人担忧的表情。

"这伢儿怎么不说话?"女人又说。

她动动嘴唇,嘴唇像是板结住了似的,一动不动。

女人很失望,不再与她啰嗦,夜里,睡在放下帐子的大床里,对枕边的男人说道:

"这伢儿怎么不说话?"

"伢儿说话有早晚。"男人答道。

"我们大鬼十个月就叫妈,二鬼一足岁开口,三鬼晚些,十八个月也说话。"女人说。

"伢儿说话有早晚。"男人答道。

"要找个先生看看?"女人问。

男人没有作答。

她躺在无边的黑暗中,耳边有窸窣的声响,微微搅动稠密而厚重的黑暗。黑暗很重地压迫在她小小的身躯上,将她整个儿地吞噬,她没了。她的肌肤融化在无涯的黑暗中,灵魂却孤独地升起了。高处的黑暗要稀薄得多,它便自由而寂寞地漂流。它穿行过流动的山和凝固的水,演绎出没有情节的故事和没有故事的情节。它摆脱了躯体的重负,轻灵而自在,却轻灵得有些惆怅。没有肉体帮助体验,一切便有些虚飘,似有似无,似真似假。肉身被无底的黑暗吞没,它以灵魂上升的速度在下陷。肉身与灵魂作了两地孤鬼。然后,有摇摇的一缕光线飘飘地过来,桨似的划动,离间了黑暗。肉身从渊底浮起,灵魂失了依托骤然降落,就在拂晓的第一声鸡鸣中,合二为一。

她睁开眼睛,看见发黑了的白竹布的帐顶,晨光照亮了帐顶,顶上躺着一片蚊蝇的尸骸,清晰可辨。麻雀在喳喳地叫,还有田鸡,永不停息地鼓噪。酸叽叽的饭蒸气从前边锅灶上弥漫过来。阳光照进了帐子,盖在她身上,有一角正搭在了她的眼睛,她燥热不安,左右扭动脸,却躲不开去。她便扭动身体,终于从那角燥热的阳光里挣了出来,身下的被褥却乱成一团,硌着她的没有肉的身体。她继续努力地扭动,想找一块平坦的地方,结果是将满床的被褥搅成极乱的一摊。女人与男人早已起床,不知去了什么地方,只闻到前边菜园里一阵阵的粪臭。

女人在浇菜,男人在和一个过路人说话:

"伢儿说话有早晚,晚了再晚就不好了。"

"晚了再晚就不好了,要找个先生看看才好。"过路人说。

"要找个先生看看才好,却不知该找哪一路的先生,俗话说:头痛治头,脚痛治脚。"

"俗话说:头痛治头,脚痛治脚。俗话又说:万变不离根本,要找个治本的先生。"

"要找个治本的先生果真好,可是,华佗是再不能下世了。"男人笑道。

"华佗再不能下世了,肖庄却有个再世华佗。"过路人也笑道。

"肖庄有个再世华佗?莫不是混闹着玩的!"男人不笑了。

"可不是混闹玩的。那是个女华佗,人都叫她马八姐。多少年前,从河南侉子那地方逃荒过来的一对父女,住在破庙里。后来,那老父亲治好了一个得了绞肠痧的伢儿,才被肖庄人收留了。后来,老父亲去世了,留下那女伢儿,也不嫁人……"

"也不嫁人?"女人也蹲过来听了。女人对嫁人不嫁人的事总是很感动的。

"也不嫁人。那是因为,老先生没儿子,不得不把医术传女儿了,可是女儿必得对天赌咒发誓不嫁人,不做外人妻,才可得这医术。女伢儿对天赌咒发誓了。"

"女伢儿对天赌咒发誓了?"

"女伢儿对天赌咒发誓了。想必是在那一个夜里,肖庄人都说是那一个夜里。那一个夜里,好好的,乖乖的天,平地起了风,天昏地暗,飞沙走石。然后,才渐渐地平了,平了之后,就有人起夜。那是个北边侉子地方来的人,惯了到屋外方便。方便时就见那父女俩一前一后走了回来。老父亲在前,女伢儿在后,就那么一前一后走了回来。"

"唏——"女人吸了一口冷气。

"那实在是天在作证,是天在对女伢儿说道:你可欺爹可欺娘,可欺世人,哪怕欺你自己,可是万万、万万欺不得天啊!"

男人,女人,过路人,默了一会儿,过路人才又缓缓地说道:

"然后,那女伢儿就行医了。她开的方子,有一个特别与众不同,便是——多。不如别家先生开的药,是用纸包,一包一包叠起来,至多叠个十包。她的药,是用麻袋去装。人们往马八姐地方看病,都拉着平车。一人一挂平车,可排上一里地平车阵。"

过路人走后,女人便与男人商量着定了,带她去一趟肖庄。

这一回出门,是坐平车。女人与她坐在车上,男人拉车。或者有时候女人拉车,男人却并不上车,在一边走着,吸着烟,她一个人坐一架平车,垫着一条麻袋,麻袋铺在车板上。这是春天的季节,路边几畦油菜开了花,飞翔着小小的粉蝶。粉蝶在她眼前飞舞,她淡漠地看着粉蝶飞舞,她没有用手试一试捕捉它们,她由它们在脸前缭乱轻佻地飞舞。没有追逐,它们觉着了无聊,撩了一圈又飞了回去,她才得了清静。冬天是太漫长了,漫长的冬天印象是太深刻了,那冬日里荒漠的道路似乎永远在她眼前没有尽头地伸延,无论春日的青禾如何蓬勃,也掩不住那道路的荒漠的印象了。那一片茂盛的新鲜的绿色,似乎只是暂时的虚假的伪装,而在绿色之下褐色的荒凉的土地,才是真相。她透过新发的嫩芽窥视着干枯的树枝,她看见在车轮碾过的地方,浩浩荡荡奔跑着成千上万只昆虫,犹如千军万马。犹如千军万马在追赶他们的平车,而平车则在拼命地无望地逃遁。春风和煦地吹拂她的脸和手,就好像严寒或酷暑的阴险的预告。清澈的水塘里浮着白鹅与花鸭,幸灾乐祸地嘎嘎歌唱。男人与女人窃窃私语,竟忘了他们正被千军万马追捕,他们几乎要沦陷了却还在窃窃私语,说着世界上最最无聊无谓的谎言。成千上万只昆虫高举起大刀般锐利的长戈,喝着喊着杀将过来,与车轮仅有分毫之遥了。车轮却悠闲地辘辘轱轱,唱着安详而懒散的老得掉牙的旧歌,这越来越像是一个合谋了。这一定是一个合谋,而她已经中了圈套。

道路依旧是无尽的长,通向遥远的码头。通向遥远码头的道路是无尽的长。去肖庄要坐一程船,坐一程船,肖庄就不远了,肖庄就在河边不远的地方。据说那马八姐父女俩就是在洛阳扒了节煤车,到了南边,再从南边沿了内河走到了肖庄。一家人本有十几口,扒错了车,全离散了,只剩这一对父女在一处了。听马八姐这个名字也不是独根苗苗啊。男人与女人一边赶路,一边闲话,闲话出了这么些。

女人脱了棉衣,只穿个蓝竹布贴身小褂,竟显得苗条了。男人瞥了一眼自己竟还苗条的女人,不由脱嘴问道:

"还去上海?"

"还去上海。"女人说。

"还去上海?"男人一惊。

"不去怎么行?"女人回答。

"不去有什么不行?"男人有点恼。

"我不去,这伢儿还得去,伢儿去,还不得我送去。"女人俏皮地回答。

"那是得你送去。"男人松了一口气,瞥了一眼自己竟还俏皮的女人,不再说话。

两人心里暖滋滋地走了一段,女人却又叹了口气,说道:

"要真送走了伢儿,少了那三十块钱,日子就难过好多了。"

"再寻不出门的生路哩。"男人说。

"不出门,却还生路,你做梦哩。"女人说。

"我不做梦,你才做梦哩!"男人生气地说道。

两人心里沉甸甸地又走了一段,隐隐地听见船码头的汽笛声了。

她隐隐地听见了一声长鸣,那鸣声无比的悠扬,在呼唤着什么。她的眼睛陡地亮了一下,她的脸在这一刹那几乎可说是灿烂了。那长鸣呜呜咽咽,回肠荡气,却十分的温柔。回声从地底升起,从四面八方嘶嘶地蔓延,而长鸣是兀自从天穹顶处降落。有什么在呼唤她。她隐隐地觉着有什么在呼唤她。她不会晓得,不会有谁告诉她,她是从那汽笛长鸣处来。在一个没有知觉的夜里,她从那黑荡荡的水上来,黑荡荡的水将她从她出生的地方载来了,那是一个昏昏沉沉的夜晚。那一个昏昏沉沉无人作证的夜晚,融化在了她的身体深处,她的尚无知觉的身体深处。这时候,因这汽笛的召唤,隐隐约约地做着微弱的回答。这回答不为她所知,不为她所觉,莫名地无为地冲动着她。她莫名而无为地冲动着,如荒草里一只警觉的小兔,竖着耳朵,听着越来越近,又越来越远的长鸣。那汽笛声缭绕不绝,迂迂回回,在辽阔的天空盘旋,如一只没有形状的美丽的鸟,在用它巨大的无形的翅膀拥抱她,并抚摸她。当它的翅膀触到她的那一霎间,她看见了春日下极绿极绿的田野,阳光在树叶上晶晶莹莹地滚动。那一支昆虫的军队早已溃不成阵,只留下一只翡翠般碧绿的小虫在匆匆地赶路。生气勃勃的绿叶终于遮掩了干涸的土地。她的那一个小小的干涸的心田里,似乎下了一场细细的无声的春雨,生出了茸茸的细草,忽然间的滋润了。她似乎与这个远远的陌生的地方,这一个古怪而温柔的声音,冥冥地有着联系。她为什么竟和这个远远的陌生的地方,这一个古怪而温柔的声音,冥冥地有着联系!这是一个永远的谜了。

没有谁注意到她的巨大而又渺小的反应,男人只顾拉车,女人扶了车帮坐上车来,与她坐在一处。女人将她提起,放在她盘起的双腿之间,将她罩在一片巨大的阴影之中。汽笛声在阴影的背面盘旋。女人撩起衣襟扇着凉风,说道:

"大约是近了,听得到船响。"

"听得到船响,就近了。"男人答道,在前边勤恳地拉车。并不宽阔却十分结实的肩背镀了一层阳光,金边似的,随着他用力的身体美丽地起伏。

"能赶上船了。"女人又说。

"能赶上船,这样的近了。"男人将腰又弯下几分,更勤勉地走着。

平车在路上微微地颠,"轱辘轱辘"地歌唱。野花闪开了,让它过去,小石子来不及闪开,撞了个大跟头,一跳两跳地跳远了。汽笛悠悠扬扬地鸣号,在蔚蓝的天空穿行,留下了淡淡的洁白的轨迹。洁白的轨迹划过蓝天,如流云一般。她的心里逐渐晴朗,晴朗成一块蓝天,飞行着洁白如丝的流云。春天真是一个极好的季节,再没有什么沉睡不醒,整整一冬的冰河在此时此刻融解,更莫说是一颗心的小小的冻结。她竟举起了黄巴巴的小手,好像要迎接水银般的阳光。阳光水银般地流入她的手中,从她瘦瘦的手指的缝间流泻下去,多么温暖啊!她极想笑一笑,可是面颊板结得太久,很难移动。她向阳光仰起小脸,阳光便从板结的面颊上流泻下去,将两个冬季里的结霜与污垢冲洗下去,她的面颊柔软了一些,活动了一些,顿时感到了轻快。平车辘辘地歌唱,在了大路的尽头——她竟到了大路的尽头,她竟到了无尽的大路的尽头——尽头是一条长长的不见头尾的闪闪发光的带子,亮得极其耀眼,太阳投下一个金球,金球在发光的带子上滚动。忽然间,平地而起了那样多的人,那样多的人平地而起,好像面对了太阳的金球举行一个盛大的庆典。喧嚣的人声"哗啦"地涌来,将他们一行三人全部淹没了。

男人将平车停靠在票房的山墙底下,那是一块凉爽的荫地,正面对了江边的码头。男人停好了车,等女人从贴身的衣衫里掏钱给他买票。女人一手抱着她,一手在胸前慢慢地,不舍地摸着。她扭过身子,远远地眺望那金波滚滚的江流。金球在江面上跳动地蹚过,留下一道一道弧形的金光。成千上万道金光的弧在她眼前跳跃,撩拨着她。她用眼睛捕捉它们,它们却"蓬"的一声四面八方地散开,犹如一个小小的星球爆炸,倒把她惊了一跳。待她怯怯地收回目光,成千上万道金弧却又集合起来,招招摇摇向她过来。她终抵不过诱惑,再一次地出击。就在这一场无穷尽地追捕中,她的眼睛活泼了起来。那是真正的活泼泼的跃动,而不是那种紧张焦灼的游移。汽笛的鸣号已经平息,江水却永远地闪烁。这闪烁在催促她似的。她身体深处藏匿的不为任何人所知的一个没有记忆的记忆,受到了鼓动的催促。她不晓得,没有人告诉她,她从那闪闪烁烁的江面上来。她从那里来,她从那里来,在一个漆黑的夜里,江也是漆黑的。江本是漆黑的,这时的闪烁,全为了唤醒她,全为了呼唤她。她隐隐约约地了解了这呼唤,这呼唤于她其实是不难了解的。她是个绝顶聪明的孩子,可她永远不会知道这一点,永远没有人知道这一点。这是她的命运。她早早的时候—不懂得命运的,她晚晚的时候仍将不懂得命运,这也是命运。

这时候,女人已经从衣服的深处摸出了一个手绢包,女人将一条腿搁起,让她坐在搁起的膝头,只用一只胳膊拦着她,不叫她倒下,腾出双手打开了手绢包,用手指沾了点唾沫,便要去拈钞票。就在她沾了唾沫要去拈钞票的时候,她忽然说道,她说道,她说——

"姨娘。"

她说——

"姨娘。"

去拈钞票的沾了一星唾沫的手指在空中停住了,等着接钱的手在空中停住了。江水不闪烁了,有一个闪烁永远地驻留在了江上,变成一道永恒的光明,喧腾的人声静了,四下里毕静,掉一枚针也可听到铿锵的声响。

女人颤颤着,悄声问道:

"毛丫丫,你是说话吗?"

"姨娘。"她又说。

她又说:"姨娘。"

两只停在空中的手颤抖着垂了下来,江上那道永恒的光明开始波动,人声贴地缓缓升起。女人埋下头,埋到她脸上,更小心更悄声地问道:

"毛丫丫,你说话吗?"

"姨娘。"她再清楚不过地说道,她再清楚不过地说道:

"姨娘。"

江上的光明如一条涌动的激流,人声如歌唱一般喧嚣。女人搂住了她,啜泣了起来,另一只手则将手绢包攥紧了:

"好毛丫丫,好毛丫丫,我们不过河了,我们不再去肖庄了,我们不装麻袋袋的药了,我们也不喝苦水水的茶了。"

"姨娘。"她又说。谁也没让她叫她的女人作"姨娘",或许她曾经在哪里听见过这样的称呼,然而世上没有比"姨娘"这两个字对这女人更合适,更自然的了。女人自己也毫不存疑地认可了,她说:

"姨娘回家煮蛋给毛丫丫吃。"姨娘叫她毛丫丫,她既没有大名,也没有小名,那是女人一时激动,即兴而作,世上再没比"毛丫丫"这三个字对她不合适的。可是,她也没有任何犹豫地认可了,她答应道:

"好。"

江水在她眼前闪光,金色的弧聚聚散散,散散聚聚,召唤着她前来,可是他们要回去了。男人将平车放平,重新铺好麻袋,让女人和她坐稳,调转了车头,一步一步离开了江边。

男人拉着车,却又停下,背过风,点着了烟袋,才说道:

"我说过,伢儿说话有早晚,白跑了这一趟。"

"白跑了这一趟,不过费些脚力,要上了船去,可不是往水里扔了票子。"

"可不是往水里扔了票子,伢儿说话有早晚哩。"

男人重新弯下肩背拉车,一步一步离开了江边。

女人又说:"伢儿开口也开得忒奇,没有一点音信地就开了口。"

男人也说:"没有一点音信地就开了口,小嘴小牙还清清泠泠。"

"小嘴小牙清清泠泠。莫不是跑了这一趟,跑到了江边,脑子才清泠了。"女人问道。

"莫不是跑到了江边,脑子清泠了。伢儿们都喜水呀!"男人回答。

"伢儿们都喜水呀!这一趟不白跑。"女人说。

"这一趟不白跑。"男人也说。勤勤恳恳地拉车,一步一步离开了江边。

她依着女人,倒坐在车板上,望着一步一步退去的闪闪发光的江流,金色的弧依旧在江上聚聚散散,渐渐地隐没,周围的一切全暗淡与泯灭了,只留下那一条银色的白练,那白练一步一步退去,退到极远极远的天边,与天连接起来,最终合为一体。一整个天空都是白亮白亮的。白亮白亮的苍穹笼罩了大地,大地上有一条路,路上有一架平车,由一个男人拉车,车上坐了一个女人和一个伢儿。路边有茸茸的青草,青草里浩浩荡荡地游行着透明的蚱蜢。

第 三 章

她是自己交替着两条细细的芦柴棒似的小腿,一只手由姨娘牵着,走在了路上。刚刚度过了一个饥馑的年代,路边的树全剥光了树皮,剥光了树皮的光滑的树身默默地伫立,路上没有绿荫。田里倒已恢复了生机,碧汪汪的一田水,栽了青青的稻秧。姨娘紧紧地拽着她鸡爪似的小手,那小手在女人的手掌里饱含了救生的意义。每个月里,乡邮员有气无力地踏着一辆破旧的车子,送来的那一张汇款,全有着生命的含义。女人以及女人的全家,几乎日日都在恐惧,恐惧着这一个女伢儿会突然地被收回。女人做梦,梦见从上海走来两个人,带走了女伢儿,女伢儿是被他们托起着带走,被托起带走的女伢儿浑身罩着金光,好像菩萨。女人从梦里惊醒,搂着女伢儿长久地不能入眠。女人感激地握着这只小手,她的小手在姨娘粗糙而温暖的掌心里领受了这感激,尽管她还不十分明白,为什么要感激,感激又是什么。可是,她却被这感激感动了,便也更听话地贴了那粗糙的大手掌,以回报这深厚的感戴。姨娘将她的小手按在衣襟上,用粗糙的手掌将她小小的手指一个一个捋直,熨衣服似的熨着,每一个动作似乎都在说道:"多亏了你,多亏了你。"它们是说:"多亏了你。"而不是"多亏了毛丫丫"。"毛丫丫"的称呼在此处是显得大不敬了,它们是那么虔诚而庄严地感激她。她的手被抚得太重,很不舒服,而她却默默地忍着,她完全能觉出那手的动作所表达的所有心情。她也同样肃穆着表情,由着一只苍老的,枯黄了的蚱蜢从她的圆口搭襻的布鞋上跳了过去。

这时候,汽笛鸣了。她知道,码头就在前边。她要乘上一只船,去上海了。她不知道上海是什么,什么是上海,可是姨娘告诉她,她是上海人,她生在上海,她的爸爸妈妈在上海,她从上海来的。汽笛鸣叫似有些耳熟,曾在几时听过,可那已经是许久许久,几乎是她出生之前的事情了。她侧着脸听了一会儿,说道:

"姨娘,船响了。"

姨娘望着她尖瘦的小脸,愧愧地想道:下巴成个锥子了。然而,毕竟是没病的,没灾的,抱在手里来,走着回家去了。也不算太对不起了。她端详了一会儿,问道:

"毛丫丫,你今年几岁?"

"叫名八岁。"她回答。

"你的名字叫什么?"姨娘又问。

"张达玲。"她又回答。

"叫什么?"姨娘故意地追问。

"张,达,玲。"她回答。

两人走着路,同样的麻绳纳底的一大一小两双鞋印刻在大路的浮土上,清晰了一阵又被浮土淹没。

"你爸爸做什么工作?"姨娘再问。

"坐写字间,算账。"她回答。

"写字间在哪里?"姨娘紧跟着问。

"大自鸣钟。"她紧跟着回答。

35

"妈妈又做什么工作?"姨娘不放松地问。

"百货大楼里卖绒线。"她不放松地回答。

"大楼又在哪里?"姨娘问。

"静安寺。"她回答。

姨娘松下一口气,她却还严肃着,仰着脸,目光灼灼地盯着姨娘,等候打分似的。姨娘松了一口气说道:

"学校里的先生考你,你就这样说啊!"

她严肃地点头。

"你不这样说,先生就不收你啊!"

她点头。

"先生要不收,你妈妈要怪姨娘不教你哩!"

她几乎是庄严地点头。

姨娘欣慰地笑了,却又撩起衣襟擦眼泪:"你这丫头其实不呆,就是不喜说笑罢了。"

她知道这句话姨娘并不是对她说,而是对女人自己说,便回过脸去望着前边,走她的路。姨娘擦过了眼泪,继续走路。走了一会儿,姨娘忽然叫了声:

"张达玲。"

她几乎停止了脚步,她几乎停止了脚步地犹豫了一下,然后回过头,看着姨娘,慢慢地答应道:

"哎。"

"张,达,玲。"姨娘又叫。

"哎。"她答应道。

姨娘大松了一口气:"好毛丫。"

她的嘴唇没有表情的咧了咧,又闭拢了。似乎想笑,却没有笑开。

"毛丫丫,叫你张达玲,你要赶快地应。你叫张达玲,张达玲是你,可万万不能不应!"

她连连地用力地点头。

"你要不应,你要没有应上,人要说你呆,骂你是乡下人呢!"

她点头。

"骂你乡下人,还要骂姨娘,骂姨娘教不好你呢!"

她发誓一般地点头。

姨娘抹抹眼泪,两人再继续走路。码头就在前边不远的地方了。

这一回,船是在白昼里行进。在白昼里的这一次行船便深深地刻在了她的记忆中,她再也忘不了了。她趴在船舷的栏杆上,凝视着船破开了水面。船破开了水面,浊绿的水流一股一股向后划去,波光粼粼。对面是光溜溜的一条长岸,立了几株枯树。岸是白色的,缓缓地斜下江面,接住江流。江鸥跟着船,在阳光中穿行,时而变幻着颜色,时而白,时而黑,时而明,时而暗。江面时而非常开阔,开阔到看不见那光溜溜的长岸,时而又狭了起来,可以和江边洗衣的女人招呼。她踮起脚,双手趴着栏杆,将锥子般的下巴抵在栏杆上,目不转睛地看着。然后渐渐累了,便慢慢放下脚尖,脸颊贴在了沁凉的木栏上,有声音顺着木栏流进了她的耳朵。她专心地聆听着,渐渐入了迷。江鸥的翅膀划动了透明的气流,透明的气流在江的上空织成无色的霞云。那翅膀的划动逐渐优美而热情,那气流逐渐呈现了色彩和光芒。

翅膀牵连起千丝万缕的光与色,每一次划动,天空便绚烂一回。混沌的江面底下,深处有清澄的激流,与天空作着和谐的回应,对话似的。这对话从她小小的身躯里穿行,她小小的身躯被这穿行安抚而又激动。她小小的心里忽然间充满了许多不为人知的欢愉,她无法了解并掌握这欢愉,更加难以向他人传达,这如同是一件隐私一般,只能为她独自一人所拥有。她小小的年纪就有了一桩欢愉的隐私,因她必得保守着秘密而与他人有了隔膜。江面渐渐的又窄了,她看见江边有一些人,在江水里淘洗着什么,他们刷地抬起头来,朝着她直直地看,做着鬼脸般的笑脸。她猝然被惊醒,心怦怦地跳着,眼睛里有许多不祥的金星"嚓嚓"地跳动。江鸥落到了船尾,留下翅膀划动气流的余波。江岸上是平缓的沙地,一眼望去,望不见一株树或一间房,只有一片白得炫目的沙砾。那沙地忽地波浪般地涌起,向她涌来,她感到晕眩,胸口渐渐地发闷。她竟趴在栏杆上吐了,一口一口地吐在了江里。她不知道她是晕船了,只是从心底嫌恶那些灰白的、炫目的沙砾。她吐了一阵,才觉得畅快,船渐渐离江岸远了,江面重又开阔起来。她重新将脸贴在了木栏,江鸥又重新飞到船舷。

姨娘在底舱打着瞌睡,沉重的脑袋朝向膝盖一点一点地垂下。这一趟旅程于她并没有什么两样,这只是她的许许多多的旅程中的一趟。她很难记起这一次与那一次有什么不同,她总是坐在黑暗的、永远需要一盏电灯昏黄的照明的底舱,外面是一个白昼还是一个黑夜于她无关。连她所有的半睡半醒的梦都是一模一样。她自然也是要做梦的,她梦见昨晚上与男人的那一场做爱,这在很长时期内是最后的一次做爱,在很长的时期里,她要以这个夜晚的记忆来慰藉她寂寞的身体。早晨她从自己的房子里走出来,将很久地回不去了。她不知道今天晚上,她将在什么地方过宿,今后的这一个很长的时期里,她将在什么地方宿夜。早晨她从自己的房子里走出来,将很久很久地才能回去。她略有一点忧愁,可这忧愁于她已经熟惯,已是她心情中永远的部分。她早已经历过许许多多个这样的、不知在哪里宿夜的白天。男人的永远没个够的抚摸还在她身上窸窣作响,她却又开始了第二个梦。第二个梦是一个饥馑的梦,前胸贴后背,肠子如洗猪肚那样捅过去,翻过来,一阵极响亮的咕辘声将她惊醒了,原来是肚饥了。她撑开昏昏的眼睛,也不知是到了什么时辰。然后伸手到提兜里摸出几张油饼。她用嘴咬了一张,将另一张叠成三角的一卷,撑着地站起来,出了船舱。

她跟跟跄跄地出了船舱,阳光刺痛了她的混沌的眼睛。她左躲右闪。她左躲右闪地走上船舷,阳光将她眼睛刺得麻木了,她不必躲闪了,她看见了她站在栏杆前,脸颊贴着栏杆,一动不动,刚要张口,又停顿了一下,然后才又叫道:

"达玲!"

她一动没动。

姨娘急了,更大声地叫道:"达,玲!"

她依然不动。

姨娘走近前去,看见达玲闭着眼睛,她睡着了。她站在那儿,脸贴着栏杆地睡着。姨娘欣慰地出了口长气,心里说道:"原来是睡了,要不,叫她达玲她就会应了。这伢儿其实并不呆。"

江鸥的翅膀几乎扇着了她尖瘦的脸颊,她在一片翅膀的缭乱中睡着了。

她睡了很久,又醒了很久,然后,船呜呜叫着靠岸,岸上万头攒动,如潮如涌。她被喧嚣的人群吞没了,喧嚣的人群挟卷着她,不知要把她挟卷到什么地方。而她是没有一点意志了,她没有感觉,没有思想,她只是用手紧紧攥了姨娘的一片衣角,姨娘的一片衣角被她攥得老长,这是她唯一的依傍了,像溺水的人手里的一块碎了的船板,如不紧紧地抓住,转瞬间便得没顶。她张着嘴,想叫姨娘,可是声音是那么微弱,微弱得完全不像是她的声音。她极害怕,便住了嘴,不再出声。这时候,她却听见姨娘的极为生疏而离奇的声音在叫她,她竟不敢应了,害怕自己发出那么奇怪的不像自己的声音。她拼尽全力拽紧了那片越牵越长的衣角,随着那片衣角的牵引而去,她紧紧地随它而去。忽然,她的胳膊被一只钳子般的大手握住,有力地拉了过去,要将她的手拉开那片衣角。她抵不住了,她毕竟年小体弱,年小体弱的她抵不住了。她绝望地要想惊叫。刚要出声,却听姨娘那生疏而离奇的声音陡然而起,裂帛一般,她猝然地转过头,看见了姨娘惊惧的脸色。

"毛丫丫,你是要跟什么人去呀!"

她不由得一松手,方才看到她前面走着一个老头,穿了几乎拖地的长衫,摇摇摆摆一步一趋地远了,淹没在暮色里,再看不见了。她出了一头冷汗,发疟疾似的哆嗦,说不出话来。姨娘握住她冰凉潮湿的小手,按在了胸前:

"你摸摸,姨娘吓得好凶!"

姨娘的心在一片博大而柔软的胸脯里"扑扑"地跳,她以她冰凉的手背感到了。

"你随那人不回头地走,姨娘当你遇上拍花子了。"

她心惊胆战疑惑不解地望着姨娘流着冷汗的脸,那脸在暮色昏昏的微光里蜡似的透明的黄,如潮如涌的人群已经溃散,溃散了的人们三三两两地行走。姨娘慢慢地与她讲了"拍花子"的故事。她哆嗦,姨娘也哆嗦。姨娘哆哆嗦嗦的声音很陌生很古怪地响着,她好像不认识姨娘了,却又十分地认识。她恍惚起来,她不明白她们是怎么到这里来的,她不明白她们到这里来是做什么。她顾不及去问,姨娘走得很急,她只得急急地跟随。她听见自己的脚步竟在路面上敲出清脆的声响,所有人的脚步都在噼里啪啦地作响。她细细地辨别自己的脚步的声响,还有姨娘的,生怕与别人的混同。四只脚踏着坚硬的路面,那声音又零落又杂沓。灯光是那样地骤亮起来,简直迅雷不及掩耳,她突然地处在了一片辉煌的灯海之中,她不禁张皇失措。可是,灯光是多么绚烂而神奇,变幻着永不重复的颜色。她忘了这是白昼还是夜晚,白昼和夜晚在这一瞬间一起消失了。她也不知哪是天哪是地,天和地在这瞬间也一起消失了。她处在一条光的河流中,这是一条没顶的河流,她则是一个溺水的人了。她迷茫地由着姨娘的牵引在这奇境中游行。她没有知觉地随了姨娘的牵引在这梦幻里游行。而她竟在这梦幻世界里看到了小孩,和她一般大小的孩子,花枝招展,花团锦簇。可是她依然一眼认出了,那是与她一样的小孩。小孩在大人的牵引下,慢慢地或快快地走。她的视觉开始恢复,似乎获得了了解与辨认这梦幻世界的依据。她鼓起勇气,怀着比较清明了的知觉,重新打量这一个簇新而离奇的世界。那些个小孩很从容地走路,坦然,自如,脚步坚定。而她做不到,她如同走在别人家里那样蹑足而行,因紧张而踉跄着。那些个小孩不仅走着,还跳着,跑着,朝大声斥责的大人们扮着丑陋的鬼脸。小孩们还吃东西。空气里充满了食物的甜食,又是一种怪异的香气,深深地刺激着鼻膜,却激不起食欲。她心里满满的,头脑却昏昏的,她再也想不起她究竟是为什么要到这里来。这时候,似乎是为她解围,姨娘说话了。

"坐上车,就看见爸爸妈妈了。"

她们原来早已止步,站在了一群人中,这一群人站在一面高高竖起的站牌底下,翘首朝前眺望,她也朝那方向望去,望见了无数雪亮的灯,朝她逼来。她惊得要逃跑,可是腿脚发软,她动弹不得。再看那所有的人都泰然地立着,没有一点胆怯的意思,她却依然是心悸,腿脚发软。成千上万具雪亮的车灯排山倒海般地过来,她惊骇得叫不出声来,转眼间却化险为夷,成千上万具雪亮的车灯排山倒海般地过去,灯光"嗖"地扫过她的全身,一切安然无恙。她的心"通通"地跳着,撞击着她单薄的胸膛,她单薄的胸膛眼看就要破碎。姨娘见她面色苍白,目光呆滞,便以为她饿了,安慰道:

"坐上车,就到家了,爸爸妈妈都在等你哩。"

爸爸,妈妈,这两个词在她听来是十分的隔阂。她知道她如同每一个孩子一样,有爸爸和妈妈。可是,爸爸和妈妈对于孩子究竟是什么意义,她却是毫不知解。这大约要成为她永不得解决的问题,成为她永远的困惑,这将使她损失许多,这是要在她长大成人,许多许多年之后才可明了的。现在,当她听说还要去见爸爸妈妈的时候,她竟感到一阵彻骨的疲惫。这一日的印象是太多太复杂又太突兀,她没有一点准备,她应接不暇,她抵挡不住,她马上就要败下阵来,她马上就要做了逃兵,无奈她是想败也无法败,想逃也无法逃,没有后路,没有选择,她唯有坚持。她心里充满着绝望,她觉得她的末日已经来临,她必得在今夜灭亡,可她现在尚有知觉,因此她必得坚持。

一辆汽车呼啸而来,停在了她的面前。姨娘牵着她上了汽车,车很拥挤。她在人群中,人群几乎将她活埋,她喘息都困难了。然而森林般的人群遮断了那梦魇般的光辉,她渐渐安心下来,得到了一次小小的休憩。但这小憩很快地结束,车身剧烈地开始晃动。姨娘也晃动了,前摇后摆,她无法依靠姨娘了,她失去了依傍,她身不由己,她几次要摔倒,却几次摔不倒,因她被人群紧紧地挟着,犹如波涛上的一株小草,想沉也沉不到底。她失去了意志,任凭波涛将她推来推去,她有几次脚底离开了地面,好比被巨浪举起再抛下,她不知道她将会怎么样,她是前途未测,朝不保夕。她几乎要呼救,要尖声地呼救,而她终于忍了下去。她孤独地忍耐,以她的忍耐作着孤独地抵抗。谁都没有注意到在他们的底下有一个小小的乡下来的孩子,谁都没有注意到在他们底下的一个小小的乡下来的孩子正在为避免成为牺牲品拼力斗争。大人们互相抱怨着,抱怨着每日这一趟车的可怕的拥挤,继而抱怨着每日这一班的轮船,抱怨着轮船里走来的乡下人,抱怨轮船里的乡下人偏偏要乘的这一班汽车。大人们不知道,在他们底下有一个小孩在经历着比他们更为艰巨的斗争。她被埋在人丛的深处,听凭人们交替着双腿,扭动着身躯,没有人可以救她,姨娘的手的搀扶是那么飘摇不定,岌岌可危。她全力以赴地抵抗,几乎是聚集了她全部的注意力和生命力,她甚至没有注意到她突然地被释放了。她突然地被释放了,她几乎是被摔下车门,她扑到一棵树身上,呕吐了起来。她吐出了许多黄色的清水,在树底下那仅仅一米见方的泥地上淌了一摊,她抱着粗糙的树干,看着她吐出的黄色的清水淌在那一米见方的土地上,这才发现这地方没有土地。这么大的一块地方竟没有土地,她们竟在不是土地的地方走了这么远,而依然不见土地。她又想吐,却再没什么可吐的了,她徒然地伸了几伸脖子,被姨娘拖了起来。姨娘的声音像从极远的地方传来,姨娘的声音说:

"爸爸妈妈就在不远了。"

她疲惫不堪,可是没有退路,她是没有任何退路的,她只有随着姨娘去了。姨娘的脚步极快,她有些跑不上了,姨娘的声音便从很远的地方抱怨道:

"快走啊,就到了。"姨娘想着今夜晚还不知在哪里过宿呢!姨娘想着今夜晚不知在哪里过宿就有些着急。可姨娘的话却像威胁了她似的,她更有些拖沓了。姨娘便又一次催促:"快走啊,就到了!"她犹如被逼到了绝境似的一下子勇敢了起来,她竟一步一步快了起来,姨娘倒有些跟不上了。

家,是一步一步地到了,她不再去想"家"是一桩什么东西,家却不知怎么的就到了。昏暗的灯光照着油烟熏得发黑的墙壁,发黑的油浸浸的墙壁上挂了一些铁锅,锅底朝外,锅底漆黑。一具铁架上奇怪地燃着火苗,烧着一把铁壶,吱吱响着。这样的铁架,沿墙放了有几具,以后她才知道,这叫煤气灶。尽里头有一个水池,一个女孩子弯腰在那里洗碗,水源源地从一个龙头里流出,以后她也知道了,这叫自来水。水池旁边是一扇门,门的旁边有一张方桌,方桌正对了她们走入的那扇后门。方桌旁边站了两个人,爸爸和妈妈。爸爸和妈妈目光茫然地望着她,没有说话。姨娘的手在她背上推了一把,她便不得已地朝他们近了

一步,站在了他们的眼睛底下。他们的眼睛便从上朝下地茫然地看着她。姨娘在她身后很远很远的地方说:

"叫爸爸,叫妈妈。达玲。"

姨娘的声音好像在很远的地方牵着她,她受了操纵,叫了"爸爸",又叫了"妈妈"。爸爸妈妈慌了似的,竟没顾上回答,而是飞快而张皇地互看了一眼。然后,妈妈说——妈妈太过于匆忙,没有准备好台词——就说道:

"达玲,你认识妈妈吗?"话没说完,她已经窘得涨红了脸。

她无法回答,她也深深地受了窘,她窘得没法,便想逃跑,从他们这陌生的一男一女眼睛底下逃跑。可她没有动弹,她一动不动,挺立着。她不知该如何逃跑,她看不见逃跑的道路,甚至连她的眼睛也无路可逃,直直地盯着那个叫她和她自己都受了窘的名叫妈妈的女人。那是个娇小玲珑的女人,被她的眼睛盯得有些发怵,便向姨娘转过头去,与姨娘搭话了:

"阿姨,你找好了东家没有?"

"有个同乡人让我去找她。"姨娘回答。

"你的同乡人在什么地方?"

"淮海西路的地方。"姨娘说。

"她晓得你今天到上海吗?"妈妈又问,慢慢地喝着茶,她与姨娘说话,才渐渐恢复了镇静和优雅的风度。

"她大概是晓得的。"姨娘略有些迟疑地回答。

"阿姨,你晚上如果来不及去找你的同乡人,就和达玲挤一夜好了。"妈妈向达玲看了一眼,这一眼却又局促起来,赶紧地收回了。

"也好的。"姨娘说道,暗暗地松了一口气,然后顺手将她拉

45

了回去,贴着自己的膝头站着。她终于被释放回家了,她浑身放松下来,却禁不住微微地战栗起来。她几乎是整整一天没有吃东西,却不觉着饿,只是战栗,额上沁着冷汗。饥饿是从她的身后袭击她,她几乎要蹲下,可依然是挺着。她的眼睛对直了正前方看,正前方是妈妈,妈妈身后是黑暗的过道,过道的一边有着一扶木楼梯。她听见楼梯上一阵噼里啪啦的响,然后就从黑暗里一溜烟跑出一行小孩。她终于又看到了小孩。一行三个小孩一溜烟地跑了过来,一字儿排开,靠在熏黑的油浸浸的墙上看她。三双眼睛齐崭崭地看着,他们显然不是她的对手,她一个人抵挡他们三个人的目光,显然是绰绰有余,那个最小的男孩先就退缩了,他偏过眼睛,求援似的叫道:——

"妈妈!"

这便像提醒了妈妈,又像救了妈妈,妈妈立即朝他说道:"这就是大姐姐,你们要叫大姐姐的。"又对那大男孩说:"你叫大妹妹。"然后才对她说:"这是大哥哥,这是小妹,这是小弟。"将他们依次介绍了一番,便再也无话可说,就说:"上去吧!"于是,那三个孩子跑马似的一阵蹬蹬蹬,一溜烟地上了楼,上到一半又停住,趴在扶手上回头朝她看,不知是召唤的意思还是示威的意思。妈妈又对姨娘说:"你和大妹妹吃晚饭吧,饭和菜都有的。"

姨娘则说:"你们上去好了,我来热饭,随便吃一点算了。"

灶间里一下子清静了,那洗碗的女孩不知什么时候关上龙头走了,只剩下姨娘和她。姨娘忙着热菜热饭,她慢慢地在灶间里走动着。她手扶着方桌,悄悄走了一圈,停在了水池子边上。水池前的地上有一方石板,垫脚用的,她踏上去,在上面静静地立了一会儿。这时候,她看见了水池的上方有一扇玻璃窗,窗外漆漆黑的一团,窗户旁边是一扇门。她走下石板,轻轻地推开门,门外是一方又高又深的天井,她站在天井里,昂起头朝上看去。四面都是高墙,高墙上嵌着窗户,暗着,最最顶上的一扇有着绰绰的光影。四座高墙圈起一个深深的井筒,她站在深深的井底,望着井口上方一块奇怪的蓝天,蓝天是又高又远又神秘。深蓝得几乎成为黑色的天空上有一颗小小的明亮的星星。她没有想到在这里看见了星星,虽然只有一颗,却又真实又明亮。她欣慰地放心了,好像找到了一个证据,证明这个世界与她还有着一些联系,而并非彻底地隔绝。而她又有些伤感,伤感这星星就像被锁住了,没有自由,而且孤单。她久久地昂着头,凝望着那颗星星。她觉着自己是在攀着高而陡峭的墙壁,越过那些黑暗的或者光影绰绰的窗户,攀到了井口,要去接近那蓝天,可那蓝天是越发的高远,越发的深邃,越发的神秘难测。忽然,一阵震耳欲聋的水声从四面响起,山洪暴发一般,汹涌澎湃。她一下子坠了下来,几乎摔个半死。她几乎摔个半死的四面八方的看着,激流已经过去,只留下湍急的水声。她终于找见,墙角有一根粗大的铁管,如擎天大柱一般伸向高墙的顶端,从那最最底下的底部,正流淌出黑色的浊流,顺着浅浅的水泥的沟渠流淌。水声在天井里激起惊天动地的回声,四面呼应,久久不息。她听见姨娘在叫她,她透过玻璃窗看见姨娘正扒着一碗满得堆尖的米饭,姨娘头发披散了,她急骤地扒饭,有一粒饭粒沾在了她的嘴边,她似乎觉着了,伸出舌头勾了几下,终于没有勾着,然后却不知怎么掉了,没有了。

这一日,当她经历了一场接一场的战斗,终于躺倒在一张陌生的床上,她浑身彻底地散了架,她是遍体鳞伤,她半闭着眼睛,她半闭着眼睛躺着。房间里早已熄灭了灯,却依然微明。她想,天还没黑啊!她又想,天黑过了重又亮了啊!可是四下里是一片陌生的鼾声,于是她想,天要黑了。她等待着天彻底黑下来,黑到什么都没有的时候,才好彻底地休息。可是天却再黑不下去,永远黑不到将一切遮蔽,永远遮不断视线,永远不让人彻底地休息。她半睡半醒地躺在微明的深夜里,她醒也醒不来,睡也睡不着,她好像孤舟般飘零在微明的深夜里。唯一的依傍是身边的姨娘。姨娘紧紧地抱着她,她真切地体会到姨娘紧紧地抱着她,她从未这样清晰地感觉到姨娘紧紧抱着她,她便也想紧紧地偎依着姨娘。可是她却没有一点力气和心情,她甚至有些厌烦姨娘的拥抱。她甚至不敢呼吸,因为闻到了姨娘熟悉得令她生厌的头油的气味。姨娘的搂抱像要摧毁她的意志似的,她不敢体验这搂抱,她不能被摧毁。她凭着她聪敏的直觉了解到,无论她多么的疲惫不堪,都无法脱逃她所面临的战斗,将有许多战斗等待着她,她不可软弱。可是姨娘竟啜泣了起来,姨娘的啜泣骚动着她的耳朵,她的耳朵很痒,她想躲开,姨娘却将她搂得那么紧,有一大颗冰冷的泪珠滴进了她的颈窝,泪珠顺着她的耳郭滴进了她的颈窝,她不由得抽搐了一下。姨娘将她抱得更紧,泪珠一串串地滴进了她的颈窝,枕畔湿了一片。可她再不能软弱了,她心中的堡垒摇摇欲坠,她要坚持住啊!她咬住牙挣出了姨娘的搂抱,翻了个身,脸朝里了。她用力将眼睛闭上,最后一丝光线渗进了眼睑,然后,一切都黑暗了,一切都没有了。

第 四 章

妈妈是一家小业主的独生女儿。老夫妻开了一爿烟纸店,省吃俭用,积蓄了一小笔钱为女儿买了一些火柴厂的股票,这家火柴厂虽没有大的前程,却十分稳定。老板是他们家一个很远很远的远房亲戚,这样似乎就更可靠了。后来,火柴厂公私合营了,股票也还认账。于是,女儿每年都有一点点股息的进账,虽是非常微薄,可是却足以帮助他们维持一份小康的生活。女儿虽未受过多大教养,却也是千娇百宠的小家碧玉,在家时是父母疼,出嫁后是男人爱。男人是普通的职员,除了一份固定的薪水,没有额外的进账,这自然是一个谦让女人的原因,可是也不仅是顶重要的原因。他确是喜欢他的女人,喜欢这个女人做他的女人。因高高大大的他,女人却是小小巧巧。因小小巧巧的女人,总是要违拗他又总是违拗不过他,他总是需要经过一番争取才可最终得到这一个女人。这一番争取不那么容易却又决不困难到要使他投降,它恰恰仅止困难到将他的欲念扇动得十分热情。这一个女人总是恰当其时地败下阵来,从不使他热情的欲念落空,反使他心中升起无穷的温存。那温存在风暴涤荡之后予男人予女人都是慰藉和欢乐。他是百般的温存,他对她是百般的体贴,她是他的皇后,他则是她的奴仆,他是迄至那个时刻为止的她的忠心的奴仆,而在那一个时刻里,他便做了皇帝。然而,因为这一个时刻是这男人与这女人关系中最重要最本质的时刻。有这一个时刻,才有其他的时间,无论这一个时刻多么短暂,那余下的时间是多么久长。这是决定性的一刻。于是在这决定性的一刻里,这男人与这女人便定下了乾坤。可他对她是百依百顺,百般地体贴。在最困难的时期里,都为她每日订半磅牛奶,她总是独享这半磅牛奶。有时候,被孩子贪婪的目光逼迫不过了,就在他们的泡饭碗里每人舀上一调羹。这样地享受父母和男人娇宠的女人,往往是不懂得娇宠孩子的。她似乎是一辈子也难为人妻母,而却永远地为人女儿。她太过于专注享用宠爱,便分不出精力与聪敏去学习爱别人、爱孩子。每一次生产于她都是一场酷刑,她来不及留心体内与胎儿一起培育着的母性。这母性被她忽略掉了,从来得不到注意和培养,便自生自灭了。她被分娩的痛苦折磨得死去活来,她是死了几回然后又生还。而她死了几回又生还却一无对生命神秘的感应,她白白地出生入死而一无所得。她的位居中游的思想和智慧全为怜惜自己占满,她怜惜自己因为旁人怜惜她而愈演愈烈。他伴着她几下地狱几回人间,他除了他娇小可人的女人,忽略了其他的一切,父爱在他心里同样地自生自灭。他们两人只顾着相亲相爱,生死相依,别的一切全不在他们视线以内。所有的孩子,全是奶妈带大,略大一些以后,又交外公外婆照管。他们的楼梯拐角处的朝北的亭子间里那张小小的床,便是他们极乐的方舟。他们总是匆匆地度着一日里其他的时光,几乎是迫不及待地缩身其间。然后,人世间里所有的烦恼便都消失殆尽,唯有极乐与极乐。

四个孩子睡在朝南的大间里,还有一个时常来又时常走的外婆。在外婆时常不在的日子里,这里便失去了最起码的管辖。他们总是吵闹,他们以那一种她不能了解的奇怪的语言吵着一些她同样不能了解的奇怪的事情。他们因为她不能了解而十分地骄傲,炫耀般地越吵越烈,却决不打将起来。这只是一场表演性质的口舌。她惊奇她的两个兄弟也如妹妹那样巧舌如簧,他们灵巧地绝不重复地无尽地来回,千变万化,婉转曲折。有时则又永远地重复一个字眼或一个短句,以相同或不相同的语气将这个词语互相抛掷,在千万遍的重复中表达了绝不重复的意义,这是一种反复咏叹的手法。他们还会完全放弃了语言,只用感叹的声调,竟也可有数十数百个回合。她是完全抓不住要领,越发地糊涂,想不听也不成,他们的声音在房间里响亮悦耳地回荡,缭绕不绝。决不会有人来阻止他们,亭子间里的父母早已到了另一个世界,左邻右舍也早已习惯了这家儿女们的游戏。她困惑得了不得,茫茫然地看看这个,又看看那个,不料却引得争吵双方注意。他们望着她茫然地来回转脸,目瞪口呆的样子,不禁笑软了。一边笑,一边互相地使着眼色。她这时方才恍悟过来,其实,他们是一个同盟,他们的对手是共同的,这一个对手便是她,她是他们共同的对手。她看着他们在乱七八糟的床铺上笑得打滚,心里又气愤又屈辱,可她决不会流泪,也不会相骂,她只是极其鄙夷地扭过头,不再看他们。然后,就听见他们齐声朗朗地唱起了歌谣,内容是关于一个乡下人不会说上海话的故事。她心里孤苦得要命,可却不肯示弱,只是严峻地扭着脸,任他们在她背后扮出种种怪相。其实她是太过于认真又太不随流了,她看不出他们其实心里是希望她也参加进去,与他们合伙。他们其实是在引诱她,招徕她,他们是很乐意与她一起游戏的。他们内心里是很与人为善,极爱广交朋友。只可惜他们从来缺乏好好的教养,不会大大方方地行事,倒学了乖张和促狭。事情就是这么复杂,又是这么简单。本来,凭着她的聪敏是完全可以领会,如若她再有一些灵活,大概也就会与他们搭上话,只需搭上了话便可参加进去了,一旦参加进去,她便可做他们的领袖,带领他们做一些别样的游戏,因他们其实是没有主见,极愿意受人领导,接受别人的意志,可惜他们没有机遇。然而,她太缺乏灵活,且又固执又紧张,她完全不能与他们对应,她以她那极不自然的骄傲与强硬对峙于他们,这才真正地惹起了他们的反感。于是,便失去了与他们合伙的最初的也是最好的机会。从此,他们将要在很长的时期里对峙着,尽管这是她不愿意的,更是他们不愿意的。这里的形势几回几转终成定局,他们的父亲和母亲也已停泊,停泊在风平浪退的港湾。一整个世界都隐没了,只有他们这一个孩子的父亲和一个孩子的母亲。孩子的父亲和孩子的母亲置身在了寥无人迹的孤岛,什么都不会妨碍他们,他们尽情尽欢。他们从来想不起他们的尽情尽欢会播下生命的种子。他们对他们播下的种子无可奈何,犹如孩子对自己的出生不能负责一样,他们也一样的天真地觉得无法负责。可是他们都是极善良的人们,他们很豪爽地收容了他们的孩子,收容他们的孩子的时候,他们就像是仁慈而博爱的上帝。他们给予孩子的决不少于其他父母,他们以为应该给予的,他们都给予了。然后他们才能心安地驻扎在他们的孤岛与方舟上,否则,他们便也无法尽情。

孩子们永不会知道他们的父亲和母亲所在的那一个世界,

孩子只以为他们是早早地睡了,并且为他们这样早早地并且沉沉地睡眠深感幸运,他们获得了充分的自由。他们也是同样的非常快乐,非常尽情。他们觉得生活真是太美妙太美妙了。父亲和母亲所在的亭子间与他们的前楼相隔了短短一段走廊和寥寥几级楼梯,这却像是隔了万水千山,他们好像处在地球的两极。他们彼此不知道对方在做什么,彼此也毫无了解的兴趣,他们却是同样的快乐,同样的自由。

　　而她是处在这两个世界的外面,她哪一个世界也进入不了,她哪一份快乐也领略不了,她是很孤独的了。她就坐在自己的靠了窗的床上,望着窗外发呆。通过这扇窗户,正看到前排楼房的北窗,窗与窗离得那么近,趴在窗台可以闲话,还可以用一根竹竿传递东西,就像三楼的那个男孩和对面三楼的那个女孩一样。他们像钓鱼似的,将一些纸头、铅笔之类的东西系在竹竿上,传来传去。她看不见三楼的男孩的面孔,也看不见对面三楼的女孩的面孔,她只看得见对面三楼的窗户里边,伸出的一双白白细细的女孩的手腕,那双手颤悠悠地举着一根青青的竹竿。在颤悠悠的竹竿下边的二楼的窗台上,晾了一双长年不收的布鞋,主人也许早已把它忘了,它一直在窗台上面,风吹日晒,渐渐地变了颜色。在那被遗忘的布鞋旁边的窗里,时常活动着一个老太,她常在窗前走动,坐在窗前做着什么,那窗户下面大约是放了一张桌子的。她看着这些,心里莫名其妙,茫然不知所以。这么多的人,相距得这么近,伸出手便可触到。可是,他们都是些什么人?他们在做些什么?他们为什么要做?一无所知。她一无所知,每扇窗口都是一个谜语,却又几乎没有解答的线索。她对她周围的世界没有一点了解,没有一点了解的线索。她又孤独又紧张,一颗心永远高悬着。她高悬着一颗心望着这个世界,这世界全由石灰粉白的墙壁划分了,她就像因禁在许许多多格子中的一个格子里,她使劲地昂头,才可透过狭小的窗洞越过对面的房顶,而看见窄窄的一条蓝天,被裁割了的蓝天像一条蓝色的纸片,那么脆弱而又虚假。她闷得要死,她成天地坐在床上,脑子里塞满了她无法思索的思索,犹如一个痛苦的哲学家。她的目光整天在对面楼房爬满水迹石灰剥落的墙上攀援,沿着错乱的裂纹和整齐的砖缝。墙是那么坚不可破,虽然年头已久,她的目光永远地受阻,没有穿透的希望。虽然没有穿透的希望,可却经受了磨练,培育了非凡的洞察力,她竟能够洞察她的父亲与母亲,她从极其平凡琐细的日常生活中提炼了线索,每一点平凡琐碎的细节都逃不脱她锐利的经受了磨练的感觉——母亲的脚步在楼梯上响起,早几分钟进门的父亲便跑步似的送去拖鞋和洗脸的毛巾;早饭桌上,母亲在每人的泡饭碗里舀下一调羹的牛奶,牛奶和着焦煳的泡饭,发出怪异的香味;每日早晨,亭子间的司必灵锁神秘地跳开,父亲走出门来不无造作地空洞地咳嗽……这一切全在暗示她,她的父亲与母亲之间进行着一个古怪的秘密,一个不可告人的秘密,她实际是过人的聪敏,且又肯动脑筋。就在她窥探到她的父亲和母亲有一个秘密的时候,她与她的父母之间便有了深深的隔阂。而她的父母分明也感觉到了她的窥探,他们的秘密被她识破,如同被她抓到了短处。他们在她的面前便惶惶地不安。父亲为母亲送拖鞋的步态竟不自然了,母亲分牛奶的调羹会在她的碗边迟疑,那司必灵锁的启开更为小心因而便也更为突兀和鬼祟,那咳嗽声则因过分的不自如倒反弄假成真。她的在场使父母觉着压迫,他们不知不觉地有些躲她。她的无言而又无形的审视终于离间了她和父母的接近，她成了个没父又没母的孤儿。而他们又必得在一个屋顶下活动，他们连称呼都成了问题，就总是不叫。他们拘束得痛苦，全靠另几个儿女从中周旋。那几个儿女幸而是麻木而乐天，无根无由的总是快乐无比，创造了喧哗的气氛。如若他们都不在的时候，单单剩了她与父亲，或是她与母亲，或是她与父母两位，气氛便陡的紧张起来。而他们又都一致地不愿正视现实，自欺欺人地以为都很轻松，于是便坚持着不走。然而最终还是坚持不下去，只得逃遁。逃跑的总是她的父亲和她的母亲，她是一如顽石那样沉默和坚强，其实她内心是紧张得几乎崩溃，可她不明白她应该怎么办？即便是愿意逃，却也不知向何处逃，父亲与母亲毕竟有着彼此的合作与支援，不会像她那样一无出路。

当他们退回到自己的房间，彼此都有些沮丧，连相互的偎靠都觉不很自在，从此身后多了一双眼睛似的。可他们却不愿意交流他们的感想，他们不敢触碰这个话题，一旦触碰他们的欢情便会受了伤害，他们的欢情便再不会美满。他们非但不交流却还要说一些违心的话，为了欺瞒自己沮丧的心情。

母亲说："大妹妹很听话的噢！"

父亲便说："比那三个讨债鬼太平多了！"

母亲又说："大妹妹也很会做，碗洗得很清爽。"

父亲便又说："比那三个讨债鬼勤俭多了。"

这么一应一和地说着，似乎都隐隐的有一些期待，期待对方能说一些相反的话，却又害怕，害怕揭露了真相，他们谁也不愿揭露真相，他们谁也没有勇气揭露真相，便只好这么蒙混过去，继续演绎着一场骗局。幸好他们都不是太过认真的人，有几分难得的糊涂。心里却总堵着个什么东西,不太舒畅,有的时候,他们会有一点绵绵的后悔,后悔那一个很久以前的夜晚。可是究竟是怎么样的一个夜晚,他们是再也记不清了,这一个夜晚和其他许许多多同样或不尽同样的夜晚混淆了。他们只能推算出一个大致的时期,那一个大致的时期里的某一个夜晚,便是这一条生命启程的日子。除了创造这个生命的男人和女人,再没有旁证,而他们却模糊了记忆。一切皆已混沌,唯有那生命真实而确切,并日益壮大。

父亲和母亲睡在黑暗里,父亲的手摸索着母亲的手,他们像孩子一样手牵着手躺在黑暗里,他们逆着那条生命的路程想去,想到了许久之前的那个大致的时期内的某一个夜晚,所有夜晚包括那一个夜晚的欢乐,一起朝他们涌来,潮水般的,山洪暴发般的,他们被攫住,被淹没,他们无法自主,他们身不由己,刹那间被卷走了。

她孤独独的一人躺在床上。躺在床上,可望见对面楼房的一角窗户。兄弟姐妹们早已嬉闹得累了,入了梦乡。这黑不到底的黑夜总叫她不安,她被微明的天光托着,沉不下去,沉不到安眠的底部。她浮着,没有东西遮蔽她,她失了遮蔽,她就像裸着似的,周围全是侵袭的危险。她须得将自己坚壁起来,可是她手无寸铁,没有一点材料。她失了保护,连梦都做不稳妥了。她本是个爱做梦的孩子,失了做梦的机会,她不由怅然若失。有时候,她依然会做梦,却总是无端地被打扰。从梦里突然惊起时的那一阵心悸,使她再难安眠。她的梦被无端地击了个粉碎,她便只能在白日里,清醒的时刻,再继续编织她的梦境,拾起夜晚里梦的碎片。她竟白日里也做起了梦。一旦是这样的时刻,她就变得木讷而迟钝,连目光都空洞了。思想退到了目光的最深最隐秘处,她如睡着了一般。夜里她睡眠里做梦,日里,则是在梦中睡眠。可是,她却连做梦的材料都缺乏了,她的梦随了她年龄一起增长,须有越来越多的材料,她无以编织她的梦了。她的梦如同游云般从她头顶走过,待她伸手去抓,却什么也没有了。她的梦只是茫茫一片,她在这茫茫之中,沉沉欲睡,昏昏欲醒。她很想好好地做一个梦,她四处搜刮似的寻找她梦的题目和材料,犹如一个山穷水尽的小说家。这一天,她坐在后门口剥毛豆,听见几个邻居女人在说一个悲惨的故事,是关于"洋开花和小白菜"的故事。等她长了很大以后,才知道这故事叫做"杨乃武与小白菜"。她以她聪敏的头脑很知道这两种蔬菜实是两个可怜的人,并猜测到"洋开花"是男人,"小白菜"是女人。女性的名字里必有"小"字,这是被她无意识却准确地感觉到的。这故事被那几个女人落着眼泪,断断续续,絮絮叨叨讲着,她们重复着其中一些最最悲惨的片断,比如小白菜脱光了衣服滚钉板的片断。女人们打着寒噤,咒骂着,叹息着,无穷止地反复咏叹似的描述这个情景,她们的眼泪是成串地落在弄堂的水门汀地面上。她深深地被刺激了,她心里忽然地洋溢起一股不仅是恐惧,不仅是嫌恶,也不仅是快乐的感情。这一股感情激动着她,她突然亢奋起来。这是她来到上海之后与之前都少有的亢奋。她身体内有一根极隐秘的神经被触动,犹如一根琴弦被拨响。她的眼睛竟闪烁起来,她尖瘦的面颊病态地红润起来。她屏住了呼吸地聆听着那几位女人反复地讨论,她们那样精致入微地剖析着这一个细节,这个细节的前因后果都隐没了,它高高地凸现着,它成了故事的全部,全部的故事。女人们终于"呼啦"一声地散开了,剩下她独自一人坐在后门口,守着一碗剥干净的绿色的毛豆,望着弄堂里的小孩做着奇怪的捉人的游戏。她的弟妹也在其中,比别人更尖声更兴奋地叫嚷,满脸流汗,眼睛里闪烁着灼热的光芒。每当处在被捉的形势下,那捕捉的手马上要触到他们的时候,那叫声与目光便更为热烈。兴奋、紧张、恐惧、欢乐,全集于这一瞬息,叫声是突兀而锐利,如一片金属从玻璃上划过。好比金属从玻璃上划过似的划过她的心,她的心紧缩起来,她似乎也已参加进了这一个奇怪的游戏。她空前地为这一个游戏感染,这游戏里有着一点什么,正合了她此时此地的心的悸动。

　　从此,她有了做梦的材料,无论是黑夜还是白昼。她常常梦到她也如"小白菜"一样,裸着身子在一片无边的钉板上翻滚,为了她所不明的缘由,并永远得不到解脱,因那钉板是无边无际的宽广。这一个残忍的细节成为她夜梦与昼梦的核心,环绕着它,便生出了无穷无尽的故事。她很奇怪,很不可解地生出了一种自虐的心情,她演绎出许多自虐的故事,她以这些故事鞭笞她的心,受了鞭笞的心在剧痛地激动之后,便温柔地安静了下来。她还以这些故事充实她这贫乏而寂寞的日子,贫乏而寂寞的日子因这些怪诞的故事而有了色彩。如不是有了这些故事,她许会在这孤寂而又骚乱的日子里沉沦,现在,至少是在这一段时期内,她没有沉沦的危险了。

　　她心中的战争几经几回,她的父亲与母亲也已几经风浪而抵达平静的港湾,他们就像两个老练的弄潮儿,早已谙熟了水性,调整了浪起浪平,风起风平的节奏。他们从一开初就调整了节奏,再没有比他们更协调的夫妇了,因而,也再没有比他们更和美的夫妇了。他们是最普通的市民家庭里最普通的孩子,并没有受过良好的教养。他们不如那些有教养的夫妇那样,以外部的生活来调节内部的生活,比如:听音乐,读诗,散步,花前月下谈话,以智慧与文化培养爱情,使之不衰不败,使之自然性的接触生发出崇高的激情与快感。他们正巧相反,男女两性间自然接触的激情与快感使得他们虽没受过好的教育,却也自然而然地学会了花前月下的散步,说一些绵绵的情话,有时竟也能创作出警句,他们会用电影,公园,书场,西餐社等等的娱乐丰富他们除肉体以外的夫妻生活,然后再以这外部的生活,更加强内部的。这样,他们便无意地取得了夫妻生活的永动力。而那些有知识的读过书的有情操的夫妇们,则是有意地创造了这种永动力。他们是一对天下最幸福的夫妇了,他们既没有消退身体内的原动力,又可在这中国最大的城市里寻找到他们用以培养外力的机会和场合,电影院时常放映中外新片,酷暑中尚有冷气开放;西餐社可供临摹一套高贵又新奇的文化与生活。他们每月关饷的那一日总是去"德大"或者"宝大",甚至"红房子",电影是安排在周末的晚上。他们每个周末的晚上都看一场电影,每次去总挑选一个孩子与他们同行,他们以他们的善良和宽大深明为人父母的责任,他们尽到了他们做父母的责任,才可全心全意,快快乐乐地做夫妻。他们以形形色色千变万化的理由挑选这个幸运的孩子,有时是根据孩子的表现,有时是根据自己的感情。每到了星期六的下午,每个孩子便都怀了宿命般的心情,等待着裁决。那一个受了抬举的幸运儿将被母亲从头到脚地收拾一番,如同童装店橱窗里的那一个红唇白齿的模特儿。他或是她将兴奋得不知所以,而终于乐极生悲闯下穷祸,然后才安静下来,成了一个真正的乖乖,忧心忡忡,后悔莫及,临到出门前的那一分钟,也还前途叵测,不敢彻底地放心。而其余的孩子则将营营地哭着,并喃喃地不敢大声地咒骂。而这一切全都不能妨碍他们成为快乐的孩子。

她总是没有被选拔的希望的,她就总是平静着。而她却不知道,她使她父母的挑选感到困难了。由于她在场,这一个选拔便成了严肃而艰巨的工作,再不可随心所欲。他们每一次考虑都需困难地绕过她去,每一次绕过她去的时候,他们都要对自己解释一遍:下次带大妹妹去。可是到了下一个周末,却又失了勇气,因这一个周末来之太不容易,这漫长的一周几乎耗去了他们所有的忍耐力,他们绝不愿意拘谨地度过这一个美好的周末,他们要放松,要休息。她却总不让他们随便,她总让他们受窘。因此,她的中选永远在下一个周末。因她从没看过电影,又因兄弟姐妹每每回来描绘得又笨拙又乏味,看电影便也引动不了她太大的兴趣。与父亲母亲一样,她与他们同在也感到无形的压力,她不如自己一个人没有管束没有干预地做做那些自虐又自娱的梦。虽然,"下一次"的允诺也给她希望,她毕竟是个孩子,又很会好奇。

有一天,吃过晚饭,她照例地站起身要收拾碗筷,却听见父亲说道:"大弟弟洗碗,我们带大妹妹看电影。"说完还瞥了她一眼,她几乎从这一眼里看出一种期待,期待她能够自觉地推辞。她怔怔着,还没彻底明白,便被一阵尖利的呼啸惊了一下,三个兄妹几乎是同时地叫嚣起来,小弟不知怎么已经躺到了桌子底下,用脚跟擂着地板,所有的孩子一起绝望透顶而又愤怒透顶地叫道——

"不要嘛！不,要,嘛！不要——嘛！"

他们再没想到竟会是她去。若是他们中间任何一个人去，都不致使他们愤怒到这样，他们是决不允许她有这种幸运的。他们犹如集体的遭了侵略。而他们是太过分了，反使得父母坚定了决心，父亲说道："你们这样吵闹，下次也不带你们去，一个都不带。"于是，这一个周末，她有生以来第一次与父母一起出门，她有生以来第一次，与她的父亲和母亲一起去看电影，她有生以来第一次，看了电影。

妈妈帮她重新梳了头发。妈妈纤细的娇嫩的小手，拘谨得叫人心疼地在她头上活动，慌慌张张地扯断了好几根头发。妈妈给她编辫子的时候，无意间竟触到了她的脸颊。两人都似乎往后缩了一下，尴尬得微微涨红了脸。她听见妈妈的鼻息声，细细的，弱弱的，妈妈就像个小姑娘似的，十分十分的不像一个妈妈，尤其是不像她的妈妈，可这又明明是她的妈妈，而不是别人的妈妈。爸爸在身后走来走去，做着出门的准备工作，比如擦皮鞋。要擦自己的，还有妈妈的。爸爸很小心地走来走去，不敢放纵脚步，偶尔咳嗽几声。她不敢动弹，身体坐得笔直，由着母亲为她编完小辫，又在辫梢系上两个粉红色的蝴蝶结，然后，拿出一件妹妹穿小了的衣服，要她换上。她穿上妹妹穿小了的衣服，袖子抵到手背，妹妹是比她高出了半个脑袋，然后，妈妈说了声："正好。"才开始坐下整理自己。妈妈整理自己的时候，她不知道她应该站在原地，还是走开，她不敢乱动。她窘得只想逃跑，可她生来不会逃跑，便只得挨着。她很不合适地站在梳妆台的一侧。那是一个老式的梳妆台，是外婆给妈妈的嫁妆，镜子是又大又圆的一面，两边各有许多抽屉。妈妈是为了躲开她似的，坐在梳妆台的另一侧，缝一粒旗袍的纽扣。她们一个母亲和一个女儿，分别在那镜子前的两侧，她们正好得到了这样一个奇妙的角度，那便是母亲从镜子里看到了女儿，却看不见自己；女儿则从镜子里看见了母亲，却也看不见自己，而她们又全不知道自己被对方所看见，于是，她们便放大了胆子，她们放大了胆子开始正面地审视对方了。

她这才发现，原来她的母亲是一个好看的女人，娇小玲珑，看不出年纪。她的面颊是一种婴儿才有的粉红色，她的虽不很大却很秀丽的眼睛是发亮的黑。她原来是个好看的女人——她想道，说不出是什么心情，有些妒忌似的。她为什么如此地不像她的母亲，她几乎要怀疑，这一个娇羞可人，即便不笑却也盈盈的女人，是她的母亲。

母亲慢慢地缝着旗袍领上的一对长纽，她可从容地看这个女孩了。这女孩有一张尖瘦的小脸，干枯的头发紧贴着头皮，两条细黄的辫子弱不能支地吊着两只硕大的蝴蝶结，那是一对粉红色的蝴蝶结，再没比粉红色更对她不合适的了。这女孩绷着脸，一丝笑纹也没有，她有一双逼人的眼睛，甚至经过了镜子的折射，她还能感觉到她眼睛里逼人的光芒。她是与自己那样不像，她决不像是她的女孩，可她却不能像那孩子一样地怀疑。那个神秘的不可知的夜晚里，神秘而不可知的行为，那九个月里血液的交融，脉动的交错，全都神秘而不可知地证明她与她的联系，她是无法对这关系生疑的，她便无法逃避了。她渐渐地竟有些恼了，她灰心了，对这个周末的夜晚失了兴致。她的兴致全叫这孩子破坏，心里不由生出了恨意，竟变了脸色。

两个女人通过一面古老的镜子的折影对视，由于想要互相接近倒反疏远了。当母亲缝好扣子,从床沿站起走开的时候,她们都有些认输了,反倒轻松下来,她们不必再作什么努力,就此罢休了。

去往电影院的路上,是由父亲牵着她的手,母亲则走在另一边,牵着父亲另一只手。他们一行三人,像一个最最和美的家庭一样走在去电影院的路上。他们一路都没有说话,快到电影院的时候,父亲才想起一句要对她说的话。他告诉她,今天所以带她来看电影,是因为下个星期学校要开学,她要进学堂做学生,今天也是庆贺的意思了。

他们刚在位子上坐定,电影院就黑了。所有的灯都一起关上,漆黑一片。那是真正的黑暗,什么都不再看见的黑暗。黑暗将什么都遮蔽了,将一切都隔离又都融合。黑暗包裹起她来,她感到了安全,她竟一阵酸楚。她终于得到了保护,她在这黑暗的庇护下,如同解下了盔甲,浑身轻松。她的脸上与身上的肌肉松弛下来,有了弹性。她的眼光柔和下来,不再炯炯地逼人。她深深地坐在宽大的座位里,无比的安恬。前面亮起一方屏幕,黑森林般的人头从黑暗里浮起,浮现在她面前,将那银幕遮挡了大半。她却不在乎,她喜欢有黑森林般的人影遮挡她,将她与那光明的银幕隔离。她在黑森森的人缝里觑着那银幕上她所难以分辨的故事,她很安心。故事在遥远的光明的前方发生,人们无端地笑着与哭着,她却酝酿着自己的故事,依然是那一个残忍的自虐的故事。遥远的屏幕时时为她提供补充。她蜷缩在暗中,忘了娇小玲珑的母亲,忘了刁钻促狭的兄妹弟弟,忘了自己辫梢上的一对硕大的蝴蝶结,那些怪诞的故事从她身体里穿行,安抚并激励着她,使之活动起生气与活力。黑暗那样暖暖地、厚厚地包裹起她,她竟沉沉地睡去。她睡得十分安恬,唇边竟有了笑意。

当她在一片炫目的光亮与喧腾的人声中醒来的时候,她觉得精力充沛,头脑十分清明。她精力充沛,头脑清明地走在回家的路上,她想起了她拉了姨娘的衣角走进上海的马路的情景,那已经是很久很久以前的事了。

然后,她要上学了。

第 五 章

　　她所要上的小学校叫梅溪小学，离她的家很不远，不需穿过马路，就在马路转弯处的一条弄堂里，两座打通了的石库门房子。安静的时候，坐在家里就能隐约听见学校里的广播操音乐。广播操是在天井和弄堂里做的，因为没有操场，弄堂也极狭窄。这学校原先是一个私立学校，"梅溪"就是校长的雅号。校长并没什么学问，识字而已，出身也很低贱，大约是在苏州河上管了几十条粪船，不料却发了大财，是因为钱赚得有些亏心，要还还良心债呢，还是要"雅"他一下，好修正不那么"雅"的出身，抑或确实出于一个正经的目的，给小孩们受教育的机会，而不致像他那样，至多成了个暴发户。可是，他开了学校以后不久，却又潦倒了下去，连教师的月薪都发不出来了，眼看着要关门，结果是副校长带了两个青年教师硬撑了下来，一径撑到解放，就成了公立学校。据传说，那副校长其实是上海地下党的，要以这所小学作掩护建立一个联络站，否则他何苦要硬撑这个烂摊子，很犯不着的。可是看看又不很像的是，如是当年的地下党，那就是老资格，老革命了，却怎么不见高升，不过是从个"副"职转了"正"职，区区小学校长而已。另外，如梅溪小学真是一个地下党的联络站，那也是有过贡献，算得上一段光荣历史，虽不致像兴业路

"一大"会址那样圈起来给人参观,也应拨点公款好好整理整理,可至今仍是两座打通的石库门房子,连个操场也没有。恐怕并没有那么回事,而那副校长所以要撑这个门面,也许原因极简单,就为了几个失业青年好歹有碗饭吃,而小孩子们也不致失了学。议论很多,莫衷一是,传说纷纷。天长日久,在这学校里便流传有两个鬼故事,一是与梅溪校长有关,二是与当年的副校长,今日的正校长有关。前一个故事要从这位梅溪校长做人的风格说起,他是一个很有想象力却没有创造力的人,除了开办小学校外,他还开办过一个从"的笃"戏班改造的明星歌舞班,他还想造一座公寓,为了造公寓,他竟将他们族里的祠堂平了。可是,平了祠堂,公寓却没有造成,上了人家的大当,连地皮都输进去了。故事是从这里开始的。梅溪先生破了产,祖宗是夜夜来找他算账,他乘着小火轮到苏州,祖宗跟到苏州,他乘着火车到杭州,祖宗跟到杭州。缠得他一夜一夜不得安眠。并且,他虽发了大财,骨子里却还是个乡下人,迷信得很,一迷信就胆小,吓得魂飞魄散,最后一头从五层楼栽下,死了。死了之后,他的鬼魂也十分不安,到处游荡,来得最多的便是这座学校,因他所有的房产都赔进去了,唯有这座学校,虽然他早已无力支持,可毕竟门口还挂了他的牌子——梅溪小学。于是,这座学校里便常常出没着一个时而长衫时而短打时而洋装革履行头翻得很勤的鬼魂。据说,小弟伯伯就遇到过。第二个鬼故事便带有一些时代的色彩,说是在顶楼的四层阁上,时常有发电报的"嘀嘀嗒嗒"的声响,一响就是半夜,据说从前在那上面安置了一架发报机。小弟伯伯也听见过。小弟伯伯是最有力的见证人了,可是他缄默得要命,从不与人啰嗦,总是阴沉着一张脸走进走出,要向他问问鬼的情况是那么的不可能,叫人没有一点信心。久而久之,人们看见他都有点害怕,似乎他是鬼的同谋,自然而然疏远了他,他更越发的神秘起来。

再没有一个人能比小弟伯伯更了解这所梅溪小学,以及校长和副校长了。他原本是梅溪家祠堂的看坟人,后来祠堂平掉了,他就到这学校看门,一直看到了如今。梅溪家的历史,这小学的历史,正校长副校长的历史,在他心里是清清楚楚一本账。他听着别人闲话,不答腔也不反驳,默默地低着头,扎他的扫帚或是拖把。学校里的扫帚与拖把全是他自己扎,碎布条是他自己捡的。除了看门,收发报纸,敲上下课的铃,他还管着扫帚,拖把,畚箕,铅桶之类的劳动工具。他的手永远没有空闲的时候,却从不开口。几乎没有人知道他是什么地方的人,他家里还有些什么人,都在什么地方,甚至很少有人知道他的名字,"小弟"显然是一个奶名,可是所有的人都叫他"小弟伯伯"。每天傍晚,最后一个老师或者最后一个学生走出了大门,高高的黑漆大门慢慢地关上了,小弟伯伯一个人留在了里面,伴着许多神奇的传说。谁也不知道他的每一个夜晚是怎么度过,那里传不出一点声音。暮色罩住了这两座打通了的石库门房子,将它严严地封锁起来。然后,月亮升起了,照耀着高高的天井的围墙。

在这一排房子的后面,再后面,五十六号里,是一座尼姑庵。这一座尼姑庵,是抗日战争时候,从常州迁过来避难的,然后就在此地扎下了,一直到了现在。那里是随意进出的,尼姑们也和善,住在三楼,二楼是做道场的地方,一楼则是供了菩萨,烧香的场所,天井里有香炉。尼姑们虽和善,可是那受过戒的发青的头皮,那黑色的袈裟,却总有些阴森的气氛,叫人不敢接近。倒是那位给尼姑们烧饭的阿姨,吃得白白胖胖,脸上笑嘻嘻的,与人很有话说。逢到道场的时候,小学生们便等着下课铃响。而这一日小弟伯伯却好像睡着了,迟迟地还不打铃,待到终于铃响,学生们便潮水一般涌出教室,涌下楼梯,冲向尼姑庵。而冲到庵前,却不由得齐齐地刹住脚步,胆怯了似的。诵经声如一层祥云,升浮在他们头顶,笼罩着孩子们。这笼罩使他们感到压迫,再不敢冒昧,不敢轻佻,心跳也变得庄重起来。那锣声当当响起,木鱼是笃笃地敲,不由一震,好像受了什么的督促,像有什么督促着他们,启开智慧,却又启不开。这时候,前边传来了小弟伯伯的摇铃声,很俗气地"丁零"着,学生们却松了一口气,获释一般回转身去,和来时一样汹涌澎湃地朝学校奔了过去。

过了暑假,她就去了学校。父亲让已经上了一年学,如今升了二年级的哥哥带她去,并嘱他好好地照应她,然后父亲显然对此极无信心,说了一遍就不再说第二遍,提了包急急地上班去了。她背了新买的书包,跟了哥哥去学校。哥哥似乎想把她甩掉,飞快地走在前边,活鱼般地在人群中穿行。走过一段回过头去,却见她就在身后,几乎贴了他的背脊,不觉丧气,慢下了脚步,极慢极慢地走,不时地驻下脚步前后左右地观景,要磨掉她的耐心。她却不要他得逞,跟着他一起慢。他忽又飞跑起来,她紧跟着也撒开了脚步,可毕竟人生地疏,将他迷失了。可她凭着她的固执,又将他从人群中找到,再紧跟了上去,终于进了校门。

一进学校,哥哥就好像到了家似的,活跃得可怕。大声地叫同学的名字,还动手动脚,推一把,搡一下,脚在底下乱勾,没把人绊倒,自己倒先趴下了。他其实是为了向她表现自己,不料表现得太过,非但得不到合作,还遭了还击,使他很失面子,恼羞成怒,于是,便正式地大打出手,两人在天井的水门汀地上滚作一团,直到老师赶到才作罢。而他这时早已将她忘在了一边,只是扫兴而委屈地啼哭,他不知道事情怎么一下子变得这么糟糕,很是伤心。而她其实早已看懂了一切,见他落得这样的下场,不由得可怜他。可怜他受辱,也可怜他不识趣,于是又憎恶起来。看见他被那个陌生的力大无穷的孩子压在身下,无望地蹬着双脚,脚上雪白的球鞋已染上污迹,心里是又愤怒又屈辱。她知道这是他自找没趣,怪不得别人,因此她站在旁边,既不劝也不拉,也不像有些孩子那样,飞跑着去找老师。她只站在那里,强逼自己目睹自己的兄弟受辱,连眼睛都不眨一下。她不让自己走开,她不让自己回过头去,她非得这么站着看着不可。她气得心都要碎了,可是外表却声色不动。没有人知道她是他的姐妹,只当她是个漠不相关的新生,和大家一起在看热闹。只有她的从地上爬起来的哥哥认得她。他怨恨地看了她一眼,一肚子的怨气都涌了上来,他顿时认定了她是一切的根源,她是罪魁祸首,可是她的目光却令他胆寒,他便扭过了头去,不敢看她。他觉得自己的一切都被这个妹妹照穿,这个妹妹简直像鬼一样。他抹着眼泪,随着老师走了,撇下了她。

她独个儿站在喧腾的天井里,那么多的孩子挤在一起,所有的孩子都在叫,所有的孩子都在奔跑,在狭狭的木楼梯上沓沓地跑,在狭狭的阳台上沓沓地跑。她站在天井里,天井上方是一周又一周的木阳台,两周木阳台环着一个深深的天井。沿着木阳台是一间一间的教室,教室的已经朽了一半的地板沓沓地响,眼看就要塌下来似的。楼板与地板一起震颤着,木阳台已经朽了一半的栏杆颤颤巍巍地摇晃。她被喧嚣包围了,喧嚣围攻着她,她简直不知道往哪里去,她脚下那一方小小的地在震颤,她头上那一方小小的天也在震颤,她贫血的黄色的脸上浮起红晕,血液冲上头顶,她几乎连站都站不稳了,她想告饶了。她试着动了动嘴唇,想向从她身边跑过的每一个孩子请求帮助,她要去她的教室,她不知道她应该走进哪一个教室。所有的人飞快地从她身边跑过,没有人注意她求助的神情,从她脸上看不出一点求助的神情。她一无表情,她从小就没学会如何将内部的东西通过外部传达出来,没有人了解她的求助,所有可能帮助她的人都从她身边跑过。她满可以用手抓住一个人,可是她动弹不了,她的手抬不起来。人们从她身边跑过,险些儿将她撞倒,她却依然出不了一点声。这时候,她听见了铃声,铃声清脆地响着,响得那么清澈,将所有一切混沌的噪音都盖住了,它穿过混浊的噪音,很清澈地响。她心里清楚了一些,稳住了神,孩子们向着一间间的教室冲去,木阳台边上的一间间教室里逐渐充满了人,桌椅板凳噼噼啪啪响成一片,铃声不止。她急出了一身汗,再不顾其他,怀了一股豁出去的劲头,踩上狭狭的木楼梯,跑过窄窄的木阳台,毅然走进了一间教室,她看见这间教室里的学生是与她差不多大小年纪的。铃声渐渐地停了,安静了下来,她的心平定了,汗慢慢地从她脸颊上流下,她竟没有觉得。

她的判断很对,这确是新生的教室,可却是另一个班级,一(3)班的教室,而她是一(4)班的。她在人家的教室里坐了三天,直到第四天,班级要重排位子,发现点名册上没有她的名字,这才将她送回她自己的班级,她自己的班主任则以为她是因故没有到校,早打算去做一次家访,可却因为懒惰一天一天拖延了下来。

　　班主任是年纪轻轻,白白胖胖,细眉细眼的一个老师,初中毕业以后,因为生了肺结核无法升学,做了"社会青年"。然而,大跃进里动员进了梅溪小学做代课老师,这学期刚刚转正。她父亲从解放前起就在银行做职员,母亲是家庭妇女,生活安定也富裕,并不在乎她出来工作的一份工资,日后找一份殷实可靠的人家出嫁,也是这样的人家这样的女儿的正当出路。可是无奈她受了时代精神的鼓动,不甘于走平凡的道路。养病期间,在里委团支部教育下入了团,甚至动了支援内地边疆的脑筋,到底被父母挡住了。她毕竟娇生惯养,上海的郊区如川沙如南汇都没去过,一旦听说边远地区有些人一生中只洗三回澡:出生、结婚与老死,早已吓退。最后,到了这所小学任教,既合了她革命热情的需要,也服从了她所习惯的安乐生活,便不再任性。因她从小学过一点钢琴,便代了音乐课,后来又教了语文,再后来,就做了班主任。她虽做了班主任,却依然改不了她的女孩儿家脾气,喜欢吃话梅,喜欢电影插曲,喜欢哭,又喜欢笑。她很凭感情用事,合了她心意的孩子,她很喜欢,有说有笑,不合她心意,她便很淡漠,有话则长,无话则短。她并不十分看重她作为老师的身份,犹如她也并不十分看重她的学生,所以她倒没了老师的架子,再加上与人为善,温柔随和的天性,她也成了一个很好的老师了。

　　然而,对于张达玲,再没有比这位班主任更为不合适的了。张达玲是一丝不苟,一点不能马虎,不能含糊地尽着一个学生的职责,因而便也将老师看重了,重过了老师自己。再没比她在课堂上坐得挺直的了,两只眼睛几乎是一眨不眨地盯着黑板,盯着老师。老师的每一句话,每一个字,都如神圣的旨意。她的尊敬与崇尚几乎使老师感到压迫,变成沉重的负荷,而失去了行动的自由。她却一径地尊敬,她是认真得可怕,失去了一切幽默感。并为别人不如她那样尊敬而失望透顶。当她听见邻桌两位同学在议论老师的鼻子的时候,怒不可遏,当即举起手来,向老师作了虔诚的报告。年轻的老师完全出于本能地抬手摸了一下鼻子,然后眼圈红了。她却还挺挺地立着,期待着老师作出裁决。谁都理解不了她对老师那一份过于严肃过于郑重的爱戴,这一份爱戴是任何人都难以承受的,便注定了要落空。

　　因为她坐错了教室,所以当她三天之后回到自己班上的时候,孩子们都已熟识,她自然有些落单,并且,别的孩子难免还有一些欺生的倾向。其实她只要稍作努力,完全可以追上形势,她心底深处也极愿意和大家亲善。可是她却没有一点行动,她连笑容都吝啬似的,一副拒人千里之外的表情。其实,她只有一半是出于自卑过了头的自尊,另一半全是束手无策的紧张,她完全缺乏与人打交道的能耐,暗暗着急没有一点办法。而他们因人多势众,不至对她胆怯,可是也一样缺乏交道的方式,他们明明对她好奇,却不屑一顾地在她面前走来走去。他们似乎是故意地不与她玩耍,却玩耍给她看,越是她在场,场面就越热烈,怀着一种又天真又卑鄙的卖弄的心情。她便真正地生起气来,她就像没听见也没看见似的,面无表情。于是,这一天里,她看见她的铅笔套里,紧紧地堵了一截蚯蚓,她微微哆嗦了一下,便镇静下来。她心里甚至还暗暗高兴:好,究竟是动手了,她便也可还击。她不叫喊也不哭泣,走上讲台,将铅笔套交给了老师。老师犹如上帝一般,上帝的惩罚是最重的惩罚。而她内心深处,尚有个软弱的希望,她希望从此结束这种敌对的局面,她又疲惫又紧张,且又孤单,她愿意和好,她期望得到老师上帝一般的帮助。老师从她手里接过铅笔套,孩子气地好奇地望了一眼。这一眼可了不得,她尖锐地叫了一声,所有的人都哆嗦了一下,她脸煞白,一甩手,将那铅笔套从窗口甩了出去,只见那绿色的铅笔套在空中划过一道灿烂的弧线,没有了。

小弟伯伯正在天井里扫地,看见天上落下一只绿色的铅笔套,随手扫进了畚箕。他不知道这是从什么地方飞来,可是这里的天空经常飞下东西,一只纸叠的飞机或者鹤,半块橡皮,一颗红色的纽扣,一阵下雪似的铅笔灰,他从来不去想,它们从哪里来,便扫进了畚箕。

她不知是怎么回到了自己的座位,教室里毕静,只有老师要哭了似的鼻息声。她彻底地灰了心,她彻底灰心地垂下眼睛,看着自己的铅笔盒,里面从此就少了一只绿色的铅笔套。她如同一个虔诚的教徒看见神甫犯了奸淫一般的,信仰遭了打击。她要过很久很久才明白,老师是一个人,一个人就是一个人;而她要过更久更久以后,才明白自己也是一个人,一个人就是一个人。究竟一个人是什么,那么她是要耗尽一生的经验去破晓的。

然而,事情毕竟有了转机。下课的时候,她依然坐在课桌前,写着生字。忽然,有一只小小的手拢到她的耳朵上,那只小手轻轻地拢住她的耳朵,痒痒的,她不由得一颤。然后,就有一张小嘴对着她的耳朵说道:"是他做的坏事!"一股很暖很柔的气流,轻轻冲击她的耳朵,她痒得几乎耐不住了,可她坚持着一动不动。当那只小手离开了她的耳边,她才回过头去,她看见一个头发很黄的皮肤白皙的女孩在她身后不远的走廊上,用两只小手撑着两边的课桌,悬起身体一荡一荡,见她转过脸,就作出若无其事的样子,然后趁人不注意——虽然从一开始就没有人注意——她趁人不注意,迅速地朝着一个男孩歪了歪嘴。她的五官是那么灵巧,随时随地便可生出许许多多的表情。她一边荡着身体,一边用眼睛看她。她心里顿时充满了感激,几乎有些鼻酸。她扭回头,对着桌面想道:她从此要有一个朋友了。她从此要有一个朋友了,她想道。她内心里生出了无穷无尽的友爱,这份友爱在一瞬之间蓄满了她的心田。她要将她对老师的那份落空了的重重的爱心转移到她的朋友身上了。

郭秀菊的父母都在一家纱厂工作,母亲是挡车工,父亲是机修工,除她而外,还有一个小她三岁的弟弟,照理是很和美的一个家庭,原先也确有过和美的时期。大约是从去年春天开始的,父母间开始吵闹,吵得很凶,里弄里单位里的领导都出面调解,越调解越吵得凶,人来疯似的。郭秀菊渐渐摸出了规律,凡是星期三厂礼拜,必定是要大吵特吵的。许是因为平日里实在太过劳累,没有了心情,而假日里,两人却有了足足一天时间的相对,确是很难挨过去的。凡到了这一天,郭秀菊就很不愿回家。放了学后总是拖延,拉着人家跳橡皮筋,造房子,一直到实在没人愿意玩了,而小弟伯伯终于来赶人的时候,才无可奈何地拖了书包,撅着小嘴回去了。自从她与张达玲做了好朋友,她便将她的苦恼向张达玲倾诉了,说完之后,她竟央求到张达玲家里去过夜。

虽然她对朋友是时刻准备献身的,可面对这样的要求她竟也犹豫了。她想起她的父母与兄妹,她自己就好像是寄居在家里,她沉默着。见她沉默,郭秀菊便噘起了小嘴。她最见不得郭秀菊噘嘴了,她无法抗拒她噘嘴提出的任何要求。她感到深深的内疚,她竟无法帮助她的朋友,想到"朋友"两个字,她不由得一阵激动。情急之下,她心中却闪电般一亮,一个念头升起在她心里,她猛地抓住郭秀菊的胳膊,颤抖着声音说出她的主意。她要郭秀菊躲在教室里,她回去吃过晚饭,洗过碗,就来陪她一起在教室里过夜,她可以带出一点吃的,甚至一条毛巾毯。郭秀菊虽是不想回家,可却万万没想过要在教室里过夜,她立刻想起梅溪小学里的那些可怕的传说,她不由得缩了一下。可张达玲的目光灼灼地逼着她,她如被逮住了一般退也退不了,她只得喃喃地说道:小弟伯伯不会让她在这里的。张达玲便说,不要开灯,小弟伯伯就不会发现她了。听到还不能开灯,郭秀菊抖索了起来,她现在就想回家了,张达玲的家她也不要去了。可是张达玲又说,不要怕,她很快就转来的。郭秀菊几乎绝望地最后说道:小弟伯伯不会再放她进校的!她热切地叫道:她有办法,她有办法,她说有东西忘在教室里了!她表情生硬的黄瘦的脸大放光彩,她再也按捺不住,站起身就朝外走,走着走着就跑了起来。她将要与她的朋友在一起,度过一个奇异的夜晚。她想到她能够为她的朋友做一点什么,就无比激动。她盼着晚饭快点结束,她祷告着天不要太黑,不要吓坏了她的朋友。可是,这一顿晚饭进行得格外的慢,爸爸和妈妈开了一瓶新酒,为这新酒又额外地炒了菜,天却是一黑到底。她急得心都要碎了,她吃不下饭,一口也吃不下,她的脸颊发热般的烧红了。幸好父母正尽情地恩爱着,分不出一点注意。一顿长达一个世纪的晚饭终于到了头,她溜出家门的时候,天上已经闪起了星星。她飞快地朝学校奔去,心擂鼓似的怦怦敲击着她单薄的胸脯,她感到胸痛,肋下也

75

痛,几乎痛得直不起腰。她忍着,她大口地喘着气,直跑到学校。她骗过了小弟伯伯,顺利地进了校门,摸上了窄窄的楼梯。学校里连一盏灯都没亮,楼梯里漆黑一片,星光也照不进来。她磕磕绊绊走完楼梯,走过木阳台,走进她的教室。教室里暗暗的,却因了星光微明。四下一片寂静,她听见自己遏制不住地喘息。教室里没有一个人,一个人也不在教室,郭秀菊走了,她等不及,还是走了,也许她压根儿没有等,她不愿意等,她根本不想等她。这时候,她眼前才浮起郭秀菊那犹豫的神色。她脚软了,刚才的紧张与激动几乎耗去了她所有的体力与精力,她几乎要坐倒在地上。可她努力站着。她站了一会儿,慢慢地退出了教室。月亮升起了,将木阳台照得雪亮,被无数双小手摸得非常光滑的栏杆上的每一条木纹都清清楚楚,莹莹地发光。她沿着木阳台走向楼梯口,她忽然看见,在月光普照的天井中央,立了一个人。她不由一惊,定神看去,是小弟伯伯。小弟伯伯仰脸看着月光,一动不动地立着。她哆嗦起来,她想起梅溪小学的许多故事,她想起那一个专门讲小弟伯伯和鬼魂同在的故事。她脚下打着颤,拼命地跑下楼梯。楼梯里是那么黑暗,连一丝月光也渗漏不进,她扶着墙壁,石灰剥落了,沙沙沙地落下。那黑暗好像活动了起来,那黑暗里好像有着许多隐身人,他们紧紧地包围着她。她走不出这包围了,她要完了。她几乎是滑下了楼梯,她一滑到底下了楼梯,楼梯口是溶溶的月光,月光下依然仰天立着小弟伯伯。她喘息着,奔过天井,从小弟伯伯身边跑过,当她跑过小弟伯伯身边时,小弟伯伯低下了头来,好像被打搅了似的很厌烦地问道:

"东西找好了?"

她第一次听见小弟伯伯说话,几乎没有人听见过小弟伯伯说话,因小弟伯伯低了头看她,月光照不到他的脸,他的脸在暗处,他好像被打搅了很厌烦地说:

"以后不要忘记东西了。"

小弟伯伯的从来没人听见过的声音很奇怪的在天井里回荡,这是一个奇怪的声音。

"要是找不到就不好了。"他说。

他的声音在天井的四个角落里回荡。

"找到就好了。"他说。

然后,他不再说什么。她这才动了脚步,走过天井,从被打搅了很不耐烦的小弟伯伯身边走过,走出了黑漆漆的深嵌在高墙里的大门。门在她身后不出声地关上了。月光照耀着,灌了满满一天井的月光,被黑漆漆的石库门锁住了。

第 六 章

郭秀菊是早已逃离了学校,她确是如逃跑一样奔出了学校。暮色降临时空寂寂的学校叫她害怕,在深深的天井里一帚一帚赶着落叶的小弟伯伯叫她害怕,张达玲灼亮的甚至有几分狰狞的眼睛尤其叫她害怕。她连半分钟也不愿意再留了,可她却还多了个小小的心眼儿,她决不能叫张达玲看出她想逃脱,更不能叫张达玲抓住了她,她觉得张达玲就要来抓她似的。所以,她硬着头皮直等到张达玲走了有五分钟左右,才飞快地跑下了木楼梯,从扫树叶的小弟伯伯身边跑过,跑到大门口也没忘记先探头左右张望了一下。她不知怎么觉得张达玲会躲在门口逮她,乘她不防一把逮住她。她从没见过张达玲这样灼热的目光,这目光叫她感到十分危险。张达玲是那么反常,那么古怪,她是永远理解不了的,她只感到一种可怕的威逼,甚至超过了梅溪小学里所有的故事。当她奔出弄堂,奔上华灯初上的马路,她才轻松下来,她这才想起了她的极不乐意回去的家。她无可奈何地朝着家走,她的家就在这条路的一条后弄里。这条路和张达玲家弄堂所在的马路,正是一个直角,学校就在直角的角上的弄堂里。她家的弄堂是一条更小更窄的弄堂,弄堂里是一些说不出名目的样式简陋的房子,他们一家住了底层朝南的一间。她与弟弟睡一铺阁楼,阁楼是自己家在房间里搭的,阁楼下面便是爸爸和妈妈睡的大床。这张大床几乎是他们家最神圣的东西,床是外婆陪送妈妈的红木床,铺了鲜艳的床单,还有缎面的被子和绣花的枕头。靠了墙,占去房间的一半,一整个房间都因了这床明朗鲜丽起来。她与弟弟常常从阁楼上伸头看下去,那大床在他们黑暗的低矮得坐不直腰的阁楼下显得又温暖、又华丽。为了在这床上发疯打滚,她和弟弟挨过许多责打。只有在生病的日子里,才有可能在这床上与父母一起安眠,那真正是一个幸福的难忘的夜晚,而那余下的一个睡在阁楼的楼板上,鼻尖几乎顶了房顶,真是说不出的凄凉和惨淡。然而,在父母反目的日子里,这小小的矮矮的阁楼,却成了她与弟弟最安全的避身之处。每逢这样的时候,小姐弟俩便早早上了阁楼,蒙在被子里,将全身严严地裹出一身大汗。他们真如两只受惊的小兽,逃避着猎人的追捕,逃也没处逃时,一头扎进了草丛。父亲的凶悍与狂躁,母亲失态的哭泣,叫他们胆战心惊。他们各自蒙了一床被,敛声屏息,然后便蒙蒙地睡去。第二天早上醒来,姐弟俩却不敢互相交流一点想法,甚至对视一眼都惶惶的。他们企图将前一个夜晚忘掉。忘掉算了,却又不会说谎。然而一夜过去,父母的脸色竟又平静得什么也没发生过似的,不仅叫他们疑惑,还觉得父母之间隐了一个什么阴谋。这世界忽然恍惚起来,真伪难辨,只有不加追究才可轻松愉快。幸而他们都是喜欢快乐的孩子,很会逃避现实,很善将不快的事情放在一边,而尽拣那些快活的事情享用。渐渐的,父母间的吵闹越来越频繁,也越来越公开,再无须在孩子面前佯装。孩子们倒也轻松下来,不必帮助父母隐讳什么似的,也不必再欺骗自己什么似的,他们不再将被子蒙头了,便也不会再在被子里一层一层地出汗了,他们甚至还有心情去听他们的争吵,从他们的争吵里去了解一些什么。可惜他们完全摸不着头脑,他们没有一点经验可供参考,他们又不是肯思考的孩子,不会穷加追究,他们只能抓住一些片言只字。然而,天长日久,这些片言只字因出现频率过密,反复的提示之中,竟也显出了意义。慢慢的,他们却也在这些争吵中受了教育,得了知识,似懂非懂了。他们竟比他们同年龄的孩子多掌握了一些字眼,比如"姘头",比如"小白脸",比如"倒贴"之类的。这时候,他们才真的有点明白,他们这一个家要靠不住了。至于一个家靠不住了终究会怎么,他们一无所知,他们只是无端地生出一种得过且过的心情。生活好像敷衍似的,过一日算一日,一切都是暂时的,暂时之后还有什么是永久的,他们并不去想。他们不是爱动脑筋的孩子,他们什么都不愿想,只是快乐地度着眼前的日子。因为他们没有为将来分出心去,全心全意地度着眼前的日子,所以他们的日子似乎比所有人都快活,任何一个孩子都不如他们会玩、会乐、会疯。他们真正是世界上最最快活的孩子。父母对他们不再注意,他们便也不注意父母,他们与父母之间彼此都卸下了责任似的,于是他们是真正的轻松了。

　　她走在华灯初上的马路上,看着橱窗里五花八门的东西,用一只手指挖着鼻孔。橱窗的玻璃上映出她的面影,她并没注意,只看着印了她面影的玻璃后面的东西——时髦女装,女鞋,蛋糕做成的花篮,等等。灯光在她身前身后都很辉煌,她在很辉煌的灯光里一步一步向家挨着。既然家里不甚愉快,她便尽可能地拖延,既然她除了家没别的地方可去,她便终于也一步一步地挨着。再没有比她更会逃避面对现实,或者直面地逃避现实了,她有如一个将逃避与直面相结合的专家,很得意地度着日子。

而她不知道,在她拖延着的时候,家里爆发了一场空前的争吵,父亲竟打了母亲,他打了母亲!母亲宣布从此再也不进这个家门,她从此回了娘家。没有目睹这一个场面是郭秀菊的幸运。如她这样小小的年纪里,以那样喜欢快活的性情,亲眼目睹这一个惊天动地的场面,真不知会如何地损害她的自我调节得极好的身心健康。她也不知道,从此,她的没有母亲的生活,将永远地开始了。她是什么都不知晓。当她终于走进家门时,家里是格外的宁静着,父亲不在,母亲也不在,弟弟一个人在方桌底下用烂泥做弹弓的子弹,很勤奋的,流了一脸一身污浊的汗水。问他吃过饭吧,他摇头,再问爸爸妈妈在哪里,他也摇头。她便去后边五家合用的灶间里找饭吃,煤炉早已熄灭,碗橱里只有半碗什锦酱菜,还有半锅冷饭。她挖了点冷饭,再泡开水,热水瓶竟也空着,她就只好吃冷饭了。看她吃饭,弟弟便也饿了,丢下烂泥,与她争饭吃,她不让,叫他自己去挖。弟弟很不甘心地要将一口唾沫吐到她碗里,她躲着,险些碰翻了桌子。弟弟这才老实下来,自己去了灶间,将那冷饭连锅端了来。两人的胃口都出奇的好,因没有什么菜,便把白饭吃出了香甜的滋味,不知不觉,竟把半锅冷饭全吃尽了。吃罢,她就爬上阁楼睡觉,弟弟接着做了一会儿烂泥子弹,也爬了上来,两人立刻进入了梦乡。他们比以往任何一天都睡得更早,也睡得更沉,好像潜意识里已有了不祥的预感,而急急地找到地方避难了。没有比他们更快乐更甜蜜的梦乡了,他们总能够及时地隐退到其中,犹如两个快乐的居士。

这时候,他们的父亲正愤怒地徘徊在南市一个叫作九亩地的地方，一条曲折的狭弄里。他就像一头困在笼中的怒狮，他几乎要将他的头朝那斑驳残败的矮墙上撞去。女人的娘家就在那弄底最后一个门里，他是追着女人来到这里，却被岳丈的一家挡了出来。那是极庞大繁复的一家，仅小舅子就有五个。他们将他逼到墙角，要他当众给女人下跪道歉。他们不容他说一句道理，他们说他所说的每一句道理，都是对那女人的造谣和诬陷，他们对他说道那句天下共知的道理：捉贼捉赃，捉奸捉双。弄堂里所有的人都跑了出来，高高兴兴地围观着，犹如看一场西洋景。他与他女人之间最后的脆弱游丝般的维系便在这围观中彻底地断了。从此，他们真正地分在了两下，无论他再做多少努力，终究是徒劳无益。可此时此地的他却并不明白，他已陷入了绝境，却还眼巴巴地期望着女人会幡然醒悟，会念起他们的旧情，此外，他还有一个极可怜的愿望，那便是女人家里连一张地铺的空位也挤不下了，并且，五个兄弟如狼似虎，时时提防出嫁的姐妹回来占了便宜。女人也许会回家，如若女人还会回家，那么，一切尚有希望。这一点虚拟的希望竟使他激动了一阵。可是小弄尽头那扇残破的木门里没有一丝动静。月亮早已当头高照，一整条弄堂都静默着，每一扇破门都紧闭着。他想着，黄昏时，从那些残破的门里忽然间涌出那么多的人，每一扇窗口里都挤满了人头，屋顶上都爬上了人，将瓦片踩得咯吱咯吱响。这么多的人就像是变戏法似的涌满一条弄堂，转眼间，又变戏法似的全隐没，隐没在那一排又矮又破的门后，那门后究竟是什么样的世界呢？他忽然想起了这九亩地上的一些传说，这地方从前是个很奇怪的地方，如今虽改变了许多，却留下了一些传说。他紧张起来，这静默里似乎埋伏了危险，月光邪恶地照亮了鳞次栉比的屋顶,房屋那样紧密的一丛一丛立着,每一丛屋顶都是从另一丛屋顶上升起,屋顶下极小的窗洞里很幽深地透出光亮。他似乎被包围了,他只有抽身逃跑,他觉得转瞬间,从那层层叠叠的屋顶下又会跑出无穷无尽的人围了他站住,端着饭碗,大口地扒着饭,狞笑着大口地扒着饭围了他站住。这一个夜晚,女人是不会回来了。

男人从深深的狭弄里逃了出来,他的心几乎要炸开了,他胸膛里怀了一颗几乎要炸开的心跑到了马路上。昏暗的路灯下,慢慢地走着行人,看上去总是蹊跷。他快步跑了过去,要去搭他的回家的汽车,车站设在幽暗的行道树间,站牌下默默地立着人影,动也不动。他喘喘地收了脚步,喘喘地立着。他又沮丧又激怒,精疲力竭,心里忽而升起复仇的热望,忽而又卷起温存的期待。当他终于到了家时,家是空空寂寂的一个家,门开着,灯亮着,方桌下是一片排列成方阵的泥丸,犹如等待阅兵的军队,阁楼上静得连鼻息声都没有了。他首先是冲过去,将那等待阅兵的方阵踩了个稀烂,然后就将手边任何能够拿到的东西朝地上扔去。然而,任何声响都惊动不了他们,任何袭击都攻不破他们的梦乡。直到他们清晨醒来,爬下阁楼,看见那房间里可怕的景象,先是弟弟哭了,为了他殉了节的"军队",然后她也哭了。一地破碎的玻璃瓷片,终于传递给了她一点可怕的消息。她终于去猜测那一个夜晚里发生过了一些什么事情,她竟也疑惧起来。幸而她能够及时地哭泣,哭泣使她的疑惧得到最有益的出口,她不必将它们关闭在心里忍受折磨了。他们尽情尽意地哭着,一边用眼睛扫视着房间。床上只剩了父亲自己,蒙了头一动不动。他们便更大声地哭,希望唤起他的注意,或能略微给一些解释。

他果然动了起来,从被窝里伸出手,在压在被上的衣服上摸着,摸到了口袋,掏出一毛钱,半斤粮票,嘶哑着声音叫他们自己去买大饼吃,然后又进了被窝。虽然没得到任何解释,可是早饭却意外地有了着落,他们立即止了眼泪,将那一毛钱和半斤粮票拿在手里仔细地翻看了一回,然后便小声商量着买些什么,最后决定各人买一只三分钱的咸大饼,余下的四分钱则买一根油条,将一根油条破成两半,每人便有了一副完整的大饼油条。这样商量好了,两人就很满意地出了房间,呼吸里还残留了一些轻微地哽咽。两个孩子走出门去,关上门的那一刹那,他在心里作了一个决定:他要去捉奸。这一项决定的作出,其实是将他心中残存的最后一点希望与情感都扼杀了,可他全然不知,只当他是全力地拯救。

她与弟弟走出家门,向弄堂口的油条铺子走去,一路上珍爱地看那张钞票与粮票。弟弟的小手搭在她小小的肩膀上,同她一起欣赏。也大约是从这一刹那开始,他们姐弟间不知不觉生出了相濡以沫的情感,她先将弟弟安排在油条锅前的队伍里,自己则去排另一个买筹子的队伍,等她买到了筹子,弟弟这里刚好排到。他们拿了两只大饼,将那一根油条小心地撕成两条,夹在大饼里,吃了起来。这是比平日更好的早饭,他们平日的早饭总是泡饭,大饼和油条是节日里才有的事,而今日却轻易地得到,实是意想之外的事。她让弟弟一个人回去,自己直接去了学校。她很喜欢这样一边走去上学一边吃着如此丰盛的早餐,这真是非常美好的路途,每个孩子都在羡慕地看她,她便将一切都忘了。这一日,她是比以往任何一日都快活无比的。当她得意得几乎忘形的时候,却看见了张达玲。张达玲严肃着小脸,正朝她严峻地走来。她不由得有点心虚,收敛了一些。她虽然毫不以为她前日的行为是背信的行为,她甚至远不能了解"背信"二字真实的含义。可是张达玲却强使她承认了她背信的行为,张达玲强迫她去了解"背信"二字的含义。张达玲无须说一句话,她以她一整个人向她表明这些,她无法抗拒张达玲对她的裁决。于是,当她向她走来的时候,她竟也相信自己很无耻地做了叛徒,不禁自卑起来。可是张达玲却从她身边走了过去,走到她自己的座位上,坐了下来。她便松了一口气,继续玩乐,直到上课铃响。

　　这一天,张达玲一直没有与她说话,她并没觉着惋惜,甚至还觉得侥幸。当初,她向张达玲主动表示友好的时候,并非出于对张达玲特殊的兴趣,只不过天生地喜欢搬弄是非,多嘴多舌而已,她没料到从此她便让张达玲攫住了。她的多嘴多舌搬弄是非总要给她带来麻烦的。她希望张达玲能放开了她,她虽然年幼无知什么都不懂,可她却能感觉到张达玲的友谊里的威逼的力量,她怕这力量,这使她沉重,她可是最最不愿意沉重的孩子。于是,她便有些暗暗地怀恨张达玲,认为是她妨碍了自己的快活,她有点想躲着她。岂不知这时候的张达玲是伤透了心。她将她们的友谊看得极重,她是全心全意,忠诚无比。然而她是大大地小题大做了。当她走进教室之前,心里其实并没有准备惩罚郭秀菊,她只是要责问她为什么没有守约。郭秀菊自然是要解释,无论怎么解释,她都愿意接受,她都原谅她。可是,她走进教室,看见郭秀菊那头发黄黄得很柔和的小脑袋,不知怎么忽地涌起一股委屈的情绪,鼻子都有些发酸,她再不可能走上前去责问,她一句话也问不出口了,她不能这么轻易地饶过她了。这一刹那,她的心情十分复杂,复杂得连自己都茫然失措了。她自己没有觉察到,她不知不觉地开始在任性了。她竟任性起来。她从来不曾有过一个人,与她亲爱到可以任性的地步,她与每一个人都保持了隔阂,而自觉地约束自己的性情。而她是非常渴望与人接近并且亲爱,她匆匆忙忙地,急不可待地选中了一个人,那便是郭秀菊。她不知道她是选错了。郭秀菊可以与任何人接近,甚至亲爱,可是一旦需要对这亲近负起一点责任的时候,她便宁可放弃了。她最不愿负责任了。

她为她摆脱了张达玲而暗暗高兴,她以为她已经摆脱了张达玲。其实她是高兴得太早了,张达玲决不会轻易放过她的。张达玲是在惩罚她呢,张达玲是在以绝交的威胁惩罚她呢!她却在侥幸得不得了。张达玲渐渐有些坚持不下去了,她渐渐地不想惩罚了,可她心里却存着一丝极不现实的妄想,妄想郭秀菊能够主动地向她解释,无论什么样的解释她都接受。岂不知她是白白地指望一场。到了下午最后一堂课了,她焦躁而又沮丧,坐立不安,心里充满了绝望的感觉,她以为她立即就要失去她唯一的朋友了,她将这小小的黄头发的小姑娘当作了"朋友",这"朋友"二字对这小小的黄头发的孩子是太过庄严,也太过光荣了。而她则为这孩子折磨得要死,下课铃"当当"响起的时候,她便彻底地败下阵来,她决定投降了。

郭秀菊背着书包,与其他孩子一起呼啸着向教室门口涌去。其实,一旦冲出这教室,她便要为难地考虑她究竟要去什么地方,回家还是不回家,如不回家又将在哪里,这一系列恼人的问题就在教室门口等候着她。可是,因所有的孩子都为了放学而欢欣鼓舞,她便也不能舍弃这欢乐,否则,便像吃了亏似的。她也要和大家一起欢欣鼓舞,不管她放了学后有没有什么高兴的事情。她是连下一分钟的事都懒得去想,并因为下一分钟就要不快活,她便要加紧在这一分钟里加倍地快活。因此,下课铃响起的那一刹那,是谁也没有她激动,谁也没有她快活,她兴奋无比地合着人群涌向门外,却叫张达玲拦住了,她不由得吃了一惊,她几乎已经将张达玲忘了,她以为她是已经过了关了。她便愣了,怔怔地看着张达玲。她那怔怔的样子很叫人心疼地可怜着,带了一种虔诚的愧悔的表情,张达玲被感动了。可她一点不知道张达玲已经感动,依然怔怔着。然后,张达玲开口了,她的脸依然绷着,没有一点表情,她毫无表情地说道:

"你怎么跑掉了?"

她晓得她是躲不过去了,只有回答了。就在她张嘴的那一瞬间,她还没有想好应该说什么,可是一开口却十分流利地撒了个谎。她说:"我其实是等你的,可是小弟伯伯来检查教室,把我赶出去了。"

"原来是这样!"张达玲恍然大悟,心里仿佛落下一块石头,立即轻松了。

她原来还打算继续解释,可没料到张达玲这么容易就相信了她。她不会想到她的谎话不仅为她自己解了围,也为张达玲解了围。她这么轻易地过了关,心里反有些不踏实,因此对张达玲的态度就格外的亲热,张达玲没有料到这一日的结束会是这样美好,心里充满了忠诚的感激。她郑重地邀请郭秀菊同她一起去幼儿园接她的弟弟。郭秀菊突然之间有了去处,自然是欢欣鼓舞,欣然与她前往。两人一路上有说有笑,亲密无间,郭秀菊很习惯地将手搭在张达玲的肩上。她有些害羞,她不习惯这样亲昵的动作,可却十二分地感动,心潮起伏。

她们两个小小的人儿在午后三点钟的阳光下,穿行在行人之间,电车当当当地快活地奔驶着。这时分,有一个男人在另一条马路上走着,紧紧尾随着一个女人的背影。他跟着她上车,下车,穿街走巷,她如一尾鱼似的灵活,常有一些出其不意的转折。他牢牢地盯了她,守了一段距离,他将她失落了几回,最终又将她找回。男人跟踪着女人的时候,心里非常非常难过,他不明白其中屈辱与苦痛的意味,因他没有受过良好的教育且头脑简单,他只是极端极端的恼怒,他恼怒地一路走一路拔着自己的头发,他自己都不晓得他是在拔头发,他本是头痛欲裂,一丛一丛黑发连根拔起的痛楚早已泯灭在那剧烈的头痛与心痛之中了。他恼怒得盲目起来,他甚至无法懂得他行动的意义,他耳边莫名其妙地响着他那凶悍的小舅子的一句话:"捉奸捉双",于是他便去捉了。这时候的阳光明媚得出奇,犹如一个成熟了的女人,怀了许多用心而温柔地照拂着。

郭秀菊的这一个夜晚,是一个很和平的夜晚,父亲在方桌上喝着闷酒,她与弟弟在阁楼上,探出小半个身子,就着房间的灯光,折着纸鹞,许许多多的纸鹞下着许许多多的纸蛋,他们扯动着纸鹞的尾巴,蛋便下了下来,一直下到父亲的酒杯,父亲用筷子默默地将"蛋"捡了出去,他们便笑。他们的笑声在空寂的房间里回荡,十分清脆。

从此以后,他们开始过一种没有母亲的生活。父亲是无比的沉闷,夜里常常很晚回来,如果回来得早,便埋头喝酒,并不与他们搭讪,房间里充满了劣质白酒的刺鼻的气味。他们几乎要忘记父亲的声音,父亲几乎也退出了他们的生活。现在,只有小姐姐和小弟弟了。她学会了淘米烧饭,甚至炒菜,渐渐地,不知不觉地,她接过了整个的家政,她脖子上套了一把钥匙,书包里有一只塑料的钱夹,放着一个月的伙食费。她竟能管理这样一大笔钱财,不仅令人羡慕,也令人吃惊。她常常在众目睽睽之下,从口袋里摸出钱包,打开来,取出三分钱或两分钱,买一包甜萝卜干或者一包盐金枣,甚至是一毛钱一包的奶油话梅。她渐渐学会节省下菜金买自己喜欢的零食,她吃的零食越来越昂贵,有雪茄巧克力,有水果蛋糕,有三色小冰砖,甚至还请张达玲吃了一次生煎包子。张达玲与她坐在马路对面一条弄堂口的合作食堂里,等着生煎包子揭锅,心里充满了犯罪的感觉。她紧张地注视着弄口过往的行人,像是一个正在行窃的贼。她越是不安,郭秀菊越是骄傲,忙着去找小碟子,倒上米醋,又取筷子又取调羹,如同回了家似的。忙完这一切,她便将两只油腻腻的竹筹子笃笃地敲着桌子,显出一副十分潇洒的姿态。然后,生煎包子起锅了,腾腾的热气弥漫了半条弄堂,在这热气的遮掩下,张达玲才稍稍心安。一边吃着包子,她一边在心里筹划,如何酬报郭秀菊的厚待,无奈她是一支多余的铅笔也拿不出来。而郭秀菊受了张达玲感激不安的神态的鼓舞,越发地洒脱,张达玲都有些招架不住了。然而,只有郭秀菊自己明白,她的钱夹是越来越空虚,入不敷出,有了大亏空。起初,她并没有想到借钱这一个垫补亏空的办法,是别的孩子向她借钱,因而启发了她。全班都知道她的金库的秘密,便开始向她借钱,从借四分钱买棒冰一直到借五毛钱订《少年报》。然后,她也开始借钱了。一旦开始借钱,她便发现了其中的优越,她顿觉宽解了许多,再不必受约束,这月借,下月还,下月借,下下月还,她以为从此有了生财之道,

89

更放开了手用,且放开了手借。她不会算账,她不知道自己的欠款是越积越多,简直是债台高筑了。借给她钱的有同班同学,隔壁邻居,同学的邻居或者邻居的同学。然后,便有人向她讨债了,讨债自然使她发愁也发急,可是一旦避开了讨债的,她依然是轻松愉快并且慷慨大方的。她从来不知道那句"躲得了初一,躲不了十五"的俗话,她是躲一日便有一日的快活,一日一日地躲下去,她的快活真是没有尽头的了。然后,她很快地便得了一个绰号,叫作"女骗子"。

这期间,父亲一直不懈地进行他的追踪,个中的艰险,唯有自己明白。他是一肚子的苦水,只能往肚里咽。他从不知道他的孩子们在怎么度着日月。女人再没有回来过,他已不再存着女人回来的希望,他的希望早已在这一日一日的追踪里,一点一点粉碎了。他却渐渐明白了他行动的意义,这是一个报复的目的,目的日渐明确,这几乎成了他生活的目的,他的生活全因有了它才一日一日地过了下来,他无望的生活是因了它才有了希望,他是因了它才没有彻底地沉沦。

郭秀菊成了全校皆知的"女骗子",她渐渐地失去了朋友,在她渐渐失去了朋友的时候,这才真正地感受到了张达玲的友谊,尽管是那么浅薄的一个头脑,心灵却还是管用的。当张达玲成为她唯一的朋友,并因此受了株连遭到白眼的时候,她竟然也感到了不那么轻松的负疚。而她不知道,此时此刻,张达玲是真正地骄傲起来,因她们的友谊承受了如此艰巨的考验而激动不已。她的骄傲将人们的白眼更夸大了,她是在人们投向白眼之前就早早地傲岸起来,并由此而十分幸福地悲哀与愤怒。她总是故意地挑选生活里较为严峻的一刻,再加以无意地渲染和放大,然后迎面上去,接受锻炼和考验。而生活里往往缺乏严峻的一刻,而更多平凡琐细的时间,她便会荒不择食,制造了误会。如果她能够了解到郭秀菊的真实处境里的真实人性,她便要大大失望,可惜以她偏执的头脑是无法领会郭秀菊浅薄的秉性。其实,这世界上,最不相投,最不相通,最不相合的莫过于她们两个人了。可是,歪打正着,她们却是真正地有了友谊,这友谊是真实的,无论组合它的理由有多么荒谬,这时节,她们几乎是生死不渝了。张达玲原本就是孤独的,郭秀菊到了此时此刻才孤独,她们又互相促进了对方的孤立,弄到最后,大千世界,芸芸众生,只剩了她与她。她们日益亲密,她们彼此说了许多知心的话,当她们彼此说着许多知心话的时候,那时刻竟真的有些庄严起来。

　　这时候,郭秀菊做梦也不会想到,父亲与母亲之间发生了什么。在一个隆冬的深夜里,父亲历经整整一年的追踪,终于在郊区的一间破屋里逮住了那个幽会的女人。那破屋里住了一个瘫痪多年的老人,老人头顶上的竹片搭成的阁楼,几乎被纷沓的脚步踩塌。老人在几乎踩塌的阁楼下面,直着嗓子的叫声,在旷野里传了很远。郭秀菊什么也不知道,她不知道,她的父亲如何地将她母亲拖下阁楼,拖过半条寒冷的公路;她不知道母亲如何地掩护那个陌生男人逃跑,独自承受父亲以及她的兄弟们暴怒的拳脚;她不知道她的父亲有多么坚韧,她的母亲有多么勇敢,那个无名无姓的老人的叫喊在旷野上传了很远。她只是在一个放学了的午后,在门口烟纸店里划算着如何用五分钱买两种零食的时候,被一个陌生的女人叫住了。她奇怪这个陌生的女人竟知道自己的名字。那女人很和蔼地朝她笑着招手,要她跟她去,

91

她便跟了她去。她跟她穿进一条弄堂,走进一扇后门,后门里是一个灶间,灶间里坐了她的妈妈。妈妈拉过她哭了,她也哭了。母女俩哭了很久,然后妈妈抬起脸,擦了一把眼泪,从一个布兜里掏出糖和饼干,还有一块钱,塞在她手里,一边在她耳边轻轻地说,爸爸和妈妈要离婚了,她和弟弟也要分开,一个跟爸爸,一个跟妈妈,弟弟小,就跟妈妈,她跟爸爸吧。她听着这些话,不很明白,只是见妈妈难得的温柔,并且泪水涟涟,自己便止不住地啼哭,一边啼哭,一边点头,一口应承下来。两人又哭了一回,妈妈便将她推出了后门。她一个人沿着陌生的弄堂走着,心里茫茫然一片糊涂,糊糊涂涂的非常伤心,眼泪成串成串地流下脸颊。这一夜,父亲没有回家,她和弟弟睡在阁楼上,她将弟弟拉到自己的被窝里,抱着他睡。两人这么紧紧偎依着,心里温暖了许多。弟弟睡得很沉,她也睡得很沉。

这一日终于到了,她和弟弟随着父亲上了法院,她又看见了妈妈。妈妈坐在一条长凳上,远远地漠然地看着她,不与她说一句话。她脑子里轰轰然一片,不明白他们是怎么到了这里,又为什么要到这里来。她不敢看父亲,也不敢看母亲,她只是紧紧地牵着弟弟的手,弟弟的手也紧紧地牵着她的手,她终于感到了不安。她不习惯这沉重压抑的气氛,这气氛压迫着她,使她非常不舒服,她盼望这一切早早结束,正当她以为要结束的时候,忽然听见有人问她,有人朝她俯下身子地问她:愿意不愿意跟爸爸。不知是因为什么,就在这一刻里,她的脑子突然开了窍,她忽然明白了,她忽然明白了这一个问题的含义,以及她将作的回答的含义。她后悔了,后悔她对母亲所做的允诺,她反悔了,她不愿跟父亲,她要跟母亲,她哭着,嚷着,她哭着嚷着地看见了妈妈泪水涟涟的眼睛,听见随了她哭将起来的弟弟的声音,感觉到父亲在粗暴地拖她,扼住她小小的手腕。她想起她每天早上提了篮子去菜场买菜被人挤散了小辫踩掉了鞋,她想起炉子灭了她要生炉子,炉子的烟熏得她满脸是泪,她想起了她的无望偿还的债务,她想起同学们叫她"女骗子""女骗子",他们当了她面说道这是女骗子,小心骗了你的钱!没有母亲的这一年凄惨的生活忽然在这一刻里涌上了心头,她哭得都累了。最后,是以摸彩来解决这一场公案。似乎是凭了母亲的孩子的本能,她与弟弟同时伸向了其中一个纸团,最后,她让了弟弟。她将这一个纸团让了弟弟,而抓了那一个,她终将她的选择让给了弟弟。弟弟手里展开的纸上写着一个"母"字。

奇怪的是,这天晚上的月亮是格外的圆。她偷偷地溜出了家,虽然她并不需要偷偷摸摸着,因为不会有人看见她。她偷偷跑出家门,站在弄堂口犹豫了一会儿,然后撒开脚步沿着马路跑去,跑过马路拐角,直跑进张达玲的弄堂。她摸进月光还未抵到的后弄,摸到张达玲家门口,扒了糊上报纸报纸又撕去的窗户朝里张望,张达玲正在洗碗。张达玲发现她后,十分惊讶,她不等张达玲说话,拉着张达玲就跑。张达玲也不问,跟着她跑,两人一直跑进马路拐角处的石库门弄堂,跑到梅溪小学跟前,躲在深深的石库门洞里,郭秀菊抱住了张达玲,张达玲也抱住了郭秀菊,两人都哭了。

她竟也哭了,她的坚冰一般的心融化为溶溶的春水,她紧绷着的疲惫而紧张的心松弛下来,她坚壁着的心扉上启开了一道缝,月光和日光便可从这缝里渗漏,给她一些抚慰。她不知道郭秀菊为什么哭,更不知道自己为什么哭,可是郭秀菊柔和的小手抚着她的颈脖,她就哭了。

两个孩子躲在深深的门洞里轻轻地哭泣着,月光悄悄地移到了她们的身上,她们不知不觉都长高了一截,她们不知不觉都已是十岁的孩子了。

第 七 章

她十岁的这一年里,永不疲倦的父亲与母亲又为她添了一个小弟弟,照例请了一位奶妈,一个肥硕无比的诸暨女人,胸口吊了两只巨大的奶头,有着不竭的淳厚的奶汁。毛头仅喂了半月,便肥头大耳地膨胀起来,小嘴被腮帮挤迫得再也无法合拢。有人因此说是她的奶好,还有人并不说她奶好,只说是应了吃谁奶像谁的老话。除此以外,她还具有一种素质,就是使得毛头除了她的奶以外其他什么也不吃,使得毛头吃了她的奶之后谁也不跟随。她毫无后顾之忧地安享每月的薪水,每餐必享一只砂锅。这只砂锅为她十分重视,总是由她亲自调配并制作,都是一些发奶的稠厚的荤汤,如鲫鱼汤,鸡汤,蹄髈汤,等等。如若有一日疏忽了这个砂锅,毛头便啼哭不止,一直到下一餐上重新有了砂锅为止。她如同一架奶汁制作机器,每餐尽情地吃,毛头就躺在她怀里吸吮奶头,似乎她喝下的砂锅汤顷刻之间就化成了乳汁。然后,她与他都吃饱了,他睡觉,她则坐着,与其余几个孩子逗嘴。她如同化食般地挑逗孩子,本来就是无聊而嘴碎的孩子,没事都要找事练几下嘴皮,哪经得住人挑弄,只一下便接上了火。她与他们一句去一句来,几个回合还不分胜负。她是有着充沛的精力,他们也是久经锻炼,势均力敌,不分上下,彼此都很得趣,却又都不甘休。因这场舌战太为持久,难免都失了耐心,求胜心切,就有些急躁。于是,双方渐渐动了真气,竟将玩笑的逗嘴推成一场严肃的争端。措词逐渐恶毒,情绪也逐渐激烈。终究他们还是孩子,经验有限,挡不住她一连气的进攻。她十分地得意,越战越勇,还使着小小的计谋。而他们越来越失了机智和镇静,只能哭号,哭号着吐出一串又难听又无力的诅咒。她已经得心应手,左右逢源,不伤筋骨又不伤心情。于消化且有无上的好处,无聊的生活也有了消遣,却毫不顾惜将几个孩子弄得急叫急跳。平心而论,她并不是恶人;平心而论,她甚至是善良的人,几乎对孩子们尚有一些爱心。她会将乡下带出来的糯米锅巴用白糖水泡给他们吃,会给他们讲一些乡下流传的不甚卫生的笑话。她以她乡下女人的蠢笨头脑,完全不明白她的这种娱乐活动对孩子们的折磨,她看不到孩子们在她的挑逗之下,逐渐失了控制力,情绪变得急躁而波动。她是只图痛快,她只知道她是大大地占了便宜,无比满意。

　　唯独使她觉得遗憾的是,这家的大姑娘从不与她搭讪,她的没有受过启蒙的智力既无法辨别她与其他孩子的不同,也无法了解她所以不同的原委。她蠢笨地认为,她不与她搭讪是架子大,她恨架子大的人。于是便时常冷嘲热讽,她说道:"架子大得很嘛!"她说道:"自己有什么了不起,看不起人嘛!"甚至更加刻毒地说道:"到底我们是奶娘,大小姐不与我们搭话啊!"那女孩只作不听见,其实心里是比她还要生气,她不懂这女人何故要来招惹她,不懂她是何故得罪了这女人,而她只是以轻蔑的缄默相向。她的缄默使这女人更为激动了,她不信她会弄不过这一个与她老三同年的孩子,而且,她是太过无聊了,那几个孩子早已击败,引不起她的兴趣,她将兴趣全集中在了这个孩子的身上。她时时刻刻地挑衅着,时时刻刻地准备着她还击然后发起事端。而她就是不理,她甚至看都不看她一眼,她对她冷淡到了无视的地步,最后,这女人简直到了病态的地步,激怒这一个孩子,成了她生活的目标。从清早睁开眼睛开始,她就注意这一个孩子,一等她出门上学,她便失了生活目标地怅惘起来,等待她放学回家则成了另一个目标,临到她快回来的时刻,她甚至坐立不安起来,待到孩子走进门来,依旧是那样冷淡而傲岸的神情,她是又泄气又恼怒。她又泄气又恼怒地想出种种可恶又可笑的恶作剧去作弄孩子,将她的东西藏起来,怂恿毛头撕坏她的作业,甚至将她过剩的奶汁扫射到她的背后。孩子自是岿然不动。有时,实在被她逼不过了,她便跑出家门,到黄头发的郭秀菊家去做作业。其实,这女人不知道她已经将这孩子激怒,她早已经成功了。这孩子被她惹得深受痛苦,她开始做噩梦,被噩梦惊起,一身冷汗的,再也睡不着,久久地醒着,心中郁闷得要哭,却哭不出来。她上课的时候,时常走神,听不懂老师的讲解。她是以她一个孩子少有的意志和毅力控制着自己,才一日一日安然无恙地度过了。其实,如同那女人不能正确估价这孩子一样,这孩子也不能正确地估价那女人。女人把孩子看轻了,孩子却把女人看重了。孩子是大可不必这样森严壁垒,严阵以待,她抑或可以作一点让步,回几句嘴满足她愚蠢的欲望,抑或是完全不把她放在眼里,就像她表面上已经做到的那样。总之,她可以轻松一点,无奈她就是轻松不了,她无法让步,也无法无视于她。她真要被这女人折磨死了。

女人也被孩子折磨死了,日夜不得安宁,她是没有一点自制力的,她竟破口大骂起来,开始她是一片乱骂,渐渐地产生了主题,那是一个村野里骂人与闲话的一个永恒的主题。孩子的父亲和母亲并排躺在床上,听着隔门传进的污浊的谩骂,不由得涨红了脸,不知不觉地分了开来,他们分开着蜷在床的两边,再不敢接触一下。在这谩骂声中,他们似乎被解开了衣服,一件一件脱下,他们似乎裸着了。他们裸着了,却还要做一些禽兽般的动作,他们无地自容了。他们无地自容得连呼吸都不敢了,他们屏气躺着,过了很长很长时间,母亲用被子蒙了脸无声地哭了,父亲战栗了一下,然后他奋起了。他从床上一跃而起,穿了棉毛衫裤冲出了亭子间,走上大房间,对那女人说道:

"奶妈,你有什么话可以好好说,不必这样骂,叫小孩子听见了像什么话!"

她终于得了个对手,眼睛都亮了,跳将起来就说:"我骂管你什么事?是骂你吗?要不是骂你你跳什么?"

父亲又是气又是冷,索索抖着:"我又不和你相骂,这可是我的家,你来帮忙,我客客气气,你要骂人,我是可以请你出去的。"

她一听这话,便将毛头往床上一放,说道:"现在是新社会了,你做东家的不要这么凶,你要我走我倒不走,你请我来,我偏就要走了!"话没落音,毛头便响应似的号哭起来。再没有比这一招更灵的了,他们夫妻二人,虽生过五个孩子,却没亲自带过一个,平生最最怕的就是毛头哭。一见这样,立即撤了回去。

"好了,好了,我不与你吵。"父亲这么说着,穿了一身棉毛衫裤地跑回了亭子间,她则又洋洋得意地骂了许久,也不急着抱那毛头,由他号哭了许久,与她的咒骂作着伴奏。这一回,她压抑许久的怨气终于得了释放,犹如欲念得了满足一样,她很平静地过了一个夜晚。

她却真的被她纠缠住了,她几乎一夜没有合眼。一共是五个孩子和一个大人睡在这没有开窗的房间里,气味是浊臭的,她甚至能感觉到混沌得稠厚起来的空气,沉重地压迫。她透不过气来,推开被子,刺骨的寒冷顿时使她全身冰凉,她不得不重新拉上被子,更紧地裹住了自己。那女人粗浊的鼾声在房间里回荡,挟带着一股专横跋扈的凛然气概,穿透了滞重的空气,冲击着她的耳膜,她的耳朵嗡嗡直响,她的脑袋要炸了。她恨她。就是在这一个夜里,孩子学会了恨。那女人在这一个夜晚里,对这孩子完成了一桩教育,那便是恨的教育。这个教育是来得过早了,早在爱的教育完善之前来临了。这于她是带来了极重的损失,这是在以后的日子里被无数遍地证明了的。恨这一种感情,是咬噬心灵的感情,她在她心灵还未健康成熟的早早的年龄,就遭到了这种咬噬,她受伤受得极重。她心灵的成长向来是处在一个荒漠的境地,几乎很少爱的支援,她心灵的成长其实是晚熟的,早熟的是她的头脑,她确实具有了一个极早熟的头脑,她会思索许多不应是她年龄思索的事情。别看那些娇生惯养的快乐的孩子成天嘻嘻哈哈,疯疯傻傻,又浅薄又俗气,事实上,他们的心灵却比她的更得到正常的健康的发育。他们在孩子的时候,尽情地做一个孩子,青年的时候,再将尽情地做一个青年。而她则不是。她以她早熟的头脑封锁了心灵,辖制了心灵,将颠三倒四的经验交给心灵去感受,她的心灵早已有了缺陷了,她的心灵再不可能按部就班地日益成长。将来,她便要在很不当的时候进行许多艰苦的补课,这是她经历了许多磨练之后明白的。而这一个夜里,她学会了恨。

她是恨极了这个女人,她恨她岔开了腿,托住毛头,上半身直探进半个桌面大嚼而特嚼;她恨她硕大的奶头堵住小弟弟号哭不止的小嘴里;她恨她鸭子一样嘎嘎的笑声,她恨她将他们兄弟姐妹都叫作"赤佬",她恨她夜里起来小便,在搪瓷痰盂里激起的激荡的水声……她一旦恨了起来,那恨的对象便呈现出那么多的可恨之处,几乎没有一处不可恨,没有一处不可厌。当她恨的时候,她有一股痛快之感,心里压抑的怨气和委屈找到了出口,释放了出来,直恨到淋漓尽致,却又被这恨压倒了。她怒不可遏了,她涨红了脸,脸色呈出一种病态的盛怒的猪肝红色,她额头上冒出了汗珠,呼吸急促了起来,她必得有个发泄仇恨的办法才好。如她是个头脑简单的孩子,那么她许会任着性子及时地找那女人大吵一顿,即便是败下阵来,再重新气得个捶胸顿足,那恨总也是宣泄了,许会稀释一些,减淡一些。然而她又不是个简单头脑的孩子,使她不得简单地出击。她的头脑阻碍她任着性子宣泄仇恨,将那恨压缩得更为浓烈。于是,她更被她的恨折磨了,她恨着这恨,她被这重重叠叠的恨包围了。而那女人依然是不打算放过她。她甚至会在她放学回来晚的时候,在留给她的剩菜里抖进许多的盐,却依然得不到回应。女人几乎是丧气了,女人丧气的心里甚至生出了与她和解的愿望,眼光和言语里不知觉地流露出一些乞求的意味。她分明是已经示了弱,只要这孩子有些微的表示,她们许就会和解,并且建立最最好的关系。因这女人还有一种侠客的气节,一旦分晓了胜败强弱,她便服了气,一旦她服了气,便是肝胆相照。其实,这女人有点开始服那孩子了,她看重她了。无论是年长却蠢笨的她,还是聪明却年幼的她,都无法了解这一点。乡下女人重视这孩子,甚至将她看得比她的父母更重,她很有资格轻视这一对只晓得生不晓得养的父母,她时常为她有而那母亲没有的丰厚的乳汁骄傲,她看重这孩子了,她认识到这个孩子不可小看了。可是,她却晚了一步,她将这孩子的恨已经培育成熟。她培育成熟了这孩子的恨,再去向她求饶,那是大大地错了。这孩子早已被恨封住眼睛,她再不可能释解这恨了,释解这恨是几年、几十年、甚至几百年,比她一生更长久的工作,虽然它成熟于一夜之间。那女人略带献媚因而更为愚蠢的笑容也叫这孩子恨得入骨,她是分不出一点心思去了解那笑容里求告的意味了。由于她是刚得了这恨的感情,这感情是那么新鲜而蓬勃,于是她便失了自制力,被它攫住,控住,再不得自主。于是,孩子和女人,错过了一次和解的机会。

她被这恨压迫得几乎绝了生路,幸而还有一个郭秀菊,能给她一点支持。郭秀菊是比她更愤怒的了,她以她最最恶毒的语言咒骂这她从未谋面的女人,她咒她立时三刻就死!她骂得那么彻底而痛快,自己心里的愤怒先是平息了,对张达玲也不谓不是一种援助。郭秀菊的境遇是每况愈下,几乎已到了悲惨的地步,如她是像张达玲那样的认真,如她不是那样的有些"十三点",她是连活着都难了。她的不幸在某种程度,也缓解着张达玲的困境。面对着郭秀菊的境地,她偶尔的,有时候能将自己的困扰暂时搁置一边,腾出心灵和情感,作一次小小的休憩。如不是这些偶尔的休憩,她大约也难活着了。

郭秀菊的父亲自从离婚以后,多日来的事业完成了,生活失了目标,便颓唐下来。他每天只有三桩事,就是上班、睡觉、喝酒,他脾气变得非常暴戾,经常打骂郭秀菊,打得很重,郭秀菊的脸上身上,时常带了青紫的伤印。每当夜晚,她一个人躺在黑暗的阁楼,竟也觉到了孤独的滋味。有一天,她对张达玲说,她要去看妈妈,妈妈住在外婆家,在南市,一个叫作九亩地的地方。乘坐十一路环城车,十一路环城车,乘多少站都只需四分钱,她印象最深的便是这个了。这一日,放学以后,她向张达玲借了一件棉袄罩衫。她父亲是不会想到给她做衣服的,她的棉袄罩衣早是缀满补丁,都是由她自己用很大的纳鞋底的针补起的,到了最后,她使用的针已经小了许多号,针脚也整齐许多,补丁颜色的挑选则用了心思,可那衣服的原色,早已淹没在层层的补丁之下了。她不能穿这样的衣服去看妈妈,她因想念而变得细心了。她穿了张达玲的一件格子罩衫,兴冲冲地去了南市。张达玲坐在后门口等她,她坐在小板凳上就着一张方凳写作业。后弄堂里很吵闹,所有的小孩子都出来了,在玩着捉人的游戏,这是一个永恒的游戏,延续几年,几十年而生命不衰。后弄堂里充满了孩子的兴奋又紧张的尖叫。几次三番的,有被追逐的孩子奔过来,求援地拉住她的胳膊,以抵挡一阵,都被她愤愤地甩开了,她是一点都不能通融的。她一个人镇静地坐在喧腾的后弄堂里做功课,专心地等待郭秀菊的归来,谁也干扰不了这等待,甚至奶妈在她身后的闲言碎语,暂且也不往心里去了,她只是将它们贮存起来,留待以后再去恨。这会儿,她全心全意地等着郭秀菊。她不知道郭秀菊能否找到那十一路车,能否找到那条弯弯曲曲的弄堂,能否找到她的妈妈。这时节,她有些崇拜郭秀菊了,郭秀菊这一次行动近乎一次壮举,她独自一人穿过熙攘的人群,纵横交错的街道,独自一个地走到那么不可思议的远远的南市,去找她的妈妈。她眼前浮起了郭秀菊头发黄黄，有些软弱的小小的身影，在陌生的面目狰狞的人群中茫然地穿行，去找她的妈妈。张达玲无法感受母与女的血肉联系，她对母与女的血亲的教育首先是来自于郭秀菊，她靠郭秀菊的壮举的援引才开始以她的很管用的头脑去思索母与女的宿命的联系。她与她的母亲既不近又不远，如是近了，她可从亲昵中领会，如若远了，她则从牵记中领会，而她们是既不亲昵，也不必牵记。她从来没有体验一个孩子对母亲的亲爱，犹如她的母亲至今没有体验一个母亲对孩子的亲爱。她们双方都将到很晚的时候，以她们的理性去寻觅这情感，她们是缺课缺了许多的母与女。只有在郭秀菊对她母亲的向往中，她间接地、曲折地领会到一些神秘又隐秘的气氛，她是怀了极大的好奇与不安在等待着郭秀菊的回来。

　　捉人与被捉的孩子们几乎疯狂，眼睛里转动着失了理性的光芒。一边蹲着喂毛头的奶妈竟也受了鼓动，助兴地用她过剩的奶汁扫射四下乱跑的孩子，那奶汁竟溅到了她的手背上，她嫌恶得心都缩了起来，那一滴半透明的乳白的水珠停在她的手背上，再没有比这更污秽的东西了。她用另一只手撕了一页草稿纸，将那奶滴揩去，然后又横来竖去地揩了一阵，直将她黄瘦的小手揩红为止。连那样粗心的女人都注意到了她动作，于是便恶作剧地对准她的后背又射了小小的一股，她放下手里的铅笔，一声不出，将罩衫解开扣子，脱了下来，然后再继续做功课。女人不觉地胆怯了，再不敢惹她，她的无言，于这女人越来越具有威慑力量，她终于拜倒在这孩子身下，可这孩子丝毫不觉，依然以她的无言穷追不舍。这时分，其实是再没比这乡下女人更可怜的了。她将衣襟拉了下来，盖住那一对硕大的乳房，蹲在了离她更远的一边,脸上的神色黯淡了许多地蹲在一边,默默地看着孩子游戏。两人终于安然无事。

两人终于安然无事。她便等待,等待郭秀菊头发黄黄,很不合身地穿了她的罩衫的小小的身影。捉人的孩子们终于疲倦了,先就有人告饶道:"不来了!不来了!吃力死了!吃力死了!"然后便有大人们站在门口或者窗口叫着,要他们回去吃饭。阳光早已攀过高墙到了墙后边那个什么机关的大院子里的长了马兰头的草地上,天色渐渐地灰白了,弄堂里渐渐地静了。她早已做完了作业,双肘撑着膝盖,目不转睛地盯着弄堂口。弄堂口先是走进她的爸爸,然后又是她的妈妈,每逢这时候,她便早早地站起身,走进厨房,等他们走过来,上了楼梯,再又重新出来,坐回到小板凳上。她至今无法与她的父母迎视,她只有这样避开,她这样避开,也是给他们让路,因他们是同样的难堪,而却没有意志承认。她是要比他们都更成熟的孩子。而郭秀菊依然不出现,天已薄暮,她焦急起来,心中生出种种猜想,她以为郭秀菊迷路了,又以为郭秀菊出了车祸,甚至想起了极遥远的从前,有一个叫姨娘的女人对她说过的拍花子的恐怖的故事,不觉恍惚起来。正当她恍惚的时候,弄堂里弯进一个小小的活泼泼的身影,那身影活泼泼地穿过薄薄的暮色,朝她近了。果然是郭秀菊,她穿了一件从未见过的青花的罩衫,罩衫有些肥大,颜色也老气,可毕竟使她整洁了许多。她向她径直走来。看着她径直走来的身影,张达玲平静了下来,方才的猜测与遐想全如一堆荒诞的怪梦,烟消云散了。她如一个梦醒的人,神志虽然清明了,却还有些迟钝,她怔怔地看着郭秀菊走到跟前。郭秀菊走到跟前,从书包里拿出她的格子罩衫,还给了她,她便问:

"你妈妈给你的新衣服?"

她很得意地转过身子让张达玲看:"别看已经不是新的了,可是这布好,这是以前存的布,以前的布比现在的布好。"

"是很好的布。"张达玲敷衍着看了她的衣服。

她上上下下地指点给她看道:"这是最新的样式,中西式,领子是中式的,袖子却是西式的装袖,下面也不开叉,是不是太摩登了?"

衣服很大,大约是她妈妈自己的,几乎可在她身上旋转,并无一点"摩登"可言,张达玲便沉默。

"你说,这样穿到学校去要紧不要紧?会不会有人说?"她又追问。

"不会。"张达玲很老实地回答。

不料郭秀菊却有些失望似的,再三地说道:"不行的,不行的,我不穿,我不穿!"

于是,张达玲就再三地向她保证绝对不会有人说。她却越来越坚持,张达玲实在没了耐心,只好住嘴,由她占了上风,最后说道:"摩登就摩登,我就穿到学校去,让他们说好了。"一场争端总算结束。张达玲这才问道:

"你妈妈好吗?"

她的脸色黯淡了,扁了扁嘴,要哭的样子,又终于没有哭。停了一会儿,才吸了一口气,颤颤地说道:"妈妈真可怜,那个小白脸把她甩掉了,他们本来说好了要结婚的。现在,小白脸把她甩了。舅舅天天骂她,要她走。外婆家隔壁的阿爷告诉我,上个月中旬,有一天,外婆买小菜回来,推不开门,叫了舅舅一起推开,一看,妈妈脱光了衣服在房间里,正要上吊呢!"她的眼泪滚了下来,大颗大颗地落在她那件过大的青花的罩衫前襟上,泅湿了一大片。

"不要哭了。"张达玲劝她。

她哭得更伤心了,一边哭着一边说道:"外婆一把抱住妈妈,一起哭了起来,妈妈叫外婆放了她,放了她去死,外婆不肯,随便怎么也不肯。"

"不要哭了,不要哭了。"张达玲劝她。

她越发地不听劝,抽抽搭搭哭个不停:"妈妈太可怜了,小弟太可怜了,总是给舅舅的小孩打,打了也不敢还手。小白脸太坏了,太没有良心了,妈妈买给他多少东西:皮鞋,骆驼毛棉袄,外婆给妈妈的一只金戒指也给他噱了去……"

张达玲听着她说这一个古怪的天外发生的故事,无由地战栗着。暮色越来越阴沉,将她们两个小小的女孩吞没。如不是这时候她们听见了一个奇怪的啜泣声,她们便将在这阴沉的暮色中陷深了。可是,这时候,她们听见了一个奇怪的啜泣声,粗浊的喘息中间着尖细的啸声,十分滑稽。如是在别的时刻,她们,尤其是郭秀菊一定会笑出声来,可这时她们都哆嗦了一下,然后便四下里找寻起来。就在她们身后很近的门槛上,蹲了一个身躯庞大的女人,拥着怀里的孩子,哭得鼻涕一下,泪一下,嘴里哼哼着,说道:"作孽呀,作孽呀!"

郭秀菊的眼泪立即干了,睁圆了眼睛问道:"这是你们家奶妈啊,有三百五十斤吧!"

张达玲连哼也没有哼一下,拉着郭秀菊跑了,留下那女人一个,扫兴地蹲在门槛上。无意中听了一个极悲惨的故事,为之流了一通眼泪,心里却是十分地舒畅。她任着孩子有力地吮吸她的奶头,将她的奶头咂得发痛,眼泪还在汩汩地流淌。她是全世界第一的悲剧家了,没有比她更喜爱悲剧的了,也没有比她知道更多的悲剧的了:梁山伯与祝英台,刘兰芝和焦仲卿,陈世美和秦香莲,林黛玉和贾宝玉,王昭君,杜十娘,祥林嫂,等等,等等,全是从她小小的时候起,坐在乡场上,听了村里一位由阴阳风水业转行的教书先生,一扇一扇地摇着芭蕉扇摇出来的,或是半口半口呷着加饭黄酒呷出来的。多少人从中听出几世的春秋冬夏,几方的青红皂白,积累了人生的经验和涉世的资本,可她是个再笨不过,且不动心思的女孩儿,除了借了来由流几行眼泪,以宣泄心中说不清道不白的情感和积郁,便什么也不得要领了。流泪和吵嘴一样,于她都是宣泄的手腕。她所以爱悲剧,是因为悲剧能够帮助她流泪。流过一场泪与吵过一场架一样,都会使她心境清明而平和,甚至有一种想与人亲热的近于撒娇般的愿望。这愿望由于她肥硕的外形与粗笨的表达而阻碍了人们的同情,很少有过满足。甚至连她的丈夫都无法了解她的这一个愿望。像是上天故意要取笑似的,肥大的她则有着一个瘦小而孱弱的男人,到了交接的时分,他便"喉喉"地喘着,从胸腔里发出一股轻而尖啸的呼声。显然他是无法与精神旺盛的她对应的,他与她永远打不成个平手。他们双方一起地失败了,他们双方都得不到胜利。失败的情欲在她身体内,日积月累地筑起一座火山,这是一座极危险的火山。幸而她是个本性很善的女人,并有着上千年的规矩的约束,这规矩经了上千年的锻炼已是坚固无比,而头脑蠢笨的她且又极易束缚。如不是这些,又如若给了她一个适得其逢的契机,那么,她也许将给一整个世界投放一颗足以影响一个世纪的原子弹或者氢弹。如今,命运将她安排在一个小小的没有施展余地的角落,她只能借了一些真实或虚拟的悲剧,汹涌地流淌几股眼泪,来缓解稀释内心的炽热的岩浆。

那两个孩子是早早地手拉着手地跑到了弄堂口,继续着她们的故事。暮色隔断了她们,将她们隔在了很远的地方,她们在很远的弄堂口的地方,继续她们的故事。

郭秀菊已经不哭了,也不再说话,她想不起来她方才说到了什么地方。她便也没甚可说,默默着。两人默默地看着前边暮色里,有一个跷脚,一跷一跷地走了近来,当他走到她们的身边,她们看见了他灼亮的眼睛,他灼亮的眼睛古怪地盯了她们一眼,然后一跷一跷地过去了。她们转过头,相视一眼,不觉魂飞魄散了。郭秀菊擦干了眼泪,匆匆说道:"我要回家了。"

"我也要吃饭了。"张达玲说。

郭秀菊没有看她,正了正书包,忽然叹了口气说道:"张达玲,你们家多好啊!"说罢就走了。她没有料到她的话给了张达玲如何强烈的震动,就匆匆地走了。张达玲是万万没有想到过她的家的,她从来没有好好地去想过她的家,她从来就是像寄居似的生活在家里。她疑疑惑惑地往家走去,她看见了她们家二楼的朝北亭子间的小小却暖暖的灯光,她这才觉着一层薄薄的暖意,这一层薄薄的暖意于她僵硬的心灵有着多大的益处,是她再没想到过的。在这一个从暮色里回家的短短的路程中,她的心竟然宽厚起来,她竟然愿意和见到的任何一个人亲近了,这愿望不再被她羞涩地压抑在身体的很深处了。那二楼亭子间的灯光竟有了一些召唤的意味,她这时候方觉了自己是一个孩子,一个母亲和父亲的孩子,她觉得了自己的弱小,她勇敢地渴望着偎靠。她怀着这样亲切的渴望向着家里的灯光走去,这一段路程是她有生以来最幸福的路程。她慢慢地又快快地接近了那灯光。她从那灯光底下温柔的微明着的门里走了进去,她嗅到了迎面而来的油烟气味,楼梯是黑暗的,走过黑暗的楼梯,她看到了前楼里围了桌子的兄弟妹妹。父母早已退席,孩子们还在大嚼,他们总是拖延到了父母撤退,便可放肆一通。她正看见了这放肆的场面,她看见了挤在其间将那半个身子压倒在桌面上的女人,她正耐心地做着一项工作,就是将汤里的小排骨全部捞光。她心里的温情平伏了,她眼里渗出的蒙蒙的感动的泪光熄灭了,她的脸重又板了下来,她挺直着腰背走到桌前,捡一只干净饭碗,盛了饭,坐下默默地吃将起来。耳边一片碗筷的清脆的叮当声,还有竹筷与竹筷激烈的搏击声,毛头的哭叫,然后又被奶头塞入的哽咽。她的心又重新坚强起来,重新的刀枪不入,那一段短短的温暖的路程留在了她身后沉落的夜色里。可是,那一段短短的路程,必将还要唤起她一些什么,那则是后话了。

　　第二天早上,到校的时候,她看见郭秀菊依然穿着她那件补丁连成的罩衣,便问她,妈妈给的新衣服为什么不穿,还加了一句道:决不会有人说她摩登的。不料,她却抬起泪蒙蒙的眼睛,哽咽地告诉道:那件衣服一到家就被父亲剥了下来,用剪子剪成了碎条,比拖把布还要碎的碎条。这时候,上课铃响了,两人各自回到自己座位上坐下,这一堂课学的是四则运算。小弟伯伯从窗外的木阳台上走过,手里提一把喷壶,去浇晒台顶上的花坛,那里栽了一些似花非花的鸡冠花。

第 八 章

　　从此以后,她只要一看见郭秀菊黄发稀疏面色苍白的小脸,便会想起她母亲赤裸着身体的可怖的景象。她从来没看见过郭秀菊的母亲,更从来没看见过赤裸着身子的任何女人,可是这幅图景却在她小小的头脑里生了根,再也拂不去了。渐渐的,她不需要看见郭秀菊,那图景也会自动浮现出来,常常是在万籁俱寂的深夜,有时也会在喧腾的白昼,甚至在课堂上。这时候,她便再也听不见老师的讲课,眼前的一切都偃息了声形动态,连她自己也偃息了声形动态,她木木地坐在椅子上,只剩了一具躯壳。她的灵魂似乎加入了她头脑中那幅残酷可怖的图景,渐渐地进入了那具赤裸的女人的躯壳,像穿一件衣服似的穿进了那从未谋面的女人的身体里。她顿时浑身冰凉,微微地战栗起来。她只得咬着牙关克服着这战栗,以免被人识破了她的隐秘。虽然谁也没有告诉过她,这有什么见不得人的,可她却深知这是只能为她一个人所知的隐秘。她赤裸着身体,横躺在一扇木窗前,她裸了的身体变得十分敏感,极易受刺激,于是她便一动不敢动了。假如这个时候,老师将她叫起来提问,那她就要大大地露了丑。好在,老师难得叫她,老师微微地有些躲避她似的,因她是比老师更成熟的学生,老师比她更像一个学生了。她的神志得了自由,漫游到那一个不为人知的怪诞的图景里。她裸了身子,在炼狱里云游,她身上早已布满了钉板留下的流血的伤口,幼年的已经沉睡的那些自虐的故事,这时候又如鬼魂托生,一点一点活动起来,加强着这一个裸着的故事。她被鞭笞得痛苦不堪,却兴奋起来,振作起来。她振作起来,精神抖擞,她将精神里颓唐的阴影驱散。下课铃声从极远极远的云层后面渐渐传来,"当当"地敲打着她的炼狱的铁门。她只得推开沉重的铁门,神不守舍地走了出来。她渐渐地走回到课堂上,一阵喧腾的嚣声顿时裹住了她。她脑袋昏沉沉的,随着大家一起收拾起桌上的课本铅笔盒,装进书包,随了人流涌出了教室,将教室的早已朽了的门框挤得吱嘎作响。大家挤成了一团塞在门框里,谁也进退不了半步,好比一个乱了的线团,抽不出了头。大家拼命地挤,终于吱吱嘎嘎地涌出了门去。木阳台的木条地板颤颤巍巍,已经有几条折断,透出去可看见下面攒动的人头。她随着大家沓沓地奔过阳台,奔下楼梯,却又在狭狭的黑暗的楼梯上滞住。精力渐渐在她体内滋生,她和着大家兴奋地吵闹。同学们陡地听见她的吵闹,奇怪地回过头看她。她黄瘦的脸异常地泛着红潮,积极地在人群中挤动。狭狭的楼道几乎涨破,头顶上落下尘土和石灰,纷纷落在孩子们的头上。他们终于通过了楼道,将小小的天井涨满了。

提了水壶的小弟伯伯在人群中努力挣着走动,看上去就好像激流中一叶逆行的小舟。欢乐的孩子们在他腰际里横冲直撞,他兀自阴沉了脸,怀了一肚子不为人知的鬼胎,顽强地走动。各班的值日生已在各自的教室里开始扫地,将灰尘扫出教室的门口,扫在木阳台上,尘土便从地板稀疏的木条间洒落下来,犹如在天井上空放了烟幕。人群渐渐涌出了校门,却听见隐隐的有钟磬声传来,原来是庵里的尼姑在做一个水陆道场,诵经声和着钟磬木鱼,隐隐传来。大家一起奔向那里,拥在后门,后门里的灶间正做着素菜,油香味扑鼻,这才觉着肚子饿了,又回转头纷纷往家跑,撞倒了小孩也不扶一下。

她扶了后门的门框,直往里看,前楼香烟袅袅,诵经声是从楼上传下,她便伸长脖子望着厨房后那一弯陡峭的木楼梯。诵经声渐渐止了,然后便有穿着黑色袈裟的尼姑一个一个鱼贯下楼。剃了光头穿了黑衣的女人是那样古怪,她几乎不敢注目,可却不肯撤回目光。她看着她们一个一个下了陡峭的楼梯,拐到前客堂去了。她的同学们早已走光,只剩了她自己,后弄里也没有人了,都在家中吃着午饭。厨房里满溢着素油和麻油的香味,一个极清静的女人在帮着做事,看见她时,还对她不露齿地笑笑,那笑容令她觉得有点可怕。她便调转了身子,走了。身后是寂寂的,有一个油锅爆响了,嗞嗞啦啦地响了许久。太阳高照,将她的身影收在她的脚底,她微微地恶心,那一列没头发的女人的脑袋在她被阳光眩花了的眼里,青色的头皮不知为什么含有一些猥亵的意味,叫她起腻。

这时期的她,是夜里做着夜梦,昼里做着昼梦,所有的梦几乎全是由那裸着的,从未谋面的女人援引。她摆脱不了这梦境了,这梦境很险恶地缠绕着她,叫她日夜不得安宁,她小小的年纪开始失眠。她几乎是彻夜地难以入眠,那些裸着的故事越来越失去了催眠的作用,使她疲惫不堪,又使她亢奋不安。她被这故事折磨着,却又放弃不得。没有人教她入眠的办法:计数,聆听钟表的滴答声,等等。她孤独地凭着自力作着挣扎,她挣扎得极累,又绝望,忽然之间,她头脑里犹如一座冰山崩陷,轰然一声,她失了知觉,一动不能动弹,知觉却又陡地清醒,只是无法动弹,她眼前的被月光照白的窗外,犹如雪亮的闪电掠过,迅速而猛烈地明暗着,耳边却如雷鸣,一阵压倒一阵,远处,冰山在塌陷。雪亮的闪电灼痛了她的眼睛,雷鸣则袭击她的耳膜,她要瞎了,要聋了,刹那间要疯了,要变成一个白痴了。宇宙正处在裂变,阴阳颠倒混乱,无数个星球溃散,又重新凝聚成无数个星球,那是无日无月,无天无地,无夜无昼的一纪,那是风掣电击的一纪,那是天塌地陷的一纪,她直挺挺地躺在床上,完全失了意志,心中却清明地充满了巨大的恐惧。她瘫软了,既无精力驱自己睡眠,也无精力支持自己失眠,她无眠地睡着,她沉睡地醒着,度了一个又一个的夜晚。

  在这样的一个又一个的夜晚以后,她便再也无法合群,她在她的同学与兄妹之中,越来越沉默和孤独。当孩子都在休憩的时候,她却在另一个世界里经历着各种折磨与考验,这是一个奇怪的无法予人传达的经历,这奇怪的无法予人传达的经验横隔在她和所有的孩子之间,将他们无情地距离了,她再无法与人彻底地沟通,她从这时候起,便注定了她必然孤独的运命。当孩子在休憩的时候,她走上了一条没有人迹的道路,她是误入了歧途的,她是误入了歧途的孩子。她偏离了大道上,大道上走着排列整齐,引吭高歌的孩子的队伍,太阳从东边升起,西边落下地照耀着大道上的孩子,而她远离了队伍,越走越远地走在了歧途,她是误入歧途的孩子,好比行星偏离了轨道,随时都有堕落的危险。她身前身后都布满了危险的陷阱,而她竟不知不觉,依然越走越远,再也看不见孩子们整齐的队列,听不见他们明朗单纯的歌声,她只剩了她自己,她再得不到人们的帮助,她或者堕落,或就是凭了她小小的却顽强的自力来自我拯救。

她渐渐地进入了角色,与那裸着的从未谋面的女人合二为一,那女人渐渐地销声匿迹,最终只留下了她自己,裸着地躺在了一扇木窗下稀疏朽烂的地板的木条上。她编着自己的故事,又演着自己编的故事,然后再体验着自己编又自己演的故事,那都是一些怪异的故事,残忍又温柔,自虐又自慰,这是一份比真实生活的快乐和痛苦都要强烈得多得多的生活,她生活在两份生活里,渐渐地分辨不出真伪虚实。她在这两份生活里进出来回,互相穿透。她又紧张又兴奋,她感到应接不暇,她同时要适应并对付两个世界,她十分疲劳。可是好像有丛火在她体内燃烧,不让她疲顿,使她小小年纪就憔悴了的脸上,永远有一种古怪的红晕。她竟锻炼出了这样的本领,那便是同时地进行两种对话,一个在嘴上,一个在心里,互相竟不会混淆,也不会扰乱,两种对话都顺利地进行,这是难度极大的,可她是格外地不怕困难,有着超人顽强的意志,且又极其聪慧。于是,她便能够胜任地不露破绽地进行两种对话,进行着两个绝然不同的故事。正当她与郭秀菊说着玩笑的时候,另一个她则身受重笞;正当她在争相抢食的饭桌上漠然地嚼着白饭的时候,另一个她正备受温暖,遍体鳞伤欢乐地疼痛着;这一个她睡着时,那一个她醒着;这一个她醒着时,那一个她熟睡着。两个世界交叉地进行,互不干扰地共处于一体,她这才觉得度日的快乐,那一日一日漠然而简单的重复,才不至叫人觉得厌倦。而她没有觉出,她的一颗古怪的小心,正在这两个世界的交替中古怪地长熟,再长熟。

又一个学年结束了,郭秀菊终于没有通过大考,留级了。在做学生的日子里,再没有比做一个留级生更为羞耻的了,老师宣布的时候,她几乎不能与她对视。两个孩子惶惑地收拾着各自的书包,互相不敢再看一眼。可是,沉默又叫她们困窘,她们不得不找出一些话来说说,试图消除这困窘。于是就说了一些莫名其妙的闲话。放了假的孩子们呼啸着从她们的课桌边涌过,欢天喜地。她们无法加入这快乐的洪流,只是坐着。她们的课桌好比是大海中的一个小岛,栖了两个离了群的孩子。小弟伯伯的铃声"丁零零零"地响个不住,穿透了杂沓的嚣声。她们说了几句莫名其妙的闲话,却再也说不下去。她们毕竟是没有世故的孩子,尚没有学会作假,越要作假却越露出了真情,欲盖弥彰。她们实是应付不了这场面了,只得默了下来,郭秀菊便啜泣了起来,她则将脸绷得更紧,却无一滴眼泪,僵僵地坐着。郭秀菊用手背抹去眼泪,从书包里摸出一张书签,放在张达玲前的桌面上,抽抽噎噎地说道:

"张达玲,给你留下纪念。"

她伸出瘦瘦的鸡爪似的手,拿起书签,看了一会儿,很珍惜地夹进一本书里,也在书包里摸了一会儿,也摸出一张书签,放在了郭秀菊软软的热乎乎的小手里。当她们两人接触到手的时候,郭秀菊又哭了,她的眼睛也有些红,却始终没有落下泪来。她很难过她竟落不下泪来,可能是她的心很坚硬,溶解不了。她单薄的胸膛里揣了这样一颗坚硬的心,十分的不适,可她没有办法溶解它了。

"张达玲,我做了留级生,你还睬我吗?"郭秀菊又用手背擦了眼泪,小声问道。

"睬的。"张达玲坚定地回答。

她不哭了,停了一会儿,出了一口长气,缓缓地说道:"其实,张达玲,你最好了。"

张达玲不由腼腆起来,别别扭扭地说:"不好的。"

"你好的。"郭秀菊极认真地说,并且对正了张达玲的眼睛。她们对正了眼睛看,彼此都有些陌生,对视得越持久,那陌生便越深,她们就好像久别而又重逢,生分了许多。她们胆怯了,匆匆地转回了头,郭秀菊停了一下,才继续说:"你这个人,看上去很凶,其实心最好了。"

张达玲抬起眼睛,问道:"人家都说我凶啊?"

"你总是板着面孔进,板着面孔出,可是,其实你的心最软了。"郭秀菊又说,"你对我好,开始我还不觉得,后来才觉得的。"

"你也对我好呀!"张达玲嗫嚅着,涨红了脸。

"我对你不好,我对你不好。"郭秀菊急急地说,还摇着头,两条软耷耷的小辫子在肩上扭来扭去,"可是我以后一定要报答你的,张达玲,你相信吧!"她又一次对正了张达玲的眼睛,勇敢地与她对视,以与她的浅薄极不相称的勇敢对直了张达玲。

张达玲被她清澈而勇敢的目光照耀着,忽然十分十分地自惭形秽。她觉得自己十分肮脏,十分不洁,自己是十分十分地羡慕郭秀菊,尽管她没了妈妈,爸爸又凶恶;尽管她要留级,许还要一留再留,可她却羡慕她。羡慕她有柔软的黄黄的头发,有苍白而细致的皮肤,有热乎乎的小手,有很充沛的晶莹的泪珠。她看着郭秀菊,心里忽然起了去抱她一抱的念头,却又无端地惶恐起来,这是一个十分邪恶的念头。她猝然地红了脸,就在她猝然地红了脸的时候,郭秀菊一把抱住了她,她的毛茸茸的细发搔着她的冰凉的颈窝。她的心扑通通地跳了起来,她不敢同样地抱着郭秀菊,犹如一年前的一个夜晚,在学校的门洞里那样的互相纯洁地拥抱着。自从那一个夜晚,她与她其实已经分道扬镳,那一个夜晚,是她们的一个偶然的汇合,汇合之后,她与她便分道扬镳,她们早已是生分的了。郭秀菊的小手把住了她的薄薄的硬硬的肩膀,她小手按住的那片地方火燎似的烫着,她一动不敢动,只用手轻轻抵着郭秀菊的胳膊肘,唯恐她再逼近过来。似乎就是在这一瞬间生起的,生起了她对肉体的嫌恶,她怕这肉体,连带着将自己的肉体也惧怕了。这是那裸着的未曾谋面的女人在昼昼夜夜里所给她的教育。那女人从来不曾知道世间竟有一个张达玲,而张达玲却昼昼夜夜与她相处,从她那里得了奇怪的经历。张达玲不知道这是何种教育,她不知道自己起了何种变化,心怀恐惧。可是,郭秀菊却越来越向她逼近,她心跳着,额上沁出了汗珠,她实在被逼不过了,终于一用劲,双手抵着她的胳膊肘,重重一推,将她推开去了。郭秀菊略略吃惊地看着她,她面色苍白,呼吸急促,她掩饰地说道:

"郭秀菊,你,你要好好的,追上来!"

郭秀菊是极易蒙骗的,听了这话,便从她肩上垂下手,很老气地将两条胳膊抄在胸前,叹了一口气,说道:"我也没有读书的心思了。"

"不读书你干什么?"她渐渐地镇静下来,呼吸也正常了,这么问道。

"我去做学徒,我们隔壁弄堂口有个裁缝铺,收小姑娘做学徒的。"她回答道。

张达玲愕然了,说不出话来,怔怔地看她。她又羡慕起她了,她的面颊十分柔和,黄黄的头发贴紧了柔软的头皮,毛茸茸的碎头发披在了前额。天渐渐暗了,教室里更暗了,窗外阳台上没有一个人,四下里没有一点声息。

"不过她们不肯收小学生的,起码要初中毕业,还有好多日子呢!"她忧愁地说道。

"郭秀菊,你不要胡思乱想,你还是要好好地读书。"她很软弱地劝她。

"我读不进。"郭秀菊慢慢地摇着她黄发茸茸的头。

教室里更暗了,暮色从门窗外漫进了教室,暮色在课桌椅之间流动,渐渐流遍了一整间教室。她们坐在暮色里,好比在云雾层中,彼此都模糊了。她们不再说话,平静了下来,却不再窘迫,她们已经度过了窘迫的难关,又获得了新的经验。她们现在很平静了,默默地并排坐着。屋里暗了,窗外却明亮起来,她们透过明亮了的窗户,看见了对面的阳台后面的黑洞洞的窗户。就在这时候,忽然,不知是从深深的天井底部升起的,还是从高高的房屋顶上传下的,响起了一种奇怪的声音,像是呜咽,又像喘息,悄然而起,又悄然而息。她们怔住了,直直地坐着,四下又是一片寂静,什么动静都没有,她们几乎要怀疑自己的耳朵。可是,那一声长啸深深地留在了她们脑海中,任凭怎么也抹不去了。她们好像不是以听觉来接受这一声长啸,这一声长啸好像是径直走进她们的感官,落入了她们的记忆。

"是谁?"过了半天,郭秀菊颤颤地问道,声音像一缕飘零的游丝。

"不是谁。"张达玲回答道,她生硬的毫不婉转的声音,将这寂静撞击了一下,两人都不由得一惊。

"是小弟伯伯?"郭秀菊又问。

"不是小弟伯伯。"张达玲回答。四下里是静得不可再静,她们不由得携起了手来。她们紧紧携着手站起来,将桌子碰出一串可怕的声响,朽了的地板在她们脚下邪恶地呻吟,犹如是一个鬼魂在逐着她们的脚步。她们出了教室门便飞快地奔跑起来,那呻吟便更加剧了紧随她们。她们下了楼梯,将楼梯"吱吱嘎嘎"地踩响,响声在楼道里激起沙哑的回声,四面八方轰鸣起来。她们互相拉扯着走进了天井里,天井的水门汀地面在暮色中异常的苍白,她们沓沓地踩过苍白的冰凉的地面跑出了校门。高高的深深的黑漆大门在她身后无声无息地合上了,她们气喘着道了"再会",各自朝各自的方向奔了过去。

一个漫长的暑假开始了,无休止的蝉鸣,与日头一同早早升起,迟迟落下,晚霞火一般地烧红了半边天空。竹榻和竹椅放满了一条弄堂,有人将小小的日光灯拉出门外,灯下是一盘棋,厮杀得暗无天日,小孩在玩着经久不衰的游戏:"金锁银锁,格啦啦啦一锁。"女人们则拉扯起家长里短,呼啦啦地扇着偌大的蒲扇,蚊子在阴暗的角落里唱着"营营"的歌。

亭子间的门依然锁着,父亲与母亲永远地不分四季地驻守在他们的极乐岛上,蒸腾的暑期也无法使他们溃散。在他们的岛上,既没有酷暑也没有严冬,没有温暖的春天也没有凉爽的秋天,那里没有季节,没有时间,那是一个炽烈的恒温的岛。那里没有纷繁的世事,那是一个世外桃源,只有男人与女人。男人与女人在那里极乐,消耗并滋长生命。

孩子们在窗下唱着永恒的歌谣："金锁银锁,格啦啦啦一锁。"

她躺在自己的闷热的帐子里,闭着眼睛。窗下人们的细语,还有竹椅在地上拖曳的吱吱声,贴近而又遥远。她缩紧了瘦瘦的四肢,蜷起来躺着,像是准备着防卫随时可来的袭击。风吹拂着蚊帐,蚊帐像很薄的水波在起伏荡漾。她躺在起伏的水波之中,依然是热。蚊子营营地攻击着这一座透明的城堡,她很安全。对面窗户里有个婴儿在啼哭,便有母亲拍着他的小身体哼着莫名其妙的安眠曲,那哼哼呀呀的自制的安眠曲传到她耳边,从她耳边流过。因从未有谁对她哼过这样的歌曲,她便不明白这样的歌曲究竟为何物,她只是昏昏地想睡。

这是一个睡思昏昏的暑假,在她经历了那么些浩劫般的不眠之夜以后,她便只想睡觉了。可她依然睡得紧张,松弛不下,她在睡梦中也觉着了累,犹如一张拉满了的弓,她很疲劳。她很疲劳地做着各种各样的长身体的梦,或从楼上坠下,飘飘荡荡地脚不着地,或是上楼梯一脚踏空,浑身陡的一抽搐。还有那种被追逐的梦,她跑啊,跑啊,她跑啊跑啊却跑不快。她在生长,她孤独地生长着,她躲着人群独自个地生长着,断了外援。她侧着脸,枕在系了枕席的硬硬的枕头上,她的脸颊上印出了枕席编织的花样。她的头发汗湿了,汗湿了的头发粘在颈窝里。她蹙着眉睡着,梦中受了什么的磨折很不安恬。越来越凉的晚风将她的蚊帐吹动得像一艘鼓了帆的小船。鼓了帆的小船载了她正在无岸的波涛中漂流。她又紧张又疲乏,且又渺茫。船已远远地离了岸,没有人与她同行,她唯有独自一个地漂泊。彼岸在无边的波涛后面,彼岸在冥冥之中。此岸忽隐忽现,却是再回不去了。风是一径地将船推远,她是再回不去了。

离她很远很远的地方,有一片小小的大陆,哥哥与妹妹无休止的吵嘴,贪吃的弟弟无休止地吃,爱哭的弟弟无休止地哭。这一切与她早已遥遥地隔离,她只是乘了她那一艘帆船,凭着东西南北风,漂在无涯的海洋。她不知道要去什么地方,更不知彼岸为何物,她甚至不知道她为什么要漂流,她茫茫然,恍恍然,将口水淌在了枕席上,将枕席的花纹印在了脸颊上。她睡过了整整的一个暑假。

这是一个台风频频的暑假,风将小树折断,下了漫天漫地的梧桐雨,雨点打在窗台上,风敲着门,湿漉漉的弄堂很宁静,沙沙沙地走着初秋第一批落叶。裹了一床薄薄的毛巾毯,犹如得了庇护,她终于渐渐地卸了防卫的重负,放松了四肢。她细瘦细瘦的四肢一点一点舒展开来,她的眼眉也一点一点舒展开来,她竟有了和平的气息,她这才真正地沉入了睡乡。她张开了四肢朝天仰睡,微微地张了嘴,嘴里无声地吐气。她的呼吸很均匀,她薄薄的胸脯均匀平稳地起伏,犹如风浪平息之后的海洋,宁静地等待下一次风浪。有谁知道这小小的胸腔里的风暴,有谁知道这具小小的生命的躯壳里的激战,由于肉体的相隔,人们便再无法了解那一切,肉体的相隔犹如重重关山,却没有一条栈道,没有栈道。她平伸开了手臂,启开薄薄的没有血色的嘴唇,分明是在求援,可是,没有援助。没有人能够帮助这个孩子,这个孩子迷路了,这个孩子兀自漂流远去了,没有人与她相随,她几乎遇不到路人,她没有路人地跋涉着漫漫长途。幸好,冬日有阳光,夏日有凉风,她终究可得一些抚慰,于是,她便睡熟了。大风过后的天空是分外的清朗,如洗的阳光照耀着树上的梧桐叶与地上的梧桐叶还有房顶瓦楞里的梧桐叶。

暑假里最后的一场台风过去了,太阳照耀着树上的梧桐叶,地上的梧桐叶,房顶瓦楞里的梧桐叶,她踩了梧桐叶下白色的方砖,上学去了。经过一个暑假的休息和睡眠,她精神很好,心情格外的清新,她甚至是快乐地走在了上学的路上,她听见了啾啾的鸟叫,她嗅见了雨后梧桐的芳香,她看见了对面楼房上爬满了牵牛花,她的影子从没有牵牛花的墙上走过。学校深深的天井里竟也注满了如洗的阳光,如歌的铃声在阳光里穿行,雨湿了还未干透的房屋,犹如墨笔描画过了一般,轮廓鲜明而突出。房屋顶上是湛蓝的天空,天空上没有一片游云。

寂寞了一夏的天井又喧腾起来,死而复生了一般,沙滤水四处喷射,驱走了角落里腐朽的霉味。楼梯永远的"登登"响着,阳台的木条地板永远的"吱吱"颤抖着,玻璃窗永远晃动着雪亮的阳光。

学校很好。她忽然地想到,没容她想完,后来的同学便将她一股脑儿地卷走,一起"登登登"地卷上了狭狭的楼梯。

一个年轻的老师在与一个年老的老师说话。

年轻的老师说:"今年的夏天好热啊!"

年老的老师说:"今年的秋天好凉爽。"

站在楼顶晒台上浇花的小弟伯伯,出神地望了一只横空而过的洁白的鸽子,久久地不动。那鸽子越来越远,远成一个小小的黑点。

第 九 章

陈茂第三次的留级了,于是他便比他的同学们,足足年长了三岁。第三次留级的留级生陈茂,发育得很好,高高大大,说话声音低沉而浑厚,衣服穿得极整齐,咖啡色宽条的灯芯绒上衣,黄卡其的西装裤,裤脚管翻了边,脚上是一双老开皮鞋,如最时髦的爸爸所穿的那种,所以,他就有了一个绰号,叫作:爸爸的皮鞋。有一次,测验的时候,"爸爸的皮鞋"还戴了一只手表,很大的一块,罩在他灯芯绒上装的袖子里,忽隐忽现。这一场测验,教室里分外的宁静,只听见手表的秒针在"嚓嚓嚓"地歌唱。然而,虽有了手表,"爸爸的皮鞋"依然没有及格。他是永远的不及格,但是,在另一些方面,他却有着连老师都远不及的丰富的知识。比如,关于手表,他可一口气报出几十种牌子,还全是外国的语言:"英纳格,奥米加,大罗马,小罗马,什么什么,什么什么。"还有照相机:"罗兰富兰,蔡斯,什么什么,什么什么。"还有美国好莱坞电影明星:"英格里·褒曼,凯瑟琳·赫本,什么什么,什么什么。"人们听都还来不及听,而他却一泻千里。下课的时候,男生们玩着"豆腐刮片","香烟牌子"等等的游戏,或者说着越南战争和原子弹的故事,他并不插话,只微笑着,笑起来,嘴稍有些歪斜,只半边笑,另半边则不笑,流露出一股宽容的蔑视,叫人惭愧得很,不由得放低了声量,玩兴地渐渐地退了。这时候,他说话了,从从容容地,随随便便地,谦谦虚虚地,说起他的话题。他的话题于孩子们是极其的新鲜,而又很奇怪的有着一种吸引力。常常是,男生们围拢着听,女生们也围拢着听,然后,他才渐渐地,缓缓地眉飞色舞,滔滔不绝。下课时的他与上课时的他,判若两人,一个天上,一个地下。然而,他的所见所识显然要比课堂上书本里的知识活泼得多,生动得多,也实用得多。那些由老师和书本传达的知识在他面前顿时成了平淡乏味的教条。他常常使用这样一个字眼,便是"幼稚"。他从不说脏话,也不骂人,可他只需轻巧的一声"幼稚",便可将最最骄横的男生击垮。虽然有时候,他并不将此作为攻击的手段,只是很善意很宽容地说一声:"幼稚",这便击溃了所有的自信。于是,慢慢的,很奇怪的,他在班上获得了相当的威信,甚至在某些方面,超过了老师。这老师在他面前竟也显出了幼稚。年轻而娇养的老师自己似也有了感觉,上课时再不对他发问,极少与他对话,她不知不觉地躲避着他。她最怕成熟的学生,在成熟的学生面前,她会丧失自信。她虽是个老师,却更是一个娇娇小小的女儿家,她实是很难为人师表,做老师是很苦了她的。

他是那么叫人觉得新奇的一个人,他说的虽是同一种语言,却又像是另一种完全异样的语言,听懂的仅是字面而已,字面以下的内容,统统需要一个高级的翻译家来进行努力的翻译。他自己也就是一个翻译家了。他的故事里常常出现一些奇怪的地名:比如"霞飞路","兰心戏院",等等,等等,说得顺口极了,习惯极了,待到人们实在按捺不住,忍着惭愧发问道:"什么是霞飞路?""什么是兰心戏院?"他便微微一怔,然后想想,再然后笑笑,他想想又笑笑地说道:"就是淮海中路啊!""就是上海艺术剧场啊!"提问的人大大地红了脸,大大地自惭形秽,再不敢随意地发问。他对上海是熟到筋骨里,什么是上海的正宗,什么则是赝品,细微到一个吐字和一个举止,他都一明二白,再难混过他的耳目。所有听了他的演讲的人,都会对自己是否是上海人而起了深深的怀疑,所有的上海人在他面前却成了外地人,洋盘得不能再洋盘了。而再没有比做一个外地人和洋盘更叫上海人恐惧和屈辱的了,无论是大大的上海人,还是小小的上海人。

然而,无论他是多么的精通做一个上海人的这一门学问,他的学习成绩依然是不及格。期中考试之后,算术老师,一个已有二十年教学生涯的老小姐,便将他的父亲请到了学校里来,与他进行了一次严肃的谈话。她本是要联络了班主任老师一起进行谈话,可是班主任老师却临阵脱逃了,儿子已经这般成熟,父亲的成熟程度便无可想象了,她是最最惧怕成熟了。父亲来到学校的时候,他们班级正在天井里上着体育课,父亲很从容地穿过正踏步的队伍上了楼梯。这是一个真正的父亲,完全是一个放大了的陈茂,头发梳得更光滑,衣服更挺,皮鞋更亮,鞋尖也更尖锐了。他是那么和蔼地微笑着在踏步的孩子中间穿行,不时点头回答着孩子们的注目。一时上,步伐便有些凌乱,该抬右腿的,抬了左腿,该举左手的,却偏偏举了右手,老师的口令竟也犹豫了起来。他则是一丝不苟地一步一步走过了天井,上了楼梯,朽了的楼梯在他脚下颇有节奏地颤动。老师嚯嚯地吹着哨子,调整着孩子们的脚步。大家踏着步将这一位父亲送上楼梯,又目送了他走过一截木阳台,进了办公室,这才收回目光,转向了陈茂。陈茂竟也窘迫起来,一张脸涨得通红,他努力镇定着自己,做了一些多余的动作,却越发地不能自然。再没比这时候的他更可爱的了,唯有这时候,他才流露了尚未泯灭的天真,可他却惭愧得了不得,严厉地批评着自己,挣扎了好一会儿,脸上才褪了红潮,渐渐地平定下来,回复成往日的陈茂。那可爱的天真的本性流露的他,仅止一瞬便过去了,没有给人留下任何印象,没有引起哪怕是极小的注意。

他的父亲,一个房地产老板的独子,走进了办公室,与那近视度数极深,声音极沙哑的算术老师面对面地坐下了。他以那种涵养很深的宽容的微笑耐心地聆听算术老师的叙述,并由着那老师枯瘦的手的指点专心看着一张张的考卷。无论他是多么认真,多么严肃,多么耐心专心,多么有深深的涵养,却实在难说是看懂了这些五年级的试题。他最是个无忧无虑的小开,出生之时正是其父亲的事业鼎盛发达之初,他在强大的父亲与横霸的母亲的庇护底下,再无须动一点脑子,出一点力气。江湖出身的父亲,血气方刚,力大无穷,且有一肚子的使不完的诡计。他旺盛的生命力不允许他去想身后的事,他没有身后的事,只有身前的事。儿子于他,并不意味事业的承继,因他是不需承继者的。他将他唯一的,心爱的儿子留在他的烟榻边上,与他像朋友一样地谈话,教给他无穷的享乐的艺术与小小的作弊的手段,他手把手地教儿子烧制鸦片膏,教给儿子如何辨别鸦片的优劣。母亲与父亲争着这一个唯一的心爱的儿子,争了他来陪她守住一张牌桌。小小的,高不过桌面的儿子沿着牌桌无聊地转圈,对着母亲做出天真的嘴脸,于是,母亲和了个满贯。母与子合作得十分默契,这才是真正的天衣无缝。待到儿子上了牌桌,母亲才发现遇着了真正的对手,然而,毕竟是自己的血亲骨肉,儿子决不会不给母亲面子。母子俩你和一盘,我和一盘,分配了一个牌桌。渐渐的,牌友们不来了,常常一整个下午,只剩下他们母子。他们母子面对了面谈话,他们母子面对了面像朋友一样说话,竟可以说得很深。母亲对儿子叹做一个女人的苦经,说她在男人面前很不得意。由于母与子的血缘关系,他小小的年岁竟可体会,十分解人心意。在以后的日子里,轻浮而狡黠的他,却会在爱情的时刻流露良知,大约就是这时候对母亲的体解而种下的根源。

他从他的父母那里,得了全套的玩的教育,他便成了一个玩的专家。上海滩上最重要的茶楼,舞厅,影院,戏院,几乎全有着他专用的座,专捧的角儿。他虽是无职无业,整日里却忙得脚不沾地。早出晚归,或是中午来家,匆匆进门,换了一套行头,又匆匆出门。他虽不是上海滩上顶阔的小开,却由于父母的宠爱,手头极其的大方。又因袭了曾经闯荡江湖的父亲的豪爽,颇有人缘。且在女人面前会一番温柔,这是从母亲的怨艾声中领略再深造于几出才子佳人的戏文。于是,他便是格外的忙了,每月在外国洋行里领饷的职员都没有他忙得厉害,忙得起劲。他忙着玩的时候,常常是一副身有重任的样子,不能不令人肃然起敬,他生生是将玩乐当作了事业。他的父亲和母亲失了他的陪伴虽然寂寞了,却衷心地愿他做人做得开心,他开心,他们的辛苦便有了报答。他们又深谙翅膀硬了便要飞的养儿之道,非常的豁达与开明。因此,玩是他的事业,而玩着的他,则是他父亲和母亲的事业。他是个解人心意讨人喜欢的孩子,从古板的老太到摩登的小姐,全都喜欢他,老的梦想他做女婿,小的梦想他做男人,嘴上虽不好说,却是算尽了机关,用尽了聪明。她们使着各式各样的手腕,或是故作姿态,对他傲慢无视,冷若冰霜,或是夸张了激情,如火如荼,而他终以一种温柔体贴相待,以不变应万变,从未疏漏了哪一个,却又从不失足。后来,他就好像吃腻了山珍海味,忽然想吃一只俭朴的青菜,他爱上家中十八岁的一个娘姨,爱得要死要活的。那娘姨是绍兴人,长得一副小家碧玉的清静模样,心里却极有主意,比较起来,他便是真正的绣花枕头一包草了,完全把在了她的掌握之中。他虽是在世界上很兜得转的样子,可实际上是个没有主心骨的人。他所以游遍温柔乡而没有拿定主意接谁的绣球,主要是因为他独自个儿拿不定主意,他独自个儿不会拿主意。他是除了玩的主意外,别的什么主意都没有的玩客。因此,他与女人的周旋,其实也只停留在玩的阶段,一旦要深入主题,进入严肃的内容,他便信心不足了,需对方帮助使一把力气,而那些女人都放不下架子,只肯给一点暗示而已。而这一个绍兴娘姨,却很勉力,她是早已看清了形势,将这大少爷看得里外的透彻。他很快的就正式堕入情网。他平生第一次尝到真正的,具有实质性的男欢女爱的滋味,他便再舍不掉了。他在游戏场上虽是个老手,而真堕入了严肃的情场,便稚拙得像一个孩子,他爱得又傻又真,并且真正地体验到了人生的较为严肃的意义。当那绍兴娘姨被东家逐出,搬到她同乡小姐妹的一个亭子间里,他竟会日日去那亭子间,不顾父母的阻挠。那亭子间是在一条极破陋的弄堂内,后门又总是关着,他需在窗下一声一声叫着那女孩的名字,叫她下楼开了后门,才得进去。往日的风流,往日的威风,一扫而空,他竟不觉着羞耻,毫不觉着可笑地站在一条破陋的狭弄内,情深似海地声声唤着。这是他一生中的第一桩正经的大事业,他头一回在心中升起了生活与人生的庄严感,于是,他便将爱情以外的许多情感与心情注入了进去,加强了爱的力量。也算他运气,这时上海已经解放,穷人比富人凶,并将越来越凶,等到他们的孩子,也就是陈茂的姐姐五岁的那年,家里不得不认清了形势,将这个儿媳正式接进门去,他们终于做了合法夫妻。在以后的和平日子里,饭后茶余,他时时会记起这一个奋斗,这是他一生中最最庄严最最伟大的时期了。再没有比这绍兴女人更热爱新社会的了,她觉得天底下人都没有像她那样得了新社会的恩德。她不仅得以做了陈家的媳妇,而且也不会再有二房,三房的威胁,共产党不许讨小老婆,是她最最举手赞成的一条。后来,公私合营,他就在房产局得了一个小小的位置,他并不为钱只是为事。这时节,舞厅都停了生意,好莱坞的电影也已渐渐绝迹,当年的玩伴也都结婚生子,做了谋生的忙人,更有人受了时代的影响,积极革命工作,看样子,玩的时代是过去了。可他是忙惯了的,一闲下便觉得格外的无聊,每日有个写字间要去,忙忙碌碌,很重要的样子,也可满足虚荣心了。

　　要说,他父亲对他尚有个做人做得开心的理想,那他对他的儿子,便是连这个开心的理想也没了。他对他的儿子,可说是什么理想也没有。他对儿子没有任何要求,由他自生自长,很是自由。而他与儿子,确是十分平等了,老少兄弟似的。他生来不会在任何人面前作威作福,不论大人还是小孩。他也同儿子谈心似的说话,犹如当年父亲与他那样。而他是什么教育也不给儿子的,全不是他吝啬,而是因为他根本就不明白什么叫作教育。好像遗传总是隔代,儿子倒从祖父那里因袭了一些心计和头脑,全不像他那么主意全无。然而,就像女孩子的第一个崇拜对象是母亲一样,男孩的第一个崇拜对象则是父亲,因此,他平日里无意的举止行为,都给了儿子以教育,承继了祖父的聪明的儿子又极善自行地消化与发扬这教育。于是,在言表形容上,儿子越来越像父亲,亦步亦趋地向父亲靠近,而在将来的日子里,他却会越来越不像父亲,又亦步亦趋地远离。他是要比父亲精明得很多。在这样精明的祖和孙之间,便只可能由一个无能软弱的父亲夹在中间。这就像一种自然的法则一样,无可选择也无可改变。

父亲煞有介事地顺着老师枯瘦的手指一行一行看着题目,每一道题目后面几乎都是一个鲜红的大叉。看完了考题,老师坐直了身子,洋瓶底一般的近视眼镜后面,一双混沌的眼睛直视着他,说道:

"你们做家长的,应该和我们配合才好。"

"那当然,先生。"他毕恭毕敬地称这位小学老师为"先生",倒叫她不知所措了。因为根据习惯,必是中学里才有"先生",小学只有"老师",好比是大学里才有教授,中学里至多也只有"先生"一样。因此,老师的目光就不由得柔和了:

"你看怎么办呢?"

他认真地思索起来,用小手指甲顺着头发梳理的方向,轻轻划了两下,眉毛微微蹙着,露出愁苦的表情。愁苦完了,便抬起眼睛,信任地殷切地望了老师。

老师看不下去了,转过眼睛收拾着桌上的东西,说道:"你们在课外应当进行一些辅导。"

他的眼睛却陡地一亮,大悟道:"是啊,应当辅导。那么,请先生你介绍一个先生吧!"

"介绍一个先生?"老师尚不明白,疑疑惑惑地看定了他。

他却误会了,解释道:"其实,请先生您是最好不过了,可是在同一个学校里,就怕被同事们说闲话。先生你一定会有一些做教育的朋友,能为我们陈茂介绍一个家庭辅导,那就太感谢了。至于薪水,外面也是有规定的,我们决计不会叫先生你为难,说不出口去。"

老师脸红了,勃然大怒的样子,可又深觉得没有办法大怒,便只得克制下去,淡淡地说:"这是你们自己的事情,我无法帮你们介绍家庭教师。"大概是想想不甘心,就又加了一句,"我也不开荐头店的。"

见老师很不悦的样子,他真正地惶惑起来,再坐不安心,便起身告辞了。走出办公室的那一瞬间,他脑子里又跳出一个主意,那就是为儿子补脑。吃阿胶,还是吃桂圆,却还需回去与女人和母亲做一番商量。这一天的晚上,陈茂便又大大地接受了一番关于滋补的教育,丰厚了他的生活知识。

陈茂对留级这一桩事,并不是真的无动于衷,只不过在表面上做得无所谓的样子罢了。在他第一次留级的时候,还只有十岁,他第一天走进那低年级的陌生的班级,听见有人在窃笑,就在这一刹那,他懂得了什么叫作羞耻,他觉着了窘,而他却不懂得应当如何招架这一个窘迫的场面,于是,他如同所有的留级的孩子上学第一天的那样,哭了。第二次留级,他依然是不自然,却没有哭,他不自然却没有哭地在众目睽睽之下,从门口走到了自己的排在最后的位置上,他走到了自己的位置上,心中隐隐的有一种胜利的感觉。到了这一次,他已学会了镇定自若地走进教室,以居高临下的微笑来回答同学们的注目,这微笑竟使得年幼的没有经验的同学发窘了,回避了目光。他还学会了在他所处的劣势下而崛起,树立独特的威信,这是颇不容易的。而他是久经考验。并且,因他越留级,他的同学便越年幼,越没有经验。这一回,他是大获了全胜。他几乎将所有人的心都抓住了,因为他几乎将所有人的心都抓住了,他甚至开始爱学校,爱这个他一贯讨厌的学校。他是个既聪明又要强的孩子,读书却永远读不进去,他永远在读书上失利,读书这一桩事,总是损害他的自信和自尊,于是他便憎恶读书。好比滑铁卢使拿破仑失败一般,读书就是他的滑铁卢。除了这一桩事,别的他可说是样样精通,样样喜欢,样样都可给他光荣。而面对了书本,他的光荣便一点一点消亡。到了末了,他便不愿去想这件事,谁要与他提这件事,他就火透火透。这天晚上,他便是在火透火透的心情之下,接受那一番关于滋补健脑的教育。由于读书不好,他都不愿去想将来的事,将来似乎全要由着读书这一级一级的台阶铺成的道路才能到达,除去此道别无他路,他的这一级一级台阶永远铺不下去了,他好像失了将来似的。他火透火透地回到自己的朝北的房间,脚也不洗地就上了床,蒙着被子生气。只有到了家里,他才卸了装扮,任性地做一个孩子,在学校里,他则是在扮演一个与他年龄身份都不符的角色,平心而论,他扮演得极好,几乎无人可以识透。他现在,就像是一个十岁而不是十四岁的孩子那样在赌气。他气鼓鼓的,因为大人要为他补脑,要为他请先生,全是为了读书。大人还第九千九百九十九次的要他明白,如果读不好书,考不上中学,就要去新疆开荒,就像隔壁弄堂口开老虎灶的老头的儿子一样。他被大人逼迫不过地想着将来。将来被阻断在迷茫而暗淡的远方,他不知道那里有什么在等他,更不知道他将通过何种途径去走向它，心里不由得十分黯然而又阵阵的凄惶。而他虽然小小年纪，可也晓得，日子一天一天过下去，终会到得考中学的那一日，也终会到得将来的那一日，而他一无所措。他一无所措，那么就只能束手待毙，只有等待，不等待也不行，日子一日一日往下过的力量是很大的，大过了小小的他的小小的骄傲。于是，他便升起了宿命的感觉。他虽然小小的人儿不知道命是何物，却早早的有了宿命的感觉。

每一回的测验，他对着卷子上的题目，就如猜谜，又更像赌博。开始，每写一个答案还需为难一会儿，左右摇摆一会儿，押宝一样地思想一会儿。当然，也会有叫他押对的时候，这样的时候，他就格外地兴奋。到了后来，他就觉得一切全是不可推测，一切全凭了运气，运气的好和坏全非人力可及，他便再不为难，再不动摇，再不押宝似的思想，他填表似的将一张考卷填满，却也并不交给老师。卷子一旦到了老师那里，一切便全揭了底，就好比押宝的揭开了盖子。他不愿揭底，他愿意那骰子一直在盖里滴溜溜地转。只有这时候，他才可怀着希望。他怀了希望，又怀了强烈的命运感，面孔对了卷子，眼睛却对了别的地方，等到铃响，他才将卷子送了上去，然后就有一种说不出的沮丧，这沮丧几乎将他攫住了。

后来，每一次测验或者考试之前，他都要给自己算命了。他以他自己创造的方法给自己算命。有时是用一个伍分的分币，转了之后拍倒，如是"北京"的一面是及格，稻穗的一面则是不及格；有时是数脚步，从家里一直数到跨进校门，如是双数是及格，单数则不及格；有时是用扑克牌通五关，通了及格，不通不及格；有时是掷飞行棋的骰子，"6"是及格，"1"则是不及格。到了末了,测验的日期,早饭的内容,天气的阴晴,一片树叶落在他的头上,还是落在他的脚前,全成了征兆,都有了象征的意义。他心里忐忐忑忑的,为这一个象征的世界包围了。虽然他表面上是那样沉着老练,内心里却是比任何一个孩子都要惶惑不安的。每一次测验,都是他的大劫,他是备受煎熬。可是谁也不知道他内心的惶恐,谁也不了解他所受的煎熬,他是表演得太好了,瞒过了所有的人,甚至也几乎瞒过了自己。连他自己都不甚了解自己的惶恐,而是一味的沾沾自喜,洋洋自得,谁也不放在他的眼里,哪一个都是洋盘,唯独他不是。即使是在算术课上,被老师提问无以应答,他也是宽容地微笑着慢慢坐下,就如他回答得十分圆满且又得了表扬,这态度有时竟使得老师也困惑起来。而他上课的时候也是绝对的安静,决不像所有的那些差生一样,不是说话极多,就是小动作极多。他总是安安静静地靠在椅子上,眼光十分平和,好比是一个比优等生还要优等的学生,其实早已懂了一切,却不打扰别人。岂知道老师所说的,他是一句也听不懂,一句也听不进去,并且是越来的越听不懂,越来的越听不进去。他难免有些无聊,可他是很会为自己解闷的。他便看女生。

欣赏女人,这也可说是他从小就得的一门教育。随着他一日一日地成长,他逐渐开始学习着运用这一门知识了。他其实也已是不小的孩子了,过年便十五岁了,他的嗓音已经变粗,唇上甚至有了一些影影绰绰的胡须。在很无聊的上课的时候,他将教室里的女生一个一个打量过来,一个一个地评价与比较。这自然也是一桩颇费工夫和心思的工作,丝毫不比学习四则运算应用题或者分数加减乘除更简单。可他面对这种工作,是有着无坚不克的勇敢和毅力的。他从父亲那里懂得,女人最重要的其实是两件事情,一是身材,二是皮肤,如一个女人从身后看去十分窈窕而美好,那么当她转过脸来,哪怕脸很一般,也不会叫人很失望,如果再稍有那么一点点好看,就很满足了。再则,如一个女人五官长得极好,而皮肤却粗糙如文旦皮,那也就极其扫兴了。至于双眼皮还是单眼皮,高鼻梁还是塌鼻梁,在这两大项前提之下,便显得次要了。然而,如果一个女人,有一副好身材,却没有好皮肤,或是有一副好皮肤,却没有好身材,那么这两大项原则应当如何去相抵与互补,便是此学问中的精细所在了。而这一切的一切,又统统不过是理论而已,一旦进入了实践,则又需灵活地运用,要因人而异,因情境而异,再没有一定之规可循。这是一门很大的学问。不过,陈茂这会儿坐在这个小学五年级的课堂上,却深感英雄无用武之地,他所评判的对象全是发育尚未成熟的孩子,身材一律是直直统统,皮肤一律蒙了一层绒毛似的,他便只能放弃了这两个准则,另辟蹊径,从其他方面入手。他先从第一排的女生看起,从左往右看,再一排一排往后推,首先要推出"一枝花",然后渐渐排座次。经过反反复复地筛选,他最终挑出三个候选人来竞选"一枝花"。那便是中队长殷玉明,小队长周芬芬,和什么长也不是的钟怡。殷玉明是个小巧玲珑的小姑娘,眼睛极灵活,会说话似的,也很会笑。周芬芬则是高鼻大眼,高高个子,和所有高个子的孩子一样,有一个"长脚"的绰号,他选中她是从发展眼光出发的,他认为她长大了兴许会有一副好身材。另一个钟怡则是有一副洋娃娃般的面孔,说话的样子很娇。他将她们三人又反反复复权衡比较了有大半堂课,终于推出魁首:周芬芬,殷玉明第二,钟怡第三——因他认为钟怡这样的娃娃脸小姑娘时讨人喜欢,长大之后却会相对逊色,从长远考虑,就让她屈位第三了。后面的工作就比较容易了,他很顺利地第四、第五、第六排着,不到一堂课的工夫,就全排完了。于是,他很欣慰地舒了一口长气,大功告成了一般,靠回到椅子上。

而他却遗漏了一个女生,这女生是与他离得最近,因而也就最容易从他的视线里遗漏的,那便是他的同桌张达玲。他没有发现他的遗漏,他认为他已完满地结束了工作,因他真真实实的,诚诚心心的,压根儿没将她当作女生。她身体干枯皮色青黄,眼睛的形状很呆笨,嘴因尖削下巴的衬托显得又大又薄,且有着一副紧张僵硬的表情。极像一个没长大就衰老了的小小的老太婆。她干干瘪瘪地坐在苗苗壮壮的他的旁边,就像一棵树下的一株枯草。他极少想起她的存在,当他靠在小小的椅背上时,时常将长长的胳膊扶在她的椅背上,以支撑住自己对于这套课桌椅是太大了的身体。而他不会想到,他这一条胳膊如同环绕了她似的搭在了她的椅背上,将给予她什么样的感觉。他的视线在前方扫射,不会看见他身边的她,在他的胳膊的无心无意的环绕之中,是如何屏住了呼吸,苍白了脸,僵直了身体。而他浑然不觉,微微向后仰着,轻轻摇晃,将她的椅子也带动着摇晃了。

有一日,当他被那一位不容情面的算术老师叫了起来,长久地无言以答而宽容地微笑着,忽然,就像是顺着他的脊梁,一个小小的哑哑的声音传了上来,直送进他的耳朵。开始他并没有明白这是一个什么声音,然后便懂了,这声音正告诉了一个答案,正是那问题的答案。他心里一亮,却还故意拖延了一会儿,装作苦思冥想的样子,再慢慢地,犹犹豫豫地说了出来。这使得算术老师非常意外和吃惊,而他的笑容则更加谦逊,使得老师都有些惭愧,老师有些惭愧地请他坐下。他慢慢地坐下,这才看见了他身边的张达玲,她正很不成功地装作若无其事的样子,脸颊上难得的红晕却将一切都透露了。

"张达玲,谢谢你。"他轻声地道谢。

"不要谢,陈茂。"她嗫嚅着,脸更红了。

"不过,你要不告诉我,我想一会儿也能想出来的。"他又说。

"我不是故意要告诉你的,我不是故意……"她嗫嚅着,脸色一阵一阵地红。

"不要紧,不要紧。"他宽大地说道。

她很不安,深感内疚地低着头。

"我是听不清楚老师的话,她嘴里就像含了一只橄榄一样,很不清楚,你觉得吗?"

"觉得的。"她附和道。

"以后,你不要再告诉我了。"他说。

"好的。"她回答。

"我要你告诉,我会朝你做手势的。"他又说。

"什么样的手势?"她转过脸看着他。她的眼睛炯炯的,令他有些不自在,便稍稍撤开了目光。

"就这样。"他用脚踢踢她的脚。

他再不会知道他这一个轻佻的动作所给予她的重大的触动。她就如被电流击中了一般,一时间目瞪口呆,再也说不出话来。他也再不会知道,从此以后,她每逢算术课便怀了一个向往与期待，那便是盼着老师再一次地向他提问，这在有一段时期内，几乎成了她生活的目的。他对这一切虽然很不明了，可却懂得应该对她有所报答，他时而送她一支新的带橡皮头的铅笔，她不收，他便硬是装进她的铅笔盒。然后，当他要送她一块橡皮或一管尺或一个笔套，他便直接地放进她的铅笔盒。只有这样，他才可安心，否则便像是欠了一笔人情债，与她又无亲又无故，不明不白得了人家好处，是非常于心不安的。这也是陈家门里为人处世的态度，人不欠我我不欠人。而他无法了解当她面对了这些东西时心里涌起的情绪与遐想。那每一件小小的东西，于她都是重大到了神圣。更尤其是他从她的桌面上拿过她的笔盒，打开放进再关上送回到她面前，那动作里所有的亲昵的意味，于她像是一股巨大的暖流，几乎将她那颗坚硬的心融化而摧毁。有一次，他甚至从家里带来了一块精致的点心，自然，伴随了点心还有一番关于糕点的精辟的见解。这一回，她是无论如何不能收了，而那点心虽然是不大的一块，却也绝对装不进铅笔盒里。于是，他见她如此坚决，也只得作罢。可是，当她放学回到家开始做作业时，却发现了那点心，那点心已经碾成了碎末，她望了那一撮喷香扑鼻的粉末，心中是感慨万端，心潮起伏。而她是决不会了解此时此刻他的轻松的心情，他已经给了她报酬，他与她再没有瓜葛，他真正是无债一身轻了。

从此以后，他们之间就建立了那样的默契，当他被提问，他被提问后再坚持一会儿，他是必定要坚持一会儿的，他坚持过一会儿以后他就用脚踢一踢她的脚，他踢一踢她的脚后她便轻轻地提示。终于有一次，这套诡计被老师发现了，便将他们两人叫到了办公室。当他们两人一前一后跨进了办公室，又并排站在了老师的办公桌前，两人的心情完全是相反的。他难免感到懊丧，懊丧他失了一脚，假如一定要失一脚的话，他宁愿和另一个女生做同谋，比如周芬芬，比如殷玉明，或者钟怡，然而他却是和张达玲做了同犯，对他的虚荣心是相当的损失。而在她的心里，却涌起了一股悲壮的情绪，她觉得他们这时候是真正地结成了同盟。她很勇敢地与他一起站在老师面前，心里非但毫不沮丧，相反还很有一些庆幸与骄傲。假如老师要责问是谁的主意，她是必定会挺身而出，挺身而出去掩护他的。可惜老师根本不关心谁主谁从，一概地训斥了一番，然后又一概地警告道，如果再有这样的事情发生，就要严肃处理了。

他们的同盟即将溃散，他是已经立意退出，虽则有些遗憾。能够朗朗地回答老师的提问，毕竟是脸上生光的事情。然而过去的没有提示的好多年都顺顺利利地过来了，他是绝不相信今后的没有提示的日子会过不过去。可是她已经激起了劲头，越是险象环生，她便越感到光荣和隆重。到了此时，他们的同盟显示出了伟大庄严的意味，她是决计不愿退出的。由于他的要退出，而她的不要退出，在有一段时期内，他们形成了一个追逐与逃跑的局面。这一段时期内，他被提问的时候，他总是站开一些，好叫她无法小声地提示，即便是听见了她的稍稍放大音量的提示，他也拒不接受，很诚实很勇敢地挺立着，之后，她便会有整整一周的时间不和他说话。

女人似乎是与生俱来就会对男人使性子，即便是一个小小的女人，即便是一个像她那样很不完善的女人，却也摆脱不了这种天性。她不和他说话，也不回答他的问话，心里憋了气，给他脸色看。后来心里不那么憋气了，却依然给他脸色看。这是她生平中第二次任性。第一次是对郭秀菊,那还是她极小的刚上一年级的时候。而这一次与那一次却有大大的不同了,因这一次她任性的对象是一个男生,而且是在她读五年级的时候。她从这任性中忽然得了许多快乐。每天早晨,想到这一日将继续地不理睬他,这一日就变得十分有趣和有意义。她还隐隐地觉得,在日日积累的不理睬的日子以后,会有一些什么事情发生。可是,她一日一日地失望了,什么事情也不曾发生。她的不理睬于他并没有任何影响,他每一日都过得很一般,很正常,他甚至就像是没有注意到她的冷淡。而实际上,他是很注意到她的冷淡的。他也似乎很能够了解这种冷淡中的不那么冷淡的意味。他究竟不愧是他父亲的儿子,受了多年的教育。可是他觉得被这个张达玲煞有介事地冷淡是没有什么味道的,还有些可笑,他不愿意与这个张达玲之间有什么非同寻常的联系,无论是热还是冷。假如换了一个女生,周芬芬,殷玉明,甚至是脸蛋儿没有前途的钟怡,他都会有兴趣与她们冷冷热热地周旋。因此,他便很想纠正他与张达玲之间的关系。他甚至比以往更多地与她说话,而她更加逞兴地死不开口。她死不开口,他就开始讨厌她了。其实,他原本心里就隐隐地讨厌她的。他讨厌她生硬的表情,僵直的姿态,没有风趣,开不起玩笑,小小的一点事情就严重得了不得。可他又隐隐地能感觉出她对自己很忠心,这一点忠心虽然是出自于讨厌的她,可在暂时没有其他忠心可言的时候,却依然能抚慰他的虚荣心。所以当他下一次被老师提问的时候,他便恩赐般地踢了张达玲的脚,他们就这样和解了。在紧接着的期末考试中,她则给予了非同小可的帮助,使他破天荒及格了,顺利通过这一个学期,开始度一个快乐的寒假。

他的父亲与母亲,自然不会知道这一成绩中的端底,只以为他的补脑与补课两大项措施见了效益。请来的辅导老师,一个退休老先生虽则感到困惑不解,可这正是他日夜梦想的结局,便也不去追究,拿了工资欢欢喜喜回家过年。陈茂的这一个春节,是过得无比的快乐。爷爷,奶奶,爸爸,妈妈,给了他比往年加倍的压岁钱,他用这些钱,竟买了一个八倍的望远镜。大年初二跟了父亲去大舞台看京戏,他便用了望远镜瞭望,将那演员的头套和胡须的端底看了个一明二白。

第 十 章

再没有比张达玲这一个春节更凄惨的春节了。她的外婆年三十还在女儿家高高兴兴地吃年夜饭,大年初一一早,就有传呼电话来报信,说外婆闭眼了,要他们赶紧去。妈妈像个小孩子似的赖在地上,拖不起来。爸爸去抱她起来,她便像个最最不讲道理的小孩子那么乱挣乱打,打爸爸的头,打爸爸的脸,还用牙去咬爸爸的手。平时一个比一个嘴凶的兄妹们全吓呆了,缩在墙角落里,叽叽地哭。爸爸没主意了,不觉也红了眼圈,落下泪来。这时候,妈妈不再挣了,却眼睛一翻,昏了过去。爸爸连连叫着妈妈,叫的是妈妈的一个很好笑的小名,叫作"毛妹"。这是孩子们从来没听见过的叫法,可是这会儿是没有一点好笑的心思了,大家连连地惊呼着"妈妈"。一时上,好像是天塌地陷。爸爸抬起头,求援似的在房间里看了一遍,一群泪人儿似的孩子中间,只有大妹妹没哭,她惊惧地睁大了眼睛,眼睛大得几乎占据了整个尖瘦的小脸。她看着爸爸,爸爸也看着她。父女俩从不曾对视过,他们生活在一起的寥寥数年中,从不曾对视过。他们总是像路人一样,他们是比路人还要路人地擦肩而过。路人有时会无意地交流,而他们是有意地不交流,因交流使他们不自在,使他们难堪。这时候,他们对视了,她看见了父亲眼睛里求援的意味,而父亲却知道,如今可以指望的只有她了。他以一个父亲的本能,也以一个路人的本能,深知如今可以指望的只有她了。于是,他的目光便与她的相遇了。

父与女的目光如闪电般地一触,她立即迈开了脚步,推开房门,大声叫道:"三楼阿婆,客堂间阿娘,快点来啊!"

"三楼阿婆,客堂间阿娘,快点来啊!"她喊道。她尖细的凄厉的声音穿透了大年初一喜气洋洋的鞭炮的炸响,激荡了一整座房子,只听一阵噼噼啪啪的门响,就有人探出头来。她跺了跺脚,更大声地叫道:

"三楼阿婆,客堂间阿娘,快点来啊!"她的尖细的声音撕破了,发出刺耳的沙哑的啸声。

她的声音是那么刺耳又凄厉,划破了大年初一喜气洋洋的早晨,她听见自己的声音划破了大年初一喜气洋洋的早晨,就好像是别人的声音。她心里升起了一股怀了恶意的快感,她将声音挤得更加刺耳又凄厉,一遍遍地叫着,心中的郁闷似乎随了叫声渐渐地流淌了出去。她几乎是快乐地凄厉地叫着,在一个喜气洋洋的大年初一的早晨。人们纷纷地上楼或者下楼,进到他们的房间,妈妈已经绵绵地醒来,再没力气挣扎,像一个婴儿似的躺在父亲的怀里。见有人来,孩子们便也有了胆子,渐渐收了哭声。三楼阿婆吩咐她到弄堂口叫两辆三轮车,她便连滚带爬地下了楼,向弄堂口飞也似的跑去。

她甩开了手臂飞也似的跑着,她忽然觉着身轻如燕,她没发现自己竟能跑得这样轻快,她看见自己跨得很大的轻快的脚步,就好像是别人的脚步。她几乎快乐了起来,她几乎是快乐地跑着。太阳早已升起,亮晃晃的,她忽然想起昨晚外婆还说:"干净冬至邋遢年,邋遢冬至干净年"的俗谚,预定今天是个好天,果然,太阳早早地升起了。可是,外婆却死了。她觉得这事儿有点奇怪,却落不下一滴眼泪。街上走着喜气洋洋的人们,穿着过年的漂亮的新衣,手里提着形形色色的礼品,浩浩荡荡地去拜年。鞭炮噼噼啪啪响,此起彼落。她在高高兴兴的人群里穿过马路,叫到两辆三轮车,便往家里引。她本可以先坐上三轮车的,可她却在地上跑着。开始她跑在前面领路,后来就渐渐地落到了后面,越来越拉开了距离。她交替着两条瘦瘦的芦柴秆似的腿,她喘不上气来,左肋下疼得直不起腰,可她咬着牙,她听得见风在耳边快乐地呼呼吹过,她忘了她为什么要跑,她很高兴能这样尽情地跑,可是她跌跤了,她跌了一跤,膝盖磕在一扇揭起的阴沟盖上,一阵剧烈的疼痛,这时候,她的耳畔忽然响起一个嘹亮的声音——

外、婆、死、了。

"外婆死了!"这声音说。世界一下子静了,噼噼啪啪的鞭炮声,叮叮当当的电车声,人们喧嚣的问好声,孩子朗朗的笑声,全没了。

"我的外婆死了。"这声音说。她没命地跑起来,风声在耳边息了,膝盖在痛,左肋下在痛,胸口在痛,她喘不过气来。她看见自家门口了,自家门口停了两辆三轮车。

妈妈由爸爸架着,被众人们拥着,徐徐地下了楼来,兄弟姐妹们如一群小小的幽灵,悄悄地随了后面。爸爸妈妈上了一辆车,孩子们自己上了另一辆,然后,爸爸又把她叫到他们的车上。她便倚了爸爸妈妈的小腿,坐在车座下的车板上。父亲这时是无比地依赖她,除了她可依赖,他再没别的依赖了。可他是多么爱他的女人,见她痛苦,他的心几乎碎了,他紧紧地拥着她的肩膀,将她的头发蓬乱的小小的头拥在他的肩窝里,不时用脸颊摩挲着她的脸颊。他无法代她痛苦,无法代她柔肠寸断,这简直快叫他发疯了。他不顾三轮车正驶在熙熙攘攘喜气洋洋的马路,不顾他们的大女儿正坐在他们的膝下,他忘记一切地爱抚着他的可怜的无依无靠的孤苦伶仃的女人。

她背对着他们,什么都不知道,她的眼睛望着三轮车夫一耸一耸用力的肩膀,望着他那件棉袄背上一层层摞起的补丁上最上面的一块补丁。人流与车流从他们小小的三轮车两旁流过,一架小小的三轮车拉了他们一家三口去外婆家,外婆死了。她渐渐地安静下来,那声音便柔和地对她说:"外婆死了。"

外婆躺在小小的店堂后面幽暗的房间里,一张高高的铜床靠在板壁下面,外婆盖了一床薄被躺在暗处,悄无声息。外公抖着手,要开灯,摸了几下也没摸到灯绳,最后才摸到了,灯亮了。一盏二十五支光的没有灯罩的电灯下面,铜床的床架发出暗淡而凝重的光芒,外婆闭了眼睛,很安详地躺着,犹如睡着了一般。她渐渐地安静下来,那声音风一般地吹过:

"外婆死了。"

来帮忙的邻居们喊着孩子们上来磕头,所有的孩子都缩在上了排门板的店堂里,怎么拉也拉不前来,他们全吓坏了。吓坏了的他们却还为下跪难堪,忸忸怩怩的怎么也不愿意,他们都是小家子气透顶了的孩子,不愧是烟纸店老板的后代结果,是她,这个最不受宠的外孙女儿,与外婆最生疏的外孙女儿,第一个走到外婆床前,贴了床沿跪下去,双手扶了冰凉的地板,磕了一个响头。在她头触地的那一刹那,她忽然的,从未有过的清楚的意

识到,自己是这铜床上躺着的人的外孙女儿,这铜床上躺着的人是她的外婆。这时候,她心里的声音灭了,不再有声音告诉她说:

"外婆死了。"

她心里静静的,什么声音也没有。她心里静静的什么声音也没有地抬起了头,眼睛花了一下,然后她便茫茫然地从地下站了起来。这时候,她的哥哥,弟弟,妹妹,还有最最小的弟弟,才勉勉强强地一个一个鱼贯而来,匆匆像跌倒似的跪下草草磕了头。她被一双手从床前拉开了,她站着听见有人在夸她"孝"。她还听见,就像从极远极远的地方传来的,妈妈哼哼唧唧的哭声,犹如一个不满十足岁的女孩。她心里静得很,她心里静得很地转着眼睛,向那营营的哭声循去。她看见了她的不满十岁女孩似的妈妈,她想到,这是她的妈妈,旁边那个男人是她的爸爸,还有那个坐在床边藤靠椅里簌簌抖的老头,是她的外公,那一群挤成一团的失了神的孩子是她的哥哥弟弟和妹妹。她就像头一次认识她的家人一样,似乎并不是在多年前的一个夜晚,站在昏暗的灶间里,背着灶间窗外的小天井,早已经一个一个都认识了。她认真地重新认识着她的家人。

那个躺着的人是这个哭着的人的母亲,这个哭着的人则是她的母亲。这时候,她听见了小弟弟的哭声,她向他走去,挽着了他的胖胖的小手,他先是更汹涌地哭了一阵,随后渐渐地静了。她带了他走到外间的店堂里,柜台前面上了门板,门板与门板之前,是明亮的缝隙,不时有欢声笑语渗漏进来。她让小弟弟爬上一只方凳,趴在柜台上看柜台里的东西玩,柜台里有三分一支没有橡皮头的铅笔,有揿钮,有五分一个的假宝石戒指,有一盘盘的松紧带,弟弟看了一会儿,忽然抬起头哑着声音叫道:"大妹妹。"他如他们家里的所有人那样叫她——"大妹妹"。

"什么事情?"她问,还用手去抚了一下他扁极了的后脑勺。

"还过年吗?"他问道。

这是个极不易回答的问题,她没有回答,沉默着。弟弟倒也并不追究,昂起脸,看着柜台上方悬挂着的黑白鞋带,还有两个瘪了气的气球,他伸出小手去抓。他又渐渐地高兴起来。等到大人们允许孩子们离开房间,孩子们跑到了后门口,他们也都渐渐地高兴起来,甚至比平日还更高兴一些。因为平常的生活总算出了一点事情,有了一点不平常的气氛,他们很兴奋。他们立即和邻家的孩子交上了朋友,在短短的后弄里奔来奔去地疯了起来。他们都是些没有心肝的孩子,比任何哲人都更明智而通达。尽管外婆为他们付出过辛苦,他们也可说是爱外婆的,然而,外婆一旦去世,他们即刻就接受了这一现实,让死者安然死去,活人则快乐地活去。他们不以为有什么必要,要为外婆的辞世死去活来地痛苦,他们天生就洞察了生与死的底细似的,他们好像都已经到了境界似的。他们与邻家刚结识的孩子抢夺着分明是人家的鞭炮,用人家的鞭炮点燃了去吓唬人家。转眼间与人翻了脸,结了冤家,又转眼间重归于好,成了割头不换的把兄弟。再没比他们家的孩子更会吵闹的了,他们的吵闹声,将一些平日不出门的孩子也引了出来,站在门口好奇又羡慕地看。到了吃饭的时候,大人一声招呼,便如饿虎下山,将大人们只动了两三筷子的一桌饭菜,吃了个精光。他们的胃口本就是好得惊人,再加上一顿早饭没有吃好,便是格外地吃得下。他们早已将上午那惊惧忘记了,他们早已忘了他们方才吓成的那鬼样子,他们好像从来没被吓唬过似的,他们从来就是那么英雄,那么威风。然而,就在当日晚上,当他们胃口极佳地又吃掉一桌饭菜以后,大人们吩咐他们在外婆跟前守灵,只是象征性地坐一个小时,他们便立即褪去英雄本色,一个个又都像偎灶猫那样缩了起来,哭丧了脸,营营唧唧的。他们怕死了的外婆,就如他们爱活着的外婆一样,其中并没什么矛盾的地方,很自然,也很简明。

她坐在离外婆最近的地方,坐在一个高脚凳上,是外公在店堂间里用的,有时候需要到货架高处取东西,就踩着它上去了,它的下面还有一个很踏实的踏脚,她高高地坐在高脚凳上,脚踩着踏脚,两只手撑在身子的两边,瘦瘦的肩膀高高耸了起来,她的削尖的下巴好像是直接搁在了胸脯上,一双眼睛从很幽深的地方望着外婆。小屋到了晚上,倒反而比白天更明亮了似的,二十五支光的没有灯罩的电灯,竟能给没有日光的黑夜带来那么多的光明。铜床床架上有两只圆圆的铜球,在灯光下发出黄澄澄、沉甸甸的光芒,外婆的身上也罩了一层黄澄澄的光,安详得很。

她很想集中起注意力想一想外婆,可是却没什么可想的。外婆与她说过的话总共大约不到一百句,而又总是那样一些话:"大妹妹,畚箕倒掉它。"或者"大妹妹,淘米。"或者"大妹妹,几块手绢搓掉它。"而她便只有应的份儿。她连应都无须应,便勤勤恳恳地去做了。外婆活着的时候,对她大约是连正眼都没有瞧过,就像她对外婆。她对外婆真是没什么可想的,况且,妈妈营营唧唧的哭声又总打扰她,她的思想总是要溜开去,去想一些别的,与外婆无关的事情,她竟想起了陈茂。

陈茂就好像是上一个世纪里的事了,在这样一个幽暗的小屋里,昏黄的灯下,长眠不醒的外婆睡在高大结实的铜床上,铜床发出黄澄澄、沉甸甸的光芒。这样的情景,对陈茂是太不合适了,他是无论如何也走不进这间板壁隔成的小屋,只能在小屋外很宽阔的马路上游荡。而他却不小心被她捉住了,她一旦捉住了他,便再不松开。她固执地拉住他,要他与自己同在这一间小屋里,全不顾及他会感到多么无聊。她执意而勉力地挽留他,她却又无信心。她以他所赠送的铅笔,橡皮,还有那一块破碎的点心,来唤起自己的信心。她赋予这些东西庄严极了的意义,它们几乎成了信物。除了那块破碎了的点心,所有的东西,她一动没动,全用报纸包好,收藏在她的一个心爱的角落里。犹如她将她对他的所有记忆,全收在她心的角落里。这些记忆,在一些唯她独醒的深夜里,会给她奇异的安慰。他的胳膊每一次搭在她身后的椅背上,都令她记得清清楚楚,这一个动作决不会因为重复过多而失去意义,每一次都如第一次那样令人心悸。她在他长长胳膊的环绕下,似乎有了温暖的保护。这一种受保护的温暖于她是无比的陌生,又无比的新鲜。它无比陌生又无比新鲜地回答着她一整个身心的渴求,她一整个身心的渴求全为这陌生又新鲜的温暖呼唤了出来。她心跳个不停,好像揣了一只兔子。她浑身阵阵热,又阵阵冷,发疟疾似的。他的胳膊对她的无意的环绕,成了她每日里,每一堂课的最重要的内容。如有一日或仅仅是一堂课缺了他的环绕,她便会想念,会焦灼不安。有了他胳膊的环绕,她竟会生出一种弱小的感觉,生出一种要去倚傍什么的感觉。她是将自己压抑得太久,她是与生俱来就受了压抑,这会儿受了引发,便如爆炸一样,一切感觉都升了量级。她觉得自己很弱小,比什么都弱小,比一只蚂蚁都弱小,比任何人都需支援。她渴求温情,渴求得要死,好像垂死的秧苗渴求雨露。她心里竟也生出了偌大的一团温情,她竟也有了温情,她是极需发泄这温情,她是更需发泄这温情的。她甚至顾不得考虑对象,顾不得考究对象,她是急急忙忙的,如着了火似的,如有人驱赶着似的。这温情只需一点点外力的引发,只需一点点引发便如沉睡了几千年而忽然爆发的火山一样,汹涌地沸腾着火烫的岩浆。每当他的脚暗示地踢了她的脚,便如电流通过了一般,她觉得是与他打通了隔阂,这一交流虽是短促,却可供她激动几日几夜。因这提示与被提示不可为第三人所知,只有他知与她知,她便觉得她与他共有着了一点什么,这一点唯他们共有的东西,则是一个保证,保证他与她的交流。她急急忙忙的,不问端底地把他当成了偶像。她觉得他知识渊博,虽她并不了解他的知识究竟为何物;她觉得她沉着老练,全不管他以沉着掩饰的是何等样的惶惑;她觉得他待她好,且不问他待她是本着怎样的劳动交换原则。她本着这一切,觉得他像哥哥。

虽然,由于她同胞兄弟的作践,她早已不明"哥哥"的意义,可她却依然勇敢地战栗着将他想成了一个哥哥。她不会知道,这其实是一种爱的萌芽,如同所有的情歌里那么唱的,情人永远是哥哥与妹妹地相称,这是再亲昵又再通达不过的相称了。而她不懂得这些,她没有听过情歌,她生活在一个没有情歌的城市里,她无法从情歌受教育,而她确确实实地将他视作哥哥。她开始编织关于哥哥的故事,白日里他的每一个无意的小动作,都可变为她无眠的夜里的遐想的动机。这是比那些自虐的故事纯净得多,也美丽得多的故事,她将那些自虐的故事渐渐地遗忘了,那些自虐的故事如渣滓一般沉淀到了水底,她的那一些痛苦的雷鸣电闪的不眠之夜是清澈了许多。

而她实实在在是太急忙，太不谨慎，由于她太急忙，太不谨慎注定要受到大的打击。她的稚嫩的先天不足的爱的萌芽将受到大大的打击，这打击将影响她的整整一生，她的整整一生都将因这影响而更困难和更艰巨。她匆匆忙忙地为自己掘着爱的泉眼，不料却是个陷阱，她匆匆忙忙地为自己筑着爱的殿堂，不料却是个坟墓。她就像一只作茧自缚的蚕，以自己的心心血血吐丝，丝丝将自己缠住，她要活着脱身出来，就只有变成一只飞蛾，她将要面目全非地脱生，她面目全非地脱生，将是下一卷、下下一卷里的故事了。这一卷里，她懵懵懂懂地，急急忙忙地做着这些，为自己的道路设着障碍，而她竟毫不自知，因她只十二岁，十二岁的她什么都不知的勤勤恳恳地劳作，编着长长的故事的长长的引子。

昏黄的灯光下，铜床的铜球黄澄澄沉甸甸地发出光芒。孩子们在打着瞌睡，小弟弟睡在外公的手臂里，睡得烂熟。外公的脸上没有表情，所有人的脸上都没有表情，没有人脸上有表情。困倦在一点一点地袭来，淹没了死亡的悲哀。

她拉着陈茂，只有陈茂能够为她驱散对死亡的淡淡的惶恐。她的心在漠漠的惶恐中游荡，没有依附，她徒然地乱抓；什么也抓不到，只有一个虚拟的陈茂。她将一整个沉甸甸的自己悬附在这个虚拟的陈茂身上，她糊糊涂涂地似有了安全。她固执地拽住了他，要将他拉进这个幽暗的板壁隔成的房间。

陈茂正在拉严了窗帘的房间里，在铺了厚厚毯子的八仙桌上，与他父亲坐对面打麻将，南北两边坐了他的祖父与祖母，妈妈和姐姐在灶间里煎桂花糖年糕，好给他们做消夜。他不会想到,他连一点点感觉都没有,他已被张达玲囚在了一间从未去过的小小的板壁房间里,守着一个从未谋面的长眠不醒的人家的外婆。

这一个春节,天气是出奇的晴朗,阳光普照大地,天空碧蓝。过年的兴头是特别的足,鞭炮日夜响个不停,炸碎的炮纸,雪花一样飘得到处都是,一片节日的洋洋喜气。大年初五,外婆大殓了,葬在一个小小的公墓里。这一日的天气,恰似一个郊游的天气。公墓里很宁静,妈妈的啼声,营营唧唧地在一竖竖、一行行的墓碑之间缓缓地萦绕,犹如夏日的虫鸣。一旦等那漆黑的森严的棺木入了墓穴,盖上了土,再看不见了,孩子们便活泼了起来,扭着身子,东张西望,最后终于都跑了开去,在一具具墓碑后面捉迷藏。外婆的棺木隐没在了地里,她也陡然地轻松起来,她甚至透了一口长气。她毕竟是小小的年纪,不会懂得那薄薄一层黄土所隔离的两个世界是多么不可互通的遥远却又宿命的相连。她甚至没有注意到外公犹如一下子老了二十年,他再也支持不住了,需要人扶着,他在别人的扶持下簌簌地抖着,眼睛却是干涸的,外公自始至终没有眼泪,这早已令她惊奇,因她尚不知道,人的一生中所要耗去许多眼泪以至到了这样的年纪,是再无眼泪可供流淌。她也尚不知道,眼泪是对心的灌溉,眼泪干涸的时候,心便也将干涸了。

母亲狂号了一阵以后,便只营营唧唧地啼哭,那哭声似乎也越来越少苦痛的意味。太阳当空,没有一丝云彩,孩子们在人家的水泥砌成的墓上跳上跳下地玩耍,小弟弟玩累了,便在墓上坐了下来,吃一包山楂片,鲜红的山楂片被白生生的水泥墓台衬托得格外鲜红。然后便有兄弟去抢食,他大哭,那哭声明朗得像欢笑,欢笑一般的哭声打破了墓地的宁静。大人们回过头,责备地看她,她才想起自己的责任,便走过去搀起弟弟,引他去远处。远处是简陋得多的坟冢,没有用水泥砌台,就只一个小小的土丘,立着未经雕琢的石碑,粗糙地刻了死者的生日与卒日。这一片坟冢要零乱得多,走过一片零乱得多的坟冢,有一条干沟,沟边长了一些黄色的小花。她教弟弟去摘那些小花,弟弟不再哭了。树枝凋谢了叶子,还未长出新芽,疏阔地划过天空。她昂起脸,望着树枝后面的碧蓝的天,太阳射痛了她的眼睛,她的久不见阳光的眼睛受不了这灿烂的照射,不由眯缝了起来。她的一张干枯没有血色的小脸却觉着了温暖,阳光照拂着她,她仰起脸迎接阳光的照拂,她竟没意识到自己正站在一个无碑的坟头上。孩子们的欢叫声,从很远的地方传来,又向很远的地方传去。

　　她嗅到了一股粪臭,一股合了粪臭的新鲜的泥土的气息。这合了粪臭的新鲜泥土气息在唤着她,这气息在轻轻地唤她。她模模糊糊的有些沉醉,有什么东西在催促着她的记忆,什么东西催促着她已经沉睡很久的记忆。她的脚站在柔软的土地上,土地温和地触着她穿了布底鞋的干燥的脚心。她渐渐地不知不觉地下了坟头,沿着干沟慢慢走去,去年秋天的还未腐烂的落叶将地铺得更加柔软并富弹性。她走在铺满了去年的落叶的柔软的干沟边上,她的心在被什么催促,那催促越来越不耐,越来越紧迫,就像敲打一扇门似的敲击着她小小的心智。她陷入冥想之中。

　　灿烂的阳光洒满了她的全身,她全身洒着阳光。她全身洒满的阳光安抚着她,极耐心地等待她,等待她启开心智。她竟忽然间调皮起来,将脚步一步踩着一步,走成一条直线。她的生了冻疮的小手针刺一样的痒和疼。她低头看着自己那一双笨重的蚌壳棉鞋,像两只没有轮廓的棉花包,一团一团地踩着直线。当她的左脚跨到右脚前边去的那一刹那,有一只绿色的小虫从她左脚尖的地里蹿了出来,一纵一跳,一纵一跳地跳进了厚厚的落叶层里,不见了。这时候,犹如一道闪电划过了漆黑的天空,她的心突然地照亮了。

她的心突然地亮了。她在阳光里渐渐地转过脸去,眼前那一片坟冢慢慢的平伏了,长出了青青的秧苗。青青的秧苗中间,慢慢地辟出了一条土道,土道蜿蜿蜒蜒,直通向一道岸边,岸下是宽阔的大江,有银色的水鸟在阳光下闪耀,有汽笛在鸣咽。她在阳光里渐渐地转着身子,她心里一明一暗,她心里一明一暗地越来越亮。哦,她忽然非常非常地想哭,她的鼻子发酸,她眼前,那一条土路援引着她,将她引往江边。飞鸟银色的翅膀扇动了金色的阳光。汽笛快乐地鸣咽。她又非常非常地想叫一声,叫一声什么,叫一声随便什么,叫一声随便什么地叫一声,她脱口而出,低低地唤了声:"姨娘。"

她竟想起了姨娘,她不知道为什么竟想起了姨娘,她甚至很长的时间里不能明白姨娘是谁,她不明白姨娘是谁,却确确实实地唤了声"姨娘"。

土路隐没在秧苗中间,秧苗不绿了,低伏了,坟冢如波浪一般涌出地面,阳光不再炫目,稍稍斜过疏阔的树枝。远处有声音在唤她,一声高,一声低地叫着:"大妹妹,回家了。"不知什么时候,小弟弟已经回到孩子们那里去了,小弟弟已经归队,孩子们

也随着大人声高声低地唤着:

"大妹妹,回家了!"

于是,她循着叫声,向他们走去。然后,大家一起回家,将外婆一个人留在了宁静的墓地里。

外婆一个人留在了宁静的墓地里,他们大家一起回家。

竟然有鸟啾啾啁啁地叫,墓地的阳光是无限的好。而他们大家一起回家。

第二卷 少年

第十一章

　　他们不知怎么就小学毕业了。他们不知怎么就进了中学了。他们不知怎么不是在往年的秋季入学,而是在第二年的一个寒意料峭的初春。上一年的事情像一个乱梦,在他们这样刚刚十三岁的年纪里,是弄不清一点的,世道是大变了。他们不知是怎么一回事的,横马路上住的孩子,不论男女,都进了一所女子中学。他们也不知是怎么一回事的,直马路上住的孩子,不分优劣,都进了女子中学对面的一所市级重点中学。
　　女中最早是一所英国人办的教会中学,大楼顶上有一座圣母玛利亚的粗糙的石像,至今才刚刚砸平,留下一个空荡荡的石龛。女中曾有过几次闻名于全市的风头,一是在解放前的校刊上的一个女学生的文章,写她最爱什么,最憎什么,最以什么为荣,最以什么为耻,最为羞耻的是袜子上有个洞。这文章编进了一本"帝国主义侵华史",以作为洋奴教育的典型。二是曾有过一女生自杀,因老师诬陷她偷了同学的钱,血洗不白之冤,这是全市罕有的中学生事件,教育局在此召开过现场大会,以警戒教育工作者们。这是用黑色的稀疏有致的篱笆围起的一座学校。儿童时代几乎都曾扒着篱笆缝看过女学生们列队与做操,学雷锋时,女学生们也曾举着喇叭和旗帜站在校门前的马路上做过宣传。大约是因为没有男生在座,女学生们总是很放纵,疯疯癫癫的,校联欢会上,女生们自己就演起了相声,看的也一样兴奋。校联欢会,总是在操场上举行,操场四周楼房里的居民,也都是观众,阳台和窗口全成了包厢,操场上的灯光一亮,便成了万人露天剧场。曾经有一次,有一幢楼里的一个母亲和她家的保姆,抱了独生子在窗口观剧。一不留神,孩子摔了下来,然后,丈夫与妻子离婚,妻子发疯进了精神病院,保姆则卷了铺盖回了乡下,发誓再不出来做人家了。学校是在一条短弄堂的尽头,临街的弄堂口是一个邮票交易所,每日每日都拥挤着大批的集邮爱好者,大都是男生。逢到放学,女生们必通过挤挤的人群,这样的时候,便都不自觉地有些矜持,有了姿态。邮票交易所在的这一幢楼是幢极黑的大楼,不知是二楼,三楼,还是顶高的四楼的楼梯角落里,发生过"鬼打墙"的事件,有一名男孩要下楼,却怎么也走不下去,怎么也走不下去的时候,有人打开了楼梯的灯,见他正无头苍蝇似的在乱钻,身上沾满了石灰。女中里曾有过胆大的女生,要去试一试,自然是让楼上的居民很不客气地送了出来。

中学曾经是高级中学,后来改为初级中学,眼看又要改回去的时候,"文化大革命"开始了,高中的事暂不提了,却进来了一批男生。开学的这一天,许多无聊的人都去看新生进校的情景。小小的晚熟的男生们缩在门口,不敢迈步,待到电铃"叮铃铃"地响起,历史清白现行也很好的老师们便来拉扯,这才勉勉强强地进去,一大块方阵似的,慢慢慢慢地移过操场。操场上只剩下十几只麻雀,一只一只跳进了沙坑。

这时候,中央、上海、全国各地,夺权都正夺得热闹。权欲之心甚淡薄的上海市民对此大计并无兴趣。但只那一份实惠精致的生活失了保护,也令他们惊惶而沮丧。那一份精心筑起的虽不铺张却绝对殷实的生活,竟在一夜之间成了一具脆弱的沙盘,他们竟不知该将这生活如何地做下去了。就只上海人将"做活"说成"做生活"这一条,便可反映上海人的哲学。由此可以推想,目下上海市民的伤心与烦恼了。自然,上海滩上大有不安分的人在,那却是被自以为正宗的上海人视作是"拆白党"的一流。然而,就这一流,便也可折腾得上海天翻地覆。健忘的上海人大约不会记得,昔日的上海只是一个荒凉的渔村,正是海内外的土洋"拆白党"的折腾,才折腾了这么一个十里洋场的大世界。而昔日里拳打脚踢的上海人似乎慢慢地丧失了攻势,渐渐转为守势,开天辟地的功能在衰退,以至到了今日,连夺个权都需北京的红卫兵来帮忙了。人家分明是来帮他们忙,他们倒像是遭了抢,个个乌鸡眼似的。看着街上那群群伙伙的穿了黑棉衣或黄棉衣的外地红卫兵,心里又怀恨又鄙夷又惶恐,专找那小小的还不成器的红卫兵来欺负。

再没比今日上海的街道更令人伤感的了。橱窗、招牌在一夜之间全成了红色,红得极热闹,热闹到了寂寞。闪烁到夜半的霓虹灯全灭了,那辉煌了上百年的不夜城,便如死寂了一般。取而代之的是另一种惊心动魄的喧腾,急风骤雨的锣鼓,高音喇叭,造反有理的歌声,而这一切只会使谨慎的上海人更紧地关闭了门窗,灯都不敢拉亮,早早地便沉睡了。争奇斗艳的橱窗也是在一夜之间一扫而空,剩下了一个空洞的敞开了的房间,那里原本聚集了上海人生活的热情和兴趣,时时刻刻呼唤着上海人的努力和希望,又回应着上海人的努力和希望,它与他们互相成了动力与目的。那通夜不灭的明亮的橱窗,使上海的马路生气勃勃,诗意盎然,人们再记不起仅只是百年前上海的荒凉了,人们再记不起仅只一百年的繁荣之前那上海的几千年的荒凉了。一百年的历史在一夜之间消失殆尽,上海的暗暗的马路是格外的凄凉。"大小三元""老少饭店"统统敲掉,一律换成"胜利""革命"的鲜红的招牌。往昔的字号底下纵横南北贯穿东西几百里的文化,于一夜之间成一大统,那川、粤、宁、鲁、皖等等八方好汉,在此打下的生涯,由这生涯支撑起的上海的江山,于一夜之间,夷为平地。而上海本来是太孤独的上海,也是太脆弱的上海,立于沙滩之上,以一道低矮的江堤,抵挡漫急的风暴与湍急的海口的激流,实是岌岌可危的事情。在一大片贫瘠的原野上,突然矗起的上海,是太如海市蜃楼。抑或是,它原本就是一个海市蜃楼,仅只是几千年历史中的一个一百年的短梦,如今不过是梦醒了而已。

犹如梦醒,上海的街道是格外疲惫的苍白,苍白的街上,家庭主妇们提着简陋了许多却依然不失精致的菜篮,步履匆匆,神情仓皇地走着,冬日的落尽了树叶的梧桐枝条,再无法予路面铺上典雅的浓荫,阳光无遮无拦地漫地撒下,只有一些疏阔的惨淡的枝条的浅影。

孩子踩了没有荫庇的冬日的阳光去上学了。邮票交易所早已无形地消散,弄口陡的空阔起来,像一顶巨大的拱门似的弄口站了两个女人,在诡秘地谈话。孩子走过拱门似的弄口,向弄底的校门走去。校门在残破了的篱笆墙上洞开着,如所有看门的老头那样神色严峻地站着看门的老头,孩子通过了老头严峻的视察,走到空寂的操场,沙坑里停满了过冬的麻雀,寒寒瑟瑟地缩了脖子。生锈的单杠与双杠的铁架冰一样的凉,孩子依着冰一样凉的单杠与双杠的铁架,因为不太相熟而不太说话。男生与女生分在了两边,男生要比女生一律矮去半个脑袋,依然是小小的淘气的形状,女生们早已高挑了身材,又微微弯了背以掩饰暗暗隆起的蓓蕾般的胸脯。这样的男生在这样的女生跟前,是格外的自惭形秽,他们紧紧地聚成一堆。女生们对着畏缩的男生,渐渐生长了骄傲,开始肆无忌惮。她们开始攻击一个将雪白的衬领翻出在罩衫外面的弟弟般的男孩。再没比这样的男生对这样的女生更痛恨的了,他们瞅都不瞅一眼女生,气恨恨地从女生面前走过。他们努力交替着散发了强烈脚臭的脚步,一只手插在裤袋里,微微地侧了肩膀,另一只手划水般地摆动着,从女生面前走过。

在那些小小的男生的紧密的阵营外面,却另有一些高大的男生,他们以一种显而易见的优越感,较为松散地三三两两地站着,以一条腿为重心而斜了另一条腿。他们都是一些留级两次或者三次的男生,他们因年长了这关键的两岁或者三岁,已经长高了个头,变过了音色,有一些发育极好的,甚至还来得及长出核桃般的似隐似现的喉结与绒毛似的柔软的胡须。他们的目光又大胆又坦荡,高高地平视着,很辽远的,从女生们的头顶上扫过。他们从容地踱过操场,从容地走在不甚宽大的楼梯上。他们的脚上穿了黑色的直贡呢的松紧布鞋,塑料的模压底一步一步很稳重地走上或走下楼梯。再傲慢的女生,在他们跟前都不由得收敛,有一些还会害羞,低下头去。这才是与女生平等的男生,这才是能与她们打个一比一的平手的对手,这才是能与她们对弈一盘棋的棋手。他们原本是小学里最不起眼的学生,他们从来都因成绩或操行不够标准而倍遭轻蔑,他们从不曾想到会在此地获得他们从不敢奢望的光荣,今日里,他们出其不意地制胜了。

他们却不知他们究竟是以什么制胜,他们极迅速极自然地有了自豪感,他们是很自然很平常地感觉到他们是学校里唯一的男生,其他都是不算男生的男生,还有女生。他们很精神地在荒凉的操场上走来走去,看着自己高大的几乎是雄伟的身影,于是他们便十分自恃,再不轻易地奔跑,也不轻易地张口骂人,他们用词用句都很谨慎,举止也很在意。他们甚至学会了自己洗鞋,将那一双松紧布鞋刷得发白。他们注意到了女生,他们很留心女生的反应,只要有女生在场,他们便格外的矜持,格外的从容不迫,格外的谈笑风生。然而他们初初萌芽的机智,还不足以发现,女生对他们是同样的注意,因为注意他们她们才分外地不注意他们,极其无所谓的样子。他们可说是比她们还更宝贵的,因他们的人数更少,人数很少的他们,暗中已成为她们生隙的原因。他们尽可以沉住了气,好好地矜持矜持,他们是绝对的优势。起码要有两年或三年的时间,那些小小的男生才可成长起来与他们竞敌,他们至少还有两或三年的时间可以矜持。

而他们再也没有料到的,他们竟成了老师所依靠的对象,因他们往往都有极好的出身,更无白专的嫌疑,也因为女中的老师没有对付男生的经验,不免隐隐地畏惧,更何况是这样高大的男生,便投靠般地依靠了他们。他们转眼从差生变为班级的骨干,可以和最乖巧的女生在一处活动,他们常常为一栏大批判文章或一场斗争会而在学校留到很晚。他们颇有些像上海滩上缩小了的拆白党,平地一跃而过龙门,他们再记不得往昔受辱的情景,只为今日的职责与光荣而深感幸运。

陈茂却是他们中间的例外,因他没有一个好的出身,首先失了被联合的机会,然而才彻底失了对革命的兴趣。每逢政治学习,他便想方设法逃跑,不料有一回却被发现。他原本可以装作去厕所,而他本能地加快了脚步,身后便一迭声地叫将起来:"捉牢他,捉牢他!"他不由得激怒了,他飞快地奔过操场,奔出校门,却不慎绊了一跤,绊得极重,裸在西装短裤外面的膝盖破了皮,流出血来。他捂着膝盖跑到马路上,招手叫住一辆三轮车,跳了上去。他原本是自知其身份,不宜采取出格的行动,可却实实被这捉扒手一般的捕捉激怒,他尚有的那一点点孩子的真性情流露了,这大约是他的最后一点真性情了。在今后的磨难甚多的日子里,他将把这一点点孩子的天性损失殆尽。

与一整个上海的变故一样,在一夜之间,陈茂的最富裕,最快活,最无责任的家庭沦为了最不幸,最倒霉,每日的生计都成重任的家庭。他的性情便也在这一夜之间变了。以往的日子里,虽有着学习的压迫,可是因有着快乐轻松的生活与玩耍作坚强的后盾,他便可有足够的洒脱精神在前方抵挡,而如今,前方的威迫虽没了,后方却也彻底地败北,他一整个人生都失了着落,无可倚傍了。骄矜的他再没想到会有受人凌辱的今天,威风的爷爷站在街口,戴了孝顺的爸爸制作的高帽,家里所有的款项,只剩下姐姐钱包里的两块私房钱,一整个冬天,他们天天吃卷心菜洋山芋汤。他所得的那一套关于合格地做一名上海人的教育,随着上海的沦陷,也一并沦陷。他丧失了一切的资产,无论是精神的还是物质的。再没比他更与上海休戚相关的了,他是与上海一样的荒凉了。

他没有朋友,他向来的没有朋友。他的父亲,还有他的祖父,是他最好的朋友,除此以外,就再没别的朋友了。原先,没有朋友,他并不觉得要紧,家里的客人总是太多,常常宾客满座,他们是吃有人陪着吃,玩有人陪着玩,很不寂寞。他不需有什么能倾诉知心话的人,说实在,他也并没有什么特别隐秘的需找人倾诉的东西,他没有他私有的思想,他所有的思想都可大声地炫耀地宣布。尽管,他常常也会生出一些郁闷的心情,比如他对学业的畏惧,力不从心,他身为一个低等生的自卑,然而这些黯淡的心情却因了他热闹的生活场面,而被他忽略了。他是几乎没有闲暇去体味自己的心情,再由心情生出一点思想。如不是这一个突然的变故,他就将这样没有思想地热闹下去,快活下去,会有甚至比大多数人更幸福的一辈子。可是偏偏有了变故,一切都完了,没有客人了,没有好吃的好玩的了,没有高兴的事可打扰他郁闷的心情,他唯独郁闷了。他除了郁闷再无其他了。而他还来不及从心情中升华出一些思想,他暂时还没有思想,只一味地郁郁闷闷。他一个人郁郁闷闷地在操场上走来走去,看着麻雀在沙坑里跳来跳去,或是苍蝇飞来飞去。他没有朋友可与他排解,他们家的座上客早已作了鸟兽散。他愤愤的,对一切人都失了兴趣。他的父亲与他一样也几乎没有一个朋友,可父亲却又比他随和,不是朋友也能相安无事。他究竟年幼,还没有修炼到家,还没有将那没有朋友却快乐热闹的日子过得熟练而精到,没有与那些不是朋友却比朋友更热络的人交道得于深于细。他不如他的父亲,已经将那快活的生活过进了骨髓,再寂寞与忧愁的日子也击不垮他了。这便是乐观。这乐观于他父亲简直如宗教一般。有了宗教,他便可以不痛苦了,他可将痛苦限制在不伤害自己身心的程度便立即煞车,那稍稍一点点痛苦正好为他惯常快活的心情添作一些胡椒似的作料,他便算是完成了思想与心情的大业。即使在吃饭都成问题的时候,他也能从女人当作料用的黄酒里,倒一盅用开水温了以培养一个陶醉的夜晚。而他尚无此份功力,他功力颇弱,他只承继了父亲秉性中原态的东西,那陶冶的正果却远远没有得到。于是他便只会享福而不会苦中作乐。这日子,可真是苦了他了。而此时此刻,他自小就有却一直被克服了的自卑,便一无阻挡地蓬蓬勃勃地生长起来了。他却不知其时其地已不需他自卑了,他不知道,他一个人寂寂地围了沙坑转圈的时候,吸引了多少早熟的女生的目光。他是这学校里少有的真正的男生中的唯一孤独的一个,他恰恰是很不同凡响的,恰恰是他的孤独和郁闷使他很不同凡响了。而他却毫不觉察,他的毫不觉察使他自然地毫不作态地流露独孤和郁闷,尤其能够引动那些同样孤独与郁闷,或者自以为孤独与郁闷的女生。

　　这时候的男生与女生,是绝无对话的,彼此戒备森严,犹如怀了深仇大恨,连眼光都不交叉一回。其实,这才是真正的对话的前奏,他们各自其实都在作着庄严的准备,密切注意动向,一旦有了契机便可作战。男女各自坐了半个教室,如两军对垒,其中有短短几日便接上火的,却也有直至毕业上山下乡,也未有一点线索的。

　　张达玲和陈茂竟在了同一所学校,同一个班级,他们各自坐在自己性别的阵营里。小学里的日子,已成了旧事,回想起来,又遥远又怅惘。他为了那时分外快乐的生活,竟然也会捎带着回想小学,而她却是认真地回想。

她是认真地回想。其实她从未中断过这一段回想,即便是那人人面临的变故,也未造成妨碍和阻隔。母亲因顶了一个小业主的成分,还因有几分股息的进账,也挨了抄家,却并没抄去什么了不起的东西,抄过之后,日子还是照旧与往日一样,不紧不松,不好不坏地往下过。外公的小店依然开着,每隔三五日,去街道听一回训话便罢。逢这时分,她便到外公小店里去照应生意。反正,上课是很不要紧的事了。在小学业已停课,中学尚未招生的那一段青黄不接的日子里,她甚至还因不能日日与他见面而有些苦闷。当她坐在离开家两条马路的外公的小店里,曾有几次看见过他过路的身影,他家抄家的那一日,她也正巧从他家弄堂走过,看见了挤挤的人群。这一点小小的细节都会引起她痉挛般的一下心悸。因她以为,她与他是再不会有聚首的时日了,而那一段小小的故事却因这个结尾更有了回味,更令她恋恋地不舍。干巴巴的她,竟会生出这样绵绵的心情,是连她自己也无准备的,因了这绵绵的心情,她这无聊乏味的日子,竟还有了一些不明的意义。

外公的小店是小小的,却临着大大的马路,两边都是高大昌盛的大商店,几乎将它挤得没有了。而它依然小小的在着,面对一条车水马龙的大街。低低的柜台,如一堵矮墙,将她与外面沸腾的世界隔离开来。有时候,没生意做,她就跪在方凳上,胳膊肘支着柜台的台面,看那雄赳赳走过的一队红卫兵,押了一个头发剪得鬼似的人雄赳赳地走过。另有些时候,她是在店堂后面的小弄堂里,帮外公在煤球炉上炒菜,常可听见隔壁的女人压低了声音在说,谁家的女人在抄家的时候,将金条藏在了身体最隐秘的地方。人们永远对这大运动里淫秽的小故事感到兴趣,尤其是这样的小弄里这样的人们。店堂前马路上的形形状状,与店堂后狭弄内的声声色色,织成了她对这场大革命最初也是最深的印象。这是一个稀奇古怪的印象,可说是与文化革命毫无关联,而她却深深地铭刻进了心里。这一个狂热的虐待与虐待的狂热,狂热的被虐与被虐的狂热的印象,打击着她正在发育且发育不良的敏感又麻木、健康又病态的身体,呼唤着她儿童时代的那一些自虐的故事,与其合流刺激着她的想象。她夜里又睡不安稳了,她老是做梦,梦又都古怪,令她惊骇,不敢说出口,如同犯罪一般。可她无法抵制梦的侵入,梦是在她睡得最沉,最无意识的时候来临,偷袭一般,她的阵地总是失守。她的梦有一股下流的奇趣,每每醒来,她都厌恶到了极点,她无法解释这梦,因她没有勇气,也无智慧与经验直对这梦。她要忘记这梦,而梦却不打算放过她了。白昼与黑夜一样的漫长而寂寥,有足够的时间供那梦作休憩与培养,而她竟也足够有时间来康复,以和梦作交战。这样日复一日,夜复一夜,她度过了大革命的最初的日子,然而,她就进了中学。

进校的第一日,竟在同一个课堂里看见了他,她油然升起一股宿命的感觉。她深以为这决非偶然,因而激动得心"怦怦"地跳。他是比以前又长高了半头,也消瘦了,他竟失了先前的自得的笑容,换了一种姿态:双手插在裤兜里,低垂了头,眼睛瞅着鞋尖——再不是那双"爸爸的皮鞋",而他竟因此更清秀,更少了俗气,令她觉得更平易可亲因而更高不可攀了。她想起先前——那就像在一百年前——他的胳膊的无意的环绕,那一股暖和的亲情刹那间涌上心头,她几乎要闭过气去。她时时刻刻地关注着他,对他的关注占满了她的心情和思想,她竟将那些噩梦暂时抑制下去了。她不常做那些肮脏的坏梦了,她只时时刻刻地关注他。他毫不知觉她的关注,她是没有一点什么值得他关注的。在那无聊而漫长的课堂上,他完全出自一种惯性的还在继续他旧日的功课:为女生排座次并选举"一枝花"。这时候的女生是大有可研究的地方了,可他却再没有先前那种热情与积极,而只是漠漠地,懒懒地,消极地做这功课。他也总是将她排除在外,因他极难将她当作一个真正的名副其实的女生。他比先前是更长大,更是个男生,因而也更懂得女生了。所以,这功课的难度便也减退。他不需几堂课的时间,只需一眼余光扫过,便可大致分出档次。这功课于他失去了吸引,他就彻底地无聊了。而他即便是彻底的无聊,也不会想到去关注她,她是毫不在他眼睛里的,直到那一日里,他才注意到了她,并且对她怀了一些真诚的感激。

那一日,学校请了一个老工人来忆苦思甜,中午,学生们就在学校吃一餐忆苦饭。听完报告后,大家依然整齐地坐在操场上,等待红卫兵的排长去食堂领各排的忆苦饭。学校已将班级制改为军队编制,过去的一个班则是现在的一个排,班长便成了排长。排级干部们各从食堂里抬回一个大大的淘箩,里面是皮蛋一样的糠窝窝头。每人两个,顺序发了下去。然后,学生们便顶了正午的骄阳,啃两个皮蛋似的窝头。他正万般为难的时候,不料从旁伸过一只手,将他的"皮蛋"抓了过去,他这才看见了她。

她眼睛望着面前的一块沙地,从容地咬着窝头,一口一口咽了下去。她咽得很顺利,很平常,就好像在吃一件不好吃也不难吃的东西,他禁不住在喉咙里为她使劲,一口一口咽着唾沫。她将自己的和他的一共四个攥在口袋里,手伸进口袋一块一块掰出来填进嘴里,平静坦然地咀嚼着,再一口一口咽了下去。直到她咽下了最后一块窝头,将衣兜翻出来抖了抖又翻了回去,她都没有回头看过他一眼,依然平视着前方。喇叭里放着"不忘阶级苦"的委婉的歌唱,他甚至鼻酸了一下。他立即想到要如何地谢她一谢,然而紧接着想到自己如今是两袖清风,一无所有,便更加凄然。因无法酬报,他终于生出了感激。先前他是永远能以报酬来偿还别人的帮助,他竟不知感激是什么样的心情,而感激又有什么样的意义。而如今他领略了些微,便如同得了大的启蒙,心情发生了变化。他以他的余光,好好地看了她一眼,他终于,终于注意到了她。

她却毫不知觉,她沉浸在幸福之中。那一口一口的窝窝,粗糙地摩擦着喉头,犹如上刑,而她竟毫不知觉。她丝毫没有哽咽,没有用一口开水帮助,便一口一口地吞了下去,她甚至连脖子都没有伸一伸。她完全不知道她吃的什么,她完全没了味觉,她只剩下吞咽的功能。窝头梗阻着咽喉,一点一点往下推移,竟叫她觉着了快感,以至当她将手最后一次伸进口袋再没摸到那坚硬粗糙的窝头时,还有些微的扫兴。她终于获准了一个机会,又能予他做些什么了。当她终于获准了这一个机会而为他做着些什么的时候,她多日来骚动不安的心竟平静了下来。许多同学都在糟蹋,一边吃一边将窝窝掰碎,捻成粉末,撒在沙地上,那是与沙土一样的颜色,谁也不会发现。而她却一点没有浪费,她是不舍得浪费一点点的,她不浪费一点地将她与他的一共四个窝头全吃了下去。当她吞咽着它们的时候,她便暂时地放开了他,不再关注他了。她不必再以她的关注与他联络了,她有了更确切、更真实的联络,她可说是成功了。

　　他终于,终于开始注意她了。一旦注意到了她,他却禁不住地失望。她是那么黄瘦黄瘦,身体是笔直笔直的僵硬。其实,平心而论,她的五官还是端正的,可是却因缺了表情而失了生气,而她没有表情的五官却又不那么安静,幕后似有激烈的活动,这幕后的激烈活动,则给她木讷的表情平添了一层紧张情绪。她的五官就是这样奇异,她常常会使大人们对她感到困惑甚至惊惧。她的表情对他有一股胁迫似的令他不安。而他又千真万确地打心底里瞧不起她。以他从小所得的关于女性的教育来看,一个女人如若没有一个赏心悦目的外表,便是失了大大的价值,在他心目中是大大地降低了位置。但是,如果能够摒除性别这一个条件,那么他对她又有着敬而远之的畏惧,他心里时时会涌上一股"摸不透她"的迷茫。当他有时候,偶然地看她,会觉得在她身体的深处和远处,还有一个她。她身体深远处的那个她,似是那个没有性别的她,他无法对她轻慢,他无法与她接近。而她身体表面的她却是有性别的,大大减了价值的她,对这个她,他可以骄傲地,百般骄傲地对待。他对她的心情就是那么复杂,他谙不透这复杂,只觉得一团糊涂。一团糊涂,却也不令他苦恼,因说到底,他对她,依然是没有兴趣。所以他也不必花工夫去研究她,她是个不值得他下功夫研究的女生。

　　当她以这超乎寻常的执着到了固执地对他关注的时候,她身体内部的那个她便引退了,她倒反变得简单了,而这一个简单的女生的她,恰正是他所不屑的。他常遗憾关注他的是她,而不是任何一个别的女生。任何一个别的女生都会令他稍稍的高兴。可是,这也不谓不是对他大大的虚荣心的一个小小的满足。

其实,没有一个男人会真正的对女人的关注反感,无论是大大的男人,还是小小的男人,或是一个不大不小的男生。何况,他毕竟还有善良的天性,面对别人的关照,不会毫不动心肠。更何况,此时此境的他,对一切,包括女生,都不敢抱太高的奢望了。因此,无论他多么不满足于为她这样的女生关注,可到了紧要的关头,他却也万万不肯叫她绝了念头,放弃对他的关注。因他必得有一个小小的哪怕是荒凉的岛屿来存放他的漂泊的虚荣心,他不能失去这唯一的存放地,他还得靠这点虚荣心度日。甚至有朝一日,他还要依凭这点虚荣心东山再起,重辟一个天下。不论这个岛屿于他的虚荣心相比是多么的小,小得承不住他的存放物以至会一日一日地下陷,最后在滔滔白浪中沉没,二者同归于尽。而他是不会有这样的预见。于是他对她的关照,便也偶尔的,有意无意地给予了一点小小的回应。这一点小小的回应于她是如何强大的鼓励,则是他始料不及的。

　　大革命轰轰烈烈进行的时候,一个男生与一个女生,终于接上了信号,那只是一点无法燎原的火花,忽明忽暗,生生灭灭。那大战般的革命已经将他们包围,而他们的内部却也正生起一场革命般的大战,作着响亮的内应,生生要将他们夹扁,挤垮,毁灭。这是两重的围剿,这是里应外合的围剿。这真正是最最激烈的战争,而战争中最最激烈的战役尚未开始,他们正各自清扫着阵地,修着工事,准备交锋,准备短兵相接。

第十二章

当她的关注得了他小小的回应的时候,她的关注便更专心,更完全,更忘我了。当她将注意力倾注在他的身上的时候,她竟也变得单纯,甚至有了一些明澈的心境,她的夜晚宁静了,溶溶的月光照耀着她的没有故事的梦境。

她再不觉着上学无聊,再不觉着生活无聊,独守着外公的小店也不无聊了。她的生活有了目标,那目标便是去捕捉他的回应。他的回应是那么微弱而模糊,仅仅是遥遥的,隔了男女生两大阵营间的不可逾越的界河,作一个匆匆的无意义的回眸,她需以极大的注意才可获取。她便以紧密的注意,拦截般地守在他目光所可能经过的任何途径中。她监视一般,她如一个守职的密探监视一般。有时她会有些误差,截获了他的仅仅是过路的目光,便会遭到他的反感,他对她时时处处的紧密而诡秘的监视而感到厌烦和恼怒。他便会有一些小小的报复,整整一堂课再不动眼睛,或整整一日都不来学校,好叫她的驻守落空。她立即就能领会他的报复,他的报复立即就能伤了她,叫她懊悔,于是她便不得不更小心一些,更含蓄一些。而她总做不到含蓄,含蓄是一种教养,而她从小没得过教养。她一旦紧张起来,目光便出奇的放肆。她的眼睛发出了犀利的光芒,穿透了一切有形无形的障碍,向他刺去。他有被穿透的感觉,他是十分的不适。他日益高大的身躯其实是脆弱的,不堪一击的。他堂堂仪表之下,其实是空虚的,经不起推敲的。他是最最见不得人进入他的内心,因他内心远不能像他的外表那么提供人满意的研究,他其实是无法供人考究的,他是一考就破。最需防卫的他却防卫最薄弱,他随时都可被人侦破。他其实是最最浅薄,最最空洞,最最没有内容,凭着她的聪明,其实早已看透了这些,可她却看不透。她看不透是因她太聪明,她聪明地以为她早已经看透的后面其实还有些看不透的什么,她不相信她所看透的那一层就是他的核心,她以为核心隐藏在这一层的很后面,很深很远处。她其实是本能地对他起着排斥与反感的,可她太聪明了,聪敏得不相信自己的本能了,她以为本能是欺骗,她以为她早已能识破本能的骗局,她以为她早已超越了本能。她运用着自己超凡的聪明,为自己塑造了一个深不可测的他。因她急需要他。

　　她急需要他。在很久很久以前,他以他胳膊无意的环绕,给予她的温暖,被她无限地放大又放大,而她是太渴望了,那虚拟的温暖便越来越满足不了她了。她有生以来没得过肉贴肉心贴心的温暖,她是渴望到了灰心,渴望到了万念俱灰。别人只当她是天生的不喜人情冷暖,因她是那样的坚韧不拔,不笑也不哭,灭了七情六欲似的。岂不知她是比谁都更需要,因没有人情冷暖作慰,她便如风干的果实,日益干枯而坚硬。她从来缺少爱的教育,她竟不能懂得如何向人们申请爱的援助。她相反的因要独立自卫,越来越像是拒绝人们的亲情。她总是那么紧张得如一只受了威胁的猫那样弓起了身背。她紧张地弓起了背,等候着猎取,她竟要去猎取爱了,她对爱,竟用了"猎取"这样的手段。

　　因她是在猎取,于是她爱的对象,便会有一种被捕捉的感觉,这被捕捉的感觉往往会酿成一种奇特强烈的反抗。如今,他几乎被她追到了悬崖边上,或纵身跳下悬崖,或返身迎上交战。软弱而被动的他,却是两样都做不到。他只能躲躲闪闪,苟延残喘地与她周旋,利用着她的笨拙,固执,不会转弯的死心眼儿。他以短促的含义不明因而也含意万千的回眸安抚她焦灼的搜寻,或以漠然无视来削弱她光芒灼亮的探照,有时干脆以缺席不到位来叫她失望,正当她失望得绝望的时候再重新出现,这时候她会对他的出现感恩戴德,甚至无须他的眼睛的回应了。她会安定很长的时候,他便也得了安定,这是他们最和平的时候。他有足够的小聪明来与她作这小小的周旋,他的小聪明可谓是用当其时了,他可发挥到尽善尽美的境界。渐渐的,他周旋出了滋味。先前的周旋还只是为了需要,而这以后的周旋便极大成分地出于兴趣了。这好比是一场恰恰难他不倒的智力游戏,要他开动脑子,却又不必开动得忒苦。他兴味渐浓,玩兴很足,慢慢地变被动为主动,以守为攻转向了以攻为守。

　　而她尽是蒙在鼓里,一心以为他与她一样,是动了情感,一心以为她的努力没有白白落空,一心以为她既幸运又幸福,一心里都是温暖。她是个极少温暖的孩子,一旦有了一点温暖,她便领会至深,再没比她更对爱敏感的孩子了,她是敏感得过了分的,因而造成许多误会。这误解了的爱,其时其刻正温暖着她,她甚至因这爱的影响,有了很大又很小的改变。她注意穿着了,她将辫子编得整齐了,且又整齐得太过,于是便像两根细棍,支在了耳后。她甚至也学着作一些小女儿态了。比如不高兴的时候,也扭一扭脖子,噘嘴,白眼等等,她还经常地笑了。而她犹如一个先天不足后天又失调的孩子,成人之后再如何滋养也补不了。她又像是个缺课缺得太多的孩子,缺了最基础的教育,又错过了受这教育的最佳年龄时期,她是再难补上这一课了。她要老老实实的缺了就缺了尚还好些,可她却又不安分地起了补课的念头。她几乎是愚蠢的了。她那很欠聪敏,很欠算计的表现,太不能令人满意了。不满意了不说,还留下了轻佻的印象。而轻佻实在也是一门艺术,也需有天赋,不是谁想轻佻谁就轻佻得来的。她恰恰是最没轻佻的天赋,与此最相抵触的。她莫过于是吃错了药,选择错了道路,她是大大地惨败了。

然而,这一次惨败了的争取,于她的人生却实在是一次大的觉醒。她是刚刚才意识到了她的女生的性别,这一项自然与本性的意识苏醒,于她几乎是一场革命。这一场革命的困难与障碍非常之大,在它发生的第一分钟起就面临了被扼杀的危机。要扼杀它的力量却正是唤起它的力量,那力量来自于他。这却是后话了。

他对她渐渐生出了兴趣,他与她游戏得极好,可说是得心应手,他终为自己在这无聊而沉闷的时日里找到了新的功课,且又是他能够胜任的功课。而且,他毕竟,他终究,他到底发现了她,还是一个女生。因她是个女生,那么,他的工作便依然没有离开他的原位,他没有改行,他早先所得的浅陋的教育,在此可得到实践、锻炼,开拓与加深。其实,如他不为自己开脱,如他少一点虚荣心,便可发现,他对她的选择并非绝对的被动,在他心底的深处,确有着不多的那么一点主动的意味。而她正好是迎头上去了。

他如他父亲一样,爱好女人,也如他父亲一样,在潜意识里,实有着对女人的难以克胜的畏惧,越是美好的女人,越是女人的女人,那畏惧便越是强,越是深。这也是父亲多年在女人堆里周旋而不染指的主要原因,这其中大约也不尽是软弱,尚有一些真诚的善心。好的女人在他面前,便成了神,他是不敢起一点亵渎的念头。或许也因幼年时母亲的印象太过于深刻而强大,以至到了后来,看到好女人,便觉得神圣不可侵犯。总之,父亲本性中对女人的畏惧,也同其他一些性情一样传交给了儿子。儿子接受了这一个结果,却对其中深刻的原委毫无知解。遗传只负责果,却摒除了因。这果在下一次的出现里往往会有奇怪的转变,它转成因了。本是结果,却成了原委,由这原委,再生出什么样的果实,谁也无法预料。

因他怕女人,他对女人竟有了恨意。他像是要对女人于他的威迫施行报复,而他又无法克服他的怯弱。这怯弱如他父亲一样,越是在他喜欢的女人面前,便越是严重,生生地攫住了他,叫他动弹不得。他只有在他不喜欢的,瞧不上眼的张达玲面前,才能耀武扬威,得一点风流的滋味,运用一下他的理论完备却缺乏实践的学问,他只能与他实际上很嫌弃的张达玲,才可做一做那种游戏。并且,他一无责任,一无负担,因是张达玲自己送上门来的,他怎么待她,都是有理由的。他可以讨厌的理由折磨她,也可以同情的理由折磨她。他在她面前,可真正是得了自由,真正是无所畏惧,真正可以随心所欲。于是,他便别无选择地选择了张达玲。

然而,至今为止,他们之间的联络,还只局限于教室里的眉来眼去。她的眼睛追逐得很紧,使他一走进教室,便被她囚禁了,他在她的囚禁里很不自如,这是他小小的失算的地方,那就是,他是只想与她轻松地游戏,而她却不让轻松,她不仅不让轻松,还越来越加码地使之越来越沉重。他常常感到游戏不起来,而他只能以加倍的轻松来与她的沉重平衡。他是定要轻松地玩一玩,而她则定要庄严隆重地进行,这于她是一桩大的事业,她决不可能轻佻地对待。她无法轻佻地对待每一桩哪怕是极轻佻的事情,再无谓的事情,她都要注入伟大的内涵。她高度的激动与紧张,激动与紧张到了麻木的状态,竟不能了解他的游戏态度,竟将他的游戏态度当作真情闪烁。他是比她清醒得多的。小聪明有时候要比大智慧清醒。正因它小,便灵活婉转,不致阻塞在那里而转不过弯。他看出她一本正经的态度,他为她一本正经的态度暗暗好笑,他唯有好笑才可推卸她于他的沉重感,他只有百般地嘲笑她,才可将自己轻松地解脱。于是,她越来越郑重,而他则越来越轻松,她的郑重与他的轻松,因了她的麻木与他的灵巧竟也奇异地协调起来,顺利地度过了最初的时期,向前发展了。

然后他们开始说话了。

这一日,她在外公的小店里,如她做一切事那样兢兢业业地守着柜台。外公去街道开会,同去的,还有隔壁底楼的小娘舅,一个忧郁的一九五七年大学肄业生,还有隔壁的隔壁的三楼宝孃孃,一个绸布行老板的第二房小老婆,等等。是午后一点钟的时候,春日的阳光,倦怠得很,行人少了许多。她望着马路对面空旷而单调的橱窗,橱窗里总是供桌似的忠字台。她睁着铜铃般大的眼睛,唯恐有一点失职。可是并没什么生意,只有一个小孩子来买了一只塑料的哨子,"嘤嘤"吹着走了,嘤嘤的哨音在春天的午后,传了很远。然后,又有两个保姆样的人站在店前很诡秘地说了一阵话,不时狡黠地抬起眼睛瞥她,好像怕她听去了什么机密。然后,妹妹又到小店里来,把小弟弟送了来,因她要与同学出去玩,小弟弟在家没有人照看。小弟弟在后弄里一个人玩,一个人疯不起来,倒是静静的,看墙角里有一只蚂蚁背了一粒米赶路。然后,又有个外地人来买一块香肥皂。当他拿了找头和肥皂,站在马路边上等了半天,车子走干净后才颤颤巍巍地过到了马路对面。这时候,她竟看见了他,他就在马路对面,就在那个外地人到达的那里,他开始过马路。他一分钟也没有等,就在车辆河流一般川流不息的时候,开始过马路了。他很顺利地在河流一般的车辆中间过了马路,车辆总是恰到好处地为他让路,他没有受一点阻隔地从从容容到了马路这边。他竟向着小店这边走来。她几乎要透不过气来,她双手垫在腿下地坐在方凳上,她浑身的血都凝固了,她动不了了。可是,他双手插在裤袋里,他低了头,他一步一步走到了她的座前。他一点没有抬头,因此他一点也没看见她,他决计不会想到这小店于她有什么关系,这只是一个普通的烟纸店里的最最普通的烟纸店,如她再动弹不了,他便要走过去了。这一过去,什么时候再来,就很难说了。就在他马上就要走过去,走过去不知什么时候再来的一刻里,她挣扎着从腿下抽出手来,搭住了柜台,她好像没叫出声来似的叫了一声:"陈茂。"

　　陈茂站住了,疑惑地抬头看看,又回头看看,这才看见了她。大约是在意外的地方看见了一个熟识的人,又大约是在这样一个春日的倦怠的午后看见了一个熟识的人,他竟微笑了一下,然后就向柜台走拢过来,极和气地说道:

"你怎么会在这里?"

"帮我外公看店的。"她说道。她嘴巴周围的肌肉都已僵硬,她扯不动嘴唇似的,口齿不清地说道。

然后,他便倚了柜台,与她闲聊起来。

在很多日子以后,她坐在小店里,常常回想这一午后的情景。她总是奇怪,怎么会是这般的巧妙,他恰恰这时候到这里来了,并且恰恰的在小店对面的马路上朝这边马路过来。她木木地望着车辆如流的马路,看了许久,才发现原来这里有一条横道线,这里本来是一条横道线,这就好比是一座桥梁,一座命定的桥梁,因此,他的到来,便极像是命定的安排了。

这会儿,他们开始闲话了。

闲话开始得意外的自然,这应归功于他了,因他并不将此举看得有多重要,他仅将此闲话当作了闲话。那确是一个十分适于闲话的,除了闲话什么都不适于的春日的午后。他随便的态度,在此时此刻是帮了她的大忙,否则她真不知该如何应付这隆重的场面,她会紧张得支持不住的。她束手无措,多亏他救了她。他们在一个春日的午后闲话。

"这是你外公开的店?"他问。

"是外公开的店。"她回答。

"你外公开这么小的店啊!"他说。

"是个小店。"她回答。

"不过挺实惠。"他说。

"是很实惠。"她只有招架的功夫了。这些随随便便的话,于她却是怎么也随便不起来的。她背上出着薄汗,不知对他怎样才好。现在,她的眼睛不敢看他了,可不看他却又十分不放心似的,生怕他会插翅飞掉似的,于是她又要去看他,眼睛在半路就畏惧地撤退了回来。这时候,他的眼睛坦坦荡荡地看着她,还看看那小店的招牌和柜台里的货色。再没比他这时候的眼睛更纯洁无邪的了,他纯洁无邪的眼睛看着她,她心里充满了如同春日一样温暖的柔情,她竟也有了柔情,她的心竟也不再是硬邦邦的一坨,竟也如坚冰在春日里,开始慢慢地开裂,如能彻底地融为一潭春水,便是她的大幸。而她生来没有这样的幸运。

"像我爷爷那样,办了大事业,有什么意思,现在吃足了苦头。"他又说话了。

"是呀。"她应道。

"其实,钞票吃到肚子里是最最太平的,身体还健康。"他说道。

"是呀!"她笑了,以为他很幽默,以为他在这油嘴滑舌之中确还有着什么深刻的幽默。

"吃在肚子里,人家也看不见,也不招摇了。"他继续说道。

"是呀!"她又笑。

因了她的鼓励,他逐渐滔滔不绝起来,他遭冷落多日的口才竟没有泯灭,反因多日的休憩而越加雄辩,顿时是左右逢源,妙语连珠。他且又十分钻研,语不惊人死不休。直把她佩服得要死,连招架的功夫也没了。

"你回过梅溪小学吗?"他说了一个段落,暂缓和下来歇口气地问道。

"没有。"

"尼姑庵敲掉了。"他说。

"敲掉啦?!"她做作地惊讶地说。

"尼姑们都去羊毛衫厂工作去了。"

"工作去啦?!"她就如他的回声,永远将他每句话的最后几个字忠实而兴奋地重复一遍,她这会儿失去了她全部的智力。

"尼姑庵里搬进来一家人家。"

"一家人家?!"

"你知道是谁?是大中华橡胶厂的老板,就是徐家汇的大中华橡胶厂呀,上海滩大名鼎鼎的。本来住一幢洋房,叫人家扫地出门,住到庵里来了!"又一个段落开始了,纵横上下,铺天漫地,然后又一网收尽。

他们一个尽情地说,一个尽情地听,谁也没觉着太阳在渐渐地偏了西。小弟弟玩倦了,在外公的大铜床上早已睡熟,这真是一个过得极快又极有意思的漫长的午后。春日的午后能过得如此有趣是难得的。阳光不再令人困倦,也不再令人怅惘。似乎所有的春天的午后都是无聊的,而独独这一个很不无聊。他们度过了一个很不无聊的午后。他们还心照不宣地有了约定,临走时她告诉他,外公是每星期二、六去街道开会,而外公不在,就总是她来看店的。

于是,每逢这日子,她便总在柜台里翘首等待,她的等待总是一次落空间着一次不落空,他总是一次去,一次不去。而她明明知道他是一次去一次不去,却还次次都殷殷地盼望。他的每一次的到来都像是意外的遭遇,叫她是又惊又喜又感激。有了这些课外的遭遇和闲话,在课堂上,他们彼此都熄了火似的安定了。每一次见面说话都足够她回味很长久的时间,她在回味中汲取着温暖的爱心,那爱心于她有着广博的内容。他与她说话的时候,总喜欢将胳膊肘支在柜台台面上,然后身体就依在那胳膊上,他的身体不免就向她倾过来。她坐在狭小的店堂间的方凳上,她是退也没处退的。他向她倾去的身体投下了一片阴影,她被笼罩在阴影里,有了庇护似的,很安全。她缩身在这片小小的暖和的荫庇里,再无所求,这是她平生极少有过的幸福了。阳光在他身后,为他身体投下的阴影镀上了灿烂的金边,这是多么美丽的荫庇,她居住在其间。这每一次会面也给了他足够享用的快乐,这是一种游戏的快乐,表演的快乐。他的游戏升了级,不仅是目光的,而是语言的了,这将运用更多的聪敏,他的聪敏将得到更彻底更完满的发挥。而他的观众是多么忠实,他在他忠实的观众面前更上情绪,更多灵感,他十分沉醉。他十分沉醉了却还极清楚地看见这个女生被他折服了。他最得意的事情就是折服女人,而他又克服不了对女人的畏惧,如不是遇见了这个女生,他将是十分的折磨,他将矛盾得要死,他将理论与实践大大地脱离而一事无成,他将为此痛苦,甚而痛苦一生。可是恰恰有了个张达玲,张达玲实是救了他一把。张达玲瑟缩在他荫庇之下的情景,他是尽收眼底,心中暗喜。然而,他毕竟是个涉世不深的孩子,他毕竟是初次接近女生,他毕竟没有经验,理论究竟是纸上谈兵,他毕竟距离老练甚远,他又毕竟还有一些儿真性情。当他从柜台外面倾过身子,将她很近地笼在自己身体的阴影里时,他心中竟也会有奇怪的冲动。

他心中竟也升起了奇异的冲动,当他与她面对面很近地罩在一具阴影中的时候。因他是个男生,唇上的胡须越来越清晰,他什么都能作假,独独那一股青春的欲望很难作假。他已经是十七岁的男生。而她是十四岁的女生,她病态的犀利的眼睛被阴影柔和了,她的颊上因激动时时泛起红云,他有时竟觉着她也还不愧为是个女生。这样的时候,他的语气便会温和下来。他温和下来的每一个字,都如巨石一样滚入她的心间,刹那间,她的心里便像崩了一座雪山,天崩地裂,石流滚滚。再没有比这更壮观更伟大的场面了。而他温和地对她说道的,全都是最最普通,最最平凡,甚至最最无聊的事,比如:

"好像是水开了。"他提醒她。

她走到后面,果然炉上的水壶咝咝地吐着白汽,她冲了水,封了炉子,再回到她柜台里面的方凳上。

"你外公还没回来?"他问道。

她抬起眼睛,越过他身体的暗影望去,他身后是光明的马路,马路上走着陌生的行人。

"这是什么?"忽然,他用手指,点了点她手背上冻疮留下的疤。他的手指虽然并没有触到她的手背,她却骤然地抽搐了一下。

"是冻疮?"他又问。

"是冻疮。"她颤抖着声音回答。

"吓人。"他说。

"吓人。"她也说。

温和下来的他是那么亲切,她的心就好像载了一叶小小的随波逐流的荡舟,幸存于山崩地裂之后,在无涯的水面漂流。她还不敢想到爱,她还想不到爱,她只想到"哥哥",如他真做了自己的哥哥,那是多么巨大的幸福。仅是想想,她便幸福得透不过气来了。仅只想想,她便很知足了。只要他能偶尔地经常地提供一些想象的依据,只需是小小的依据,只需真正一点点,她自己便会去加工而充分地使用。无论她所使用的那些材料是多么的虚枉,多么的谬误,而这些材料织成了想象,于她的心灵却是有极大的益处。她的心灵是太干渴了,她的心灵是缺雨缺得太多太久,能有一注水流,也可滋润一下,可供生长一些无名的青草。因有了这谬误,她才可理直气壮地自慰,如若连自慰也不允她,那她那一片心田,便只有彻底地荒芜了。她和平幸福地度了多少个夜晚。

而他却蠢蠢欲动了,他却睡不安稳了。他感到体内有一股热力在一阵一阵地涌起。他很奇怪地开始想她,尽管想她,却仍然嫌弃她,因为嫌弃她,却仍然要想她。心里就十分气恼,还委屈,受了辱似的。然而,却恰恰是因为瞧不起她,瞧不上她,他才陡然地增添了勇气。因他现在是极勇敢,所以他没有为那一股骚动骇退,竟还有些好奇。他好奇地耐心地听凭着甚至怂恿着那股骚乱的勃动,看它究竟能将自己推往何处。他用不着于她有任何敬畏,他尽可以一往无前。他犹如一个探险家,而他所探险的地方其实又很安全,所有的险境不会有一点生命的威胁,又都很叫他得趣。这样,他便有些离不了她了,她恰恰是更加地离不了他,他们互相需要。她离不了他,正为他离不了她提供了理由,这又减轻了他精神的负担,使他不必自疚自惭,他又可轻松地作战,他真正是轻装上阵。

一个阴雨的下午,他先打着伞在柜台前与她闲话,后来雨下得急了,她便让他从横马路绕到后弄,穿过灶间,进了店堂,也搬了一张方凳给他。他们一人一张方凳地并排坐在了店堂里。仅只一个门面的店堂,且又有柜台,货架,两张方凳紧紧并在了一起。连一丝缝隙也分不开来,于是,他们只得紧紧地并坐在了一起。坐了一会儿,他便有些坐不住,慢慢开始动作起来。她感觉到了他的不安,感觉到了他细小的动作,心里虽然害怕,却又有小小的期待。她煞白了脸,他也煞白了脸。门前春雨涟涟,行人匆匆地来去,倒是后弄里,雨点敲出了回声,有些喧哗。他将手伸到她的背后,绕过她的挺直的腰,摸索着她的裤兜,他不知道为什么要摸索她的裤兜,她也不知道他为什么要摸索她的裤兜。可是她无法动了,她浑身的血液都凝冻了,那是真正的凝冻。她不知道正在发生的是什么事情,不知将要继续发生的是什么事情,她以为要有天大的事情发生了,她以为要有划时代开天辟地的事情发生了,她以为一整个时代被整个儿地划过去,另一个则在徐徐地开幕。他的手插进了她的裤兜,在她的裤兜里一阵乱掏乱翻,他好像在找什么东西。可是他不知道他要找什么东西,她也不知道他要找什么东西。她非常地害怕,非常地紧张,她不知道他在找什么,他也不知道他要找什么。他只是乱掏、乱翻。然后,他好像是找到了他要找的东西,渐渐地静了下来,贴了她的小腹与腿之间渐渐地安静下来。

雨在店堂前细细密密地下,一世界都被雨充满了,这是一个雨蒙蒙的世界。人们顶了伞匆匆地来去,汽车飞驶的车轮,在湿地上摩擦出古怪的噪音。一个少年撑了一把很笨重的油布伞走过去,是那种很难撑开,撑开了又很难收拢的笨重的油布伞。

一个少年撑了一把油布伞走过去。

一个少年走过去了。

人们永远地来去,汽车永远地奔驰,雨永远地下。

他们被一声咳嗽惊了,那是在极近又极远的后弄口,外公的一声咳嗽,在这喧哗的哗哗雨声的后弄里,不知竟会如此响亮。他们犹如两只飞鸟,一下子惊散了,他的手猝然抽出她的裤兜,只听"吱"的一声,裤兜撕裂了,这一撕裂的声响,又是那样惊天动地的炸响。他们更慌了神,他站起了身子就往外走,走又走不过去,将方凳推倒了,推倒的方凳绊了他的脚,他几乎摔倒,他几乎摔倒地出了店堂,从外公的高大的铜床前走过,直走进雨幕重重的后弄,后弄是连鬼都没有一个,只有涟涟的雨。

第 十 三 章

　　外公看着这个不亲不近的大外孙女儿,心里想着,人都说她不像爹不像娘,可是他们都不知道,她其实是像她外婆的,她和她外婆是一模一样的。当然,她是不如她外婆好看的,她外婆当年是系了裙子,戴了红绒花,自然是好看了,人靠衣装马靠鞍嘛!她外婆也要比她活络,最初他们还只在弄堂口摆香烟摊的时候,她就显示出了做生意的才干。她嘴很甜,人也很会笑。她总是笑吟吟的,而一般人则都是不经常笑的,她却是经常笑。女人要笑才好看,再丑的女人一笑便添了三分媚。笑的女人才更像是女人。她外婆就很会笑,会笑也会凶,如不是会笑也会凶,这香烟摊子怎能发迹成一爿店。店是小,可是靠了它,一家三口的日子却是温温饱饱,康康乐乐。他眼前好像出现了那一幅图景:夜晚降临时分,街上行人稀少了,对面几家大铺子还亮着灯。那时候,这街上就那几家铺子,后来,不知什么时候多了一爿店,又多了一爿店,渐渐就热闹成了这样。那时候,也没有现在这样雪亮的大橱窗,到了晚上,街上暗暗的,那才像个夜晚的样子,那才是真正的夜晚。在那真正的夜晚初降的时分,女人在店堂间里摆好了桌子,就是这张八仙桌,那时候,店堂也不像如今这么挤扁了头似的挤。八仙桌靠了后间的板壁和西边的货架,他们三口人就坐在八仙桌的两边吃晚饭了。晚饭总是有荤有素,有菜有汤,那时,经常吃的是,带鱼烧萝卜丝,手掌宽的带鱼烧头发丝细的萝卜丝。吃着吃着,会有人来买东西,一包香烟,或者一包火柴。有时候是女人站起来去接生意,有时是女儿抢了去接。女儿刚比八仙桌高出了半个头,剪一个东洋娃娃头,穿一件花布袍,一手捏了一双竹筷,一手去接生意,接过了,又跑回来,爬上方凳再吃饭。她吃东西总是很细巧,尖尖的筷子头,一根一根挑了带鱼碗里的萝卜丝吃。他好像又看见女儿挑萝卜丝吃的样子。女儿总是背对着店堂门面坐,她身后是幽暗的街道,在那幽暗的街道上,他的店里的这一盏十五支光的电灯,便显得格外格外的明亮,如今这四十支的电灯,都不如那时的明亮。这一盏电灯,总是亮到极晚,极晚了还会有人来买东西,极晚了人们要买东西,就说到平安里的小店去看看。比如停电的时候,就会有人来买洋蜡烛,他们便也点了一支洋蜡烛,将店堂照得红红的,黄黄的,朦朦胧胧的,他女人就在烛光里给女儿绣鞋面,一针一针的,直到很晚很晚,他才开始一块一块上排门板,排门板是戗在后门口的,他扛了门板一趟一趟穿过后间到店堂前上门板,女儿早已睡到了苏州。这时候,隔壁的隔壁三楼的无线电也"嘟嘟嘟"地响了。

隔壁的隔壁住的是那绸布行老板的二房姨太太,年纪轻轻,嫩得像根葱。是为不招摇的缘故还是生性就素静,穿着得十分朴素,阴丹士林蓝布旗袍,外面再套件羊毛衫,但据说,她手上的那只钻戒,就不止他这爿小店的价值。她难得露面,用了一个嘴很紧的湖州娘姨,一旦出门遇见邻居,便是非常和气。大家都叫她宝孃孃,也是先由女儿叫出来的。说来奇怪,她与女儿虽差了半辈人,却极有缘分,寂寞的时候,会让那湖州娘姨来张张,看看妹妹在不在,妹妹便求之不得地跑了去。宝孃孃有一只无线电,还装了电话,妹妹就打电话给无线电台点歌,妹妹总是点周璇的歌,一支《四季歌》是一千遍一万遍也听不厌似的。还欢喜看胡蝶的电影,也是一千遍一万遍也看不厌的。那绸布行老板是每礼拜来三四趟,来了之后,湖州女人就要去熟食店买鸭肫肝,去绿杨邨叫虾籽蹄筋。凡是湖州女人一去熟食店和"绿杨邨",人们便知道是那老板来了。那老板生得很清癯,虽是生意人,却还斯文,有时候与宝孃孃一起叫了出租汽车,去"国泰"电影院看原版的好莱坞电影,或是与宝孃孃在屋里面对面打牌,打的是桥牌。他眼前好似又出现了宝孃孃青葱一样的背影,她的背影引得一弄堂淘米洗衣的女人都停了不动地看她。如今她也是老得换了个人似的了。

外公望着车水马龙的马路,怎么也想不起来这地方是怎么会变成这样热闹的,还是很不久的以前,这里甚至是荒凉的。那时候,人也没有现在这么多。那时候,人要少得多了。哪里都是清清静静的,有的地方走夜路都难遇上个人,遇上个人还当是鬼呢!那时候,鬼倒是不稀奇的,老人常常能听见鬼叫。楼上的一个老太,听了半年的鬼叫就去了。他眼面前出现了那老太的形象,老极了老极了的,瘦极了瘦极了的。他想起自己还是幼年的时候——现在想起,就好像做隔世梦一样,自己竟还会有年幼的时候,他不禁要笑——就是那时候,听人家大人说——他又想笑了——人家大人说,董家渡那边就出过一个鬼,面孔煞白,两只眼睛血血红的,拖了老长的舌头,天一黑就出来吓人,抢人钱财,后来被人捉住了,原来是一个苏北操舵工,赌博输了老本,饭碗丢了,老婆丢了,就只好装鬼吓人。虽不是鬼,人吓人,是要吓死人的。看来这地方还是忒热闹,半日出了个鬼,却还是人装的,却还是要钱的。他觉得很好笑,并且,很想与人谈谈,却没人可谈。大外孙女儿在店堂后面帮他炒菜,炒好了就走了,叫了他一声,他也没听见。他沉浸在往事的回忆中,这回忆既不令他悲,也不令他喜,他就像是想着别人家的闲事似的,觉着很有意思,很有趣。这些闲事,可以伴了他消磨一整个下午。那样的春光明媚的下午,确是需要这样的闲事来作消磨的。这样地消磨了一个又一个的午后,令他觉着很好。他变得很爱惜这样的午后了,还有午前,还有夜晚,他都很爱惜。自从外婆故去之后,外公更是加倍地爱惜,每过去一日,到了晚上,他便会想,又过去了一日。想过了却觉着这念头很不吉利,可是到了下一晚,他还是这样想了:又过去了一日。他很愿意他还有没有尽头的这样的午后和这样的可以想着"又过去了一日"的夜晚。他愿意这样的午后无尽的一个又一个,无论是阴是晴是风是雨。他喜欢阳光,也喜欢雨,阳光和雨再不会影响他的心情,叫他特别的高兴或者特别的不高兴,他对阳光和雨都很谅解了似的,达成了什么协议似的,于是,他便很爱它们,很不愿离开它们。他喜欢看小店前的喧腾的人流,也喜欢悄悄的后弄,热闹与寂寞同样不会影响他,与他也有了和谐的默契了。他爱它们,不愿没有它们。他觉着自己过了几十年的日子,至今才真正过出了滋味,什么事情都做完了,可以坐下来静静地闲闲地活着了。活着,这一桩事,似乎才刚刚开了头!可是,外婆这一走,好像是打破了外公的幻想,外公的幻想被外婆的先行打破了一点,虽然渐渐地又弥合了起来,可那幻想毕竟是受过挫的,不那么坚固,总有些危险似的了。他虽很舍不得他女人,可是却也绝不因此想随她而去,那死亡绝不因此而有了号召力。他已经活得很明白死亡是怎么回事了,于是,他必眷恋生存。当空的太阳,涟涟的细雨,街前的人流,后弄里的敲门声,无一不与他的生存紧紧相连,嵌进了他的生命里去,他无法与它们割裂了。

他看见他的不亲不热的外孙女儿从马路对面过来了,他想起该是去开会的时候了。他看着他的大外孙女儿在正午的阳光里,朝马路这边慢慢走来,心想着,她可是很像外婆啊,看着了她,就好像看着了一个小鬼似的。小鬼似的外孙女儿走了过来,又偏过去,走上那条横马路,从直马路上再弯进后弄,从店堂后边走了进来。

"我来了。"她对他说道。

"来了?"他站起了身子,说道。

她直挺挺地走进店堂间,在外公站起来的方凳上坐了下来。

"大妹妹。"他叫了她一声,他忽然有些想与她说话。

"嗯?"她听着,却没有回头,眼睛望着柜台前方。

"家里还好吗?"他问道。

"还好。"她答道。

"姆妈胃气痛又痛过了吧?"他问。

"还好。"她回答。

"小弟闹吧!"他又问。

"还好。"她回答。

"大弟和小妹还相骂吧?"他说。

"还好。"她说。

外公没有话了,外公再想不出说什么了,走了出去,走到门口,又回转身来,交代道:"米在桶里啊!"

"知道了。"她说,头也不回。

外公终于出得门来,慢慢地走了,他看见在他前边五六步远的地方,走着隔壁的小娘舅,手里拎了一只小板凳,他这才想起,忘了拿板凳了,又回转身去灶间拿,拿好了再走出来的时候,小娘舅的背影已经很远了。他忽然想起那小娘舅的帮人家洗衣裳的姆妈,为了给他买一套建筑积木,那是学堂里一定要买的,手在搓板上擦出了血泡,也不晓得怎么变成了右派,书没有读完,也找不到饭碗。他不可怜儿子,却可怜娘,他娘早在他女人走以前已经走了。她在的时候最最牵记这个儿子了,走到哪带到哪。那儿子是小小的一个,小小的一个儿子突然间长成这么大个人了。当了大学生,还当了右派,现在又做了摘帽右派。这几十年的光阴几乎是一眨眼之间过去的,一眨眼之间,几十年的光阴就过去了。午后的阳光刺痛了他的眼睛,他眯缝了眼。原来他是走出了后弄,弯出了横马路,到了大马路上,马路对面就是街道开会的场所了。

她看见她的外公慢慢地从这边马路往对面马路过去。外公是小小的一个老老头,穿了件洗白了的人民装,套了两只藏蓝色的簇新的袖套。穿人民装戴袖套的外公渐渐地穿过马路,到达了对面。在他的脚跨上人行道的时候,她便想:他应该过来了。外公的脚跨上了人行道,沿了人行道走了。于是她想:等到第五个人从马路这边过到那边,他便来了。一共有十个人从马路这边过到了那边。她又想,有十个小孩从马路那边过到了这边,他就到了。一共有二十个小孩从马路那边过到了这边。然后,她再想:要有二十个女小孩走过她的小店,他就来了。一共有四十个女小孩从她面前过去了。

他没有来,他不再来。

她最后一次地想:有一百个穿回力球鞋的男小孩从她面前过去,他就来了。

他错过了最后一次的机会,他不来。

春天午后的太阳,暖烘烘的,她圆睁了双眼,如一只狩猎的猎狗。经过了几个不眠的夜晚,她终于有些知道,他在自己裤兜里掏着翻着地搜寻的是什么了。她知道得并不彻底,却模模糊糊地有些知道了。他的手始终在她的裤兜里,翻来覆去地搜寻,似乎是在启迪她。她一遍一遍温习着这只手的动作,这只手不断地启迪她,等她终于得了些启迪,模模糊糊地有些明白了的时候,他却猝然而去,消失了,再没有了,再不来了。于是她便等他,等他来彻底地启蒙她。她的全身心都在焦急而耐心地等待,希望与失望轮回着,犹如日出与日落。在这漫漫的等待之中,她学会了他所擅长的占卦术。她数着路边走过的行人,数着墙角爬过的蚂蚁,数着梧桐上飘落的树叶,数着柜台里飞进的营营嗡嗡的苍蝇。她无师自通地学了一套圆梦术,每日都将夜里的梦境反复温习与剖析,从中择出无数吉利或不吉利的征兆。她的身心越来越失了耐心。她的身心于她就好比一个猜破了一半的谜语,刚刚启开蒙蔽,却又失了契机。她的身心是到了这样一个关头,或是永远地启开,或是永远地关闭。或是启开,或是关闭,其间没有中庸的道路了。每一秒钟对她都是万般的重要,每一秒钟于她都有决定性的意义。他却不来,不来,他还不来!她身心的那扇沉重的仅仅启开一条缝的石门,在渐渐地无法阻止地关闭,她咬着牙关顶住了那扇石门,以她全部身体的力量与灵魂的力量央求它再等等,再等等,再等他一等。那门内的世界虽未展现,却已传来暗示消息,那道门缝充满了暗示的神秘气息,那气息从门缝里烟雾般弥漫过来,包裹了她,她呼出吸进的全是这股神秘的气息,她几乎要被它溶解,却溶解不了。因那石门在渐渐地合闭,他却不来,他总不来,他老也不来了!她以她的全身心顶住石门,石门将她几乎压扁,她喘息着,她几乎奄奄一息,而不放弃最后的努力。她固执地等待,她耐心地等待,如一个溺水的人等待着一艘船,如一个垂挂在峭壁上的人等待一挂云梯,决定性的一刻就在眼前,她的这一生面临了命运的抉择。

一千只蚂蚁过去了,一千只苍蝇飞来又飞走了,一万个女孩走过去了,一万个男孩走过又走来了。她却看见了外公,外公走在对面的人行道上,站在了马路沿上,渐渐地开始往这边来了。外公穿了发白的人民装,戴了簇新的袖套,渐渐地从马路对面往这边过来。一辆汽车挡住了他,他让过汽车,让过如流的自行车,太阳已经垂暮,外公长长的身影慢慢地斜过了马路。

她的希望也垂暮了,她的被垂暮的希望拉长了的身影,倦倦地斜在了柜台前的方块水泥地上,犹如一具颓丧的尸体。她是筋疲力尽,她失了意志,她没有听见外公在后屋对她说话。外公说:

"我回来了。"

她没听见。外公又说:

"你回去吧。"

她也没有听见。

"要烧晚饭了。"外公自语道,便自己从米桶里舀了米,走到门外水斗边去淘米。自来水拧开了,哗哗地冲击起来。

她渐渐地醒转了,她渐渐地转过了身体,她看不见外公,只听见灶间里的自来水声。这一日是过去了,这一日的等待是到了终了。她怅怅地站起身,微微有些踉跄地走出店堂,走过后间与灶间,刚要走出门去,外公却叫住了她:

"大妹妹。"他还是想与她说话。

"店里还好吧?"他问道。

"还好。"她回答。

"学校里还太平吧?"他又问。

"还好。"她答道。

"炉子还炀吧?"他问。

"还好。"她说。

"抽水马桶还塞吧?"他说。

"还好。"她说。

他终于没了话说,停了一会儿,又努力了一会儿,然后便寂然了,说道:"你回去吧。"

她走出了后门,夕阳照进了后弄,迎了她的眼睛,她的影子在她身后,从她的脚跟延出,斜躺在窄窄的后弄。她曳了她的长长的笨重的影子迎了灿灿的夕阳走去。她走出了狭弄,走到了大街,太阳在大街的西边照耀,大街如一条阳光的大河,车与人在湍急的波光粼粼的水流中运行。她想去找他,可她不知道他在哪里。他连学校都不去了,她连看他都看不见了,他好像突然地从地上消失了,她甚至听不见有任何人提起他,就好像世界上从来没有过他这么个男生似的。当她开始怀疑是否有他这个男生以及她和这个男生的那段故事的时候,他的手却又伸进了她的薄薄的皱巴巴的裤兜,在那里骚动了一下,转瞬即逝,可却不容她再疑惑了。她慢慢地穿过马路,沿着他第一次来临的那条横道线慢慢地走,他似乎永远在这条横道线上徘徊,碰巧总能和他相遇。可是她很不巧,她从未和他相遇。

他是早已逃之夭夭,他陪他的祖父去苏州亲戚家了。祖父是去暂避风头,他也是去暂避风头。他自觉着他的风险是比祖父的更大,他自觉着他的困境比祖父的更难。他们一老一小,在一个漆黑的乍暖还寒的深夜里,乘了一趟慢车,去了苏州乡下。那是大串联结束以后的火车了,初初恢复了秩序的车站肃穆而萧条,寒星在天边闪烁,铃声在空荡荡的站台上回荡了许久,铃声终于停止,火车缓缓地启动了。火车缓缓地开动了,离了站台,站台一步一步离去,落在了身后。然后,火车便越来越快,越来越快,终于驶进了漆黑一片的田野。田野是漆黑一片,唯有一盏车灯照亮了前进的道路。火车在田野里蜿蜒,在无边的深黑的天幕的映衬下,似乎失了速度。他渐渐地安下心来,他安心了,开始在座位上转动身子,坐得更为舒服。祖父坐在靠窗的位置,靠在椅背上正闭目养神,他忽然想起,自己第一次从乡下出来,随着一个远房的堂兄,连张车票也没买,有查票的过来,堂兄就叫他钻到凳子下面去,那时是木板长凳,倒比现在高些。后来,他不愿意老是出来进去的,就一直钻在里边,然后就睡着了,还做了一个梦,一个吃粢饭团的梦。人都说上海遍地是黄金,他日里想着遍地黄金的上海,夜里却梦见了粢饭团。日后,他虽吃过山珍海味,却还能将一团撒了白糖夹了油条的粢饭团吃出香味。他在这十里洋场的上海沉浮了数十年,如这样仓皇地出逃,也非第一次,每一次都是怀了暗淡的心境,却憧憬着东山再起。然而这一次,他却有那么一点点与他脾性很不符的一点点伤感。

他觉着茫然。雄心勃勃的他竟也茫然起来,他看不出前边有无希望。他只想着保住平安。他为自己失了雄心而惭愧。即使当年被流氓绑票,被软禁在郊区柴房里的时候他都没有如此平庸过,他是刀架在脖子上也不讨饶的硬汉一条,而今却只想保平安。他很惭愧,他因了这惭愧而伤感。只有凭了一句老俗话,他方可振作,那便是"留得青山在,不怕没柴烧"。想到这句话,他便微微启开眼睛,瞥了孙子一眼。

孙子正辗转着身子,从车厢这头看到那头,很好奇似的。他平静得几乎是明澈的了,他怀了明澈的心境望着两边车窗外沉沉的黑暗,黑夜挟持了这车似的,这车被黑夜挟持着,目标不明地盲目地跑着。而他却泰然了,因他终于离开了上海,离开了那一个是非之地。他管那里叫作是非之地,他庆幸他能安然无恙地脱身。他险些儿陷落了,他以为那里是一个圈套。他终于脱身了。当他终于脱身的时候,他感到无比的轻松和洁净。他这才觉着她的软绵绵、皱巴巴的裤兜从他的手上完全地剥离了,它是缠了他许久,叫他深感作呕,后悔莫及,一整个身心都起了抵触。他再不要见到她了,他厌恶她,他压根儿没想到,与她的游戏会是这样的不快的结果,他觉得自己是大大地吃了亏,他是吃了大亏了。他以为他与她游戏完全是出于不得已,这一种不得已的心情缠住了他,使他做了囚徒似的,愤怒又烦恼。他恨她。在对她的怀恨之中,他卸了自己的责任。等他将责任卸轻了,卸完了,对她的仇恨才稍稍平息。平息了这怀恨,他便一身轻松,如新生了一般。而他目下还不了解,他这是初试了锋芒,成果还颇不坏,至少是他竟能在此紧要关头安然逃脱,不致堕落危崖,便是大的成功了。这说明他已经具备了一种自我左右的功能,在他这样小小的年纪,便可自我左右,实是很不凡了,多少曾经沧海桑田的成年人都难做到的。他的身心可由他的头脑掌握,他可见好就收,犹如一个赌博的老手。他初试锋芒,身手就很不平凡了,至少要比他的父亲精彩得多。

在他与父亲对女人同样的畏惧之中,他却彻底摒除了敬重的成分。他一无敬意地畏惧女人,那畏惧便成了恨意。于是,他始终的怀了恶意地对付着女人,他从未将女人视作爱的对象,而永远是敌对的一方,爱只是作战的手段而已。倘若在他孩子的天性的良知尚未泯灭的时候,他所遭遇的第一个女性,能是一个充满了明朗快乐的爱心的女孩,以那明朗快乐的爱去启蒙他沉睡在黑暗中的爱,以那蓬蓬勃勃的善去启蒙他也是沉睡在黑暗中的善,他尚还有救,他尚有一线希望。而他恰恰遇见的是她,与他同样的沉睡着爱心,需要着爱的启蒙。不同的是,她渐渐地要醒,而他是一径地沉睡。她渐渐地要醒,她是急急地,切切地,如饥似渴地,穷凶极恶地,向他汲取着他还沉蒙着的爱。她如拦路的强盗却劫了个一无所有的人,她又如乞讨的叫花子却缠上个穷极潦倒的人。而她却又固执,不甘罢休,非要弄个水落石出。他与她只得展开一场厮拼,他们如在厮拼,如在拼搏。她拼命而徒然地从他身上撕剥着什么,使他深受威胁,他想逃跑,却被她追捕,她追得很紧,使他无路可遁,无奈地生起反感,将他最后一丝爱的希望扑灭了。他也将她的爱的希望扑灭了。他们互相扑灭了希望,他们互相讨伐了爱心,他们彼此都是刽子手,彼此都是受害者,他们互相地灭了做一个自然之子的机会。

他们都做不了一个自然之子了。

他们再做不了一个自然之子了。

他乘坐着这车,被黑夜挟持着,不明目的地远去的时候,她则躺在没有月亮的窗下。她心中的那扇沉重的石门无可抵挡地关闭了,再也启不开了。而她就如阿里巴巴遗失了暗语的兄弟,向着石门喊道:"燕麦,开门!""稻谷,开门!""大豆,开门!"喊遍了世上九千九百九十九种庄稼,石门则岿然不动。那"芝麻,开门"的口诀混进了九千九百九十九种口诀之中,她只能瞎碰,瞎碰也碰不着。石门不动。在这一个沉沉的黑夜里,他们这两叶孤独的小船,分水而去,将永远地天各一方地飘零。

外公的灯还点着,幽幽冥冥的一盏,照耀了混沌的一周,屋角隐匿在昏暗里,缄默了许多故事,他总看见那暮色初降的温暖的一幕。女人摆开了饭桌,女儿用筷子尖挑着带鱼碗里的萝卜丝,一丝一丝,还有隔壁的隔壁,宝孃孃的无线电"嘟嘟"声,合了周璇绵绵的《四季歌》:"春季到来绿满窗,大姑娘窗下绣鸳鸯",等等,等等。他身下的笨重的铜床微微地荡漾起来,如轻波泛舟一般,那歌声却越来越接近,越来越清晰,如同在耳畔吟唱似的。后弄里有人敲门,如同为小曲打着板子。

车在原野里蜿行,一盏雪亮的车灯辟开了沉重的黑夜,将黑夜凿通了一条雪亮的隧道,车便从这隧道中穿行而去。

第十四章

现在,小店里就只剩下她与外公两个人了。店堂前流过的车辆、行人,树上闪烁的叶片,叶片间渗漏的阳光,在她眼睛里全部消失了意义,还了原形,不是吉兆,也不是凶兆,她已不再有什么需得预兆。她无需预兆。在她前面,没什么要使得她必得急急切切地趁早知道的,她不必急急切切地趁早知道什么了。一切焦灼的盼望都已平息,她已平息了一切焦灼的盼望。她看着眼前的一切,犹如看着一堂无关的布景,布景中上演着一出无关的戏剧。这正是领袖发布指示的高峰季节,隔日便有庆祝的游行,浩荡过去,又浩荡过来。她常常加入在这东风浩荡的队伍里,举着不知写些什么的标语,喊着不知什么意思的口号,一条街又一条街地走过。有时候,队伍从外公的小店前的马路走过,她就像走在一条生疏的马路上,并无熟悉的感觉。她无意中看见了外公的小店,被两旁的大店几乎挤得没了,她还看见小店里的外公,那么小极了小极了的外公,她生出了一种异样的心情,好比从另一个星球看到了这一个星球,早已熟透的情景陡地陌生起来,疏远起来。游行的队伍常常走到极远,走到极远的地方与别的队伍混乱了,然后便失散了。失散了的她,口袋里没有一分钱的车资,只得顺着叮叮当当的电车轨道走。那往往已近黄昏,下班的人们急匆匆地追赶着车,将她撞得东倒西歪。她犹如走在一条旋涡湍急的河流里,身不由己,随波逐流。天,渐渐地暗下,她却并不着急,她没什么可着急的,她心里尤其地宁和。她依然渐渐地走着,这样渐渐地走着,尤其使她心境宁和。犹如是暴风雨后的天空,格外的清明洁净。那狂暴的骚乱已经扑灭,她是少有的平和。她极需休息,她时时处处都在睡眠。

夏日又来了,阳光将树叶照得刺眼的晶亮,犹如在枝条上嵌了无数面镜子。沥青铺的马路在车轮下柔软地起伏,知了的聒噪间了卖棒冰的吆喝,木板清脆地击在装棒冰的木箱边缘,替这夏日里长长的下午数着单调的节拍,时间停滞了。外公在竹靠椅上午睡,脑袋滚在了肩上,呼吸在喉头形成奇怪的咕噜的声响。苍蝇徒然地在盖了菜碗的纱罩上爬行,营营地唱着,只有小小的孩子去买一支融化的棒冰,然后流着汗回家。她坐在方凳上,看一本从铜床底下翻出的《红楼梦》。书是极旧的,扉页上有一个年代久远却仍不失清秀的签名:邬蕊宝。她不知道,这是谁的名字,也不知道,这书是怎么到了外公的铜床底下。她只知道《红楼梦》的故事,是一个家喻户晓的故事,由了通俗的越剧加以传播,更是老少皆知。她本不是缠绵悱恻的女生,又不喜小家子气的越剧,对一切才子佳人的故事起着心底的反感。而如今,她的一切喜怒哀乐都已睡眠般的沉寂,她是拿起什么都可看下去。在那样的又寂静又聒噪的下午,她便总是漠漠地翻那一本旧书。她不知道,她一张一张抚过的书页上,留着她母亲的指纹与泪痕,她更不知道,母亲的指纹与泪痕则又覆盖了那个名叫邬蕊宝其实就是宝孃孃的女人的指纹与泪痕。她的手指却只是漠漠地抚过,且没有一滴眼泪。书在床底下放得太久,浥透了灰

203

尘与潮气,早已荒凉了。她的手指在荒凉的书页上抚过,觉不出一点往昔里小女儿的情怀。书本散发出阴湿的霉味,给她恍如隔世的感觉。那本是老少皆知的故事忽然地生疏起来,那故事好像在书页上碰散,留下一些蛛丝马迹。宝、钗、黛这演尽人间悲欢的男女,隐入了浩浩人海之中,那引动了无数痴男怨女的故事生生地解体了。这一个小儿女故事的解体却使她渐渐地深入其中。全书中最使她流连忘返的章节便是第五回"游幻境指迷十二钗,饮仙醪曲演红楼梦"。那"金陵十二钗"的册子里的诗画,有一股奇异的力量攫住了她,强迫地告诉她要她注意请她千万不要忽略,她被强使着一遍一遍读着那诗,她渐渐识出其中谐音的意义,由这意义而终于悟到个中神秘的命运之谜。她坚韧不拔地破译着这些命运之谜,深深地埋下头去。苍蝇在她头顶盘旋,蝉的聒噪充满了一整个世界,外公古怪的啸声穿透了厚厚的蝉鸣。她竟不觉着热了,汗从她的额上,沿着发际缓缓地流,她却觉着沁凉。她为一个奇妙的气氛所包围,在这包围里,她忽然变成了一个宿命论者。就在蝉的一声啭啼之时,就在阳光的一次移动之中,她变成了一个宿命论者。而这一回的《红楼梦》于她,则成了基督徒手中的《圣经》。她竟真实地,虔诚地相信,在冥冥的某个空间,有着她所属的一本册子,有着专属她的天机不可泄露的一页诗画,无论她做什么,或不做什么,都逃脱不去她与生俱来就已既定的命运,她是带了她的命运降生的。然后,她则对她未知的命运生出好奇,她明明知道此是天机,可却仍然猜想万端。她的梦境开始美妙起来。

她从未有过这样美妙的梦境,那梦境里有着万里无云的碧晴的天空,天空上映了疏阔的树枝的影,地下是松软的隔年的落叶,一半已化为红褐色的泥土。她没想到这其实正是外婆长眠不醒的墓地。她只觉得清静怡人,一整个身心都安然了。她一整个身心这回是彻底地安然了,沉睡一般地安然了。这个梦境总是降临在与黎明很远的时候,早在她清醒意识之前便悄然隐没。到了下一次,它再出现,她是一无记忆,却总有着一股刻骨铭心的熟悉。她分明是初次涉足,却如旧地重游,她迷迷惑惑,恍恍惚惚。这情景将一直延续到她成年的日子里。她的脚浅浅地陷入一半化为泥土的落叶里面,顶上是划了疏阔的树影的苍穹,四周无边无际。她茫茫然,而又陶陶然地站着。她寥廓的四周里像是隐伏了成千上万个天机,它们看见了她,她却看不见它们,它们在她的周围,甚至在她的身体内,自由地穿行,犹如空气一般。空气里充满了机密,机密充满了一整个大气层。空阔使她害怕起来,她身前身后全是诡秘的暗示,诡秘的暗示包围了她,她挣脱不去。她挣脱得凶了,却发现周围是一片恬淡,树影疏阔的苍穹在高高的顶上,脚下的落叶松软得可人,间或还有鸟的啁啾。她渐渐地仰起了身体,身体平平地被托起,托在了半空中。她的身体内似乎空洞了,空洞的身体变得极轻,如一片云,如一片棉絮。她的身体失了动力。她只有平平地被托起,她什么意识都没有了。一切意识都离她远去了。布了疏阔的树影的天穹,如一张网似的漫漫降落,永远降不到底,永远地降落。而她却被永远地托高,她平平地升起,向那网迎去,永远不可相遇。

这是一个心旷神怡的境界,她生平少有的境界,她平安了。

由了这一回《红楼梦》的援引,她读完了整部《红楼梦》。因这一回的指引,她从中看出了无数的象征,几乎每一个人,每一句话都被她视作象征与暗示,她几乎从中得了一部相命术的秘诀。由这一整部《红楼梦》的秘诀出发,她又从外公的床下找出了《莺莺传》《啼笑姻缘》等等一小堆旧书。这些书,全被她味同嚼蜡地读过,因她从中得不着一点命运的天机的暗示。那些书里没有一个谜语,可供揣测,一切都平白如话,一清二楚,没有一点奥秘,引不起她的兴趣了。她草草读过就扔在一边,由外公颤颤巍巍地拾起,撕碎,引炉子烧了。他想不起来这些书是什么时候,又是谁塞在铜床底下的了,一床底下的乱七八糟的东西,他都记不得来龙去脉了,他压根儿都忘在脑后了。如不是大外孙女儿从床下找出这些书来,他是再想不起来的。那发黄发脆的书页被火舌舔得卷了起来,然后黑了,然后就碎了,风一吹,便飞飞扬扬撒了满天。看完了床底下这一堆书,末了,她手里依然只有八十回的《红楼梦》,因她知道,那后四十回是另一个人所续,她便再无法将它们视为同一个《红楼梦》,那是另一个其他的故事了。而那没有结局的《红楼梦》里的那股命运的不可知力量却越发的强烈。一切人物的命运全藏匿了,全失传了,全没了下落,全因着一个人的作古而全部地永远地作了古,全因了这一个人的中途而折而全部地中途而折。她以为这一切人的命运全缄默在了这一个叫作曹雪芹的人的不可知的头脑里,因是他将他们诞生出来便也只可由他将他们埋葬,这必须从一而终,任何人也无法替代这工作,任何人要中途替代这工作就只能造成谬误。人的归宿与人生而俱来,死与生在一起,决不可由一人设计了生,再由另一人设计死,这可不成儿戏了,生命可不是儿戏。上帝只有一个。她突然地成了一个唯心主义哲学家,在秋日最后一声蝉鸣戛然而止的时候,在白露时分第一阵凉风吹过的时候,她突然地成了一个唯心主义哲学家。她将远行了。

她不知道她将远行,只紧紧地囚住了八十回的《红楼梦》,直到她从哥哥那里得了一本李煜的词以后,才稍稍地将它放手。这本李后主的词是哥哥顺手从废品收购站门口拾回来的。他其实对书并无兴趣,只不过想英雄英雄。而他又无大的气概好去打家劫舍,充其量只能在临街的门口拾一本旧书。他拿了家来,到处乱扔着,最后很奇怪地到了几家合用的厕所里。她信手打开,正翻到一首"无言独上西楼,月如钩",寥寥数语,描出一幅清清净净的图画。这图画,正合了此时此地的她同样寂寥的心境,她便读了下去,不料下一句正是"寂寞梧桐深院锁清秋",梧桐本是无性无情之物,却用了寂寞,一旦用了寂寞,它便果真地寂寞起来,清秋本是无形无状,却要锁进院,而也果然锁进了一院清秋。这真正是妙不可言,而最最奇妙不过的,则是这一幅图画,分明是她曾经看过并身临其境的。分明是看过亲临过的图画,却又布满了她所不知不觉的埋伏,究竟埋伏着什么,是不可为她所知的。她从厕所将这本书取了出来。这是本无头无尾的书,她不知道这词人是个失了江山的很不合时宜的皇帝,也不知这长短句应称之为唐宋词,就如她不知曹雪芹是男是女,何年何月生人。无人告诉她这一切,直到她成年许久以后,她才渐渐明白,她才庆幸她与它们偶然地相遇,因这邂逅相遇她才不致在这一时期灵与肉的昏迷中彻底地沉沦,她才在这一时期灵与肉的昏睡里得了一线光明,她才得以自己将自己从这沉睡中唤醒并拯救。她到很久很久以后,才明白她极早地就遇到了最好的先生,她偶尔地无意地竟得了最好的教育,在这一个没有先生也没有教育的年代里,这遭遇可说是一桩极大的奇迹。她永远无法知道这本旧书的主人,不知他出于什么样的原委,将这么一本美丽的书放进了废品收购站。那主人永远地匿迹了.可她知道必有着这样一个人,这一个人不知是在天涯还是海角,那一页一页卷了边的书页,究竟是由着一双什么样的手揭开翻过。而她是多么奇怪的幸运者,得了这本书,这本书走了一条令人不可思议的路线,与她相遇了。这全是命运的安排。

又由于这一本无头无尾的旧诗的援引,她又以许多奇怪的机缘而读得了许多依然不明来历的旧诗。她竟获了一种神奇的本能,她本能地摒除了低劣的诗品的影响,而尽是汲取那些最好的东西。为她本能所吸引的东西里,往往都埋伏着命运的不可知的动机。她以她神灵指引的本能,能够领悟一切神秘的暗示,而又能透过迷障。将那暗示识破。她已经可将它们从头至尾地背下。她走路做事,都默默地合着那诗词的节律,有了那节律的伴奏,日复一日的生活才变得容易忍耐了。她惊奇这字与字的相连,竟会生出这等巨大的魔力,她惊奇这些相连着的字与字是如何邂逅相遇,那又是何等伟大而奇妙的邂逅,一旦相连便成了一桩无可置疑、无可置否的事实,一个真实的存在,犹如它们与生俱来就是这样连接。而此时此地再将一个个的字择出,那平凡的字竟也不平凡起来,分明是蕴含了无穷的意味。这简直是魔术了,是天地的魔术,自然的魔术,绝非人力所能达到。她在这些字所筑成的美丽的宫殿里穿行,流连忘返。她压根不明白这就是艺术,这就是文学,这就是诗。她压根儿不知道何为艺术,何为文学,何为诗。她只将它们视作魔术,视作奇迹,视作自然,视作梦。她不以为这是人工。曹雪芹与李煜这两个人在她看来,就好比是基督教徒心目中的耶稣与佛教徒心目中的释迦,确信有其人又确信无其人。而她也早已忘了她是如何得了这两本书,她觉得这是神灵所至之所赐。这两本书到得她的手中,就如她小小的生平里遭遇到的一切小小的故事那么自然,那么天意,那么不可更改,且却是幸运得多,也美丽得多。现在她逐渐地从一个宿命论者走向一个哲学家,又从一个哲学家,走向了一个文学家。当深秋里最后一片树叶落地,当初冬的太阳第一次照耀,她从一个哲学家,走向了一个文学家。

她爱上了书。她还不明白她爱上书,是由于书内有着许许多多与她相似或不相似的人的经验,可供她参照与比较她自己的,由于书中经过写与读这两重过滤之后呈现的世界可供她从这一个纷繁的可鄙的世界逃遁,还由于在她那一段寂寂的,茫茫的,无法行动却充满骚动的时期里,唯有书才能予她寄托一切心情,更由于在那一个世界如失了轴心的转盘一样乱转的时代里,书是成了宗教一样。她是如佛教徒爱释迦,基督徒爱耶稣那样地爱书,这其中一无人间之爱的成分。她早已灭了人间之爱了,而充满了神圣的敬仰。她在这一个无神的时代里,得了一个上帝,得了一个宗教。早晨,她睁开眼睛,她想,我可以看书了。晚上,她闭上眼睛,她想,我明天看书。她做着无休止的家务事时想着:我可看书了。她听着弟妹们无休止的争吵时想:我可看书。书成了疗救一切的神丹妙药,书成了解决一切的神机妙算。书是一把钥匙,可启开这世界上的一扇隐蔽的门,这门通向另一个世界,那一个与己无关又有关的世界。书又像是一个渡口,可将她从此岸渡到彼岸。彼岸是美丽的土地。

可是,她却极少书,何况她又那般挑剔,真正可渡她过岸的便只寥寥可数。还有些,今日可渡她,明日却封了渡口,永远地撂荒了。而那彼岸却像是越来越远去,越来越渺茫,被浩渺的天水越来越隐没了。她越来越难抵达。她不知道这岸是被她自己推远的,她也不知道这岸是每朝它过去一步,它便远去一步的,她更不知道,她是离彼岸越远,彼岸才越呈现了真相,这真相是——不可抵达。而她将远行了。

世界仍然在轰轰烈烈,"九大"开幕又闭幕,工人进了学校,学生则下了农村,锣鼓永远喧响,海关大钟时时刻刻唱着宏伟的小曲,游行的队伍总也过不完。她走在游行队伍里,为队伍拥着前进,她却好似是独行,她独行在壮阔的游行队伍里。她与这队伍只是偶然地同行,刹那间就要分手,她与这队伍的同行只是一霎。她完全不能明白她手里的标语旗与她嘴里呼出的口号的意义,即使这一时明白了,下一时则又不明白了。波澜壮阔的队伍拥挤在上海的窄窄的、曲曲弯弯的街道里,几乎阻滞似的涌流,好比过于高涨的热情涌在了上海人精致而小巧的胸怀里,几乎要膨胀地回流。再没比今日的上海人更失态的上海人了,再没比今日的上海人更失了计算的上海人了。黄浦江的水在倒流似的,太阳从西边升起而后东边落下。幽雅的花园洋房,肃穆的石库门弄堂,攀上落地窗的牵牛花下,伸出天井墙头的夹竹桃花和无花果边,布满了彤红的最高指示与拙劣的领袖画像,将一个最最多姿多彩的上海变成了一个奇异的大道场,里面走着失了计算与失了目标的上海人。培养了百年的上海人雍容的姿态在一幕忠字舞里全部销毁,磨练了百年的上海人电脑般的精明在一场夺权的混战中烟消云散,一座象征了上海平民新生的文化广场则在一场无名的大火中夷为平地。而今,上海人又将面临着一场大迁徙似的上山下乡运动,上海这一座东方巴黎,危在旦夕,濒临灭亡。幸而上海人早已麻木,只留下了一个明哲保身的遍天下中国人的头脑与上海人独有的随机应变的才能,尚可一日一日安然地度日。

她则像是从中得了奇妙的超生,因她皈依了宗教,她成了圣徒。她日日夜夜地手捧了一册不知来历的旧书,逃遁到极远的地方作了逍遥游。她的身体也很平安,很平安地长高长大,她渐渐有了大人的形状。而她依然是芦柴秆一样的干而消瘦,胸脯平坦,臀部也窄小。脸色依然是青黄着,尖尖的下颌,眼睛则因多了一层迷惘的神色而软化了那病态的犀利光芒,她究竟要比先前柔和了一些。而她是决计没有一切十六岁少女的天然的妩媚与姣好,她没有十六岁的年纪,她没有少女的时代,就如她没有儿童的时代一样。幸而她及时地逃遁到了另一个世界,否则,她这副形象便会大大地伤了她的自尊心,她在她同年龄的女孩面前,要大大地受挫而自卑得一生也难以恢复。因她的逃遁,她在这女孩最要美的时期里,竟不知美是什么,什么是美。她又大大地缺了课。命运自然会给她时机补课,然而却是大大地错了时光。她的干枯的辫子在她背脊上拖了很长,越往下便越细越干枯,她也不晓得剪短了修齐辫梢。她的前额因没有刘海的装饰,呈出了浅浅的抬头纹。她的衣领总是紧紧地扣着,不晓得敞开来露出里面的毛衣,再由毛衣领口翻出衬衣领子,她将毛衣与衬衣一并锁住了。她穿了母亲穿旧的裤子,也不知改一改横裆与直裆,裤腰在腰上由一根哥哥用断的皮带束起一堆裥子,犹如一条裙子。她以这样的装扮在弄堂里走进走出,在三五成群的十六岁的少女旁边,无人注意地来来去去,犹如树叶从花丛旁边滑过。十六岁的年龄是一个多事的年龄,而她却彻底地安稳了。教室里,男生女生们遥遥地交换眼神,各路眼神在教室上方纵横交错,她只漠然地坐着,望着窗外树枝上残留的枯叶。女生们神秘地交头接耳,互相传递着各自的秘密,这些秘密从她身边漠不相干地流过。她已是另一个世界里的人,她对这一个世界像是早已绝了兴趣,她这一股水在这一条大河中早已潜入河底,成了一股暗流。河是很深的河,将她与河面的风景远远隔离,无论河面上的旋涡是多么快乐地湍急着,她只是沉沉地静静地流动,朝着一个永远的目的地。

她携了这两本圣经般的旧书,随着学校下乡三秋。是这样一个仲秋季节,一整个上海可怕地盛传着战争的消息。再没有像上海这样一个地方对战争感到恐惧的了。自从"一·二八"吴淞口八百壮士弹尽枪折,为国捐躯,在风卷了大半个地球的世界大战之中,上海竟也成了"和平"的孤岛;大军解放上海,市区内既没炮轰也没巷战,那国际饭店,外白渡桥的枪声听起来犹如隔世的噩梦。和平的上海人最是见不得刀光剑影。宁可暗地里冷战,弄得元气大伤,也不情愿刀枪相见。而就在他们中学生过江到浦东三秋之后不久,满城的玻璃窗上都贴了米字条,是为了防止飞机轰炸时玻璃脆响以暴露目标,红小兵们还发了红缨枪,自然是为了肉搏所用,凡有花园的人家,必得挖一具防空洞。和平的上海立时草木皆兵,严阵以待。米字条分割了明媚的阳光,米字后面的阳光,简直有些类似纳粹的标记,世界疯狂到了这般地步,真好似末日即将来临。既是末日来临,便也是无处可遁,无人可逃,只有得过且过了。于是,上海人惊慌过几日之后,渐渐又安下心来,接着做起他们精致的生活,米字条后面的阳光逐渐柔媚起来,因了这米字的装饰竟还有些旖旎。然而,平地又兴起疏散人口的流言,那一批去了浦东三秋的小儿女们再也不得回来,还将陆续往浦东或沿京浦线疏散。家家户户都须做好立时走路的准备。这一回,上海人才真正地惊惶起来,即便是一个阳光都破碎了的上海,即便是一个濒临了末日的上海,也令人们恋恋不舍放弃。早已退化了脚力平息了雄心的上海人,早已灭了冒险心享着小康的上海人,只不过将上海这一个都市视作了他们世代耕作的田园,昔日漫走天涯的好汉们已经在此植下了他们的根须,他们的根须扎得越来越深,扩得越来越广,然后便盘根错节,连成大大的一片。上海早已成了一个水泥金属的大乡村,上海人早已成了西装革履的乡下人,他们将自己用钢筋的篱笆围起,代代相传。他们恋着家园,他们走遍天下都恋着上海,要他们离开上海,这才真正是敲响了世界的丧钟。这一刻,他们才真正地觉得世界末日到了。"世界"这一个概念于他们是太渺茫,太笼统,太不易捉摸,只有告诉他们:他们的上海就是世界(人家的则不是),他们才可真正懂得什么叫作世界。于是,这时候,世界的丧钟敲响了。

而仅仅隔了一条没有风浪的黄浦江,空气便陡然地和平宁静下来,收过秋的深褐色的土地安详地卧着,边缘结了薄冰的水塘映着遥远的天空,小羊咩咩地叫,卧槽的水牛哞哞地叫,包了头巾的老太太搓着永远搓不到头的棉纱线,那一个线锤滴溜溜地唱歌似的转,棉花秆在炉膛里噼噼啪啪地烧红,红红的火舌舔着漆黑的锅底,锅盖边缭绕着丝丝缕缕的白汽。队里的中学生读着隔天的报纸,听来好像另一个世纪里的消息。不远的地方有一座垃圾山,是一座铁砂与废品堆积的山脉,男生女生们每日必去那里周游,游到昏天黑地地回来,一个个只露出一口白牙,鬼似的进了灶间。曾有一日,游到最后,遗失了一名男生,于是,男生与女生一起去寻找。

这是一个月色溶溶的夜晚,她第一次登上这座垃圾山,这山竟也有些险峻,而且绵延起伏。月光照在山上,将山照得格外的黑又格外的亮。铁砂闪烁着,光在铁板上流泻着,流泻着光的铁板堆砌着。她远远地随着伙伴们,在崎岖的垃圾的山路上攀援。她渐渐地登上了峰顶,于是她便看见了山下宁静的田地与白色的江。那夜色里的大江陡地出现在她眼前,她几乎湿了眼眶。她心里梗起了一团柔软而坚韧的东西,从里向外袭击着她心的坚壳。她心的坚壳因这柔软而坚韧的袭击而渐渐脆弱,她无奈地觉着了软弱,她好比一个过度紧张了长久的人突然放松下来,便倒下了。她好比一个早已过了极限的机械的长跑者突然到达了休憩地而再支持不住了。她手脚软绵绵的,心跳十分微弱,她还有些骇怕,四下里漆黑闪亮的铁砂,铁石,铁板,铁圈,有一股狞厉的味道,这是一座狞厉的山。她吃力地迈动了脚步,循着伙伴们的声音去了。她走在垃圾山的山脊上,这是一道与山下大江平行的窄窄的山脊。她与白练似的江水平行,江那边有点点的灯光,如梦幻,又如海市蜃楼。这梦幻与海市蜃楼跟随她脚步的移动,她永远相隔了一条江的与它们同在。她极想向它们伸过手去,可她又极不善作此夸张的形状。她很想偎依着什么,却没什么可被偎依。她只是无所偎依地走在窄窄的山脊,与那海市蜃楼永远隔开了一条江。她看见了气流在星星点点的灯光间穿行,将灯光搅扰得忽明忽暗,她忽觉得她是走在了云间,她在云间孤独地踯行。脚下的漆黑的闪亮的狞厉的山地渐渐沉落,落成一道美丽的黑虹,江那边的点点灯光却渐渐接近,将她融进光明之中。她心里复又起来那团柔软而坚韧的袭击,那袭击渐渐地锻炼着她的心,使她的心壳坚韧起来。她的呼吸平稳了,心跳也正常了,她越走越自如,越走越轻松,月亮就在她的身后,她感觉得到她身后月光沁凉的照耀。姣美的月光越过她小小的丑陋的身躯,照耀着她前行的道路。雾气从脚底升起,从金属的山石缝间漆黑地冉冉地升起,她穿了搭襻布鞋的脚被雾气湿漉漉地掩埋了。同学们的声音早已远去,她也早已忘了此行的目的,她不知道她是怎么来到了这里,这里又是什么地方。她感觉到黑漆漆湿漉漉的雾气从她脚下金属的闪亮的石缝间冉冉地升起,将她包围。可是月光渗透了这包围,将她照亮。月光从她的肩上和顶上越过去照耀着她雾气蒙蒙的前行的道路。那道路缓缓地倾斜,斜过一道垃圾的山峦,山峦将大江隔离了,也将对岸的灯光隔离了,只留了一盏小小的灯,停在它的峦顶。

当她回到宿地的时候,同学们早已在了灶屋里,灶屋的板凳和柴草堆上,坐满了男生和女生。那名失踪的男生早已回到了宿地,他原来是去江边码头周游了一遭,他去江边码头周游一遭却遇到了几个从浦西过来的人,从浦西过来的人告诉他一些上海的消息。上海正在备战,形势极紧,夜间进出都需路条,已连夜地往外疏散人口。这一次战争将是原子战争与游击战的结合。老师们与工宣队师傅们正在大队部召开紧急会议,传达关于战备的指示。陡起的风从门缝窗缝里灌进,吹得一盏电灯来回地摇晃。这是从内蒙古吹来的北风,今年的第一次寒流就在这个夜晚过来了。只一瞬的工夫,月亮进了云层,乌云如一万匹野马,在空中奔腾,直向大地奔来。风在哀鸣,如一万只离队的孤雁在哀鸣,几乎地动山摇。

"起风了。"一个男生说道。

"寒流南下了。"另一个女生说道。

"冷啊！"房东老太一个瞌睡醒了，拾起落在地上的线锤，进了东厢房去睡了。

"寒流南下了，还不能回家。"一个女生忧郁地说。

"不晓得上海怎么样了。"大家说道。

大家不再做声，想着一江之隔的上海，想着那谙熟谙熟的上海的外滩，海关大钟，二十四层的国际饭店，牵牛花满墙的院落，高大森严的石库门洞，吱嘎作响的木楼梯，瞭望着一大片屋脊的老虎天窗……他们从小出生并成长的上海，此时此刻是格外的亲切美好。那墙洞里"矍矍"的蟋蟀叫声，那后弄里石粉划的重重叠叠的"造房子"的方格，那路灯下的小小的乘凉的一领草席，那旱冰鞋摩擦水泥地刺耳的尖啸……这于他们亲切的上海，此时此刻却格外的遥远而生疏。他们默默着坐在摇曳的灯光下，听着门外风的哀鸣，那哀鸣是贴地而起，世界的每一个角落都充满了这轰鸣。吊了孤零零一盏电灯的梁上，是幽深黑暗的房顶，如一个三角形的苍穹，低低地笼罩着这群离家的孩子。

孩子们却不知道，这其实是一个离家远行的前夜，这其实是一支序曲，在这之后，是几年，几十年离家远行，几年，几十年离家的歌哭，几年，几十年，甚至几百年的离家的哀乐与衰荣。

孩子们不知道，他们不知道他们为什么那么压抑，那么隐隐地悲哀和恐惧，他们不知道这是因为，他们要离家，要离家了。他们不知道风为什么是这样贴地而起，如一亿只掉队的孤雁在哀号，他们不知道这是因为，他们要远行，要远行了。他们什么都不知道的，紧紧地围坐在一起，谁也不愿回屋去睡，固执地守卫着一个不安宁的夜晚，久久不愿意散去。

第三卷 金刚嘴

第十五章

　　从前,这地方是山清水秀,风调雨顺,人丁兴旺,五谷丰登。后来,从东边很远很远的上海,来了一个风水先生。风水先生登上龙山,四下里一望,顿时大惊失色,他目瞪口呆地立了良久,日落之后才踉跄着下山,一路上慌慌张张留了一句话:若要平安,必在龙山头立一座塔,龙山尾打一口井。乡党们一商议,动了土木,一头造塔,一头打井。塔修到中路,井打到半腰,地方上却闹了一场不大不小的饥荒,连粮草都成了问题,只得草草收尾。塔是座半截塔,井是口枯井。那场饥荒虽不大不小,影响却极悠远。从此,地方竟一蹶不振。山平了,水浅了,风不调,雨不顺,一年收,一年欠,一日一日地有些荒凉,往昔的热闹繁荣渐成旧事,虽然还不致挨饿受冻,日子却平庸了许多。很多日子以后,人们才逐渐醒悟,那上海来的风水先生定是眼红此方岁月,才想了法子将风水镇下。一座塔与一眼井,可不就是给座龙山扎了两枚钉子!此地本是倚仗了龙山的威势才兴旺发达,那风水先生用心何其恶毒!幸而塔与井均中途而废,否则,只怕是连普通的生计也难维持。那风水先生所来自的东边的上海,究竟是个什么地方,乡党们无人知晓,无人去过那里,也无人从那里来,只以为是东海边上一个黄金岛屿。由此而恨恨的,似乎此地的精气全被那风水先生带去滋养了上海。

从来没见过的上海,是此地人的一个稔熟的话题。而没有一个上海人,会知道世界上有这样一个地方。

龙山早已成了一道缓缓的坡地,失了早年传说中的威风。枯井已被填满,堆成小小一丘碎石,塔也已推平,连遗址也难确定了。传说中龙山下的一泓清水,只残余了几眼混沌的无名的水塘,洗衣服、淘粮食、刷盆洗碗,全在此处。塘虽不深,却也不干,终年是绿绿黄黄的浑水,透露着龙山尚存的一丝生息。而龙山的威名却是再灭不下了,此乡便叫作龙山公社,近塔的那一庄,因大姓是张,便叫作张塔,靠井的那一庄,则叫冯井。张塔与冯井之间,正是龙山中段,传说驻着一金刚,那九百多人口的大庄叫作金刚嘴。

金刚嘴如今叫作金刚大队,有着九个生产小队,千把亩旱地,种的一季小麦,一季黄豆,间着再点些大小秫秫,拢数百行红薯趟子。那小麦与黄豆似乎专为了上缴公粮的,而秫秫和红薯则作了长年的口粮。各人还有着一二分自留地,可在家后补些好粮食,家前栽些瓜豆。院里种一棵枣树,圈里喂一口肉猪,再有几只鸡啄啄野食生生家蛋,只要会苦,日子便很苦得下去了。

九个生产队,正中间的那一个五队里,有一个男孩,小名叫作拽子。他小小的时候就死了大,娘一个人拉扯他,拉扯不动,是可着力气拽大。拽子十四岁那年,娘的正心窝里,长了个恶果,堵得心痛,痛起来就没命地吼,吼到夜半便没了人声。队里四个棒劳力扛了一架凉床子,披星戴月三十里,进得街上天已微明。到了医院,却不再吼了,还要回家。再顶了日头三十里往家走。一路上,她静静的,睁了眼睛看天。进了庄口,到了他娘俩那间快趴到地底下的小茅屋跟前,拽子开了锁,将凉床原地搁下,娘说道:"回家了。"一口长气吐尽,闭了眼睛。后事办完,庄上几位长老为孩子谋划。谋来划去,只有一条道,便是娶亲。大队书记心里想到了还有一条道,就是当兵。征兵的已在街上住了店,立马就开张招人,可他又想着自己那大儿年前就中学毕业在了家里,便把话咽了下去。咽下了,心里难免多了个事儿,就催着家里的赶紧去说亲。书记家里的娘家在东边枣林子,才二十里地,却隔了个县界。她换了身整衣裳,借了双胶鞋,起早去了。叫水洗过了的胶鞋又黑又亮又体面。此庄女人谁要有了双胶鞋便很豪华也很光荣了。书记的女人还没有胶鞋。春上,书记说割了麦就置,秋天,书记则说割了黄豆就置。麦子和黄豆割了几茬,书记的女人还没有胶鞋。书记是抗美援朝的兵,急着回来娶媳妇,丢了提升的机会,如今且有些后悔,可是儿子已到了当兵的年纪了。

　　书记的女人穿了一身整衣裳,穿了借来的鞋,迎了太阳,朝娘家枣林子走。手里挎了大巴斗,巴斗里装了小麦面馍,回来的时候便装了枣。枣林子的枣很不寻常,脆得像梨,甜得像冰糖。她赶着西下的太阳回来了,走到庄后的塘跟前,穿了胶鞋的脚替换着涮了涮,蒙了灰土的胶鞋重又乌黑漆亮起来,崭新的一般。书记的女人想:割了豆子一定要置一双,然后就快快地走进了庄。庄里的烟囱突地升起烟来,所有的烟囱都在这一刹那喷出白柱般的烟,好像在迎接凯旋的书记的女人。女人走到井沿上,见书记正打水,便也上了井沿。书记问道:"咋了?"她回道:"走家再说。"书记便将扁担撂了给她,说了声:"还有个会。"转身下了井沿。他说的有"会",并不一定是开会,只不过有一桩或要紧或不要紧的公事罢了,说成"会"自然就严重了很多。书记将自己的职责看得很严重,活动起来也颇有紧张的气氛,那是从军队里带来的传统。女人自己担了一挑水,悠着往家走,走得极小心,生怕歪了脚下的鞋,鞋是借来的。借的是四队的小马,金刚嘴顶顶俊俏的媳妇,一过门就说金刚嘴没个像样的姊妹。她男人在公社站上开拖拉机,逢星期天就穿了工作服回家,种自留地。小马从不下地,她的脸很白,很嫩,出门要戴草帽,草帽檐还搭了块手巾,轻轻的一摆一摆。

吃过饭后,书记才开完了会回来,喝着稀饭听女人作汇报。女人说,枣林子有个小闺女,叫个小辫子,也是没大没娘,跟了哥嫂过活,今年十六岁,和拽子很合适。书记听了觉得很好,吃完饭又出去找人开会,当晚就将此事定妥了。割罢了黄豆,十四岁的小拽子就娶进了十六岁的小辫子。

拽子还不懂得怎么做男人,可他凭着聪明好学,照了左邻右舍的男人们做样本,就把个男人做将起来。大早出了早工回来,他再不到灶膛里摸温罐,而是蹲在门前,等着媳妇儿将温罐里的水倒在盆里,端给他洗,洗完了也不泼水,等媳妇儿摆好了稀饭,芋干面馍,叫他吃饭。倘若吃得不顺,他便骂骂咧咧的,还学了摔碗。第一回摔,没摔好,碗落了地,碎成了八瓣。那是娘手里端过的碗。碎了很心疼。后来慢慢地就练好了,碗在案板上原地打转,就是不掉地,很好。他还学着抽烟,用了烟锅儿在媳妇儿缝的荷包里使着劲儿掏,掏,好像要掏出个金娃娃似的。傍晚收了工回家,他则和所有的男人一样去担水,扁担在肩上结结实实地颤悠,水哗哗地进了水缸,他便去串门了。他去串大老爷们家的门。昔日的偷瓜摸枣的小玩伴们,他再不作理睬,犹如跨越了一个时代,一夜之间作了两代人。他坐在人家门里的板凳上,用烟锅儿在烟荷包里掏金娃娃,等着媳妇儿叫他吃饭,好骂媳妇儿叫早了,或是叫晚了,骂过了才站起身,不情愿地走家去。用一只鸡爪般的手托了碗底,转了圈喝碗里的稀饭,筷子专留着挟臭豆子吃。白日里的一切事项完毕之后,上了床去,他的自信便一下子垮了。

他凭了最初的一股子雄心壮志,将他女人胡乱一把搂住。然而,一接触到女人那柔软温暖的肉身,他的勇敢便一下子退了。他胆怯到了嫌恶的地步,他浑身如打摆子一般战栗着。开始,他还咬咬牙挺着,一双手上上下下没有目的地胡乱活动,他几乎是被迫地动着。他必须这样动着,这样动着,是他不可推卸的责任,他必要去完成。而他真正是害怕极了,他几乎要惊叫起来,那一具肉身于他贴近得可怕,怀了一股威逼与胁迫的意味;又于他遥远得虚渺,他几度恍惚,不明白这是什么,这将要对他做什么,他又须对它做什么。而那肉身是固执的沉默,不对他作出一点点启迪,对他的乱无章法的动作也不作出半点回应。于是,便更具有了一股神秘而凶恶的威慑力量。他的意志终于崩溃,从那具沉默的肉身上滚落下来,蜷在床的一角瑟缩着。屋里是漆黑一团,黑暗沉甸甸地包裹着他,他蜷在窗洞下的一角,真正还原了一个十四岁男孩的形状。窗洞里塞着麦穰,麦穰里透进几丝丝月光,那月光穿不透浓厚的黑暗,断断续续地渗漏,肉眼无法看见那光,他只感觉到了那光。那光是沁凉的,落在他流着热汗的身躯上。他觉得孤单得可怕,他从未这样孤单过,即使是母亲刚刚去世的那几日里,他失了保护、失了依傍的一夜一夜哭着。而如今,失了保护的他却又多了一种威胁,他再没了安全。他一无安全地缩在黑暗的角落里,战栗着慢慢睡去,直到鸡叫。然后,不远的场上便传来当当的出早工的钟声。他揉着酸涩的眼睛,拖了酸涩的身体,走出门去。天边已经白了,地平线微红着,渐渐地灿烂起来,然后,半个天空都绚丽了。五色的云霞如在欢歌乐舞,太阳喷薄而出。就在太阳跃出地平线的那一瞬间,屋顶上升起了炊烟。小孩哭了,狗吠了,女人骂了,汉子笑了,马车辘辘辘辘滚过了村道。露水干了,蚂蚱跳进了草棵,雀子醒了,秋秋睡了。他伸展着胳膊,可数的肋骨一根一根在咯吱咯吱地叫,力气重又回到了他的身上,精神重又回到了他的身上,信心也重又回到了他的身上。他将小袄披在肩上,双手背在身后,端了一把锹,一步一摇地走在村道上,重又装扮起一个当家的男人。然后,一旦日薄西山,夜幕降临,他与他的女人,上了那一只靠了山墙,铺了麦穰,麦穰上再铺了线毯的床上,他的做一个男人的勇气和信心,便又消失殆尽。其实,这恰正是他临了真正考验的时刻,这是真正的考验。做不得一点儿假,无法虚张声势,要凭真刀真枪的时刻,逢到这时刻,他便无可奈何地卸下了伪装,还原了十四岁孩子的发育很不良的形状。

  其实,他小小的时候,就得了这项教育。公鸡伏在母鸡背上,久久不动,如魂魄离身;交尾的狗,生死不离的团团地跳;阉猪时撕心裂肺地哀嚎;牛房里生产时地动山摇的低吟。这一切于他,犹如草木枯荣,日月起落,塘水融冻,冬寒夏暖一样的自然,一样的平常,一无隐讳,一无神秘。那小犊血淋淋地伸出一条腿,再伸出另一条腿,然后探出脑袋,于他自然得犹如本性。他不会像城里孩子那样的带了一种矫饰的愚蠢地发问:"孩子从哪里来?"他见过鱼在塘里撒种的壮观情景,尾巴一扫,顿时云水翻腾,上千上万的种子漫水布开,那终年混沌的塘水在这一瞬里神奇的清澄起来。生命的发生与灭亡,于他是再明白不过的事情,再合情合理的事情,无须有一点怀疑和争辩。在他极小的时候,有一次,他对孙大家的小蚊子说:"咱俩来拔秧子。"正叫她大听见,照脸一个巴掌,将他扇到了台子下,鼻子嘴里全淌出了血。孙大不会知道,这一个巴掌竟是彻底地改变了这男孩的世界观,改变了这男孩最初级的也最高级的对世界的认识。连男孩自己也不会知道,他的可能延续一生的,指导一生的世界观在这一个巴掌之下是如何大大地受了挫折。当他血糊糊,泪汪汪地从台子下爬起来,那世界在泪水与血水的蒙蔽下全改了模样与颜色,忽然地模糊了起来,他竟再也不认识了,他竟再也不敢说认识了。以往自然如本性的一切,皆蒙了谬误的遮蔽。他惶惑不安,又极度地害怕。他知是闯了大祸,便不敢回家。幸而是一个温暖的夏天,他在场上麦穰堆里藏了一夜,听见场上牛房里沉闷的牛叫,还有母亲远远近近的吆喝,心里充满了悲哀。等到第二天一早,他再耐不住饥饿,窜了回去。娘竟没有责打他,只让他喝稀饭。稀饭是芋干子掺了秫秫面,稠稠的,一喝一个坑。他一喝一个坑地喝着稀饭,不敢看娘的脸,只当娘是什么都知道,不料娘竟是什么都不知道。然后,出得门去,孙大正从门前走,与他身后的娘招呼:"吃过了吗?"娘便回答:"吃过了。"两人态度都很平常,没有一点异样,可他却总觉着隐了一个什么阴谋。后来,太阳升起了,小蚊子还过来与他说话,招呼他下湖割猪草。他不敢去,娘却叫他去,他只好去了。就像什么都没发生过一样,他们合了一群孩子,背了草箕子,草箕子里搁了磨不利的镰刀,一起下湖去了。下湖去的道儿叫太阳晒得暖脚心,小孩儿们你撵我,我追你,有几个打了起来,还哭了起来。他很快就加入了进去,却总有些异样,好像是换了个人似的,他不再是原先那个他了,可他浑然不觉,他以为一切都过去了,没事了,他自己便也将那事渐渐忘了。他渐渐忘了那事地继续做一个男孩。

假如他有足够的时间长大成人,有足够的时间强壮起来,那么他还是有力量对付一个女人的,他还足以有信心迎接这一个考验。可是母亲猝然去世,庄上长辈们的断然决定,将他的时间大大缩短,将这场考验大大提前了。他来不及长大,来不及强壮,就被推上了这一个战场,他是窘迫极了,害怕极了。

白日里柔顺的女人,到了黑夜便成了巨大的障碍,成了恶魔,无论他如何努力,都克服不了对她的恐惧。她那一具肉身,就如陷阱一样的柔软而又阴险。他的手在上面好比是在沙漠艰苦的跋涉。他本还是目的明确,而一进入那沙漠,他立刻便迷失了。他彻底地迷失了方向,他茫茫然伫立着,不知何去何从。而女人的肉身如沙漠一样沉寂没有一点回声,不给他一点点提示,那沉寂里似乎还含了一丝轻蔑与憎恨。他被这隐隐的轻蔑与憎恨所激怒,更觉自卑,更觉无法越过这障碍。他一无越过的指望,他几乎永远地消除不了对那肉身的因恐惧而起的嫌恶了。黑夜里的恐惧到了白日,则转变为强烈的怨恨。他恨他的女人,他以为她白日里对他的顺从,全是对他的轻蔑,对他的藐视,对他的嘲弄,是看不起他,讥笑他,耍他!他开始反抗了,他只有在白日里才有反抗的勇敢,到了夜里,那具女人的肉身,自己便可将他击溃,他是不战自溃的。于是他在白日里反抗,他骂她,她百般如何也侍候不了他了。他渐渐地开始打她,扇她的嘴巴,踹她的窝心脚,撕她的头发,捶她的肩和背。像一个真正的老爷们揍一个真正的老娘们。女人生就个肉头性子,大约也是从小没父没母,跟了哥嫂练就的这副又闷又犟的脾气,再打也不叫,也不哭,也没娘家可跑,只死死挺着。他便觉着更受了鄙夷,更加愤怒。他们这一对小小的夫妻,在做爱做不成功之前先做了恨家,做了仇人。他们永远也亲热不起来了,他们是开头就没有开好,开头就错了,于是便只得一路错下去了。

书记的初中毕业的大儿子,早已穿了军装,吃了半年的官粮,还寄来了照片,站在一片不见边的水旁,威武地挺胸,比走时长了二指高。用津贴费攒了,给娘买了双胶鞋寄了回来,他娘再不用借那俊俏的小马的胶鞋了。

俊俏的小马带了孩子,上拖拉机站里住了一月,回来时脸又捂得更白了些,棉袄外罩了她男人的工作服,学生似的。长了好些见识,还在公社交了个朋友——她很豪爽地说,男人似的。那朋友还是上海的,一个上海卫校的女学生,分在了公社医院做护士。她与小马说了好些上海的故事,小马便一桩一桩说了给金刚嘴的姊妹听。上海的楼,一二十层是常有的事,吃饭似的平常。上海的巷道叫弄堂。上海人顿顿吃干饭和炒菜。上海的小姊妹,最少各人也有二三件线衣,小姊妹们听得出神,听过了就十分向往那上海女学生,叫小顾的。有机灵的姊妹说,下回赶龙山集,特特地去一次公社医院,可不就能见到。小马听了却不高兴似的,说就是特特去了也不一定能遇见,小顾也许回上海了呢!她不愿意大家都见着小顾,小顾就像是她小马的私有财产。小顾就像是小马的宝贝似的,她藏得严严的,却又不时地拿出来显摆,说道:"他回站上去,我让他给小顾捎了一包枣子。"他就是她的男人,那枣子是装在比烟荷包大一点的纱布袋里带走的。人要说:"这么几颗枣子,不够填小猫肚的。"她便立刻来了精神,抖抖地说道:"人家吃饭都用酒盅样的碗,这枣子够她撑的了。"她又让人看小顾送她的有机玻璃扣子,小小的,白白的,一粒一粒的。小顾教了她,把她男人站上发的纱手套拆了织线衣,她便成日成夜不停地拆、洗、漂、染,做成五色的纱线,一件一件地织衣服,用的竹针子,也是小顾借给她的。有时,她同了姊妹媳妇们一路去赶集,走到医院门口,就说,我去小顾那里,你们自己走吧!倘若有人提出要同她一起去,她便一脸为难的样子,说,人家小顾又不认识你,我先与她说说,还是下回再去吧。人们只得悻悻地走了,下一回的日子是永远不会到来。她苦心经营,将小顾保管得极好,至今也没有谁说见过小顾的。

  这年的夏天很不妙,湖里雨水淹了黄豆,荞麦也赶不上种,到了秋后,缴不上公粮,还得吃返销。返销粮很不多,都想留作开春做活儿时吃。冬天的大雪一下,什么事也做不了,平白地吃粮,很亏心。于是,家家户户便都串连着,上东边或南边要饭。各家的女人带了孩子走了,剩下大老爷们,还有说好了婆家的姊妹们,守了个雪白的庄子。雪盖在树枝上、屋顶上、井沿上、墙头上,远远看去,粉雕玉琢,简直像一个童话的世界。可惜拽子从没见过一部童话,更不知童话为何物。拽子的女人也要出门讨饭了,拽子给女人打一张上蚌埠船票的钱,很放心地由她去闯荡了。女人挟了一只扁扁的包袱,还有一只碗一条口袋,包袱里放了两件贴身裤褂,换洗用的,碗是盛稀饭用的,口袋是装馍馍用的。照规矩说,要半个冬天,不仅能糊住一张嘴,还能带回来一袋半袋的馍馍。女人身上穿的是棉袄棉裤,蒙了件灯草绒褂子,黑的,做姑娘时嫂嫂穿剩了给的,已经摞了一叠子的补疤。脚上穿的是自家做的棉鞋,却是半新不旧。此外,肩上还挂了一双毛窝,里头塞了麦穰子,不走路时最暖脚了,赛过个烫壶。她给拽子蒸了一锅芋干面贴饼子,自己捡了两个用手绢包好塞在灯草绒裤子的口袋里,然后就走了。走到门前,又停了下来,转过脸瞅了瞅,忽然有些不舍起来。在她将要告别出门时这一刹那,这小屋忽然地温暖起来。那张靠在山墙下的红漆床,平平整整的,宽宽大大的,不知要过多少个夜晚才能再回到那上面睡觉。在那上面的每一个夜晚,忽然有了些纪念。其实,她才是个顶顶苦的苦孩子,跟了哥嫂过日子,不算有个家,她踏进这小屋的门时依然不觉得有个家,她起小小的时候就不知道什么才叫作个家,而当她这会儿要踏出这屋子的时候,忽然地明白了,什么是家。这,就是家。在这家里,她尽是干活,干了还不讨好,要挨这瘦猴样的男孩的打和骂,连那早已忘了模样的大和娘也要牵连着挨这瘦猴般的男孩骂。她也没尝到做媳妇的滋味,至今她也不知道做媳妇儿是什么滋味,她夜夜叫他闹得不安宁,却依然尝不到滋味。可是,这就是她的家。她手抄在袖口里,将包袱口袋抱紧在胸前,缩着脖子一步一步走了。

　　拽子站在门前,两只穿了单球鞋的脚插在雪地里。他望着自己的媳妇儿一步一步远去,望着自己媳妇儿那件摞满了补疤的黑灯草绒裤子在雪地上成了一点黑,眼窝湿了,落下一串泪珠。媳妇儿走了,没有媳妇儿的小屋是多么凄惨。他一个人慢慢地退回屋,将门顶了风推上,背靠了门坐倒在地上,木木地坐了好大一会儿。现在,只剩了他一个人了,他一个人呆在这小屋里了。就像娘刚走的那会儿,不过,娘刚走的那会儿,这屋子要比这会儿热闹得多。娘虽不在了,可哪处又都有娘的影子。床上有娘铺的麦穰子,娘缝的被子;锅台上,有娘成日价摸的锅碗瓢勺;缸里,是娘切的晒的收的芋干片;笸斗里,是娘牵了叫驴推的秫秫面;鞋,是娘纳的盘龙底;褂子,是娘走的细针长线,哪儿都有娘。而如今,娘没了,娘的影子也没了,叫另一个女人给撑出去了,另一个女人将娘撑出去,自己扎下了地盘。床上的麦穰子,是她铺的;被子,是她纫的;芋干片,是她切的,晒的,收的;秫秫面,是她牵了叫驴推的。她自己扎下了地盘,这会儿,又走了,这会儿,这屋里是只剩了他一个人了。他在地上坐凉了,慢慢地就爬上床去,拉开了被窝,埋住两只冻僵了的脚。被窝里少却了一个人的体温,竟是清冷了许多,因没了女人柔软的肉身,那床铺也是挺硬的。他心里凄凄惋惋的,他凄凄惋惋地坐在半截被窝里,被窝渐渐被他的体温暖热,又反过去温暖他的身体,血液渐渐流通起来。身上很暖和地揣了一怀凄凄惋惋的心情,他竟有些快乐起来。他快乐地有些啜泣,啜泣着想他的媳妇儿。

　　他壮了胆子想他的媳妇儿,他想得十分勇敢,他在想象中是前所无敌的驰骋疆场,竟快乐得战栗了起来。事情忽然变得浅显易懂,一无深奥之处。他后悔错过了机会,浪费了那么多的夜晚。现在是悔也悔不回来,只有耐心地等待。他开始等他的媳妇儿,等她回来。他等不及了,第一日就没了尽头,以后的日子更漫长得可怕了,他不由绝望起来,绝望得十分悲哀。苍白的日头慢慢地移过雪地,只短短的一个白昼,他已经历了甜酸苦辣,尝遍了十种滋味。他在这一个孤独的雪天里,成熟了一截,还将继续成熟。媳妇儿的撤离,于他像是排除了成长的障碍,他开始迅速地成长,以赶在媳妇儿归来的日子里,与她会合。这一日,他没有下床,没烧锅煮些稀饭,就将媳妇儿为他贴的饼子,啃了两块,蜷在被子里一个人睡了。

在他睡了的时候,媳妇儿正睡在五十里外的冯井的地方,场上的牛房里,和着同路的几个媳妇儿,凑着一床薄被,挤成了一团。她怀念着男人在她身上暧昧而犹豫的摸索,那摸索是怯生生,茫茫然。她心里其实是一面明镜,那没有自信,没有目的的摸索,其实早已将她唤醒。女孩本就比男孩早熟,她又原比她男人年长两岁,她的觉悟本已在了边缘,只需小小的点拨便可开蒙。他的胡乱的,没有章法的摸索早已触动了那一个隐秘的机关,将她启开。她夜夜地在等待,在企盼他的进入。而他开了门却还不知门在哪里,在门口徘徊,又早早地失了耐心,早早地失了勇敢,弃甲逃遁,留下她徒然地等待。她唯有等待,除了等待,她还能做什么?她什么也不能做。她是女孩,她是女人,她由她的本能判断,女人只能等待,除了等待,什么也不能做。她又是要强要过了头的女孩,越是期望的东西,她越是作出不屑的姿态。因此,她不愿对他召唤,她甚至不愿给他一点点暗示,她只是固执地沉默,由着他的手无望地滑了过去。这会儿,和这些儿媳妇们挤在一起,胳膊与腿交叉压着,薄被里充满了浑浊的鼻息,她竟有些软弱,软弱地后悔起来,后悔她本可以牵了他的手,引他走入。可她错过了机会,浪费了许多的夜晚。风在屋外场上呼呼地刮过,牛哞哞地叫,睡在那头的喂牛的大爷"呼噜噜"地打着怪异的鼾声,第一个夜晚就如此漫长,以后的日子便更加没了尽头。她也绝望起来,她的绝望并不使她苦闷,却让她温温存存地想他,想得鼻酸。这时候,她才开始落泪。

她和他,几乎是在同一个时刻里冻醒了。这是一个干冷干冷的天,雪停了,风息了,还出了太阳,可是耳朵如刀割似的疼,疼到后来不疼了,却没有了似的。她们分头要了些热稀饭,吃了使又上了路。一路走,一路还拾了些干树枝,夜里好点起火烧些热水。太阳高高地照耀着雪地,雪地反射出炫目的光芒,她们在阳光与雪光交汇的地方行走,她们几乎被光芒融化。她们清朗的笑声却传得很远,在这早晨的时刻,她们忽然都想起了许多好笑的事情,争相说了起来,说着说着便追逐着扑打起来。有调皮的小小的媳妇儿率先从地上抓起雪团扔过去,于是,一场雪仗便开始了。纷纷扬扬的雪粉在阳光里闪亮,如同撒了满天的银子。她们的笑声在雪地里弹跳着四下里远去,好像一群活泼的没有危险的兔子。丰厚的雪地被她们踏出一串温柔的雪窝,每一个雪窝都聚了一汪晶亮的阳光。路上没有一个人,除了她们。路旁不远处有一小片杂树林,有一匹马驹子在溜达,矫健的马腿腾空在雪地上,"得啦啦啦"地撒欢。她们中间有人,依稀听见了轮船的汽笛,然后她们便做着逃票的计划,再做着到了蚌埠的计划。过了蚌埠,那淮河南边的地场是要富裕得多了。那是她们世世代代逃荒的路线。虽然她们中间有些人是头一回走这道路,可这道路于她们却很不陌生。她们一踏上这路便认识了这路,她们不用问便知该如何一步一步走下去。那轮船的汽笛也叫她们感到稔熟,似乎在梦中曾听见过。当她们全都确确实实听见了那汽笛声时,不由都激动起来。她们终于又踏上了布满她们祖祖辈辈足迹的旅途,这前途未卜的旅途上,因有了她们祖祖辈辈的足迹,便有了保护,她们不必惧怕什么,不必顾虑什么,她们只需一步一步往前走,每一步土地上都有着她们父辈们凄凉而温暖的佑护。她们看见了淮河,淮河上游走着一艘小小的轮船,突突地冒着黑烟,拉着汽笛,它走进了阳光的焦点里,被炫目的阳光融化,只有汽笛在悠长地回荡。她们不由撒开了脚步朝着江边那小小的简陋的码头奔去。而当她们向着江边小小的简陋的码头奔去的时候,她们全都不约而同地回身望了望她们走过的道路。她们走过的道路上,有着一串没有尽头的阳光的旋涡,好像是撒了一路的银币。轮船已经靠岸,她们不由得挤作了一团,看着从窄窄的跳板上走下沓沓的人群,她们忽有些胆怯,可是没有退路了。

在她们上船的这一时刻,他也已经下了床,袖着手,腰里别了杆烟袋,上人家串门去了。阳光照着雪宫般的庄子,庄子后边远处的龙山,真成了一条银色的龙,起起伏伏横贯了一个世界。他脚拖了两只毛窝,毛窝里是新填的麦穰,麦穰裹着他的两只龟裂了的脚丫子。他拖了毛窝一步一步走下台子,遇人便问:"吃过了吗?"或是说一句:"清冷。"然后很沉着地擤一下鼻子。经过这一个单独的思想的夜晚,他好像更成熟了一些,也有了自信。他很自信地下了台子,在拼了碎石的村道上走,一边慢慢地从袖口里抽出手来,拔下烟袋,解开来,将烟锅伸进了烟荷包,若有其事地掏着,一边掏一边慢慢地走。家家的门都半敞着,却空空洞洞,看不见了人影。他不知该去谁家合适。最后,他朝南拐了一下,去了场上的牛房。牛房里果然热闹,顺墙根蹲了一溜儿大老爷们,正听个北边过来要饭的说话。他那地方与此地隔了个省界,正打仗哩,连枪和炮都端了出来,常常有城里的伤员往乡里过。那人是个会说会道的角色,眉飞色舞,连说带比画,满够一台戏的。他说的最带劲也令人最不忍睹的情景是各方惩治俘虏,每一种极刑都为他细细地描写一番,沿了墙的听众里便不时冒出一声低沉而颤抖的诅咒。喂牛的孙大正铡麦穰子,麦穰子在铡刀下齐崭崭地嚓嚓响着。牛在反刍,他在烟荷包里掏着金娃娃。他坐在门槛旁边,看得见场前面下湖的大路。那里的雪几乎没有人踩过,像一条凝冻的大河,正朝着南湖淌去。太阳晃晃地照着,天是蓝得碧透。忽然,在那路的尽头掀起一阵呼啸。他抖擞起来,伸直了身子,只见那里紧跟着跑过了一群孩子。他们在雪地里撒开了脚丫子奔跑,连滚带爬的,白雪如浪似的翻腾起来。他们身后拖了一张网,网里有什么在扑楞楞地活动。凭着他多年淘气的经验,他知道那里是麻雀。他们定是到了那个春季看麦秋季看豆的小茅屋,将网张在门上,门一推,屋里陡地一亮,麻雀们便没头没脑地扑向门来,然后将网一收,一网打尽,他是逮麻雀的一把好手,他不由得连筋都痒痒了。他将烟袋插弹弓似的往腰里一插,陡地站了起来,不料门槛却绊了他一下,他险些儿跌倒。这一跌倒把他跌醒了,他终于明白过来,那已是不属他的游戏了,他已与那个淘气的时代隔绝了,他得在这一个时代里继续扮演他的角色。他重又缓缓地坐下,从腰里抽出了烟袋,眼巴巴地望着那一个他已经退出的时代,踢了一路雪浪,欢欢腾腾从他面前过去了。那要饭的也该上路了,他背了一床薄被,提了一根打狗棍,和一条袋子,走出了场屋,斜着穿过场地,走了。平整的场地上被他踩出了一串脚印。望着脚印儿,他想着他的媳妇。他想着,他有一个媳妇儿,媳妇儿逃荒去了。心里忽觉得自豪起来。

他日日夜夜地培养着他的勇敢,在遐想中进行无数次的练习,等他觉得已到了炉火纯青的时候,时间已是大年底下,庄上出去的人已有回来的了。他的媳妇儿也该回来了。他的媳妇儿也在日日夜夜地练习着克服自己的倔强,一千一万遍地发誓要予他一点支持,当她已经将一切都想明白的时候,她们这一路人便正朝了家里一步一步地走了。还是来的那条道路,路上的雪都已化了,露出了褐色的湿润的泥土。她们都已觉疲惫,脚步失去了来时的轻松与活泼。这一趟路的来回,她们都好像陡然地成长了几岁,那些有趣的故事已渐渐在路上遗漏,她们清朗的笑声也低沉了许多。她们几乎是默不作声地勤勤恳恳地赶路,她们顾不得说笑打闹,只想着回家。那条路上父辈们层层叠叠的脚印上,又覆上了她们的,将那路踩得十分坚硬而又荒凉。她们日夜兼程,她们已经精疲力竭,她们想着她们那个小小的贫瘠的窝,她们要早早地回到那里,她们急需休憩与恢复。她们的脸和手脚早已皲开了无数条口子,她们男人粗糙的抚摸将会使它们弥合。她们脚下生风,她们日日夜夜地赶路,终于看见了她们日夜思念的金刚嘴,在一片寥廓的土地上,平地而起的一片茅草的屋顶,炊烟漠漠地升起在疏阔的树枝间,她们的眼泪便刷地流了下来。

  他站在他们小屋门前的红芋窖顶上,远远地看见他的媳妇儿走在了台子下的村道上,一步一步地走着,开始上台子了。他忽然觉得窘迫,便有些仓皇地转身跳下窖顶,进了屋子。他在门前地上漫无目的地走了一圈,正不知该做什么才好,媳妇儿已到了门前。他听见她在临屋门前逗留了一下,朝锅台下扔了一搂路上拾的枯枝,然后她就朝门口走来,她背了日光地走来,走到门前。她在门前停了一会儿,他看见她被日光映亮了的轮廓。她背了日光站着,然后走了进来。他赶紧地背过脸去,又在地下走动了几步。她走到床前,将东西放下,又忙着从墙角拾了一个空笆斗,将袋里各色各种的馍馍倒了进去。他们背对着背,没有说话,双方的心里都扑通扑通地打鼓,那么些日日夜夜里培养出的干柴烈火般的热情几乎全部溃散。他几乎有些支持不住,停了一会儿,他紧了紧腰带,将烟袋拔在手里,说了声:

"我出去走走,你烧锅。"

她没有转脸,肩膀却几乎看不出地颤动着,然后她小着声问道:"吃啥?"

"随你。"他说,已经走到了门前,又伫住了脚。

"我随你。"她说,依然不转过身子。

"芋干子稀饭。"他说,又要跨出门去。

"就芋干子稀饭?"她却又问。

"不做活,省着点儿。"

他们像真正的爷们和娘们那样说着话,各人心里都有些奇妙的激动。然后,她回过身来,要去锅屋,他则跨出了门去。他跨出门去,将那个夏日漏雨,冬日透风的小屋留在了身后,那小屋陡地暖和了起来,陡地有了生气与活力,他心里很踏实。当他走下了台子,走在了碎石拼成的村道上,小屋的冰冷的烟囱升起了温暖的炊烟,这是这一个冬季里最温暖的一刻了。这一炷炊烟,在他身后袅袅地升腾,升到湛蓝的天空,渐渐地融化。他一路走着一路热烈地与人招呼,见了挑水的说:"挑水吗?"见了拿簸箕的说:"晒粮食吗?"遇见什么也不拿的则说:"吃饭吗?"

太阳一点一点地西去,暮色降临,笼罩了一整个村庄。狗吠了两声不吠了,鸡啼了两声不啼了,孩子哭了两声不哭了,娘们骂了两声不骂了。天,真正的黑了。媳妇儿早已上了床,脸朝里地睡了。他从前边牛房,聊了天回来,一脚高一脚低地上了台子。月亮还没有出来,星星很朦胧,他冷得打战,牙齿格格碰着架,他推开了门。他推开了门,什么也看不见,他懒得点灯,关好了门,摸摸索索朝床前走。他的腿有些发软,打了好几个绊,终于摸到了床前,他双手扶了床沿,手脚并用地爬上床去,摸到了被子,被子里意外地暖和着,他赶不及地钻进了被子。他还没有躺妥了,他还没有来得及重温一遍往日的遐想的练习,便叫一双手拦腰攫住了。他几乎要叫出声来,却又被一只湿润的嘴压住了。他不知道他是遇了什么样的袭击,过去那日日夜夜里的练习全部作废。他因极度的害怕,而求援地搂住了那一个雄赳赳的肉身,他因极度的愤怒,而奋力与那一个威风凛凛的肉身厮磨。他们翻来覆去,她一心要援引他,他却惊慌失措,迷了头脑,完全忘了他是在什么地方,又是在做着什么事业,他竟拿出了孩童时打架的招数。他以他孩童时与无数对手较量过的招数将她压在了身底。这时,他们二人都已精疲力竭,气喘吁吁。然而,就在这时候,他却忽然地明白,他应该做什么。他几乎无需她的指引,便到达了目的地。

他将她忘了,将他自己也忘了。他身下是一片广袤的土地,他伏在这片广袤的土地上,辛勤的垦殖,他洒下了又晶莹又浑浊的汗珠,他播下了又纯洁又肮脏的种子。这一个被黑暗锁住的夜里,在这一座夏不避雨,冬不避风的小小的茅屋里,一刹那间诞生了两个男人,一个大,一个小,一个醒着,一个睡着。晨曦已透过窗洞里的麦穰。

第十六章

船向着淮河上游走。汽轮机永远地轰隆着,汽笛的鸣叫好像来自极远的地方,听不真切。一股绿水向船的后舷划去,船便前进着。她记得她小小的时候,也乘过并不相同的一条船,走在也不相同的一条河上,在她的遥远的脑海里,还有着江鸥缭乱的影子。她的已有记忆的生活,就像是那艘船带着她沿了那条河走进的。现在,这一艘船载了她沿着这一条河,又将走进什么样的生活?她不知道,可她有预感。这是一条没有水鸟的荒芜的水道,汽轮机是震天动地的轰响。哥哥在舱里与他的同学打牌,虚张声势地吆五喝六。她是与哥哥一起来的,这里都是哥哥的同学,她不认识一个。她并不在乎与谁做伴,可是既然兄妹二人都要插队,总是作一处的打算,所有的兄妹,姐弟,或者兄弟,姐妹,都是这样的,她也无法例外。于是,她便跨到哥哥的学校,与他们一起来了。乘了一夜的火车还有半日的轮船,她依然没有识得一个同伴,她很沉默,且又貌不惊人,引不起一点注意。她总是独自一人在一个最不显眼的角落里,看着别人沸沸扬扬。其中最为沸腾的人物便是她的哥哥,他始终没有安定的时刻,在拥挤的船舱里进进出出,制造了混乱,招来一些责怪。人们看他的目光,连素日与他淡薄的张达玲亦已难堪起来,她想劝他安稳一些,可又深觉与己无关,便作了罢。她走出船舱,去看那滚滚的河水。

太阳已到头顶,船依然突突地在走,牵了几股绿色的浊流。潮湿的甲板上粘了痰迹,空气中散发了腥臭的气息。广播开始播放歌曲。混混沌沌的歌声掺杂着汽轮机的轰鸣,船舱更加嘈杂,令人疲劳。哥哥却不惜余力地嬉闹,将人家簇新的扑克牌藏在肮脏的条凳底下,这玩笑开得不合时宜且莫名其妙,照例招来了辱骂,他便使用着他的有限的勇敢与智慧与人对骂,几个回合便落花流水,只得悻悻地走开,去制造别的风波。他本是企望得到人们的好感,他是真心愿望与人接近,结为好友,可往往事与愿违,心中便憋了一肚子的火气。他在上下船舱走了一遭,没有受到明显的欢迎,糊里糊涂地出了船舱,到了甲板上,这时他看见了大妹妹。看见大妹妹,他便恢复了一些自信。离家的前一个晚上,父亲将他叫到亭子间里,给了他一百块钱,要他别告诉大妹妹,自己收好,不妨给她一些小恩小惠,等等。他将那一百块钱放在随身背的书包里,这是一笔很不小的财富,使他腰杆很硬。他朝大妹妹走去,想对她说些什么,却找不到话题,便对了水中吐了口唾沫似的痰,复又进了舱去。她几乎没有看见他,她为他在人前的表现感到十分的难堪,这难堪使她与他的相对很不自然。她很知道父母给了哥哥一笔钱,这是他自己按捺不住激动告诉给妹妹,而妹妹又因压抑不住忌妒心告诉给了她,她的无动于衷使妹妹扫了兴,且又反过头去向哥哥说了些别样的,她无法揣测的话。她从不奢望从她的父母那里得到特殊的厚待,直到如今,她也消除不了对父母的陌生感觉,她的心思全不在此。而她万万没有料到的是,外公竟会在她手里塞了二十块钱,她是更也万万不会想到,外公从她身上可引发出多少回忆和遐想,这回忆和遐想又是如何慰藉了他苍老的心灵。她与外公很少说话,于是她拿了钱反倒沮丧起来,因她实在嗫嚅不出一声"谢谢"。然后她便想到,店堂里的那张方凳,今后要常由她那碎嘴的妹妹坐了。由那方凳想到了一些故事,那故事如同隔代一样遥远。然后,她便捏了两张十元的钞票,仓皇地离开了外公。这也是她生平中所拥有过的最大一笔财产,她已觉得意外的满足。她悄悄地缝了一个小布袋,将钱装进去,布袋上穿了一根绳,贴身挂在了脖子上。

船上开午饭了,是面条。他们知青则发了每人两个面包,那面包是与上海的面包大相径庭的,坚硬而结实,咬一口便纷纷地掉渣。有的软弱的女生咬着面包便啜泣了起来。哭与笑是一样有传染的,不一会儿,半个船舱都是压抑着的或者并不压抑的啜泣了,连一些男生也红了眼圈。这船是不停地突突着,不晓得要将他们带去何处。他们都是没出过家门的孩子,他们不知道他们所居住的那一个小小的天井、那一条狭狭的弄堂、那一扇扁扁的老虎天窗以外,是个什么样的世界。他们对那个一无所知的世界又惧怕又惶惑而又鄙夷。船在这浊流里走了大半日,两边是荒凉的岸,他们心爱的上海是踪影全无,这可爱的上海就像是消失了,不复存在了,他们是无家可归,他们是无家可归的孩子了。女生们互相搂着哭个不停,男生们则坚强地咬紧牙关。她坐在靠了舱门的角落里,漠然地吃着她的面包,她是唯一的在吃面包的女生。她不像所有的孩子那么恋家,上海于她,也并不那样的刻骨铭心,她于上海,就像是一个过客,好像是命运中极偶然的机缘,使她客居在了上海,她无法与上海建立那种息息相关的联系。她也不像所有的孩子那么易动感情,她是好久好久没有哭过了,她几乎连眼泪的滋味都要忘记了。干涩的面包渣,粘在咽喉,她几乎要咳呛起来,可她努力用唾沫压了下去,那面包竟也被她嚼出了甜味和香味。她思想很集中地咀嚼着那面包的甜味与香味,脑子里什么也没有。她脑子里空落落的,什么都没有。其实,她是要比这所有的哭着的一舱人,更感到前途恐惧和迷茫,因她的智慧与头脑,均要比这方才笑着现在又哭着的一舱人大大地高出一筹,她有预感,她被这恐惧和迷茫牢牢地紧紧地攫住,她是极端的紧张,连哭泣的余暇也没有了。那狭狭的水道究竟要引他们去哪里,那荒凉的岸上究竟是个什么样的世界,那上面没有一个人影,神秘的缄默着。这时候,她仿佛才陡然地留意到,上海是早早地隐没在她的身后,她甚至不能确定,上海是在哪一个方向。广播里又在混混沌沌地歌唱,盖住了舱内的啜泣声,汽笛在极远的上空鸣叫着,船是在靠岸了。

　　船渐渐地向岸驶去,岸边有一个小小的简陋的石头垒起的码头,船向那里接近,沉重的锚扎了下去,绳索抛上了码头。码头上有挑担背筐的人群,紧张地盯视着近前的轮船,默不作声。水拍击着石码头,汽轮机的轰鸣终于低缓了,汽笛便陡的近了,呜呜地环绕着一艘潮湿而肮脏的船。是初春的季节,树枝还未抽出新芽,冬眠的小麦还未苏醒,那大片大片黄褐色的土地依然沉睡,有丑陋的鸟在光秃的树枝上唱聒噪的歌。不断有人从堤岸上沓沓地奔下,朝码头奔来,人群簇拥在辽阔的岸下小小的码头上,如一群虫蚁。午后两三点的太阳漠漠地照耀着岸上灰白的砂石,天空退了湛蓝,白茫茫的十分高远。漂流的船与永恒的岸由几条颤颤悠悠的跳板连接起来,挑了担子的农民率先沓沓地上岸,然后是男生们;最后是手牵了手慢慢挪着的女生们,汽笛不息的萦绕,像是在催促,她们更是魂飞魄散。谁的水壶掉到了水中,激起小小的浪花。女生们终于上了岸,阳光又苍白了许多。他们的腿微微地麻木,失了一半知觉。带队的老李师傅大声招呼队伍,声音在那一大片坡岸迅速地飘散。然后,一条很不规整的队伍蜿蜒地上了坡岸,上到岸顶时,那船已呜呜地离去,继续在河道里向上游漂泊,汽轮机重又运转起来,传来突突的轰鸣,船头冒着灰色的烟,袅袅地消失在苍白的天空。

他们在岸上缓缓地行走,岸上停了汽车和拖拉机,还有一些牛马拉的车。带队的老李师傅拍着手大声说话,声音很虚缈,像从天边传来,却又很清晰,一字一句不会遗漏。他大声地一个一个报着名字,胳膊在空中划动,将一大伙学生划分成五六人、七八人的一小伙。她听见了自己的名字,她不知怎么就站到了一小伙人中间,这一小伙人中间有她的哥哥,还有其他一个女生和两个男生。她不知怎么地跟了他们上了一辆手扶拖拉机。然后,手扶拖拉机便地动山摇地震撼起来。

拖拉机将他们一伙人全摇翻在车斗里了,五脏六腑都翻江倒海起来。他们要惊叫,却被惊天动地的震响压倒了。他们互相攀扶着,想要立起来,却立不起来,拖拉机永远地剧烈地摇摆并震颤。引吭高歌着驾驶拖拉机奔驰在田野,刹那间变成了一个破碎的童话,连碎片都抖散了。一整块车板,犹如通了电流,袭击着为它接触的任何部分。他们的脚掌受不住了,改为坐,很快,屁股也败下阵来,就跪着,膝盖也支撑不住了。他们简直没有一个姿势可以使用,而拖拉机每一秒钟都在剧烈地晃动,连哭都不得从容的时间。她想吐了,她用手把住车斗低低的挡板,探出身子,她看见一股青黄色的如方才河水一样的液体淌了下去,被风吹歪了。她感觉到有一只手伸进她的胃里,在那里搅动。拖拉机几乎将她整个儿地抛出去,可她牢牢地把着了挡板,在这一瞬间,她失去了意识。她失去了意识地看见路边有几个女孩在朝她诡秘地笑,还用手指她。女孩们黑黑的脸膛,围了一块五颜六色的方巾,棉袄的前襟一律是硬挺挺地撅着。她慢慢地翻过身去,脸朝了车斗,车斗里那三个男生与一个女生,正满地的匍匐着。她咬了牙关,靠了挡板,一动不动地坐着,一股战栗沿了她的脊椎骨骤然升起,她整个后脑在震颤。可她挺身不动,她被车底与挡板的震颤袭击得昏乱了,她昏乱地看见一个女生和三个男生奇怪地张大了嘴,无声地开闭着,那女生已是涕泪满面,头发蓬乱。她却已渐渐觉不出震颤了,震颤已整个儿将她吞没。她木木地坐在车挡板前,拖拉机一径突突突地进了一个村落,太阳在这个村落的后边冉冉地下去,这村落笼罩在落日的金光里,背后的天空上是灿烂的晚霞。一片高高低低的茅草的屋脊,参差着疏朗的树枝,映在绚丽的晚霞前边,是那样的美丽和神奇。他们由一架天翻地覆的拖拉机载着,进了这一个美丽而神奇的村庄。

这村庄叫作金刚嘴。

暮色像一张巨大的网,从天迅速而降,他们在沉沉的暮色里懵懵懂懂地爬下车斗,车斗下不知什么时候已经满满地围上了人,看不清脸,都沉默着。当他们迈步的时候,默默的人群便自动让开一条路,然后簇拥着他们走去。他们举步,人群也举步,他们停步,人群也停步,默契得如他们的黑压压的影子。他们随了一个披着军大衣的男人,茫茫地走去。脚踩在掺了碎石的土路上,轻轻地擦响着。远处,拖拉机突突地响着,已经离去,隐没在黑暗的暮色里,却久久地留下"突突"的轰响。当那久久的声响最终消失的时候,披军大衣的男人说话了:

"几时离的上海?"

他们茫然着,他们几乎记不起是什么时候离开的上海了,骤然间,那已是遥远的年代了。

"几时下的码头?"他又问。

他们依然茫然着,这一个昼夜,他们丧失了时间与方位的概念,他们像刚刚降生的婴儿一样,没有时间和空间的概念。

那男人回过头,诧异地看了看他们,然后出其不意地笑了。他笑得十分和睦,在暮色里犹如一盏灯亮,他们便也都跟了笑了一下。那人便说:"往后有什么问题,就来找我,我是这大队的书记。"他们一连地点头。

书记肩上的军大衣张开了两片衣襟,翩翩地上了台子,他们紧跟而上。书记朝了一扇敞开的门走了进去,门里有摇摇曳曳的灯亮,灯旁蹲了一个瘦瘦小小的男孩,正用一片铁锨的锨头铲地上的掺了麦穰的脏土,见他们进来,就直起腰,让在了一边。他们跨了进去,人群也跨了进去,刹那间把地下全站满了。屋子中央放了一张小矮桌,桌上有一盏罩子灯,人群团团地围了桌子站着,灯光将人影投在墙上,黑压压的一周。书记站在桌边,灯光从下往上照亮了他的瘦黄的脸庞。周围的脸庞全被从下往上地照耀着,看起来十分古怪。他们五人站在书记跟前,被人群簇拥着,他们胆小地、求救地望着书记,他们不知道他们将要做什么。书记站了一会儿,微微转动了一周脸,检阅似的。然后说话了。

他说:"这就是到家了。"他的声音被人群阻滞了,传不出去,低沉地激起回声。人群里有叽叽的笑声。

"一家人不说两家话。"他又说,"我们就一起共伙了。要有怠慢,就说话。"

人群忽然轰地笑了,像一声突兀的闷雷。他们几乎惊了一下,茫然地四顾。笑声却越来越响,几乎将一整个朽烂了一半的屋顶掀翻。书记也笑了,脸上笑起了很多皱纹,被灯光从下往上照得格外深刻而有些可怕。大家笑得喘喘的,书记忽然一抬手,将他近处的几个小孩往外使劲一捅,说道:"走家,走家,人家要休息了。"人群里便如回声般回荡起一连串的"休息""休息""休息",然后,人们便渐渐走散,走散了退出门去,不见了。屋里只剩下他们和书记,还有一个瘦瘦矮矮的铲着地上脏土的男孩。书记将男孩扯起,对他们说:

"拽子兄弟给你们拾掇的屋子,灶要不好烧,找他说话。"

男孩很老实地笑,露出意外的洁白的牙齿,他手里还端了一片破锹头,锹头里盛了一撮掺了破草的脏土。

"往后这半年里,由他给你们挑水,从你们工分里,扣给他每天一分工就得。等你们肩膀头锻炼出来了,再自己挑。"书记说道。

不等他们有所表示,男孩便极快地说道:"书记快别提工分的事了,不怕寒碜的。咱们日后是邻居了,俗话道,远亲还不如近邻哩!"

书记并不和他多话,只一笑,又向他们问道:"还有什么问题吗?"

他们不知道还有什么问题没有,齐崭崭地摇了摇头,书记就说:"那就跟我走家吃饭。"

他们面面相觑,然后一个个嗫嚅道:"这怎么好意思?"

"走,别磨蹭了。"书记率先在前边走出了门,男孩也怂恿着道:"走吧,走吧,书记就那样的人。"然后就感慨地咂嘴和点头。

他们只得出了门去,跟了书记大踏步地走。书记走在前边,两叶衣襟如大鸟的翅膀,左右扇着,十分洒脱。

家家的门都敞着,门里犹如豆的灯光,狗低低地威吓地叫着,却不行动。他们随了书记走过无数扇敞开的门,与无数盏如豆的灯,终于到了书记家。书记家已坐了一屋的人,书记一一介绍:民兵营长,大队委,小队长,会计,等等。人全隐在油灯下的暗影里,油灯永远地摇曳。他们木木地在指定的板凳上坐下,随即便有人递上烟来,他们张皇地推辞了,手抚着膝盖木木地坐着。便有人向他们发问:

"什么时候离的家?"

"昨天。"他们中的一个已经算清了时间,哑声回答道。昨天已成远极了的往事,想起来十分的怅惘。

"什么时候下的码头?"

"下午。"他们中的那个又答道,下午也成了遥远的往事。

"整整一天一夜哩!不近的家伙!"

"上海吵——"他们议论着,渐渐从阴影中出来,向小小的矮桌围拢过来,紧紧地簇拥在了一团。桌上放上了几个盘子:豆腐,拌粉皮,炒鸡蛋,炒韭菜,就有人给他们往酒盅里斟酒,他们张皇地推辞,推辞不下,就喝了。舌头如同燃烧了一样,他们低着头呛着,吐了一地的口水。书记出来解围,这才放过了他们。他们渐渐被挤到桌子的一角,听到人们说着"欢迎学生"的祝词,然后碰杯。人们渐渐地不再说"欢迎学生"的祝词,只是碰杯。人们什么祝词也不说地碰杯。后来,他们划拳了。他们的眼睛渐渐转动了起来,有了光芒。他们眼睛里的光芒越来越灼亮,他们手指的动作越来越灵活,瞬息万变。酒盅里泼出的酒,散发出低劣的酒精味,混合了污浊的呼吸,十分难忍。他们都困盹了,眼皮垂了下来,划拳的手势在他们半合的眼睑里急速地活动,十分缭乱。他们已经停了思想,被眼前情景围住。他们犹如误入了迷途,到了一个莫名底细的地方。他们不知身在何处,他们身不由己。一个女人在他们面前放上了热气腾腾的面条,她嚅动着嘴,说着什么:"起脚的扁食落脚的面。"他们听不明白,他们只是木木地接过了烫手的碗,胡乱从桌上摸着筷子。他们完全摸乱了筷子,你拿了我的,我拿了你的,然后便将乱七八糟的沾了酒与菜汤的筷子伸进碗里,挑起面条。他们都被面条烫了一下,可又都没觉出烫。他们糊里糊涂地划下一碗面条,有的甚至还添了一碗或半碗。然后,继续坐在板凳上瞌睡。他们不知道什么时候散场,也不知道该怎么退场,他们心里木木地绝望得很,他们绝望得很地坐着等待。而他们是困倦得厉害。许久许久以后,几乎是一个世纪那么长的时光,他们陡地听见了书记赦令般的一声:"学生们累了,回去休息吧!"他们脑子里回荡着一串回声:"休息""休息""休息",待要努力地站起,脚已经麻了。

　　他们忍着脚的酸麻,踉踉跄跄出了门去。门里的如豆的灯光微弱地为他们照路,他们踉踉跄跄地下了台子。下台子的时候,他们不知不觉地手挽起了手,连成了一队。他们身后的门悄悄地关上了,然后,所有的门都关上了,没有一点灯光的照耀。

他们几乎不敢动弹了,他们紧紧地手拉着手,伫立了一会儿,眼前才渐渐微明起来。他们看见了灰色的村道,看见了影影绰绰的房屋,月亮在云里穿行,他们手拉了手在村庄里穿行。他们忘了来路了,他们不知道他们的"家"在什么地方,是该往左,还是往右,往上还是往下。他们茫茫然地摸索了一段,彻底地灭了希望,于是便想回头去找书记的家。可是,所有的房屋都一模一样地缄默着,所有的门都没有灯光地关闭着。他们是一无希望了,他们是彻底地迷失了。他们彻底迷失地站在村道上,看着这一个村庄。村庄是由一道一道台子组成,台子上是鳞次栉比的房屋,台子与台子中间夹了窄窄的村道,还有一些小小的杂树林。看上去,是一层又一层,高高又低低。那黑暗的凹处,隐了什么样的秘密,在密不透风的寂静里,又有着什么样的故事。屋脊与树梢,在天空上画出一幅森严而美丽的剪影般的图画,他们微微地哆嗦着,一个女生在啜泣了,啜泣声在万籁俱寂的夜里,奇怪地鸣响,像一只虫子在叫。

夜色,渐渐凉了。月亮从遥远的云端露出小半轮来,微微照亮了村道,村道变成淡白色的了。淡白色的村道呈露出碎石的花纹。他们茫然地回顾,再茫然地走动,他们渐渐走到一小片杂树林里,杂树林里有一眼没有井沿的井,井台被水洗得十分光滑,在月光下平静地闪亮,像一面镜子。月亮在树梢上穿行。他们五人站在湿冷的泥地上,沮丧得不敢对视。站了一会儿,男生们忽然抬头对望了几下,立刻建立了默契,然后便离开了她们,走向杂树林的那头。那女生刚要随了过去,却听见有湍急的水声传来,立即明白过来,赤红了脸,轻轻地咒骂。她们两个女生站在了一处,冰冷的手拉着冰冷的手。过了一会儿,他们迅速又迟疑地回来,很害羞的,如同做了什么错事,很久不敢抬头。他们这才又继续走路,竟走到了村边,看见了一条白花花的大路,他们记不起这便是他们乘着拖拉机来时的大路,他们很诧异地望了这一条大路,不知它伸向什么地方。然后,他们又怯怯地回了头,退进了庄子,继续寻找他们的宿地。他们没有一点标记,他们没有一点线索,他们盲目地在这早已熟睡的村庄里行走。月亮已走到中天,天如黎明一般亮堂起来,他们看见了屋顶上整齐的茅草,看见了土墙上泥土的粗粗而茸茸的颗粒,他们看见了树干上的疤节,看见了紧闭的门板上的木的纹理。可是,他们依然找不到他们的宿地。

他们斗胆爬上台子,从房屋与房屋间的巷道穿了过去,狗吠吠地叫了起来,然后又静了下去,猪在圈里哼哼,做着一个猪的美梦。他们走到庄子的背后,看见了庄后的一畦一畦浩浩荡荡的红芋趟子,他们自然不明白那是红芋趟子。他们还看见一汪水塘,映出一个月亮。他们又从庄后到了庄前,庄前是一个平整的场地,场边堆了麦穰和豆秸,像两座高大的没有门窗的楼房。牛在牛屋里反刍,有着腥腥的臭气。场那边是望不到头的土地,土地是那么辽阔得一望无际,他们对了一望无际的土地立了很久,渐渐地清醒过来,甚至生出一些愉快的心情。他们在月光照亮的场上走着,看着被月光照亮的地上的湿润的裂缝。他们不由奔跑起来,土地全在沉睡,牛在牛房里默默地反刍。

他们几乎忘了他们的寻找,他们以为天就要大亮,他们干脆死心塌地的等待着天亮,他们不再寻找地在村庄里乱走。这一座黑暗的沉睡的村庄,犹如一座黑色的迷宫,又如他们从小就玩过的积木搭成的世界。他们庄前庄后,南北东西地走着,玩着捉迷藏一般的游戏。他们甚至放肆地大笑大叫，竟也打不破这村庄的寂静。他们的笑声与叫声在房屋与房屋之间的狭狭的巷道里穿行，溜着低低或高高的院墙的酥烂的墙根。他们沓沓的脚步拍击着下了露水的潮湿的土路，又被土路上的碎石硌痛了脚心。他们的脚早已恢复了灵敏的知觉，他们浑身上下都恢复了灵敏的知觉。他们看见了没有叶子的树梢上缭绕着的看不见的雾气，他们看见了庄前没有禾苗的土地远处那道看不见的大沟，他们看见了地底深处冬眠着还未苏醒的虫子，他们看见了天空高处隐匿着还未诞生的星辰。他们手摸着粗糙又湿润、冰凉又温暖的土墙，走过一座又一座院落，忽然看见有一座台子上有一扇没有关闭的敞开的门，门里有一盏如豆的灯光。那如豆的灯光在清冷的月光下是如此的温暖而解人心意，他们情不自禁地朝它走了上去。灯下坐了一个半大的瘦骨伶仃的男孩，双手抱了膝在打盹，听了声音陡地醒来，睁着蒙眬的睡眼，很老实地笑了一下，意外地展露出一口雪白的牙齿。他们怔怔地看他，觉着好生面熟，他便说道，"我为你们看家呢！"庄前庄后，家家户户的有线广播在这一瞬间嘟嘟嘟地响了起来。他们这才明白，他们是到家了。

第 十 七 章

他们这一个集体户的户长,叫龚国华,与张达玲的哥哥张达宏同是一所普通的高级中学的六八届初中生。龚国华在班级里,是最最一般的学生,到了"文化大革命",却因了一个极好的成分,做了红卫兵的小头头。后来,红卫兵分裂了。分裂的时候,他正全国各地地进行革命大串连,戴了一块革命初期的无派无别的红卫兵的袖章。等他到了学校,见那混乱的形势,他因一时摸不着头脑,便引退了。在家里也很无聊,便也有时去走走学校,凡有无派无别的大事情,他都积极地参加,如"复课闹革命",如"工宣队进驻",又如"九大"开幕和闭幕啦。他永远是别了那一块单只"红卫兵"三个大字的红袖章,提了糨糊桶去贴一些中性的却绝对革命无疑的标语口号。到了大联合的时候,他也得了一个小小的职位。他的出身是绝对无疑的赤贫,祖祖辈辈是苏北的船民,是祖父那一代在日本人打来的时候逃到了上海。一个在淮海路做佣人的同乡人将他祖母也介绍到一户人家帮佣,这户人家都是基督教徒,心肠极好,又给他祖父找了份看弄堂兼扫地的生活,于是他们合家举迁,离开了苏州河边那一卷滚地龙,进了市中心,住在弄堂口的半间板壁棚里。后来,板壁棚渐渐朽烂了,他们就备了木料拆去重建了一下,重建时稍稍往外推宽了一点。再后来,祖父死了,那看弄堂兼扫地的生计和这板壁棚就由他的父亲承继了下来。再后来,父亲被市环卫局招了工,却依然住在这板壁棚里。等到弄堂大修的时候,因尊重历史,承认这板壁棚的存在,给予了修缮,将板壁换成了砖墙,他们这一份人家便正式地在此扎下了根。他的父亲与母亲全是扫马路的工人,这样一份纯洁的血缘,在这样一个人人都怀了发财的鬼胎投奔而来的冒险家的乐园里,尤其是在这乐园的中心地带,可说是稀世珍宝了。然而,他却很难说准是为这份血缘自豪还是自卑,即便是到了这样一个赤贫万万岁的年月里,他也依然拿不定应该如何。一整个在"有本事跳龙门,没本事钻狗洞"这样的人生观上建立起的百余年的上海,一整个在上海这样的城市里培养出的"有本事跳龙门,没本事钻狗洞"的百余年的人生观,要以寥寥数年的"文化大革命"来推翻,那是太嫌仓促了。而在这个"一分钱逼死英雄汉"的金钱至上的世界里,一两级官阶,也实是引不起太多的敬意,往往是从山东南下而来的干部们,如要由上海人来划归,是决归不到一二等市民里去的。做官的只有到那北京的地场上方可耀武扬威,在上海则是不行的。在上海,令人羡慕的是那昔日法租界的林荫道上,钢窗蜡地的花园洋房里的一份生计。龚国华是已经到了那份生计的弄堂口了,他们是到了弄堂口整整三代人了却还进不去,那一种自卑已经到了龚国华的血液和骨髓里了,革命也很难革掉。然而,这改天换地的"文化大革命"又确实给予了他们这样的孩子一份希望,尤其是这革命最初体现在上海的"均贫富"的印象,他们这些孩子便可有理由希望这世界能重新建立,各自撇清了各自的祖先与遗产,在同一地平线上起跑。于是,他们就都积极热情地参加到这一场宏伟的充满了激动的幻想的革命中去了。

龚国华在这些孩子中间是最最平常的一个,无论是头脑,智力,还是能力与野心,都处于中庸。他既摒除不去血缘里那一股小农经济的狭隘意识,又避免不了人口密集的小弄堂里的小市民气质的濡染。他没有大的眼光,他看不懂大的局势,只能理解局部,并且也仅止是局部表面形态。他没有大的志向,自个儿这份人生就足够他运筹的了,甚至连儿子那一辈也顾及不了。在一个五六人的集体户里,做一个户长,无论是于他的智力,还是于他的野心,都正是恰恰合适,再合适不过的了。于是,他便很认真很努力又绝对胜任地担负起一个户长的职责。他将大家召集起来开会。

这是一座三间头的草房,西边的一间,用秫秫秸架了墙,门上拴一块包袱皮做了门帘,且成为女生宿舍。里边顺了墙,一横一竖安置了两张铺秫秫秸的床。外面的两间则是男生宿舍和灶房和堂屋,三间无遮无拦,顶了东山墙顺着放了三张床。门边就是一口灶,对门一张小矮桌,此地叫作案板的。拾了几块大半砖,充了板凳。他们的会议是在东山墙下,男生宿舍里召开。户长坐在其中一张床的床沿上,两个男生占了第二张床,背靠了墙歪着,女生占了第三张床,一个歪着,一个坐着。当门正中的案板边,蹲了那一个老实且机灵每日为他们挑水,名叫拽子的男孩。男孩极自然地成了这屋里的一个成员,因受了书记的委派,为他们挑水,他便在此获了一种义务和权利,他随时都可进来坐着。而其他的若想进来,都须经了他的允许。那其他的想进来的,有时是一群孩子,有时是那只隔壁的叫"吁"的大狗。这个古怪的名字,是出自于那家最小的孩子的口中,他竟将这狗当作一只叫驴来"吁吁"地使唤,叫久了,这狗便成了"吁"。吁也是很好奇的,经常伸头探脑,冷不防就进来拉一点屎,很得意地走了。他们很快就对这男孩习惯,他在他们的堂屋中央,就好比是一口灶,一张案板那么顺乎自然,他们说话做事便也不太避讳他了,他们开他们的会,他坐他的。

他听不懂他们的上海话,叽里呱啦的,听得脑子疼,像是外国话。他不知道他们正商讨着他们的劳务分配和作息制度,不知道他们叽里呱啦地刹那间已经决定好了,每人轮流做一周的饭,逢到做饭的这一周,便可只出半日工,早工也可免去。所有的工分全记在一个工分本上,秋后平分。他们还决定了周六的晚上要学习毛主席著作,并要写日记。他只知道,那个坐在床沿上的男生一直在说话,那个坐在床沿上的女生一直没说话,而那三个坐在床的深处的两男一女则不时小声叽叽咕咕,像一群啄食吃的鸽子。这伙异邦人,在男孩眼里神秘莫测。他们的犹如隐语似的语言,他们所来自的遥不可及于他一无经验的地方,他们每一人都要比他们一大家子有更多的行李物件,他们白生生嫩生生像是婴儿一般的手和脸,都有着无穷无尽的内容,可供他长期的研究与学习。拽子慢慢地掏着灶里的麦秸,将没烧透的麦穰一丝一丝理了出来;他细细地铲着不平整的泥地,将泥地铲得很平又很光;拽子一瓢一瓢淘着水缸,再将新挑来的水清清澄澄哗啦啦地倒满;拽子抱着膝头,膝头夹着一张脸地瞌睡,细细的口涎流在地上,淹了一只无名的肮脏的小虫。那五个来自异邦的陌生的男生与女生,全没有逃出拽子的洞察,为这男孩一网打尽了。

而他们竟一无所觉,他们几乎将这男孩忘了,他们几乎将这男孩忘了地认真地开始讨论另一个问题,那便是他们的共有财产管理问题。这是他们的小小的集体户初生的时候,尚处在原始共产主义时期。他们这些尚未成年的孩子,突然之间离家来到这远远的陌生的地方,好比初生的人类在蛮荒的世界,一无安全的感觉。他们很自然地生起相互依靠团结生存的要求,他们甚至是很亲密地挤作了一团,相濡以沫,甚至也包括像张达玲这样孤僻的不善亲近的人。他们互相间不知不觉都有些讨好,以求得安全与庇护。更何况,还有龚国华这样一个户长,一心愿意做一个小小的部落的酋长,腹中尚有一些浅浅的春秋三国,这一个集体便分外的团结与一致,犹如一个小小的又大大的家庭。他们一切的考虑都本着公有制的原则,几乎没有丝毫的异议和分歧。这时候,他们尚有着每人每月十元的插队补助,三十斤粮食,这仅够吃饭,没有一点剩余。他们将所有的粮本和支票,全交给龚国华保管与支配。他们团团地挤在一起细细地划算了一番,除了买粮,买油,向队上买烧草外,尚有一些余钱,可够一个月里吃一次肉,想到肉他们便有些嘴馋。他们暖融融地想着那一月一次的吃肉的情景,彼此和睦得要命。然后他们又划算着,是否向队里要自留地。开始都说要,不仅为了地,而是为了争取平等权益。一旦决定要了,便进一步想到了种与收的问题,才发现了无穷的麻烦,就一个一个动摇了下来,又一起决定不要,但要队里负担他们全年的菜吃。然而,龚国华则又一次提出要,因他认为应以这行动向全体贫下中农表示,他们不是来走过场,而是扎根了。"扎根"这个字眼在那起初的日子里还很不刺耳,还只是一个美丽的激动人心的幻想。于是,大家很觉兴奋,一致推选龚国华明日一早去找队长提出。事情都安排妥了,他们便开始学习《青年运动的方向》。龚国华念一段,再让大家讨论,大家不开口,他便进行启发,大家却还沉默,他则笑道:"难道由我一个人唱独角戏吗?"大家这才出声地笑了起来,由独角戏扯开去,说了些有趣的闲话,再由龚国华将话题收拢,读第二段《青年运动的方向》。渐渐地,大家都有些困倦,迷迷糊糊地听着龚国华的声音,十分寂寥地在草顶泥地的屋里回荡。连案板边坐的那半大男孩也有些瞌睡,他的头在渐渐地向双手抱着的膝头上一点一点地垂去,然后陡地一惊,醒了。他咽了口唾沫,望了望缩在墙角那一伙昏昏欲睡的学生,龚国华朗读的声音像从天穹传来。男孩立了起来,说了声:"明早还要做活,早早休息吧,再会。"告辞过后便走出了门去。谁也没听见他的告辞,没有人响应他的告辞,没有人注意到他费了苦心和勇气学习的那一个"休息"与"再会"的文明用词。他没有人响应也没有人注意地落寞地走出门去,心里渐渐涌起一股委屈的情绪。他微微打着寒战,袖着两只粗糙的手,走过一条巷道,朝巷道那边的他的小屋走去。巷道里吹出一阵夜风,月光从巷道里面照了过来,映下窄窄的一条光明的道路。家后的田地浴在月光里,分外的恬静,拽子走过光明的巷道,向自家的小屋走了进去。

就在拽子跨出他们的朽烂的门槛的那一刹那,他们不知怎么,全醒了,纷纷活动起来,首先过去将门插上,然后各人分头从自己床下的饼干箱或者火油桶里,掏出各色各样的吃食:苔条麻花、鸡子饼、太妃软糖、苏打饼干、话梅,等等,摊了满满一床,相互热情客气地邀请。那些吃食是前所未有的馋人的香甜,他们从未发现过这些他们吃了长大的吃食竟是这样馋人的香甜。他们酒肉不分家地豪爽地将饼干嚼得咕嗞咕嗞地响,唯有龚国华还在朗朗地念书。于是,大家便纷纷往他手中塞去吃食。他不好意思拒绝,只得用手捧着,一边坚持着念完最后一句。吃着东西,大家的情绪便逐渐活泼起来,聊着闲话,开着玩笑,开始快活。这时候的他们,是极易快活的,略略一句玩笑,便使得他们纵情地开怀地放声地大笑。他们其实是有意无意地将这快活夸大,以这夸张的快活来驱散他们不知所措的茫然的心情,他们有意无意地以这夸张的笑声来压抑只需一点点引动便可喷涌而出的眼泪。他们这才真正是苦中作乐了。张达宏自然是最最快活的一个,他很快便失了分寸,竟擅自到别人的饼干箱里去摸鸡子饼,将这昂贵的鸡子饼像炒米花一样塞了满嘴。他是太渴望快活了,他分不清什么是真的快活,什么是假的快活,于是就一径地真正地快活起来。这会儿,他是真心地以为生活美好得不得了,世界美好得不得了,他能到这里来,真是来得太对了。他无法克制他的欢欣,他非得将它宣泄出来才得安宁。他是被他那个烟纸店老板娘的外婆宠坏了的长外孙子,他的无法无天,欺负弟妹,多吃多占,好逸恶劳,全因了外婆的保护而过错全消。他犯了错就像立了功一样,很是荣耀。他几乎很难懂得什么是应该的,什么又是不应该的。幸而他极胆小,过马路都颤颤的,等了半天看不见车辆了,才飞快地奔去,奔又奔得那么仓皇,好像有车子在追赶着他要杀他。如不是他的胆小救了他,他是连杀人放火的事也会去做的。因他胆小,他便只敢这么鬼鬼祟祟地打闹打闹,到人家饼干箱里摸摸鸡子饼而已。他其实是一种亲近的表示,是想将那快活的气氛掀到热烈的高潮。不料那快活本不是那么坚固,其实是十分的虚弱,不堪一击。被他这么一折腾,先是那遭了抢的男生变了脸,不客气地将他推到一边,空气顿时有些紧张,由紧张而转为暗淡。张达玲是最最难堪,她的难堪使得她几乎要去掐死她的哥哥,而她的骄傲抑制了她,她一声不吭,首先退出,回到了那一间用秫秫秸隔成的女生宿舍。然后,那女生也跟了进来,一个快活的夜晚便这样不欢而散了。

那生了气的男生邀龚国华一同出去方便,张达宏不顾廉耻地跟了上去,因他也是一样地怕黑和怕狗。他们三人一同走到家后,月亮已经升高,从家后照到了庄前,将他们三人的身影清清楚楚地映在了泥垒的墙上。"吁"像梦游似的游荡,猪从鼻孔里吐着气地打鼾。他们一同看见天空的偏西方向,有三颗排列整齐的明亮的星星。他们看了一会儿这很妙的星星,便鱼贯回了屋里。这时候,两个女生都已进了被窝,躺下了。

她躺在被窝里看书。她在床头的墙上敲了一枚铁钉,挂了一盏墨水瓶做成的油灯。没有灯罩的裸着的火苗,冒着细细直直的黑烟,已在墙上熏出一条漆黑的烟迹。她依然是看的一本《红楼梦》,好比圣徒临睡前必得读一页《圣经》一样,她每晚都必看一回"红楼"。然而,她却也无可奈何地发现,书中那一个闲情逸致的世界,与她目下辛劳的不惯的需拿出许多精力以应付的生活,是那样的大相径庭。唯有她那一股似乎是永远的寂寞的心境,才不使她完全的对那一个世界生出反感与排斥。要以她刚刚得以教授的宿命的观念,去面对她所置身的这一个纷繁而简单,困难重重却又结结实实的存在,却忽然空灵到了空泛,超脱到了虚无,令她抓不住要领。她分明知道在这辽阔的冥冥的空间的某一处里,确有着她的一部与生俱来的命运。可是,眼下的每一日每一时,依然需她付出沉重的切实的劳动与努力。那一部遥远的命运似乎成了人家的事情,与她失了联系,倒不如这些琐细的快活与烦恼,与她处处同在。那命运是好是坏,都于她的今日无补,她今日的目的鲜明而简略:劳动,吃饭,睡觉,与这一个奇异的金刚嘴相互熟惯。她应接不暇,来不及寻找象征和预兆,好去揣测她的不可知的宿命。那些寻找与揣测,变得无聊和滑稽。她是那么累,她是那么容易饿,惯于独处的她在这小小的集体里,是那么深觉着孤独与寂寞,且又时时为她的哥哥难堪,她甚至是那么地想家,却又没什么亲爱的回忆供她想的。她觉着了生活的切实的困扰,她还将越来越为这困扰所包围,这仅仅只是开头呢!还仅仅是开头,她却已经为她初初皈依的宗教所抛弃,她觉得她渐渐地握不住她的宗教了。那文字织成的奇妙的境界,因与平淡孤寂的现实形成鲜明的对比,反令她厌倦与腻味,像遭了嘲弄似的。她究竟还只短短十七年的生平,什么幸与不幸都还不曾结成正果,比向她显示命运的力量。她既还不及得胜也还不及失败,生活还在准备和酝酿的时期。她究竟还是个新教徒,修炼很不到家。她是六根未净,极易为俗事所扰。在她这样涉世很浅,远还没有谙熟人情世故的时候,便想要超然物外,做世外的神仙,那是痴心妄想,万万不可实现。否则,世外便要过于拥挤,世内反忒清静,无人演绎出一世界的悲欢磨砺来唤醒人的觉悟,又哪里来的出家的人!她是劫数未到,还将有一大番的磨练,她是想静也静不下来,想认命也无命可认,她还要有长长的一段坎坎坷坷,才可有望得所皈依。

她原以为已经静下的心,此时又乱了,她原以为已经寻到的出路,此时又断了,她又惶惶不安起来。她的思路总是从书中走开,她困倦地翻着早已卷了边角的《红楼梦》,煤烟已将她的鼻孔熏黑,她终于吹灭了灯,睡下了。灭了灯后才会觉着那一点如豆的灯光是多么辉煌,世界一下子沉入到极深的黑暗之中。她从未经历过这样的真正伸手不见五指的黑暗,她感觉到黑暗的压力。黑暗无处不在,渗透了每一点空隙,从她身体里穿过。然后她开始做梦,梦见了那个为他们担水的半大男孩,在梦中他木讷的呆笑里,却不知为何透出一股令人不安的狡黠。男孩一直在她的梦里走动,最后走了出去。走了出去,她的梦便安然了。与她隔了一道窄窄的巷道,那一间土坯茅草顶的小屋里,则有着一个无梦的黑夜。

拽子与他的女人厮混了一阵子,便沉沉地睡去了。他与这黑暗早已相守得稔熟,他可从这黑暗中洞察一切,他与这黑暗已成为一体,彼此可自由地活动其中。半大的拽子犹如一个天生的哲学家,天文地理他全谙熟。他知道那整齐排列的三颗星叫作什么名字,天上每一颗星星他全知道名目和来历。他认识路边田间的每一株草,每一只虫,哪一种草是什么时候生,什么时候死,哪一只虫是什么时候睡,什么时候醒,他全明白,好像与它们结了亲家。他还更知道天地间的人物,什么样的人物该什么样的对待,什么样的人物是什么样的结果,他无需思想,便全明白了。从未有人教育过他,他也从来不曾请教过人,他甚至是早早地丧了父母,连个楷模都没了。可是,这一部学问,就好比是从血液里传给了他,与他生而俱来,与他一同生长。他生来便明白了,他是没什么不明白的了,即使有一些暂且不懂,也只需慢慢地过些日子。自然也定会明白。他无需处心积虑,他只需天真烂漫,便将一切洞穿。他极其安然地睡着,养蓄起体力与精力,以应付下一日的劳作。

下一日傍黑的时候,吃罢了晚饭,龚国华去了书记家。仅是数十天的工夫,他已熟门熟路。他们的住处与书记的家,其实只隔了一条村道,走过三个巷口便是了,闭了眼睛也错不了的。那第一个夜晚,现在回想起来,就像一个怪诞的梦,他是越来越无法相信了。他是个很缺想象力的孩子,他没有想象力为自己设计一个未来,于是,他只得将视线移到了脚下,脚踏实地地去做一些力所能及的事情,这既是他的一大优点,也是他的一大缺陷。可不管怎么评价他,这开初的日子里,因他与他的集体户在劳动上的努力,以及生活上的有条不紊,给了队里极大的好感,深觉得这些上海学生是来过日子,而不是胡闹的了。这会儿,他又来向大队书记作汇报了。他是永远需要有个人听他的汇报,再向他发出些指示。他无法单枪匹马地行动,这样他会感到手足无措。他的智慧和魄力都远构不成一个甚至是中等的野心,于是,他便成了一个顶顶忠厚老成的孩子了。书记刚放下碗,正要出门去开会,见他上门,便慷慨地留下了,喝令女人赶紧收拾了桌子去烧茶,要与小龚好好地谈话。龚国华将他们这几日劳动生活的情况先作了汇报,然后又一一详细介绍了各位同学的家庭及个人的情况,最后,谈了他们的初步打算,把过劳动生活关,与贫下中农相结合与积极参加农村建设、阶级斗争结合起来,也就是改造主观世界与改造客观世界相结合,同步进行,互相促进。他是很善汇报的,汇报起来要比指导起来更具情绪与灵感,口齿也流利得多。书记用心而矜持地倾听着,时而赞许地点头,时而打断了谨慎地询问一声,他便又再作一些补充或纠正,还将这些补充和纠正仔细地记在了随身携带的工作手册上。书记心里很觉得这学生有水平,毕竟是从大地方来的,态度且又如此谦和,越发地暗暗感动,脸上因不便有所流露,只矜持着。等他终于说完,又沉吟了一会儿,然后就说,你们先这样干起来,过几日得了闲,再去看大家。现在,他不得不去开会了。他们同时站了起来,双方都为自己的表现满意,很愉快地一同出得门去,下了台子,朝不同的方向去了。

龚国华走在已为他所熟悉的村道上,学了乡里人的口音,步步招呼道:"吃过了吗?"或者回答道,"吃过了。"月亮渐渐在前边小杂树林里升起,昨日还是一弯残月,今夜已是新月。从那里有挑水的人走来,脚步沓沓着,水在桶里活泼地晃荡,与他擦肩而过。风是暖多了,吹在脸上不再刺痛,还很熨帖。村道上也热闹了一些,吃过晚饭的男人令女人在家刷锅,自己抱了孩子溜达着去串门,透明的夜色中交流着响亮的问好。场上铡麦穰的铡刀声,一声一声顺了风传来。在这和煦的月亮初升的夜晚,他心里竟也生出了一些抒情的诗意。他放慢了脚步,一步一步走着,路边新发的小草沿了他的布鞋帮弯下腰去,他想着他是来对了。他想着,他们来得很对,这里确可以大有作为,至于作为些什么事业,他其实并无规划,他只有些零零星星的计划,这些零星的计划就足以使他奋发了。这么慢慢地走着,受着乡村里没有污染的晚风的吹拂,他轻轻地感动着。他心里渐渐涌满了情感,十分渴望对人说一说。于是,他再收不住脚步,三步并两步上了台子,向他们的住处跑去。

当他跨进门时,他们正在打牌,围了一张案板,打得吵吵闹闹的。隔壁的男孩坐在外围,很热心地观战,不时说一声:"要了!好牌!"他还帮着出点子,如点子不被采纳,他便说:"对,这样好,好牌。"牌甩出了案板,他便很殷勤地去拾牌,放回到桌子上。张达宏是打得最不出色又极赖皮的角色,直要闹得别人说道:"不来了,不来了!"他才老实下来,过了一会儿却又忘了。男孩便作调解和安抚,见他闹凶了,就说:"小张,小张,你看你,你看你!"只有他一个人看见龚国华走进屋来,抬起脸招呼道:"回来啦,小龚!"其余人依旧打着他们难解难分的一副牌,顾不上与他说话。龚国华的心顿时有些发凉,方才洋溢满怀的激情,不由退去好些。他因走得急了微微有些喘息,他便喘息着在门前地上站了一会儿,眼睛在案板周围点了点人数,发现少了一个张达玲,便问道:"张达玲呢?"那男孩回答他道:"里屋看书哩!"他略有些无聊地在屋里走动起来,来回走了两遭。张达宏闹得越发不像话了,竟偷了牌,被人揪了后领推到水缸边去喝水。那男孩则打着圆场:"算了,算了,下回不敢了,下回不敢了。"龚国华有些厌烦,却又不忍扫大家的兴,可见这实在闹得无聊了,便动手将张达宏救了下来,张达宏已笑得上气不接下气,开心得不得了,他跟跟跄跄回到座位上,又继续瞎闹着打牌。龚国华又在当门地上来回走了两遭,想看书又看不下去,方才那股激情还在回荡着余波,平息不下。他迟疑了一会儿,终于走到女生宿舍的门帘前,朝里喊了声"张达玲"。

张达玲出现在了他的面前,一张呆板的脸上抹了几道黑色的烟迹。她问他,喊她做什么事。他略略有些发窘,可是很快就恢复了镇定,他说他要与她谈谈。张达玲便跟了他走出门外,两人站在门口一盘破碾子旁边,开始谈话。他微微有些语塞,咳了两声,不知说什么才好。她只静静地立着,两只戴了袖套的手插在裤兜里。他觉着有些窘迫,暗自惊奇这张达宏张达玲兄妹俩是如此的大相径庭,完全不像一个家门里出来的孩子。一个是那么外露得可怕,讨嫌到了天真烂漫的地步,而这一个却是那么幕帏森严。她是他们这一伙里唯一的外校的,与他们都有些隔膜,可他看出她是与别人很不一样的,沉默里像隐了什么深奥的思想。他断定她是个有思想的女生,希望能将她发展成为他的助手。如洗的月光竟也将她枯瘦的脸颊照拂得有些柔和,他的心情也柔柔和和的,开始说话。他说到他下乡之后的感想,他曾有过的和将会有的动摇,他克服自己和改变自己的决心,还有这叫作金刚嘴的村庄是何等美丽。隔壁的"吁"听见他们说话,忙忙地跑来,在他们脚下很亲热地周旋,期望得一些好处。它于他们已有了经验,他们一般总不会使它失望。它从他们那里,已尝到了它的父辈们从没尝到的吃食,它是它们这一家族中最得见识的一条狗了。可是他们这一回并没有在意它,他们说着自己的话。龚国华说过之后,才问道:"你下来之后,有些什么体会?"因不好回答,她竟微笑了一下。他等待了一会儿,她依然没有作答,两只戴了袖套的手一动不动地插在裤兜里,一双脚埋在了破石碾的阴影里。

"劳动能吃得消吗?"他启发地问道。

"还可以。"她回答道。

他不免有些扫兴,就再一次启发道:"生活上还习惯吗?"

"还可以。"她又回答道。

"想家吗?"他触及了这一个于大家是最敏感最易动情绪的问题。

她依然回答:"还可以。"

他彻底没了办法,沮丧地站着,说不出话。她也同样地沮丧,心里十分抱歉,觉着辜负了他的器重。可她也无奈,她还不及为这生活的突然变故培养出可以言说的感想,她如同蒙了似的,什么感想也没有,什么心情也没有,她丧失了她原本赖以为平静度日的宗教,她正是不知如何是好的时候,她正是茫然不知所措的时候。而他的思想于她,本就是另一个世界,隔了几重幕帏,她与那个世界从未走通过,她几乎与他没有对话的基础。可是,他那一股庄严的神情却强烈地感染了她,她竟有些自卑,便更加沮丧了。"吁"周旋了一阵,一无所得,失望而愤懑地走开了。他们都有些垂头丧气,站在月光里的碾子旁边,不知该怎么收场。她是向来没有应对人事的经验,最终还是他老练,抬起头说道:"你应当多想想,改造主观世界与改造客观世界的问题,要多读书,读了书还须做笔记,不做笔记的读书,等于不读。以后,我们还要多多交换意见。"说罢转身要走,她却抬起了头,问道:

"读什么书呢?"

他站住脚,看了看她,又低头沉吟了一会儿,说:"我借你一本《共产党宣言》。"他进了屋里,她一个人留在了门外。

她一个人站在月光下的碾子旁边,她慢慢地抬起脚搁在碾子上,她看见自己露出在方口布鞋外边的脚面上,尼龙丝袜上抽了丝的一条长缝,然后又将脚放下了。这一片皎洁的月光里,平地升起一股庄严的气氛,她突然被一股庄严神圣的气氛笼罩了。龚国华万万也不会想到,他那些平庸而教条的思想与语言,在她心里产生了如何奇异的效果。她天性里崇尚一切庄严伟大的事物,因她绝不轻佻,她不轻佻得已经有些过头,连轻松都不会了,连幽默都不会了。她渴望重力,她负了重力,才能摒除失落的感觉。她讨厌一切卑琐渺小的事物,内心总是搜寻着高尚的情感,无奈于人世间的事情多是平凡而平庸。于是,她便不得不自己为自己创造伟大与沉重的事业与情感,她只需小小的一点材料便可成功地创造。龚国华的那一股煞有其事的神气,被她误以为是神圣不可侵犯,深深受了感动。她将他的谈话摒除了内容,只汲取一股抽象的激情。他的那些她所匮乏常识的理论术语,则为这激情装饰了美丽的花边。而她以她所制造的宗教为信赖地平静了这两年,她少年时期受了挫伤的身心和希望已渐渐复原,她已经复原的身心里,蓄积了一整座火山的沸腾炽烈的岩浆,那是压缩了一千一万倍的热力与能量,早已在低沉地轰鸣,只需找着一个出口,便将喷射。当她重新走进他们的房屋,她的心境是与走出来时大大的两样了。她的情绪亢奋,甚至她的眼睛也有了光彩。她觉得,有什么不平常的事情就要发生了,世界将改变模样,生活也将改变。

然后,她向他借了一本《共产党宣言》。仅只这"宣言"二字,便使她肃穆。第一行是——一个幽灵在欧洲游荡——她被这宏大的怀有不可测的恐怖感和悲剧感的一行攫住了,——一个幽灵在欧洲游荡。她心中所有潜伏着等待着的庄严伟大的情感全由了这一行升腾起来,她心跳着,颤抖着,胸中洋溢和梗塞着痛苦与欢乐,沿了这一行往下读去。那全是她所陌生的,她所太嫌深奥的,可是因了那第一行的援引,因了这第一行已将她攫住了不放,她咬紧了牙关一字一句地读了下去。那一行——"一个幽灵在欧洲游荡",早已离开了它的原义,只是犹如一盏光明的神灯,照耀了她艰苦的读书的道路。她每读一段,就要记一些笔记。因她一无基础为这读书生出心得,她于是只是大段大段地抄录。因她读不懂,她便不知道什么是重要的,提纲挈领的,而什么是不那么重要。在她看来,所有的句子一无区别全是重要的。她几乎是将一整本的《共产党宣言》全抄在了她的笔记本上。她带了一股狂热读着与抄着这书,她克服着她内心深处因不解而时时涌起的乏味,她一字一句,反反又复复,末了,她便将这一本著作全部背了下来。

自从那一个月夜,龚国华就经常地与她谈话了。他们总是在晚上的月光下或是中午的阳光下,站在门前那一盘破碾子旁边谈话。他们谈话的神情是那么严肃而认真,就连对男女接触极为敏感的乡里人都不会有那样的猜想。他们俨然是在谈着最为重大的事情,那事情重大得足以消除男女的界线了。龚国华用她已能背诵的《宣言》中的理论,奇妙地联系了当前的现实。比如,两个私有制的摧毁,他便可联系改造主客观世界来讲解。那样费解而深奥的著作由于他的解释,变得浅显而真切,她真是从中得了极大的教益。在这一个革命早已如火如荼到了高潮的高潮还将有无穷的高潮的时候,她才刚刚想到了要去革命,而她的迟到了的革命热情却是无比的高涨,她的高涨的革命热情使她的导师龚国华渐觉抵挡不住而甘拜下风。渐渐的,神不知鬼不觉的,一个新的张达玲,一个迟到的革命者,在三间草房门前的一盘破碾子旁边的月亮地和太阳地里,冉冉诞生了。

第十八章

有一天,他们知道了,那每日为他们担水的半大男孩,竟有一个媳妇儿和两个儿子。他们真是大大地吃了一惊,他们向他正过眼去,认真地端详了一番。这一个精瘦的,矮小的,木讷里隐了一丝狡黠的男孩,惭愧似的,抱歉地微笑着。他们看见在他眯缝的眼睛周围却已有了浅浅的细细的皱纹,后脑勺上翘起的那撮头发里也掺了几根白发。这就像个没长大就已苍老的孩子,一个没长大就已苍老的老头。他们渐渐有些觉着恐惧,而他却只是一味地抱歉地笑着。他们慢慢地镇定下来,继而就生出一些嘲弄的愿望,他们嘲弄地问道:

"拽子,你女人从哪里来的?"

拽子很觉不好回答似的笑笑。

"拽子,你几岁讨的女人?"

拽子又笑笑,心中却已觉着了屈辱,因他不明白,上海人询问年龄无论长幼,统统问为"几岁",而此地人却将"几岁"限为十岁以内的孩子。

"拽子,你和你女人睡觉时可尿炕了?"张达宏极其兴奋地问道,他是最最兴奋的一个。他永远学不会将话说得含蓄,而总是露骨。

拽子不笑了。

"拽子,这是你的弟弟还是你的儿子呀?"张达宏见他没有回答,以为自己的问题很有力量而且俏皮,更上了情绪,步步紧逼道。

拽子变了脸色。这玩笑于拽子的道德规范,无疑已是乱伦。再没比对辈分轻佻的混淆更侮辱此乡人的尊严的了。像张达宏这样根底浅薄的孩子,是无法理解此乡人对自己清清白白的代代相传的血缘与历史,严格到了庄严的态度。他望了脸色转白又转青的孩子,心里是得意得要命。他再也想不到他的话意会生出这样强烈的效果,于是又搜索枯肠,想再说一句又俏皮又有力的话。不料正当他搜索得着急的时候,拽子极轻蔑地转身朝地上吐了口唾沫,走了。张达宏便如得了大胜一般,极豪爽地大笑起来,这是他下乡以后头一桩得意的事情了。然后,龚国华就阻止了他,叫他不要再笑了,学习就要开始了。于是,他们开始学习《湖南农民运动考察报告》。

拽子走出学生们的地方,有些踉跄地走过巷口,回到自己的家。他先揍了媳妇儿,又揍了两个儿子中大的已经揍得起的那个。揍过媳妇儿没什么,揍过了儿子却心里疼得发慌,便搂着在灶下愣愣地坐了很久。儿子像是从他的模子里活脱出来的,他好像看见了缩小的自己在活动。他的生命重生在另一具躯壳上,在这一具躯壳里,他拽子的生命得了延续。他无法懂得生命如此美丽的奥秘,只是从心底深处真实地觉着,打了儿子就像打了自己似的,从心里往外痛。他决心再不去下放学生的屋里,也不挑水了,虽则暗暗可惜那每日里的一分半工,可那受了大耻大辱的心却如火在燎烤,他非得发泄了不可。第二天的傍黑时候,他正吃饭，却听门口有人喊他，是个女学生的声音。他端了碗出去看，见是那一个不太好看的名叫张达玲的女生，他知道她是张达宏的妹妹，便耷拉下了眼皮，将脸埋了碗里呼呼地喝饭。她问道，怎么没挑水？是病了，还是书记另有了安排？他没话说，喝了口饭说道："正吃饭哩！"她好像欣慰似的松了一口气，说："吃过饭挑也行。"说罢就走了。学生们那样的浑然不觉，他便有些惭愧，自觉着太多心，反倒小气了。他快快地吃罢饭，担上桶去了井沿。两只空桶在扁担两头悠着悠着，他心想，这些学生们咋什么都不懂，难道他们的大和娘不教他们，他们的大和娘总该是懂的。也或许是连他们的大和娘都不懂什么的。他这样一想，不由气平了许多，便更觉自己忒小气了，和什么都不懂的没有大和娘教导的人们去计较。他这样想着已经到了井沿，他把桶"空嗵嗵"地放下井里，心里却依然有些梗梗的，可终究好些了。

湖里的麦子眼看着就要转黄，风传过来麦的清香，虫子早已苏醒，喔喔营营地歌唱，晚霞在天边无穷地变幻着，鸡还没有回巢，安详地踱着步子啄食。下湖割草的孩子刚刚回家，各人背了小山样高的草箕子，一点一点从前边大路上过来。树叶早已茂密了，掩了半间草屋。

龚国华和张达玲站在黄昏的石碾子边，龚国华对张达玲说，他们所经历的第一场麦收来临了。张达玲虔诚而激动地望着他，他说，这是他们的第一场麦收，他们必须要好好地，好好地干。张达玲的脸上笼罩着几乎是神圣的光彩，月亮升起来了。龚国华娓娓而激情地谈着他的计划，他的计划里那平庸的实用的目的，永远被张达玲忽略，她永远只注意到那些伟大庄严的装饰部分，她以她壮美的理想之光去照耀他的思想，就像太阳照耀月亮。她将他的被自己照亮的思想接受过来,这思想是她的理想光辉的一个载体,有了这载体,这光芒才有了寄身之处。而不致挥散泯灭。她将眼睛庄严地移向远远的一湖青麦,听见压场的石磙辘辘地歌唱,陡的一个脆亮的响鞭,号子悠然而起,越来越高亢,久久,久久不断。她的心颤动了,她的眼睛里射出了灼亮的光芒。她压抑着心中的激动,低下头,看着鞋尖,哑着嗓子说道:"我,决不会惜力!"她使他竟也受了感动,一时没有说话。她却过分猛烈地昂起了头,他颇觉意外,又看了她一眼。她脸上那一股坚决的表情使他暗暗吃惊。她双眼逼视着他,更加嘶哑了嗓子说道:"我申请,放大刀。"他微微地震颤了一下,说不出话来。

此地的割麦,不用女人用男人,不用镰,用的是大刀。刀头有尺把长,刀把比人高。双手握了刀把,夹在肋下,与麦棵拉开一步半的距离,然后,横的平地一扫,一排小麦便齐溜溜地倒下,往前走一步,再横的平地一扫,小麦一排一排齐溜溜地倒下。等到太阳升高了,晒干了露水,女人们才从后面上来,捆起麦棵,装上大车,运到场上,打场是女人的活。放大刀的,连一般的男劳力也不上,全是挣十分工的整劳力。男人们脱了光膀,只穿了裤衩子,肩上披一块白纱布遮挡毒辣辣的日头。早晨和中午都不回家,家里将饭交了队上一起送下湖里吃,送饭的多是十四五岁的男孩或女孩。她竟提出了放大刀,这是连龚国华这样的男生也不敢想的。他想劝她现实一些,劳动锻炼不是一二日拼命的事情,"冰冻三尺,非一日之寒"。可她脸上那坚定得僵硬了的表情却使他把话咽了回去。天黑了,那一轮月亮便分外的明亮,掺了麦香的晚风是格外的清爽,场上的石磙早已歇了,不知谁扯着嗓子在唱泗州戏,唱的是"朝霞映在阳澄湖上"。他怔怔地站着,没有话说。她的勇猛的决定,就好像将了他一军似的,他忽有些沮丧,就说:"开会了。"进了屋去。她再望了一眼远远的已被夜色遮断的南湖,随他进了房屋。

　　门里已点起了一盏摇摇曳曳的油灯,夜晚是真的到了。屋里的牌局已不欢而散,张达宏脸上悻悻的,那二位坐到了屋角里的床沿上,很有默契地一声不语。这时候,龚国华便宣布了开会,他说这是他们的第一场麦收,第一场麦收是有重要的历史的意义。屋里静静的,只有油灯的灯芯在剥剥轻响。没有人发言,人都隐在灯光的暗影里,好像已经睡去了一半。龚国华只得又说了一遍"这是我们的第一场麦收",他干巴巴的声音在草房顶下冷落落地回响,他顿时也失了情绪,便草草地收尾,再不做声。她却有些着急起来,她所期待的那一个誓师的场面没有出现,她本要宣誓。更令她不解的是,龚国华也被这冷漠的气氛控制,失却了热情。她以为是到了挺身的时刻,她以为这一场麦收之战的胜负成败已到关键时刻,她以为她不能再沉默了,她激动得手都发凉了。她伸了伸脖子,嗓子里干燥得难过,她又舔了舔嘴唇,嘴唇上的裂口在哗哗地出血,然后她说:"我放大刀。"她喑哑的声音在空旷的房屋里响起得那么突兀,灯影中的人形骚动了一下,似乎惊起了。她发窘了,因她发窘,她便有些恼怒似的,更放大了音量,她说:"我放大刀。"屋里静了一下,然后,有人轻轻地笑了一声。她顿时涨红了脸,她本是青黄而后晒成烟黑的脸,如燃烧起来一样绯红了,甚至在油灯微弱的灯亮之下,依然可见她变了颜色的脸庞。她好像有什么神圣的东西遭了亵渎,而这一件神圣的东西是她绝对私有的,如隐私一般不得公开的,她不得已公开它,已是非常非常的难堪与害羞,却遭了极轻佻的袭击。她因遭了这袭击,激起了叛逆似的激烈的情绪,她勃然站起,说道:"我放大刀。"说完就撩起了门帘,进了秫秫秸隔起的里屋,只听身后有人说:"没有人不让你放大刀。"

说话的是那女生,名叫齐小兰。她长得苗条秀气,如同一切自知长得漂亮的女生一样,她待人有些刻薄。她所以在这一段时期内,能与张达玲相安无事,甚至还相当和睦,那只是因为她深知道作为女生的自己远远在张达玲之上的优势,这才使她暂且宽厚起来。她甚至还很怜悯张达玲,深为她感到不幸,同时也为自己庆幸。如果设想一下,张达玲也是一个漂亮的女生,那么齐小兰的心情将颓唐许多,怀了那颓唐的心情,日子也将会难过得多。如今她在这艰苦的日子里尚能保持良好的自我感觉,不漂亮的张达玲是有贡献的。她从小就是一个人人称赞的洋娃娃般的小姑娘,她早已听熟了赞美她的颂词,而至今也百听不厌,因这是女人最最少不得的颂词,有了这一桩幸福,几乎可抵消所有的厄运了。因此,在她眼中,不漂亮的张达玲,就像是半个残废一般。因此她能够十分真诚毫不掺假地对张达玲好,事事处处多少地为她考虑,尽管这与她自私而刻薄的秉性十分地不符。当她为张达玲着想的时候,心中还可有一种自我感动的快乐。以她虽聪敏却浅薄的头脑,她还以为沉默寡言的张达玲是老实的,于是便又扩大了一重安全感。在她的很少经验的头脑里,在她的怜悯与同情的深处,她是极蔑视张达玲的,张达玲可说是毫不在她眼里的,这还因为,她很自然地会将张达宏与张达玲联系在一起想。因此,这个晚上,张达玲的一反常态的极拙劣生硬的表现,使她按捺不下她的轻蔑了,于是,她尖刻地说道:"没有人不让你放大刀。"

话没落音,就有人响应:"现在就可以去放。"响应者竟是张达宏,这是谁也不曾想到的。他急于要表示与自己的妹妹划清界限似的,来不及地响应。他响应得却过于积极,竟使人一时不能分辨他说的是不是反话,倒默了下去不再追究。

龚国华一直没有出声,张达玲的表态叫他觉着为难了。他不会料到自己的话会对张达玲产生什么样的影响,只觉着这女生太易冲动,将事情推到这样的极端,叫他不好办了。张达玲一无世故不谙人情的行为叫他真的不好办了。他们其实不必以体力去拼搏的,因他们毕竟很缺体力,精神却很有余,忠厚的乡里人对他们并没有奢求。张达玲放了大刀,他唯有也去放大刀了,而他这一个男生去放大刀却要远远比她一个女生放大刀逊色。再说,他们都去放大刀,叫余下的同学怎么办?他既不愿让张达玲占先,又很不愿得罪同学,如他在同学中孤立起来,将来的事情便将难办得多。他决不可因急功近利而丧失了群众基础。他这么左右为难的时候,心里便渐渐对张达玲生起反感。此时此刻,他心里渐渐理出了头绪,便眼光沉静地看着伙伴们说道:"我们只要不偷懒,真心实意便问心无愧了。"在张达玲地动山摇的宣誓之后,他的这一句平凡的话却显得格外动人。这时候的龚国华是格外的平凡,他不再要求他们表态,他甚至连"散会"都没有宣布就散了会。这一个夜晚,是格外的轻松而情意融融,可是,张达玲成了局外的人,她被孤立了。

从此,齐小兰对她爱理不理,龚国华则很尴尬,不再与她站在碾子旁边交换意见,张达宏唯恐落后,当着众人冷嘲热讽。她却不动声色,因她受了反对,她的行动更有了光辉,她心里竟升起一股牺牲的情感,这牺牲的伟大情感,无疑使她深受了感动,于是,她倒镇定了下来。她镇定地进进出出,干活,吃饭,睡觉与睡觉前读书作笔记。她的镇定流露出紧张对抗的情绪,任何人都可感觉到这情绪,便也生出对抗的心情。他们便如两军对垒,她的阵地只是她一个战士,她骄傲的虚荣心便得了满足。而齐小兰是再克制不住她尖利的口舌,她背地里将她称作积代表,又往往无意地当面脱口而出。她则作听不见或听不懂,这就更激怒了齐小兰,刻薄的讥诮只需张口便源源地出来。在这方面,齐小兰可说是个专家,她随时可生出灵感,真正是触景生情,左右逢源,任何一桩事情她都可引向对张达玲的打击,如她在系草帽的时候,必定是要说一句:"脸要晒黑了,钱也买不来。"如她要去睡觉,绝不会忘记说道:"晚睡最要生皱纹了。"晒得烟黑的脸上已不那么光滑的张达玲,决不会听不出其中的所指,她虽然自知不漂亮,可她毕竟也是一个女生,她甚至也有过要好看一些的妄想。不过,她用一句"低级趣味"将心中的委屈与酸楚都压了下去,她还是非常的镇定。她只是暗暗盼着龚国华与她谈话,可予困境中的她一些援助。她率先跑到门外石碾子旁边等待,等待龚国华与她说话,可龚国华再也不去石碾子旁的太阳地和月亮地了,那太阳地和月亮地沉没了。

麦子一日一日地黄了,风从黄了的麦梢上吹拂过去,漾起一阵闪闪的波动。天是格外的蓝。有一日的早晨,队长踩着两只被露水浸透的球鞋,从南湖回来。队长一步一步地从南湖大路上走来,肩上披了一件单褂,两个薄薄的袖子,随了晨风飘展。他一手掐了腰,另一手举了一杆旱烟,一步一步走了过来。这时候,早晨的炊烟已经升起,溶溶的炊烟,温暖地笼罩在村庄的上空,鸡和狗都在缠缠绵绵地歌唱。队长一步一步走进庄子,走上台子,走进他所走到的第一户人家,说:"明日好割麦了。"家家户户开始磨镰了。生了黄锈的刀刃在青灰色的磨石上霍霍霍的发亮了。嘴上衔了一杆旱烟,骑跨在长凳上,轻快地推着细细长长的刀片,刀刃在磨石上几乎是温柔地吟唱。南湖吹来的风里,夹了小麦熟透了的清香,撩拨着嚼了一冬和一春芋干片的饥荒了的胃口。铺了金黄小麦的南湖,终于觉醒。觉醒了的南湖,松松的,软软的,又干爽又温暖,结实又富弹性,慵懒却富活力。嚼了整整一冬和一春的芋干子面的男人与女人们,再也耐不住饥荒了。

拽子从床肚深处的一堆烂布里,翻出了一把大刀头,它不知在那黑暗的床肚里深藏了多少日子,大约是他从未谋面的父亲手里使下的。而隔了这么长远的时间。它竟没有生锈,仅仅是失了光泽,略有些黯淡。他将它贴在磨石上,掬了一捧水,轻轻地一推,他浑身的骨骼全由了这一推舒展了,活动了,轻盈自如了。他的血液在血管里愉快地低吟,他手指的每一个小小的关节全如舞蹈一般优美而快乐地活动,刀刃在青灰色的浆水里发亮了,越来越亮,像一件活物似的,回应着他的手的舞蹈。世代相传的收割的快乐,世代相传的收获的激动,冥冥之中,在这一个孤儿的身上,竟也完成了转接的任务,它竟是连一个孤儿也不会错过的。刀片在他的手掌与磨石之间,亲爱地温热起来,那许是他从未谋面的父亲的手的体温。拽子有节奏地耸动着瘦骨嶙峋的肩胛,嘴里哼着不知名的小调。这是拽子放大刀的头一年,拽子头一年放大刀。往年里,他只是个送饭的角色,充其量在场上赶一盘碾子。如今,他终于得以放一架大刀了,他无疑是成了十分工的整劳力,他这才真正成了一名整劳力,一名男劳力,一名当家的。他,吆喝着家里的给他舀一瓢水,他还须再接着磨刀,那刀刃已是雪亮雪亮的锋利了。他轻轻地用拇指在上面试着,极满意地在指头上拉下一条细细的刀口,沁出了细细的血沫。他用嘴吮住了刀口,将咸咸的血咽下肚里。然后,他就开始安装刀把。这时候,他看见了隔壁的,与他隔了一个巷口的,草屋前有一个女生,也在磨刀。

张达玲背对着他,跨坐在一条借来的板凳上,耸起两个尖锐的肩胛,吃力地推着刀片。刀片在磨石上磕磕碰碰地滑动,他听见磨石被刀刃削切的刺耳的声响,她的背脊因耸起了肩胛而丑陋地拉长,她细细黄黄,编结得很不匀称的发辫搭了一条在两个肩胛的中间,她的两只脚尖紧张地直立着,抵着地面,眼看着要将地面钻出两个坑,因这脚尖的着力,两只膝盖便不知不觉地张了开来,形成两只锐角。中午的太阳,将这轮廓越发照耀得棱角分明。他竟怔住了。他奇怪地对着她的背影,许久许久,才"嘿"地笑出了一声。他想起,她也是要去放大刀的,而别的学生一个都不去。别的学生一个都不去,她却要去,这事情不知怎么有点滑稽,他便又"嘿"地笑了一声。这些日子里,他早已觉出有一点异常的事情,在学生们中间发生了。他像是有先知先觉似的,学生们中间要发生一点什么事情,他丝毫也不觉意外。他每日总是送两挑水去,见了每个人都要点头问好:"吃过了吗?"或者"还没吃吗?"无论他的问候有没有回应,他总是一如既往。再没有比这个没大没娘的孤儿更懂得礼节的了,比起来,这些大上海来的孩子全成了没管教的野孩子。他恭恭敬敬地行着礼节,谦卑地躲避着目光,然而,他们中间发生的一切,全都逃

277

不过他去。他比谁都清楚,比他们自己都清楚。在他们中间,有一点事情发生了。他饶有兴味,又有些得意地等待着事情一点一点发生。他蹲在地上,手里扶了安到一半的刀把,细细地瞅她怪异的背影。心里有点喜滋滋的。

她无从察觉从她背后射来的目光,她只是勤勤恳恳地磨刀,刀在她手里钝拙地移动,早已割出了几条血痕,淡淡的血水溶入青灰色的浆水里,细细地漂移了一会儿,便不见了。光滑的磨石上已留下一些刻痕,刀与石面永远做不到合适的角度。她渐渐地出了汗,汗珠从鼻尖上滑落了小小的一滴。她咬紧了牙关,执着地移着刀片。她身后的虚掩着的门,一动不动缄默着,她深知那缄默里包含的全部内容。正是午睡的时光,午睡的男生与女生们,正敛声屏息地观赏她磨刀,然后,到了明日清晨,再继续观赏她演剧似的扛了这把大刀加入开往南湖的队伍,去收麦。她再无法退却了,她唯有将她的伙伴们统统留在了身后,独自个儿地挺进,她却感到光荣的悲哀。她以她那断断续续的磨刀声,敲击着正午的寂静,那寂静因了庄前庄后匀称而柔和的磨刀霍霍的歌唱而越加安宁。虚掩着的门启开了一道黑暗的缝隙,犹如眼睛,她受了这眼睛的逼视,越发的勇敢和坚定。刀刃却在磨石上走着出其不意的路线。这时候,她忽然听见一个很轻的声音,那声音就如秋天夜晚的虫鸣,轻轻的,盈盈的,无根无底,那声音叫她道:

"学生。"

她茫然地转动了头,方才看见在她膝边,蹲了为他们挑水的男孩。他背了阳光,脸掩在阴影里,她看不清他的表情,只觉着他的那一双绿豆般的小眼在发亮。

"学生。"他又说。

她无端地哆嗦了一下,不由放平了脚掌,于是,两个膝头形成的锐角便柔和了下来。

"吓着你了?"他很温柔地说道,"我来替你磨。"

她先还犹豫了一下,可很快便从长凳上退了下来,让位给他。他猴子般灵活地无声地上了长凳,不知何由,很诡秘似的笑了一下。他的笑脸在日光下闪烁了一下,然后又隐没在低下了的阴影里。刀,立即在磨石上温和地歌唱起来,在这歌唱里逐渐闪亮。他弯腰掬了一捧清水,冲去青灰色的浆水,刀刃雪亮得刺眼。而他继续磨着,开始说话。他说得轻声轻气,好像害怕惊动了什么。

"明日放大刀去吗?"他悄声问道。

"对。"她便也悄声地答道。

"你可真了不得。"他悄声地夸赞道。

"有什么了不得?"她悄声地问。

他极轻极轻地一笑:"咱庄上,从古到今,只有一个姊妹放过大刀。"

"谁?"

"早不在了。还是俺奶奶那时候的事呢!大家都叫她'铁嘴'。"

"怎么叫'铁嘴'?"她好奇了。她站在他的身边,看着他的两条胳膊按了刀片在石面上有节奏地来回,顶头的阳光照亮了他的两道耳轮。

"她嘴利呗,十个男人说她不过。她会做,一百个男人做她不过。她放大刀,将一长溜男人放得趴下了,她唰唰唰地朝前走。"

"哦。"她不知为什么,浑身有些软弱,太阳照得她目眩,她有些发困,脑子昏昏沉沉的。

"你是第二个。"他仰起了脸,对了太阳,再转向了她,极温柔地笑了一下。刀已经磨好,用清水洗净了,搁在了洗净了的青灰色的磨石上。

她忽然有些退缩,喃喃地说了声:"我是学习的。"

"那是。"他十分理解地说道,轻轻从长凳上退下,跨腿时,为了站稳,另一条着地的脚就原地跳了两下,然后走了。她看了他闪进他自家的门里,敏捷得如一个动物。她的心开始下沉,明日的麦收瞬息间变得不可回测,南湖的麦子瞬息间停止了波动,微风不再吹拂。磨好的大刀在青石上闪着雪亮的光芒,像在对她作着示威,她孤独无援地立在太阳地里,四下是一片柔和的寂静。她伸出手去拿刀片,手指竟在颤抖,她加快了动作,过于猛烈地握住了刀片,刀片很整齐地在她一排手指肚上刻开血口。她觉着了疼痛,疼痛却使她清醒。她将刀片放回到凳上,从口袋里掏出一条手绢,安详地将一排四个手指包了起来。手指肚一跳一跳地疼着,她渐渐地平静下来,甚至又开始兴奋。那十指连心的痛楚,激励着她的决心,她重又坚强起来。她蜷起了手掌,握成拳,将那一列伤口紧紧握住,享受般地感觉着那疼痛。一列下湖割草的小孩叽叽呱呱从巷道里走出,从台子下穿过,朝南湖走去,阳光罩住了他们的声音,听起来像从另一个世界传来。他们叽叽呱呱地说着什么,空着的草篓子在他们肩上活泼地甩来甩去。他们在大路上无意地排成了一支细细的队伍,穿过了正午的寂静。南湖的麦浪重又涌动起来,却是凝重了许多,风开始吹拂,吹来麦子熟透的消息,那消息怀了一股庄严的意味。阳光偏了西去,将影子照斜了。她如一尊石像般地凝立,时间从她身体里一点一点过去,她毫不觉得。

明天收麦了,明天第四千零一次的收麦了。饭后的人们穿家走户,漫不经意地议论着这一季的收成,哪一块的麦子长稀了,哪一块却又长稠了;憧憬着燎麦子吃的快乐,那一张嘴吃得乌黑的鬼相;猜测着这一年让不让拾麦穗了,如能让拾麦穗该有多么好啊!早有人从麦地里掐来一穗,揉碎了摊在掌心里数着,麦粒不那么壮实,却也不很干瘪,半瘪半鼓着。这播种了四千年的土地,是尽了全力才又培育出这一季收成,它早已乏了,它早已是疲惫不堪却永不得休息,它卸不脱它抚育的重任,那全是它亲生亲养的儿女。它只有与天作着协商,协商一个风调雨顺的岁月,天是时好时坏,这一年总算是挨了过去,一季小麦终于成熟,明日就要收割了。为了明日的收割,家家都早睡了。门关了,灯灭了,留下麦子在南湖里作最后一夜的休憩。这是四千零一次麦收前夜中的再平凡不过的一个,这实是再简单再平常不过的一个夜晚,夜是如同平常一样的深长,人们如同平常一样的熟睡,蝎子如同所有麦子扬花时节一样的活泼,咬噬着早已麻木不觉的明日要收割的身体。

金刚嘴里一片漆黑,而南湖里却月明星亮,露水优美地降落,在空中走出迂回的路线,嚯嚯营营的虫鸣,叮叮咚咚敲击着深蓝透明的夜幕,麦穗儿唰唰地悄声细语,麦芒烁烁地发亮。麦地间躺了一条大路,洋洋拖开数十里,大路上浩浩荡荡走着几千岁的虫蚁,高歌着在月亮底下游行,月亮随了它们歌唱的节拍一点一点西移。深蓝的夜空渐渐暗淡,并且苍白,虫蚁的几千岁的歌唱渐渐平息,露水伏到了地面。这时候,一轮太阳从东边喷薄而出,刹那间,将一个大地照耀得金碧辉煌,大路上走来了扛了大刀割麦的人们,踩着浩浩荡荡的虫蚁们几千年的足迹走了过来。大刀扛在肩头,用两只胳膊扶住了长长的刀把,不说也不笑地,脚起脚落地走了过来。露水浸润的大地柔韧而结实,与人们的脚步作着富有弹性的回应。麦芒上挑着露珠晶莹的粉末,每一颗果实都变得通体透明。人们从大路上走了过来,一个个庄严地沉着脸,双手扶了刀把,一步一步起落着走过来。他们忽然走进了麦地,一字儿排开,站成没有头的一行。他们站成整整齐齐的没有头的一行,将大刀从肩上卸下,双手握着,一齐朝肋下甩去。就在他们将大刀朝肋下一齐甩去的瞬息间,露水干了,麦秆唰啦啦地齐声高歌了。

第 十 九 章

就在麦收的季节里,以龚国华为首的这一个小小的公有制集体里,开始分化与瓦解了。

事情似乎是从那一个名叫魏源生的男生和他的三十个腌鸡蛋开始的,事实上,危机是与这一个集体户生而俱来的。当大家从上海下来的时候,其实每一个人,或多或少地都带了一笔私有财产,这是谁也不曾公开的,甚至包括了龚国华。因有了这笔小小的或多或少的资产作底,那些少油没盐的惨淡的日子才有了指望似的,比较容易打发了。这笔资产给了他们各人一线光明的希望,在那些饥肠辘辘的夜晚,他们的精神会餐便可有一些切实的依据。而也正因为他们可进行经常的精神会餐,他们才都各自将一份财产完好地保存下来,而没有及早地挥霍。他们如一个个守财奴一样,牢牢地守着那么一点财产,白日做梦般地度着饥荒。而这笔宝贵的财产却一无增加的希望,他们没有收入,唯一的收入便是前半年里每人十元的伙食费,他们贪婪得竟要去打这活命钱的主意了。无奈这十元已经合伙,每个人便都觉得在这合伙中吃了亏。于是,谁吃得多,谁吃得少,吃肉的日子里,谁多了一块,谁少了一块,便成了每个人耿耿于怀的心事,尽管碍了面子嘴上不说,心里却一清二楚。因这些共同生活中很难避免的不等现象,使得他们不约而同地渐渐取消了一月一次的吃肉。他们只有将开支压缩到最低限度,才可使不均等的差异压缩到最低限度。他们便越过越苦,甚至连一棵白菜都不愿去买,全凭着左邻右舍送来的半碗臭豆子或者一碟咸菜下饭。在没有人送咸菜和臭豆子的日子里,他们便吃白饭拌酱油。到了末了,连酱油也被他们列为奢侈品,不再去打。他们一个个面黄肌瘦,成日觉着肚里的空旷。幸好,他们本都是普通人家出来的孩子,并非养尊处优,紧勒一下裤腰带,也可将这日子勒过去的。只要他们各自那一份小小的财产得了保护,只要没有亏吃,便可告慰了。

而魏源生却有些熬不住了。这一个会计师的独生子,肠胃的积存原比任何人都要丰厚,因此也少经锻炼。数月清汤寡水,他的胃壁便很脆弱。他比任何人都不堪忍受这饥荒,他本是一张剥光鸡蛋的白白胖胖的脸蛋枯缩了起来,竟有了少许皱纹,他连头发都缺了滋养,枯黄稀落下来。他情绪十分委顿,精神会餐已不足以使他振作,对于那笔他比任何人都更丰厚的资财的浮想,也无以安慰他了。而比这白饭拌酱油的生计更不容他忍受的,则是这一派个人利益毫无保障的公共生活。他们就这么袒露无遗地毫无障蔽地生存活动在一个屋顶之下,没有一件东西可以绝对属于个人。因直到这时候,他们还极要面子,不能够撕破温情脉脉的面纱。任何人都可在任何人的饼干箱子里捞一把饼干或者糖果,任何人都可在任何人的牙膏里挤一段牙膏。这是与他从小出生并成长的那一套一居室里的生活相去实在太远。他们是连隔壁的邻居都不常照面的,他们不知道他们隔壁究竟住有一些什么样的人和故事,就如隔壁的人们无从知道他们是一些什么样的人和故事。他们从不互相侵犯,从不互相干扰,他们不轻易同别人说话。假如有一件晾在阳台上的衣服被风吹落,飘到下一层的阳台,他们便会无限抱歉地,挑选一个最合宜的时间,彬彬有礼地敲门。他们决不会冒昧走进门去,穿过一个客堂间兀自走向阳台,他们只有等待主人拾起那衣服交还他们手中,然后他们再将反复地道歉数次。住在他们那一幢老式的、陈旧的、墙壁已开始剥落石灰的公寓大楼里的人们,将你的和我的分得十分明白,犹如墙与楼板将他们各自为阵地分隔开来一样,他们之间决计产生不了一点混淆。小小的时候,魏源生在班级里交到了第一个小朋友,有一次他们交换了礼物,一支带橡皮头的花杆铅笔和一支也带橡皮头却没有花的铅笔。当夜,便遭了母亲的查问,母亲责令他次日就必得换回。要好归要好,东西是不可随随便便地赠送与接受的,以后要不好了,免得算不清东西,而东西算清楚了,也不会不要好,不要好往往是从算不清东西起因的。母亲的劝诫里更深一层的处人处世哲学,是不能为小小的魏源生懂得的,可他却受了打击。这是他第一次受了打击的交友,留给了他不知怎么带了些伤心的屈辱的印象与回忆,像一个小小的伤疤似的。很长时间他不忍回首。似乎是为了避免对它的回忆,他很长时间里不再热情地交友。他与人相处,总是恰到好处便停了步骤,留下一个礼貌的距离。这段距离在较长一个时期内,令他觉着孤独,惶然不知所措。可渐渐的,他却因了这距离而深感安全和自由。他所环身的那一周空白的地带,为他营造了一座城池,犹如那一座他从小寄生的公寓,他藏身在内,十分自在。他可将他所有的,独属他个人的财物与心情一一安置,独自个儿地享用,决不使其浪费,他精打细算,无论在物资上还是情感上都确保收支平衡。而他所居身其间的这一座安全的城池,却在龚国华领导的部落式的集体户里遭了彻底的摧毁。起初的日子里,因人地生疏,与同伴们相依相助,并不使他对这公有制的生活反感。而时日过去,他渐渐稳住了阵脚,镇定下来,对这陌生的环境完成了初步的探视。他这才猛省到他的损失的惨重了。他越来越无法容忍这种生涯了,他视这种生涯为强盗的生涯,他几乎觉着他们都在堕落。他憎恶这堕落,又无力反抗。而他终要作一点小小的反抗了。他最先的不为人知的反抗,便是对他床铺的改造。他本是睡在里墙的一边,他就将床拉开一些,与墙壁之间留下一条窄窄的走道,然后,挂起一顶帐子,背朝外,口朝里,于是,他便有了一个小小的房间。他将他的两只板箱靠了墙角摞起,箱子上压了一块玻璃,玻璃下放了两张年历片,这小屋便有了一些装饰。如此这般,他睡在里面,才觉着微微的安慰。可是时至那日,他终究还不敢独自在里面吃东西,有了东西,他还须钻出"小屋",与大家共产分享。一直到麦收的季节,他才动了腌鸡蛋的脑筋。

  他是实在打熬不下去了,在他自制的小屋里的独处的时光,则又培育了他的勇敢。他在他独处的天地里,得了保护的,才又渐渐地找回了往日里的自己。找到了自己,他方才有了行动的自信与勇气。在那过去的三个月里,人与人毫无障蔽地厮磨,他几乎要忘了自己是什么样的人,他扮演着一个陌生的角色,角色没扮演好,自己倒要丢失了。现在,他又回来了。他躺在小屋里,运转着脑筋,他发现自己的脑筋还管用,还可生出灵感。黎明时分一声遥远的鸡叫,他便想到了鸡蛋。他想到,每日里吃一只盐鸡蛋有什么不可呢?好比得了病的人每天吃一片或几片药片。吃一只鸡蛋与吃一粒药片究竟有什么本质的区别呢？况且这是吃自己的,并不是吃任何别人的。这计划在他独自个儿的冥想之中,坦坦荡荡,磊磊落落。而当他一走出他那自辟的天地的时候,却陡然地有些退缩。可是面对了一碗连酱油都不再有的白饭,他只得重鼓勇气。他终于下定决心,在一个他当厨的白天里,去到民兵营长家,买了三十个鸡蛋。他将鸡蛋掩在书包里,紧紧地系上带子,溜似的走出营长家,营长女人在身后大声叫他慢走,他来不及回答就窜下了台子。他禁不住地东张西望着,活像一个大白天行窃的没有魄力的贼。他又溜到供销社里称了一斤盐,以后的事情便是要物色一只不大不小的坛子了。当他从隔壁的拽子女人那里,讨得一只破了口的罐子,提到他的小屋里,塞进床肚的时候,满庄子里都知道了他从民兵营长家买了三十只鸡蛋,甚至五十只,七十只鸡蛋。有人从门前走过,便要问道:"炒鸡子儿哪!"又有谁家的女人特地来到屋里,询问还要不要鸡子儿了。到了收工的时候,张达宏很激动地跑进门,满心以为有一顿改善了的伙食,却是一场空欢喜,便极不识时务地问道:鸡蛋在什么地方？然后,齐小兰和龚国华也到了,以疑问的目光望着他,他只得喃喃地说明,这鸡蛋是他自己买的,如果他们也想买,谁家都很愿意卖的。说罢这些话,他便镇定了,而其余的人都像是羞惭了似的,纷纷避开了目光,各自走到一边,去嚼一碗白饭。这一餐的晚饭是特别的无味,并且沉闷。谁都没有说话,连多嘴多舌的张达宏也安静了下来,拽子挑来了水,水倾入水缸的声音,在这尴尬的静默中,几乎是汹涌澎湃的。拽子微笑着向大家招呼,说道:"吃饭了?"又格外地对魏源生说道:"那罐子管不管？要不管,我再找一个来。"这一句问话,使得气氛陡地紧张起来,屋里人几乎都要闭过气去。不想,魏源生却和蔼地回答:"很好,就这个。谢谢。"拽子说了声:"不谢。"悠悠地担了副空水桶走了。这于魏源生,等于撕破了最后一层脆弱又虚伪的幕幛,他便彻底轻松下来。吃过饭,他刷净了锅,先煮蛋,再煮半锅盐水,将蛋浸在盐水里。这是他从善持家务的母亲那里得授的简易而速成的腌蛋法。他一边做着这些工作,一边轻松地吹着口哨。他的口哨声,在寂静的空荡荡的屋子里到处回荡,刺激着纯洁的灵魂。数日过去,那盐水浸透了蛋壳,他开始吃蛋,每日一个。他总是盛了满满一碗饭,钻进帐子后面,然后,那纱帐里便传来了清脆的敲击蛋壳声。那蛋壳轻微的碎响具有一股强大的穿透力,任凭怎么喧闹依然清晰悦耳。不甘落后的张达宏终于也步了后尘,他先向妹妹张达玲打了招呼:"你要吃,你就去买,民兵营长家的鸡蛋多得很。"然后他便向营长的女人买了同样的三十个鸡蛋,同样地称了一斤盐,同样地腌浸了数日数夜,同样地每日吃一个。他做着这一切的时候,不具备一点点创造性,他全是依样画葫芦,思想很不解放,大大的不如齐小兰。齐小兰此时此刻才从箱底里翻出一筒卷子面,却原来,她早已埋下了心机,瞒下了财产。她只需到邻家菜园子去掐一苗青蒜,便可下得一碗香味扑鼻的阳春面,她是比谁都经济实惠的了。自此,他们这一个原始共产主义的社会里出现了私有制的萌芽。从历史发展的意义来说,魏源生无疑的是一个革命者了。他如同历史上一切革命者一样,因脚步太快,而将自己孤立了。此时此刻,龚国华要做一个小小的酋长的理想眼看着就要落空。可以告慰的是无论私有制的因素是多么活跃而蓬勃,他们这一个集体户的主体形状暂时还未瓦解,他们仍在一个锅里吃饭,工分记在一本账上,除去各人从家里带来的而外,别的收支仍是全民经济核算。

说话间,就到了割黄豆的季节,他们在此已度过了第六个月,他们的知青补助,是到了最后一月了。他们从此就要凭了一本工分手册度日,这一本工分手册此时此地才呈现出严肃的生存意义。于是,他们不知不觉地都对那一本工分的记载认真起来。凭了工分,他们分到了小麦和夏红芋。隔壁的拽子帮他们切了红薯片,用线串起来晒干。作为酬谢,他们将分得的一堆红薯秧子全部送了拽子去喂猪,小麦则装了麻袋吊在了梁上,既可防潮也可防耗子。他们的房里竟有了耗子,大约是被他们那些稀奇的吃食招来的,他们稀奇的吃食培养了一代摩登的耗子。到目前为止,他们还无需去动这些粮食,因他们尚有着半月的供给。然后,这一日,他们又分来了五十斤大秫秫。这时节,早已长得不甚茂密也绝不稀疏的黄豆,在夏末的一场大雨中,全部沤成了绿肥,连抢上一季荞麦也来不及了,眼巴巴地望了一湖大水慢慢地退去,而一无所措。庄前庄后又在作着外出要饭的计算,而他们则已着手回家的准备。

这一堆从岗地上收获的金黄黄的秫秫,唰啦啦地从他们肩背上落在了屋子当央,齐小兰掸尽了身上的灰土,嘴里衔着一根黑色的发带,双手很灵活地编结着一根散开的发辫。她衔着发带建议道,将这秫秫各人十斤地分了,好带回家去爆珍珠米花过年。龚国华提醒道,这就是秋后的口粮了,分了带回去,秋后吃什么?齐小兰说,秋后就回上海了。龚国华又说,那么还有开春呢?齐小兰冷笑了一声,说,谁愿当口粮谁当口粮,她反正是要带回家去的。说罢,就出门找来一杆巨大的秤,将自己的十斤称了出来。她刚称罢,魏源生就接了秤去,也称出了自己的十斤,张达宏便也唯恐落后地称出了自己的。然后,便只剩下龚国华与张达玲的小小的一堆。龚国华望了地下,脸上露出凄惨的表情,他停了一会儿,对张达玲说,要她把她的也称了去,张达玲却让他先称,她并不着急,说罢转身进了里屋。龚国华犹豫着,下不得手去,齐小兰却一个劲地催,说要还了秤去,别人还等着使哩!龚国华经不住她催,终于接过了秤,将结在一起的秫秫一串一串挂在了秤钩,心里充满了屈辱和悲凉,心里有什么在动摇,纷纷落下了碎片。他终于分出了他的一份,无限委屈地搬到他的床下,秫秫唰啦啦地在他床下铺开。屋子当央,张达玲的那一份显见得要少于十斤,每个人称的时候都放宽了手,那几穗秫秫躺在偌大一片灰暗的泥地上,显得十分寥落,而又十分触目。每个人都极力回避似的,装作看不见它,它极不方便地躺在屋子中央,却没有人将它挪一挪地方。直到晚上,张达玲将它们收拾到自己的床下,大家才都松了一口气,平静下来。一旦平静下来,就开始作一些精细的计算。首先进行这计算的是魏源生,他从龚国华处取来工分册,钻在他的小屋里统筹了半夜,才发现他是大大地吃了亏,他每日里是八分半工,而齐小兰与张达玲仅只八分工,凭什么要以各人十斤来平分秫秫?他再也睡不安宁。他决不会想占别人的便宜,可也决计不会让人占了便宜,因不让人占便宜他才不想占人便宜,他不想占人便宜也为了不让人占便宜。这是真正的辩证唯物主义哲学,因了这哲学,他们才得以人不负我我不负人地理直气壮地生活,他们才得以不卑不亢地做人,他们才得以精心设计自己的一份生趣,他们才得以万无一失地沉浮于世。而他只是他们这一个家庭世代承继的一个小小的环节,他是承前启后的一个环节,这会儿,他好像有一种很惭愧的心情,有负使命似的。他想将他的想法公布于众,可他又极怕伤了和气。他毕竟是初出茅庐,还不知应当如何不伤和气地捍卫自己的利益。他放弃了开诚布公的计划,想着与龚国华私下谈谈,可他立即想到,龚国华会以一番不切实际却又绝对正确的大道理将他抵挡回去。还会对他产生不好的看法。他又推翻了这一个计划。这一个夜晚,他过得十分折磨,愤愤不平又惴惴不安,可他终究是他们魏家的后代,这一点小小的困难还不至于难倒他,于是,到了黎明的时刻,他便很安宁地睡着了。

早晨起来,他蹲在还未切片的红芋堆前,挑选了半顿饭的工夫,然后就提了大半箕子的红芋站了起来,个个红芋都是精心挑选出来的。他堂而皇之地将红芋提进屋子,穿过屋子当央的空地,提进了他的小屋。一屋子的人都瞠目结舌,连伶牙俐齿的齐小兰一时也说不出话来。而她毕竟不是等闲之辈,到了午饭的时候,她也蹲在红芋堆前挑选起来,接着便是张达宏。张达宏做着这一切的时候几乎都是盲动的。他是盲目地不愿吃亏,要步步紧跟,不像魏源生是有着哲学的意义,他只是生怕落伍而已。齐小兰则是一个又聪明又要强的女孩,她的行动有着挑战的意味。他很明白魏源生这么做其实是向他们,尤其是她发表一个声明,声明他是多劳多得。她紧接着在心里跳出的念头便是:她工分虽少半分,胃口却要小得多,这么一想可不得了,她也是大大吃了亏的。而她又不如魏源生含蓄有修养,她心里所想的,全忍不住要宣泄出来,否则她要憋坏的。她一边清理着红芋,一边就开始絮叨。魏源生听得清清楚楚,却一言不发,显示了极高的涵养。他躺在自成一统的小屋里,看着一本残缺不全的《三国演义》,十分地安恬。他对齐小兰非但不气,倒有几分感激,因为她说出了他不敢说出的话,因为她帮他将早已想开诚布公的一切开诚布公了,这时节,齐小兰简直成了他魏源生的喉舌。她勇敢而忘我地在为魏源生开创一个崭新的也是陈旧的生活形式,将原先的那种强盗生涯砸烂了。他万分惊喜地发现,他们这一个集体户将开始一个新的秩序,或是说将恢复一个旧日的秩序。他本还不抱指望在本年度完成这一转变,这会儿却全由了齐小兰的勇敢将提前完成。他无忧无虑地躺在蚊帐后面,旁观着这一场变法。屋里所有人都沉默着,张达宏对这显见着严重了的形势感到十分的不适,盼着这一切早早地结束,他极不情愿一个夜晚在这样严重的气氛中度过,这于他简直是一种人生的浪费。他无比怀念早先的快乐的日子,打牌,耍赖,分食并争夺鸡子饼,一起和和睦睦、战战兢兢地出去撒尿,那是多么快乐的时光,却不知怎么悄然流逝了。他有些伤感。但他的伤感很不过分,绝不会伤身,他尚还抱着希望。他以为这一个沉闷的夜晚一旦过去,那些快乐的日子便又会到来。他若不抱希望,便会对一整个生活都起了疑心:生活为什么要这样无聊!生活有什么权利要这样无聊!他无聊地将一撮旱烟,用纸条卷了又卷,终于也没卷成形状,旱烟却已揉成粉末,撒了满床。旱烟是向拽子讨来的,拽子这会儿正坐在齐小兰跟前,帮她搓着秫秫粒儿。因她没有人搭理,便自觉承担起听众的角色,作出简洁而诚挚的反应。

"在一起过日子,谁不吃亏?谁都吃亏,要吃不起亏,就不要在一起,分开好了!"齐小兰渐渐平静下来,冷笑着说。

"那是。"拽子点着头答道。

"可是有些人就是不懂道理,多赚了半个臭工分,就自以为了不起了。世界上有这种事情吗?"齐小兰得了支持,反有些委屈。

"那可不是!"拽子睁大了眼睛,好像他是世界上最最天真无邪的孩子了。

"要说吃亏,我是最吃亏了。我本来也就想吃亏就吃亏了,吃进算数。"

"小齐你,我们大伙儿都是知道的。"拽子这样鼓舞她。

"可是有些人就是不想太平啊!"她的火又上升了。

拽子便往下安抚她:"算了,算了!"

"我是想算了,有些人却不想算!"

他只得把话扯开:"这秫秫要不要推了面带回去?"

"不推!"齐小兰气汹汹地说,把他吓了一跳。他赶紧地又说:

"回上海用电磨推才推得细呢!"

"回上海也不推。"齐小兰又嚷了一声。

"好,不推。"他说。

"爆珍珠米花。"齐小兰吵架似的说。

"那是,那是。"他答应着,一点不懂"珍珠米"是什么,他有些昏乱,却依然勤勤恳恳地搓秫秫棒,将一对手掌搓得通红。

魏源生躺在蚊帐里,冷冷笑着,有点动气了。他本是可以看一场独角戏那么逍遥的,可他毕竟还没有足够的修养,来培育出超然的幽默感,他没有幽默感。其实,他骨子里与齐小兰是一个水平,不过在表面上略胜一筹罢了。齐小兰句句都是道理,不免叫他恼怒起来。他的恼怒其实也并不亚于齐小兰,只不过他不

293

愿选择这一种野蛮又低劣的吵嘴的方式。他翻了个身,脱了衣服缩进被窝里,将他床边的一盏独用的小油灯吹熄,宣布了退席。时时注意着他动向的齐小兰立刻感到扫兴,站起身,用脚恶狠狠地踢了踢脱尽了颗粒的干棒子,说:"睡觉!"拽子便应声说道:"休息吧,休息吧!"慢慢地退出了门。

　　他走出门外,将门轻轻掩上。夜凉如水,他不禁打了一个寒战。他缩了缩脖子,擤了一把鼻子,将手插在袖筒里,然后,咧开嘴笑了一下,惨淡的月光将他的笑容照耀得有些狰狞。他微笑着,轻轻地跺了跺脚,慢慢向自己的草屋走去。他每日坚持不懈地到学生们的屋里守着,渐渐地窥破了一些神秘,他觉得很满足,也很得意,甚至有些欣喜。学生们身上所蒙罩的一层帷幕,渐渐地被他拉扯了下来,拉扯下来的同时,在他们身后的那一个遥不可及的城市的严密的帷幕似乎也开始移动了。其实,也就是那么一回事,拽子心里想着。他心里想着,也就是那么一回事,慢慢地朝家走去。一家有一家的事,他接着想道,家家有一本难念的经,他很理解地想道。可是,这一切多么有趣啊!这一切是多么多么的有趣啊!他再也收不去他的笑容了,他就这么微微笑着朝家走去。屋里早黑了灯,门虚掩着,轻轻一推,吱嘎一声就开了。拽子摸上了床,将一双冰凉的脚插进女人温暖的怀里,他心里想道,多么多么的有趣啊!

　　龚国华觉着无比无比的悲哀,他脚下的土地在动摇,他即刻就将失去立足之地了。他的理想尚未营造完整却已遭了破坏,而他又一无修复的能力。他无以修复他的理想,因他原先也没有一幅清晰的蓝图,他只是脚踏实地地走着瞧,他只看得见一步开外地方的前景,而就这一点前景也遭了破坏。他这才开始想家,想他那一个倚了别人家的高墙搭起的板壁的小屋,那小屋狭窄得只能容下两张床铺,一个柜子,还有一个方桌。冬天过去了的开始温暖的日子里,他们一起来便开了门,将桌子板凳搬在了门外。弄口的那一圈地方,就是他自小长大的活动场所。他坐在小凳上,帮奶奶剥毛豆,一边看着从弄口进出的各色人物。那弄堂内高大整齐的房屋里的人们,于他都有一些神秘的意味,那里的生活与他们的,是咫尺天涯。即便是那些与他相同年龄的男孩在做着与他相同的游戏,他都觉着好奇。那住在弄堂深处的人们,走过他们的板壁小屋的时候,流露出含了鄙夷的怜悯,是他自小就熟悉并习惯的。他从他苏北船民的祖先身上承继了一副强健得近于麻木的身体与神经,无论是怜悯的目光,还是鄙夷的目光,都不致使他受伤。他几乎一点没有受伤地、健康地长大,既没有拔尖,也没有沉沦,他的努力与智力总能使他将一切做到中等水平。他的心情很充实也很愉快,他生活得很积极,因他很明白生活的目标。有了目标,他便可放心地生活,他不要求大的目标,只需小的、切实可感的目标。如今,这一个集体户社会的解体,将他生活的目标消灭了,他眼看着就要不知道为什么而生活了,他眼看着不能积极地生活了。他却还没有学会消极,除了积极,他别无选择。于是,他便真正地陷于苦恼之中了。

这一夜晚,睡得最最安心的就是齐小兰和魏源生了。齐小兰把想说的都说了,魏源生想说的也有人替他说了,两人都卸下了包袱,轻松了。这两位其实是同一阵线的战士,这时候却以仇敌的面目出现了。从第二天的清早开始,他们不再说话。一整个集体户,因了他们彼此不相理睬,气氛陡然紧张。张达宏首先感到慌乱,他不知他究竟应该站在谁的一边,他不知他究竟应该支持谁,因他实在不知道他们是因为什么而彼此仇恨。他很忙乱的,时而与齐小兰说话,时而又与魏源生说话,时而讨齐小兰的好,时而又向魏源生献殷勤。忙到后来,连他自己也不明白他是要做什么,目的何在。他只是弄得这两位一样的心烦,却又不得不敷衍他,一边敷衍,一边不耐烦,从心底里生出讥讽的嘲意。因了这嘲意,他们两位却有了默契,他们互相都很知道此时此刻的心情,只有张达宏一个人蒙在鼓里。到头来,其实是他们俩结起了同盟,而与张达宏对峙了。张达宏辛辛苦苦地周旋,却成了他们交流感想的桥梁。龚国华则因他们的芥蒂重新找到事做了,他暂时又抓着一个生活的目标,而得以勤恳地工作。他开始对这两位进行思想教育,帮助他们和好。他也和张达宏一样地忙碌,但却忙碌得具有目的性和逻辑性。他分别找他们谈话,谈了有几十个日日夜夜,谈到头来,倒是从双方各自领受了一通"现行条件下不适于共产主义劳动分配制"的教育,双方都为他提供了关于独立个人经济核算的建议。于是,这谈话便总是游离开"团结革命"的主题,迂回到集体户的体制革命方面。在这一系列的谈话中,魏源生和齐小兰不知不觉又建立了统一战线。再没比此时此地的他俩更团结一致的了,却也再没比此时此地的他俩更敌对的了,无论他们的联盟是如何的紧密,他们却就是不理不睬。到后来,这不理不睬便有了一种做作的味道,像是解闷的游戏。这时候,张达宏与龚国华也彻底地绝望了,不再做什么,随他们自便了。没人打搅,那两位倒又觉着了无聊与沉闷,成日里无精打采的,早早就上了床睡觉,晚饭后快乐的聚会再没有重来,于是,张达宏便真正地消沉了。

春红芋收了下来,拽子帮助他们在门前挖了一眼红芋窖,将红芋全都窖上了,说是过了冬的红芋,比梨还甜,他们照例将红芋秧子全送了拽子回去喂猪。分完了红芋,队里开始分红了。他们辛辛苦苦做了这大半年,到头竟还欠了队里十二元七毛钱。这笔账,即使是精细的魏源生也是算不明白的,即使是不饶人的齐小兰也赖不过去的。他们只有乖乖地将钱交了出来。为了这十二元七毛钱应当如何分摊的问题,他们这才真正地展开了一场四方大战,真正地撕去了温情脉脉的面纱,连一点虚伪的矫饰都没有了。除了张达玲以外,全都卷了进去。龚国华本还以户长的姿态进行劝解,可却被视作软弱而明显地受了欺负,将要被迫接受一个极不平等的条约,他也只得忍辱放弃了他的"主义",悲壮地卷入了。长久以来被崇高的责任感压抑着的利益心,此时再也压抑不了,终于得了解放。其实,钱于在座的任何一位都不如于他来得重要,他是一个在拮据的环境中长大的孩子,他深知钱的不容易。他比在座的任何一位都更对这一份欠账不满,他委实是真正的困难的一个。他本有着牺牲的准备,本着这牺牲的准备,他卖了裤子也要付清欠账。而他终于发现环境并不给予他牺牲的机会,他终于被迫地放弃了这一个无谓的准备,为更切实的需要去进行奋争了。就在他卷入争吵的那一刻,他的理想忽然地转变了,他的生活目标忽然地调整了。他原是个极善自我调节的人,他早已具备了自我调节的物理与心理的准备,这时候,这一个调整便及时地迅速地自我完成了。他在他脚下那一块土地沉落的一霎迅速地踩上了另一块更为坚实的土地,他逃脱了沉沦,他胜利地生还。他依然是强健而结实,经得起磨练。

这一场争吵,耗去了所有人的精神与情感,这一日,谁也没有烧锅。张达玲起早就和几个社员上城里卖红芋,天黑才能回来。剩下的这四个人,各自躺在自己的被窝里,生气的生气,流泪的流泪。锅灶冰冷着。直到傍黑,拽子来了,才点起火来,煮了一锅芋头稀饭。他坐在灶口,很节省地往灶膛里填着最后一些细碎的麦穰,麦穰子燃出零星的跳跃的火苗,闪烁地映照着他小小的脸膛,因了这照耀,这张脸竟有些喜气洋洋的。锅开了,咕噜噜地响着,石灰颜色的芋干片在滚水里上下翻腾,他站起身和了一勺面,搅了进去,那泡沫顿时滞重了,再也翻腾不起,只徒然地突突地冒着气泡。他站在灶前忙碌着,刚刚够着了锅台,赤裸的脚套了一双破旧的胶鞋,脚踝冻得发紫。他用勺子搅着稠厚的稀饭,心里十分明静。屋里忘了点灯,只有一膛灶火照耀着,他如一个黑色的精灵,傍着一眼灶火活动着,灶火将他小小的身影,巨大地投在了墙上。这是真正的精灵了。

他们是要回家了,他们除了回家别无他路。旧体制土崩瓦解,新体制还在摇篮里,这青黄不接的时刻是最难挨的了,他们只有回家了。回家前的几日,他们分头到社员家搭伙,他们的那一眼灶,只供烧水使用。熄了灶火的房屋是那么冷清,烟囱死寂了,只留下半截冰冷的泥坯。在一个下着细雪的早晨,他们搭了邻队进城拉炭的拖拉机,去码头搭船了。拽子赤裸的脚套了两只空空荡荡的胶鞋,一直将他们送到村头,看着他们一个一个爬上拖拉机的车斗。枝条疏朗的树林子里,有一个结了冰的井台,粉末般的雪花,在井台上滑来滑去。

拖拉机颠颠地开远了,他们回家了。

张达玲却没有回家,她一个人留下了。她裹了一件难看的棉大衣,站在离拽子稍远的地方,停住了脚。他们俩一前一后地站了一会儿,然后不约而同地转过身,一前一后地回去了。

"你不走家,小张?"拽子扯着尖细的哑嗓子问道。

"不回家。"她答道。

"在此地过年啊,小张?"他又问。

"在此地过年。"她答。

他们一前一后地聊着,往回走了。白色的粉末在空中旋舞,转眼间便成了鹅毛大雪。

第二十章

在这一场麦收中,张达玲得了一个大号,叫作"铁嘴"。那是一个从未谋面的女人,在人们的闲话里,早已带上了传奇的色彩。据说,她是十个男人也打不倒,一百个男人也说不过的。而这"铁嘴"的大号到了她身上,会说的这一层意义却有了转变,转为她是棍也撬不开的一张铁嘴,其他的意义全是相同的。她割麦的速度可与最利落的男人并齐,她放刀的茬口可与最细心的男人并齐,她做活的时间可与最强壮的男人并齐。可是没有人看见她手心里连成饼的血泡;没有人知道,黎明前最黑暗的时分,因惧怕天明她惊恐万状;没有一个人知道她已有两个经期没有来潮。她的脸颊燃烧般的红晕着,如同极不自然地涂上的两圈胭脂,她的眼睛像深夜的猫一样灼亮。她累得已经不觉得累了,当她制服了早晨第一阵刻心镂骨的酸痛;以后的所有的动作便全成了机械的操作。她好比是一架永动机,保持着永远的动律,她失了思想,也失了意志,她如一颗入了轨道的行星,作着永远的飞行。太阳在她头顶盘旋,盘旋成十二个通红的球体,她的灵魂已经出窍,遥遥地在了火热的天空,观摩着她的身体永远的律动。大刀低低地贴了地面,向身后拉开,再朝前一拦,小小一片麦子悄无声息地伏在了地面。麦子在刀刃上做着俯倒的舞姿,一片一片优美地俯下,俯成一条金光大道。刀刃在阳光里雪亮地炫耀,挑了一条细细的草茎,很轻佻地将那草茎挑上了天空,草茎很优雅地落下,落在一丛稠密的麦穗顶上,就在落下的那一刹那,那麦子却也美妙地伏倒。伏倒的金黄黄的麦棵前边,金光大道之间,忽然有一架小小的大车,辘辘地走来,还有清脆的响鞭。她是停也停不下来,她是觉着了一股狂喜,她欣喜若狂地挥舞着大刀,她真正是幸福极了,她真是从未有过的幸福。她幸福地听见远处有人喊着:"铁嘴,铁嘴。"她茫茫地想起,铁嘴是一个未曾谋面的女人。麦收之后,她带了一身看不见的创伤和一个"铁嘴"的大号,重新走回她的同伴之间,大家都认不得她了似的,她也认不得他们了似的,彼此都觉着了奇异的陌生。他们依然在一个锅里吃饭,在一张屋顶下睡觉,可是彼此却相距遥远,好比是咫尺天涯。他们不再乌鸡眼似的对立,齐小兰也摒除了先前的刻薄,他们重又开始很和气地说话,可是无论他们说什么话,他们的思想都很难集中,他们走着神说话,竟也说的一句不差。她在他们面前,和他们说着什么,却令他们觉着,在她后面很远的地方,还另有一个她,一个无形的却更真实的她。这一个有形的她却虚幻起来,像是一个嘲弄他们的幻觉。他们草草地又认真地敷衍她,犹如她也草草地又认真地敷衍他们。他们彼此都说着无关紧要的闲话,他们彼此都知道说着无关紧要的闲话,那是无聊得不能再无聊了,乏味得不能再乏味了的废话。可是他们总不能什么都不说,他们若是什么都不说,他们便会感觉到他们之间距离的压迫。他们都还是孩子,他们无法也无力正视人与人有时候近在咫尺却如远隔重洋的那一种奇异的现实。他们觉得那是不可以的,不可能的,他们双方都很积极地动手想要消除这隔阂,他们与她竟比以往任何时期都更要和气一些。除了她的哥哥张达宏。张达宏不知是感觉特别迟钝,还是自恃是兄长而不屑对她在意,他依然对她耀武扬威,她近日里平和的态度反给了他可乘之机,越发地神气活现,百般地差使她。如容易做到的,她总是去做,如不那么容易做到的,她便总是不去做,这也丝毫伤不了他的尊严,倒可得机耍威风似的发一通脾气。全世界只有他一个人以为张达玲敬畏着他,他是比所有的人更无法懂得她,所以他才可肆无忌惮。尽管他们的血脉源于一系,可是他与她的隔阂却要比所有的人更为深重,他们是一对奇异的同胞兄妹。在那分裂以后的日子里,他们这一对亲生兄妹要比其他人之间更加划清了界限。张达宏比提防任何人都更提防张达玲,他比怕任何人占了便宜都更怕被张达玲占了便宜,他是连一根火柴都不愿混淆的。他怀里揣着的那一百元钱于他是一笔太大的财产,他时时提防着遭到不测,而深感险象环生。所有人中,张达玲则是威胁最大的,因只有张达玲有可能与他平分这财产,虽然他不敢这么想,可他难免惶惶的。他如防贼一样防着妹妹,又如使唤丫头一样使唤着妹妹,他凶狠狠地对她,好叫她绝了分享的念头,尽管她是连一丝一毫这样的念头也没有过。他又总是在她面前哭穷,做出穷极潦倒的样子,到了决定回家的时刻,他还一本正经来向她通融车资。张达玲心里好笑,只作不懂,让他去队里借钱。他骂了半个早晨,便收拾起两旅行袋的东西,随了大家爬上了拖拉机。

张达玲一个人留在盖了薄雪的冰冷的地上。她不免有些孤单,可这孤单里包含了一股崇高感。这崇高感热烈地安慰着她的孤苦伶仃的心灵,她骄傲起来。她骄傲地有意无意地加固着自己的孤寂,她很无必要地要自己受苦,放弃一切可以慰解她的努力,定要她孤苦到悲壮的境界而不罢休。于是,她决定一个人留在金刚嘴过冬,这是一个寒冷非凡的冬天,夏季就早有了预兆。她的决定一旦出口,所有的人竟都莫名地松了一口气,然后又一起热烈而虚伪地劝她改变主意。走的一日,大家争先爬上了手扶拖拉机,然后一起热烈虚伪地对她挥手告别,直到拖拉机颠簸了很远,再看不见她的人影,他们竟高兴得唱起歌来。他们好像逃跑了出来,他们就像是一群逃犯,欢天喜地地被拖拉机筛糠一般筛着地远去,竟还唱歌。

她披了一身薄薄的雪花,站在冻硬了的地上,望着那一架玩具般的拖拉机最终成为一个不再移动的黑点,她才渐渐地转过身子,朝他们留下的那一大座空洞的草房走去。雪粉卷成了雪片,雪片与雪片连成白色的幕障,一层一层地降落,将她与身后的男孩隔离,隔离在两个世界。他的声音从那一个世界传来,她回答着。她听见她的空泛的声音在稠密的雪片里艰难地穿行,奇怪地变了声调。男孩的被雪团裹住了的声音不断从她身后传来,她一声一声作着回答。然后,她走进了他们留下的空洞的房屋,屋里是从未有过的空洞与寂静,寂静得使她重又听见了往日里的叽叽哝哝,沿着墙角慢慢地升腾起来,烟雾一般。九个月里的欢声笑语,叽叽哝哝的从墙根蔓延过来,她的眼睛竟有些湿润。现在,这里只有她了,从现在到明年开春为止,这里便只有她自己了。

灶前的烧草让飘进的雪花渐湿了,缸里的水结成了冰坨,犀利的北风透过了土坯垒成的墙,一整夜的黑暗集中了目标,向她一个人袭来,演化为一个个恐惧的噩梦。黑暗压迫着她被寒冷穿透的空虚单薄的躯体,她如死去一般睡熟,又如生还一般醒来,仅仅是一个夜晚,她便已经历了九死九生。她九死九生地度过了一个黑夜,当灰白的曙光渗进土坯墙来,她觉着自己已有些苍老。黑暗渐渐退去,寒冷却永远攫住了她,她再摆不脱寒冷了,她渐渐地不再觉出寒冷,只是浑身地疼痛。她将所有的衣服都穿在了身上,戴了围巾,甚至口罩。她很迅速很紧张地穿戴完毕,像是要急着赶到什么地方去而生怕迟到。等一切都弄停当了,她两只手插在大衣口袋里,却不知该上何处去,又该做什么。下雪天不做活,家家只吃两顿饭,这时候都还没有起床,户户门紧闭。她该去什么地方,什么地方该是她去的?她茫茫然地在床沿上坐下,她坐在床沿上耐心又茫然地等着,等着终会有什么事情发生。曙光过去之后,天又暗淡下来。她开了门,门外卷着雪花,漫天的大雪遮暗了天色,村道上没有一个人影,甚至没有一个脚印。道路是那么光洁晶莹,如一条真正的玉带。她开始烧锅,倒烟汹涌而来,呛得她走投无路,她咬着牙坚持,火终于燃了起来。眼泪不知不觉地爬了满脸,她透过泪眼看了蹿着浓烟的火光,忽然地振奋起来。这时候,她听见锅里的水响了,这是从昨早到今早整整一昼夜里,这屋里所升起的第一个声音,如一首序曲,拉开了她孤寂度日的大幕,此后的日子,当会好过得许多。她的心渐渐平和下来,思想也从容了许多。她慢慢开始计划,计划这日子里她做些什么。一团白白的水气,团团地簇拥在锅边,寒冷消退了一些。她搅了一碗秫秫面糊,欣喜地嗅到了那纯朴的香味,她才又觉出她是又饥又渴。当她捧了一大碗秫秫稀饭大口大口吞咽的时候,村道上终于有了一个人,首先踩破了洁白的道路。那人披了一件军棉大衣,一步一步高高地提脚,直踩到积雪的深处,雪在咯吱咯吱地响亮地呻吟。那人走到她门前的台子底下,站住了脚,犹豫地四下看看,终于看见了她的启开的门,于是就慢慢地上了台子,朝门里走来。她这才看清,此人就是大队书记。她很感动地站起,邀他喝一碗稀饭,他说已经吃过,跨过了门槛,问道,难道小张没有回家?她说是的,在这里很好。书记很欣慰地笑笑,说道,还是她改造世界观最努力啊!她不好意思地低了头,将话题扯开,问道,书记这是往哪里去。书记说是去开会,说过开会便有些坐不下去,忙忙地起身要走,走到门外,又嘱她好好地在冬季里对农村做出贡献,说罢就冒雪而去,走下台子,在台子下又站立了一会儿,犹豫似的,左右动摇了一会儿,才毅然往东边去了。然后,村道上又有了第二个人,是个拾粪的老头,第三个人,是个担水的女人,村道上稀稀落落地熙攘起来,响起大声的问候。问候的声音落在柔软的雪地上,激起温和的回应。她的两碗稀饭不知不觉已经吃完,碗底上用筷子划了横七竖八的道子,她舀了一瓢冰水在锅里,慢慢地刷碗,想着吃饭是多么无聊而又必须。她究竟再应该做一些什么?雪花下得从容了,悠闲地飘飘扬扬,各家的烟囱里,这才升起袅袅的炊烟,炊烟从雪花里升起,穿过雪花,直上灰白的天空。这一个冰雪的村庄顿时生出了暖意和活气,不再那样死一般的沉寂。她的心便也突突地加速,莫名地有些激动不安,可她依然没有想好,她究竟要做什么。

　　她必得做一些什么,才可抵挡这寒冷的孤独,还有孤独的寒冷。她潜心为自己制造好一座孤独的城池,她却又渴望着与人群接近了。她犹如"叶公好龙"里的叶公。其实,她的内心深处是与每一个最最普通的孩子一样,与孤独相抵,而渴望与人接近。可是这世界实在是太熙攘,太繁杂,而她又确是所有普通孩子中最最普通的一个,她缺乏应对的本领与手腕,去与那一个各色人等俱全的嘈嘈杂杂,纷纷扬扬的世界相处。她是连一般的应对的手段也缺乏,她只好躲开人群。她躲避着人群,一个人独处地长大,当她不得不回到这世界时,她便成了一个真正的怪物,犹如传说中的狼孩。她与人们是那么两样,她便又一次丧失了与人们接近的基础。她既缺基本训练,又缺经验,她无法与人们应对,她在应对之前就早早地丧失了自信,不自信地慌作了一团,乱了方寸,只得退下阵来,只得落了伍。因她落伍,她就更得不到锻炼的时机。她只得孤独了,她孤独全是出于无奈,她无可奈何地接受了这一个孤独的安排。她只有将这孤独美化,崇高化,悲剧化,方可骄傲地自信地在熙攘的人群里孤独地生存。在熙攘的人群里,孤寂于她是一种保护,而那熙攘的人群给了她被孤寂封锁的世界里一个热闹的背景,好像是从远处告诉她:不要怕,我们在这里。人群成了她第二层保护,犹如城墙外的护城河。无论她是如何厌烦那一个喧嚷嘈杂的世界,她都是凭了那喧嚷嘈杂才可有她安全的孤寂。她实是受了双重保护的,她受了双重保护却还日夜胆战心惊。年幼的她无从了解这些,这些道理于她的年纪是太过深奥了一些。这时候,她只是苦苦地思想,想着她立刻就要去做一些什么,为她想不出要去做一些什么而苦恼万状。

一扇扇的大门都黑洞洞静悄悄地开了,谁也没有注意她的那一扇大门,没有人来慰问她。雪幕隔断了视线,人与人,户与户,村与村,陡然地离远了。她看见不断有人往场上牛房走去,她知道那里时常留宿上南边要饭的过路人,过路人时常会带来一些故事。她很想踩了咯吱咯吱的雪走去,挤在温暖的牛房里,与人们一起度过一个雪天。可她极不好意思,感到跨进牛房有着无数重的难关。她至此还是那一个独来独往骄傲的形象,她无力改变这一个形象,她没有足够的勇敢重建一个形象。她至此仍无法直面自己,直面自己已是惧怕孤单,正寻求着解脱。她至此还端着个虚空而沉重的架子,放不下来。这是最最折磨的时刻,她几乎要后悔她不回家而大家都回家。大家回家了,将她外围的护卫撤离,她单单凭了孤寂是难以自守的。她的城堡失了护城河,只剩下一道单薄的围墙。她坐在半扇掩起的门后,将手插在袖筒里,搁在并拢的双膝上,耐心而焦躁地等待着,等待着得到一个启迪,告诉她,应当去做些什么。当她什么启迪也得不着的时候,她便等着雪停,天晴之后,挖沟便可开工。开工的那一日,将是如何如何的美好,她陷于深深的憧憬之中。而雪却下大了,结成碗大的雪团,一球一球往下堕落,将她的憧憬砸个粉碎。村道上又没了人影,一整个世界全教沙沙的雪声掩埋了。她再也看不见一个人,人们全挤在温暖的黑暗的牛房,听一个过路人讲故事,牛房里挤了有一千一百一十个人,一千一百一十个人挤在一间牛房里,温暖得额头上沁出了汗珠,听一个过路人讲故事。

天又黑了,村庄上空第二次地升起了炊烟,终于流露出人生的消息。她再也等不下去,她必得行动了。夜晚又向她潜行过来,暗暗布下了阴险的埋伏。她已被包围,过去的九个月里的欢声笑语重又叽叽哝哝从最黑暗的墙根升腾,烟雾似的,犹如灵魂的哀唱。她再也受不了了,她猛地站起,犹如要冲破重围一般,猛地拉开那掩着的半扇门,向外冲去。雪深深地绊住了她穿了布棉鞋的双脚,冰凉的雪落在她冻僵的脸上,竟还有些温暖。她犹豫了,四下里是茫茫的一片,她以何由去往何处呢?她沮丧地站住了,她怯怯地想要后退,可是身后那洞穴般的房屋里刹那间充满了危险的黑暗,涌起无声的波涛,她无法回去了。温暖的雪片刹那间将她裹白了,她像一具白色的塑像,久久地伫立着,雪立即围了她的并立的双脚,堆成一座小小的雪山。这时候,她忽然看见了在她前面的台子下,渐渐升起一个小小的雪人,雪人担了一挑水桶,水桶边沿堆起了雪,如塌陷的雪山一般滑下桶中,瞬间便融化了,这真是一幅奇妙的图景。她怔怔地望着,望着他摇摇晃晃地走来。雪人走近了,竟对了她咧嘴一笑,笑出许多尖细的牙齿,她这才认出了。他从她面前过去,径直进了屋里,满屋险恶的黑暗顿时辟开了道路,她跟随了他走在新辟的道路上,跟他走到水缸边,水哗啦啦地倒进水缸,那活泼泼流动的水声,将空气激荡了。水桶与扁担的挂钩当当地碰响,像一首最最快活的儿歌。

"上咱家吃去吧!"男孩说道。他古怪的面容,这时候突然变得可爱又可亲。

"不了,这就烧锅了。"她回答。

"一个人的饭,烧都烧不着。上咱家吃就是了。就是吃不好。"男孩很热情地说。

"怎么好意思去你们家呢,再说也不是长久的法子。"她说,她很愿意与这男孩聊天。她觉着,埋伏着的黑暗从她的前后左右往屋角退去,她甚至听见了退去时的咝咝的声音。

"一个人的饭,倒也不费事的。"男孩说道。

"说话间便成了。"她与男孩走近了一些,说道。她感觉到黑暗最终从屋角退了出去,不觉舒了一口气。

"一个人还能弄得更好,想吃什么就吃什么,不比大家合伙,互相迁就着。"男孩很懂得地说。

"是呀,拽子你看看人小,还真是很懂得事情的。"她夸奖男孩。

男孩便有些羞涩,埋下头,胡噜了一下脑袋,如同所有的受了表扬的男孩一样。然后又抬起头来,镇定了说道:"该烧锅了,大雪天没事,早吃了早睡,省些灯油。"

"拽子,你真是很会过日子的。"她又夸奖道。她满心想留这孩子多待一会儿,她看见黑暗正守候在屋外墙根下,伺机行动。

他又有一点羞涩,旋即就消失了:"你们上海学生虽不在乎几个油钱,可究竟也一样是过日子的,该花的花,不该花的不花。"

"拽子,你说得很对。"她想留住他,可是她太不善应酬,她不知该对他说什么,于是就冷了场,双方都有些窘迫。拽子告辞走了。

她眼巴巴地看着男孩走了,在雪地上留下一串小小的脚印。暮色笼罩了雪地,现在里里外外都黑了。她终于想起了点灯,她在灶门口摸着了火柴,点亮了一盏油灯,灯光将黑暗推到了墙根下,黑暗便如藤蔓一样攀附了满墙。满墙的黑暗如常春藤一般环绕着她,她袖了手在灯旁坐着,风不知什么时候将门吹闭了,没有一点声息。她不知道这是这一日里的什么时候,她没有钟点。他们中间唯一的魏源生的那只表让他带走了,他们这一座废了多年的库房又没有安装有线喇叭。她隐隐约约听见从极远极远的地方,有报时的嘟嘟声,却不明白那究竟报的是几点。没有钟点划分的时间显得那样无尽的漫长,失去钟点的时间犹如一条没有源头也没有归宿的长河,她陷落在这长河里,抓不到一点依傍。她无可依傍地陷入在这亘古不变的长河里,徒然地挣扎着。她听不见一点点时间流逝的足音,她看不见一点点时间流逝的踪迹,时间呈现出它永恒与静止的本质,她无限渺茫。

她依旧不知道她该做什么,她不知道她还能做什么。在这静止的时间里,她的思想也停摆了似的,再不会移动。黑暗又渐渐地从墙上爬下,朝着她匍匐过来,如豆的灯光尽着它的绵薄的力量,与黑暗作抵抗,黑暗不得近前,围了圆圆的一圈,团团地围了她与灯光,嗞嗞地从地面升腾,又从屋顶嗞嗞地降落。这时候,她听见了门外雪地上,有咔嚓咔嚓的脚步声,脚步咔嚓咔嚓地踩碎了雪,走了过去。那一串咔嚓咔嚓的脚步,犹如一串滴滴答答的时钟的走秒,时间就在这一瞬里流动了,时间终于流动了,她不由一阵心跳,她想道:要烧锅了。她的思想在躯体里开始活动,她这才动作起来。她端起油灯,向灶台走去,黑暗嗞嗞地尾随着她,犹如忠实的卫兵。她将油灯放在锅台上,拾起一束秫秸引着了火,火熊熊地燃烧着那一束干燥的秫秸,她的脸在火光里感到了火的燎烤,知觉重又回到她的身上。她独守的第二个夜晚开始了。

她独守着她的第二个夜晚,第二个夜晚比第一个更为漫长。她的体力与精力在第一个夜晚已消耗了许多,她比前夜要虚弱得多,这一个夜晚更为压迫了。她等着有人来敲她的门,她期望着有人来敲她的门,而她却从未想到要去敲别人家的门,她本也是可以去敲别人家的门的。金刚嘴里除了书记与男孩,都以为上海的学生回家过年了,谁都不会想到会有一个知青留在了这里,天下是没有任何理由让一名知青独自一个留在一座四面透风的旧日的仓库里的。只有书记与男孩知道。书记因忙着开会,早已忘得一干二净,那男孩却很记得,那一大座草房里还留了一个女生。这是一个拽子至今还没有窥破的女生,是拽子最后一道难题了。其余那几位男生与女生,早已全在拽子的心智的掌握之中,再也超不出去,犹如孙大圣在如来佛手心打筋斗,总也翻不出去一样。他非常乐意窥视他们,瞧着他们认真努力地活动,结果全在他肚子里,这是一种有趣的游戏。做着这样的游戏,拽子心里很舒坦,她心里很舒坦地想:也就是这么回事。他雪了耻似的很骄傲,骄傲里还有一点点悲哀,他忘不了他们对他的侮辱,尽管他们早已忘到九霄云外,他是比他们都有心计的孩子。张达玲却叫诡计多端的他为难。可是,在这一个雪天里,在这一个雪天的黄昏里,张达玲终于露出了破绽。天下再没比金刚嘴的拽子更聪明的男孩与男人了,在他面前是露不得一点破绽的,只需一个小小的破绽,他便可窥破一切。她竟流露出了求助的愿望,她竟不知不觉地流露出了软弱的求助的愿望,拽子没有正眼瞧她一眼,可一切都逃不过他去了,他耐不住地暗暗得意,他几乎又要想道:"也就是那么回事",可经验丰富的他终究没敢这么贸然地想,他想还是晚一些这么想妥当,他很谨慎地暗暗得意着。而他毕竟是轻松了一些,如一个战士卸下了沉重的武装,然后她那一副屈尊求救的神情,深深地映入了他的松弛下来的心里,他便有些心软,他想过去看看她,可是千百年来男女之间的严格戒律却竖起了障碍。她突然流露出的平凡的软弱,使他记起了她的性别。他想起了她的性别,于是她便更为平凡,更易为他破译了。他差使他的女人去瞧瞧她烧锅了没有。与他一般高低却要浑圆得多的女人,如球一般滚入了黑色的雪地里,去了片刻,就回了转来,说是已经关上了门,任怎么敲打也敲打不开了。

当那男孩的女人敲门的时候,她缩在被窝里已经睡着了。她沉入在黑暗的睡眠中,黑暗将她完全地覆盖起来,她却要挣脱,她全心全意地与黑暗争斗。那粗鲁的一无教养的敲门,犹如从夏日里乌云密布的天际滚滚而来的雷声。她已被黑暗缠住了身,她无法起身循那雷鸣而去。她只得由着那雷声从天际滚滚而来又滚滚而去。黑暗渐渐凝聚成各种形状,轮番向她逼近,逼到近处,刚要触到她的身体,却又止住,在下一轮的逼进之前悄然消退。她虽没有受到它们的触及,却被威吓得吓破了胆。这才真正是孤独无援的境地,到了这个境地里,以往的孤独便不再成为孤独。她挣扎着,要喊叫,却又不知喊叫什么,喊叫谁。她且又喊叫不了,犹如有一双无形的铁腕,紧紧扼住了她细瘦的见筋见骨的脖子。她拼命地扭着脖子,她蹬着双脚,帮助着脖子挣脱。她终于败下阵来,筋疲力尽地瘫倒,她无力再做挣扎,只能听凭宰割。然而,奇怪的是,她一旦放弃了挣扎,那一双铁腕的紧扼也陡然松开,她的呼吸重又畅通。似乎是她自己以挣扎扼住了自己,是她险些儿扼死了自己。她喘息着,渐渐平和下来,眼前却出现了一条纷纷攘攘的马路,阳光明晃晃地从梧桐树叶里滴漏到平展光滑的马路上,汽车从阳光雨中穿过,那是多么熟悉亲切的图景,她却与它隔离着,走不前去。马路上从东至西走过女孩,一、二、三、四,一共十个,又从西至东走过男孩,一、二、三、四,一共也是十个。她历历数到第十个男孩的时候,她方才想起,那是外公的小店前的马路啊!她在这个多雪的黑夜里,第一次想起了她的不甚亲密的亲人。一向与她疏远的亲人却在这遥隔的雪夜里,与她亲暖着,她只得以一向与她疏远的亲情亲暖着孤寂的自己。她竟然流出了眼泪。眼泪竟是温热的,这是切切实实的温热从她眼角流出,流过脸颊,流入颈窝。她贪婪地享受着眼泪的温热,沿着眼泪流淌的路线,那是一条温热的路线,转瞬便干涸了,复又寒冷下来,可她的心毕竟暖化了一些,她毕竟适意了一些。那黑暗也渐渐安静,不再与她争扰。她的身体与黑暗依然紧贴着,却不再作凶恶的摩擦。她这才渐渐地安眠了。

醒来的清早,依然大雪纷飞,村庄变成了银白的村庄。早晨,有人敲她的门。这是不期而至的敲门,她早已息了那指望。她走去开门,门外站着男孩的球似的女人,邀她去家吃饭。她说不去,女人就来拉她,拉她的动作鲁莽而有力,她却越发固执,女人无奈,说道:"让孩子大来叫你。"说罢转过身子脚插着厚厚的白雪走了。她用半块砖头顶了门,也回了屋里,开始烧锅。这时,男孩却来了。

"走家吃饭吧!"男孩说。

"不了,这已经烧了。"她说。

"熄了吧,家里烧好了。"他说。

"这也烧好了。"她回答。

男孩不再坚持,停了一会儿说:"有什么难处,尽管说。俗话道:远亲不如近邻。俗话还道:在家靠父母,出门靠朋友。"

"谢谢你了,拽子。"她感激地说。她想起,在这个雪天里,只有这一个男孩记挂着她,书记虽也来过一次,却又忙着开会去了。

"你太客气了,小张。"男孩回答,一边帮她从柴草堆里挑选干燥的秫秸,递给她。

"麻烦你的事已经很多了。"她往灶眼里填着男孩递给她的秫秸,说道。

"这是应该的。"男孩说,然后沉着地看了看天,说道:"这雪还有下头哩!"

她也随着望了望天,天是灰蓝色的,绵绵不断地飘落着鹅毛大雪。男孩脚插着雪回去吃饭了,"吁"却颠颠地来了,从门前过去。它的脚步十分轻盈,好像是从雪地上弹了过去,甚至没有留下一点脚印。男孩和"吁"擦肩而过,他心里有些纳闷,那女生竟与昨日又不相同,本已启开缝隙,今日却又关闭,并且更为坚壁了。她依然如昨日那么彬彬有礼,却消灭了那一股乞怜的意味。她只流露出感激,感激于他毫无用处。这感激于他不仅无用,还如一道严密的门扉,让他碰了闭门羹。他是极想进门的。他不禁回过头望了那草房一眼,昔日的库房因有了那个女生,忽然变得奇妙。他觉得事情很有些古怪,金刚嘴里,怎么会来了这一些上海的学生,这一些上海的学生,究竟又为何到了金刚嘴。上海究竟在什么地方,上海究竟是什么地方?他想着小马常说的那个上海的小顾,不久之前,与小马的男人睡觉,被人从床上逮住,小马已经回了娘家。上海,似乎也就是那么回事,上海的人要吃饭,要做活,要睡觉,连女人要与男人睡觉,也是一模一样的。可是,张达玲究竟是什么呢?他最后地想了一遍,才进了自家的小屋,小屋掩着门,门里放了一张矮矮的案板,案板周围,坐了女人与一群孩子,昂头看了他,亮闪闪的眼睛如小兽一般。这都是男孩的孩子,等他们的父亲回家吃饭。

雪是一径地飘,她却已安然。天地间除了雪飘,一时上她竟想不出还有什么。她已安然不再去苦思冥想,她要做什么。她很宁静地望了满天时下时停的雪,抑或她会想一想隔壁那男孩,男孩厚重的眼皮里包裹着的流动的眼珠,时而有狡黠的光芒流露,她隐隐觉着这双木讷而机灵的眼睛的窥视。她隐隐觉着自己被窥视着,却不明缘由。她还会去想很久以前的麦收,那火烫火烫的麦地,回想起来,就如一个燃烧的梦,雪地是那么的寒冷,无法留驻这一个灼热的回想,它便悄然而去了。

黑夜与雪天接踵而来,她已能够平和地接受,她再不慌慌张张,她明白,慌慌张张也无用了。第三个夜晚她才真正地睡着,做着一些永远记不住的梦,说着一些永远说不清的呓语。从一场真正的安眠中醒来,雪,竟然停了,天,竟然是蔚蓝的。停了片刻,从谁家的雪白晶莹的屋脊上,竟冉冉升起了火红的太阳。她无比无比地欢欣,她是从未有过地欢欣,她几乎要做出夸张的手势,做出拥抱太阳的手势。太阳映红了雪地,晶莹的雪在初升的阳光中彤红彤红。阳光中这一座冰雪村庄如天上的宫殿。太阳升起的那一具屋脊如一具神座,那屋脊久久地沐浴在金光之中。太阳升高了,升到天上,将天的蔚蓝色映得浅淡了,雪地重又回复了洁白的颜色。她看见了房屋在雪地上的影子,看见了她在雪地上的影子。她终于有了影子,犹如魂兮归来。她兴高采烈,她欢欣鼓舞,一夜的安眠,培养了体力与精力,使她有了足够的情感欢欣鼓舞。村道上纷扰起来,小姊妹们系了大红大绿的方巾,拿着纳了一半的鞋底,开始走家串户。牛在牛房里长吁,哞哞的,响亮的反刍竟传到了家后。铡草的铡刀又在清脆地歌唱,然后,冰雪开始滴滴答答地融化,一个冰雕玉琢的世界融化了,露出黑色的土地与褐色的树枝。这是一个寒冷的化雪的天,这是流动的活泼泼的寒冷,她有足够的力量抵御这寒冷,她不怕了。

在雪化了一半的天气里,南湖的沟渠开工了,她随了全队的社员,冒了刺骨的寒风来到工地,往冻硬的土地上深深插入了铁锹。不甚光滑的锹柄磨着她的手心,如同亲吻一般。姊妹们轻佻的笑声传进她的耳朵,如悦耳的歌唱,她感动得想哭,哦,劳动多么好。和这么多人在一起劳动,是多么好。在这下雪与化雪的日子之后,在这夜与黎明的时分之后,太阳是新生的太阳,风是新生的风,温暖是新生的,寒冷是新生的,土地是新生的,天空是新生的,她在新生的天地间勤恳地劳作,手脚与身体的活动是那么富有活力,且又协调。她丢了铁锹,又拾起扁担,她恰巧与男孩抬一架筐头,他在前,她在后,她竟也悠出了均匀的节奏,沉重的土筐在肩上轻松地颠簸,她轻轻一跃上了陡峭的沟壁,将筐扣在了地上,然后一转身,盈盈地跳下了沟底。男孩几乎被她拽倒,他诧异地望望她的背影,竟说不出话来。他不会明白她,因他不会明白她所经过的那些千锤百炼的雪天与黑夜。雪天与黑夜于男孩是自然如本性,他自小就从中领略了一切,雪白的昼与漆黑的夜早已将他铸就,与他融合。那一个女生却是初次领略,那一个初次领略的女生则是早早就成熟了她的感知,她的感知早早为她做了不必要的准备,那准备是过于充分,于是,那迟到的领略便具有了强大的力量,这是足以毁灭又足以创造的力量。男孩与女生先后交错地读着一本自然的课本,不知不觉各自培养了自己。

这男孩和这女生,挑起扁担的两头,又将一筐堆尖的冻土,担上了高高的渠坝。

第二十一章

开始往地里送粪的时候,上海的学生们回来了。男生胖了,女生瘦了,却一无例外,又白又嫩了一张张脸地回来了。人们险些儿没认出他们来,认出之后便赞叹了许久,赞叹上海的水土养人。沉寂了整整一冬的草屋,重又喧腾起来,吵吵闹闹的。张达玲却有些不惯了似的,一时竟觉得无处可安身了,她守护了一冬的寂寞渐渐已成了安宁,这时候便被喧腾彻底地击碎。她坐在门外的石碾子上,与忙进忙出的同伴们作着乏味的对答。石碾子渐渐地陷入地下,只剩了半盘。他们问她现在做什么活计,她说是做抬粪的活计。他们又问她现在吃什么粮食,她说是吃芋干面。他们接着问,芋干面从什么地方来?她说是用芋干片推成的。他们便问,到哪里去将芋干片推成芋干面,她告诉他们是去队上牵一头叫驴到磨棚去推。他们脸上流露出为难的表情,她就说她前几日推的芋干面还有一些,只是不够吃许多顿了。他们这才释然,却又纷纷说,今日不必做什么了,他们各自都带了点心吃食。晚饭的时候,他们各自都为张达玲送了一些面包饼干的食物,然后,各人在各人的角落里吃着自己的东西,也不烧一口开水,就干干地嚼了咽下。张达玲烧好一锅稀饭,再三地邀请,各人才都带了一些羞涩的表情过来吃稀饭,吃了几口便再也吃不下去,纷纷倒回了锅里。三个月的精米白面,将他们的肠胃又养得娇嫩了,要等饥荒重新来给他们开胃。回来的头几天,他们分头吃着各自从上海带来的食品,卷子面或者年糕片。数齐小兰最会过日子,她带来了一个小小的火油炉子,还有味精和猪油,在里屋铺排了一个小小的角落。又数张达宏最不会过日子,他带来了一些罐头和开罐头的扳子。每餐一个,两三日一过,便兜底空了,觍着脸来向妹妹讨芋干面饼吃,吃了又骂,骂着又扔又吐,临到了还得再去要,糟蹋了不少。几日度过之后,他们逐渐开始作长远打算,陆续用篮子挎了红芋干去磨房推面。他们各推各的,各做各的。旧的体制早在回家之前的大吵中结束,回家的日子正好修补了情感的裂纹,经过了一段养息,新型的体制便自然而和平地产生。他们又请拽子新起了一个灶头,在门的另一边。两个灶头挟持着一扇门,如两个卫士一般,一到烧锅的时候,便熊熊地冒着烟火。五个人分成五份伙仓,只不过张家的那两份永远时分时合,没个定数,全由着张达宏的兴趣。如他觉着麻烦了,就要求合伙,而他又紧跟着觉得是吃了大亏,他那一百元私房钱总在作祟,使他以为他时时遭着暗算,于是他又吵着要分伙,他那吵闹的样子,就像是人家硬要同他合伙似的。张达玲全由着他,不作任何计较,他只当是她怕他,更加肆无忌惮。其余的人便如看把戏似的看他闹,在这枯燥的日子里,还可多一桩闲话作消遣。他浑然不觉,她却深觉苦恼,当大家毫不掩饰的调笑的目光投向他时,她觉着,她觉到了她与他宿命的相连,她便觉着了屈辱的痛苦,这时她方开始恨他。恨他的时候,她竟隐约觉出了手足之情,她竟微微地感觉出了情感的激动。这一股激动完全没有愉快可言,是又屈辱又羞愧。因而,她好不容易才领会到的那一份手足之情,又成了她沉重的负荷。有时候,她极想与他大吵一通,可临到面前,对了他那一副蛮横的蠢样,她才发现她与他是连吵架的基础也没有的,便泄了气。

在张家兄妹分久必合,合久必分的离合之际,齐小兰与魏源生,却很奇异地呈现出合并的趋向。魏源生的咸鸡蛋开始向齐小兰进贡,齐小兰改善生活的时候,所煮的面条也时常有了魏源生的一份。谁都没有特别在意,他们自打从上海回来,就和好如初了。在上海的冬季,犹如一个孵化的时期,酝酿并完成了许多变故。而这一切变故,因有了环境的变化而显得十分的自然。于是,他们很自然地回复到了最初的关系,而事实上却是比最初时期的关系有了本质的进步,好比辩证唯物论的两次转折。他们原先是同班同学,可是只读了一年书就开始"文化大革命",两人都作了逍遥派,游离于运动之外,连学校都不常去,接触的机会极少,直到插队之前,他们还仅仅是互相叫得出名字而已。是经过这一段生活之后,彼此之间才真正算得上是认识了。认识之后,就有些投契了。其实,这一伙人之中,只有齐小兰与魏源生,才是真正投契的。仅仅是五个人之间,就有两个人真正投契,这也是极难得的事情。正因为他们投契,他们才会反目,他们才会彼此认真地生气与恼怒,生气也需有基础,这也是冤家往往成亲家,亲家又往往成冤家的道理。在如何精当地做一名人不犯我,我不犯人的上海人这一个理想上,确是再没有比他们更为志同道合的了。差距仅仅在于,魏源生自以为已经是一名合格的名副其实的上海人了,而齐小兰却还以为有一点略略的不够,这一点自谦在她则是以加倍的骄傲来表达的。也正是因为他们走在共同的道路上,才难免要发生一些冲撞和摩擦。而这些冲撞和摩擦又正是一种无意的探测,如火力侦探一样。经了这些探测,他们方可正式携手并进,成为同志。

那一个飘雪的白日里,他们上了轮船,轮船停靠码头时,天已擦黑,直到深夜,才终于挤上了火车。在这一条艰苦的回家的旅途上,他们依然不作对话,却颇为造作地让张达宏在其间作一些传话,比如,她要他小心别压了她的包,他则要她把包压在他的上面。张达宏很殷勤地做着传声筒,因被人需要,尤其被齐小兰需要,而感到无上的光荣。而齐小兰为了着意向魏源生表示冷淡,便对张达宏十分热切,这给了他一些愚蠢然而动人的妄想,他就此将感到真正的悲哀,这却是后话了。总之,他们那一路上依然保持默契的沉默,下了车也依然。然后各自回了各自的家。这一天,魏源生走到淮海路上,迎头遇到了齐小兰搂头抱颈地和了一个女生,吃着冰砖说说笑笑款款地走来,不期而遇,不由都怔了一下。两人都是大大地改了装束,完全不似以往的狼狈相。他温文尔雅,她则越发秀丽苗条,交臂而过时,彼此都犹豫了一下,脚步有些迟缓。趁了这犹豫,双方不由都作了微笑,这微笑在他们分手后彼此的缅怀中,且又增添了意义。这一个微笑略有些尴尬,却又极自然,笑过之后,他们便打了招呼,相互问道:"到哪里去啊?"然后互相回答了到哪里去的问题。最后则说了一些"来玩啊"这类的话,就擦肩过去了。他依然一个人走着,她依然与那女伴勾了肩膀与手,女伴问她那是谁的时候,她不知为什么支吾了一会儿才回答,说是插队的同学,女伴生疑地瞧了瞧她,她却感到了骄傲,因她竟然能在街上与一个男生搭话而感到骄傲。她与他相比,稍嫌欠缺的地方,也包括了她太多了一些虚荣,自然就少去了一些务实心。这会儿,她稍稍有些得意忘形,对这男生作了稍多的介绍,介绍中有意无意地将他与自己的关系拉拢了。女伴很羡慕却将这羡慕掩饰得很好。独自走路的魏源生心中也有了小小的触动,他重新认识了她似的,发现她长得极美,几乎可说是一个小美人了。魏源生以他那一个十八岁的年纪,还不精通对女人的审美。明眸皓齿,体态匀称,再有几分活泼,在他看来,就足够是一个美人了。当他识得齐小兰的美丽之后,他又从记忆中,将他们之间的接触和反目统统搜刮出来,作一番考究,便也觉得不那么平凡了。下一天,他就去了齐小兰家里。

齐小兰一家,住在一座石库门房子的二楼的前楼,二十平方的一间房间收拾得窗明几净,宽木条地板被碱水拖得发白。一到晚上,会在转瞬之间就变出许许多多床铺,似乎,任何一件家具都有着一张床或半张床的附属。大床底下,如鸡生蛋一样又生出了一张低低的钢丝床,单人沙发变魔术似的前后一倒,便倒成一张舒适的席梦思,方凳做了床板的床脚,方桌则如半个帐篷,罩了一席地铺。齐小兰的床位是那张钢丝床,在她插队走后的日子里,她的大妹妹便从地铺升上了钢丝床,待她回来,则又重新降到地板上,心里自然有些不满,便不时给她一些脸色。这个与她仅只相差一岁的妹妹,从小就因不如姐姐漂亮而怀了深深的妒忌心,样样都觉着是姐姐占了她的便宜。姐姐去插队,而她没有,本倒是可以慰藉一下她受折磨的心灵,不料这一日,忽有一英俊少年来探访姐姐,说是与她一个集体户的,便立刻觉得姐姐去插队也是拣了一宗便宜,更是怒形于色,事事都很不对劲。齐小兰虽是极想在这位男生面前争些面子,无奈在场的妹妹早已抢先做出不合作的样子,便有些紧张,事事都很赔小心,显得可怜巴巴的,要比在外面那无所顾忌张牙舞爪的模样不知可爱多少倍。魏源生便又动了一下心。然后,就有个小女生,约她妹妹出去玩,她妹妹虽表示不去,可终究经不起那女孩的生拉活拽,硬是拽了出去。齐小兰这才吐了一口气,神情顿时轻松下来,说话行动又不知不觉带上了那一股跋扈的味道,可是因有了先前那和顺的样子打基础,这任性在此时反成了一派天籁,更有了色彩。他们一个坐在沙发上,一个坐在方凳上,聊着闲天,往日的仇隙无影无踪。时间不知不觉过去了,齐小兰的母亲下班回来,听说是女儿集体户的同学,便本了搞好关系的原则,十分地热情,强留下吃了晚饭。吃饭时节,她妹妹因了父母在场,毕竟收敛了许多,一顿晚饭安然过去。他这才告辞回家,齐小兰将他送至后门,他走出门外又站住与她说了几句话。临着后弄的厨房的窗户,一律是油腻腻,灰蒙蒙,将灯光遮得昏昏暗暗。昏暗里,犹见得齐小兰一双眼睛黑漆漆地明亮,脸颊的线条柔和极了。魏源生心里暖洋洋的,待齐小兰关了后门,向弄口走去,竟有些像吃醉了似的晃晃悠悠。而后,他便经常地来了,有时约了张达宏一起来,有时约了齐小兰一起上张达宏家,也有一次是齐小兰约了张达宏,去了魏源生家。他们所以要选择第三个同伴,是因为他们毕竟有些害羞,不很自在,并且在这开初的阶段,双方都很保护自己的形象,又很无经验,生怕两人单独相处太久会露出破绽。所以他们必得有着第三个人在场,才可放松自如地充分表现自己,如没有这个第三者,他们简直寸步难行了。而他们所以要选择张达宏作为第三者,是因为他于他们双方都无足轻重,他决计不会给任何一方造成压迫感,他们完全可以视他为没有他,他明明在场却又明明不在场,这一种微妙的效果,正是他们所需要的。他真是一个天生的第三者，专为这样的场面而造就的。这一日，齐小兰便与他相约了，一同去魏源生家。这是即将回去的日子，魏源生的父母同样本着搞好关系的原则，决定请儿子的同学们吃一餐便饭。自然，也包括在沪的龚国华，龚国华自己从另一条路线去，而齐小兰同张达宏一起去。齐小兰再不会想到，这一次的同路给了张达宏如何勇敢而美丽的畅想，她只感到这一日的张达宏意外地沉默着，少去许多闲话，到头来，反是她在没话找话了。她与他没话找话地聊着走过两条横马路，就到魏源生的家了。

魏源生家所居住的那一小套独门独户的旧公寓房子，在他们这些孩子眼里，无疑是贵族了。在这个年头里，像魏源生这样的家庭，恐怕可算是全上海，甚至全中国最最安乐，最最富裕，最最优雅的生活了。他们是正正好好免受冲击的那一等中产人家。他们是那种没有什么野心的正派人家，不会飞黄腾达，也不会一落千丈，他们凭了长期的谨慎而保持了一份稳定生计，以长久的勤勉与俭省而积累了一份殷实的家底。他们是再老实本分不过，又再精明算计不过，再眼光短浅不过又再眼光长远不过的上海人家了。到了这个年月，上海滩上显尊显贵的人家全被扫平，贫困的无产阶级还未及富裕起来的青黄不接的时期里，他们的生活，便成了上海的天下独一份的好生活了。当他的母亲端上颇为精致的菜肴的时候，这些孩子竟都有了一种做梦的感觉。包括龚国华在内，他们全都对魏源生刮目相看了似的，重生了一种尊敬与仰慕。有了这样温暖和平的生活作为后盾，他魏源生走天涯便不怕无所归了。因即使是龚国华在内，这一些孩子都是平庸而实在以过日子为道的上海孩子，他们基本的生活态度均是务实的态度,在目下这一个惶惶恐恐,瞬息万变的世道上,魏家的生活向他们展示了一个理想的模范与模范的理想。他们个个几乎瞠目结舌,拘束到了极点,惴惴不安地吃完了这顿魏家以剩余的年货制作的便饭,然后一排昏昏然地坐在长沙发上,说话都不甚流利了。

其中最最受触动的便是齐小兰了。其他的人对魏家的生活,虽是羡慕,即便可说是仰慕,那也只作为分外的事情,站在局外赞叹赞叹,感慨感慨,甚至联想着自己的日子而捶胸顿足。捶胸顿足过后,依然是认认真真地过着自己那一世人生,而让魏家也继续去过着他们自己的一世人生,两不相干了。然而,齐小兰却无法两不相干了,她眼前的魏家的生活立即与她自己生出了联系,她很难将自己摒除在这生活之外了。她想到她与魏源生关系中的那些不那么寻常的事情,她极力地要去想那些不寻常的事情。经她这么勉力一想,事情却又变得无比的寻常了。于是她就有些着急。因为着急,她竟有些不顾其他,一双眼睛只顾热衷地盯着魏源生,极力要搜索出一点什么。一经她那么使劲地看,魏源生的表情便平淡极了,平淡得简直可疑了。她无比的沮丧,连目光也黯然了。这时候,龚国华起身告辞了,他是这样告辞的:"魏家姆妈伯伯,我们走了。"他无意中又做了他们的代表,他们便也不好留了。三人一行出了门,由魏源生一直送他们到马路上。回去的路上,张达宏的话又多了起来,轮到齐小兰作了沉默。

上海的初春夜晚,温和得可人,沁凉的风拂着她滚热的面颊。她和了喋喋不休的张达宏走在回家的路上,路灯照耀着他们小小的身影。她好像是被魏源生逐出来的一般,心中怀了一股委屈。魏源生那淡泊自如的神色,分明是对她的讽刺和调侃。有什么了不起的!她心里愤愤地说道,却不免伤心落意。她伤感地回想起魏源生对她的那一些温柔的眼神,那温柔的眼神却又捉摸不定,有些飘忽。她忽然地不明白了,不明白魏源生究竟对她是怎么了的。以前,她很明白的,而如今不明白了。她必得去弄弄清楚,魏源生究竟对她是怎么了。这是一桩很严重也很迫切的任务了。她终于和张达宏分手了,与张达宏分了手,她才略微地恢复一些自信。张达宏在这时候又有些妨碍了她的自信。她受不了魏源生将她与张达宏送出了几步,说道"再会"以后,噔噔噔回身上了门前的台阶的那一股气派,那气派里有一股居高临下的意味。在那一瞬间,她觉着自己一下子被贬到了张达宏的那一层地面上,而魏源生则站在那老式公寓大楼门前最高的一级台阶上。她与张达宏一同走在回家的路上,好像他们真的有什么瓜葛似的。他们真的有什么瓜葛,而她与魏源生倒什么也没有。这会儿,她终于撇开了张达宏,心里稍稍舒服了一些。当她家里在转眼间变出了许多张床铺,她终于躺到了小小的钢丝床上的时候,她暗暗下定了一个决心。

之后不久,他们便定了归期,四人一行回到了金刚嘴。这正是他们头次来金刚嘴的日子,不知不觉中,一年已经过去。一年后的龚国华与一年前的龚国华,是同样的谦虚谨慎,戒骄戒躁,而其生活的目标却大大地转移了。他已将那一个做酋长的梦想完全遗忘,他很识时务地遗忘了那梦想。他实事求是的精神,使他在这人生目标的转换阶段,只经历了适度的痛苦便圆满完成了。现在他的理想只是好自为之。这是一个既短暂又久远,既渺小又伟大的人生理想。龚国华以他天生的中庸精神,对此理想的认识与理解恰巧是在短暂与久远,渺小与伟大的正中间。太短暂太渺小,会损失理想的光辉;太久远太伟大,又会令他觉着虚无。正是在了中间,才可使他既得了光辉的照耀,又可源源生出脚踏实地的干劲。

他从此专心专意地过日子了,他从小就学会了勤劳和节俭,勤劳和节俭对他早不是新的课程。这是与他本性更为融洽的生活,他很快投入进去,将那一份小小的日子建设得无比得当。按金刚嘴人的话,他是很会"苦"的。他挣工分的劲头极大,从不缺工,甚至还下湖割牛草,割了送到场上,排在割草的孩子中间等了过秤,可挣二三个工分。他甚至谋划着买一只猪苗,已经瞅准了书记家那一头怀了崽的母猪,一旦分娩,他便可抱一只回来。于是,他便又开始收集麸子皮、红薯秧等等猪食的原料。他已经是个过日子的样子了。他的会过日子又与齐小兰魏源生的会过日子不同,后者是努力在金刚嘴保持一份精致的上海生活,而他则是将那生活彻底改头换面,成为一份真正的金刚嘴生活。他已经被金刚嘴的生活吞没了,而唯有被金刚嘴的生活吞没,他才可真正立足于金刚嘴。这时候,他们五人中间,没有一个人能比他更博得农民们的好感了,即便是像张达玲拼尽了全力,落了一身的伤和病,最终也远不如他。他已与金刚嘴融合了。

然后,他买回了一只猪苗,那肉团团的猪苗被他揣在怀里,抱了回来,他早已在门前用碎砖垒了一个猪圈。那猪苗热乎乎地暖着他的心,他竟有些激动,像抱了个儿子似的。他将猪苗搂紧了,它却像一个真正的儿子那样不安分起来,踢蹬着腿,踹在他的胸口,他心里生出了一股温存的柔情。从此,对这小猪的饲养,便成了他生活中最大的快乐了。龚国华的生活里向来缺少快乐,他是过于冷静,太讲实效;他向来兢兢业业地生活,极少幻想,一切幻想都为他视为无用而奢侈。他是过于朴实的了。他很踏实地生活,每一日都为他踏踏实实地送走,他从来不曾有过什么遗憾,因他的每一日都不曾浪费过。而就在他从泥地上,从书记家老母猪的身侧,将那肉团团热乎乎的小东西抱起来,揣进怀里的时候,他的心却奇异地触动了。这是莫名其妙的心动,这是莫名其妙的快乐。而从此,他便有了一份快乐,有了这份快乐作滋补,那兢兢业业的生活好过得多了,却也终于显现出了它原有的枯燥和乏味。而他毕竟是在这生活里久经磨练,他已不会消沉,他永远学不会消沉了。他依然是一丝不苟地过着那一份日子,同时尽力饲养着小猪。他对这小猪的照料已远远超过了必要的程度,他毫无必要地每隔几日就给小猪洗澡,毫无必要地将优良的大秫秫面掺在麸皮里,为它调食,他常常一无必要地抚摸着它,犹如抚摸一只温驯的看家狗。他对这小猪所体现出的精细与爱护,与他讲究实际的秉性十分的不符,简直是一种失态。而那只猪却不知在什么地方遇到了问题,永远消瘦得像一条狗。它宛如一个过于娇养且又缺乏科学的调理的小家子出来的孩子,生成一个刁钻古怪的性子。它有着猪所绝不具备的敏捷与狡诈,从不错过捣蛋的机会。拱人家小孩的饭碗,吃人家自留地的小麦,并且常常出走,一出走就是三五日,直要到龚国华寻找得真正绝望了以后,才一摇三摆拖了一身泥水地回来。在它出走的日子里,龚国华便成了一只热锅上的蚂蚁,衣食无心,坐立不安,很少见到他这样的失态,失态的他就好比换了一个人。他像个金刚嘴里真正的娘们似的,嘴里"啰啰啰"呼唤地四处走着。他的同伴们看了又好笑又辛酸。一日一日地过去,那猪只是腰长了,其他部位依然如故,却失去了幼年时期憨态可掬的模样,可是它给龚国华的快乐一点没有减少。龚国华很快乐。快乐的龚国华竟有些天真起来,偶尔的有些时候,也会做一些不那么得当的错事。比如,走过瓜园时掐一只小小的没成熟的瓜,比如,歇息的时候,厚了脸去向人讨一支卷烟,有几次,他的猪遭了奚落,他还愤怒地流露出斗殴的倾向。他将他那一个失败的酋长的悲壮的威信渐渐损失殆尽,而自己竟毫不觉得。而他依然不愧是金刚嘴的好社员,因为他勤劳,节俭,割牛草,还养猪,尽管是一条乖张的猪。这时候,我们的张达宏陷入了困境,他极无望地爱上了齐小兰。这正是齐小兰与魏源生最最热火朝天的时候,不再需要他这一个"第三者"的串连。他们犹如两个过河拆桥的人,将他搁在了一边。他在他们的爱情历程中,已最后完成了历史作用,本该是激流勇退,不料他却真正地坠入了情网。他如奴仆一样拜倒在齐小兰脚下,齐小兰成了他心中的女皇,为了她,他甘愿去做苦役。因为爱她,他便将魏源生视成了仇敌。不料,魏源生并没有与他为敌的兴趣,逢到他有意挑衅妄图生事的时节,他总宽忍地退让一步,化险为夷,叫他有气也没了地方出。齐小兰对他的态度还不如对隔壁的"吁"。她毫不掩饰她对他的厌弃。他的钟情似乎玷辱了她似的,她就像受了辱似的,然而她却又不愿舍弃这份钟情所带来的实利。她常常差使张达宏,让他去做这,让他去做那。她的请求永远不会遭到拒绝,她的请求于张达宏永远是一宗希望,他的希望只有凭着齐小兰的使唤才可滋生。动了真情的张达宏却是比以往任何时候都更可爱的张达宏,他无意间摒弃了许多恶习,他竟不自私了。不自私的张达宏是那么动人,人人见了都要感动。他一心一意地体味着爱情的甜蜜与苦涩,倒没有余暇无聊了。这一座草屋,因没了他那不识时务的笑闹吵骂而略有些沉寂。他竟也有时会沉默下来,他时而沉默着做活,吃饭,睡觉。他却又会突然地得了一个神秘的启示而亢奋起来,重新又招惹得人生厌。每一阵亢奋之后,必是灰心的低潮。他正经地苦闷起来。他的苦闷又无处诉说,他却必得诉说,否则,他生生地要憋坏的。他终于找到了一个听众,那便是隔壁的拽子。拽子永远耐心并恭敬地聆听他的倾说,流露着无限的温暖的同情。有了这些,张达宏便很满足了。他是想不到拽子是如何从他痛苦的倾说中大大地得了复仇的快乐,他从不以为自己对拽子有过什么样的侵犯。每每拽子听完他夹带着恶毒的诅咒的倾说,便怀了满意的心情回家。他有如在听一部言情的故事,听着张达宏表露着心迹。和所有的金刚嘴人一样,他很爱好男女欢情的故事。张达宏的故事虽少去了离奇曲折的色彩,然而其毫不掺假的真实性,其间人物的贴近感,大大的弥补了平淡的这一缺陷。拽子时常能有一个快乐的夜晚了,他的夜晚里有了一些快乐了。他开始将这故事传达给别人,传达的过程中自然参加了许多他的创作。拽子这时候才显露出一个故事家的素质,他竟能自然如风吹水流一般地增添许多动人的细节。因逻辑的严密和细节的真实,他自己先被自己打动并说服,弄到终了,他竟不觉得那是虚构,而一心以为是现实,他真正地到达了艺术创造的佳境。传达的夜晚要比聆听的夜晚更为快乐,因这里有着创作的快乐。渐渐地,一个夜晚又一个夜晚地,张达宏的爱情传遍了整座村庄。

这时候的张达宏,实是要比齐小兰与魏源生都要高尚了。他确确实实是在爱,而他们之间,却颇像一场斗智。在上海的那一个折磨的晚上,魏源生以绝对的优势压垮了齐小兰的自信。待她渐渐地平静下来,才又慢慢地生出了自信。在上海的后来的几日里,她一直以过度的矜持对待魏源生。她的难免突兀的矜持,使魏源生一时有些摸不着头脑,惶惶惑惑的。见了他这惶惑的样子,她心里便有底了。初回金刚嘴的几天里,她一边依旧保持着矜持的态度,另一边则对他闪闪烁烁地关照起来。这时魏源生却有些识透她的矜持了,他以一种浑然不觉对付她的矜持与关护。这一回,轮到齐小兰惶惑了。待到她一惶惑,魏源生才渐渐地,悄悄地,放下了架子。他们两人就以这样的角斗的形式推进着之间的关系,相互引蛇出洞,诱敌深入,颇费了一番心思,却兴味盎然。双方都极兴奋,极满意,因他们实在是太投契的一双对手,所以彼此永不会走出对方的预测,总使对方的预测实现,总不使对方的希望落空。他们双方都太工于计算,太不肯吃亏,都力求不付代价或少付代价地获得对方。他们彼此都极少牺牲精神,即便是在爱情中竟也如此。而他们是太投契,太了解,他们互相都谙知得熟透,天下再没比他们更相像的一对伙伴了。就这样,他们慢慢地走到了一处去,终于合伙了。他们的合伙,无疑是公布了他们恋人的关系,这一日是张达宏的末日了。他不吃饭,也不出工,傍晚时分出了草房,不知向哪里去了。张达玲只得打了手电,出去找他回来睡觉。刚出得门,便看见了拽子提了一盏油灯,摇摇晃晃地走了过来。

"来家了吗?"拽子问道,那灯从下朝上映着他皱巴巴的一张小脸,留下古怪的阴影。这是一个没有月亮也没有星光的夜晚。

"正去找。"张达玲静静地回答。她镇定地拧亮了手电,手电在黑地上划开一条白路,她却立在黑暗的白路的尽头。

"会不会是去大沟了。"拽子说。

"不会。沟边路滑,他也不会水。"张达玲说。

"那能去哪?"拽子问。

"许是去南湖了。"张达玲说。

"不会。南湖晚上最邪,他怕鬼的。"拽子说。

他们相互望了一眼,不再说话。

停了一会儿,男孩说:"我去西头树林子里看看。"

又停了一会儿,张达玲说:"我去家后秫秫地看看。"

然后,他们便分头去了,油灯在地上摇摇晃晃地划着圆圈,手电则笔直地辟开了一道沟壑,各自照亮着各自的道路,一个往西去,一个往家后去了。

这时分,大队书记正在开会,会上决定将龚国华选为积代表,去参加县积代会。他是最合适的县积代表了。

男孩在西头树林子里转悠着,月亮这时候才升起,将稀疏的杂树之间的地皮照得生白,连个虫子都逃不过他犀利的目光,张达宏不在。

张达玲沿着秫秫地走了一遭,秫秫叶子唰啦啦地作响,张达宏也不在。

当他们两个在草房门前会合的时候,却看见张达宏已经回来,坐在门前那盘陷了一半在地里的石碾子上,双肘搁在膝上,抱着一个乱蓬蓬的脑袋。他们没有对他说话,男孩回了自己的草房,张达玲进了屋。门咯吱咯吱地响着,嘎哑而清脆。

龚国华去了县上开积代会,然后又去了地区积代会,最后竟上了省积代会。就在他动身去省城的那一日,省内第一批招工开始了。

龚国华无疑是被推荐的第一号种子,然后就是张家兄妹中的任何一个,因他们是多子女下放家庭,理应得到照顾。张达玲明确地表示,将这个机会让给哥哥,为了证明她的诚意和决心,她在这关键的时刻,决定回上海了。这一年的冬天,只有她一个人回家,魏源生和齐小兰虽然希望渺小,可却也决不愿意放弃,决定留下力争。招工的消息使得知青们又兴奋又不安,全都跃跃欲试。一场近乎残酷的竞争即将拉开帷幕,将会有多少战士骄傲地失败,又会有多少战士卑屈地得胜。战争拉开帷幕之前,尚有一片和平景象。大家纷纷地奔走相告,互传消息,而转眼间就要各自为阵,拉开战线。这样的时候,张达玲一个人回家了。这是一个隆冬季节。

张达玲一个人回家了。

第二十二章

她如同做梦似的在了上海的街头,正是华灯初上的街头。路灯宛如从九重云霄深处渐渐地近前,照亮了她迷蒙的知觉。她微微地激动起来。她从公共汽车站上,沿了马路向家走去,脚下好像躺着一条沉睡的记忆,每走一步,便将那深沉的睡眠敲响一下。两只鼓鼓囊囊的旅行袋紧紧地勒着她的手,她的手指早已经麻木了。她看见了她们家那个黑洞洞的弄堂口,有昏昏的灯光水似的流泻出来,穿过了黑暗。她心里忽涌起一股热流,她方才觉着了家的亲切,她方才意识到,在离家的日子里,她其实一直怀恋着家的。她意识到她离开已近两年,两年是一个很长的日子。她走了很长的日子又回来了。她看见了弄底的那一盏昏昏的电灯,在锈烂的铁皮罩下发出黄色的微弱的光亮。她又看见了后弄里厨房的灯光,那朦朦胧胧的光线,轻轻地撞击着她的坚实的胸膛,心跳加快了速度。她从映着黯淡灯光的窗前,一扇一扇走了过去,她最终走到了她们家的那一扇门前。门里有嘈嘈杂杂的说话声,她好像听出了是妹妹的声音,还有叮叮当当的碗碟声。她摸出了钥匙,钥匙她早早就准备好了放在身边。她如同放学回家一样开了门,走了进去。妹妹背了门站在水池前边洗碗,没有听见门响,嘴里在嘀咕着什么。她有些窘迫地站在原地,似有些不知所措。妹妹嚷了声:"门关关好!"随即回转身看见了她。她想对妹妹笑笑,却没笑出来,甚至连脸部肌肉都没有活动一下。妹妹诧异地看看她,然后就扬起声音叫道:"大妹妹回来了!"这一声吆喝好像是提醒了她,她这才向楼上走去。旅行袋妨碍着通过狭狭的走道,前后地打着腿。两个弟弟奔到楼梯口,看见了她,却并不来接她手里的东西,而是向后退着,嚷道:"大妹妹回来了。"父亲和母亲站在弟弟身后,窘迫地微笑着看她,待到她的眼光过来,却又回避了。他们似乎有些为难于如何向她表示欢迎,而这个出门久了的孩子,不免又使他们觉着了生疏。停了一会儿,母亲便用过于热切的声音问道:"吃过晚饭了吗?"她回答说吃过了,便蹲在地上拉开了旅行包,将一包包的芝麻,花生,黄豆掏出来,摆了一地。大家这才找到事情做,纷纷围拢了来,细细地察看东西,然后在父亲的指示下将东西放好。两个旅行袋很快就掏空了,她从地上站起来,环顾了一下房间。房间依然如故,有些翘了的地板,一旦走动就吱吱嘎嘎地响。五斗橱上的三五牌座钟,永远地滴滴答答走着,她忽然想起了她的那些没有钟点的夜晚。窗户关着,却没有拉窗帘,透过去可看见对面房子里的灯光和绰绰人影。弟弟妹妹散了开去,各自做着各自的事情,妹妹嘴里永不停止地嘀咕着,好像全世界的委屈都让她一人得了。父亲和母亲依然站在她的面前,客套而窘迫地微笑,问她各种各样的没有意义的问题。她一一地回答,然后她说道:"我去烧吊水洗头。"这就像是释放了父亲与母亲,他们立即松了一口气,很热切地说道:"热水瓶里有水,先用热水瓶的水洗好了。"母亲跟在她身后,反反复复地说着,一直将她送下楼梯。她走下楼梯,不再听见母亲的声音,便也暗暗松了一口气。厨房里没有人,她先烧上一壶水,然后就倒了热水瓶的水,端到水池子上准备洗头。这时候,她看见窗户外面的那方天井。她的目光顺了天井的那面高墙渐渐向上攀去。月光从井壁似的高墙上慢慢地流淌下来,照亮了天井地上一小片水洼。高墙上的关闭了的黑暗的窗户后面,有着隐隐约约的动静。她渐渐地安静下来,想道,她是到家了。水在煤气灶上响了起来,有一股急流从下水道里冲击而下,在深深的天井里激荡起汹涌的回声。后弄里有响亮的敲门声,然后就有人推窗大声地问道是谁,接着是咚咚的脚步声,那脚步声穿过了楼板与墙壁,微微地震颤。她将一头枯黄的头发浸入水里,温热的水湿润了她麻木了的头皮,手背上无数龟裂的口子在水的浸润下舒适地作痛。她这时候才觉出了疲劳,这两年里所有的劳累就在这一瞬里向她袭来,这两年里积累下的所有的辛苦就在这一瞬里苏醒了过来。她的腿与手都在打颤,她几乎站立不稳了。而这疲劳又颇像是一种热烈的爱抚,快感从她心底深处冉冉地升起。当她湿淋淋着头发,重新上楼的时候,妹妹正撅了嘴在父亲的训斥下帮她缝被子。妹妹撅着的嘴又逐渐咕哝出了声音,大意是插队有什么了不起,又不是去做皇帝,连被子都不会缝了。她无心去留意妹妹的埋怨,也无力去缝那被子,装作听不见,对了镜子梳头发。她不等头发晾干就钻进了被窝,如昏迷一般睡了过去。

　　睡眠温柔地包裹了她,她透过睡眠的纱幕,隐约感觉到房间里灯光很明亮,人们走来走去,很响亮地说着笑着,妹妹又和弟弟吵着嘴,小弟弟也练就了一副如簧巧舌,鸟叫似的哝哝着,地板在嘎吱嘎吱响,她的床在轻轻摇晃,她微微的头晕,喝醉了一般。她僵直的身体慢慢地柔软下来,柔软下来的身体是多么舒服,那样的灵活,她自觉出肉体的温暖。新缝的被窝上的肥皂的气味刺激着她的鼻膜,清洁而清爽。她舒适得几乎要叹息起来,她舒适得几乎要呻吟了。她渐渐遁远了,遁到睡眠的深处。她抱在胸前的双臂,慢慢地滑下身体的两侧,她绷直的双腿也微微蜷曲起来。她的脸埋在了被窝里,呼吸略有些受阻,而她觉得平安而暖和。梦里的心境明彻又快慰,她极少有地觉着了明彻又快慰的心境,她竟恬静地微笑了。她卸下了长久的载负的重荷,她一时上身轻如燕,卸下之后,她才明白了那负荷的沉重与载负的长久。火热的太阳与冰冷的雪花在她梦境遥远的背景上美丽地盘旋,渐渐远去。她实在实在是累极了,她实在实在是要沉沉地、久久地睡一觉了。清晨醒来的她,浑身绵软,脑门微微地发热,她好像是在发烧。四肢酸痛得无法动弹,她挣扎着坐起,竟是一阵晕眩。她重又睡回到枕上,她想她是病了。她又想,病了真是舒服。她这一日是可以无牵无挂地病了。她没有再起来,上午九点钟时分,高烧真的就上来了。她烧得面红耳赤,没有缘由地淌着眼泪,眼泪将枕巾溻湿了,她将溻湿了的枕巾藏到枕头底下,她为这眼泪又羞又恼,可是流泪却使她觉得舒畅。她听见父亲与弟弟妹妹陆陆续续地下楼出了门,留下母亲。可是母亲为什么不走?难道是为了她而不走去上班,母亲其实尽管去好了,她完全不用担心,她独自一个人反倒更好些,她很愿意一个人。母亲在她身边走动,脚步怯怯的,好像要对她说什么,又终于没说。她闭紧了眼睛,她不敢睁开眼睛,她的眼睛不敢与母亲的相对。然后,她听见母亲怯怯地问她要不要去地段医院看看。她装作睡着了不回答,因看她睡去,母亲便走了开去,脚步略略地大胆了一些。她与母亲都极怕单独相对,她们从来就害怕单独相对,她们之间与生俱来的根深蒂固着一层障碍,她们彼此都无法跨越,尽管有一些时候她们都想跨越。她听见母亲走出了大房间,进了她的安全的亭子间,才睁开了眼睛。满屋的阳光顿时刺痛了双眼,她不由眯缝起来。头脑晕悬悬的,犹如在一只荡船上。她很惬意地乘坐着荡船,享受着那一高一低的荡漾,像一个大胆的打秋千的孩子。她的体温已经升到极高处,她反倒不觉得难受,浑身上下暖融融的,她几乎要被那高热溶解。高热将她溶解犹如融化一块坚冰。只是心跳得太快,又太响,很仓促地咚咚打击着她单薄的胸膛。她被打击得有些慌乱,又有些亢奋。这时候,她又听见了亭子间的门响,母亲轻轻地穿了绒布拖鞋的绵绵的脚步渐渐地过来了。她重又闭紧了眼睛,母亲向她走来,那脚步越到近处便越畏缩,像一个犯了错误的胆怯的小女孩。女孩似的母亲终于到了跟前,她感觉到母亲轻轻地推她的被窝,问她要不要吃点什么,并且说自从昨晚到现在,她还什么都没吃呢!母亲的手在轻轻地催促她,她无法抗拒这催促,她睁开了眼睛却面对了墙壁,墙壁上有一只夏天拍死的蚊子的残骸。她说她只吃一点面就很好。母亲来不及地离开了她的床边,急匆匆地下了楼去,不一会儿,便端上一碗青菜面。她坐起来吃面,母亲犹豫了一会儿,在离开她几步的方桌边上坐下,她似乎是有着看她吃面的义务,她必得尽这义务,母亲勇敢地尽这义务。她窘迫地吸着面条,面条被她吸吮出响亮的不雅的声音,她害羞了,很丢丑似的,汗珠顺了鬓角流淌下来。母亲坐了一会儿,问她面咸不咸,她说不咸,母亲便又问是不是淡了,她则说也不淡。然后便没了话。她们彼此不敢对视,对视将使她们害羞,她们永远无法邂逅似的,她们彼此都很觉着压迫。她吃着不咸不淡的面条,面碗烫着她的手,她忍着,她感觉到母亲轻柔的呼吸,像一个乖巧的小女孩那样的乖巧的呼吸。母亲耽了一会儿,似乎是克服了许多许多困难地叫了她一声:

"大妹妹!"

她抬起头去看母亲,算作回答。

这一回,母亲却勇敢地望了她的眼睛,脸却红了。母亲说:"隔壁三号里,两姐妹为了谁留上海谁去乡下,吵得脸都抓破了。"

她望着母亲。既然母亲都勇敢了起来,她便也无法示弱了。她目不转睛地望了母亲。

"大家都夸奖你呢,大妹妹。"母亲说。

"夸什么?"她哑着声音问。

"夸你气量大,把上调的额子让给了哥哥,虽说是自己的哥哥,到底……"母亲说不下去了,羞惭地扭过头去,像一个没有答好课题的女学生。

她吐了一口气,说道:"这有什么!"

母亲坐在方桌边,一双手搁在膝盖上,然后又抬起来,从棉袄罩衣的口袋里摸出两张十元钱的钞票,说:"你自己去买一件两用衫吧,现在上海小姑娘都喜欢藏青涤卡的两用衫。"

"我不要。"她一动不动地坐着,吃空的面碗捧在手里,手搁在被子上。

母亲站起来,将钱放在她手边,把空碗接了过去,走了。

她怔怔地坐着,中午的阳光晒在她脸上,她坐了一会儿,忽然笑了一下,她想:原来是这样。原来是这样啊!她又想,然后慢慢地缩进了被窝。下午三点钟的时分,她开始发冷,剧烈地哆嗦着,床都在咯吱咯吱地响。母亲问她去不去地段医院,她哆嗦得已经无法回答母亲的问话。她眼前盘旋着九个辉煌的太阳,身体的周围却布满了阴沉的雪花,她好像又回到了那一个大雪封门的夜晚。等她渐渐平息了战栗,喘息着睁开眼睛的时候,窗户上的窗帘拉上了,屋里开了灯,在她床旁边,与她的床形成一个直角的另一张床上,坐着了外公。外公穿了一件中式的铁灰的确良的罩衫,手里端了一杯茶,与母亲说话,是在说要不要去地段医院。外公倒好像是年轻了一些,脸色红润了,也有点胖了。她望着外公,竟有些鼻酸。她由外公而想起了外公的小店,以及小店前面的那条热闹的马路。正在她出神的时候,外公已经朝她转过了脸,问道:"大妹妹醒了吗?"她回答说"醒了"。外公又说,想吃什么就多吃一点,到了乡下又没得吃了。妹妹插嘴道,乡下也并不是什么都没有,七号里阿真家的浦东娘舅一来就带鸡带鸭带很多很多的东西。外公遭了抢白,生气地说:"你怎么样样都晓得,好像比谁都更去过乡下一样。"妹妹便一迭声地说:"谁没去过,谁没去过,你没去过,你没去过",等等。她疲倦地闭上了眼睛,心里空荡荡的,旷久离家所积蓄起的一点亲情,因远道归来受到厚待所培育起的一点暖意,荡然无存。她刚开始融解的坚冰渐渐地复又凝固,她已放松下来的身体则又紧张起来。她想道:原来是这样的,她连连地想着:原来是这样的。她自嘲般地微笑了一下。夜里,她退了高烧,退了高烧的她忽感到一阵清爽,酸痛如脱壳一般从四肢退去。一夜睡醒,她便又硬朗起来,好像不曾有过那一场高热似的,她一粒药片都没吃地就复原了。她甚至没有很多的虚弱的感觉,她五点钟就起床去买菜,买了菜回来顺便在大饼摊上买了油条,回来又烧泡饭,吃了泡饭又洗碗。她重新担负起了她走之前的一切家务,她又如两年前那样地度日了,她以最短的过渡将这中断的生活重又接起头来。妹妹立刻撇清全部家务,母亲父亲也不再试图与她对话,所有的人都返到了原先的位置上,生活竟和从前一模一样了。

而她不知道,他们都不知道,他们是将一个本来可能有所改变的机会白白地错过了。他们彼此都不自觉地错过了这个机会,他们本可以重新调整位置,她本可以重新调整她心理的结构。这是一个很偶然的机会,也是一个很宝贵的机会,可惜他们错过了。错过的原因主要在她,是她过于苛刻,不肯宽容,不肯姑息,又太不够自我批评的天性所致,因而,这便是命定的错过了。她明明知道,她的家向与她疏远,她又不愿前去做出一些主动的手势,互相排斥得更远,而她却偏偏向这个家期待着最纯粹最完美的爱。她也不自我检讨一番,她究竟又对这个家付出过什么样的爱,却要无端地索取。那爱里稍稍掺了一些杂质都为她所不允,那爱里稍稍有一些比如像感激那样的替代品都为她所不允,这实是太过分了。她对爱确也是很缺乏了解,她不了解爱尚需条件,爱往往是与需求联在一起。她以她的一无实据的妄想设计了世上所不存在的爱,而永远地使这爱的妄想落空。当母亲颤颤巍巍的,战战兢兢的,怀了犹如对待神明一般的敬畏说出她的感激,坦诚到了毫无计算,她竟毫没有在意她的感激里充满了厚彼薄此的嫌疑,这是天真到了伟大的母亲,她万万不会料到这将重重地打击了女儿的期望,她甚至不知道女儿会期望什么,她满心里都是清白的感激,她仅仅是想表达感激,却打击了女儿。张达玲从此便认定家里对她的这番款待全因着实利的缘由,她初初领受了的一点爱心全被那实利的缘由解释得一干二净。这本可以成为母女间爱情的开端,她们本可以由感激而向爱的彼岸出发,可是却被毁灭了。

她毁灭了她几乎要萌生的爱心,她便又坚强起来。她重又负上了于这世界的没有爱做缓解的责任,她重又负上了她自制的十字架,她重又负重。有了这重负的压迫,她便无法软弱,她只得坚强起来。她是有着极强大的意志的人,这意志竟可以驱病降魔,可与她自然的力量作抵。这是百经磨练的意志,她以这意志已度过了许多艰辛的日子,许多艰辛的日子因了这意志而没有将她击垮。这意志宛如一座长城,每一次磨练都是一方坚实的城墙,她几乎完全被这长城护卫,被这长城封锁了,她刀枪不入。

欢乐的春节就要来临,家家在准备年货。她操持着一切,因是她操持一切,别人就不太敢过问。而她操持得很好,凡人家有的,她全办到,如有一点办不到,她便如同失职了一般,竭尽全力地弥补。谁也没有要求她做这些,而她勤勉得像是这家的女佣。她那过分勤勉的劳作,无形中使人感到压力,她好像是以劳动在谴责别人的懒散似的。全家都在她勉力的工作下紧张起来,极力地也要去做一些什么,而最终什么也做不了,因所有的一切都被她包下。她一晚上做了几百只蛋饺,她又一晚上磨了二十斤水磨粉,她排了一天队买了年糕,她一口气杀了三只鸡和三只鸭,包括拔毛和开膛。她的劳动热情使人们全都消沉了,只得放弃了努力,由她一个人去了。这年的年夜饭是历年来最最丰盛的一桌,却也是历年来最无快乐可言的一次。桌上的每一只菜碗,都在无声地讥讽着吃客们的无用与不努力,更因她的在场,使所有的人都受了拘束。大家除妹妹以外全都默默地吃菜,妹妹则永远地牢骚不息。她其实是想以这埋怨排解沉闷的气氛,这沉闷的气氛给了她太多的压迫,今夜本应是一年中最快乐的夜晚。她实在愤怒不已,她实是忍无可忍,而她又一无计谋,一无手腕,她除了埋怨以外别无他法。她心里期待着姐姐的回嘴,甚至期待着姐姐劈脸给她一巴掌。如有这样的痛痛快快的一巴掌,她们也许便可真正地邂逅,她们也许便可真正地做姐妹。而姐姐是看也不看她一眼,她便越发地恼怒。她的怨艾给这年夜饭增添了不吉祥的色彩,赶来团聚的外公竟也自持不了,阴沉了脸色。当弄堂里响起噼噼啪啪的鞭炮声的时候,妈妈突然地哭了,一边哭一边解释说,她想大哥哥了,大哥哥一个人在外地乡下过年呢!鞭炮声一连气地响,压过了妈妈的抽泣。她不动声色地往火锅里连连添炭,将个火锅烧得通红,这一个除夕之夜真是糟透了,可她浑然不觉。一切快乐与不快乐都与她无关,她与一切快乐与不快乐无关,她将自己锁在遥远的坚实的城墙里,将她与一切快乐与不快乐隔离了。她漠漠然地,甚至有几分幸灾乐祸地目睹这一个糟糕的除夕。她看见两个弟弟屏息敛声地低了头吃菜,不敢看一眼啜泣着的母亲,妹妹撅了嘴,不再嘀咕,眼圈却红红的,也要哭了似的,父亲则怀了那般不加掩饰的怜惜安抚着母亲,母亲刹那间变成了一个孩子,父亲的最受宠爱的孩子。外公起身绞了热毛巾,递给母亲擦脸,嘴里喃喃着一些意义不明的劝解的话。她暗中冷笑着发现所有的人都在怀念去年的那一个没有她的除夕,那是一个美丽的除夕,她得意地想道。母亲渐渐止了啜泣,通红着脸颊,如一个受尽了委屈的女孩。她心中突然地升起一股强烈的嫉恨,在这一瞬间,她忘记了她是自己的母亲,自己是她的女儿,她忘记了这一个宿命的联系。她如同一个失宠的女人恨着一个得宠的女人。这母与女其实从一开始就处在同一地平线上，因为这是一个永远长不大的母亲和一个生来就成熟的女儿。

从这一年的最后一个晚上开始，她恨她母亲了。而就在她初初起恨的那一瞬里，母亲竟也恨她了。血亲在此时此刻开始了神秘的交流，而她们只是恨。母亲觉得，家里从此多了一个"婆婆"，她如同一个养媳妇一样，失了自由。她便如一个养媳妇恨一个婆婆。这是一对畸形的母女，她们母不像母，女不像女，因她们最初的时候放弃了养育和被养育的亲爱的联系，因她们后来一次又一次地错过了爱的机会，成了一对仇人。母亲显然要比女儿软弱得多，她只得采取躲避的战术，她除了吃饭这一个迫不得已的共处的时间，其他所有的时候她全缩在她的亭子间里。她的小小的亭子间，真是一个温暖的避风港，她在此度过了多少急风暴雨的年月，这小小的方舟几十年来永远的温暖，一旦缩身其间，她便将什么烦恼都忘了。她是个少心眼儿，缺头脑的，永远长不大的女人。她的女儿却无处可遁。

那恨如爱一样快乐地在她心中荡漾，充实着她那一颗垒起了堤坝，筑起了长城的空虚的心。她的心其实是空洞洞的，她的心其实是极少实力的，因空洞，因无实力而不堪一击，她才需有坚硬的卫护。她一无所有的心里现在有了恨，这恨的启蒙是多年以前，从那一个肥硕愚顽的乡下奶妈身上得来，却是大大的成熟了。而如今她和她恨的对象因有着血亲的联系，便多了一层复杂的意味。那血液的联系无须母与女任何一方的认同，它自己会在那里作祟。这样的恨是无比的折磨，可却有一种奇异的快感，它甚至可使人生出灵感。她的想象力空前的活跃，她竟可以设想出母亲躲避了她,缩在亭子间里在做些什么,她竟可以揣摩母亲与父亲相爱的情景,这情景叫她作呕,可她依然极其热情地去想。她想得非常难过,却又淋漓尽致的痛快。父亲与母亲相爱的情景永远叫人作呕,只有当他们还原成单纯的男人与女人的时候,才可美丽地相爱。而她执意不做这还原的工作,她执意要使这男人与这女人扮演着父亲与母亲的角色,而极尽相爱之所能。她是刻毒得可以,肮脏得可以。她刻毒地肮脏地得了快乐和慰藉。她阴森森地在家里活动着,将一整个家庭安排得井井有条。

辛劳的一日过去了,她躺在床上,望着拉得很严密的窗帘上洗旧了的花样,窗外那一盏电灯映透了薄薄的花布窗帘,将木头的窗棂画在上面。她隐隐地觉着有什么遗忘了的,需要去想起,而她最终什么也没想地睡着了。因这一日她很得很累,她耗尽了情感与精力,她实是困倦得很了。她遗忘了而需要想起的是窗外,对面的那扇窗户里,曾经伸出着一根细细的竹竿,钓鱼似的吊着铅笔或者橡皮,与她顶上的那扇窗户里做着传递。对面窗户里举着竹竿的是一双白白胖胖的女孩的小手,小手操纵着竹竿。那扇窗户已被花布窗帘隔断了,而那双白白胖胖的小手也不会再有了。她沉沉地打着轻轻的鼾,她的睡眠被窗帘外昏黄的灯光暗淡地照耀,微明着。她在睡梦中也不得完全地安眠,好像还在追忆着永远也追忆不起来的什么。她如同所有长大的孩子一样极力地要怀恋,而她却又不知她应怀恋什么,她的怀恋目的不明,她目的不明地茫茫地怀恋着。她是一个迷路的孩子,去路不明,来路却也遗失了。再没比她更可怜的孩子了,也再没比她更令人生厌的孩子了。她孤独一个茫茫地行走在黑暗里,左右前后抓不到一点攀附。

母亲与父亲在亭子间里,使用着日薄西山的余力做爱,他们开始心有余而力不足,他们渐渐有些分心,有些走神,他们时常会受到莫名的干扰。在最不适宜的时刻里常常会潜入一些杂念,他们竟有了杂念。他们会突然地记起自己为父与为母的身份,他们便有些羞惭,有些难堪,悻悻地草草地收了场。他们刚刚开始从他们的儿女那里觉着了压迫,他们的儿女似乎在羞着他们。这儿女总是被那最大的最不像儿女的大女儿所代表,他们无力摒除她给他们的压迫。而他们又羞于作这交流,这交流会使他们无地自容。他们默默地承受着羞辱,他们互相都帮不得一点忙了。这压迫竟永远地延续了,在她回乡下以后的日子,仍然如乌云一样笼罩在他们安乐的小岛的上方,他们的小岛不再安乐。他们被他们的儿女离间了。

张达玲离间了她的父亲与母亲,然后就要回去了。在她回去之前,张达宏却到了家。他从那一场战争中惨败了下来,只有龚国华一人得胜,其余的人统统惨败了下来。魏源生与齐小兰尚有爱情可作慰,张达宏却白白地牺牲了一个春节。失恋的伤痕还未痊愈,又添上了这一个新的伤口,他是必须好好地休养了。张达宏回来之后,张达玲就要走了。她看出全家人都为她要走而高兴,她为她看出了这一点而兴奋,她几乎是欣喜地想:原来是这样。原来是这样啊!她很痛快地想。她将母亲给的那二十元钱退给了母亲,她不屑一顾母亲那恨恨的又凄凄惶惶的脸色,她很骄傲地退了那钱。她收拾起她简单的行李,她收拾她简单的行李的时候,她竟小肚鸡肠地想到:来时带了满满两旅行袋的东西,回去时竟装不满一旅行袋了。她很得意她所受到的不平待遇,她很快乐地领略着家人的薄情,她很悲凉地委屈着。她去买了车票。买车票的人极多,队伍排了三回九折,这也使她隐隐地满足,满足她受了折磨。她默默地忍耐地排着长队,几乎是故意地排错了一个队,而又重新默默地忍耐地排着第二个长队。她因蹉跎了时间,而没有买到对号入座的车票,这也使她心里酸酸地骄傲。她乘着拥挤的汽车回家,车站在靠近外公的地方,她忽然想到应该去看看外公,回来之后,她竟忘了去外公那里。

　　她从热闹的大马路上弯进了小马路,进了那条狭狭的后弄,后弄里正生着一只煤球炉,腾腾的烟雾遮住了正午的日头。她的脚步在狭弄里激起清脆的回声,她听见了自己清脆的脚步声。她看见了外公敞开着的后门,她从后门里看见了前面店堂里坐着的外公,正对着方桌吃一碗泡饭。这时候,有人来买东西,外公放下了碗,却还捏着一双竹筷,走去做了生意。柜台上方吊了一些吹气的塑料玩具,这是新生的一代玩具,红红绿绿的吊在店堂的前头,更加映出了外公一头灰白的头发。她通过柜台看见了前面的大马路,太阳明晃晃地照着街道,汽车来来往往,行人熙熙攘攘。她动了恻隐之心似的,微微有些委屈,她不知她何故觉着委屈,而她明明觉着了委屈。外公立起身往后间走来,大约是来洗碗,看见了她,微微地一怔,眼光有些生怯似的眨了几下,然后如同向她汇报似的说道:

　　"昨天剩的泡饭,吃掉算了。"他有些苍老似的很谦卑地一笑。

　　"车票买到了。"她说。

　　"其实还可以多住几日,天已经暖和了。"外公前言不搭后语地说。

"大后天的火车。"她说。

"晒了点年糕片,要不要带点去?"外公颤颤地将碗放下,问道。

"不要。"她说。说罢转身走了,她不知为什么非常非常的委屈,她心里充满了委屈,她委屈得恼怒起来,她恼怒地直直地走了,没有回头再看一眼,如她回头看一眼,便会看到外公倚在后门口,苍老地目送她走出狭弄。外公目送着她走出后弄,心里想着,她和她的亲外婆是一点点也不像了。

狭弄外的阳光刺痛了她的眼睛,她皱起眉毛,沿着马路走了。

第二十三章

　　是一个无风的天,船靠码头时分,已是夕阳西下。小小的石砌的码头,凝聚了一撮余光,船便向着那金碧辉煌的斑点驶去,呜呜地鸣叫着。她站在铁链拦起的船的出口,望着那余光的凝聚点渐渐地接近,就在接近了的那一刹那金光陡地暗淡了,挥散了,呈现出灰色的石码头,码头后面是平缓的荒凉的河岸,有着小小的孩子从上面走过,肩上背了柴草。江水涌动着拍击码头,铁链子解开了,她第一个跨出去,走上了跳板,跳板弹击着她的脚掌,她腾腾地走了过去,抵了岸。苍茫的天空笼罩着辽远的河岸,河岸静悄悄的。背草的孩子走远了,看不见了,上岸的人,零星散在了空寥的岸上,独自走去了,分离得越来越远。她想着,要走着去金刚嘴了。她整了整书包带,掂了掂旅行包,然后想着:只有走着去金刚嘴了。想着要徒步六十里,她并不发愁,相反还有些微的快乐。独自一人,在暮色静默的护卫中走路,于她有一种奇异的感动与安慰。傍晚的风和煦地吹拂着,她心里平静又开阔,她吁了一口长气,迈开了脚步。在她迈步的时候,她身后码头上的船呜呜呜着,在岸边旋了一个小小的圈子,渐渐地开走了。

　　她走上了高高的堤坝,沿着堤坝向东走去,暮色如一张巨大的网,渐渐地,悄悄地,降落下来,罩住了她,她却感到安全和温暖。在拥挤肮脏的车厢与船舱里蜷曲了一日一夜的身体,如今又与柔软而富弹性的土地接触,活力陡然恢复了,冉冉地在体内升腾。她的脚步有力地踩着道路,将那道路一步一步向后踩去,那路是自行地向后一步一步退去,她则是自行地一步一步前去。额上微微地出了汗,在风的吹拂下沁沁的凉爽。她下了堤坝,沿了坝下的大路走去,暮色越来越严密地封住了她,她竟看不清前后二十步路远的地方。她只听见在那灰色的幕障后面,有叮叮当当的铃声,一架大车在走着。她什么也看不见,只听见叮叮的铃声,嘚嘚的蹄声,偶然的"吁吁"的轻轻的吆喝声。有了这架大车隐身的陪伴,既解了她的寂寥,又不会打搅了她。路边已经发了芽的树,幢幢地擦肩而过,她的心绪出奇的好,她少有这样的好心情,那心情明净得几乎没有一点杂质。她甚至很想唱一点什么,而她是什么也不会唱。她极想唱点什么的时候竟发现她什么也不会唱。她只想得起来,极小的时候,在小学里学过的一支如今可算得上古老的歌:"今年沙也沙,我比谷子高!"她一张嘴,发出了一个古怪的音,却将自己也惊了一下。那声音在这寂静的独行的唯有牛车的铃铛做伴的傍晚里,突兀且又森森然的,她沮丧地住了口,十分害臊,前边暮色里的牛铃依然不紧不慢地叮当,叮当。暮色更黑暗了,她将旅行包托上了肩膀扛着,一步一步走。她头脑里什么也不想,既不想刚来的地方,也不想将去的地方,她独独只享着行路的节奏里的一种音乐般的快乐,虽然她如同不知如何唱歌一样也不知什么叫作音乐,可那脚步与道路有规律的摩擦所形成的永动的节奏,已为她轻松地掌握,那是如歌的快板。可是她却不知道,她已渐渐地迷了方向。她在岔路口走上了另一条道路,越来越远地离开了通向她目的地的那条,那条路上走着惊蛰以后第一批苏醒的昆虫,如同在举行着一个盛大的庆祝集会。她却走在了另一条路上。不知什么时候,那叮叮的铃声悄然消失,月亮却升了起来,照亮了大路,将第一阵降落的雾气照得透明,她看见了路边的田地。田地上,这里,那里,有着新挑来还未撒开的粪堆。路上就她独自沓沓地走着,脚步陡地清脆起来,天地忽然地旷远起来。她独自一人行走在旷远的天地间,她如同原地踏步一样地行走,她好像被这旷远巨大的天地不留情地攫住了,她的心里转眼间充满了渺茫与虚无的情感。而她还须一步一步走着,苍茫之间,她忽地想不起她的目的地,她忘了她的目的地。那脚步永动的节奏打乱了她的思索,她的思索因合不上脚步的节奏而溃散了。她放弃了目的地,茫茫然地行走。

月亮升高,将暮色揭起,雾气的粉末般的水珠在溶溶的月光里飘舞,月光如河水似的流动起来,月光如活物一般在活动,她在活动的月光中行走。路边的树枝伸展着奇形怪状的姿态挟持着她,路裂开了深深的裂口,她的脚从裂口上踏过,她感觉到那裂口的边缘尖锐地割着她穿了军用球鞋的脚底。她想起,她要去金刚嘴,她终于记起了她的目的地,去向她的目的地的大路上,昆虫们在作冬季以后第一首欢乐的合唱,她却走在了另一条路上。她这才惶惶然地止了脚步,那如歌的行板的节奏还在催促她的脚步,她的脚步却已停止下来。这是在了哪里?她从未到过这里,她仓皇地四顾着,在极远的地平线上,似有一个隆起的形状,猜想那会是一个庄子。她应去那里找人问一问路,她想到。月亮越来越明亮,星星也出来了,那远处地平线上隆起的地方,便越来越像是一个庄子。她似乎看见了袅袅的炊烟,她应去那里!她想道,脚步便又动了。她重又上路,却失落了方才的节律,她急急地,匆匆地,一径奔向那隆起的像是村庄的地方,她隐隐地仿佛听见了狗吠。路上没有一个人,一个人都没有在路上,笔挺的钻天杨从她的视线里一一闪过,道路是弯弯曲曲地向前,那前方隆起的地方忽而清晰成一个庄子的形状,忽而又模糊,似乎仅仅是一丘孤坟,有几回甚至没有了,不见了,地平线流畅地伸展开去,没有一处隆起的地方。当她已绝望,却又陡地出现,宛如海市蜃楼。

汗从她的背上流泻下来,由着风吹得冰凉,她的腿肚子硬了,肿胀地酸疼,而她的脚步却依然坚定而有力,她迈动着大大的男生一般的脚步,她的每一步都重重地落在地上,好像要在地上蹬出一个凹坑。她沿了这条千回百折的道路,不屈不挠地走去。她走过了一个乱坟岗子,她的脚从一领卷起的席子旁边跨过,她明知道那领席子里一定有一个刚刚停止心跳的或许还有体温的孩子,而她毅然从边上跨过。在她跨过的那一瞬,她似乎看见有成千上万团闪烁着绿色荧光的磷火,朝着她滚滚而来,她几乎被它们包围,而她毅然地走了过去。成千上万团绿光莹莹的磷火便自行让开了道路,让她走了过去。她目不斜视地走着,她甚至从一丘坟冢上走了过去,她宛如走着平常的土坡那样从容地上又从容地下,她不知怎么又重回到了大路,大路前方果然有一个村庄,鳞次栉比的房屋掺着枝条疏朗的大树。这一个活生生的村庄,宁宁静静地在度一个寻常的夜晚。炊烟已经偃息,屋脊的烟囱却还散发着融融的暖意。狗在门前柔和地吠着,女人在屋里温存地骂着。她走进了庄子,走在土路的村道上,这村庄如同所有的庄子一样,有着村道。村道两边是高起的台子,台子上是一排排的房子。这一个庄子里的房子异常的整齐,村道也异常的整齐,整齐的村道旁边的各家的菜园子里,菜畦有如尺子量过一样,一行一行,一竖一竖。她遇不见一个人,家家都在吃饭,门开了,门里亮着如豆的灯火。她从这头走到那头,再从第一条村道走到第三条村道。这庄子共有三条村道,三条村道由着七条巷道打通与连接。这是一个小小的村庄,她走遍了一整个庄子没有遇到一个人,她无法问路,她便只有走上台子走进屋,进门去了。

她走上第二条村道,走到第二个巷口,走进那巷口边的第一扇门里。如同所有的乡里人家一样,当门是一张矮矮的案板,案板的两边各坐了一个人,一个男人与一个女人,他们相对而坐,将脸深深地埋在一只巨大的碗里,无声地喝着稀饭。他们很久都没有看见她,她站在门口,正对着他们。埋了头喝饭的他们之间,是一盏没有罩子的油灯,升腾着一缕漆黑的烟火,笔直的将他们两人划分开来。他们依然深埋着头喝饭,那巨大的粗糙的瓷碗缓缓地转动,竟没有一点动静。她叫了声"大嫂",她的声音出奇的嘶哑,他们竟都没有听见。什么也没听见的他们终于抬起了头,放下了空碗,又不约而同地朝门外转过头来,看见了她。他们转过了脸看她,灯光照亮了他们半边的脸,这图景是如此地整齐地对称着,对称得几乎不再像真实的,而像一个梦境。她心里茫茫的,说不出话来,怔怔地站着。他们看了她一会儿,然后那女人问道:"吃过了?"

她的声音出奇的柔和,与她一整个粗糙的外形很不相符,那声音既柔和又很轻悄,浮在屋顶漆黑的椽子上,然后慢慢地飘落下来。她摇了摇头。那女人便说:"吃吧。"女人的声音似有一股奇异的魔力,攫住了人的魂魄。她怔怔地走过去,在案板前,背了门的一面坐了下去,那里正有一张小小的板凳,好像早已为她准备。她正对着案板前的靠墙的三屉桌坐着,那三屉桌是崭新的,油了一层厚厚的红漆。案板也是崭新的,油了厚厚的红漆。然后,她又看见了三屉桌两边的墙上,分别贴了斗大的鲜红的双喜字。这时候,她面前已放上了一大碗热气腾腾的小秫面稀饭,她觉出了饿,便也将头深深扎进了碗里,稠厚的稀饭几乎触到了她的鼻尖,稀饭缓缓地涌入她的口中。那一男一女看着她将一大碗饭喝了下去,待她抬起脸来,那女人问道:

"是学生吗?"她的声音奇异地腾上了漆黑的椽子,又慢慢地飘落。

她点点头,答道:"是的。"然后便将她迷路的遭遇告诉了他们,问他们,去金刚嘴的路应该怎么走才好。

"金刚嘴?"女人看看男人。男人也看看女人,然后沉吟着说:

"金刚嘴。"男人的声音低回在潮湿冰冷的地面,沿了地面匍匐到墙根。

她求援地轮流望着他们,女人昂了头思索,她昂起了的侧面竟还十分姣好,她原是十分的年轻。男人低了头沉吟,脸隐在了灯光的暗处,烟袋一明一亮。她好像是给他们出了难题,他们沉思了良久,又不约而同地向她回过脸去,说道:"不近的路哩。"男人的声音与女人的声音合在一起,犹如一句谐调的和声,十分美妙,她浑身上下软绵绵,热烘烘的,身体经了极度的紧张与疲劳放松下来,竟如醉了似的发困,她懒得动弹,甚至懒得张嘴,坐在板凳上听他们说话,由着他们裁决,她自己已没了主张。

女人说:"在此住一宿,明早再走路吧!"

男人说:"明早再走路,在此住一宿吧!"

然后,女人就在墙角一张凉床上给她铺了一条线毯和一床被,还在床下放了一个破黄盆给她作解手用。她在床沿上坐了一会儿,再想不起还应该做什么,便脱了鞋,和衣睡下了。然后,女人端走了案板上的油灯,与那男人进了秫秸隔起的里屋。他们揭开门上的帘子进去了,那帘子在空中飘舞了一会儿才慢慢落下。屋里暗了,光从秫秸墙上漏出一道,那里是一座光明的岛屿,由一道秫秸圈起,过了一会儿,那一道光明也灭了。世界如堕入了深渊一般,什么也没有了。她感觉到身下有凉气,一层一层地涌上来,她只得用棉被将自己裹起,渐渐地有了暖意。她心里很麻木似的,什么也不想,既不想她是如何地到了这里,也不想她将如何地离开这里。她不去想昨日的这个时候,她尚在上海嘈嘈杂杂人头攒动的火车站,也不去想明日的这个时候,她就到了金刚嘴。这里究竟是什么地方,叫个什么庄名?离金刚嘴有多远?她全都不作思索。她好像是一片脱离了大树的飘零的叶子,没有思想地顺风而去。困意袭来,她合上了眼睛,她一动不动地躺着,无法动弹,困意是如潮水一样,一阵一阵地涌来,推着她,拥着她,将她浮起,又将她沉下,时起时落,她感到无比惬意,感到一种被攫住了的自由,无法活动的自由。困倦压迫着她,又反过来托举起她,她被困倦无比快活地颠覆着。周围是密不透风的黑暗,黑暗是无穷尽的深远。忽然,从那黑暗的极深极远处,传来了一声女人的唧唧哝哝的笑语,骤然而起,又悄然而去,却将她唤了起来,她猛一抖擞,将那困意抖散开去,那困意未及重新聚拢,那黑暗的深远处,则又是一声女人的哼鸣,女人如虫蚁般地哼鸣了一声,那哼鸣声十分的轻柔,轻柔地在她心里搔弄了一下,她的心被无缘无故地搔弄了一下,便有些莫名的焦躁。待她要寻了那哼鸣声去搞个明白,那声音却又陡然消失,留下一片无边的宁静。那宁静里像是孕育着什么不安的阴谋,竟令人放心不下,无端地惴惴着等待。她白白地等了一场,什么也没有发生,待她灰心下来,放弃了那等待,重新沉沉欲睡的时候,又有一声极尽怪异的呼号声拔地而起,那极像是一声痛苦而危急的呼救,却又极似快活的欢笑。她不由得毛发悚然,突地坐起了身子。她坐在无边无际的黑暗中,感觉到黑暗如同海波一般逐着她这一叶小船。这是一艘没有舵的小船,它挣扎着,顷刻间便要覆没,葬身海底。她的身体好像渐渐地被劈为了两爿,左右两边慢慢地分离开去,而在正中,沿了脊梁骨,有一具刀刃冰凉地割了下来。那一声呼号有着无尽的袅袅的余音,穿透了浓密的黑暗,久久地回荡,迟迟不散。她感觉它就在自己的头顶邪恶地盘旋。她头晕了,却硬挺着,发誓要与它较量个高低,它加紧了盘旋,越旋越低,几乎是以她的头顶为轴心了。它环绕着她的头顶,这余音竟然越来越洪亮,它竟洪亮起来,它比那呼号本身还要洪亮,它将那呼号放大了,并且一遍又一遍地重复,一声叠着一声。她终于抵挡不住,颓然躺倒下来。她重新躺倒下来,浑身冒着冷汗,她的冷汗几乎湿透了她的棉毛衫裤。困意退尽了,她清醒极了,打着冷战,她再也睡不着了,她是醒得一清二楚。当她醒得一清二楚,那余音才嗡嗡嗡地远去,退进黑暗的极深远处,消失了。

这回她是真正地醒了,歌声起来了,女人一声一声高亢的呼号,男人一声一声低沉的叹息,呼号与叹息合成壮美的交响。她身体的每一寸土地都已醒来,知晓了人事,她在裹紧的被窝里伸展了身体,身体的每一处肌肉都在突突地跳着,合着脉动的节拍。女人婉婉地如歌如泣地哼鸣,男人沉沉地如悲如欢地作着和声。她身体的每一寸土地都在活动,她的体内如有一条汹涌的暗河,在湍急地流动。每一寸土地都醒了,活了,睁开了知觉的眼睛。

她苏醒了。她在这时候苏醒。这时候的苏醒,是她最大的不幸,是她最大的灾难,再没比这时候的苏醒更不合时宜的了。因这时候正是她泯灭了她所有爱与被爱的渴望的时候;因这时候已是她沉睡了她所有爱与被爱的需求的时候;因这时候正是她亲手扼杀了她所有爱与被爱的机会的时候;因这时候正是她活活溺死了她所有爱与被爱的生命的时候,而这身体如没有爱作援引,作安慰,作泉源,作归宿,这苏醒于这身体便将是没有缓解的折磨,没有出发地也没有目的地的最最艰苦,最最迷茫,最最长途的跋涉。而她的身体不合时宜地醒来:苏醒过来的身体像一具新的生命的躯壳,她陌生的,难以认同而又不得不认同的另一具躯壳。她惶惑的面对着它那么多层出不穷的鬼花样,不知如何是好。她不明白这一具新的肉身为何竟懂得那么多,为何竟那么不怀好意,生出那么些卑劣的请求。她不敢触摸这肉身,不敢动弹这肉身,她只一动不动地如同大病初愈一般疲软地躺着,直躺到黑暗渐渐退去,那男女的合唱不知何时悄悄地偃息,换作一片纯净的安宁,她才喘息了一声,昏昏睡去。

当她谢别了这对新婚的男女,走出了门,下了台子,再回头去望,那男人与女人已经出得门来,锁上了门,一个朝南走,一个朝北走,各人掮了一柄锄子,当他们分别走去时,那对称的画面又是那样令人惊奇的美妙。他们渐渐走远,走进两头的巷道,不见了。他们的那一扇上了锁的门,顿时隐退在了一排面目划一的房屋里面,她竟再分辨不出,哪一扇门里,是她昨夜留宿的地方。她转了身子,沿了村道出了庄子,阳光下的大路又平又直,她几乎没有走出几步,便一眼望见了前面的岔路口。岔路口的另一条道路准确无误地迎向金刚嘴,那是毫无疑问的道路。她不明白昨晚上她怎么会迷失了道路,这道路是明明白白,想要错也错不了的。那岔路口在阳光下发亮,路口有一只小小的山羊,啃着路边的青草。她走到了岔路口,走上了那一条道路,心中十分地迷惑,昨天的那一个夜晚,就如上天一个恶毒的玩笑。很多日子以后,她有一次为招工的事情进城,大失所望地归来,走到这岔路口,她有心沿了这条岔路去,去寻找这个夜晚的留宿地,走了许久也没有遇上一个村庄,那村庄像是隐没到了地下,她甚至没有看见地平线上有隆起的形状,地平线是一展无际,停了一轮通红的落日。她固执地朝着那通红的落日走去,终于看见了前边的村庄,可是她惊讶万分地发现,那村庄是金刚嘴。她走上了通向金刚嘴的道路,路边的地里,有人在撒粪,铁锨扬得不高不低,匀匀地撒开一个扇面,不一时,便撒完了一堆,再拖了铁锨背着胳膊一步一步向另一堆走去。钻天杨的枝条笔直地伸向蓝天,树梢上闪闪烁烁地亮着阳光。她在钻天杨下走过,拖着疲倦酸痛的身体,她面容憔悴,睁不开眼睛。阳光割痛了她的眼睛,她的背上沁着不凉不热的汗。她的眼前像有一些水波在荡漾,待要细细看去,却又没了。阳光照射着水波,那波纹亮起了反光,她头痛。

她头痛欲裂地走着，一步一步地向金刚嘴挨近，金刚嘴已在前边忽隐忽现，杂树林的疏阔的树林已经划在了蓝天，水桶掉入井里，捞桶的爪钩叮叮当当敲响了井壁。她咬着牙，挺着身子走进了庄子。正是出工的时候，人们都已下湖，除了老人倚在墙根晒着太阳打盹，小小的肮脏的孩子满地爬着，抓着土坷垃游戏。她一个人进了庄子，走在静无一人的村道上，她疲惫无比地上了台子，走到了她的门道。她停在门口那盘旧碾子跟前，放下行李，开始找钥匙。门上用的是一串连环锁，都是那样的锁旅行袋的红红绿绿的小锁，一个套一个，一个套一个，一共五个，每人一个，只需开自己的那个锁，便可进门。如今龚国华走了，他的小锁却依然留在门上，再没有钥匙去启开了，只是一个龚国华的纪念。那是一个黑色的小锁，她的，则是绿色的，已经掉了漆的铁皮锁。她找到钥匙，开了门。她走进门去，一只鸡紧跟着也进了门，站在她的脚后，环顾着房间。她进了里屋，而鸡却留在外屋，慢慢地踱步，踱着从容大度的步子。

　　她在她卷起了铺盖的光秃秃的床沿上坐了下来，窗洞里的麦穰已扒出，堵了几块砖，光线从砖缝里渗透进来，她忽然感觉到有一只手在她的裤兜里惶惶然地掏着，她浑身一闪，如有一道闪电掠过她的记忆。她忽然记起了很遥远很迷茫的一个细雨绵绵的午后，在外公的小店挤挤的店堂里，坐了一个男生与一个女生。多年前的那一只少年的大手，在她揉皱的裤兜里的掏摸，重新地复活了。而这一回的触觉则不再是迷迷惑惑，莫名其妙的，那是再清楚不过，再明确不过的了。多年以后的这一日里，她如同得了神灵的启示，她明白他在掏摸的是什么了。她忽然地明白了，多年前那男生寻找的是什么。她真正地彻底地明白了。

她本来即将唤醒却复又沉睡的身体,这会儿却唤醒了。她的已经闭上了的石门现又启开,她好像成了幸运的阿里巴巴,听见强盗在说:"芝麻,开门!"山壁上启开了石门,原来那秘诀是——芝麻!事情原来是这么简单——芝麻!她耳畔几乎又听见了那雨点敲在后弄水门汀地上的滴答声了。她慢慢地努力着站起身来,开始铺床,她几次觉着一种奇怪的灰心而准备歇手,却又咬了牙坚持住了。她终于铺好了床,钉好了被子,她手抚着清洁平整的床单,将每一丝细细的折皱都抚平了,床单上几乎可以反射出光线。然后,她直起腰,走到外屋去烧水,门外太阳地里,站了隔壁的"吁",不知为何有些忧伤地看着她的眼睛。她丢了半块吃剩的面包给它,它便忧伤地吃着。她隐匿了多年秘密今日方才泄露真相的身体,从容不迫地活动着,她犹如旁观着这身体的活动似的,这身体依了另一个意志在活动。她尚未与这新的身体稔熟并习惯,她还需长长的艰苦的日子,才可与它熟惯。

　　当她烧滚了半锅水的时候,齐小兰和魏源生进门了。他们扛了锄子,并肩立在门口,身后是正午的炫目的太阳地,他们望着她,轮流对她说道:"回来了?"她便答道:"回来了。"他们像是茫然不知所措的样子,立在门前,随即又说道,为什么不来信,他们可以去接,她便解释了理由,他们这才离开了门口,走了进去。她听见他们在她身后窸窣着,小声地说话。她虽然什么也没听见,什么也没看见,可她心里很明白,她心里一清二楚。从此,她便什么都很明白了,她心里从此就一清二楚了。尤其是在每一日的夜里,她早早的进了里屋钻了被窝,那秫秸墙外面,墙角落魏源生自辟的小屋里,琐细的声响,于她是清楚得有如亲眼目睹。

她总是早早地钻了被窝,将外面那一整个空房留给他们。他们先是响亮地说话,很要紧地说着一些最没要紧的事情,然后便慢慢地放低了声音,语调渐渐缠绵起来,最后则悄然无声。神秘地静默着。那静默里隐匿了多少不安与骚动,她心中是一潭清水。她与他们一同静默着,一同在静默中隐匿了多少不安与骚动。她是远比他们更为不安与骚动的,他们的骚动不安可以互相宣泄与安抚,而她不能,她只能独自个儿地挨着。她敛声屏息地紧密注意外屋的动静,那是一无动静的动静,那是连呼吸都没有的动静,空气凝结了,一苗豆大的火焰无声无息地摇曳。她被这寂静压迫,几乎窒息,可她不敢出声。她不敢出声,只能在身体的深处,沉重而湍急地喘息。这蕴含了无穷机密的静寂压迫着她身体的每一寸土地,将她身体的每一寸土地都压迫得又麻木又灵敏,又痛苦又快乐。外屋是没有一丝声响,他们两人如同荒地上两只受了惊的小兔,紧紧地偎依着,缩在魏源生的永远不落的蚊帐里。除了偎抱,他们没有做任何事情,他们不敢做任何事情,他们暂且还不懂得做任何事情。而里屋的她则是大大超越了他们,她是大大地超越了他们,走到前面去了。她因一个偶然的机缘而得到一个古怪的夜晚,受到了他们都还未曾受到的教育。她是比他们高出一个年级甚至几个年级的学生了,她已遥遥领先。他们什么都不知道,他们什么都不懂得,却觉得了里屋的她的威迫与嘲笑,她在里屋的静默含有一种威迫与嘲笑,他们无法了解这威迫与嘲笑是怎么回事,他们又是惊慌又是自卑,往日里互相偎依的满足和快乐荡然无存。他们像是一对没有巢穴的可怜的小兔,受着卑鄙而凶狠的监视,又害怕又绝望。她在里屋如女巫一般刻毒地静默着,有意要将这静默去压迫他们。他们感到了压迫。他们也透不过气,幸而他们是两个人,他们两个人可以互相帮助。而她仅仅是一个人。她一个人的骚乱不安要比他们两个人的相加起来还更甚,她已经得了点拨,得了教育。很多很多年以后,她也是极其偶然的,读到了一本《圣经》,她忽然地要想起那一个奇怪的夜晚,她几乎要以为那是上帝特地的安排,安排一幕亚当与夏娃的故事来指点她,又锻炼她,要她受苦,要她九死一生地回归。

她独自一人躺在里屋,在那里屋与外屋相加交流的不安的静默里,在那里应外合的不安的静默里,忽然地,而又渐渐地,想起了许许多多早已消逝的故事,那大多是一些她幼年的时候,用来抚慰与激励自己的一些自虐的故事。她奇异地想起了杨乃武与小白菜的故事,小白菜滚钉板的情节,想起了郭秀菊的母亲那一个从未谋面的女人,赤身裸体躺在阳台前的场景,梅溪小学后面尼姑庵里,尼姑们受过戒的青青的柔软的头皮⋯⋯幼年时候的,早已忘怀的故事,一个一个涌上心头,参加了心里那一场如同战争一样激烈的内乱。她不知不觉地将这些故事扩大,加强增添情节与细节,不免又新编出来一些。这些故事以她身体的每一寸土地为舞台,为战场,演绎和发展。她失了意志,失了头脑,她无从掌握它们,它们像有自己的灵魂似的,自行活动着,早早地脱离了她的管辖,她听凭它们如火如荼地活动,听凭它们大张旗鼓地喧嚣。她听凭它们摆布,她如同一叶失了舵的小船,听凭着波涛的推动,生存与灭亡,全听凭天意。她这一艘失了舵的小船,没有一点帮助,她只得凭了她自身的体重与活动,努力却效果甚微地平衡着摇晃的舢板。她的努力犹如苟延残喘,而她不仅是凭了意志,更是凭了生存的本能,努力地平衡。她没有一点工具与武器,她手无寸铁,她只有她自己,她只有她自己这一具身体,她挣扎,她搏斗。很多很多日子以后,她会很奇怪地,在这挣扎与搏斗中渐渐调整了呼吸,渐渐掌握了波涛汹涌的节奏,她渐渐,渐渐地将会强壮起来。而此时此刻,她心里不存一点希望,她心里充满了宿命的感觉,她只得无端地去压迫别人,威逼别人,以释解内心的恐慌与绝望。

外屋里那一对懵懵懂懂的孩子,如哥哥和妹妹一般搂抱着缩在角落里,张皇失措着,不明白下一步将要干什么。他们是那样的孩子,他们在人情世故上的知识已经早早是个中年人了,待人接物可做得滴水不漏,炉火纯青。他们与生俱来地了解应如何与人相处,与人相处而又发展自己,他们在人如何立足于世这一门课题上,可说是学问艰深。于是,他们小小的年纪,便已老气横秋。辞令方面,也有极高的修养,寓自尊自卫与处人处世为一体,句句都有双关的意义,其中的技巧,是任何一位修辞学家都大大不及的。然而,在他们自身的研究方面,比如他们究竟是怎么来于世,又将如何去于世,他们自己究竟是什么,是怎么回事,他们却全如一个婴儿。而他们又没有了一个婴儿那样彻底的纯洁,他们已经濡染了世事的尘埃,他们已有人情世俗做障碍,他们便再不可能顺利地洞穿其中既深奥又简朴的秘密。他们其实是最尴尬的一群孩子,一方面是早早的成熟,另一方面是一无所知,他们过于注重一面,却完全忽略了另一面,他们永远就像个跛子一样行走了,他们永远无法健全了。他们两个不健全的孩子惶惶然地相抱着,被自己身心中涌动的激流吓慌了,吓呆了,他们不幸没有得到那样的点拨。而得了点拨的她却又是孤身一人,得了点拨的她因没有爱作帮助,便失了实践的战场。

他们是空守了一个战场不知如何进行,她是什么都明白,却恰恰没有战场。她孤独地躺着,四周上下布满了启迪与指引,如无数盏明灯照耀,而她无路而去,她没有地方可去,她没有一扇门可入。她与他们一样的苦恼,她与他们一样的折磨,她与他们一样的无所适从,她与他们一样的张皇失措。

隔壁那草屋里的男孩却早已成长,他虽然无知无识,却是最最健全的孩子。他既懂得如何立足于金刚嘴这一个奇异的世界,又深谙他自身的一切机密,他牢牢保守了他承上启下的血缘与家族,无论这血缘与家族是多么卑微,他却要牢牢保守,无人能像他那样懂得这承上启下的血缘中的所有机密,所有的机密全在他心中。这一机密包含了为人立世与生存繁衍的两大学问,这两大学问融为一个机密已经走过四千零一年的历史。男孩早已在黑暗中辛勤的劳动过后,无比安恬地熟睡,没有比他更安恬的睡眠了,他问心无愧,他理所当然地熟睡了。任着那群从水泥钢筋世界里走出的孩子在黑暗中瞎碰、乱撞,吓得叫不出声,惶惑得喘不过气,他颇得意地,又不无刻毒地听凭那群从水泥钢筋世界里走出的孩子苦恼地折腾。

金刚嘴的月亮如同任何一个午夜那样溶溶的照耀。南湖的大道上,虫蚁们浩浩荡荡高歌地游行,一整个南湖都在喧腾,虫蚁的高歌激荡了深蓝色的夜空,还未转黄的小麦青青地矗立,风在麦棵间穿行。

第二十四章

当那两个孩子初初领略了生命的深奥又简朴的机密,他们互相帮助着,终于获了智慧和勇敢,可进入那生命机密的境界,命运却又活生生地将他们拆散。一个三十号文件,使得独生子女或体弱知青,全有了回上海的可能。魏源生是最早得了消息最早动手办理的那一批。任何事情也阻止不了一个上海孩子回上海的决心,他不怕受一切损失。因他是那样世事早熟的孩子,他几乎没有太大的痛苦便顺利地结束了这段恋情,这段恋情及早地做了往事。而当他迅速而果断地退身出去的时候,齐小兰最感痛惜的并非是他的背信弃义,他的薄情,以及他的背信和薄情对她虚荣心的损伤,她最感痛惜的则是,她那一个公寓女主人的小小的梦想,终将破灭。平心而论,齐小兰无论是多么功利,多么实用,可当她与他两个赤手空拳的男女单独相向时,她确实不曾怀过这个梦想,那境地的进入是不允挟带任何私货的,挟带任何私货都无从进入那境地,那只有两心纯纯的相照,才可进入,才可领略。然而,一旦相对的一方仓促撤离,她失去了对手,她便也无法不重提起那一个小小的功利的念头。她毕竟是深谙世故的女孩。她做一个小小的公寓的女主人的梦想最终破灭了,她不相信到了上海的魏源生还会与她这个插队在金刚嘴的女生相爱,这种相爱于她看来是不自然的。她并不是没有自信,而是过于相信了环境的重要,她是顶顶伟大而透彻的现实主义者,她绝不会为自己编织肥皂泡那样脆弱的美梦,来安慰自己,她视这种安慰为骗局。她是最清醒也是最坚强的女孩。她毅然将此初恋斩断,甚至没有为他送行。当他爬上拖拉机,在送行的人群中没有找到她的时候,竟也流下了眼泪,他这一生中大约再不会有这样纯洁的眼泪了。然后,拖拉机突突突地起动,将他从车斗的这头直甩到那头,他便也干了眼泪,颠簸着远去在尘土飞扬的大路上了。

就在这一年年底的时候,又一次招工来临,张达宏终于成功,抽调在县城手工业管理局下面的窑厂,当一名烧窑工人,他是欣喜若狂,又骄矜十分,犹如中了头名状元,谁都不放在眼里,甚至完全忘记了他所以能够上调,极大原因是妹妹张达玲的牺牲,她向哥哥让出了她的一半机会。而多年以后,"四人帮"倒台,张达玲随了所有留在农村的知青返回上海的时候,他对妹妹仇视的目光,就好像当年把抽调的机会让给他,全是出于张达玲深谋远虑的一个圈套。待到他趾高气扬地走后,这里便只剩了齐小兰与张达玲。这两个女生像陌路人一样住在一个屋顶下面,她们在人生的阡陌上早已远远地分道扬镳,越离越远。她们无话可说,互相感到压迫,招工都已冻结,谁走都没了可能,她们注定要有数年的相对。在这咫尺天涯般的相对中,甚至连齐小兰这样实用的女生,也生出了孤独那一种奢侈的心情。再没有比她们两人更不融洽的女生了。何况她们又都先后觉醒了自身的性别,这时候的同性相处实是一种互相折磨,她们在一起感到无比窘迫,无所适从。疏远使她们彼此于心不安,好像冒犯了对方,亲近又使她们生出猥亵般的恶感,她们几乎没有办法相对。并且,每一次招工解冻的谣传都使她们,尤其使齐小兰立即处于一级战备状态。如今竞争的前沿阵地只剩下她与她了。她们除去先天的敌对而外,又多了一种后天的敌对。而由于这一切她们更必得做出和睦友爱的样子,她们俩就像一对阴谋家一样地相峙。而她们均不是很有手腕的女生,她们都是说到底终究还善良的女生,尽管一个浅薄,一个艰深。她们实在是很难再过下去,张达玲依了她坚壳保护着的心尚可作持久的坚持,齐小兰却再也坚持不了,最终是她退出了这对峙,她转到淮南的一个表姐处插队落户,将这一个阵地输给了张达玲。于是,现在,张达玲一个人在了金刚嘴。

最终是张达玲一个人在了金刚嘴。当她把齐小兰送上大路,两人虚伪地挥手告别,然后看着载了她的大车很慢很慢地在大路上去远的时候,她不由长长地吐了一口气,她浑身的肌肉筋骨陡地松弛下来,便觉着软弱。她软弱地一个人往回走,轻松得竟有些不知所措,失重了似的无所依托。她一个人慢慢地在村道上走着,正是早饭的时候,家家烟囱里冒着白腾腾的炊烟,女人在烧锅,男人在浇路边的菜园,一瓢一瓢的清水湿润了褐色的土地。她走在生气勃勃的村庄中间,犹如是头一回那样看着这一个平常的早晨。她已经忘记了,他们一伙人第一天来到金刚嘴的那一个迷失的夜晚,他们五个人手拉着手走遍了金刚嘴却找不到他们的宿地。张达玲沿了村道回了她从此独居的草屋,那草屋是无边无际的空旷。她独自一人走进这辽阔的草房,站在高低不平的泥地上,黑色的朽烂了的木梁与椽子架成三角形的屋顶,如苍穹一般高远又低矮地笼罩着她。她好像被这黑暗的三角形的苍穹攫住了地站了许久。四下里毕静，一切琐细的声音都偃止了，忽然，远处响起了悠长的钟声。当，当，当，一声一声传来。她又伫立片刻，然后转身去门后拿了锄子，随了上工的钟声向南湖走去，上工的钟声是当，当，当地在敲。这是锄豆子的火一般的季节，太阳燎着后背，将后背燎出水泡，火辣辣地痛。她却打心底里觉着过瘾，痛快！锄头在暄乎的晒干的地面上浅浅一扎，深深一拉，黑褐色的湿润的泥土便翻了出来，转眼间干燥了，变白了。她的锄头如一架小小的单人单铧犁，转眼工夫，翻遍了半亩地，她身后又是一片"铁嘴，铁嘴"的惊叹。这一个从未谋面的女人的称号紧紧地跟随了她，她又新听来许多关于铁嘴的传说，其中有一个是铁嘴婚嫁的故事。头一晚，她就对她男人说，他要骑得上她身来，就娶了她做媳妇，骑不上来就算。那男人与她打了有九九八十一天，才把她制服。那男的也是条好汉，身上的肌肉像铁铸的疙瘩，一旦那男人骑上了她身子，她便软了，她就成了个天底下最贤良，最最温和的媳妇儿。慢慢地，她婆家那庄子里，再没人叫她铁嘴了。"铁嘴"慢慢地就无人知无人晓了。唯有在她娘家这庄子里，这金刚嘴里，还时时有人提起她来。这故事是媳妇儿们在地头歇息的时候，躲着已说好婆家的姊妹们，信口说出来的，顺风传进她的耳朵；她便将这故事与铁嘴的其他故事一起记下在心里了。

这一年里，张达玲二十二岁了，庄上二十二岁的大姊妹全都一个一个嫁出去，做了小媳妇。新娶进庄的小媳妇儿隔年便抱了娃娃。拽子又添了一男一女，虽是一副钢打铁铸的孩儿相，却已早早完成传宗接代的任务，功德圆满。张达玲还是孑然一身，她那从未经历沧桑的身体单薄而消瘦，如一个先天不足，后天失调的十三岁女孩。而她的心灵在那独居的草房里早已经历了千秋万载,于是在她的额上刻下了皱纹。她既像是个孩子,又像是个老人。她一个人住在那草屋里,那草屋早已沉寂了当年的笑闹声和闲话声,那草屋又朽烂了许多,门前的石碾子几乎全部陷进了地里。"吁"也已经老了,伏在门前的太阳地里,将头埋在伸直的前爪之间,眼睛冷淡而悠远,好像在怀念一个遥远的年代,它曾得过它的祖先和它的后代均不会得到的珍奇美味,那是一个很可怀念的时代。新一代的鸡和鸭迈着它们祖祖辈辈的安闲的步子,走过来又走过去,公鸡唱着四千年的啼晓的歌。她白日出工,如那一位年代久远的"铁嘴"一样干活,夜晚就在小屋里守了一苗如豆的灯光,缝补衣服,或者想心事。她不再看书,偶尔整理东西,她会看见龚国华忘了索回的《共产党宣言》和她的破旧的卷了边的《红楼梦》,偶然的她也会去翻开,她很平静地读着那一句:一个幽灵在欧洲游荡。她读过了这一句便将书合上,去翻另一本。另一本的扉页上有着三个淡了字迹的娟秀的签名:邬蕊宝,有时也会使她凝神良久,她终也猜不透那一个"邬蕊宝"是何许人也。她推测着这本书来到她的手中所经历的迂回的路线,于是她眼前出现了外公的小店,店堂的后间里那一张巨大的沉甸甸的发亮的铜床,她似乎嗅见了霉湿的却温暖的气息。那一苗如豆的火焰像一个精灵在舞蹈,她默默看那舞蹈,有时能度过半个夜晚,直到油干灯灭,屋里一片黑暗,她才站起身,趿着鞋慢慢地向里屋床铺摸去。她再不怕黑暗了,她早已忘了黑暗咝咝地从墙根朝她蔓延过来的那一幕恐怖的情景。黑暗如温和的水从她摸索着的手上流过,从指缝间流下去,她慢慢地划过黑暗,向自己的床铺走去。她摸到了她冰凉的床铺,她躺下了,她躺在黑暗的三角形的天庭底下。

早晨第一线曙光穿过窗洞里的麦穰,照进她的小屋,她的心里冉冉地升起一丝期待,她既不知道她有什么理由期待,也不知道她有什么理由不期待,期待犹如日月星辰的起落与转移。她扛了锄头,迎了早晨的太阳,走向南湖,心里蠢蠢欲动着希望。隔壁的男孩几乎与她同时跨出门槛,一同下了台子,穿过巷道,走过牛屋前的场地,向南湖走去。张达玲像一个真正的农民那样,扛着一柄锄子,用双手压住了锄把,不紧不慢地走。拽子则像一个真正的爷们,将双手背在身后,横握了一柄锄子,嘴上衔了一杆烟袋。他们一前一后地不紧不慢走,他们已成了真正的邻居。拽子虽不需再为她挑水,可是还经常为她做一些磨镰刀安锄把的碎活儿,她每每从上海回来,也不忘给他女人捎几块洗衣肥皂,给孩子带一斤糖块。晚上记工,有时他们也互相帮着代劳。拽子常常落后了张达玲大半步地走在去南湖的路上,他眯缝了眼睛望着前边辽阔的地平线,视线里却总有张达玲的半个背影。还有一个学生在此地呢!他心里想。还有一个在此地,他想着,脸上微微露出了欣慰的笑容。几乎所有的学生都走了,可是还有一个没走。那四个学生的离去,如同是对拽子的人生的否定,使男孩不免怀了一种失败的情绪,幸好,张达玲没走,且又日益的枯瘦而苍老,且又无着无落。男孩的心底是善良的,他不禁有些怜悯与同情。他怜悯与同情着张达玲的时候,心里便有一种得胜了的喜悦,这喜悦或多或少抵去了一些失败感。如今,男孩格外地乐意接近张达玲并热心地为她服务,无奈张达玲决不轻易接受他的好处,接受了也必得给予回报,这使他深觉受了打击。于是,他的每一次好意的馈赠与张达玲每一次适情适时的回报，都很像是一个角力的回合。他们如同角力一样，一个回合接一个回合地互助，终也分不出胜负，却又不愿放弃这场角力，便一个回合接一个回合地继续，没有一点偃旗息鼓的征兆。这一日，拽子走在张达玲身后，他眯着眼望了遥远的地平线，忽然之间说道：

"我说，小张，你也该有个女婿了。"他说出这话，不知为什么自己先红了红脸，他不敢去看张达玲的脸，眼睛望着望不见的地平线。

张达玲双手扶了锄把，不快不慢地走着，走了几步，回答道："不着急，拽子，我还年轻。"她料想拽子会有话过来，沉着地等着。

果然拽子兴奋起来，来不及似的说道："你都二十二了，小张！"

她不禁微笑了，拽子就像是进了她的圈套，她微笑着说道："上海人三十二找女婿也不嫌迟。"

拽子有点泄气，他有点泄气地说了半句："上海人是上海人，"那后半句话应该是"你张达玲可不再是上海人了"。

张达玲听明白了，可她不再与他纷争，到好便收了。

这一回合依然胜负不分，他们彼此都被对方重重地伤了一下。戒备森严的张达玲常常会措手不及地遭了拽子的袭击，这使她恼怒异常，她的恼怒毫不亚于恼怒的拽子。她是特别特别害怕受伤，因她特别地害怕受伤，便更特别的容易受伤。她加倍提高了警惕，她警惕过高了，有时也会错将一些并非是伤害的事情当作了伤害。灵敏度极高，神经又高度紧张的她，将拽子每一个问题和每一个回答的言下之意都看得明明白白，她不打算让步了。性情孤僻的她,认定没有人协助她,认定唯有自己保护自己了。她独自一个人留在了这个村庄里,她一个人守了一座孤城地与这一整个庄子对垒,她日夜监视,严防偷袭。她变得无比锐利,她变得十分狭隘,寸土不让。她认定她是四面受敌,认定她是险象环生,她再不可退缩,她一旦退缩便要灭亡似的,情形就变得这么危急。渐渐地,她开始以攻为守了,她竟也开始出击了,而她毕竟缺乏主动出击的经验,她做的不免有些笨拙,大不如那男孩来得机智与从容。她难免要带有一股恶狠狠的气势,骨子里却可怜巴巴的软弱。她出击的方式也极少变化,因缺乏灵感。而她的攻势猛烈,机灵的拽子也常常被她击中。其实男孩是与她一样地害怕受伤,因害怕受伤而极易受伤,只不过战略战术多有变化。张达玲总是以过分的露骨的施舍态度给予他女人和孩子各种馈赠,将她自己也并不富裕的衣物送给他们,在饥荒的日子里,将自己嘴里克扣下的馍馍塞给那一群永远喂不饱的孩子,而他女人与孩子总是连礼节性的推托都没有的,赶不及地收下,使男孩骄矜的心灵大大地受了挫伤,他一时上竟拿不出有力的回击的手段。而此时此刻,她正骄傲地忍耐着饥肠辘辘。他们俩都没有意识到,其实正当他们针锋相对,一个接一个回合地打了一个又一个平手的时候,他们实已经渐渐靠拢,渐渐沟通,渐渐平等了。他们实是在了同一地平线上,他们实是直对着打一个擂台,他们真正成了对手的时候便成了真正的同志。他们彼此都很可怜,他们彼此又都很骄傲,他们彼此都是又可怜又骄傲,又卑微又尊贵。他们便将继续地斗争下去。

这一日,男孩绞尽了脑汁,才忽然地想起,在离金刚嘴百十里的那一个叫作张塔的庄上,尚有一个上海男学生,也扎根在了乡里,他与张达玲其实可做两口子过哩!他百般斗争之后,硬了头皮,诚挚万分地吞吐着向张达玲说了这个想法。过了一日,张达玲忽然对他女人撺掇着,让他休了学的老大再去读书,她可供给一份书费,两张破旧的钞票放在了满是污垢的案板上了。那一日,男孩在地头说了许多男女偷情的故事,充满了肮脏丑陋的暗示。又过了一日,她在场边,说了许多上海人的衣食住行,犹如神仙下凡般的美丽而雅致。男孩为她不惜余力地做着杂活,他想得周到而细致,使她时时处处地感受着他的热心帮助,这帮助包围了她,不允她忘记她孤独无助的处境,不允她解淡青春空老的焦虑,他要时时地提醒她。她则为男孩的一家忘我地解囊,她无微不至,使他一整个儿地陷入她的恩惠之中,强令他分分秒秒地记着他的贫苦,他的路边小草一样自生自灭的人生。这是他们各自的最有力的武器,直接地打击了对方的要害,可说是百发百中,弹无虚发。他们各自牢牢地握了各自的武器,百般地使用,那是百般使用也不会用钝,反会越发的锐利。而他们同是特别的容易受伤,各自早已伤痕累累,体无完肤。他们互相伤得很重又很深,而互相都不愿罢手,伤痛更加激怒了他们,他们近乎病态的亢进而奋勇,一往无前。渐渐的,他们心中刻骨的仇恨再也掩饰不了,再也压抑不了了。他们再无法以那种游戏似的轻松而轻佻的方式作战,他们终于解除了伪装,卸下了面具,他们终于将他们心中隐秘的真切情感袒露了,他们袒露地相向了。他们互相窥探得已一清二楚,再无须矫揉造作地佯装掩饰了。这时候,他们不约而同地各自放下了手中的武器,那武器其实早已经缺口累累,濒临崩溃,他们再无需武器的帮助,他们以他们自身直接地相向了。他们成了一对正式的仇人,他们时常锐利地口角,为了许多小小的原因。他说着金刚嘴的乡里人特有的隐语,而她也谙熟了此道,完全能够领略其中的恶意并以此道相对。这时候的张达玲几乎变成了金刚嘴有史以来头一个泼皮的娘们了,她自己竟也不知道她会有如此巨大的潜力。她使用着早已炉火纯青的乡里语言反唇相讥,热嘲冷讽,诅天咒地。她虽还不像一个真正的乡里娘们那样随地打滚,呼爹喊娘,可她那灼亮的恶狠狠的眼光足可补偿一切。口角时的张达玲犹如换了一个人似的,旁观者个个目瞪口呆,待到他们觉悟过来,便又压低了声音纷纷地说道:

"铁嘴,铁嘴!"

这一个从未谋面的女人,如一具影子紧随了她,又如一具鬼魂,在她身上还了阳。如今的张达玲,从头到脚,从里到外,都已装备得钢盔铁甲,她似乎是强大无敌,不仅防守谨严,甚至可以进攻。而她恰恰不知,当她举旗进攻的那一瞬间,恰恰是她无意中舍弃了自己的城池。她苦心营造,层层设防的城池,就在她进攻的那一霎,丢光了,因她是单枪匹马,前线后方都只她孤身一人,她如要进攻,便必得失守,她要严守,便不得进攻。她是孤军作战,顾此而失彼。当她向着金刚嘴这一座城池进举的时候,她便一头陷入了金刚嘴里,她很快地,神鬼不知地被金刚嘴吞没了。好比小族侵略大族必将灭族一样。她其实已经沦陷,拽子其实已经得胜。男孩得胜了却还不知不晓,依旧处心积虑,喋喋不休地与她周旋,他们俩是打得了头昏脑涨,天旋地转,胜负不晓了。她气昂昂地走在村道上,做出令人不敢冒犯的轩昂的姿态,她和男孩不明胜利一样,也不明自己已经失败,她竟还骄矜得不同往常。她自以为她已经百炼成钢,无畏无惧,早在别人进攻之前就扬起了武器,摆出作战的阵势。她自以为她四周的敌人已经降服,她自以为她所环生的危难已经平息,而她却不敢有半点懈怠,依旧时时警惕而戒备,严防偷袭和摸哨。

　　这是一个古怪的女人,这是这女人一生中最古怪的时期。气势嚣张到了顶点,内心虚弱到了顶点;强悍到了头,懦怯也到了头;卑贱极了又骄矜极了;亢奋极了,又消沉极了。她身心里所有的特质都处于最相反,最矛盾的两极,这两极在她身心里挣扎,搏斗,自相格杀,将她活生生地撕裂,一整个她被活生生地撕裂了,几乎分成了两半,几乎分成两半的她却合于一身,她从头到脚已经有了深深的裂缝,那裂缝是如深渊一般黑暗而不见底。她的生命怀了这深不见底的断层痛苦地延续,她的灵魂怀了这深不见底的断层痛苦地延续。当她终于得以向金刚嘴告别,在众人的簇拥下走到了庄口,背朝了那片杂树林子向着尘土飞扬的大路的时候,她忽然地觉着了一阵刻骨铭心的剧痛,她生命里,她灵魂里的那一条裂缝,那一道断层忽然地作祟,忽然地活动,飞沙走石,山崩地裂。她眼前忽然地出现了那一个初次到达的傍晚,下沉的日头停在了金刚嘴的身后,一整个金刚嘴浸沐在灿灿的金光里,而那金光转瞬即逝,天是疾迅地黑下。她眼前忽然地出现了那黄昏以后的黑夜,他们这一群无忧无虑的孩子——他们曾经是无忧无虑的孩子——他们这一群无忧无虑的孩子在村庄里摸索,怎么也摸不进他们的草屋了,他们终于是可遇而不可求地摸到了门。那群孩子中间,有一个她自己。她好像看见了她自己昔日的身影,那昔日的身影犹如另一个自己,她是完完全全地换了一个自己。可是那一个自己又在向她走近,走近,渐渐地走进她的身体,又与她合二而一了。那合二而一的时刻是多么的辉煌。那往昔的自己却从那裂缝断层中穿过,走了出去,最终仍是走了出去,与她告别了。她目送着她的背影,慢慢地远去。她的心里缓缓地柔和地如歌似的疼痛。

这是她即将二十五岁的那一年的春天,尚在插队的未婚知青均可办理"病退"或是"困退",退回他们来自的那一个城市。她极顺利地办妥了手续,与这生活了整整八年的村庄永远地告别了。她告别了村庄,搭了拽子去南边拉草的大车,一晃一悠地上路了。

她终于一晃一悠地上路了,正是在太阳升起的时候,太阳在前方大路的尽头升起,通红通红的一轮。她背向太阳,面朝着一步一步地退远的金刚嘴,杂树林上方蒙着飘飘渺渺的晨雾,有水桶落到了井底,爪钩摸索着水桶,撞击在井壁上,叮叮当当地响。狗在柔和地吠着,鸡在温存地啼着,小孩激越地哭着,女人昂扬地骂着,炊烟袅袅地升起,天空越来越蓝,最终蓝成宝石那样透明着的蔚蓝。她不觉又想起那第一个金刚嘴的夜晚,他们这一群无忧无虑的孩子在寂静的村庄里摸索,再怎么也摸不进门了,她又看见了那月夜里自己的身影,处在那一群无忧无虑的孩子中间。那身影留在了金刚嘴的杂树林里,慢慢地车转了身子,与她不告而别,头也不回地进了村庄,隐没在弯弯曲曲的村道的尽头。

她在尘土飞扬的大路上颠簸,拽子袖了手,抱了一杆鞭子,打瞌睡似的望了前方已经升起的太阳。在她向他看去的时候,他也正恰好转过脸来,望着了她的眼睛。他们对看了一眼,忽然都很难堪地微笑了一下。他们依然是打了一个平手,他们最终还是打了一个平手。这时候,他们才真正明了了胜负,真正看清了局势。他笑了之后便有些害羞,像一个真正的男孩那样羞涩地扭过头去,无端地扬起鞭子,在马屁股上捅了一下,叫了声"驾",马依然是不紧不慢地迈动着脚步,车子摇晃着。她也觉着了害羞,像一个真正的女生那样不好意思地扭过脸去。金刚嘴已经消失,再也看不见了。再也看不见的金刚嘴留在了地平线的那边。男孩轻轻地咳了一声,像金刚嘴里所有的爷们那样谦逊而威严地咳了一声,说道:

"到底还是回去了,小张。"

"终究过了八年哩,拽子。"她不卑不亢地说,以一个上海女学生应有的教养温和而清高地答道。

"上海是个好地方啊,小张。"男孩说。

"八年,一个小孩子长成了大孩子呢。"她说。

"挺不易的。"他真诚地说道。

"是不易啊!"她同样真诚地说道。

他们不再说话,静了下来。大车在挺拔的钻天杨下走着,他们静着的时候,是真正地和解了,他们同时偃旗息鼓,和平停战了。他们终于达到了相互的理解和原谅。在他们终于达到相互理解与原谅的时候,却真正地分道扬镳,真正地分离了。大车宁静地在白杨树底下走着,他们心里一片宁静,他们在这宁静的白杨树阴底下,谙透了一切,理解了一切,他们便都平和下来,不再生气,不再愤怒,不再你死我活地争个不休了。而他们是要分手了。

他们要分手了,就在白杨夹成的大路的那端,有一个岔路口,她要往西去,去县城的码头,他则往南去,去邻县的地场买牛草,正是青黄不接的季节。她从大车上跳了下来,他站在大车上,将一个背包替她上了肩,再将一个箱子与一个旅行包交给她,然后也跳下了大车。他们面对面地站着。男孩吸了吸鼻子,如所有的乡下男孩那样地吸了吸鼻子,说道:

"走好,小张。"

她如同受了感染,擤了擤鼻涕,什么也没有擤出来,却依然习惯地往树身上抹了一把,如一个乡下的娘们,她也说:

"你走好,拽子。"

然后,男孩上了大车,她也迈开了脚步,他们走上了两条岔路,背着走了。他们这两个金刚嘴的儿女,一先一后诞生的男孩与女孩,走上了两条岔路,背向着背,各自朝前走了。太阳正停在他们分手的岔路口的上空,公平地照耀着他们各自脚下的道路。

第四卷 成年

第二十五章

就像是在一夜之间,母亲从一个小女孩变成了一个老太婆。她的头发花白了,脸上生出了纵横的皱纹,她陡地收敛起面对丈夫的娇态,对儿女们则生出少许的威严。她忽然变得非常勤于劳作,没日没夜地踩着缝纫机,为孩子们缝制着他们并不满意的过时的衬衫和罩衣,她无时无刻不在织着毛线,拆洗着全家人的毛衣毛裤,等到最后一件织成,第一件又应当拆了。她令人很不耐烦地挂牵着每个人的冷暖饥饱,她在一夜之间学会了絮叨,她絮叨着大家都知道的道理,穿行在大房间与小房间之间。她放弃了亭子间的阵地,更多地活动在大房间里。她还在一夜之间培育出了统治欲和野心,很不量力且又不识时务地想要做一家的领导,家中事务不论巨细一并要听从她的调遣安排,而二十多年里失去管辖的孩子们每每不将她放在眼里,于是她便动气,甚而动怒,继而流泪,更加的絮叨。件件事情都很不遂她心愿,样样事情都违了她心愿地发生又发展,她怨天尤人,怨人尤天。

正与母亲相反,父亲在一夜之间,从一个大男人变成了一个小孩子。他本是极有主见的有些严峻的神情陡然地柔和下来,极慈善又天真。他略略有些贪吃,有些嘴馋,还有些懒惰和邋遢,他因这些新生的缺点时常要受到女人的责备。他总是宽容地,好性子地,抱歉地笑着,同时勉力而徒劳地纠正,那一派纯洁无邪的童贞样子,可令任何铁石心肠感动。而那二十多年家长的威望已是根深蒂固。孩子们毫无准备去怜爱一个做父亲的男人,他们于父亲生不出这一类的心情,他们只有一种莫名其妙的失望与嫌弃。往日的家长在一夜之间沦为了奴仆,他是人人都可训得,人人都可喝得,他在哪里都碍了人家的方便,于是他便抱歉地,愉快地笑着左躲右闪,却又左右地妨碍了人家。他是无法叫任何人满意的可怜的不乖的孩子。因他是人人都可埋怨,于是,他便成了任何一桩麻烦,任何一桩不快的必不可少的起因。凡事总是他不好,凡事总是他惹出的。任何事情都不得满意的母亲便对酿成一切错误的父亲格外地烦恼,而酿成一切错误的父亲则对事事不得满意的母亲起了深深的敬畏。母亲洞穿了一切矛盾纷纭繁杂的表面,而直抵核心深处的,那便是父亲。母亲与父亲在一夜之间,成了仇人。

就在这一个突变的夜晚里,一群孩子统统成了大人。张达宏在那偏僻的县城里结婚生子。二十五岁的张达玲调回上海进了街道的生产组做了工人。老三有了男朋友,已进行婚娶的物质准备。老四技校毕业也有了铁打的饭碗。老五正读高中三年级,准备着考一所不分配在外地的大学。一个个都是在那一夜之间变得极有主见,且有威风,一个个均不将他人放在眼里,自觉得是世上最幸福或最不幸的人,唯有他们各自的人生是真实的,恳切的,不掺假的,而其他所有人全是欺世盗名。于是他们便大大有理将其他人生置于不屑,专心致志地设计与营造自己的一份生活,这是一份最最有价值有意义的生活。一九七八年以后的上海,是一个越来越拥挤的上海,生存空间日益狭小。于是上海人便学习着将人生的理想尽力地压缩在有限的空间内，他们先后都很出色地完成了这个学习。而张家的孩子是其中不算优秀却也决不算落后的学生，他们不十分勤勉却也决不懒惰，不十分谦虚却也决不很骄傲，他们是中不溜儿的学生，他们也是在那一夜之间完成了他们中不溜儿的学业。他们踌躇满志地获有了他们的天下第一正确的人生理想和世界观，他们是有理想，有世界观的人了。他们自以为有着独立的理想与世界观，而其实在他们的远处，永远有一面上百年的旗帜在指引他们，他们少不了这远远地指引，他们于那远处的指引怀了一股虔诚的卑贱的膜拜的心情。越与他们靠近的人生越不得他们尊重，越遭他们排斥与反对。他们有时是为了反对而去反对，他们要将他们周围的近处的人生全践踏完了，才可更自信更坚定于他们的理想。所以他们几乎没有一个同志，没有一个朋友。尽管他们明明是在一面旗帜的指引下，他们并不结伴成群，他们是各自走着的走在同一条道路上。那道路虽拥挤却又疏离，虽疏离却又拥挤。因他们最最反对，最最排斥的是与他们最最贴近的人，于是他们的父母兄弟姐妹便都成了他们的天下头一号敌人。他们的父母兄弟姐妹是在那一夜之间成了他们的天下头一号敌人。

无论经历多少突变的夜晚，外公永远不变了，他永远的如时间凝固了一般地不变了。他白尽了的头发再无法更白，他遍布了皱纹的脸再无法添加一丝皱纹，他佝偻的肩背再无法进一步地佝偻，他的思想永远地流连在那一个宁静的晚饭桌上，女儿跪在方凳上，用筷子尖挑着带鱼碗里的萝卜丝，一根一根地吃。他的思想被这一个宁馨的夜晚绾住，永久地居住在了里面，任凭时光流逝，任凭世道变迁，那一个凄凉而温暖的由一盏明亮的二十五支光电灯照耀的晚饭却已是永恒的晚饭。他永远地守在了那一张热气腾腾的饭桌边上,耳畔有后弄里清脆的敲门声,还有宝孃孃家的无线电里的周璇的歌声,《四季歌》的歌声。春夏秋冬,永恒地循环,外公如同是那循环的轴心。他每日坐在小小的店堂,做着简单的生意,店前马路上成千上万的景色拉洋片似的从眼前过去,他却只有那一个图景:小小的永远十三岁的女儿,筷子尖挑着带鱼碗里的萝卜丝,带鱼是手掌阔的,萝卜丝是头发般粗细的。如今再见不着这样阔的带鱼,再没有女人会切这样细的萝卜丝了。成千上万支稀奇古怪的歌在耳边此起彼落,他却只有一首周璇的《四季歌》。如今也再没有这样的明星唱这样的歌了。多少个突变的夜晚如同不变的夜晚一样,从外公身边走过,如滚滚的河水从岩石边淌过。

张达玲觉得,那八年的金刚嘴就好比是漫长而短促的一个夜晚,她昏昏沉沉而又辗转不安地一觉醒来,地球转了一周,又回到了原来的位置,一切好像都没有发生过。而她却是又疲劳又憔悴,她竟不知道她为什么这样的疲劳又憔悴。因她记不起究竟发生过什么了。每当她早晨走出家门,走过两条横马路,走进那条深长曲折的弄堂,走上吱吱嘎嘎的狭窄的楼梯,坐在长条桌前,绕着无穷无尽的线圈,然后又在薄暮里走出那深长曲折的弄堂,走过两条横马路,向自家那条嘈杂了许多,破败了许多的弄堂走去,她便恍惚起来,那八年甚至更多的岁月究竟到哪里去了,她捉不住它们,她触不到它们,她感觉不着它们。而当她难得地,匆忙地,草率地对了一面模糊不清的镜子的时候,她那苍老得与她年龄大大不符的形容却陡地唤醒了她,她陡地醒来,心里漠漠的,旷远得很,凄凉得很,渐渐地平静了下来。有时候,她想越过那八年,追溯一下八年以前的人和事,比如陈茂,再比如郭秀菊,这些名字在心里默念着就有些奇怪,好像是杜撰出来的,好像是一本不出名不流行的小说里的人物。那八年自己隐退了不说,还将以前那十几年的日月隔膜了,遮掩了。那八年,那金刚嘴,犹如一道断壁,将她的人生隔断了。她的人生走到这第二十五个年头上,却要重新起步。她是在悬崖边上起步,走过的道路,忽然地在她身后陷下、断裂,她身后再没什么可回首的,她只得朝前,而前边又没什么可供瞻望。她软弱了,她像一个婴儿或者老人那样需要依傍,她要依傍着什么坐下休息了,她要休息。

她急急地渴望着依傍,她怀了一股恶狠狠的妒忌心地看着妹妹与她那小头小脑的男朋友幸福地交往,即便是那样小头小脑的男朋友,都可使她深深地妒忌了。而她高傲的内心又不允她妒忌,她必须克服那屈辱的妒忌,她是以加倍的骄傲,孤僻与冷漠掩饰这妒忌。她做出不屑的神气,她做出轻蔑的神气。她拒绝一切帮助,一切善意的或不尽是善意的帮助。如有人试图向她提出这样的帮助她的愿望,便如同侮辱了她一般遭到她的反感与仇视。变得极爱操心的母亲曾经安排了一个邂逅的场景,刚刚成长了的母亲毕竟还未学得太多的诡计,她安排得极笨拙却又极真挚。如张达玲稍有一些爱的常识她便会感动,而她却是顶顶缺乏爱的常识了,且又敏感得吓人,一眼洞穿了母亲的把戏。她给了众人那样的难堪,使得母亲从此再不敢动此念头,几乎是"谈虎色变"。刚刚"成人"的母亲远远不是久经沧桑的她的对手,一上阵便输得个落花流水。单纯的母亲万万不会想到,仅仅是过后的第二天的晚上,她因孤寂,因苦闷,因骚乱,因软弱,因种种的困难,久久不能入睡。年幼时候那头脑里如一万架轰炸机在轰响,爆炸,天地旋转,那一个可怕的病状又一次来临的时候,她是如何地懊恼着和悔恨着,懊恼与悔恨自己的逞强,强作镇静。她千般万般地渴望着母亲再能为她创造一个机会,另一个机会,让她有一个机会得到一个人,有一个机会与一个人在一起,而能够不那么孤单了。她怕孤单,她憎恶孤单,孤单如一间她唯一的住腻了的房屋,她于它早已耗尽了居住的兴趣与快乐,它使她生厌,它里面充满了不愉快的甚至恐怖的回忆,她难免要触景生情,她却又除此而无处可栖身。她不愿意住下去,却又没有勇气走出来,没有墙与屋顶的保护她无法生存。她企望着能有一个人与她同住,如有了另一个人,她便可不怕了,她或许还会有力量重建这座房屋。她多么多么想要一个人啊!没有人会像她那么想,因没有人是像她那么孤单。却因她孤单,她便很少有相遇邂逅的机会。这世界上的人如同互相都说好了一样,尽是在躲避她,回避她,眼看着她孤单,眼看着她受苦。她心里愤愤的,怨怨的,委委屈屈的。母亲是再不敢行动了,有了这一次难堪就足够她学习几十年的了,她于这女儿永远也消灭不了畏惧的心理了,她于她永远的有着心理障碍。她积极筹备那一次行动,心里还潜伏着一个愿望,便是克服这心理障碍,可她失败了,她失败得再没了幻想。她只得重新退缩到边上,畏惧地而又不无忧虑地注视着她。她仅仅凭了她简单的头脑便可看出,这一个女儿的生活是要比其他的儿女更多更多磨难的。她无需用头脑,只用她一夜之间成熟了的母性便可察觉出这一点。她察觉出这孩子与其他孩子,与其他所有的孩子都格格不入,她不明白为什么会格格不入,她只为她担心,她却又不敢为她担心,她是那样地害怕她,深恐触怒了她,侵犯了她,竟毫不知道她在一个不安的折磨的夜晚里忏悔。

而她再等不得人作伐了,她要主动出去了。她的倔强,骄傲,还有虚伪,在一夜之间荡然无存,她开始大胆地注意异性了。她注意异性的目光是毫无技巧,毫无计谋,袒露无遗。她对异性的鉴赏力也低劣到了极点,一无标准。她一夜之间变成了一个不谙世故的孩子。她的注意力首先为工场间的一名电工所吸引。

那电工有着鬈曲的浓黑的额发和同样鬈曲的浓黑的小胡子,有一对很不正经的几乎是贼溜溜的眼睛,身体很魁伟,一双手却如女人那样绵软且有着粉红色的掌心。他腰里武装带一样挂了一排工具,喜欢用一只小桶样的大茶缸喝冷饮水。一边喝一边说些无聊的一无风趣的逗乐,逗得那些乏味得几乎要发疯的女工们高兴,便是他生活中最大的光荣和幸福。他是六八届的初中毕业生,因心脏有若干级的杂音而躲避了插队落户,在家待业多年后到了区生产组。他家就住在这条长弄堂的另一头的马路上,一座木板壁的街面房子里的一间三层阁上。父母所在的单位是大三线工厂,早早地就去了江西的山沟里,将他留给了祖母。祖母管他极严,却无力给他任何调教,最大的指望便是不闯祸。他果然是不闯祸,从不闯祸地长大了。他满嘴的污言秽语,却就是不闯祸。他喜欢在女孩子淘里周旋,却从未听见过有他与哪个女孩的流言,尽管工场间是一个很兴旺的流言生产地。他其实是气壮如牛,胆小如鼠,嘴头上过过瘾,便很满足了。然而,却真正再没比她更糊涂的了。她错将他的没有魄力没有行动看作是沉稳,错将他不敢与女孩有染当作了正派,错将他的贫嘴当作了幽默,错上加错地将他因头脑简单而十分发达的四肢当作了强大。她统统地弄错了,统统地都弄颠倒了。她是迷了心窍,她是瞎了眼睛。她火辣辣地望着他,因他目光扫视时顺路地经过而深受感动。她甚至学会了微笑,因他长年不消的愚蠢的笑容而激情满怀。每天上午九点钟的时候,冷饮水抬上了楼,她便将他的小桶似的大茶缸拿在手里,为他去端冷饮。她甚至将自己的杯子都忘拿了,他的庞大的布满了去年冬天的茶垢的茶杯捧在手心,是那么的亲爱,她专心专意地捧着满满的一缸冷饮,一滴没有洒漏地端到他面前,奉献般地递给他。他是一只手便轻轻地接了过来,然后慷慨地倒在几个漂亮的小女工的精致的塑料旅行杯里,大家一起欢乐地分享。一个最最娇小的女工在楼上马桶间里遇到一只老鼠,尖利的呼叫响彻一整座工场间,电工一跃而起,将他的工具袋往桌上一搁,说了声"帮我看好",便奋勇地上楼,楼板顿时响作一片,好像有一支军队在浴血作战。那工具袋正好搁在她的面前,她面对了这一具肮脏的工具袋,甚至呼吸到了他强壮的气息,他的话音在她耳畔回旋,充满了格外温暖的情义。她牢牢地守着工具袋,上面的每一块污迹都使她激动,当它被他重新带走的时候,她便感到一阵深深的空虚。晚上,他睡在他那黑暗的三层阁的老虎天窗下,愚蠢地张着大嘴,混浊地呼吸着做着一些蹩脚的美梦与噩梦的时候,决计不会想到她是如何的得了温暖与希望而长久地幸福地失眠。幸而他是麻木到了坚韧,针插不进,任何启示都无法敲他醒来,这才使她的希冀及早地落空,没有酿成大的不幸。她无奈只得将他放过,一旦放他过去,她便陡地聪明起来。那却又是超出常人的聪明,将什么都看得超出常人的清楚,简直是明察秋毫,将那男孩一整个儿地洞察,于是便羞愧难言,几乎不能做人,恨不能一头扎到墙上,或者是睡下之后再不醒来。可长长的一觉之后她依然准时准点地醒来,她还必得走过两条横马路穿进弯弯长长的弄堂,踏上咯吱作响的楼梯去到工场间上班。所有的人都像深知一切似的做作地沉默着,所有的人都在暗暗地好笑,都在刻薄地讥讽她,她整整一天如坐针毡,身上忽冷忽热,脸上忽红忽白。薄暮时分,她如同刑满释放的囚徒一样走到街上,获得了自由,不禁长长地出了一口气。她蜷缩在她孤独与寂寞垒成的小屋里,才又觉着了安全。她避开了所有的同事们独自地走回家去,所有的同事们的说说笑笑都与她漠漠无关,从她身前背后漠漠无关地流过。自行车铃声叮叮当当地驶过,行人步履匆匆地来来去去。她这才安静下来,放慢了脚步,静静地享受着这沸腾的黄昏里隐秘的宁馨。那屈辱的创伤慢慢地平伏了痛楚,却永远弥合不了,永远留下了创口。她无法遗忘这屈辱,这屈辱时时地提醒她。而她却只单单记着了这一个创口,不会举一反三,以此验证其他。她极轻易地又第二次地误入歧途。世上再没有比她更不善吸取教训的了。

这一回她所注目的对象是他们工场间合作医疗里的那个孱弱的男医生。她因失眠与头晕去看病,那医生问她有无美尼尔氏综合征,她不明白,那医生便于这名目复杂的病作了一些介绍,因怕她不懂,他便殷殷地瞅定了她的眼睛,还不时用手里握着的圆珠笔在她套着袖套的胳膊上强调似的点点戳戳。这是个神经质的男孩,动作很急促又很琐碎,窸窸窣窣的,十分令人起腻。说话又急又快,嗓音很尖利,不时撕裂,发出金属划过玻璃般的声音。而她又大大地误会了,以为这是个孤独,敏感,软弱,诗人气质的男孩,渴求援助的她竟也起了予他援助的妄想,想起他来,她竟也会柔软了心肠。那柔软了心肠的感觉是如此销魂动魄,可惜转瞬即逝,且又可遇而不可求。为唤起那感觉,她便时常地去看病,很笨拙又很巧妙地编一些病状,他很耐心也很认真地听着她的不无做作的温和的诉说,一手按着病历卡,一手拿着圆珠笔急促而无节奏地在桌面上笃笃点着,眼睛如夏夜的闪电一般,迅速地在病历卡与她的面孔之间穿行闪烁。当他问罢了病情,低下头开写药方与病假单,他的手如同抽搐一般急速地书写着潦草的字迹,她便极尽温存地看着他耳后苍白的皮肤下,凸起的一条蓝色的筋脉。在这一段日子里,她忽然成了林黛玉,多病又善感,每日里要服几种不同形状不同颜色的药片,凡是他开给她的药片,她全当作了最宝贵的馈赠,一次不漏,一粒不少地全部服下。他的每一句医嘱于她都像是疼爱的关照,她每个字都可背得。做着这一些的时候,她一整个自我感觉都渐渐有了转变。她觉得自己很弱小似的,她又觉得自己很得照顾似的略略有些娇气。她自己向着自己撒娇,她自己疼爱着自己。她好像不是二十五岁,而是十五岁,甚至更小,仅只五岁的女孩。她是什么事情一做就要过分,一做就要走极端。她完全地忘记了前车之鉴,她完全忘记了那屈辱的创口,创口已经弥合。她想道:"这才是真的呢!这才是真的呢!"她无比欣慰,她想她苦难了二十五年就为了这一桩幸福。正当她最最欣慰的时候,组长却找她谈话,说合作医疗的医生反映她近来时常去混病假,继而问她要了病假做什么,是不是有朋友了,像她这样年龄的人固然是迫切地要解决朋友的问题,可是也决计不可因此而混病假的。

五十年代大跃进时代,响应家庭妇女走出家庭进入工场间的老阿姨,苦口婆心地教诲着她。她如同被人迎头击了一棍,浑身瘫软,什么也说不出来。她这回是真正的病了,胃痉挛,吃什么吐什么。那无情无义的医生见了真病顿时束手无策,只得开了转院单将她转到地段医院。她接了转院单就向外走去,她向外走去时又回头向他瞥了一眼,只这短短的一瞥,她便看清了他的全部面目。他原是冷漠而阴险,他原是委琐而丑陋,她的智慧顿时上升超出常人,她将旁人看不出的都一并看了出来,她的眼光足可揭露一切。恢复了智慧的她转身走出了小小的诊所,她简直无地自容,她又在她骄傲的尊严上划开了一道创口,创口里淌淌地流淌着鲜血。她永远地疼痛着,这疼痛却又不为她赎去些微苦难。她是个最最倒霉的女人了。

她的最最蒙昧的愚蠢与最最明亮的智慧如日月起落一般在她身上交替,她以她那超人的愚蠢犯下最大的过错,又以她那同样超人的智慧做最严厉的批判,这是痛苦的过错与同样痛苦的批判。她一次又一次地犯下过错,一次又一次地自我批判,她已是伤口累累,她疼痛难熬。而她依然是孤身一人,她依然是焦灼地渴念。而她却不知道她的一切因愚蠢犯下的错误都抵不上她以骄傲犯下的错误那么严重。她只知她对人想爱而爱不成,却不知有人对她是想爱而不敢爱。她的拒人于千里之外的骄傲只有于最浅陋无知的人才不成其为障碍,只有鲁莽的蠢货才可于她的骄傲不顾而一无心理障碍。越是有理性,越是有头脑,越是与她接近,与她相类的人却越是受这障碍的阻隔,只有与她有着同等智慧的人才可清楚地看见她与人之间的那一片辽阔的空地,要在她机警的眼睛的严密监视底下穿过那一片空阔带,是多么困难,多么危险,需多少勇敢与计谋,这又是与她同等骄傲的与她同类的人所都不擅长的。这就是张达玲真正的错误,比起这来,那些愚蠢的错误全可不算什么错误,只不过是些小小的可笑的可鄙的插科打诨而已了。孤孤独独的她,无法明了这一点,没有人帮助她明了这一点。她要明了这一点,还需经过许多欢乐与痛苦,经过许多磨练。修成正果的道路,漫长而崎岖。

她每天早晨来,每天傍晚去,走了三百六十个来回;在那没有尽头的长桌边,坐了三千六百个小时,绕了三亿六千万只线圈。窗外的法国梧桐树,落了一千片旧叶,又长了一千片新叶,墙角的蚂蚁搬走了一千只,又搬来了一千只。太阳从南墙移到北墙,再从北墙移到南墙,每当下午三点钟的光景,才黄黄地照耀在她的麻木了的身上。楼梯永远地咯吱咯吱响着,日光灯永远闪闪烁烁地炫晃着。苍蝇在初夏飞来,又在初冬停在玻璃窗上,一个一个地冻死。取暖的铁皮炉子初冬时装配起来,初春时又叮叮当当地拆走,在通烟囱的玻璃窗上留下一个不整齐的圆洞,再用报纸糊上。

就在她的对面,早上九点钟的太阳所照耀的地方,坐了一个男孩。太阳已经一千次地照耀在他的身上,一千次地从他身上流走,然后暗影便一千次地接替了阳光的位置,如藤蔓一般攀附在他身上。他的脸上明暗了一千次,他的手指温凉了一千次,隔壁放学回家的小孩擂鼓般地敲了一千次的后门,对面窗户里的婴儿睡醒之后,啼哭了一千次,弄堂里踢足球的野孩子一千次地将球踢进邻家的墙头,弄堂底的鸽群一千次地在火红的夕阳里呼啦啦地掠过屋顶,呼啸着鸽哨回巢。这男孩一千次地在黄昏将临的时分,走上三楼板壁隔起的小小的马桶间上厕所,他总是站在那扇狭长的窗前,撩开了一角破旧的遮挡的花布,望着窗外出神。窗户正对了狭长的弄堂,越过了黑色瓦顶的威严的屋顶,对着了一条破旧的小街,小街上纵横交错着无数根竹竿,从低矮的窗口伸出,挂了无数衣衫,五颜六色。小街通向繁华的大街,繁华的大街为小街作了绚丽的背景,衬托着小街的安宁。落日从小街尽头落下,正正地落在了大街的街心,就在太阳到达街心的那一刹那,世界忽然焕发了光彩。本是灰色的小街金澄澄的赤红,竹竿上的衣衫如同剪碎的晚霞,变幻着姹紫嫣红,衣角上滴下的冰凉的水珠刹那间温暖起来。而近处的弄堂房屋阴森森的屋顶,忽然柔和地明亮起来,那深深的弄底里走着忙忙碌碌的人,如在金色的夕阳里优美地游动。后门口老阿婆一棵一棵细心地择着青青的菜叶,婴儿在学步车里积极地走路,学步车轮嘎嘎地摩擦着水门汀路面。男孩不知不觉地涌上了眼泪,他含了眼泪望着那落日渐渐在大街的街心沉没,犹如在大河的河心渐渐地沉没。落日在街上留下最后一铺金光,又渐渐将那金光收拢,世界这才安宁下来,安安宁宁地隐入了薄薄的暮色。工场间里下班的铃声突兀地响起,大大地惊吓了男孩,男孩哆嗦了一下,如从梦中醒来,揉了揉干涸了的眼睛。楼梯上响起了沓沓的脚步声,如同千军万马奔腾而下。脚步声从他头顶盖过,他不由得缩了缩脖子。楼梯在脚步声之后长久地震颤与呜咽,几十年的老灰从地板缝中抖索出来,扬了满天又悄然落下,回进了几十年的地板缝间,一切方才静下。男孩这才走出了腥臭而气闷的马桶间,轻轻地,小心翼翼地,不叫脚步出声地下了楼梯。他如一只猫似的下了楼梯,那滚落一只纸盒都会震颤的楼梯竟无一点声息。他第一千零一次地下了楼梯,走出了空无一人的工场间。

第二十六章

皇甫秋的小名叫豆豆,人们叫起来总是极自然地在后面添上一个"子",叫他豆豆子,有时还连着姓一起叫成"皇甫豆豆子",或者有意忘了一个"甫"字,变成"皇(黄)豆子"。无论叫他什么,他总是好好地答应,既不会不理不睬,也不俏语相向,反唇相讥。他是个性情很柔和的孩子,从小死了母亲,父亲又另结婚,他便跟了慈祥的奶奶生活,生活虽不富裕,却十分安宁。奶奶是个知情理而通达的老人,很懂得为人,邻里间颇得人缘。这是她从几十年守寡惨淡又艰辛的日子里,煎熬出的立世的学问。她予人绝对的慷慨,受人则决不轻易。她决计不管人闲事,而一旦求上门去,却绝不拒绝。她从不强占人理,一旦得理则必力争。她该争必争,当让必让,人不欠我,我不欠人,从无半点偏差。她这才真正是坐得正.立得直,保持着绝对的平衡。这一番为人处世的功力,是一个顶天立地的大丈夫都难达到。为了这一切,她在邻里之间有着极高的威望。夫妇生隙要找她调解,婆媳反目要找她说理,兄弟分家则要她去当"老娘舅"。后来,有一年里弄改选小组长,大家都选她,街道的干部也动员她,她却横竖不干。她说她不识字,家里忙,做不了公家事。实际上,她心里是一池清水。如她在了其位,她所有的工作与劳动便都成了公务,而她所求的则是私情。她凭了这家家户户的人心私情,方可安全地生存于这个人事纷扰的世间。在这人事纷扰的世间,他们祖孙二人,好比是两片脆弱的老叶与嫩叶,他们只有凭靠着四围里人情的维护,才可立于不败之地。她以她几十年寡居的生活,精心营造起了一个人情冷暖的城堡,这一个人情冷暖的城堡几乎保护了她度过几十年冰刀霜剑的世日。她与这城堡互相依附,互相凭靠。这城堡因了她的用心与努力日益坚牢,根基日益加深,而她又因了这城堡的保卫而更趋强大。

我们的皇甫秋,就是降生在了这夏蔽日冬避风的坚固而温暖的城堡,这城堡以它柔软的墙壁与柔软的屋顶,保卫着他不受侵害。他这一颗小小的豆豆子,落生在了广袤的田野上最湿润最温暖的土地里,嫩生生地发芽,嫩生生地长叶,他是嫩生生的一颗豆豆子。他睁开了睫毛又软又长地护卫着的眼睛,眼白是天空那样青得发蓝的颜色。他极温和地睁开了围着细长柔软的睫毛的眼睛,望着与他眼白同样青得发蓝的天空,细丝丝的白云一缕一缕地游动,如同被风吹散的帆的倒影。他躺在一个竹子的可以变作卧床的童车里,盖了一床旧棉花翻新的小花被里。耳畔有奶奶纳着鞋底抽着绳线的嘶嘶声,那嘶嘶的声音如同一首安魂曲叫他安心。我们远远看见临街的房子前停了一辆竹子的童车,走过去无意中瞥了一眼那婴儿,总要被那婴儿宁静的眼神吸引,便不由自主地停住了脚步,微笑着要说一声:"多好的小孩啊!"他如同领会了我们的称赞,更加宁静地微笑,于是,我们情不自禁地又说道:"多好的小孩啊!"于是,接着,很自然地,我们会向旁边那慈祥的老人问及婴儿的父亲和母亲,她便会极坦诚地,却略略有些抱歉地告诉我们,他的母亲去世了,父亲又结婚了。我们便有些惋惜似的,虽然什么都没再说,可是我们脸上的表情分明是流露出那样一句话:"可怜的小孩。"那老人同样什么也没说,却流露出那样的表情:"有我呢。"刹那间,我们从她慈善的眉宇间看到了一丝男人般的刚强,于是,我们都有些惭愧似的什么都不再说,我们什么都不再说的,与那老人和孩子告别。而我们告别之后会久久地记着了那老人与孩子,在我们久久地记着了那老人与孩子之后,我们便渐渐地忘了。

被我们渐渐地忘了的那老人与孩子一日一日地度着时光,向他们门前和善的过客微笑,回答着他们千篇一律的问题,坦诚而又怀着略略的抱歉。他们谦逊而自尊地一日一日度着时光,孩子渐渐地张开了细细的却决不孱弱的手臂,去迎接那从对面高耸的楼房间渗漏进来的阳光,那从高耸的楼房间渗漏进来的阳光缭绕在他小小的手指上,他小小的手指被阳光穿过,变成粉红而透明的,他粉红透明的手指暖融融的。他去抓那暖融融的空气,那暖融融的空气有一种无色的颜色,无形的形状,谁也看不见,唯有皇甫秋能够清清楚楚地看见。他去抓握,它便逃脱,与他玩着有趣的捉迷藏的游戏。他快乐地笑了。见他快乐的笑,祖母便也快乐了。他们祖孙的快乐似有着渗透与感染的力量,我们远远的也都快乐了。即便是早已淡忘了他们的我们却也隐隐地得了什么召唤与启示似的,隐隐地快乐了。有时候,太阳躲在楼房背后,却从高楼间的空隙里,抛出一串七彩的亮圈。一串七彩的亮圈向他极快又极慢地抛来。他用手去接,那亮圈永远地向他飞来,他的手永远地向它迎去,而他们永远地接触不到,于是便永远地飞向与永远地迎接。性急而又兴奋的皇甫秋,会情不自禁地脱口叫喊,他叫喊的第一声是"妈妈",而却又无故地收了口,他也略略有些抱歉似的。他慢慢地不再会脱口这样叫了。他跨越了最初级的语言课程,学习了另外的更多的语言,比如,奶奶;比如,三楼阿娘;比如,阿毛哥哥,三三姐姐;再比如,小妹孃孃,大弟舅舅;等等,等等。这是一个由着三楼阿娘,阿毛哥哥,三三姐姐,小妹孃孃,大弟舅舅,等等,等等组成的人世间,这是皇甫秋的人世间。这些与他绝无血缘联结而又休戚相关的人们,如同森林一样,矗立在他这一株嫩生生的小树四周。他在林间嬉戏着长大,他在林间平安地穿行。这一片森林于他是一个大自然,是在他出生前一百年,一千年,甚至一万年的时候,便已树木参天,华盖如云。他与他们极自然,自然如本性地亲爱着。奶奶培育的森林荫庇着他,奶奶营造的城堡保卫着他,他不需付出一点汗水与泪水,他甚至无需费一些脑筋去追寻它们的起源和历史,他只是尽情享着春天温暖的阳光,夏夜和煦的凉风,秋日如洗的月光,严冬里热烈的希望。他对这世界充满了无偿的爱。祖母为他扛起了生活的重闸,他在闸下红花绿草间轻松地游戏,温暖地爱这世界。他的爱与这世界互汇交融。在他贫寒的缺衣少食的幼年里,最最充溢,最最富足的便是爱了,爱于他像是空气,阳光,水,平凡而又神圣。

　　他骑在大弟舅舅的脖子上守在十年国庆的街头,等着人民广场接受检阅的游行队伍的路过;他在小妹孃孃结婚的前夜躺进新人的被窝压床,为她隔年生子播下吉祥的种子;他跟阿毛哥哥去城隍庙买香烟牌子,挤散在九曲桥上,由一个圆脸的人民警察送回了家,还未到家门,他便趴在了警察叔叔年轻的背上香甜地睡熟;他随三三姐姐去学校参加春节联欢会,被认真的检票员拦住,却因三三姐姐对一个细长眼睛的老师说了句什么,而畅通无阻,他甚至还上台去表演了一个节目,学一声猫叫。他总能化险为夷,转危为安。他的那一个小小的世界,暖融融地包围着他,他因他的那个只有祖孙二人的凄清的家庭,更可感受那世界的暖意。他以为他的不幸没有爸爸妈妈,已经得到了最大的补偿,于是,他便心安,他便满足,他便对这世界充满了感激。他总是笑吟吟地向人,他总是安静和平地向人,他以他那温柔的天真的爱心使不爱他的人觉着了惭愧。他可使恶人变善,坏人变好,他自己都不曾了解他自己的力量,因他对这世界一无索求。他是谦逊而又自尊,谦逊而又自尊地一日一日长大,他读书了。

　　他读书的小学就在他家隔壁的弄堂里,叫做梅溪小学,两座打通了的石库门房子。坐在家里就能清清楚楚地听见学校里的广播操与眼保健操的音乐。广播操是在天井与弄堂里做的,因为没有操场,弄堂也极狭窄。这学校原先是一个私立小学,梅溪就是那位校长花钱找人起的雅号。那校长连汉字都认得不很全,出身且低贱,在苏州河上吃几十条粪船,也是用钱捐个富贵身吧,建了这座学校。可是建了小学后便又潦倒下去,连教师的月薪都开不出来,结果是副校长带了几个青年教师硬着头皮撑了下来,一径撑到解放,成了公立小学。关于那校长,副校长,学校里有着种种传说,种种传说全都锁在那叫做小弟伯伯的校工的口中了。那小弟伯伯总是默默着低了头,扎他的永远也扎不完的扫帚或者拖把,他看门,收发报纸,打上课铃和下课铃,后来有了电铃,就不打了,他还管着三楼阳台上的几棵很不像花的鸡冠花。在学校的那一排房子后面,再后面,五十六号里,是一座尼姑庵,逢到做道场的日子,便有庄严美丽的诵经声贴地而起。那时分,在那座与普通的石库门房子绝无两样的尼姑庵的上空,便升腾起肉眼难以察觉的祥云仙雾般的香烟。那一座房子立即很不平凡起来,肃穆而辉煌,这是凡人所难以察觉的。

我们的皇甫秋第一天上学,就遇见了水陆道场,第一回遇水陆道场便看见了那奇异壮观的景色。七岁的皇甫秋跨进了学校大门。上课铃响了,那是悦耳的铃声,如有生命似的活泼泼的歌唱。然后,木楼梯咯吱咯吱吱的,如同一架大钢琴一般,被几百只小脚板踏响了。不顶高也不顶矮的皇甫秋牵着三三姐姐的妹妹,四四姐姐的小手,由她援引着到了他的班级门口。四四姐姐放开了他,蹦蹦跳跳地去了她们二年级的教室。他便独自个儿进了他的教室。他怯怯地坐在了门口的一个空位上,然后就有一个又胖又大的男孩过来,凶狠地对他说:"坐进去!"紧接着就有一个漂亮的老师对那胖大的男孩说:"小朋友不可以这样的,小朋友要好好的。"那男孩才老实下来,一堂课后,他们做了极好的朋友。他们互报了名字和家庭住址,然后,那男孩就问:"你妈妈做什么事情的?"皇甫秋坦率却又有些惭愧地说:"我的妈妈死掉了。"那男孩先是很惊异地动了动很短促的眉毛,然后就极豪爽地说道:"算了,算了。"皇甫秋得了他的谅解,很感激地看着他,那男孩为他也为自己所感动,也看着他,两人忽然地沟通了似的有了很深的理解,不约而同地快乐地笑了。后来,老师给大家重新排了座位,他与那男孩恋恋不舍地分别了,坐在了隔得极远的两张桌子上,分别与一个女孩坐了同桌。他们开始还经常地遥遥地相望,传递着遗憾的眼神。可是一堂课以后,他们便都做了背信弃义的负心人。他们彼此将注意转到了新的同桌身上。他注意到和他同桌的女孩将一块手绢掉在了地上便告诉了她。她向他说道:"谢谢你。"就去拾手绢。拾起手绢来便提醒他道他的鞋带散了,他也说:"谢谢你。"他们像两个大人一样很客套很小心地开始了友谊。后来,那女孩被老师点名做了班长,每堂课都需很辛勤地站在讲台上喊"起立"与"坐下",他则也很辛勤地为她让路。那女孩渐渐地便有些自命不凡,当他站起来为她让路时不再说道"谢谢"。甚至还对他没有及时地让路有一些埋怨。他自然有些生气,自尊心受了小小的打击,这是他有生以来头一次受了打击,可是他一整个可说是温情脉脉的生活是可将此打击慢慢地消化,溶解。这一点小小的不悦在他一整个明朗快乐的身心里,可很快地消散,只留下一些粉末般的烟尘。而这些粉末般的烟尘在他明朗快乐的身心里,还可有一些好处,那便是将他的那一身心的明朗与快乐稍加磨练,磨练得粗糙一些,坚强一些,而不致过于脆弱,不堪一击。可于他单纯的善良真诚提供一些复杂的经验,作一些小小的准备,以使单纯的他即便面对了复杂的世事也不会惊慌失措,乱了手脚。他可说是顺利地通过了考验,像一个为防止天花而种痘的孩子,小小的有害的疫苗非但没有影响他的健康,反使他的健康更加巩固。那女孩浅薄的傲慢,并未损害他对人的信心与好感,反因他对人的信心和好感,对她十分宽容。他原谅了那女孩,心里却与她保持了礼貌的距离。那女孩如不是十分浅薄,便会深深地惭愧。她对他的伤害,妨碍不了他对生活的热爱。他的目光无限热爱地抚过教室的每一个角落,老师讲桌侧面的一个旋涡般的疤节,窗外木阳台栏杆上流水般的纹理,栏杆上时常停立的一只麻雀,它会双脚并着跳过一整条栏杆而毫不趔趄。黑板上方的屋角里有一张疏朗的没有蜘蛛的蜘蛛网,很寂寞的空虚着,在教室的从左数起第二行的第三排的课桌上,有一个空了三天的空位,每到下午三点钟的时候,将要放学的时候,那无人坐的课椅上便停了一束空落落的阳光。

第四天的第一堂课的预备铃以后,有一个外班的老师领了一个女生来了,原来她是坐错了教室,一共坐错了整整三天。小朋友们听着两位老师谈着这些,纷纷地笑将起来,小声地说道:

"木吧?"

"木的。"

"呆吧?"

"呆的。"

"教室怎么会跑错?"

"教室也会跑错!"

在那一片不屑的叽叽哝哝的讥讽声里,那女生直挺挺地,绷着脸地,脚步噔噔噔很重地走到那个从左第二行,第三排的空位上,坐了下来。这时候,阳光还没有来临。

过了许多许多年以后,皇甫秋还记得那迟到的女生到课的那一个早晨。那一个早晨的第二节课之后大休息的时候,有一群外班的男生,不知是由谁起的头,簇拥着在天井里走过的小弟伯伯,转着圈子,一迭声的唱歌似的唱:"小弟伯伯,小弟伯伯,小弟伯伯,小弟伯伯好!小弟伯伯,小弟伯伯,小弟伯伯,小弟伯伯坏!"他们其实是想讨好小弟伯伯而恶作剧着,他们恶作剧地讨好着小弟伯伯。而无论是恶作剧,还是讨好,都无法唤起小弟伯伯的注意,他就好像看不见听不见地从孩子们的簇拥般的包围里走过去,走进黑洞洞的楼道,腐朽了的木楼梯在他脚下迟钝而沉重地呻吟,消失在楼道里的小弟伯伯复又从二楼的楼梯口出现,走过木阳台,从趴在木阳台栏杆边的皇甫秋身旁走过。皇皇甫秋翻转身扬起脸望望他的眼睛，竟望不出一点喜怒哀乐，他小小的心里不觉凉了一下。原先，当同学们唱着的时候，他一直在快快活活地笑，随时准备着小弟伯伯跺了脚去捉他们，然后他们吓得四下里纷纷逃散。他嗓子眼里憋了一声尖锐的叫喊，准备着在那样的快乐的逃散的时刻大叫出去。可是小弟伯伯却无动于衷，叫声沉寂了，孩子们很扫兴地散开了，皇甫秋的心里不觉也是黯黯地有些凄楚。若干年后，长大了的皇甫秋却还记着那股凄凄然的心情，那是在一个迟到的女生到课的同一个早晨。后来，他知道了那迟到的女生的名字，她的名字叫做张达玲。

他无由无故地喜欢这个名字，并且喜欢除去了姓的那个独立的名字，时常在心里很快乐地一连串地念，每个字都如一声铃铛摇响那么清脆，又如一个气很足的小皮球那么富有弹性。他有时候想象自己骑在一匹马上，有节奏地跳跃着跑过整条弄堂，嘴唇默默地翕动着，心里则将那两个字短促而有力地念着。又有些时候，他学着古戏里的那些老生，用手捋着假想的长长的髯口，暗中悠长地念着同样的两个字，那形象是从阿毛哥哥的香烟牌子上看来，声音则是从无线电里混混沌沌地听来。这两个字不知为什么原因，不知从什么时候开始，与那女生脱离，成了他很亲爱的玩伴。而又在一段时间以后，不知为着什么理由，也不知从什么时候开始，这玩伴被他不知不觉地淡忘，与他告别了。

那是一个无知无觉的时代，那是一个懵懵懂懂的时代，一切的生与一切的灭都没有清晰的理由，一切没有理由的生与没有理由的灭均撒下了漫天漫地的种子。那种子自生自灭，那种子凭了幸运，凭了时机，凭了冥冥之中的主宰，凭了不明不白的原委，或是生，或是灭，不会全部地成活，也不会全部地灭亡。我们的皇甫秋却只需无忧无虑地睡着,无忧无虑地醒着,他睡着度过黑夜,醒着度过白昼,早睡早起,像一只鸟儿,他又一日一日地长大。一日一日长大了的皇甫秋终于发现了祖母额上深深的皱纹与脑后日益稀薄的白发。有一日,他发现祖母坐在小板凳上洗完脚,站了几次都没站起来。从此,他便要奶奶坐在高凳上,由他坐在小矮凳上给奶奶洗脚。他的骨骼已经长大的一双大手,很笨拙又很温和地抚弄着奶奶如一节苍老的树根那样筋筋攀攀的脚。他用他只来得及长骨骼还未及长肉的瘦骨嶙峋的少年的大手,调皮地搔着奶奶的脚心,奶奶笑着缩脚却缩不动,被他刚刚新生了力气的少年的大手箍住了。祖孙俩洗一次脚往往要洗很久,水凉了,再添热水,总要添那么两三回,洒得灶间里一地的水,然后才余兴未休地结束。这是祖孙俩最快乐的时光。我们的少年皇甫秋,与他所爱也爱他的人,总是能够幸运地亲近,总是能够幸运地融洽,幸运地相亲相爱,而不会如绝大多数不幸的人那样,与自己所爱也爱他的人由着无形的障碍隔离,明明是爱却无法亲近。因他从小就与爱他又为他爱的奶奶亲亲爱爱地在一起,在他还没有懂得害羞,还没有学会装腔作势的时候,他首先学会了真实地流露他的感情,他感情的流露因了祖母的亲爱从未受过挫折,从未受过阻隔,从未受过任何心理障碍。他与祖母的自然如本性的亲爱为他奠定了一个基础。那便是他能够与所有的爱他的又被他爱的人,自然地流露他的爱心,一无障碍。如同一个最健康的少年的血液一样,镇静地歌唱着在最健康无疾病的血管里畅流,爱在他心里畅流。这是皇甫秋的幸运,是多少人没有而皇甫秋有的幸运,这足可以补偿他那原本并不完整的生活了。

在许许多多已经遗忘了的少年的故事里,他却还记着一个算不上故事的故事。有一日,奶奶要他去买一碗花生酱,他跑了几个小店都没买到,后来就去那两条马路过去的一个最大的南货店了。那是一个细雨蒙蒙的下午,那一个下午,下着蒙蒙的细雨,他撑了一把很笨重的油布伞。这是一把很难撑开,撑开后又很难收拢的笨重的油布伞。他撑着伞走过一个小小的店面,那是一个被挤在两个大店之间的小小的店面,专卖草纸,肥皂,针头线脑,廉价的零食,如盐金枣咸萝卜之类的零食的烟纸店。他撑了很笨重的油布伞走了过去,他看见柜台后面很小很小的店堂里,很古怪地挤坐着一个男生和一个女生,他们不知为什么那样别扭,那样不自然,又那样惊慌地挤坐着。男生与女生的脸色都有着古怪的不知是红晕还是苍白的病人一样的颜色。他们明明坐在屋里,却如两只淋湿了皮毛的小兽,他们明明很安全,却惊恐不安得犹如被人围剿。他们明明都睁着眼睛,却如同睡梦一般迷蒙而茫然。他们明明是如同睡着了一般,却又骚扰得像是在做着最激烈的运动。那细雨蒙蒙中的这一幅图景几乎是可怕而惊心动魄的,于身心谐和性情温和的皇甫秋几乎是重重的一击,他纳闷而又害怕地走了过去,他仅仅是瞥见了匆匆的一眼,而这匆匆的一瞥却如一个电影的慢镜头久久地长长地扩大了细部地在他脑海中上映。他很久很久也挥不去这景象了,他很久很久如被噩梦缠绕一般被这图景缠绕。幸亏他是一个身心极其平衡协调的少年,他的危险的青春期因了他平和安宁而又开朗明澈的性情,又因了他爱人与他被人爱均能自然一无阻隔地交流为宣泄,而无以在他内心里积蓄如同岩浆一样炽烈的内患,他将只略略有些不安,有些异常地,终究是安然地度过。他将安然度过。他的狭小的且被奶奶保护得极好的生活,犹如大山养育着的一条小小的清泉,终年叮叮咚咚地流淌,绝无干涸的危险。无论那生活里有多少不真实不可靠,然而毕竟为他培养了愉快安宁的天性,凭了这天性,他许可度过将来的许多危机。他这一个身心极其平衡协调的少年,为这一幅惊人的图景仅仅是吓了一跳,却未曾受伤。他怀了好奇,厌恶,因了善良天性而起的莫名其妙的怜悯,长久地关注着这一幅图景,那一幅图景似乎永远在了他两三步前边的蒙蒙细雨中,在他笨重而庞大的油布伞的外面,蒙蒙细雨如同是从玻璃窗上流下,将这图景映得有些歪歪扭扭,模模糊糊,而他却大惊失色地发现这其中的两个角色却原来是他小学里的同学,一个男生和一个女生,女生的名字便叫作张达玲。他至今都未弄清张达玲与陈茂为什么要坐在那间小店里,他们又怎么会去坐在那间小店里,又为什么,又怎么会是他们两个人,而不是别的任何两个人。他几乎要认不出他们了,他几乎要认不出张达玲了。自从各自上了中学之后,他就再没看见过张达玲,还有陈茂。

  他们这一条马路的六六年小学毕业的孩子,统统进了与张达玲他们不同的另一所中学,是与他们的中学相反的方向,是上海红卫兵运动最早的发源地之一,几乎所有的学生,都卷入了红卫兵运动,参与了"文化大革命"。他们再没见过比这更凄凉的中学了。教学大楼所有的玻璃窗都没有了,教室里没有一张完好的课桌椅。他们到校的第一日,是站在操场上,由一位脸色凄惶的老师拍着手将他们这一班拢到一处,说了几句话,然后便回家了。以后的每一日,他都很愉快地,怀了希望地去上学。他和了很少几位到校的同学还有那一个脸色凄惶的老师,打扫了他们的教室,排好了残破的课桌椅,配齐了玻璃窗。他站在干净整齐的教室里,嗅着潮湿地包含了灰尘的空气,很快乐地想着,可以上学了。有玻璃的窗户是多么美丽,可将阳光折射出变幻的光彩。后来,复课闹革命了,居然还发下了课本,《代数》和《英语》。那是多么快乐的日子,尽管转瞬即逝。而他总怀了希望,总想到,明天会好一些,明天会好一些。他的希望是如湍湍的流水,并不热烈却很绵长,那才是不绝不尽的希望。他对学校总有着好感,如他对一切均有着好感,他如同爱家一样爱着他的学校,很乐意认真地担负一些小小的责任。当那些红卫兵们在复课的旗帜下重又打回学校,便开始无穷无尽地折腾这些小小的天真的新生,将他们以军队编制,编成团,营,连,排,班。再让他们集中到学校里吃住,不得回家,过着军营的生活。皇甫秋总是怀了小小的激动快乐地响应,做一些平凡却不可缺少的琐事,比如用课桌椅拼成床铺,而当高年级的前辈们指令统统得睡地铺的时候,他便搬开课桌椅,一遍又一遍地拖洗灰尘极厚的地板。他做每一件事都极有乐趣,他极善从任何一桩小事里汲取乐趣,因他很爱生活,当这生活中无甚可爱的时候,他也会从心里生出些爱去附加于生活,他这样可爱的天性,是无法不令人感动的。因此人人都很与他友爱,与他和睦,他便越发地觉着世界的美好。这是一个良性循环的轨道,他幸运地纳入了这一个轨道。当军营生活因领导者三分钟热度的过去,而迅速解散以后,不久,又要下乡。他一半由大家推选,一半出于自愿地承当了炊事员的工作。他会将青菜用浓浓的酱油煮得烂熟地下饭,使同学们胃口大开。他会步行二十里路去小镇上买大饼油条给大家改善伙食。什锦酱菜吃腻了的时候,他便去买豆腐乳,不厌其烦地用小刀极其平均地将一块割成两块,分给大家佐餐。他是以真诚的友爱对待同学,同学便也以真诚的友爱相报。这是一个可以最真诚地交友的年纪,这是一个最渴求友谊的年纪,那对友谊的渴求其实是爱情的前奏,那是一个爱情的前奏的时期。这是一个如美梦又如噩梦的时期。

我们的皇甫秋如同爱自己的姐妹一样,爱着几个女同学。他们的学校如同一切的学校一样,男女生绝不说话,他们这一个年级如同所有这一个年级一样,男女之间,极端地不无做作地界限分明。于是,他便隔了界河地爱着那几个女同学。他的这种羞怯而又宁静的爱,恰正适于隔了界河,没有言语也没有行动。这爱在他和平的心田里,增添了美丽的躁动。犹如风从成熟的麦田上吹过,麦浪的层层叠叠的波动。他仅仅是看见她们,听见她们,便可愉快地满足。他并不为了他同时爱几个女生而觉不安,他公平地真诚地爱着她们中的每一个人,当她们分别在的时候,或者是聚集在一起的时候。他们男生们有时候会议论女生,心里发慌却故作豪爽。他所爱的那几个女生有时会受到矜持的赞扬,他便十分十分地高兴,并且激动。可是有时候也会遭到恶毒的诋毁,他便如受了辱一样有一些不快与委屈。然而,无论是褒是贬全都影响不了他对她们的喜爱,全都左右不了他对她们的亲爱。他是随和而有主见的,他因宽厚而内心充实,他因内心充实而有自信。他是很有自信的男生,所以他终能沉着的,从容不迫地生活。那是完全没有害处的友情一般的爱情,那是只会有好处的友情一般的爱情。当他好好地在走廊上走着,而那几个女生中的一个从后面被人追着奔来,将他推到一边。他被推到墙上,后脑勺重重地叩了响亮的一声,她却连道歉都没有一声,飞快地跑了,却依然被人捉住了。那后脑勺上长久地作痛犹如是一下亲爱的爱抚,他久久不愿那疼痛消失,而它偏偏消失得很快。那是多么愉快的一个下午,这一个下午是那么愉快地为他记忆了许久,为他记忆了许久以后,渐渐地淡忘。

然后,他与许多同学去了黑龙江,临走之前的那一个晚上,他坐在小板凳上给奶奶洗脚,他的已经厚实了的十六岁的大手,抚弄着奶奶如盘根错节的树根一般的六十岁的脚,他的有力而稳当的十六岁的大手,轻轻地搓着奶奶脚茧很厚,如永远不可愈合的伤口一般龟裂着的六十岁的脚。他竟不敢抬头望奶奶了,他竟不敢与奶奶调皮了,他们祖孙竟没有一个字的对话。哦,皇甫秋,他十六年来,这才感觉到了爱的重负。爱压迫着他,他不敢抬头,他的眼泪满满地盈在眼眶里,然后终于一滴一滴地滴落在了盆里。他要与奶奶分别了,这分别是他从无思想准备的,他从无思想准备要与他亲爱的人分别。因为他与他亲爱的人聚合是那么自然,那么天经地义,理所当然,他从无准备会有分离。他高高兴兴地去报名,高高兴兴地接了通知,高高兴兴地凭了通知去买棉毯和蚊帐,高高兴兴地去迁了户口,高高兴兴地直到这最后的一晚,如平时的所有晚上与奶奶洗脚的那一刻,他忽然懂得了分离,他忽然领悟到了分离。这于他这一个充满爱心的孩子是极严酷的也是极必要的一课,这是重要的一课。在这一个夜晚,他上了这分离的一课,这是爱的教程里最残忍也是最美丽的一课。有了这一课,他可更加深他的爱心,因爱不仅有快乐且还有痛苦。这是痛苦又快乐的一课。在这一个夜晚,一个少年长成了青年。一个小小的知识青年要离家了。淙淙的清泉终于流出了崇山峻岭的怀抱,流上遥远的前途叵测的道路,几经干涸,而左右逢源,几经险阻而绝处逢生,全凭了他的命运,全凭了他小小的与命运抗争的力量与勇敢了。

当他凭了三十号文件,独生子女回沪的精神,重新回到奶奶身边时,他已是一个瘦高,结实,唇上有了淡淡的胡须,偶尔会吸几支香烟的大青年了。他已不惯与奶奶亲昵,可他依然每晚给奶奶洗脚,给奶奶洗脚的夜晚依然是快乐的时光。他的生了一种奇怪的皮肤病的手,龟裂了无数条边缘粗糙的口子,他龟裂了无数条边缘粗糙的口子的大手沙沙地抚在奶奶已经萎缩得很小,脚气很严重的脚背上,他用他干燥如沙地的手掌摩擦着奶奶潮腻的奇痒的脚掌。他与奶奶已无多话,只用手与脚作着亲爱的交流。他的爱的小溪似已悄悄地沉入地底深处,成为一条暗河,这暗河深深地,静静地,不动声色地流淌。耳背的奶奶坐在暖和的被窝里,幸福地听着孙子用那陌生的低沉嗓音与他黑龙江同归的战友说话。

"开江的时候了。"他们说。

"正是开江的时候。"

"映山红开了。"他们又说。

"正是映山红开了。"

昏昏欲睡的奶奶不懂得什么是"开江",也不懂得什么是"映山红",那于她是如此遥远与隔膜。而她也毫不因为不懂得而感遗憾。总之是孙子在了身边,心里揣了遥远的"开江"与"映山红"的孙子那么贴近地在了身边。心里揣了遥远的"开江"与"映山红"的孙子进了对面弄堂里的生产组,日日去绕一种什么无线电上的线圈,每日三餐都可与她同桌吃饭,每夜都可与她一个屋顶下睡觉,与她的床形成直角的孙子的那张小床上,夜夜传来沉静的均匀的鼾声。每当祖母夜半两点钟醒来再也睡不着,眼巴巴地盼着天明的时候,有了这沉静的均匀的鼾声,她便再不觉寂寞,再不觉夜的漫长与生命的短促。孙子贴近了他最最亲爱的奶奶,在做着最最遥远的梦。有了亲爱的奶奶做他温暖的后方,他可放心和安全地梦游得极远。祖孙俩在这夜里,以沉着的鼾声与迟锐的听觉作着亲爱的交流。

这是一个壮大了的皇甫秋。壮大了的皇甫秋有一日中午走在路上,迎面遇到了一个女孩,那女孩的脸色十分的苍白而且疲倦,尖尖的下颌,脑后撅了一对编结很不整齐的枯黄的发辫。她从一条小街里走了出来,那小街在太阳的阴影中,她从小街的阴影中走上了大街的普照的阳光里。那炫目的阳光几乎将她照成透明的,她像一个透明的女孩似的走在了大街上。她走路的姿势很奇怪,身体好像被什么箍紧了,脚步却急急地迈动,当她这样地从他肩旁走过的那一刹那,他几乎叫出了她的名字——张达玲。她什么也没认出地直挺挺地走了过去。他无端地有些兴奋,逝去许久的幼年的往事,由了这小学同学的牵引,而又历历再现。他在往事的历历再现里愉快地走完了他的下半段上班的路。他是要去那一条深深长长,弯弯曲曲的弄堂里,走上吱吱咯咯的楼梯,坐在闪烁不定的日光灯下,绕着无穷无尽的线圈。这一日的下半天里,他一直在愉快地温习着幼年的往事。他回忆着,如有回忆不起来的地方,便作一些小小的不妨碍的编造。他竟忘了在黄昏的时分去三楼的马桶间里,透过狭长的后窗,作那宁静的眺望。小街失了那亲爱的眺望,漠漠地在夕阳里变幻颜色,太阳沉没在大街的街心。

第二十七章

那是与周而复始的许许多多的早晨一样的一个晴好的早晨,他同平常一样在奶奶第一万次"早点回来"的叮咛下,走出家门,走过马路,向那一条漫长而曲折的弄堂走去。正在他迈进弄堂的那一瞬间,几乎是与他同时的,在他身旁一二步的距离,有一个女生也迈进了弄堂。她与他几乎平行的,只稍稍前了小半步地走在那深长曲折的弄内,他便可在眼角的余光里看见她挺直得近乎僵硬的腰杆,与迈得很大而又不必要的坚定的步子。她穿了一件早已早已过时了的铁灰色卡其的两用衫,那种正正方方的领子。两条编结不整齐的短辫箍了两根牛皮筋,他甚至可以看见其中一根牛皮筋是断了又接起的。他心里无由地又愉快起来,他忽又想起了很久远的那个没有忧虑,明静宁和的时期。小学时的同学张达玲,似乎是率了那一整个时期的记忆,在他前面仅仅半步的地方走着。那是多么天真而和平的日子啊!张达玲牵引了一个天真而和平的日子在皇甫秋前边走着。他们都已经走过许多路程的脚步笨重地踩着碎石拼成的弹硌路面。他们踩着碎石拼成的弹硌路走进了同一个门里,踩上了同一架吱吱作响的楼梯。皇甫秋甚至没有一点奇怪,她竟与他同路。他想都没去想,他们竟是同路,这是多么奇怪。直到她在他的对面坐下的时候,他依然没觉着有什么奇怪和意外。然而,他却忽然地被一种宿命的感觉隐隐地而又牢牢地攫住了,他不明缘由地被一股宿命感攫住了。早上九点钟的阳光照耀在他身上,他的眼睛被阳光照射得微微眯缝起来,那是一个晴好的日头。他有些目眩,他目眩地看不清眼前的景物,对面的女生在这金光炫耀的视线里,却陡然地清晰了,并向他近来,带了一股威逼的力量,他很难动弹,那目眩的感觉将他如定身法那样定住。九点钟滴滴答答地过去,阳光滑下他的身体,在他眼前残留下几环金光,他渐渐驱散了那金光。她又退回了原位,她竟已熟练了手法,如一个几十年的熟练女工那样操作着,她的已经做好的线圈如一胞所生的那样整齐地排列在纸盒里。她低了脸操作着,那动作如已重复过了一千次那么娴熟得乏味了。她低矮的额头上垂下了几缕枯黄的散发,略略遮挡了她清瘦的脸。她的左手的食指与拇指上不知为何缠了几圈胶布,胶布显然浸过了水,已经变黄,有些肮脏。她每做完一个,便要抬起头,严肃得几乎是隆重地将做好的线圈安置在纸盒里。这时候,她便抬起了她尖削的下巴,那下巴颇像一个未成熟的十五岁的女孩的下巴,含了几分严肃的稚气,或者说是稚气的严肃。他也正在这时抬起了头,他忽然地想起了她小时候的模样,于是,在她小时候的模样后面,如叠影似的叠起了一串他们小时同学的形象。这是令人愉快而又伤感的图景。在他们那样的略经沧桑的年纪里,伤感几乎是对心灵的一种抚慰。他暖融融地想着那逝去已久的时光,直到她重又将脸低下,几丝散发重又垂落下来,略略挡住了她的脸。他忽然有些扫兴地发现,她并没有认出他来,她是那样的骄傲,骄傲得目空一切。而他于人是那么友爱,友爱得已经摒除了一切琐细的狭隘的小心眼。他并不因为她的骄傲而生起自卑又自尊的心情,只是微微地有一点扫兴,只一点扫兴便罢了。他发现她很少与人说话,休息的时候,她依然做着活计。他知道她依然地做着活计是因为她不想与人说话,她不想与人说话不仅是由于骄傲,还有一点是因为害怕陌生。他不是以他的智慧而只是以他友爱的心灵顺利地谙知了这个。因他只是以他深爱的心灵顺利地谙知这个,他便并没有什么了不起的震惊,犹如哥伦布发现了新大陆。这于他是简单且又容易理解。他是天生的解人心意的男孩,他不费多少力气和脑筋便可达到心理学家对人的了解。他以他深切的,真诚的,毫不做作的,毫不掺假的友爱的心情去为人着想,于是他便有了洞穿一切的能力,而他并不知道他有这能力,他不以为这是什么了不起的能力,他以为人人皆能这样,这于他实在是太自然,太平常,太普通不过了的,就如空气、阳光、水。他见她休息的时候依然在做活,便对她说道:

"休息了啊!"

"晓得了。"她冷淡地回答道,依然做着自己的事情,木柄的手摇机嘎嘎地空寂寂地摇响着。即便是皇甫秋都有一些难堪了。因他忠厚的本性,他决不会为这难堪而动气,以为受了屈辱。可是他本来想要提醒她,他们是同学的这一个念头,却不免受到了打击。他难堪地坐在她的对面,不知如何是好,他知道她的冷淡是由于她过分的紧张,她是很怕陌生,又很易受窘的。他略略地有些为她难过,极想劝她不必那样的紧张,其实,很快就会好起来。很快,很快的,人们便会渐渐,渐渐地相熟。相熟了的人们便不再像陌生时候的那样可怕,那样令人不安,那样叫人不舒服,那样叫人警惕与防范。可是,他以他深知一切的本性却又无奈地觉出,他要向她传达这一个体验的途径是多么的狭窄而崎岖。由于她对人过分的骇怕,过分的不安,过分的不适应,便加倍加倍地警惕,防范森严。他与其他所有人一样.被她严厉地排除在禁区以外。而他因为谦和又无狂妄的奢望,他仅仅剩了一个小小的念头,便是,告诉她,他们曾是同学。于是,他说道:

"我们小学里在一个班级里的啊!"

"我晓得。"她回答。

在这一瞬里,他便感到所有通向她的道路都闭合了起来,再没有道路了,只有一大片辽阔的缄默的戒严的空地。那是一个无法偷袭的空阔地带。他失望了,比失望更使他难过,更攫住他不放的是一股强烈的悲哀的同情。她就像是坐在一所她自己营造的监狱里,她早已失了自由,自己还觉得很安全。其实她是早早地失了自由。她将自己的城堡营造得过于坚实,这一座铜墙铁壁的城堡早已成了监狱,她则是她自己的囚犯。他在那一瞬里看见了这一座监狱,没有人能看见这一座监狱,唯有他能看见。他突然间是刻骨铭心的悲哀,他悲哀地坐在她的对面,他们中间相隔着唯他看得见的坚固的铁栅栏,他如探监的一样,不得与她任意说话,而她是被自己囚禁,严格地看守了。她镇静地熟练地绕着线圈,木柄手摇机空漠漠地摇转,窗外楼下是叽叽嘎嘎的笑声。她其实是故作镇静,她具有着足够的战胜她紧张的镇静的力量。她其实是紧张不安极了,对面这一个小学的同学似乎在窥视着她,她似有着极重要的机密谨防别人的窥视。她愤愤然地想到这一个人竟想以小学同学这一点历史入手来对她狡猾地窥视,这真正是太卑劣又太奸诈了。于是,她便格外地对他防范。她低了头在做活,所有的神经却都紧张地调动起来与他对峙。他分明是了解了这对峙,他知道她是加强了岗哨,他无望地望着那一片辽阔的空地,他难过得几乎哽咽,他以一个男孩对女孩才会有的柔软的心肠,为她难过得几乎哽咽。而此时此刻,他却又觉出了那宿命的威逼。铃声当当地响起,如命运敲响了警钟。休息的时间过去了,人们纷纷上楼做工。楼梯吱吱嘎嘎地喧腾着,将一百年里的嵌入木缝的尘土飞扬起来,撒了满天,再渐渐落回到一百年的木缝之间。

下午三点钟的阳光落在了她的身上,她眯缝起眼睛,微微地有些晕眩。她终于抬起头来,茫茫地回顾了一下。她看见了他那一张表情柔和的脸,她想起了他是坐在她旁边一行的前边第一排位置上的。他的后脑勺是那么柔和的椭圆着,一排黑色的柔软的头发如鸟的羽毛一般整齐地微微蜷曲着。那一幅图景一闪而过,转瞬即逝了。她以她坚定不移的个性将这记忆中断了,克服了。因她不愿去记忆那样的时候,那样的时候无论是以着如何美丽的图景牵引和呼唤,都于她是不悦的甚至伤痛的记忆。她不会忘记她在别人的教室里坐了整整三个白天,然后再走进她自己的教室。她迟到了重要的三天,错过了最易同人结识的最初的时期,而永远地落寞着。那一个时期于她是落寞的时期,因她比所有同伴的相识都迟了一拍,便永远不易合拍,永远走在另一个节奏上,那是与众人极不相符的错落的节奏。她及早地克服了她的回忆,她断定她是没什么可回忆的,她没有童年。她将她的童年一概否定了,她甚至对童年生起了反感,暗暗地憎恶。她不无憎恶地望了对面那男孩一眼,她竟觉着那男孩是命运安排了,来向她提示着早已逝去的不悦的,甚至羞辱的童年,是那早已逝去的不悦的羞辱的童年安排了来嘲弄她,讥讽她的。她犹如被它钉在了十字架上似的,永不得托生了。

从此以后,他与她之间,便有了一片空阔地,这是一片无法逾越的空阔地。他们相隔了一大片空阔地作着对望。他睿智与善良地将一切看得清清楚楚,他不敢贸然进犯,他不敢也不愿去打扰她,去破坏她的安全感。而她则骄傲与紧张得将一切都看不真切了,她无谓地戒严着,守护着自己的失了自由的因禁。

夕阳的余晖越过海洋般的黑色瓦楞的屋顶,照耀着小街,小街上晾了万国旗般的尿布,滴着金色的温暖的水珠。一扇门前提早地摆出了小小的饭桌,桌上有一碗咸菜毛豆,碧绿的毛豆间着乌黑的咸菜,久久地停在桌上。一个三岁的男孩与一个五岁的女孩在作着严肃的关于人生的谈话,有一群鸽子忽地从天边飞来,呼啦啦地越过海洋般的黑色瓦楞的屋顶。

他们各自回家。他走出弄堂,穿过马路,走进他临街的门里。晚饭以后,他便为奶奶洗脚,然后就有黑龙江的战友来聊天,他们聊着"开江"与"映山红"的奶奶所不谙熟的故事,他们有时候也要谈谈当日里的一些没有情节的琐事。他告诉战友,他与他们小学的一个女同学做了同事,在那一个生产组里。战友便问:

"都还认得出吗?"

"开始有点认不出,慢慢地就认出了。"他回答道。

"变化很大了吧?"

"变化很大,可还是认出了。"他说道。

"不容易。"

"就是啊。"他说。

奶奶早已睡着,在那些她不谙熟的故事里睡着,打起了粗糙的鼾声。他们便蹑手蹑脚地开始吸烟。他们将烟灰和烟蒂小心地放在一个没有盖的铁听里,房间里顿时缭绕起劣质的烟味。相隔了两条街的那一间弄堂房子里,窗下的床上,蒙了被子睡着她。她努力地合上眼睛,不愿意听见窗下门口,妹妹与她男友告别时的缠绵琐细的声响。她听见他们衣服摩擦时的窸窣响声,听见嘴唇不留意发出的响声,听见他们没有字眼地喃喃地低语,这是一个不眠的夜晚,她孤苦得几乎要叫喊出声。她是那样地妒忌妹妹,以至几乎无法平和地望她一眼。她对她永远地铁板了脸,以她的骄傲坚强地压抑着对她的忌恨。她听见妹妹的细高的鞋跟轻轻地敲响了楼梯,她还轻轻地哼着一支著名的小曲。她按捺不住地睁开了酸涩的眼睛,月光穿透了薄薄的窗帘照在房间的地上,月亮地里站立着妹妹,妹妹正抬起胳膊脱一件套头的毛衣,她那姿态美丽得如一位仙女。她赶紧地合上眼睛,目光不忍再作停留。她的心在阵阵发痛,她痛心地发现,她是什么也没有,她一无所有。一无所有的张达玲孑然一身地躺在冰凉的被窝里,无眠地挨过一个漫长得绝望的夜晚。

一个秋雨绵绵的没有太阳的早晨,皇甫秋第一个发现了她对那愚蠢的电工的愚蠢的进攻。她向那电工投去的第一瞥进攻性质的目光,便为他捕捉了。他无比恼怒又无比悲哀地捕捉了那一瞥进攻的目光,他难过得几乎夜不能眠。在她那自作多情地得了安慰的,长久激动过后在天明时分的安眠里,他却辗转反侧不得休息。他知道她是孤苦得不堪忍受了,他知道她是寂闷得不堪忍受了,她是被自己禁锢得失了理智的,失了理智的她是比常人更不清醒,更迟钝,更愚顽的了。更令他无法容忍的是那电工对她无礼的轻佻的态度,竟当她转身去取活儿的时候,将她杯子里的冷饮水倒入他那一个小桶似的布满去年冬天的茶垢的肮脏的搪瓷杯里,更不堪的是,他倒过去之后还又倒回来了一点,哄骗她似的。她回到桌前,竟若无其事地去喝那冷饮水,她明明是看见了他这个肮脏的举动,她明明看见了他那么做却还要去喝那冷饮水。他为她咽下了那污染了的冷饮水而恶心,而痛苦不堪。那电工愚蠢地以为自己对她有什么权利似的,愚蠢地以为她不理睬别人独独理睬他是他的什么特权似的,蠢极了的他竟也可察觉出这一点了。皇甫秋深深为她难堪,为她受了辱而深觉得自己也受了辱。这时候,他并未发觉,她于他是神圣不可侵犯的,她于他是圣洁如天神一般。他以他一片真实的诚意,护卫着她,包括她周围那一片空阔地。他遥遥地为她驻守着那一片空阔地,为了她的安全与宁静。那安全与宁静于他是痛苦的也是神圣的,他决不侵犯,他也决不容忍别人侵犯。而如今,是她自己愚蠢地勇敢地一无保护地冲出了那空阔带,怀了一股不顾一切的誓死的劲头,朝着一个污浊的泥塘里跳,那污泥眼看着要脏了她圣洁的脚,这是神圣得他连想都不敢去想的圣洁的脚。当她终于放弃了对那电工的指望而恢复了理智,她为自己的行为羞惭得几乎抬不起头,她就像是失了身似的自惭着的时候,他如释重负。他如同获了新生一样重又充满了快乐的希望,且又为她过分的自惭而深感不安。他无数次地在心里喃喃地说道:"没什么,这没什么,这没人知道,没有人知道。"紧接着却又觉着自己的怜悯玷辱了她,亵渎了神明似的,她是无需他的怜悯的,她无需任何怜悯,任何怜悯都是亵渎。可是无论如何,不管怎么,现在,她又安全了,回到了她的环绕着旷阔的空地的城堡,而他又可安宁地虔诚地驻守在她那空地的边缘。仅仅是这遥遥地驻守便可使他满足,他是太明白这空地的辽阔了,他无法斗胆越过。这空地里没有一条途径,可以通向她,她将自己幽禁得那么严密,这幽禁于他也同样是神圣不可触犯。他已不企望有什么通向的途径。于是,他无意中又竖起了一重路障。相互地走通更加遥无希望。

又一个春雨潇潇的没有太阳的午后,皇甫秋又一次发现了她对那低劣的赤脚医生的低劣的迷恋,她分明是无病找病地去那诊所看病,提来一大堆无害亦无益的药片。他看着她一片又一片吞食着那些无害亦无益的无聊的药片,竟还严格地按时按顿,决不耽误一分半秒。他看着她若有其事地一瓶又一瓶地打来消耗极速的开水,那一杯开水冉冉的若无其事地冒着热气。他心里竟生出了恐惧,他以为她要被那些药片消灭了,那些平庸的药片眼看着要将她消灭。他心急如焚,他向来安详的睡眠竟被噩梦搅扰。他看见她向一片沼泽走去,那是极明显的,毫无疑义的沼地,他想叫她,却又怕触犯她。那卑劣的医生明明与他一样清楚地看见了她的迷恋,却还要在工场间里散布她骗取病假的流言。他听着他的刻毒的传播,手在发抖,他抖抖索索着手绕了一个又一个不合格的线圈。如不是他温和的秉性,他便会将那医生的脏嘴撕裂。他激怒到了那样的程度,有一日休息的无人的时候,他竟将她的药片从各纸包中倒出一些,自己吃了下去。他不顾开水还没有凉就来不及地将一大把药片填进嘴里,只得生生地吞了下去,药片阻滞在喉头,溶解出一泡异样的苦水,那苦水殷殷地腌着他的喉头,他几乎窒息。他几乎窒息地涌上了眼泪,他几乎要恸哭。就在他几乎恸哭的这一刹那,皇甫秋生平第一次的正式的真正的爱情诞生了,张达玲的生平第一次的正式的真正的爱情,她却一无所知,一无所晓的爱情便也诞生了。那爱情如太阳从地平线上喷薄而出,如太阳经过了整整一个昼夜的行程而从地平线上喷薄而出,如太阳经过了九大行星围绕它的永远的旋转而从地平线上喷薄而出。星光黯然褪色,天地间一切被金光笼罩,被金光吞没,一切没有了,一切消失了,唯有一颗燃烧的太阳。

上工的铃声又如命运的钟声一样敲响,几百年间的灰尘飞上天空又落回地下,人们如军列一般整齐地沿了长桌走向前方,依次在自己的位置上落座,木柄手摇机在一秒钟内向着一个方向,一个速度地摇动,时间滴滴答答步伐齐整地流逝,太阳一分一寸节奏均匀地从东墙走到西墙,从皇甫秋身上走到张达玲身上。皇甫秋爱上了张达玲,他生而俱来地谙知她的一切,她被他深谙而却毫不知晓。他不知为什么,冥冥中竟觉得她与他天生的有着联系。许是他那没有父母的孤儿的心其实是与她一样的孤独,她虽有着父母兄妹其实却与他一样是一个孤儿,他们同是孤儿。许是他以他智慧敏感的本能早已识透了奶奶为他设立的维护而与她同样的无援无助,她虽有着庞大的根深的家庭却与他同样的无援无助。许是他内心的爱其实自始至终包含了不察觉的痛苦,她一身心的痛苦里其实充满了不察觉的友爱的向往。许是他谦和宽容其实是出于绝大的骄傲,她的骄傲自尊其实是出于绝大的自卑。他们的骄傲与谦和,自尊与自卑,全是同出一辙。健康的他用他健康的身心早已觉出了这些,而病态的她却久久不能醒悟。因而她便再无法了解他的爱情,一直要到一切已经结束的最后的时刻。那冥冥之中他与她的联系,早已在他的生命里给了他无数的提示,当那一束空漠漠的阳光金灿灿地进入他的眼睑,当那一个迟到的女生直挺挺地走过他的身边,当他从笨重的油布伞下,观望了她骚乱不已地蜷缩在挤挤的店堂,当她从小街的阴影中走向大街的阳光里,那均是提示,那均是提示。在那爱情的钟声敲响的时候,当那爱情的钟声敲响的时候,他明了了那一个又一个的提示,那一个又一个的提示又一次从他心头走过,如一卷电影的放慢的镜头,再一次地在他眼前呈现。这是皇甫秋二十七岁的时刻,这是张达玲二十七岁的时刻。二十七年的生命里原来处处布满了启迪和预兆,二十七年的生命里原来遍布了契机与秘诀。皇甫秋如再一次诞生,皇甫秋如再一次获得感知。他有了爱情。他隔了双重的阻隔爱着张达玲,一重是张达玲设置的障碍,一重是皇甫秋设置的障碍。

皇甫秋竟会以为这爱情是非分之想,这爱情是奢望,是亵渎,是侵犯,他不敢设想这爱情,他不敢正视这爱情,他只在心里为她的孤苦深深地难过,日夜想着她如何可以脱离孤苦的境地。而他恰恰不明白,唯有爱情才可拯救张达玲,唯有他的爱情才可拯救张达玲。他因不敢伤她而不敢近前,他因要保护她而更严密地封锁了她。他应当去劫她的大狱,却不料反为她的监禁增加了岗哨。他因爱她而反而远了她,隔离了她,孤寂了她而幽闭了她。这时候,皇甫秋实是犯了与张达玲一样的错误,他是在张达玲的影响下犯了与她同样的错误,这错误将他与她的命运整个儿的改变了。

在那三点三刻,一分不差,一秒不误的时间里,张达玲庄严地冷好了不凉不热的温水,开始了服药。可是,她发现她的宝贵的药片却少了许多,其中有一包里,竟一片不留了,那药片的数目,她是清清楚楚全记在心里的。她十分焦急而恼怒地在桌上找着药片,一旦有人问道在找什么?她便红了脸说没找什么,停了手去做活,做了几秒钟再放下手来心急火燎地寻找。她的苍白的手指几乎是痉挛着翻动桌上乱七八糟的东西,他心里紧张得几乎透不过气来,他心里暗暗盼望着她灰心,盼望着她死心,再别继续找了。而她却不屈不挠,再没见过像她这样固执的女人了。这固执的女人明明知道找不着了却还继续地找,她如同发泄着什么似的病态地通红了脸,将桌子上的东西翻得更加乱七八糟。他实在实在按捺不住了,如她再这么找下去,他保不住他也会失态,向来健康安定的他也会失态了。他克制着声音的颤抖,说道:

"你是在找药片吧?"

她好像被人揭穿了什么似的,又羞又恼地苍白了脸,说道:"不是。"

"药片是我扔掉的。"他说。

她的脸又红了,连眼睛都红了,她依然说道:"不找药片。"

"那已经是过期了的药片。"他又说,他竟扯了个弥天大谎。

她的声音嘶哑地又一次说道:"我不找药片。"

她的手指渐渐地松弛了,缓慢了,精疲力竭似的敷衍着在桌上移动着,最终不动了,收了回去,重又开始做活,她的手指疲乏地失望地工作着。他心里怜惜得几乎要流泪,他觉着自己做了一件最最卑劣的事情,他觉着自己是世界上第一个冷酷的人。而她终于又一次脱生,从她那自设的圈套里脱生,这一个于她是痛苦的一日,竟成了他的快乐的节日。这一天下班的时候,本来晴好的天气突然地布满阴霾。那阴霾如满天的黑色的庆祝的彩旗,远处的雷鸣如礼炮和鼓声,为他的节日祝福。天淅淅沥沥地下起雨点,雨点清脆地敲着弄内的弹硌路,如同淙淙的琴声。人们纷纷奔跑着,徒劳地想要跑过雨点,他却不慌不忙,他有一把专留在工场间里的救急的旧伞,那是一把笨重得极难撑开,撑开了便极难合拢的油布伞。他从桌子底下翻出了这一把伞,细心地用揩布揩尽灰尘,他暗自下了一个天大的决心。他揩尽了灰尘,挟了伞走下了嘎吱作响的楼梯。张达玲还在桌边绕着线圈,为要补齐这几日病假所落下的定额。组长在劝她回去,她不回答,依然做着。她其实并不为了赌气,她是个不会赌气不会任性的女人。在她还是极小的女孩的时候,她的任性便受到了打击,她从不曾指望会有谁对她的任性在意。她只是为了平静自己的心情。这时候,她唯有做着这一些枯燥的操作方可抑制自己"失恋"的心情。她机械地操作着,木柄手摇机单调地摇转着,她的心跳渐渐在这机械的重复里找到了平衡的节奏,她才稍稍地得了缓解。当她终于得了缓解,站起身来,手指胀痛着走下楼梯,走出大门,走在湿漉漉的弹硌路上,雨已经下密了,天暗了。她木木地走在密集的雨里,心里出奇的平静,如一潭死水。当她从门里走出,弯进弄堂的时候,忽然前面灰暗的雨帘里,站出了一个人,撑了一把巨大的古老的笨重的油布伞,迟疑着向她走来。她依然是木木着不快不慢地移动着脚步向前走去。那人与她越走越近,走到相隔两米的地方,那人突然对她说道:"回家啊?"

她眯缝了眼睛,躲着从自己头发上滴下的雨珠,认出了那人,便冷漠地说道:"回家。"

他看见了她眼睛里突然生起的仇恨,如灼热的火花那么爆亮,这仇恨如利箭一样刺痛了他,他再不敢近前,他又说道:"下雨了。"

"下雨了。"她回答道,没有停住脚步,依着原来的节奏,一步一步朝他走近去。

他屏气敛声地等待着她走来,他浑身冰凉地等待着她走来,他觉着这是他的宿命在向他走来。他本应该递上伞去,在她走到他身边的那一刻里,然后转过身,与她共同地撑了一柄古老的笨重的伞向前走去。他们共同地撑了一柄古老的笨重的伞遮蔽着南方的寒气渗透的小雨,走穿这越来越厚的暮色。他屏气敛声地等待着这一刻,他浑身冰凉地等待着这一刻,这是他的宿命。这一刻的来临是那么艰难而又轻易,这一刻的序幕是那么漫长而又短促,他来不及思索,他来不及准备,她便到了他的身边。

她到了他的身边,她就像是怀有着定身的魔术,她就像是怀有着相斥的磁力,就在她来到他身边的那一瞬,他却再不能动弹了。他再无法动弹了。他定定地站在了那里,举了一把古老的笨重的油布伞,既不是送向她的头顶,也不是举在自己的头顶,他半伸了手臂,那伞在他与她之间,那伞在他与她谁也遮挡不住的之间。雨水从他头上往下流淌,也从她的头上往下流淌,他看见雨水顺着她头发流淌,如千万条冰凉小溪在流淌,流淌出淙淙的声响。她却什么也看不见,什么也听不见地走过了。他的宿命从他的身边走了过去,雨敲打着空落落的伞顶,发出砰砰的惊天动地的声响。她从那伞边走了过去。

他这才又活动了起来,不知不觉地收拢了伞。那笨重的伞竟轻而易举,无声无息地收拢起来,那笨重的伞忽然变得无比的轻,几乎失了所有的重量。他如同提了一张纸似的提了那伞,转动了身子,随了她的背影走去。她的背影在他三米左右的前边,暮色越来越厚,雨点越来越密,她的背影凸现在深重的暮色与密集的雨帘上面,久久地不消逝。而他却终也走不近去,那三米左右的距离终成了一大片辽阔的空地,他是无论如何也走不进去,通不过去。没有道路。

第二十八章

外公见到了外婆,他问道:"你那里还好吗?"外婆回答道:"蛮好。"外公又问:"你还好吗?"外婆回答:"蛮好。"然后,外公就醒了。醒来的时候,隔壁的自鸣钟正当当当地敲响,正正十二点钟。十二下钟声敲过,袅袅地留下了"嗡嗡"的余音,长久地不散。外公很平静,甚至有点愉快地躺在嗡嗡的钟声里。当那嗡嗡的余音终于消散之时,四下里便是万籁俱寂。这是一个万籁俱寂的子夜,外公在子夜里醒来。他的眼睛在深重的黑暗里安详地开闭着,那黑暗逐渐被他望穿,开辟了一块较为浅淡的境地。那是如黄昏时分的境地,一张方桌上的几个菜碗里,冉冉地升着热气。那是一张八仙桌,一边靠着后间的板壁,一边靠了货架。他们三口人就坐在另外的两边吃晚饭了。晚饭总是有荤有素,有菜有汤。常常吃的是,带鱼烧萝卜丝,那是手掌宽的带鱼和头发丝细的萝卜丝。吃着吃着,就有人来买东西,一包老刀牌香烟,或者一盒安全自来火。有时是女人站起来去接生意,有时是女儿去接。女儿刚比八仙桌高出半个头,剪一个东洋娃娃头,穿一件花布旗袍,一手捏了一双竹筷,一手去接生意,接过了,又跑回来,爬上方凳,再吃饭。她很细巧地吃饭,尖尖的筷子头,一根一根挑了带鱼碗里的萝卜丝吃。女儿挑着萝卜丝吃,她背后是幽暗的街道,在那幽暗的街道上,他们店堂里这一盏电灯,便显得格外的明亮。这一盏电灯,总是亮到极晚,极晚了还会有人来买东西,比如停电的时候,就会有人来买洋蜡烛。他们也点上一支洋蜡烛,烛光摇摇曳曳的,女人就在烛光里给女儿绣鞋面,一针一针的。外婆在一圈团团的烛光里一针一线地绣着花鞋面。那烛光停止了摇曳,并且明亮起来,变得十分辉煌,如一轮初升的太阳。外婆坐在那一轮光明的中心,一针一线地绣花,是一朵粉红的凤仙花,像活了似的。那娇艳的花瓣,眼看着要飘落下来。那粉红的凤仙花衬了外婆身上的阴丹士林蓝的衣衫,还有那一圈辉煌的光明,是一幅多么美丽的图画。外公被这美丽的图画怔住了,那美丽的图画如有一股魔力,攫住了外公,外公移不开目光。他目不转睛地望了那美到了妖娆的图景,心里暗暗赞叹,却毫不惊怕。他竟没有一点惊怕,他竟格外地坦然而平静。从很远很远的地方,从黑夜的极深极深的光明的所在,传来了一下钟声,那钟声悠悠扬扬地很远很远地传来,穿过了黑夜的长得无尽的隧道。外公心里陡地一动,似乎明白了什么。他似乎是明白了什么,他好像是得了一个遥远又贴近,神秘又简明的启示。他心里陡地一动,有什么东西光明地闪烁了一下。当他终于明白了什么的时候,那光辉灿烂的图画便迅速地退进黑暗,就像是被黑暗吸进似的没有了。外公心里是一潭清水,明澈见底,所有的渣滓都安宁地沉淀了,所有的渣滓都安宁地沉淀了。

早晨,阴霾遮住了太阳的时候,外公没有像往常那样一块一块地卸下门板,扛到后门,戗在弄内的墙上。他锁了后门,走出后弄,上女儿家去了。这是一个星期天的早晨。星期天早晨的马路上,行人很寥落,也很悠闲,难得有几个步履匆忙的。外公背了手,不慌不忙地一步一步走在方砖铺成的人行道上。他的脚步有时候正正地踩在了方格的中央,有时候则踩在了方格的线上。悠闲或匆忙的行人表情漠然地从他身后过去,或从他身后过来。有时还会碰撞了他,碰撞了他会对他说:"对不起。"或者什么也不说地走过去。外公总是背了手一步一步地走。汽车嗖嗖地过去,轮胎响亮地摩擦着柏油的路面。一家小店正在开门,有三两个人进了店堂。大饼油条摊前排了不长不短的队伍,排到的人正等着一根油条上的油淋干,淋干了好放在一只锅盖上带走。太阳从阴霾后面射出一线光芒,那是湿腻腻的、温热的光芒,人行道上的方砖如同水洗过了一样,弄里破碎了的地面如同水洗过了一样,裂缝里露出湿润的黑色的泥土,这是一个回潮天,一个回潮的星期天。外公走到了他的女儿家里。他有一把女儿家后门的钥匙,是外婆留下的,和小菜篮一起挂在了店堂后灶间的墙上,可是,他将它忘在小菜篮旁边的灶间的墙上了。

　　后门虚掩着,他没有敲门就推进去了,那一扇后门无声地开了。灶间里没有人。他走过灶间潮湿的水泥地,走进黑暗的过道,摸到了楼梯。楼梯的扶手又潮湿又肮脏,摸在手下很不舒服。他很不舒服地摸着扶手上了楼。楼梯拐弯的地方,亭子间的门开着,如今,这一个亭子间里已没有秘密,已不必关门,它是时常地敞开着,好奇地走过的人们,都可朝里望上一眼,这是所有的亭子间里最最普通的一个亭子间了。外公朝里面望望,里面没有人,床铺凌乱着,还没来得及收拾。这时候,他听见了女儿在二楼大房间里说话的声音,她是气汹汹的,还有女婿的怯生生的分辩声,却立即被女儿的声音压倒了,只喃喃的嗫嚅着。外公忽然无端地笑了一下,然后走完了通上二楼的最后几级楼梯。

大房间里的床铺已经叠起,却依然凌乱着,方桌上摆了一周吃过的泡饭碗,半块吃剩的豆腐乳很邋遢地粘在碟子里,筷子横七竖八地,游戏棒似的铺了一桌。大妹妹在刮泡饭锅的锅底,不知为什么要这样起劲地刮,刮出许多尖锐的刺耳的声音。小妹妹在对了镜子做头发,好好的一把头发做出了千奇百怪的样子。大弟弟在擦皮鞋,一双皮鞋已经亮得像雨天的套鞋,还在拼命地擦。小弟弟不知到哪里去了,人也看不见了。母亲和父亲一个坐着一个站着在争吵,母亲早已涨红了脸,看来已吵了不少的时候。外公走进了房间,他忽然地有些心定。母亲和父亲看见外公走进了房间,暂时地住了嘴,转向他去,母亲却还一脸的愠色,父亲则是一脸的委屈,那委屈的表情使他更像一个孩子了。

"天潮得很。"外公进门第一句话便这样说道。

"难过得要死。"母亲这么回答道。

"真正难过得要死。"父亲赶紧地响应,讨好似的。

"啰嗦,叠被子去!"母亲向他呵斥,他却像个真正的孩子那样烂漫地笑了一下,下楼去亭子间了。

大妹妹终于刮完了锅子,将最后一团涨干了的泡饭盛在碗里,用筷子头戳着半块红豆腐乳吃泡饭。房间里顿时清静了许多。外公继续和母亲说话。

"天气不对头啊。"外公说。

"什么事情对头?没有一样事情对头的。"母亲发牢骚。

"又不是黄梅天,却这样回潮。"外公沉思着说,他心定了许多,他好像上哪里兜了一圈,刚刚回来似的。

"因为没有一样事情是对头的,样样事情不对头。"母亲继续发牢骚。

429

太阳却出来了,是那种湿腻腻的太阳,光被充满了空气的水汽滞住了,融化了,那光与热便滞重地缓慢地洇透了空气。每个人的背上都在滞重缓慢地渗出油汗。大妹妹吃完了最后一团涨干了的泡饭,红豆腐乳也吃完了,只留下一摊污迹般的汁水。小妹妹做好了头发,大弟弟擦完了皮鞋,两人几乎是同时地向门口走去,走到门口,不知为什么要争先,便发生了一些小小的摩擦。大弟弟骂她:"十三点。"小妹妹骂他:"瘟生。"他们很善用这种小菜场里常用的语言,使用起来得心应手,而那恨恨的目光,就好像他们是已经一千年的仇人了。这家的兄妹不知是因为什么,不是由血缘联系的,而是用妒恨联系的。外公听了这样的咒骂,却越加心定了。他完全地镇定了下来,咳嗽了几声,忽然说道:

"毛妹。"他叫着母亲的小名。

"做啥?"母亲应道。

"我昨天晚上想好,"他停顿了一下,其实他明明是今天早晨才想好的,不知为什么他却以为是昨天晚上想好的。

"想好什么?"母亲问道。

"想好,把他们当中随便谁的户口迁一个到我那里。"外公朝孩子们比画了一下。已经同时走出房门的大弟弟和小妹妹一同收了脚步,回过身来倚着门注意地听。

"那又为什么?"母亲是到老了也改不了头脑简单的毛病了。

"那倒很好。"而她的站在门边的一男一女两个孩子几乎与她同时地这样说道,他们是极快地领会了其中的意义,而两人不约而同地同时说出之后,却又互相很注意地看了一眼。

外公没有回头,又对了女儿说:"迁过去一个户口,只要一个。"

"好的,以后空闲了的时候慢慢去迁好了。"母亲说,略有些不耐烦,在那样一个回潮的星期天的早晨,突然说起了迁户口的事情。

"不,要快。"外公的眼睛焦灼地闪亮了一下,"毛妹,要快。"

"这又不急的,爹爹。"母亲到老都去不了她的天真了。

"还是快点好。"她的站在门边的一儿一女又几乎是与她同时地说道。

外公的眼睛依然对着了母亲,他的眼光里忽然地流露出了极大极温柔的父爱,他又一次地说道:"要快,毛妹。"

母亲被外公眼光里的父爱感染了,她突然地哭了起来。她不知道为什么会突然地哭起来,她不知道这一个早晨为什么会是这样糟糕,又是星期天,又是回潮,又忽然地来了爹爹,说要迁户口,这是一个多么糟糕的早晨啊!外公的本来扶在床架上的手颤抖了起来,他颤抖着手轻轻地拍了拍退了漆色的床架,他再没有多话,只是无比衰老又无比慈爱地望着抽泣的母亲。母亲轻轻的啜泣声在安静的房间里静静地回荡。门口那一对儿女突然地消失了,他们最最见不得这样的叫他们觉着难堪的场面,这样的场面总是叫他们难堪。他们最好还是避开,以免破坏了他们的心情,破坏了他们各有约会的这一个星期天的上午。张达玲早已静静地收拾起碗筷,收拾起了碗筷的桌面顿时清爽了许多。她扶着高高摞起的碗,手里握了一把收拢的筷子,站在清爽了的方桌边上。她沉思着站着,目光越过啜泣着的母亲的头顶,望了前边的什么地方。在这瞬间,她似乎突然地被一股巨大的,强烈的,既凄凉又温暖的气氛笼罩了,她一整个儿地被这气氛笼罩了,她脱不出身去。母亲在轻轻地啜泣,外公苍老的手背上,暴突的青筋蛇虫般地颤抖着蠕动,潮漉漉的太阳照进窗户,在地板上映下一方方潮漉漉的黄澄澄的光影。

这一日的晚上,张达玲家掀起了一场轩然大波,这是他们家里几十年里从来没有过的轩然大波。是他们家的父亲与母亲从记事以来就未曾有过的轩然大波。一切均为了谁的户口迁到外公处的问题。直到几个儿女唇枪舌剑的交锋时节,母亲才总算明白了这一个户口中的所有的重要内容。这将意味着谁拥有那一间十四平方米的店堂以及八平方米的后间,外公已是风烛残年,朝不保夕了。这前后二十二平方米的房屋在这一个日益拥挤却日益美好的上海,可说是一笔绝大的无价的财富。

在这一个世纪的这一个城市里,再没有比空间更可宝贵的财富了。奇怪的又是,在二十世纪八十年代初的这一个名字叫作上海的城市,也再没有一件东西要比空间更廉价的了。在一毛钱一立方水的比价下,房租的便宜几乎可算是白住。在一个收入水平几乎划一的城市,没有再比面对着居住这一桩事情更为平等,更不为贫富所分割的了。如不是历史还断断续续地呈现着作用,那么便可达到住房共产主义了。可是,遗憾的是,增加极快的人口与增加极慢的住房形成了日益尖锐的反比,于是在这一个奇怪的城市里,完完全全地违反了马克思在一百多年前总结出的价值的钢铁般的规律,最最紧缺的东西却是最最廉价的。当这一件物质的价值不再由其价格所体现的时候,它必得再重新寻找一个价值的新的体现。聪明的上海人很快就找到了一个代用品,那便是权势与关系。争取权势与联络关系,那是一桩比生意买卖更为辛苦更为冒险更为投机的生意买卖,这决非一分价钱一分货,决非种瓜得瓜,种豆得豆。它亦可能一本万利,亦可能得不偿失。它亦可能赔了夫人又折兵,亦可能草船借箭。这既要有精细的心计,又需豪侠的气度。该文亦文,当武亦武,其中的道理是千变万化,因人而异,因时而异。需用尽多少智慧与信心,耗尽多少宝贵的时间与宝贵的心血。因此,那最最廉价的房屋便成了真正的无价之宝。而在这一番争取之中,上海人也渐渐地得了改造,他们渐渐的以权欲之心替代了利欲之心,改拜物为拜权。上海西区的优雅的花园楼房里日益拥挤,演出着七十二家房客的平凡的悲剧和喜剧。而另一条森严、肃穆、有着威武的卫兵岗哨的僻静马路,渐渐地进入了上海人的梦想。

在这一个星期天里,忽然之间,将要有一个人,犹如一觉睡醒那样轻松简单地得到二十二平方米的自由的空间,真有如一个最最美丽的童话了,谁都想做那童话里的幸运的灰姑娘那样的角色。

争吵得最凶,最不相让的是大弟弟和小妹妹。他们两人都将结婚,都没有房子。大弟弟说小妹妹本是嫁出去的人,没有资格得张家的房子;小妹妹则尖锐地回击,此房本不属张家,而是女儿传继。大弟弟又说无论房子是父还是母,儿子在家结婚总是天经地义;小妹妹则说男女平等是一贯的政策,儿子女儿一样有赡养父母的义务,便也有一样的承继的权利。霎时间,父亲与母亲成了两个急需赡养的老态龙钟的老人,他们可怜巴巴地并肩坐在方桌的一端,半句话也插不进去。一儿一女是针尖对麦芒,句句紧接,环环紧扣,令人耳不暇接。他们两人渐渐地变了脸色,又渐渐地动了手脚,互相的手指尖对准了对方的鼻尖。并且,他们的争吵渐渐地偏离了主题,平日里鸡毛蒜皮的琐细,被他们一应提起和抖落。再没比自家姊妹兄弟吵架更为可怕的了,彼此深谙底细,彼此深晓来历,没有一点避讳,没有一点羞惭,因此,自家姊妹兄弟的吵架往往要比其他普通人间的纠纷更伤了自尊与情感。他们生怕对方不痛,故意地、狠心地往对方最薄弱最敏感最易受伤的地方打击。他们生怕对方不受伤,于是他们便统统受了伤,他们是两败俱伤。本来还参加竞争的小弟弟也被他们吓傻了眼,傻傻地退了回来。父亲似乎吓得比他更为厉害,一个字也说不出来,脸上却奇怪地露着微笑,赔罪似的看看这个,再看看那个,哪个开口看哪个,好像在欣赏一场有趣的比赛。母亲且只会气汹汹地嚷:"吵,吵,再吵谁也不给迁。"这威胁于他们,无疑是连耳边风都不是,他们是比父母更强劲,更有生命力的儿女,他们的父母没有白白地养活他们。他们父母的目光逐渐惊恐起来,他们不知道将要发生什么,他们知道就要发生什么了,儿子的手已经拧住了女儿的手,他们已经交手了,呵,这真是一个最最不幸的星期天了。

他们已经交手了,而他们却又放了手,他们放了手是因为他们谁也不愿中断这争吵,因为这争吵远还没见分晓,他们不愿就此结束争吵。他们均有着那样的能力,便是对事态的下意识的控制。他们如同导演安排戏剧的气氛和情绪一样,什么时候温,什么时候火,其中的机关全在他们潜意识里埋伏着。他们是最有理智又最求实际的儿女,他们再激动也不会昏了头脑。他们知道他们所以吵个面红耳赤全有着明确的目的,因此不达到目的他们便要面红耳赤地战斗到底。他们的争吵表面上虽已偏离了主题,而目的地永远不会迷失,他们永远不会迷失方向,他们是不会迷失方向的儿女。好比高潮过去往往是如歌的行板,他们重又和解下来,一句去一句来舒缓地行进。这是喘息的机会,同时酝酿着下一轮的决战。张达玲远离了方桌坐在她的窗下的床沿上,用一根橡皮筋在手指上绕着五角星的形状。那一场争吵离她很远,与她漠不相关,她一无参加的兴趣,自知也无任何的希望。外公那一间店堂,在她印象中总是无比的阴暗,她无法在脑海中将它改造,如一切上海的能干的青年男女们那样,可将一小间阁楼建设成堂皇的宫殿。它于她的印象是那么坚固,坚固如铜墙铁壁,铜墙铁壁地垒起了满满一间阴霾。她也毫不明白这间店堂于她除了回忆往事以外还有什么实际的用处,而她回忆于她除了压迫还是压迫。她淡漠地坐在战场的远处,无聊地玩着手里的橡皮筋,等待着偃旗息鼓,各自上床睡觉。她不知道,在外公的心里,其实是最想将这房屋给她,外公觉着,房屋给她,才是最最自然的事情。为什么是最自然,最自然在什么地方,老人也说不清楚,大约因为,她像外婆。可是,很明事理的外公知道,目前唯有这大外孙女儿最是没有资格得到这房屋,她没有朋友,孑然一身。而下面的弟妹却都急需房间,老人也想为女儿解决一分困难,除了这间店堂,他再没别的贡献了。他很知道这个决定将会在外孙儿女中间,掀起怎样的风波,他很知道这一点,却也知道,无论多么大的风波,也会平息,也会结束。而事情终究是好了一点,困难,终究是解决了一点。于是,他便很安心地吃了晚饭,上床去了。这一夜,他睡得无比安恬。钟声再没有打扰他,一觉醒来,已是一个气温骤降,却干燥清爽的早晨。

在一个气温骤降,干燥清爽的早晨,外公一块一块卸下排门板,他眯起眼睛看着他的小店,他的眼睛爱抚般地看着他的小店。

从这一个早晨起,他再不去进货了,这是他的最后一批货物,他想。他的眼光温和地抚过他的柜台和他的货架,这是他最后的货物了,他想到。然后,就有一个中学生过来买邮票,买一张四分的本市的邮票。他撕了一张给他,接过了四分钱。他看见那男孩接去邮票,很仔细地贴在信封上。邮票很端正地贴在了信封上,被男孩带走了,大约是带到马路拐角地方的那一个邮筒里去投了。外公的身体,今天格外的硬朗,精神也很矍铄,他似乎能感觉到力气像泉水一样在他体内潺潺地流淌,他极愉快地听着那精力的流淌。他食欲也很好,吃了一个大饼和一根油条。他很满意很安心地坐在店堂里,那小小的店堂温暖地拥着他,他愉快而略略有些鼻酸。他想着,这小店是多么好啊!这小店是多么好,他想着。这时候,他看见他的大外孙女正从马路对面过来,他便叫她:

"大妹妹!"

大妹妹站住了脚,好像分辨着声音从哪里来,然后看见了站在柜台里殷殷地望着她的外公,她朝外公走了过来。

"大妹妹。"外公又叫了一声。

"外公。"她应道。

"你怎么没有上班?"外公问。他望着外孙女儿清瘦的没有血色的脸,感到一阵亲切的喜悦。

"我请了事假。"她答道。

"请事假是为什么?"

"爸爸生病了,姆妈也生病了。"

"噢。"外公很了解地点了点头,他觉得他是昨天晚上就晓得他们生病的事情的。他自己都有些惊讶,他怎么忽然地变得那么睿智,几乎有了先知先觉,他可预知一切事情似的。

"大弟和小妹穷吵,为了你外公的一句话。"张达玲忽然调皮似的古怪地微笑了一下,眼睛看定了外公。

"由他们吵去好了,不吵不会有结果。"外公也微微笑着,看定了外孙女儿。停了一会儿,外公问道:"你一点也不争吗?大妹妹。"

"我争不过的,外公你晓得。"张达玲说。

外公微微点头,点了一阵,却忽然说道:"我晓得,其实只有你才是好孩子。"

张达玲惊讶地看了外公一眼,外公却微微地合着眼,像在思索着什么深远的问题。这时候的外公又安详又镇定,像一个真正的外公那样又安详又镇定。于是张达玲便也像一个真正的外孙女儿那样安详镇定地站在外公面前,与外公离得很近,只隔了一道狭狭的柜台。仅隔了狭狭一道柜台,她竟也不觉得紧张与难堪,她忽然对外公有了一点点亲爱的感觉。这一点点如游丝那么若即若离的亲爱的感觉于她却是风起云涌般的激荡。外公睁开了眼睛,望了外孙女儿说:

"大妹妹。"

"外公。"她应道。

"外公和你说一句话。"

"外公你说好了。"

外公又看了她一眼,这一眼是那样的亲爱,亲爱得使她又觉着了难堪,却是与以往很不相同的难堪,她微微躲避了眼睛。外公这才又说:

"等他们吵凶了,你要说话。"

"我说话。"她表决心似的坚定地说道,"可是,我说什么呢,外公?"她忽又像一个真正的外孙女儿那样的软弱了。

"你说,房子给小弟弟。"外公坚定地说,他慈祥的目光竟有些威严起来。

"我说房子给小弟弟。"她重复道。

"他们都有些怕你哩,大妹妹,他们一点都不怕你姆妈。"外公略有些凄楚地说道。

张达玲不说话,心里暗暗惊讶外公的聪敏,惊讶外公竟一切了然。

"你快回去吧,爸爸姆妈在生病。"外公说道。

她有些留恋地离开了柜台,转过身走了。寒冷了许多的干爽的风吹在脸上,她心里忽然变得清明。她心里十分的廓落,风平浪静,污浊的泥沙沉到了河底。她笔直地朝前走,背后是外公目光的照耀。她感觉到外公目光的照耀,如阳光似的,将她原本灰暗而混沌的心底照得透彻。那是洞察一切的目光,那目光看上去是衰老又颠顸,却竟能洞察一切,什么都瞒不过他去。他佯装糊涂,什么都不问地却将一切都明察了。那是已经凿通了七十年明暗交替的岁月的眼睛,那是走穿了七十年日月交替的岁月的眼睛。那眼睛走过了七十年漫长的黑暗的隧道,逐渐地看见了光明,那是再无黑夜的光明,那是再无荫蔽的光明。那没有黑夜也没有荫蔽的光明的目光,照耀着张达玲的背影,穿透了她的身体,在她寒宫一般冰凉的胸口缓缓地燃烧起来。

这一天晚上,当弟妹们继续为了那一个议题更激烈地争吵起来,带病的父亲与母亲如被告一般坐在方桌的一边。他们就如被告一样不准缺席,一听到儿女们争执的声音,便从亭子间里走出,如同走向审判席那样沮丧却又带了一些悲壮的情绪。体弱的他们眼看着要支撑不住,眼看着要被儿女们烈焰惊涛般的气势压倒。他们衰老得几乎无法自持,马上便需儿女们的赡养。就在这时候,张达玲从她窗下的床沿上站了起来,她威严地站起来,向方桌走去,她骄傲地向方桌走去。在她走向方桌的那一小会儿,弟妹们竟都怔了一下,走神了似的,暂缓了局势。他们声音放低放缓了一些,却依然一去一来地吵,犹如是惯性的推动。张达玲威严地、骄傲地向他们走去,他们竟不知不觉地让开,张达玲站在了他们中间,她眼睛望着方桌的中心,谁也不看地,极快又极响亮地说道:

"外公的房子给小弟弟。"

一个很静很静却极短促的静场。

她又一遍急而响亮地说道:"外公的房子给小弟弟。"

犹如霹雳,犹如海啸,犹如地震,犹如火山爆发,九级风暴呼啸而起,所有的人都叫嚷起来。束手待毙的父母,好比得了神明的启迪,活转过来,以极大的兴奋的热情参加了这一场斗争。母亲竟可获了那么多的聪明和灵感,滔滔不绝地说出了几十条应归小弟的成功的理由,父亲犹如回声一般重复着母亲的每一条理由,加强了效果和气氛。这一家人立即分为了两大阵营,任何人都不能沉默了。大弟与小妹结成了暂时的联盟,与所有的人对峙,他们奋勇努力,多智多谋,可终究是寡不敌众。他们终于寡不敌众,小妹哭着,大弟咆哮着,纷纷奔出了房门。一场轩然大波,一场一百年罕见的轩然大波终于平息了。张达玲兴奋地想道:"外公是多么聪敏啊!"

聪敏的外公早已在高大古老的铜床上睡熟,他的睡眠是那么安详而甜蜜,如一个最辛勤劳作,最问心无愧的外公那样熟睡。店堂里的货色已出售得差不多了,他该做的事情都已经做得差不多了。一个漫长如一生的工作日很好的,虽然遇着了许多困难,可终究还圆满地即将结束了。他在很深很深的睡眠里听见了悠长美丽的钟声,当,当,当地飘扬。这是一个没有梦的杂质的明澈的睡眠,梦的杂质全溶解了,只留下清澄的睡眠。外公的睡眠一夜比一夜清澄,他心里涌满了欢乐,欢乐从一个看不见的泉眼里潺潺地涌出,流注了他的全身。外公的全身畅通无阻,一切阻隔都已融解,犹如河流临近大海的那一段道路,水流总是欢快流畅地奔涌,大海就在眼前。大海就在眼前。

小弟的户口迁到了外公的户口簿上,小弟成了外公的这一间小小的店堂的合法的继承人,再没比这更昂贵的财产了,这是一笔无价的财产。大学刚刚毕业,刚刚分配了工作,刚刚开始朦胧的爱情的小弟,一夜之间成了富翁。家里恢复了和平,虽则是暂时的和平。然而又有什么不是暂时的呢?连生命都是暂时。于是,他们每一个人实际上都在苟且偷生,除了外公。

外公已经永恒。就在小弟户口迁好的那一日的晚上,外公永远地长眠了。

永恒的外公在张达玲的背影里注入了永远的凝视,那是通过了七十年漫长黑暗的隧道的光明的凝视,那是通过了七十年坚硬多阻的隧道的光明的凝视,这凝视似乎依了那一股七十年的运动的惯性,继续地凿着张达玲的黑暗的隧道。在得了外公死讯的那一瞬间,她忽然地,如同得了神灵的启示地想起了那一个气温骤降,干燥清爽的早晨,外公与她那一番话,实是一个诀别,实是在作后事的交托。她记得外公是那样微微点着头说道:

"我晓得,其实只有你才是好孩子。"其实,这是外公的最终的选择啊!这是外公最终的选择,选择一个能够承起他与这世界所有的诀别与交托的孩子,这是一个即将永远地远行的远行者的神圣的诀别和交托。

她记得外公是那样地合上眼睛,然后又睁开眼睛说道:

"大妹妹。"

然后她说:"外公。"

"外公和你说一句话。"外公是那样地说。

然后她说:"外公你说好了。"

外公又是那样地望了她一眼,说道:"等他们吵凶了,你要说话。"

她答应了:"我说话。"

后来她又软弱了:"可是,我说什么呢?"

外公说:"你说,房子给小弟弟。"

她答应道:"房子给小弟弟。"

然后,她记得,外公是那样,那样地说道:

"他们都有些怕你哩,大妹妹,他们一点都不怕你姆妈!"

呵,外公,他向外孙女儿交托了他的女儿,他竟将他的女儿交托给了他的外孙女儿,要由张达玲担负起保护母亲的责任,这是一个多么奇怪,多么不可思议而又自然而然的责任啊!一个母亲将要由她最最疏远的女儿来保护,而这才是最最可靠的保护。这里有着血缘与生命的奥秘,这是谁也弄不清的奥秘,大约只有外公懂了。外公的眼睛里忽然放射出觉悟的光芒,这是美丽的睿智的光芒。骄傲的张达玲终于在这目光的照耀里谦和下来了。

第二十九章

太阳依然从海洋般的黑色瓦楞的屋顶升起,三层阁的尖顶犹如整齐的小小的山峰。太阳冉冉地升起,在九点钟的时分照耀着皇甫秋。她头一回的在九点钟的太阳里看见皇甫秋,她七百二十天来头一回的在九点钟的阳光里看见皇甫秋。而皇甫秋却再也没有回望了。在那一个暮沉沉,雨涟涟的黄昏里,皇甫秋提了那把古老的旧伞,湿透了全身地走回了家,他不知不觉地洗了澡,换了干净的衣服,吃了饭,给奶奶洗了脚,然后就坐在临街的门口,看着新修的绿色玻璃钢的雨檐上流下的水滴。透过了那屏障般的水帘,他看见光滑的柏油马路上一辆一辆嗖嗖而去的自行车,自行车崭新的钢圈,唑啦啦啦,好听地歌唱着。有很娇小的姑娘和很强壮的小伙子高声笑着驶过,他们欢乐而活泼的声响在街上留下了长久的回声。越过这一条如雨后涨满了的河流那么欢畅而欢腾的马路,对面的隐在树影中的人行道上,好像踯躅着一个人影,一个迷路了的孩子,一个无家可归的流浪者,那人影在雨中徘徊,雨点好像从玻璃窗上弯弯曲曲地流泻,将那人影扭曲了,那人影茫茫地来回着,再也走不出他的视线。雨,道路,道路上急驶的车辆与行人,将他阻隔了,他走不过去,他无法横渡。他怎么努力怎么也无法横渡。这是一个比海洋还要宽阔的海峡,他找不到船只。他找到了船只却没有风帆,他竖起了风帆却没有风,他得不到一点援助。他无助而无望地望着那孤独的踯躅的身影,心里疼痛如刀剜。

在那一个夜晚里,皇甫秋的心里,平地而起一座山峰,将他与张达玲的道路彻底地阻断了。他心中的爱情虽未泯灭,却因了这崇山峻岭的横断,再无法传达。他丧失了信心,丧失了信心的皇甫秋再不相信这爱情会有结果。他渐渐的将这爱情上升为一种理想,一种可望而不可即的理想。这是爱情的升华,他将他无望的爱情升华了。这是我们的皇甫秋唯一的选择,我们的皇甫秋决不会因为爱而沉沦,他永不会因为爱而沉沦。这便是皇甫秋比张达玲比一般人坚强而有希望的关键所在。在他爱情泯灭的时候,他却诞生了一个理想。从此,他将由了这理想的指引,这理想从此将永远地在他前边遥遥地引领,引领着他越攀越高,越来越好。

皇甫秋默默地,悄悄地开始了一个准备,那便是高考的准备。他和他那位从黑龙江一同回来的战友,在奶奶睡熟以后的夜晚,一支一支吸着烟地商量了这一个计划。他们已经好久没有谈及"开江"和"映山红"的故事,而那冰河涌动,沉闷的轰鸣始终震颤着他们脚下的水泥方砖的道路,映山红永远地在他们身后的岁月的山岭上怒放。他们再不必时时念及,它们似乎已经流进他们的血管,和着他们成熟的热血激昂而从容地歌唱着流动。他们收集来了各种课本,还辗转地找了一位退休的教师,开始了他们旷日已久的学习生活。他们是早已错过了学习的年龄,他们的记忆惊人的衰退。他们绕口令似的读着英语,他们以幼稚古怪的图案方式背下化学元素,他们犹如智力竞赛一样凭着科学与运气解答题目,他们为了学习语法而竟连话都不敢说了。他们为难题苦恼着,又为他们的笨拙自嘲地笑着。而皇甫秋不会消沉,因他爱生活,他爱一切,包括困难与障碍。他的生而俱来的爱心已经受到了种种的磨练,经过了离别的苦楚,经过了碰壁的打击,经过了零下几十度的天寒地冻,而又迎来百花怒放的春天。他的爱心虽细腻却决不脆弱,他的爱心虽温存却决不软弱。那是经过了淬火的冶炼。这是一个最最有希望的孩子,我们要永远永远地祝福他,祝福他。

  而那一个初初涉猎了爱的课题的孩子——张达玲,终于在早上九点钟的时光抬起了头,在太阳未及到达的沁凉的荫地里,看见了阳光里的皇甫秋。她像一个沉睡太久的,还未恢复感知的梦游者一样,木讷地恍恍惚惚地想起了一些事情:她想起在她迟到的课堂上,被窗棂划成方格格的阳光里,有一颗可爱的,柔和的椭圆着的后脑勺,耳后有一排细细柔柔如鸟羽般的黑发,方格子的衬衣领里,转动着细细的长长的脖颈。她看见了那颈项与下颌之间柔和的线条。她想起她初次上班的工间操的时候,有一个声音告诉她道:"休息了。"他召唤她休息,他为什么要召唤她休息?她禁不住地要去追究,然后便可贵地微笑了一下。她还想起她的那些现在回想是多么肮脏的药片的神秘的消失和减少。呵,她多么感激这消失与减少,她回想起来便觉刻骨的恶心。她想起他说道:"药片,是我扔掉的。"他说:"药片,是我扔掉的。"他将那些肮脏的药片扔掉了。她想着这些,她由着这一串回忆的引领,终于又回到了那一个黄昏的雨帘之中。她透过时间的朦胧的隔障,依稀看见了他期待的眼神,他殷殷地期待着,对她说道:

"回家啊？"

他又说道："下雨了啊！"

她隔了时间的隔障，感觉到了他目光温暖的照射。他目光温暖的照射，脉脉地穿过了时间的隔阂，与她的目光对望着。她甚至注意到了那一把笨重的，很难撑开，撑开又很难收拢的伞，她隐隐地奇怪它有些面熟，它隐隐地提示着她一点什么，可她最终什么也没记起，将它忽略了。这时候的张达玲，甚至可以她的背影洞察，她分明看见了他在雨中的跟随，与她相距了三米的跟随。她看见他轻而易举地悄无声息地收拢那把笨重的油布伞，如提了一页纸那么轻地提着它，走在她的身后，一直跟她走进她的弄堂，走近她家的后门。她用钥匙开开了后门，后门在她身后关上，司伯灵锁轻轻的咯哒一声地关上了。她甚至通过了那一扇关闭的后门，仍可望见他。他停在门外的雨中，手里明明有着伞，却不撑开，任凭雨流满面。她竟能相隔了时间的距离，将这逝过的一切了然了解，那了然了解的一切透过了雨雾，溶溶地散发着光芒，张达玲极想走进那光芒中去，可只要她前去一步，那光芒便后退一步。她与那光芒永远保持了距离，永远接近不了，因时间不会倒流。时间不会倒流。她终是走不回去了，她只能回过头去作一些暂时的观望与流连。

她却冉冉而起了期望，她期望皇甫秋再向她说些什么，她将回答他，她将回答他些什么。这一日里，又到了工间操的时候，她却依然埋头做着线圈。她听见他站起来了，他站起来对她说道：

"休息了。"

她几乎是欣喜地抬起了头，看见了他平静的目光。他的目光友爱而平静,清澈见底却又似乎蒙蔽了什么。

她不明白似的看了他的眼睛,心里怀了深深的期望。

他又说道:"休息了。"

他仅仅是在说道:"休息了。"

他说:"休息了。"

她终于听懂了,点了点头,心里却止不住有些失望。她不知道她为什么会有些失望。他友爱而平静地微笑了一下,转过身去,沿了长条桌边走了出去。太阳正停在长条桌上,长桌像一条金色的界河,将他与她划分了。他沿了界河走着,她则坐在了界河的边上。阳光在长桌上水波似的游动,她觉着她身前有着什么东西在金光熠熠地流过。她茫茫地注视着那金光熠熠的流动,她忽然认出了那流过的正是她的爱情,正是她张达玲的爱情。张达玲终于体味到了爱情,在它逝去的时候。她甚至没有触碰它一下,却深深地体味了它;她甚至不能正面地与它相视,却深深地体味了它;她没有接触,没有对话,没有相望,没有一切的一切,却深深地体味了它。这是真正的恋爱,这也是真正的失恋。然而,这一次流逝的爱情,却奇怪地为她留下了一些什么,她甚至没有觉得她是受了打击,这是一无打击的失恋。她并不觉得受伤,这是没有伤害的失恋。她听见了休息结束的铃声,她竟想起上课的铃声,这其实是多么的相像。人们如同走上阵地的军队,步伐整齐地走上楼梯,在长桌的一端分成两路纵队,从长桌的两边整齐地行进,各就各位。然后,木柄手摇机在一秒钟内整齐地摇动。她安详地抬起眼睛,与他安详的眼睛接触。她明白,一切的一切,虽只仅仅错过了那么一霎,一瞬,一步,一拍,然而却是太晚,太晚,太晚,太晚了。

然而,她终于觉悟了,无论是多么,多么,多么,多么的晚了。她觉悟了。他坐在她的对面,犹如一个身体力行的教师,遥遥地援引着她,援引她去学习爱。太阳在他们之间,从上午九点至下午三点,自由地横渡界河,每一次横渡,都于他带去一些难题,再于她带来一些答案。这是她生平里最最平静而愉快的时光了,她暂且摒除了自身的一切经验,像一个好学的谦虚的小学生那样,孜孜不倦地吸取着爱的知识。无论那些爱的知识是如何快乐的浅薄,而她自身的经验是如何痛苦的深奥,她都好奇且好学。因她已经将她的经验背负得太久了,而那经验又实在太沉重了。她几乎要被压垮,她几乎要崩溃,她急需有着另一种绝然相反的经验来作平衡的援助。她不可无爱。

太阳第二千次地在早上九点钟的时分照耀皇甫秋,皇甫秋第二千次地走上没有扶手的笔陡的木梯,到那马桶间的狭长的后窗前,越过海洋般辽阔的乌黑色的瓦楞,对那夕阳下的小街做第二千次的眺望。明天,他就要走了。明天,他就要与这一切告别了。小街上横七竖八的竹竿上挑着的五颜六色的衣衫,在夕阳里滴着温暖的水珠。他忽觉得眼里一阵温热,成串的泪珠滚落了他的脸颊。他害羞地笑着抹去眼泪,却不料又碰落了一串更大更晶莹的。"这是怎么了,皇甫秋?"他问着自己。"这到底是怎么了,皇甫秋!"他连连问着自己,自己无法回答。远处的小街上的衣衫,随着晚风美丽地飘扬,那水珠叮叮当当歌唱般地滴落。忽然,呼啦啦的一阵,夕阳竟被遮暗,无数洁白的翅膀连接成云彩,漫天铺地地过来。那鸽群是呼啦啦地过来,洁白的翅膀转瞬便在落日的余晖中成了漆黑。它们如精灵一样扇动着漆黑的却镶了灿烂金边的翅膀,从皇甫秋的头顶飞过。在它们呼

447

啸的身后,则是一片明净的深蓝的天空,所有的景色全成了剪影,衬托着越来越深,越来越静的天空。

我们的皇甫秋走了,我们的豆豆走了,他要去很远很远的地方,他走得很远很远的,却还回过身向我们挥手。他把手举得高高的一挥,像要挥落天边的云霞。他挥过手又重新转过身去朝前走,他朝前走了很远很远却依然在我们的视线中,温暖着我们的视线。

早上九点钟的太阳又来了,停在清洁的椅面上,与她空空地对视。每逢这样的时刻,她便觉着凄凉而又温暖。她又觉着那阳光分明带来了皇甫秋的消息。她漠漠地望了那一束空寂寂的阳光,思想如同长了翅膀,走向极远极远的地方,然后又从极远极远的地方走回。她的思想在阳光停留的那一刹那,走过了漫长的路程。她茫茫地走过漫长的路程,其实是为寻找什么。她寻找了许久,才明白自己是在寻找走远了的皇甫秋。她怀念一个人了,这世界上终于有了一个人可被张达玲温存地,纯洁地,和平地怀念。她因了这一份怀念,与这一个世界终于建立了联系,她与这一个世界再不是漠漠无关的了。她因了一个人而与这世界有了联络,那个人站在她与世界中间,手牵手地联起了隔断了的她与世界。她再不可能冷漠地对这一个世界,冷漠地对她这一份人生了,她同世界和她同自己的关系,全因了一个人而快乐地改善。她日日夜夜地想念这一个人,她日里夜里都可追寻他到很远的天涯海角。她每时每刻都在期望着与他的邂逅,她珍爱这期望中的邂逅。为了这邂逅,她开始修饰自己。她将她从小至大没有改变过的那一种难看的发式,两根不长不短,编结不匀的发辫解散,束成一把马尾,她在夏日里穿上了蓝裙白衣,她配了一副平光眼镜,遮挡了自己那一副表情呆板的眼睛,她为改变姿态而艰苦地操习着穿上了高跟皮鞋。因为她对一个人纯洁,温存的想念,她对一整个生活有了兴趣。她对一整个平凡的生活里最最平凡的细节有了兴趣。她的骄傲的脸上甚至也有了平凡的表情,比如微笑。她依然是难得的却毕竟是开始有了微笑,她的微笑还不顶自然,远远算不上美丽,可她却开始微笑。她的微笑全为了那一个可遇而不可求,只有命运才知的邂逅。她对这邂逅只有一个平凡的要求,便是看看他。她穿过了时间的阻隔无数次地看见了他,她穿过了空间的阻隔无数次地看见了他,可她日思夜想着的是一次平凡的,人间的相望。

　　她为他的不为她所知的生日做美丽的生日卡片,因不知他的生日是哪一天,于是哪一天都成了他的快乐的生日。她收集了许许多多赠送他的小礼物,牛仔皮带,超薄型打火机,领带,剃须刀,这些金贵的小礼物她统统收藏在她那一只插队落户时代的旧板箱内,这是她那一个家里唯一为她私有的一个天地,那里有着她的一个不为人知的世界,如今这世界里参加进了对他的想念。她甚至凭了灵感找到了他出生并长成的那一间临街的小屋,她无数次的从那临街的张着绿色玻璃钢的雨檐下的门前走过,她早已与他的奶奶稔熟,在心里作了无数次的交谈。在她眼里,那是世界上最最慈祥的奶奶,世界上唯一的奶奶,那奶奶常常坐在门前择菜,菜篮里那一小株一小株的菠菜,是多么亲爱地碧绿着。她将他留在工场间的一只饭单和一双袖套悄悄地收了起来,因怕人察觉便拿出了自己的一套让组长收回,她将他的那些原样叠起,上面的未经洗涤的污迹饱含着他的温暖。她的想念越来越苦,揪心地疼痛,她时常觉着活跳跳的一颗心却无着无落。她会想得苦闷,而苦到了尽头却又渐渐地快乐起来,她因为心里有了他而深觉快乐。不知从几时起,他渐渐地驻进了她的心里,他永远地驻进了她的心里,无论她走到哪里,他都与她同行。有了他的同行,这世界对她再不是冷漠的,她再不是寂寞的,也不是孤独的。这一切,全因为,因为有了他。

她的心里有了他。他不知不觉地已经冲破了重围,通过戒备森严的空阔地,走进了她城堡般严守的心里。她终于失守,这是幸福的失守,这是美丽的失守。她神鬼不知地卸下武器,解除了武装,她的铜墙铁壁的城堡渐渐成了断垣废墟,她的军队渐渐溃散,她那一片荒凉的空阔地上竟长出了茸茸的青草,草间隐着还未踏成的小径。

她想他想得最甚的时候,她就给他写信,她竟能写出那样美丽的字句,她竟有着那样奔涌的热情。她写好了长长的信,装进了信封,封上了信口,方才想起没有他的地址。不知为何,她很高兴没有他的地址。她没有他的地址地给他寄出了许多没有地址的信。她的没有地址的信茫茫地愉快地在路上行进,它们行进在不明目的的道路上。她想着她那些没有地址的信在路上行走,心中竟是十分的快慰。每日早起,她便要计算它们的行程,那是永远走不完的行程,那是永远走不到的行程。从那以后,她看见绿色的邮筒,便觉亲切,心里充满了奇妙的感激。她走过去便忍不住要用手抚摸它们,或者仅仅是拍击一下。它们深解人意地轻轻地回应着她的拍击。

她耐心地,持之以恒地等待着与他的邂逅,这是每一分,每一秒的等待。她毫不松弛她的眺望。在这眺望里,她一点一滴地学习了爱,她开始将爱这一门人生的学问往深处学习,为她的人生建竖了另一根支柱,支撑起因倾斜而要倒塌的横梁,她这一座生命的简朴又辉煌的宫殿才可日趋稳固。日头一百次地从东边升起,一百次地从西边落下,从他空寂的位置走向她永远驻守的位置。地板缝里一百年的灰尘一千次地飞扬到天空,一千次地落回到一百年的缝隙。她一百次地穿过两条横马路,一百次地穿行这一条曲长的弄堂。在这一条路途中,她遇见了三十号文件时便回沪的魏源生,携了他美丽而俗气的妻子去买蝙蝠袖的羊毛衫;她遇见了从淮北回来探亲的龚国华,为他那一个二百人的工会采买办公用具;她遇见了终于回了上海的红颜已老的齐小兰,抱了一个比她小时更为娇美的女孩;她还遇见了幼年的好友郭秀菊,如同一个童话一般的判若两人的雍容华贵;她甚至一眼认出地遇见了陈茂,苍老了许多的和着他永远不老的父亲走在路上。可是,她却遇不见皇甫秋。

她总是遇不见皇甫秋,她总是不得与他邂逅。而她永远等待,永远耐心地焦灼着,快活地苦闷着地永远等待。冬天来了,树叶凋零了,她从没有树叶遮蔽的,苍白的阳光里走过。春天来了,她从新绿的交叉着的树枝下暖风煦煦地走过。夏天来了,她从透明的浓荫,蝉的长鸣里走过,秋天到了,她从落叶上走过。春夏秋冬,歌唱着从街上走过,春天唱着雨的歌,夏日唱着闪电的歌,秋天唱着风的歌,冬天唱着小雪的歌。雨,闪电,风,小雪,歌唱着从街上走过。她从它们的歌声中走着,她竟从它们的歌声里听见了他的消息。雨告诉她,他在春天里;闪电告诉她,他在夏天里;风告诉她,他在秋天里;小雪告诉她,他在冬天里。于是,春夏秋冬于她都亲爱起来,春夏秋冬于她都成了盛大的节日,她的生命刹那间成了节日,她暗淡了二十九年的生命刹那间焕发了光芒,在此之前的那二十九年的生命,似乎全是准备,准备这一个光辉的瞬间的降临。

她遇不见皇甫秋,可是皇甫秋遍布了她的周身,无时无刻不与她同在,她逐渐逐渐地平静下来,那等待已与她的生命结合,甚至比她的生命更为长久,成了永恒。那想念已与她的生命结合,甚至比她的生命更为长久,成了永恒。春天的雨悄然而下,夏日的闪电划开黑色的夜幕,照亮了一秒钟的乌云,迎来滚滚的雷声,风徐徐而过,晶莹的雪静静地旋舞。春夏秋冬的歌声沉入地底,升上天庭,人间一片安宁。在一个最安宁的黄昏,她和皇甫秋相遇了。

"张达玲。"他叫她。

"皇甫秋。"她也叫他。

他们在街的当中停住了脚步,那是一条小小的马路,没有机动车辆,只有自行车悄悄地丁零零着驶过。

"你好,张达玲。"他说。

"你好,皇甫秋。"她说。

他们一起点了点头,然后微笑。他们头顶上的小窗悄悄地开了,伸出了横七竖八的竹竿,竹竿上晾了五颜六色的衣衫,在夕阳的余晖里滴着温暖的水珠。

"忙不忙?"他问。

"还好。"她回答,也问道:"你呢?"

"一般。"他回答。

"你一点没变。"她说。

"你好像却变了。"他说。

"认不出了?"她问。

"不会的。"他说。

他们一起笑了。落日无声地从大街的街心沉没。

"我们还是小学的同学呢!"他说道。

她的心好像被微微触动了一下,却又立即平静了,她平静地说:"我晓得。"

落日无声地沉没。暮色如烟雾一样,冉冉地从四面八方弥漫,在他们身后停住。

"你后来回小学去看过吗?"他问。

"没有,有时从那里走过。"她说。

"我去过,还看见了小弟伯伯。"

"哦,小弟伯伯,他很古怪的。"

"其实还好嘛。"

落日沉没了,暮色暖融融的。他们的身后的门悄悄地开了,有一个五岁的女孩和一个三岁的男孩,在谈着关于人生的深奥的话题。而他们站在暖融融的暮色里说着最平常而亲切的话。

"小学里还有许多的鬼故事。"她忽然有些调皮。

"真的?我不知道。"

她就讲了其中的一个,竟还绘声绘色。

他聚精会神地听了,然后打了个寒噤,然后又笑了。

她也笑了。

暮色暖暖地将他们包围了。他们渐渐地看不见互相的脸,彼此都隐进了暖融融的暮色里。很远,很远,很远,很远的天边,有一条很细,很细,很细,很细的鲜红的光。光线的上下,飞舞着一些漆黑色的斑点,精灵似的。

"尼姑庵又搬回去了。"他说道。

"什么尼姑庵?"她没听明白。

"就是我们小学后面,五十六号的尼姑庵,又搬回来了。"他告诉她。

她想起来了。

他们一起望着很远的天边那一条极细的红线,一群黑点上下飞舞着。然后,她说道:

"我们还是小学的同学呢,多么有趣啊!"

"是啊,我们还是小学的同学呢,多么有趣啊!"他也说。停了一会儿,他又说道:"不容易。"他并没说是什么不容易,不容易什么,可她似乎却很明白了。不用多话,他们便都可彼此了解了。他们又站着说了一会儿话,然后道了再见互相擦肩走过,往自己要去的地方去了。她走了几步,又回过身去。皇甫秋也正回过身来。他回过身来,抬起手挥了一下,天边飞起了绚丽的晚霞,他好像要去挥落那绚丽的晚霞。她静静地望着他,然后,与他同时转过身去,走了。

我们的皇甫秋走了,我们的豆豆子走了,他要去很远很远的地方。他走得很远很远,却还回过身向我们挥手,他把手举得高高地一挥,像要挥落天边的云霞。他挥过手重又转过身去朝前走,他朝前走了很远很远却依然在我们的视线中,温暖着我们的视线。

张达玲朝前走着,她身后有一支舒缓而激越的歌唱,那歌唱贴地而起,跟随她去,越来越雄浑而响亮,渐渐地充满在天宇之间。

第三十章

这是喜庆的一年。大弟,小妹,都要结婚了。小妹终究是离开了娘家,在西郊租了一间农民新起的房屋,需付极贵的租金,那是比国家建筑的住房昂贵得多的房子。大大发了财的农民,将儿子、孙子,甚至孙子的孙子的房屋都已造好,然后便将空着的房子租给饥不择食的城里结婚户。那是一些无需权势也无需关系,有钱便可得到的房屋。于是,在那些交通比较便利的郊区,便有一群一群的上海的正当婚龄的年轻人,走向那里,安家乐业,无意中拓宽了城市的范围。小妹住出娘家,是以每月贴她五元房租为条件的。现在,便只剩大弟一个人的住房问题了。大弟的住房问题,却是无需多少商议的,似乎是天经地义,理所当然,那一个亭子间便属大弟所得了。甚至远远早在正式宣布之前,大弟已经常地自说自话地随便进出那亭子间,用一根卷尺左量右丈,要合着尺寸做一套组合式的家具。再没有比今日的上海人更善在最有限的空间里最无限的发挥才干的了。他们好像是在经历了许久的磨练与教训之后,摒除了一切实际的奢望,将他们的理想压缩在可能的范围内。决不可想象的,他们竟能在一个水泥匣子般的房间里,建筑一所豪华级宾馆客房样的宅子。他们竟可将一个三层阁改造成一个童话里白雪公主居住的那样可爱的小屋,老虎天窗在种种的装潢下神秘地美丽着。他们仔仔细细地在水泥板上铺上沥青,将碎木片拼成华丽的样式,在这个木材资源日益减少的地球上,创造了最节省木料的地板。他们经过精密的计算,将墙壁以画镜线巧妙地划分,凭了视觉的错误,将低矮的天花板有效地升高,在这生存空间日益有限的世界里,创造了辽阔的幻觉。与此相比,那一间新式里弄房子的亭子间,更无理由简慢了。大弟极早地就在做这项准备,他的人生是真正到了体现的时刻,他似要以此做一项人生的伟大宣言。他脑海里早已绘制出无数幅蓝图,然后再进行无穷的选择。那选择是庄严而又隆重,犹如人生到了十字路口,只需半步便会错成千古大恨。他比此更早地开始存钱,勒紧了裤腰带,将生存的需要压缩到最低标准。他仅仅是没有饿死地过了几乎整整三年,他的数学达到了前所未有的高度,可将小数点的尾数精确到十位以后。他几乎是茹苦含辛地终于积攒了一笔相当富裕的资财。现在,终于到了决战的关头。

父亲与母亲明明是早早地就知道,这亭子间终要移交于孩子们中的任何一个。可是他们却自欺欺人地不去想它,并且迟迟地闭口不提。他们原本已有较长的时间,不再相守着这一个小小的亭子间,他们对这亭子间似乎已经开始腻味与厌倦,这亭子间于他们已不再宝贵和珍惜。房门经常敞开,其间已不再是神秘的圣地。它日益变得平凡,早已还原成一间普通的房间。然而,就在小妹决定嫁出娘家,大弟开始频繁地出入这里的时候,这亭子间顿时又变得宝贵起来。他们不再随意地敞开房门,甚至还要上锁。那别上许久的司伯灵锁重又打开,忠心地守卫着那一片昔日安乐的如今却已不再安全的土地。他们又常常地蜷缩在其间。当他们蜷缩在其间的时候,过去的快乐的,心荡神怡的时光便又流回。他们却早已失了精力,再无精力重温旧好。他们只是衰竭地,伤感地相对无语坐着,守着那快乐的,心荡神怡的,倒流的时光。他们有时会这样相守着坐到夜深,睡思昏昏,恍惚间,又好像回到了年轻力壮的光景,精力无穷,欲望无边,那小小的房间又成了一具方舟,飘荡在无边的浩渺的海上。全世界只剩下了父亲与母亲,母亲与父亲。父亲与母亲,乘了一具方舟,在无风的海波上荡漾。母亲与父亲,乘了一具方舟,在无云的天空下荡漾。时间潺潺地流去而又流回,他们全都错了知觉,他们好像又重温了几十年的生涯,自鸣钟的钟声却还余音未尽。他们再也割舍不了这小小的方舟,这小小的乐土,他们割舍不了,他们割舍不了地守候着即将割舍的土地,如两个亡国的国王与王后。他们是无法逃避他们割地的宿命,一如他们无法使时光倒流而逃避生命的消失。

在父亲母亲将亭子间上锁的日子里,大弟便会直接向他们索取钥匙。他向他们索取钥匙的神态,就像他本是这房间原有的主人,而他们仅不过是房客而已。他无意中竟做了房主,自然得犹如天意。他很不高兴地向父亲与母亲索取钥匙,父亲与母亲不免是诚惶诚恐,深为耽误了儿子办事而惴惴不安。他们惴惴不安,如同犯了过失似的将钥匙交出去,而到了下一次,他们却依然要锁门。他们一边带上房门,一边惴惴地想到,上一回儿子来讨钥匙仅是出于偶然,难得的事情。他们像两个孩子一样逃避现实,充满幻想,却又一无抗拒命运的实力,只是束手待命。他们内心里对这一个孩子生起了畏惧,由畏惧而逐渐转为憎恨。他们憎恨着他们亲生的儿子,街上走着的任何一个与他们漠不相关的男孩都比他们自己的孩子令他们觉着可爱可亲。他们悔悔的,却不知要悔些什么。他们恨恨的,却不敢知道他们恨些什么。于是,他们既不敢悔又不敢恨,他们因不敢悔又不敢恨而十分的紧张。他们看见儿子便觉紧张,听见儿子的脚步便觉紧张,他们几乎完全地被他们所亲生的儿子压倒了。而他们几乎完全被压倒地,苟延残喘地,负隅顽抗地,充满幻想地,保守着他们这一块可怜的领地,他们不愿割让,可是,割让的命运不可避免。

大弟请来了木匠。一个浦东人,带了一个徒弟,来到了他们家,在后弄里摆开了工场。日里工作,夜里就在灶间里搭起两块铺板睡觉,一日三餐全由退休的母亲主持招待。事先无需打任何招呼,无需有任何商量,母亲自然而然,天经地义地担起了招待的任务。此时,母亲沉浸在繁忙的工作里,心情倒充实了许多,获得了暂时的平静。当她将一日三变的饭菜摆在后弄里的一只方凳上,谦逊而又骄傲地说道:"没有什么菜,饭要吃饱。"等等的客套,心里不免充满了女主人的自豪。她此时此地才升起女主人的自豪感。于是,她便勤勤恳恳、认认真真、甚至有些刻意求工地充当起一个能干的女主人的角色。她很快就进入了角色,十分投入,她有时候甚至还向大弟提一些建议,当大弟矜持地采纳或者谦和地推却时,她与大弟之间不由得融洽了气氛。气氛融洽的时分,她甚至可以谈及亭子间这一个话题了,她不知不觉地转移了阵线,将父亲一个人撇在了那边,十分茫然十分仓皇地犹豫着观望局势。这是一个和平的间隙,在这一个间隙里,大家都尽情地享用着安宁,因大家都知道这仅仅是一个空隙。仅仅是十五天的时间,一套漂亮实惠的组合家具完工了,浦东人要走了,母亲那一个女主人的角色也到了下场的时候,要回到现实中去了。亭子间朝北的窗口,飘进后弄里久久不散的刨花的苦涩而清香的气息。父亲和母亲并排躺在床上,望着被晚风轻轻飘卷的窗帘,他们心里都在想着同一桩事情,可却有心地要去谈另一桩事情。他们谈到了天气的问题,可他们说不了几句天气的问题却有些烦躁,不再说话。沉默却又压迫着他们,使他们骇怕,于是又赶紧地去讲市场的物价的问题。他们心里想着的那一桩事情却始终不敢说出口,他们心里不约而同地想着,"明天再说吧","明天再说吧"地自欺欺人地拖延,又拖延。

这一日,大弟经过了长久的耐心的等待与多次的露骨的暗示,终于拖延不下去,说出了父亲与母亲想了许久却没有勇气说出口的事情。他说他要结婚了,要弄房子了。不会再有什么异议,也不需再有什么商榷,父亲和母亲没有勇气作出的决定,被儿子一板拍定了。紧接着的一个星期日的早晨,父亲和母亲便从亭子间里搬到了大房间,将他们那一张四尺半的大床,安置在角落里,与张达玲窗下的那一张小床相对着,隔了一张人造棉的花布帘,这是一个新的布局,张达玲与她的不亲不近的父亲与母亲对峙着。这是令他们彼此双方都难堪,都窘迫的对峙。可是他们就将这样对峙下去,不知什么时候结束,没有结束的希望。而且没有办法逃避,没有逃避的办法。小弟早已住到了外公的房子,大弟在亭子间空出的当日就搬了下去,睡一张临时搭起的小床,日日夜夜在里面工作,安装暗线,粉刷屋顶,贴墙布,涂地板蜡,叮叮当当的敲击声直到夜深人静。大房间里,只有她和她的父母,无人可以缓解这窘迫的局面。只要再有一个人,哪怕是一个陌生人,都可为他们解围。可是,没有。

每天晚饭以后,弟弟们各自去了自己的去处,将他们留在了这一个困境之中,他们犹如陷入了困境。父亲与母亲不知为什么,都放轻了脚步,他们放轻脚步地在这房间里踯躅。他们很小心地走动,似乎唯恐碰撞了什么,碰坏了什么。他们的脚步总有那么一点犹豫,那么一点茫然,他们好像是走在人家的家里,他们好像走在一个完全陌生的,他们不知怎么误入的家里。他们小心翼翼地,生怕得罪了主人地,悄悄地行动,以他们早已失去的敏捷与灵活,做着一些不可思议的轻悄的举动。他们又不知为什么总要挂了一种谦卑的抱歉的笑容,好像为他们误入了房间而深感不安。他们很异样地客气着,于是张达玲便也客气着,好像是要宽恕他们,原谅他们。她为了证明他们无需那样客气,便加倍地客气,使他们几乎受宠若惊,惶惶不安。当那布帘子拉上的时候,他们三人才获得了解脱和自由,他们好像累得瘫软了大气不出地躺在床上,房间里静得好像没有一个人,一个人没有似的寂静。而他们终于自由,这是一日中最最自由的时光,他们终于熬到了这一刻,一日的辛劳才算有了休息。一日的生活全为了这一刻的到来,全是为这一刻做着辛苦的准备。而他们却又不知因为什么,不敢贸然地将这一刻提前,他们非要等到十二时黑白电视机里最后的一个频道,道了晚安或者再见,然后才能心安理得地拉上布帘,否则,便好像是渎职,彼此都会觉着深深的不安。他们还有意地要造出一些快活,就好像在这里生活彼此都很轻松,彼此都很满意。他们专心地观赏着电视里每一个无聊的节目,为每一个无聊的节目激动,或者过分的讥讽或者过分的叫好。他们还都不知是受了什么驱使的,彼此都不愿意离开房间。似乎他们必得这样牢牢地相守,只有这样牢牢地相守,才可证明他们的亲缘,证明他们原本是非常快乐。他们彼此都非常勇敢和坚强,忍耐着这一日一日加深的难堪与困窘。他们心里其实都已经向彼此告饶,而脸上却还作着微笑。他们的微笑总是客套,客套的微笑便是他们最出色的微笑。一日终于过去,布帘缓缓地,好像很不情愿地拉上,大家便都像垮了似的倒在自己的铺上。大家累垮在自己的铺上,却久久地不能入眠,彼此每一丝轻微的动静,都可使他们彼此惊慌不安。他们彼此睡不安宁,他们是多么的苦恼,他们苦恼地想到,他们将就此一直下去。

大弟的喜庆的日子终于来临了,在噼噼啪啪长久不息的鞭炮声中,一辆黑色的轿车开进了狭窄的后弄,一身雪白西装的大弟搀着鲜红长裙的新娘,缓缓地下了汽车。节目到了高潮,一个一个高升飞上天空,在空中炸响,剪碎的彩纸如七色雨般纷纷落下。他们如同披了一身五彩的落英缓缓走进后门,徐徐上了楼梯,走进那焕然一新,富丽堂皇的新房。闹新房的节目延续到很晚很晚,在几乎全黑了的后弄里,唯有这一扇贴了大红"囍"字的窗户,喜庆地通亮。家眷们都已疲倦,陆续地退出,只留下一房间不知劳累的年轻的朋友与同事。父亲与母亲将女方最后一个亲友送到弄口,终也退回到自己的房间。衣帽整齐的父亲与母亲疲乏地坐着,久久不想动弹。他们这样坐了许久,父亲才去脱了衣服,他脱了衣服又坐了许久,才去洗脸洗脚,他洗了很长的时间,才回到屋里上了床。母亲却依然坐着,她穿了一件半新的暗紫的平绒旗袍,平绒似有些磨蚀,光头暗淡了许多,散发着一股强烈的樟脑气味。亭子间里的欢声笑语阵阵飞来,穿过紧闭着的房门。张达玲坐在她的窗下的小床上,她忽然发现这房间已改变了许多。记得她刚来的时候,这里放满了大床和小床,兄弟姐妹们从这一张床跳到另一张床,扮演着古装戏里文文武武的角色。他们还以床为营垒地进行不休不饶的舌战,个个伶牙俐齿,个个唇枪舌剑。不知不觉地,那一张张床铺一张张地撤去,犹如撤去了一个个的阵地,现在只有她了,还有对面的父亲与母亲。她心里忽然升起了一股博大的怜悯,这怜悯竟使她温存起来。她站起身,与母亲泡了一杯淡淡的茶,送到面前。母亲几乎是为她这一个空前的举动惊了一下,诚惶诚恐地抬起眼睛,而又诚惶诚恐地躲避开去。

"谢谢你,大妹妹。"母亲说道。

她无法回答,默默地走回自己床边,重又坐下。她坐在床沿,正从梳妆桌的镜子里看见了母亲淡施脂粉的脸庞,这梳妆桌是与大床一起从亭子间里搬上来的,倚了墙放着。母亲坐在方桌边,也正从梳妆桌的镜子里看见了女儿消瘦的苍白的脸庞。她们所坐的位置恰巧形成那样一个奇怪的角度,能从镜子里看见对方而却看不见自己,她们还都以为,仅仅是自己能看见对方,于是便放肆地细看着对方。她们从来不敢作正面的对视,她们只有借了镜子的折射,细细地看着对方。母女俩没有相对地对视了。她仔细地看着母亲,她仔细地看着女儿,她们看得那么仔细,好像在进行一场久别重逢的识别与承认。她们看了许久,然后,一个在心里说道:"这是我的母亲。"另一个也在心里说道:"这是我的女儿。"她们不由得叹息了一声,转过了脸去。

亭子间里好像闹得不可开交了,一整条弄堂都要为他们闹醒。这是大弟最最快乐的日子,这是大弟一生中最好的日子,想起大弟那一具吃力地撑起白色西装的枯瘦的身体,她心里竟也软和了许多。这是他的好日子啊!她又一次地想道,心里非常愿意同他一起快乐。

"今天的酒席蛮好。"她忽然说道。她听见了布帘后父亲的鼻息声。

"蛮好的。"母亲吃力地应酬般地回答,如不回答就像是怠慢了她。

"地方很幽静,菜也好。"她鼓起劲继续说道。

"很幽静,菜也好。"母亲衰弱地回答。

"价钱还十分的公道。"她不休不饶地继续说道,她要为母亲鼓劲。

"公道。"母亲回声似的应道。

"大弟弟的西装也好看。"她说。

"蛮好。"母亲的声音极其微弱了。

"新娘子的裙子有些长了,不过也长得不多,就那么一点。"

"蛮好。"母亲耳语般地说道。

"姆妈,去给客人打几碗酒酿蛋吧!"她格外地起劲地说道。

"大妹妹,"母亲忽然抬起眼睛,讨饶般地看着她,嘴唇颤抖着,说道,"我累死了,大妹妹。我实在累死了。"母亲的眼泪扑簌簌地滚下了面颊,她用手掩住了脸,再也控制不住,哭了起来。

张达玲被一股力量冲动着,她陡地从床上站起,推开椅子,走到母亲身边,她笨拙地将手搭在母亲颤抖的肩上,她的掌心觉出了那孱弱的肩膀的孱弱的暖意。她说道:

"我去,姆妈,我去。"

"大妹妹,我累死了,我真的累死了。"

"我去,我去。"她像哄一个小孩子那样地哄着,而她的眼睛里竟也涌满了眼泪,一大颗一大颗饱满的泪珠从她脸上温暖地滚落,渐渐地流成潺潺的小溪。

"我累死了,大妹妹,我累死了。"

"姆妈,我去。"她的眼泪无休无止地流着,温暖地流过她冰凉的脸颊,湿润地流进她干枯的心田。她心里忽然畅快了,透明似的清澄着。泪水洗去了污迹,冲走了渣滓,她的眼泪如一场小雨,绵绵不绝地流淌。她从母亲的肩上收回了手,双手掩住了面颊,尽情地恸哭着。眼泪温暖地从她干枯的指缝里渗出,亲爱地滴落在母亲的肩上。

张达玲睡在自己的床上,望着没有拉严的窗帘外面的一弯月亮,她静静地辨别着这是新月还是残月。她以她忽然冒出的辨别新月残月的记忆,辨出了那是一弯新月。她想着,月亮的光明原来是太阳照耀的,她想着,月亮的阴影其实是地球投下的,她想着宇宙是多么神奇,像一个童话。她忽然想起了童话这一个字眼。童话这一个字眼于她只有理论的意义,她只是从修辞出发地运用童话作为一个象征。她其实并无童话的感知,她在她听童话的年岁里没有听过一个童话,当她听到童话的时候她已过了那个年龄,于是她便识破了童话的虚枉与可笑。她再不会受这美丽的蛊惑了。而在这一个新月的夜晚,她忽然想起了童话这一个字眼,她忽然的非常非常想受一次蛊惑。她又去看那星星,高楼遮去了星星,只在楼与楼的缝隙里,嵌了一颗小小的不甚明亮的星星。它透过了重叠的楼房间的空隙,似乎是向她传递遥远的天宇的消息。她想到那宇宙是多么多么多么多么的博大,那小小的星星其实是一颗比她所居住的地球更为巨大的星球,那比地球更为巨大的星球竟会变成那么渺小。那距离又是多么多么多么多么的辽远,相隔了如此辽远的距离,星光竟还不灭,可见星光是多么多么多么多么的明亮,足以穿透偌长的黑暗的距离。那巨大的小星穿透了偌长的黑暗的距离,来向她传递信息,她忽然地深受感动。她忽然地对那小星觉着了亲切。可她无法接近它,她知道它是一个巨大的燃烧的火球,然而,这一点遥远的照耀是多么美丽!她又想着早已落下的太阳,她知道那新月的亮光全是阳光,太阳将自己的光托付给了月亮,使黑夜不致彻底地黑暗。阳光走了多少漫长的道路将自己托付给了月亮,再从月亮出发,经过了辽阔的天宇,照耀着黑暗的地球,这是一条什么样的道路!她好像看见一束顽强的光线在宇宙穿行,四处上下,全是远远近近的星球。那一幅辉煌的图景一闪而过。仅只是一闪而过,她却好像突然地体味到了童话。她觉得她谙透了一个真正的童话,她觉得她被一个真正的童话蛊惑。新月从半掩的窗帘后面走过,小星停在两座楼房的间隙,楼房影影绰绰,拦起一道伟大的围墙。张达玲合起了眼睛,她不知不觉已经睡熟。她三十年来终于能够安睡,经历了那么多的梦魇与那么多的失眠。她经历了三十年的梦魇与失眠,终于能够安怡地熟睡,而换来一个明朗的清晨。

在一个明朗的清晨,张达玲去给小弟弟送饭。今天他在外公那里正式开工,将外公的店堂改造为一间正式的住房。她顺了马路往前走去,清晨的阳光从新生的梧桐叶里穿过,汽车如静河一般无声地流过。她走过两条马路,停在外公小店对面,等候着汽车流过。一辆接一辆的黑色的小车无声地驶过,永远没有结尾。她越过不尽地驶过的小车,看见了外公的卸了门板的小店。柜台已经拆去,货架也已经搬走,小弟弟带了两个年轻的同事,正在砌一座墙。橘红色的砖一块一块垒起,错开了砖缝,整整齐齐地垒了一道又一道,转眼间已平地而起。小车还在无声地流淌,她停在马路边上,静静地等候。那橘红色的方砖层层垒起,她想起了在那红砖后面,有着许许多多无人知的故事。

黑色的小车终于流尽,她顺了黄色的横道线向马路对面走去。阳光从新生的梧桐叶上流泻下来,她感觉到阳光的抚摸,当她走到马路中间,又为一条红色的小车的河流阻隔,那是朝着另一个方向的红色的河流,她等候着。橘红色的方砖一块一块垒起,错开了砖缝,整整齐齐地垒了一道又一道,转眼间已到了半腰,阳光照耀着新起的墙壁,墙壁是一幅美丽的图案,她想起了在那美丽的图案后面,有着许许多多无人知的故事。

红色的小车终于流尽,她沿了黄色的横道线继续向前越过。阳光从新生的梧桐叶上流泻下来,她感觉到阳光温暖的抚摸,而她却又为一条丁丁零零的自行车的队伍阻隔,自行车崭新的车条噼啦啦地旋转,转出无穷银色的光环,她等候着。橘红色的方砖一块一块垒起,错开了砖缝,整整齐齐地垒了一道又一道,留出了两扇窗户的方洞,沿了窗户的边缘向上垒起。阳光将树叶的影子投在图案般的墙上,画出一幅美丽的图画。她想起了在那美丽的图画后面,有着许许多多无人知的故事。

自行车的队伍终于丁丁零零地过完,她朝着彼岸走去。橘红色的方砖砌到了屋顶,只留下了两扇窗户的方洞。阳光穿进方洞,那小屋突然地通体透明。她忽然地忘记了那通体透明的小屋里的许许多多无人知的故事,那许许多多无人知的故事在光明中融解,阳光如水在小屋里缓缓地流动。阳光是河流。

一稿于1986年10月6日—1987年2月13日　上海
二稿于1987年7月20日—1987年9月10日　上海